御製

佛光恩照　三千大千　隨緣徧滿
恒沙法界　普度衆生　悉證菩提
身心安泰　年時豐稔　風雨調順
日月升恒　乾坤清寧　百昌蕃熾
上下樂利　中外協和　庶物咸亨
萬善圓成　情與無情　同登正覺

大清雍正十三年四月初八日

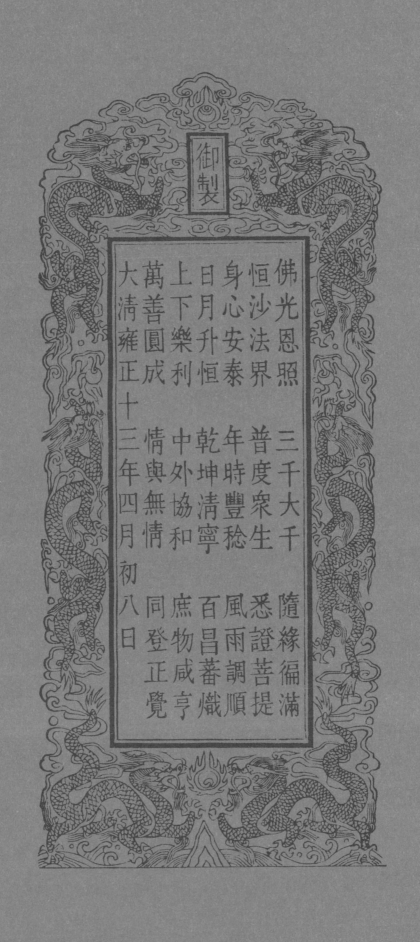

第四六册 大乘經 單譯經（五）

三昧弘道廣顯定意經

西晉三藏法師竺法護譯

清刻龍藏佛說法變相圖

三昧弘道廣顯定意經卷第一（一名入金剛問定意）

西晉三藏法師竺法護譯

得普智心品第一

聞如是一時佛遊王舍國鷲山之頂與大比丘衆千二百五十人諸菩薩八千人俱于時世尊廣爲無數百千諸衆之所圍遶敷演說法爾時有龍王名阿耨達（此言無熱）宿造德本遵修菩薩堅住大乘行六度無極以具滿相勸救衆生化導無極曾事九十六億諸佛積累功德不可稱數執權方便普見五道拔諸愚冥使修菩薩無欲之行懷慈四等濟度一切傷愍罪類故現爲龍化龍億數使免殃行自處于池率諸眷屬八千萬衆又將婇女十四萬人周帀導從調作倡妓其音和雅秉龍感動協懷威德神變自由齎衆雜華奉最妙香

擎持旛蓋而詣世尊至輙稽首敬問如來尋以所持香華雜寳繒綵旛蓋重調音樂欣心敬意與衆眷屬及諸婇女俱進詣佛則前長跪肅然叉手而白佛言欲問如來無著平等最正覺菩薩所應行道當云何惟蒙聽許乃能敢問爾時世尊告龍王曰恣汝所問勿疑勿難所欲如來至眞等正覺當隨敷散解釋汝心時阿耨達得爲神尊所聽質疑心益欣悅而白佛言天師最尊人中聖導猛如師子感變無量吾問如來普及衆生亦爲菩薩大士之故爲世師者拔過俗法志行清淨明盡因緣濟度羣生作無請友心普安救誘育立之執持無畏十種力進伏衆魔降諸外道心無穢行被堅金剛大德之鎧志不有倦積德因緣不可計量施戒忍進定智已備心等一切蠲除雜想棄捐二見以越智度解因緣法已入深奥難極之法要去離聲聞緣一覺念不捨大乗一切智心意行堅强常得自在身淨無垢暉曜明徹志若虛空無數諸劫意不倦者逮獲總持降除貪穢自大貢高等如逝者空無相願以過如住夢幻影響野馬水月於斯諸法等解不動重三寳教奉而敬之轉其法輪而無所礙忻悅信樂皆自得之如優曇華億世希出志靜安獨普有具相宿樹恭恪明賢大士導修上義法住若此爲彼正士故問如來惟願如來至眞等正覺解説菩薩大士所行得遊法門入金剛德果達深妙使其修應獲總持場以四諦行順化聲聞使解要眞導衆緣覺靜起因緣獎以一心使等正覺欲達諸法當入大乗曉入大乗能伏魔場

散棄疑結過度罪惱普知衆生意志所行積最辯達布演諸法隨一切願化示所欲善哉世尊如來無著平等正覺廣爲賢明大士之故普弘演說使諸菩薩得致智力降已自大得法上力曉解殃行不有所造使得施力所有無惜惠不望報使得戒力等除衆罪而過諸願使得忍力於諸苦法受生之處身命無惜得精進力積衆德本志常無倦使得定力善寂居靜解定要行使得慧力而過邪見疑冥昧昧曉權方便濟度衆生明了勸助具達五通天眼無限徹聽知心神足明宿以此遊樂果大辯才辯才句義無盡不斷便得總持志無恍惚令逮海印三昧正定進隨普智果同一味得佛志定習樂通行永常奉尊而無障蔽逮法志定勉進定意長久聞法都無限礙崇衆志定普令一切奉不退衆得施志定俗貨法施不有遺惜具足於戒行念靜定使速得佛心而無忘昇天志定常念兆術一生補處志樂菩薩清高之行爾時龍王質疑畢訖悅心怡懌重以讚頌啓問世尊

大仁願說現世義　菩薩德行所當入
內性志操所應修　興發何道行云何
順導以慈行入悲　喜以度衆護濟念
弘化定智使清淨　願垂哀傷而普說
誘衆止意及意斷　根力神足行如是
演道七覺散示衆　願說彼德所應奉
施調檢戒德具足　忍力普行及精進
慧志因緣轉無量　云何度彼蒙說之
辯才通達免愚冥　志行詳審常清淨
諸起生者即覺知　惟願爲諸菩薩說

欣悦之德有歡豫　聖種七財是行最
樂遊閑居及修靜　惟蒙慈尊廣敷説
辯才行具云何得　深致總持永安住
弘法要説常無斷　聞輒奉行終不忘
寂滅清淨而行觀　覺意深邃智廣博
其慧難究德無邊　解行云何應菩薩
制持魔力與怒意　毁壞外道衆邪類
勇德難動若太山　月明至極弘説之
曉空無相性所在　解了野馬及幻法
夢想體像計皆無　惟願世尊指示説

於是世尊告龍王曰善哉善哉快甚無比乃自發心啓疑如來今汝所問承宿功德已顯大悲爲衆志友不勞生死弗斷三寶王之質疑用是故也聞以諦聽受而思惟吾當廣説菩薩大士應所修行彼此無限果最要法時龍王言大善世尊願樂思聽聞輒受行宣布十方勸進無倦於是世尊答龍王曰有一法行菩薩應者相好備具得諸佛法何謂爲一造起道意不捨衆生是謂一行致諸佛法又有三十二事得普智心當勤樂行專意守習何謂三十二御修内性執上最志昇行大慈堅固大悲志慕無猒發於精進仂具猛厲而得强力又踰踊勢安靜無煩爲衆忍住習近善友專行法事執御權化施備忍行樂於檢戒諂想已無滅斷僞佞言行相應志存返復常有媿色内自慙耻已調忍怡悦根行至信意而制御行持功德志遠小道樂弘大乘行觀一切三寶之事使其不斷斯謂龍王三十二法菩薩應此逮普智心又復龍王有十六事進增普智顯力弘執何謂十六進普智耶施

行衆濟具戒無缺忍應調忍果上精進致定諸行已具智慧信行悉足供事如來遊靜樂閑備六堅法有最七善飾身口意德具操行知足樂靜身三勸彼修勝定觀諸德得備是謂十六行法之事應相祥福演大智心顯持佛世流化自由又復龍王其普智心以二十二事而除邪徑以其所乘志修普智何謂二十二事行過聲聞緣一覺意已下貢高無我自大消去諂事抑俗雜言遠棄非戒拔恚怒根挽却魔事除去蔽礙不章師訓耗滅罪除省己切惻不論彼非習離惡友遠逆良善去非六度又逝貪惜戒無不淨已棄諍訟而離懈怠於迷自正捨諸無知斷去無便却去惡行是謂菩薩普智釋除二十二邪軌速應權慧永無懈退又復龍王二十二踊事進順隨

行得普智心而不可當諸魔波旬及魔官屬并與外道降而却之何謂二十二踊過戒事踊過於定亦踊過智而過慧行踊過權化亦過大慈踊過大悲以要言之過空相願我人壽命過離衆見及發因緣過心自淨承覺神聖過於識念應不應見過大金剛堅固之行是謂龍王菩薩所行二十二踊法致普智心一切衆魔及諸魔身并邪外道不得自在無敢當者悉降却之又復龍王其普智心依二行處致普智心何謂爲二如其所言修應行處諸功德本觀道行處是謂二事普智行處復有二事其普智心而不可毀何謂二事在於衆生無增異心於諸殃行濟以大悲是謂二事普智無毀又復龍王其普智心有二重法而無過者生死之黨及衆聲聞并諸緣覺

無能勝踰何謂爲二執權方便深行智慧是爲二事普智重法又有二事休普智心何謂爲二處事無疑滯結之心在在不安樂俗欲諸樂是謂二事休普智心復有二事護普智心何謂爲二不志聲聞緣覺行地觀視大乘至美之德是謂二事護普智心復有二事妨普智心何謂爲二志常多倿內性懷諂是即二事妨普智心復有二事不妨普智何謂爲二專修直信行于無諂是謂二事不妨普智又有四事蓋普智心何謂爲四數亂正法於諸菩薩賢明達士亦不奉敬常無恭恪不覺魔事是爲四事蓋普智心復有四事於普智心而無其蓋何謂爲四護持正法謙恭受聽尊重菩薩視若世尊常覺魔事是爲四事普智無蓋又有五事致普智心何謂爲五所行無望於生無漏用戒德故不捨一切以大悲故憎愛無二身命施故財利周惠供事法故是爲五事得致普智復有五事進普智心何謂爲五習善知識不患生死志遠無蓋去非時心求諸佛智是爲五事進普智心復有五事在普智心過諸聲聞緣一覺念何謂爲五過聲聞脫過緣覺脫過衆智心過諸吾我又過習結是爲五事過諸行法復有五事於普智心而有其悅何謂爲五悅過惡道悅審普智悅具覺慧悅戒無猒悅解衆行是爲五事普智之悅復有五事發普智心得五力助不溺生死何謂爲五無其怒恨用忍力故能滿諸願用德力故降巳自大以智力故勤習廣聞用慧力故四衆恐怯無畏力故是爲五事致諸助力復有五事在普智心得五清淨何

謂爲五離衆穢行淨諸墮者因緣諸根無慼淨之隨順諸時以觀淨之行治於等權道淨之一切諸法化轉淨之是爲五事普智清淨復有五事得普智明何謂爲五明解無欲明已彼心明於五句明達慧行明眼無礙是爲五事致普智明復有五事廣普智心何謂爲五以其五種五根五莖五枝五葉五華五果何謂爲五種曰修志修而淨内性等觀人物求習脱行弘於權變是爲五種何謂五根以大慈悲德本無猒勸進衆生使免小乘不忘餘道是爲五根何謂五莖曉權方便慧度無極示道人民護持正法等觀喜怒是爲五莖何謂五枝施度無極戒度無極忍度無極進度無極定度無極是爲五枝何謂五葉樂進聞戒求處空靜常志出家心安佛種所遊無礙是爲五葉何謂五華得文相具積滿德故衆好繡備種種施故七覺財具心無雜故致有顯辯不蔽法故深達總持聞無忘故是爲五華何謂五果昇致戒果已得度果達緣覺果又得菩薩不退轉果獲佛法果是曰五果斯謂龍王菩薩七五三十五事廣普智樹道寶行也修應之者得佛不難佛告龍王其有菩薩欲受持此普智心樹深妙明顯要行句者當勤加習普智寶樹如是龍王善視一切諸法功德莫不由斯寶樹奥義諸發無上正眞道意悉皆因是普智寶樹至要句也譬如龍王選植樹種知此已致樹之根莖枝葉華菓而甚盛茂也如是龍王其有能受普智心種斯已得致諸佛賢聖最上慧法三十七品是故龍王欲入普智所行功德欲轉法輪當

受持此精修讀誦專心習行廣爲一切宣傳布演如是龍王勤受學此當佛說斯普智心品法語之時諸龍王衆中七萬二千皆發無上正真道意龍王太子及諸婇女萬四千人悉皆逮得柔順法忍五千菩薩承宿德本悉得法忍時阿耨達并餘龍王及諸眷屬自乘神力踊昇虛空興香之雲忽便普布調和美香及末栴檀微雨如來及衆會上又化奇妙珠交露蓋徧覆王舍一國境界而悉歡悅於上歌詠至真如來積祚巍巍聖德無量列住雲日各現半身光文虛空一切衆會莫不見者也

清淨道品第二

於是龍王復白佛言甚未曾有唯然世尊乃若如來博爲衆生說道俗心及普智心行德所應又惟世尊如來無著平等正覺願演散說菩薩之行修應清純明賢所由得道清淨使其終已長久無垢不中有懈無惓弗退至得十力四無所畏而得具足諸佛之法爾時世尊告阿耨達善哉龍王勤思念行吾當廣說菩薩大士清淨道品阿耨達曰甚善世尊幸蒙受教惟願說之於時聖尊告龍王曰菩薩行有八直正道當勤受持何謂爲八六度無極道恩行之道得五通道行四等道及八正道等衆生道三脫門道入法忍道如此龍王是爲菩薩八正行道何謂菩薩度無極道度無極道者諸所布施勸彼普智何則然者不以無勸施成普智其行勸助於德本者斯得施度無極名曰又及行戒忍進定智亦以勸助彼普智心乃得慧度無極名曰是曰菩

薩度無極道恩行道者舍受衆生何則然者以彼菩薩演示法度菩薩行恩舍受一切覆以四恩廣爲說法而使衆生順受戒化是四恩道神足道者覩諸佛土天眼徹視見衆一切生者終者又見十方諸佛世尊弟子圍遶悉見如是於諸佛土以其天眼應當所採而採受之又其天耳聽諸佛言聞輙受行在於衆生及諸類人而皆明曉悉了知盡爲隨說法得識宿命不忘前世所作功德又具神足遊過無數諸佛國土應以神足當得度者輙弘神足而度脫之是曰神足應道又何謂爲四等行道其隨修淨梵志中者并及諸餘色像天子知彼意行隨順化者斯則慈悲是爲喜護建立以道使彼應度此謂菩薩四等行道其八正道普悉行之聲聞所由緣覺依因大乘亦然是謂賢聖八直正道何謂心等諸衆生道當爲此與不爲是與爲斯可說爲此不應是有賢德此非福人斯爲盡應此復不應行等菩薩盡除此意是謂心等諸衆生道何謂菩薩三脫門道得致以空斷諸妄見以其無相除衆念想應與不應以其無願永離三界是謂菩薩三脫門道何謂得致法忍之道受拜菩薩菩薩自覺行應於忍得爲諸佛世尊所決授署無上正真道意是謂菩薩不起忍道菩薩致此八直正道弘化流布權導無礙時佛說是八正道已二萬四千天龍及人悉逮應此八道行也若是龍王菩薩以此八直正道等塗一歸用無等故莫有能與菩薩比者亦無其侶獨步三界靜一心持修智慧行應當所得已自果之明達諸法而知本

無斯謂如來是曰龍王八正之道爲彼一切凡諸若干衆生所行與種種說而此要說等同一同以無妄說歸未生說也云何於此道清淨耶曰道無垢用無塵故是道無瑕本無念故是道無冥慧照明故是道無著本清淨故道常無生無所滅故道如永無本無有故道無漏穢三界淨故是道寂然過凡行故道無可至無有去故道無所來無從來故道恒無住過諸欲故道無所處過衆見故道無勝者過諸魔故道大弘覆外道不及故道永離望自大者故道無所容不修入故是道極遠用希望故道爲乖難愚夫行故道可果致修行者故是道夷易樂勤行故道極平坦住正見故是道無妨修無毀故是道無礙等正行故是道無垢三毒淨故是道清淨終無著故

是謂菩薩道之清淨若是菩薩於清淨道務進勤修又應行者彼於法性已悉清淨得淨我性亦以而過法性淨故則數界淨數性淨故無數性淨無數淨故得三界淨三界淨故眼識性淨眼識淨故意識性淨意識淨故得空性淨空性淨故諸法性淨用是淨故則諸法等等淨如空空等淨故得衆生淨以諸淨故便無其二亦不著二無二淨故則道清淨以斯言之清淨道也彼無衆念亦不念道諸念悉淨若如泥洹於彼永無是謂無念應無所念無念道者亦無識念其道都無心意識行以此言之清淨道也說是清淨道品法時二萬天人皆得法忍時阿耨達復白佛言云何世尊菩薩大士修是清淨而應向道聖尊告曰如是龍王菩薩大士欲行斯清淨道意

者當曉淨行亦使其身口意清淨何謂身淨已身以空解諸身空身之寂靜解諸身寂身之已脫解諸身脫身之怠慢解諸身怠身之如影解諸身影是謂菩薩清淨道也又云身淨身行無生其有生死觀於無生彼以無生而等生死則知其身亦曉身行何謂身行去未生法來無盡法見在量法終無盡法其無盡者是謂身行又復身法因緣合會其因緣者則空無相憺然無念若此龍王是像法觀斯謂身淨又若如來身之無漏不墮三界觀身無漏如如本無以無漏身不墮三界彼無漏身能入生死其無漏際無倦捨退以無漏身示現色身如此現已亦無念滅身之法本如如來身淨衆生身淨已身亦淨等如本無是謂菩薩行應清淨何謂口言爲應清淨一切賢愚言皆清淨所以者何用等相故凡夫劣勢著於音聲若信不諦憂喜無常樂於顛倒觀察衆生無本都無淫怒癡欲何則然者以諸字說聲出皆淨無欲恚愚亦無其著以此謂之一切言淨以言言之何者爲言以欲恚癡而爲言耶諸垢爲言乎言者無著不著眼耳鼻口身心所言風像風動聲出因緣合會使有聲耳所言如響賢愚所言皆同如響所可言者不住於內亦不出外於其中間而不可得住本所念及其所行出於言者并所念想無住無想是謂龍王如來所言及其衆生一切音聲皆空非真捐斯法耳曰惟世尊如來所言斯不諦耶曰是龍王如來審諦所以者何如來諦故解知諸法非真非諦又復龍王如來所言隨字音聲皆答衆生一切音

聲爾故衆生亦轉法輪而亦不知法之義順以此報應使其行之隨如等滅衆苦之事曉解諸法行了如是衆生音聲已無所信住在諸煩憒而常閑靜現出欲言於著無著聲出所言講論談語其如法者不有違錯是謂菩薩口言清淨何謂菩薩心爲清淨其心本者不可染汙所以者何心本淨故其所可謂容欲垢蔽菩薩於斯不有所著了解心權於本自淨又其心行不撰德本彼德本者了識心本以此心行慈及衆生識了知彼空無我人其心德本助勸於道知等彼道觀如是者斯謂心淨以此淨心與諸淫恚愚行者俱而永不受欲怒癡垢與操行俱不著諸穢是謂菩薩身三清淨說斯清淨道品法時三萬菩薩逮補生處

道無習品第三

又復龍王其菩薩者乘是淨心生於欲界而在形界與諸天俱處衆梵中安詳靜然在中進止無勝動者又斯菩薩能降諸天化導以權或生形界而在欲界現如有家與諸衆生周旋坐起不與有勞弗慢衆生亦無自輕彼以斯淨諸定正受盡自爲定不隨正定而有所生何則然者以彼菩薩執權方便心應淨故若此龍王菩薩曉解清淨行者當修清淨已而習道如是龍王菩薩不習以求道習不習無習以想道習亦不習於望道之習亦不求習了解道習不習所生冀向道習不習行滅而爲道習亦不求習以爲道習不習無習爲道之習不習執捨以習道習不我人壽不身無常不身性苦不身有我不身夢幻野馬

影響亦不身空無相無願不身無欲法行習道以要言旨身性諸情亦不與有十二因緣乃至老死無欲之法不數無數道無二習不俗無俗不漏無漏不犯無犯不二之習以求道習又復諸法無習之習是道無習斯謂道習不習之習如空無習亦不無習當如此習是道無習無相無願彼不作習亦非無習當作是習無偶不偶諸法無住勤習如是乃應道習當佛世尊說是清淨行無所習道品法時三萬二千天及世人悉皆逮得無所從生法樂之忍五萬天人宿不發心於菩薩者皆發無上正眞道意七萬菩薩逮得法忍爾時一切同聲而言世尊其有族姓之子及族姓女逮聞說是清淨道品無習法者其值聞已心無驚恐不捨退者皆是受習如來無上正眞道意得轉諸佛所轉法輪又惟世尊是輩菩薩悉獲無上正眞道意爲無量人分布斯法亦復當坐師子之座當於天上天下人中極師子吼猶若如今如來之吼悉降魔衆伏進外道顯樹法播熾法暉明震雷法鼓已鳴能降法雨爾時世尊見諸天衆龍神之衆人與非人又及四輩聞其至說莫不怡懌於是如來爲阿耨達重復弘演而說頌曰

道非習可得　無乃與習想　其道行如是
棄離習念行　不望求習道　蕩除衆異想
其道都無習　清淨像明月　若有起習想
無處亦不習　已過無習處　得致最上道
道爲無我念　亦不與空習　是道無有二
安快而無上　命壽亦如是　無人及與言
其道不有人　無命亦無住　諸有習道者

而欲住於空　斯去聖路遠　是不應道習
道亦無有空　以捨於有習　如本同一相
永空空於空　道爲無起相　亦不有滅相
不起亦無滅　彼悉爲道習　吾音譬如幻
解想當如此　持想行所習　道當何從生
道爲都過俗　彼不有身習　亦無滅身行
可得致於習　是身根之家　本無所演廣
彼不有餘求　本無不可得　其習是道者
當如如本無　如本知本無　是謂應道習
諸法之本無　所覺若如幻　解行而致此
乃應道之習　若其不至道　所作如不住
無能止其行　佛法不由道　若如所習道
幷及與無習　所演爲如此　以住於本無
有限餘道者　劣乘之所依　是者無上道
大乘所因由　諸與此道者　以致而無住
斯則顯行德　可致應道習　道正而無險
端直且平坦　勤親行此道　永離衆邪迹
若如卿龍王　自住其宮室　不動於所處
降雨充大海　大士亦如是　習道如所行
法身而不動　能滿於智海　又如仁龍王
在於大地上　以雨徧充之　其不有身著
菩薩德如斯　行此之所習　用法滿衆生
其內無所著　若如阿耨達　龍王大神變
昇道德如是　感動普十方　衆生墮邪徑
諸隨受著見　其住是道者　將順度無爲
已住於斯道　菩薩果大稱　能降魔波旬
幷及邪外行　得道如其如　如道無能動
踊過諸俗法　其行譬蓮華　道心無有愚
是行爲住止　千數諸衆生　化度立以道
以常住斯道　得致於五句　神足諸感動

爲衆廣說法　諸事悉清淨　身口及與意
當願賢聖道　人性不可議　忍行爲無著
其往所可至　斯得如來處　示導諸衆生
生死於至歸　斯處則如來　其往似若至
此爲無所至　衆生所可至　當念彼上處
學最佛之道　遊樂以幻法　其作是習道
如道之所習　彼衆德儀行　諸佛所稱歎
其德無有邊　終不可極盡　如此習道者
不習亦無住　彼處不咎魔　衆都不著行
其順此道者　不起亦無滅　巳得意志行
總持弘大辯　施惠及戒忍　遂增進若海
身口穢以無　心潔乃清淨　垢消永無瑕
修應此道者　得昇於智達　所行習深妙
難動慧無即　守習是道者　其諸最正覺
過去與當來　現在亦如是　致道世所歸
彼巳離衆難　值世遭難遇　永爲諸佛子
其聞此法者　快哉諸衆生　至善聞斯法
眞應奉如來　其樂是經者　有曉此道習
能斷諸情態　紹德具衆相　得應三界將

三昧弘道廣顯定意經卷第一

音釋

協胡頰切服也　恪苦各切謹也　恍惚恍呼廣切惚呼骨切恍惚不分明也　怡懌怡弋支切樂也懌羊益切悦也　仂林直切與力同　憒古對切亂也

三昧弘道廣顯定意經卷第二

西晉三藏法師竺法護譯

請如來品第四

時阿耨達自與其衆諸眷屬俱稽首世尊跪膝叉手而白佛言願請天尊迴屈神光往詣無熱之大池中盡其三月吾等志樂供養聖尊并諸神通果辦菩薩及上弟子蒙愍納許願受其請所以然者吾等供事至真正覺豈能應於如來儀耶冀蒙逮聞寂靜上化惟以此法應供養也思願重聞如是像法令常歡悅此乃應奉於三寶耳爾時世尊不受其請重啓二月如來不然垂聽一月天尊不可願納半月世尊默然而已受之於是龍王自與其衆諸將從俱見尊受請忻喜悅懌善心遂生遶佛三帀興雲震雷而降微雨普徧天下忽然之頃還昇宮中時阿耨達到坐正殿尋輙召諸五百長子其名善牙善施善意善明能滅寂根感動大威甘威甘權甘德普稱威勇持密忍力行祥如是比等五百長子宿樹無上正真道已王告之曰又諸子等吾今已請如來無著平等正覺及衆菩薩諸弟子俱盡其半月世尊正覺垂大慈哀興於弘愍而尋受請汝等當共同一其心廣相勉勵加敬世尊至真如來勤念無常當各寂靜謙恪恭肅住持如來宜應棄捐婬心欲意及龍戲樂除貪怒害離欲色聲香味細滑所以者何世尊無欲而且詳安仁雅審諦順調寂靜顯備諸德侍從圍衛儀容無量皆承諸佛真正要戒以是之故汝等半月無得入宮當除婬恚愚癡之念又復如來宣講法故必有他方神

通菩薩釋梵持世宿淨天子當普來會汝等勤念廣施姝妙光顯嚴飾慎勿中懈令諸會衆觀變踊躍此乃眞應供養如來時阿耨達都約勑訖輙爲如來於雪山下無熱池中爲世尊故化其無瑕淨瑠璃座而使縱廣七百由旬乃殊異妙周帀列置八萬四千雜寶奇樹校以衆珍諸寶鮮飾蔚有光華精耀百色中出美香諸樹間化八萬四千七寶之堂衆珍光彩極好無雙施置十萬交露綺帳乃垂異妙赤眞珠寶貫在諸堂上有師子座八萬四千皆大高廣而布無價妙好雜氍㲜座寶分施諸交露校以衆寶所在堂上有龍婇女各二千人其色姝妙姿美無量顏像荂華口出熏香擎持雜華末香塗香調作諸伎以詠佛德興悅衆會於上虛空化大寶蓋周千由旬徧覆會上奇珍綵鏤其寶蓋中衆色無數懸好繒旛於旛綵間垂諸寶鈴景風和降音踰諸樂施饌百味備辦都訖爲此變已與其眷屬恭檢叉手向佛跪膝而遥啓尊以其請意歎詠頌曰

慧藏智富積辯德　慧達無著明導衆
慧弘普至不有礙　慧上最力降神光
慧解心行惟大仁　當觀十方衆生類
最上神尊受吾請　念啓慈愍惟時屈
知足無貪而易養　祥福審諦聖導師
善行質信知衆意　時節已至可屈尊
其德普稱行等王　造無請友興普念
至仁清淨喻若空　所設辦訖枉神尊
威御十方猛持世　佛事十八而等有
度衆最首悲踊行　願與其衆時蒙至

色妙端正相彩身　奇好種種華繡文
志樂歡悦恵法施　大仁上導願察時
梵聲清淨若雷震　鸞鳳哀鳴師子歩
妙音具足悦諸士　衆心忻望願時顧
佛土三千無等倫　弗有能知如來心
聖尊明覩衆生行　所修常應時降此
知時普應懷權化　了達衆生有聖誓
詳審之行目明好　威神檢足願迴光
衆生甚多普渴仰　十力持勢威無慢
大仁德峻勇而果　聖性爾枉昇遊此
愍祥備足德最上　寧救濟育徧無極
師友無雙愵懷衆　化龍億百興有悲
於世威猛普慈救　達知衆行應如意
開布散示惟天尊　輕舉神足願時至

爾時世尊知阿耨達請時已到告諸比丘著衣持器差應留守無熱龍王遥跪啓時應受半月宜便即就於時八萬四千菩薩皆大神通德具果辦弟子二千亦上神足侍繞世尊周帀而導至眞如來從鷲山頂忽昇虚空神力而進如其色像身放無數百千之光徧照三千大千境界普悉晃明諸欲色天皆見世尊揚光無數飛過虚空自相謂言神尊致彼無熱王所將興法化演與無極乃使如來爲衆圍遶即彼半月中多諸天數百千衆得見世尊又聞説法縁復觀覩無熱所設莊嚴感變而令世尊故遊到彼時諸天子各各發念供養如來或願散華或雨名香或施天樂以歌佛德或復懸幢旛蓋繒綵率隨如來世尊身光神照煒煒明踰日月星宿淨色及諸天光佛之聖威神耀無量根定寂靜行遊祥安

釋梵四天威變種種奉敬追侍隨從如來於時聖尊到雪山下住止右面便告賢者大目連言汝到無熱王所處宮當宣告之如來已至時可應入於是賢者大目揵連承佛神旨忽遷無熱大池之中現於虛空去地七丈化身像若金翅鳥王住阿耨達龍王宮上便告王言如來至也彼諸龍衆及婇女等無不愕然驚恐怖悸衣毛爲竪四走藏竄展轉相謂此池自初無金翅鳥斯從何來時阿耨達告諸宮人太子眷屬而慰之曰且各安心勿恐勿怖此爲賢者大目連耳承如來使興神足變賢者目連到彼告訖還詣世尊時阿耨達便與其衆諸子臣民夫人婇女舉宮大小俱而圍遶各奉名華及美末香幷衆塗香幢蓋繒幡倡妓種種調作相應進迎正覺于時世尊爲諸菩薩及衆弟子天龍尊神所共圍遶俱而前至無熱所設廣博道場如來到已尋就高顯師子之座菩薩相次然後弟子諸衆坐訖爾時龍王觀視世尊及諸菩薩弟子衆會坐悉而定興心無量內懷怡悅輒與其衆手執斟酌所設饌具踰世甘肥延有天味肴膳百種以用供佛菩薩弟子幷諸衆會使皆充足世尊菩薩及諸弟子飯畢輒各洗盪應器察衆都訖時阿耨達即啓如來願聞說法於是世尊日昃時後便從定起端坐說法諸來會衆滿千由旬從地至上中無空缺天龍鬼神及人非人周帀圍遶至眞正覺一切會者各懷踊躍

無欲行品第五

爾時龍王悅顏進前跪重白佛惟願世尊爲

斯衆會如應説法令諸一切免離生死永除想著五陰諸苦穢垢眛眛勞塵之行使其永無三毒意結蒙及諸龍衆得棄邪冥伏其心意弘致至善使有悅豫深行菩薩後若如來現有存亡當使吾等所在國邑護持正法於是世尊讚龍王曰善哉善哉阿耨達王諦聽其義勤思念之以宣布示吾當廣説令此會衆多免罪痛根枝雜想意識志疑使解普智昇遊三界時龍王言善哉世尊願樂廣説當頂受行是時聖尊告龍王曰有一法行菩薩應者爲天世人甚所敬重何謂爲一志修深法以行無欲何曰深法行無欲乎如是龍王菩薩依順因緣之無離二見際知有無者斯見諸法依著因緣不見有法不由緣生彼作此念其依因緣斯無依緣彼不依魔其依緣者彼不言吾亦不言我又其依緣中無我我所依緣無主亦無執守其依順緣了解起生速易得致四依之念何謂爲四依於至義而不文飾依於慧行不爲識念依順義經不依攀緣依念於法而不爲人彼何謂義何等爲慧云何順義何謂念法義謂空義不受妄見無相之義不著念識無願之義不著三界無數之義不著於數又復義者於法非法而無其二音聲無得念想無念法處無住用無人故壽命言聲爲無所有又復爲義其法義者爲無欲義何謂菩薩爲法義者其無眼色耳聲鼻香舌味身更心法之義不生色義不滅色義不爲痛想行識之義亦不生滅識行之義亦不欲色無色之義亦不生滅欲色無色之義亦不我義亦無我見著入之義不有入

義亦不著入見入之義亦不著入有佛身義亦不法字著入之義不數計會有著入義亦復不有施戒忍進定智著義曉入一切諸法之義是謂菩薩爲法義也其從是義而不有退是謂爲義彼何謂慧日光無生慧習無念慧盡都盡慧道無去慧於陰幻法諸性法性而無毀慧在於諸情空聚爲慧解入諸法明了衆生根滿具慧至念無忘於諸止意不意無念於諸斷意等善不善於其神足身心建慧又於諸根了輕重慧於諸覺意覺諸法慧而於諸力已降調慧道爲無數於滅寂慧觀別法慧始不生慧來不至慧中無住慧於身像慧言以響慧心法幻慧是謂菩薩明達智慧又何謂爲順導義經從是因緣而起然者滅於愚癡滅於老死無我而然於無我人及

與命壽深解諸物若如來我皆非真法而然於三脫之門也等於三世求三無著所謂諸法見都無生觀了知者而得等滅離俗情態菩薩來智慧度無極於諸意念而無疑惑應入是行斯謂順義無所去至亦無從來泥洹無爲不有去至是謂順義何謂如法若諸如來與與不與法身常住是謂如來如如本無而無增減不二無二真際法性謂之如法不毀行報無行報法斯謂如法大乘者由六度無極緣一覺乘從因緣脫聲聞之乘依音聲脫是謂如法施致大福戒得生天博聞多智定念致脫斯謂如法從行不修與有生死行之純至而立無爲如法之謂愚以欲力智則慧力斯謂如法其一切法悉依法性如此龍王其依因緣而起生者斯則應得四依之念

其依因緣彼則不依斷著有無是謂其見因緣起者斯見諸法其見法者斯見如來所以者何因緣乎龍王等起無起於法非法等而無著又如來者亦爲無著因緣之起亦無有起法不可得覺其法者斯則如來於因緣起慧眼見之慧眼見者斯則諸法見諸法者斯則如來是謂其見因緣起者斯則見法其見法者斯見如來又如來者以法見法如是龍王若以此法行應脫者斯謂菩薩而無欲行乎又龍王無欲菩薩不作欲習悅樂賢聖捨非賢聖勤慕與護於賢聖種廣合諸慧爲法作護修於博聞志樹無忘不捨戒身智身無傾定身不動於其慧身得善堅住脫慧見身强固難轉脫慧見故又復龍王無欲菩薩得無數佛正法度義亦具無數諸佛要慧又果無盡諸佛之辯得通無量諸佛神足因致無數諸佛權解普入無量衆生之行遊過無數諸佛國土因見無數百千如來緣得聽聞無數諸法得無數義達無數慧曉無數行度無數衆若是龍王無欲菩薩常應清淨消盡衆穢德不可量三界自由不有所著何則然者以其無欲自從心生有三事從心出生何謂爲三從其欲生又從愛生亦由起生復有三生觀於起生又觀起生又觀所行觀心無處又復三生滅寂專一曉解於觀如法隨行又復三生德備仁調以爲靜寂從行勤生又復三事從於行直而無有諂仁慈調忍復有三事無沉吟疑順善不麤志足易養又復三事從其空生又復無相亦曰無願又復三事心之所生諸法無常從其心生諸法皆苦亦由

心生諸法無我亦從心生復有三事而從心生諸法無常諸法無我滅盡無爲皆從心生如其龍王菩薩等滅亦由心生謂其不捨普智心行平等一切以大慈故不捨衆生大悲心故不猒生死用大喜故等離喜怒以大護故所有惠施不望報故衆戒學行德義備故内尅已過不論彼短能忍衆生諸不善行欲度彼人心固金剛合集衆善諸德之本身命無怙得致一切諸定正受心無勞惓不以正受而有所生曉智以權順隨衆生以其諦慧度諸志脱欲達聲聞緣覺乘者顯念佛法求諸佛法能忍衆苦廣宣法故衆利敬養蔑而棄之志具諸相德行無猒充滿智慧博勤多聞習善友故值善知識用謙敬故得應謙行降自大故以降自大志行備故具滿意行用無諂故以離諂者言行應故以其無欺修誠信故以住信言離衆欺故滅除妄語生誠信故降心於信如是龍王其有菩薩而生是心斯謂無欲又復龍王無欲菩薩魔不能得其限便也所以者何以彼菩薩應無限故而亦不行有限之法彼何謂爲是限法乎欲婬恚癡斯皆有限菩薩於是不有所著以此謂之爲無限也聲聞緣覺其乘有限菩薩住於普智心者魔終不能得其限便有念無念念想有限菩薩以離衆念之應如此菩薩魔不能得其限便也如是龍王有二魔事而是菩薩當深覺之亦當遠離何謂二事於其師友無恪敬心而自處大貢高慠人是謂爲二又二魔事捨菩薩六度無極藏心反喜樂雜行聲聞及緣覺法復有二事何等爲二無其智慧

而欲行權與諸墮著妄見衆生樂相狎習復有二事寡聞少智自以慧達雖有通博於中自大又復二事於德甚少望生尊貴若修德行而樂小乘復有二事正法不護不度衆生復有二事志不樂習於諸菩薩及衆通達明智者俱專行誹謗清高菩薩主爲法師數與蔽礙又障師訓而多諛諂又二魔事捨諸德本心存不德復有二事雖在閑居懷想三毒志常憒閙若遊國邑有貪利心復有二事爲非其人說深要法應當爲說而反不說復有二事不覺魔事遠離普智意數錯亂如是龍王其諸魔事色像若斯無欲菩薩而永無此又復龍王若有菩薩修於清淨行應無欲當致菩薩十六大力以此諸力降調已志以化衆生何謂菩薩十六力耶曰得志力意力行力慙力强力持力慧力德力辯力色力身力財力心力神力弘法之力伏諸魔力無欲菩薩得是菩薩十六大力何謂菩薩爲志力耶如是龍王菩薩志力能覽諸佛一切所說總而持之是謂志力斯菩薩意應諸佛行於諸衆生而無斷礙是謂意力能達一切音聲所說解了諸義是謂行力離諸罪行與衆德法是則慙力一切諸難不爲非行斯則强力億千魔兵不敢而當是則智力通達持法宣示等學而無遺忘斯則持力無著不忘於百千劫其所可說無礙不斷隨解諸法是則辯力若諸釋梵及四天王往詣菩薩黯然無色是端正力以其寶首所可念願應意即至是則財力過諸外道在中獨尊是則身力衆生之心能一其心知衆生心順行化之是則心力

衆生應以神足度者爲現神變使衆覩見是神足力若所説法使衆聞之而無中斷彼受順行等除苦盡是弘法力若其禪定正受之時得承佛旨賢聖行法是降魔力斯謂菩薩十六大力其有行者志慕願此十六之力而欲得者當修無欲譬如龍王一切流河歸於大海道法諸行三十七品悉歸無欲又若龍王諸藥草木依因於地諸善行法皆由無欲譬如龍王轉輪聖王衆生所樂若此其有無欲菩薩乃爲諸天龍鬼世間人之所愛樂也

爾時世尊爲阿耨達并諸太子而説頌曰

欲爲慧菩薩　志願佛道者　彼當離穢法
常勤行無欲　慧解因緣法　不倚於見際
覩法以因緣　無緣不有法　緣生彼無生
是不與自然　著緣斯亦空　知空彼無欲
著緣而無相　脱願寂復寂　憺怕像大愚
其處魔不審　見法無著緣　於其無吾我
彼不有我人　知是則無欲　無主不守護
不獲亦弗捨　本脱無取捨　離欲常了法
觀義不爲飾　慧行常脱識　曉了順義經
依法不爲人　空義是佛法　及脱無相願
不倚造見念　是義其無欲　於法不有二
音聲無可得　處法難可動　不入義無欲
法義無欲義　眼耳不色聽　鼻口離香味
身心無更法　不色生滅義　又不離痛想
亦無識住義　達是應法義　不住三界義
亦無吾我義　世尊無色身　無字法説義
計數非法義　至要不以施　非戒忍進定
慧無我世尊　諸法解無義　智謂是法要
於義永非義　無欲則佛法　無生曉若慧

不起無有滅 不生亦不終 知是應尊習
五陰解若幻 知其如法性 曉内如空聚
了是爲無欲 知法至趣向 明達衆生情
斷念以止意 無欲得是慧 意斷無有二
神足心輕騰 以力而無慢 諸根知止足
覺定解以智 明了八直道 慧觀於滅行
解法所至歸 本法不有生 當來而未至
現在無住法 不欲知如是 身像無堅固
語空譬如響 心幻若如風 無欲解如是
知說順義經 了達於因緣 本癡生死滅
無欲是慧義 無我人命壽 解了法非法
以脫於三門 所說空無著 無生見滅道
習慧喻俗行 不從心意生 無欲覺是行
法性常如住 佛興及滅度 無二覺不覺
無欲知是法 其積如本際 彼積悉諸法
空積及人際 無欲達是智 法性常以住
覺起而滅度 不識知其二 無欲法如是
不殃善不善 知法無罪報 佛法不從他
從行度無極 以離因緣聲 音脫聲聞行
惠施致大富 彼見戒生天 博聞得智慧
守意化衆生 至聖都守意 無欲法如是
力常轉諸欲 智慧志存法 等念是諸法
法性常無得 識知因緣起 而致四德行
知義及與法 順義知無欲 觀緣彼見法
以法見世尊 等於起滅法 無欲了尊法
因緣跡無得 音聲法無字 斯法得本無
是聖謂如來 以慧見因緣 無見不見法
明慧了因緣 是謂見世尊 彼永無欲行
悅情諸賢聖 法性毀不捨 而護賢聖種
常護佛正法 無欲聞不忘 戒根不捨離

於定達難動　知身慧不動　常住於脫身
及脫慧所見　無欲常安住　解入諸佛法
無量衆聖道　得佛神足具　辯達一切行
知衆情意行　忽然遊諸土　得見諸如來
受彼所說法　聞守解達義　宣示無量人
知彼億數行　志得向無數　無欲當自在
降心入功德　伏意使無欲　終不還是世
諸陰心已脫　了知起滅處　觀滅無所有
所習以而無　聲性心所行　不諂常端直
無侒調仁善　無欲德如斯　以脫空相願
解苦知生死　無我法常寂　無欲從心行
普智心等慈　以悲濟衆生　喜不猒生死
行護無有邊　所施無望報　省已立諸行
忍耐善不善　念脫彼衆生　勤精强修德
不計有身命　以次知諸定　亦不隨於定
慧定大精進　於數不墮數　以諦化聲聞
智不志滅度　無欲值佛世　彼有斯諸法
魔不知其行　安住法了是　無欲不有限
曉是貪垢限　離欲彼無想　魔不知其處
其想吾我應　彼自起魔事　是悉度諸行
衆魔而不審　無欲志不忘　所行常清淨
無欲不意志　慙行而不毀　以聞無欲者
悅慧敬如來　其住如法住　彼應如世尊
諸佛十力者　菩薩欲奉事　聞斯無欲行
勤意當受持　其聞此無欲　悅信廣奉行
彼常致無欲　得佛是不久　無欲聖所由
而致最清淨　無欲得成佛　以化無有邊
去來現在佛　諸得衆相好　悉從斯無欲
及行是法故

爾時世尊說是無欲法品之時諸在會者四

萬二千天龍鬼神人與非人皆發無上正眞道意萬二千人得不起忍又八千人逮柔順忍三萬二千天人神龍得離塵垢悉生法眼又八千人而離欲行八千比丘漏盡無餘當爾之時三千大千世界六返震動普徧十方晃然大明於雪山下無熱池中周帀現有所未見聞光燿妙華皆至於膝其池水中普生乃異鮮飾蓮華大如車輪中生出美香華色無數百千諸種皆是佛之威神所致亦爲是法與其供養以悅無熱龍王意故

三昧弘道廣顯定意經卷第二

音釋

蔚於貴於勿切草木盛貌　姝春朱切美也　荂芳無切榮也　晃胡廣切燿也　煒于鬼切日光也　愕五各切驚遽也　悸其季切心動也　懱莫結切輕易也　內奴教切與閙同

三昧弘道廣顯定意經卷第三

西晉三藏法師竺法護譯

信值法品第六

爾時阿耨達龍王心甚悅豫又及龍王五百太子宿發無上正眞道意聞佛說是尋即皆得柔順法忍忻心無量各樂供養輙爲如來施飾寶蓋進上世尊同時白佛言聖師如來至眞正覺爲吾等故出現生世何則然者令吾等聞普信道品得聞是已意而無倦不有懈退亦無驚恐聞已加重專心習行樂聽無猒如是像法也又惟如來解說菩薩云何得值諸佛世尊如來告曰諸賢者等勤念受聽吾當廣說諸太子言惟思樂聞彼諸上士受世尊教如來告曰樹信賢者與值有佛何謂爲信信謂正士修諸明法奉之爲先何謂明法曰依行應不離德本習求樂賢慕隨聖衆勤心樹信志無勞疲思僥聞法拔棄陰蓋順習於道得法利養以施周惠戒與不戒濟接等與在諸恚怒而常有悅勤樂普智心無懈退信佛不休未嘗亂法悅心聖衆志道難動喜樂正眞而離貢高於衆自卑常有等心諸處無著終捨身命不造惡行修立質信言行相應等過於著心無垢穢身口意行順隨聖化明了諸事得爲清淨知足無貪所行應淨曉入智幻習求慧根依順七財修念誠信根力已備而行正見所受師友謙恪禮敬安足易養數詣法會心無退猒有患生死示無爲德勤心精進求昇普智以弘道化於如來法志樂出家修諸無數梵清淨行造立慈悲救彼衆生志在返復其有報恩及不報者等接

護之心無適莫不自念利常恱彼供忍調之行已悉備足自見無惡不背說人内情已寂志於閑居心常樂靜專念習法而無諍訟等已彼過求備戒具集合定行勤謹於道斯謂賢者行應俗信樹信如是此謂與值佛世者也又賢者等其於世俗造信無忘是謂與信值佛世也又賢者等何謂俗信其有信者信諸法空以離妄見信知諸法以爲無相而離念應信知諸法悉皆無願不有去來信知諸法無識無念靜身口意寂無有識信知諸法以爲離欲無我人壽命信知諸法信知本無去來自然信知諸法眞際無跡如本無跡信知諸法已皆自然等若空跡信知諸法而依法性信知諸法等過三世信知諸法欲處邪見而皆悉盡信法無著以離本癡本無清淨

信知諸法心常清淨亦不興起客欲之垢信知諸法無所觀見信諸法護等斷衆行信法無我以過喜怒信諸法無心無形像而不可獲信諸法僞如握空拳誘調小兒信法無欺不有上下無所捨置信諸法虚若芭蕉樹信法自由如常寂靜信法無審不住三處信法永無不有所生信法若空以等無數信知諸法若如泥洹常自寂靜如是賢者其於世俗興起是信斯謂造信而值佛法又復賢者其有信值佛法名者此則名曰諸法都無起之謂也所以者何不色生故不色無生化轉之習不痛想行識無識起不以眼耳鼻口身意無起轉習不身起轉不癡有無不生老死有無起故如值佛世不起有生亦不起滅又復無起習於無滅不以正意無志意習而值佛

世總要言之亦不以三十七道品法習無起習亦不以道無生之習不以起慧亦不滅慧不慧無慧無二之習而值佛世當說信值佛世品時無熱龍王五百太子皆悉逮得柔順法忍於是世尊復說頌曰

與信值佛世　而習於不生　其無向信者
斯不值佛世　修信謂最上　從致清淨法
行質有報應　不違厥所修　信習諸賢聖
勤修常禮敬　心不有懈退　此信之所行
勤行聽說法　陰蓋不能動　從信得致道
行逮於柔順　以法所得財　轉惠普周濟
護戒與毀戒　行信而等施　能悅諸恚怒
道心不懈倦　勤求大乘法　有信悅向衆
永離大貢高　志常自卑下　所在無所著
立信相如是　志信不惜身　終不造惡行
守善無妄語　言行常相應　悅信以過界
樂行於無心　身口意清淨　習隨聖所護
有信行內淨　常爲慧所將　知身之要本
求問宣所聞　等念於七財　得力根以足
長離衆邪見　志常習等行　禮恪有悅心
敬事其如師　心肅善虔恭　知足無所遺
其心常無念　所志惟道法　有猒生死者
引示無爲德　脫之所當行　惟常求悅心
速離於是世　修梵行無倦　懷受諸衆生
救彼無利望　當報所受恩　悅信當勤求
已利不以悅　亦不嫉彼供　仁忍而悉備
無諂調質直　行信目所見　不背說人短
根寂性安敏　志悅樂閑居　其心無憒鬧
自勵備恩行　先順不有諍　內省剋已過
勤求具戒行　專習於定道　悅信慕樂行

信者相如是　其過俗信者　彼行而解此
與法不有諍　深妙佛所説　誠信信於空
彼都無衆見　諸法無有相　不意離衆念
當斷除諸願　覺了去來事　法永無著作
不有於身心　信爲無欲法　離我人壽命
信者解本無　得至不二處　其本無有積
體無若虚空　諸法信亦然　便與法性同
等過於三世　諸法無有漏　欲處及與貪
樂信無受見　諸法不有著　其本明清淨
客欲無能蔽　不處心有住　諸法不可見
因緣而無起　常觀於高行　不受所住短
無合不有離　脱者無合同　信悦於空法
愚之所可惑　憯怕意無起　欺僞如芭蕉
口言而自然　無去亦無有　諸法無所有
所見皆不要　其法若虚空　等緣無有數

諸法如泥洹　本無不可見　信悦而行此
解了身虚空　其有如是信　菩薩及凡人
彼則值奉佛　所處無有惡　不以造色行
得應值佛世　無色不有處　不來亦不去
於色無有生　不滅亦無住　當來無所至
值佛廣演説　五陰亦如是　化習轉無生
值佛當散説　慧達諸菩薩　其身及諸情
亦習以無生　佛興以無生　常救諸墮生
癡本無有生　生死亦如斯　是緣如本無
從法而有佛　無起不有生　不滅無有住
是以知無處　處亦不可見　斯亦不自生
興佛而博演　無志不有住　是亦佛所轉
諸種亦如是　佛種順如法　斯類亦起無
如佛而等與　其行如是者　佛興爲若此
悦信斯大衆　其限不可得

轉法輪品第七

爾時世尊告太子等又諸賢者何謂菩薩得轉法輪其有布露如是像法樂說句義受持不忘修而行之諸有不發大悲意者爲興普智隨順衆願而爲說之廣宣布示志不有倦忽棄利養勸念順時受持護行斯謂菩薩應轉法輪又若如來所轉法輪而其法輪行像入德當粗剖說不以起法亦不滅法不以凡夫下劣行法亦復不以賢聖法故而轉法輪又其法輪不中斷絶等斷善惡彼以是故爲無斷輪又其法輪因縁之起不起無起而有其轉以斯之故爲無起輪又其法輪不以眼色耳聲鼻香舌味身更心法諸情轉隨有轉以此之故彼無二輪若有二者則非法輪又其法輪亦不過去當來現在所著而轉是無著輪又其法輪不我見轉非人命壽所住而轉是爲空輪又其法輪不識行相滅念之轉是無相輪又其法輪不於欲界形無形界所望而轉是無願輪又其法輪不計衆生有異而轉不處二法是凡人法是聖戒法是聲聞法是縁覺法是菩薩法是爲佛法彼以是故爲無異輪又其法輪不以有住法輪而轉以斯之故爲無住轉法輪名乎諸賢者等眞諦正輪常無毀故要義之輪等三世故無處之輪諸習見處以等過故寂寞靜輪身心無著不可見輪意識離故無隙之輪五道不處故審諦之輪無諦現故行信之輪等化衆生用無欺故不可盡輪字無字故法性之輪以其諸法依法性故本積諦輪本無積故本無之輪如本無故無所造輪無念漏故無數之輪

導至聖故如空之輪明見内故無相之輪無外念故無願之輪無内外故不可得輪修過度故又諸賢者其如來者以此法輪轉之衆生諸意行也其轉不轉彼不可得法無所捨於時世尊説是轉法輪品之時天龍鬼人及諸種神欣心踊躍顯光讃揚如來斯法皆同聲曰善哉世尊甚爲難值如來示説轉此法輪聞者奉行則應法輪是法名轉空虚之輪諸已過佛及與當來并諸現在悉由是法其有信者斯則已度諸行此法吾等世尊代其勸助彼諸衆生其興是心常欲聞斯法輪品者聞當發求是道要行彼亦不久得轉法輪於是衆中聞是説者有萬天子皆發無上正真道意五千菩薩逮得法忍於是世尊告諸賢曰又正士等其護正法受持正法營護正法是謂護法所以者何於永無滅應是行者天及世人終不能當於時無憂前白佛言又惟世尊若斯正士以如是法而得最覺於其本無不有惑者又如是像諸正士等當共擁護所以護者令諸正士使其速應於此大乘彼皆行已得轉法輪又能興識法之大明是故世尊以斯等教要法正護使發大乘以護法師安救敬禮順聽禁戒是時世尊讃歎無憂龍王子曰善哉善哉無憂正士諸發大乘爲法師故安救擁護是謂護法爲諸法師營護正法護持正法又復無憂護正法者得十功德何謂爲十無其自大降下貢高又行恭敬亦無諂行勤思樂法志慕習法專意隨法行觀於法樂宣説法樂修行法隨所至乘順而説之是爲十行以護正法又復無憂有十

事行得護正法何謂爲十若族姓子及於族姓女所聞法師遥禮其處思樂得奉來輒敬愛供給所欲衣被飲食護以諸事往詣謙敬順聽所說以宣同學障其說非常樂稱歎使譽流布是爲十事得護正法又復無憂有四施行得護正法何謂爲四筆墨素施給與法師衣被飯食牀卧醫藥供養衆所若從法師聞所說法以無諂心而讚善之所聞受持廣爲人說是爲四施得持正法又復無憂有四精進得持正法何謂爲四求法精進勤廣說法敬禮法師若毀法人正法降之亦以精進是四精進得持正法時阿耨達五百太子聞佛說是悅懌忻喜歡樂無量同聲言曰如來所說甚善無比解諸狐疑各以宫室及其官屬盡以上佛奉給所應以敬順心而重言曰從今世尊當勤受化永常無倦至於如來無爲之後佛之所說是像寶法當共敬受是經要品求索通達勸進修行斯則世尊吾等至願又若如來無爲之後吾等聖尊在所國邑當共同心供養舍利護奉禮敬至於現滅也於是賢者耆年迦葉謂諸太子及賢者等如仁輩言獨欲全完供養如來神身舍利汝等是言多斷衆生諸德之本障蔽明淨翳道至化使與是言何則然者又若如來本始造願使留舍利布如芥子爲諸衆生降大悲故何得全完而獨供養耶彼正士等即答賢者大迦葉曰唯然迦葉勿以聲聞所有智限而限如來深邃無極明達之慧所以者何若如來者有普智心一切之見處以神足感動變化若其與念能使三千大千世界天龍鬼神各

於宮殿普令全完安置舍利使各念言吾獨供養如來舍利其餘者不又復迦葉若如世尊無爲之後隨衆生心應置舍利又復迦葉若如來德至於阿迦膩吒天上立置舍利其如芥子能普明照一天地内是佛世尊神威變化感動力也

決諸疑難品第八

爾時賢者須菩提曰諸族姓子又如來者爲滅度耶曰須菩提於起生處當有其滅須菩提曰諸族姓子如來有生乎曰如來者如其本無無生而生須菩提曰如如本無無生不生彼都無生也答曰是者須菩提則佛所生如其本無而不有生須菩提曰佛生如是滅復云何答曰亦復如是如本無生於無生無爲滅度亦爾本無惟須菩提不起而生滅度亦爾如是其滅亦爾本無也説是語時無熱淵池現大蓮華若如車輪莖有無量種種之色以名衆寶而用光飾於諸華間有大蓮華色最暉明現奇異好特獨踊高賢者阿難在於無熱大池之中覩其變化所見若斯尋啓世尊今此變化爲何瑞應與其感動乃如此耶如來告曰且忍阿難自當見之説適未久忽從下方乃於寶英如來佛土寶飾世界六萬菩薩與輭首俱忽然踊出遷能仁界升於無熱大池之中各現妙大蓮華座上輭首童子即就蓮華高廣顯座是時衆會皆悉見之愕然而驚時阿耨達及諸菩薩釋梵持世來會諸衆悉各叉手稽首敬禮輭首童子退住虛空共持珠寶交露之蓋時輭首與諸菩薩俱并蓮華座亦踊虛空去地乃遠於上而雨

未曾所見最妙蓮華供養如來從諸華中有聲出曰寶英如來問訊世尊起居無量體祚康强神力安和乎聲復言曰輭首童子與諸菩薩六萬人俱往詣忍土至於無熱龍王淵池觀彼感變又志樂聽龍王所問莊飾道品入法要說爲其世尊廣勸法言使其歡悅於是輭首及諸菩薩從虛空下悉詣正覺稽首如來欣心肅敬住世尊前爾時天師告輭首曰童子來乎爲何至故與諸菩薩俱至此耶輭首白佛吾等世尊在彼寶英如來佛土寶飾世界承聞至眞能仁如來垂慈十方演說斯要聞是法故尋從彼土昇遊詣此奉禮天師緣聞如來所講法也迦葉白佛近如世尊寶英佛土寶飾世界而諸大士忽至此耶輭首答曰惟如迦葉坐一定時極其神足飛行之力盡其壽命於中滅度而猶不能達到彼土其國境界彌遠乃爾佛告迦葉其土去此過於六十恒沙佛刹乃至寶英如來佛土曰其來久如而到此乎答曰久如耆年漏盡意得解也大迦葉曰甚未曾有唯然輭首是諸正士神足若斯輭首又曰耆年漏盡意解久如耶答曰如其轉意之頃又曰耆年意已解乎答曰已解輭首復曰其誰縛心如有解乎答曰輭首以心結解非脫有解致慧見也曰惟迦葉其無縛心以何解乎迦葉答曰知心無縛斯則爲解曰惟迦葉以何等心云何知心過去知耶當來現在乎過去者滅盡當來未至現在無住以何等心而知其心曰心已滅者是輭首曰即無身心之計數也曰賢者心知其滅耶曰心滅者不可得知曰其得致

都滅之心者彼永無有身識之得曰大辯哉輭首童子吾等微劣豈能應答上辯之辭輭首又曰云何迦葉響寧有辯耶曰無童子因緣起耳曰不云乎惟大迦葉一切音聲若如響耶曰爾輭首又曰響辯可致不乎曰不可致又曰如是惟大迦葉菩薩挾懷權辯之才不可思議亦無其斷若耆年問從劫至劫菩薩機辯難可究盡也爾時迦葉而白佛言惟願世尊加勸輭首爲此大衆弘講說法令諸會衆長夜致安普使一切得明法要於是衆中有大菩薩其名智積問輭首曰何故童子長老迦葉年耆極舊所言怯弱微劣乃爾爲以何故名之耆年輭首答曰是聲聞耳故不果辯智積復曰斯不知發大乘志耶曰永不矣惟以聲聞乘之脱也曰又輭首何故名爲聲聞之乘輭首答曰是族姓子世尊能仁隨諸衆生與三乘教敷以說法有聲聞乘緣一覺乘及大乘行所以然者由此衆生意多懷貪志劣弱故說三行耳智積又曰云何輭首如空無相願都無其限何故限之有三乘乎曰族姓子是諸如來執權之行空無相願不有其限爲諸著限而有諸限終不限於無限行也曰又輭首吾等可退使永莫與劣志衆生得有會也輭首答曰諸族姓子且忍當從無熱龍王聞其智辯及無量法耆年迦葉謂智積曰云何正士如彼寶英如來佛土云何說法智積答曰惟一法味從其一法演出無量法義之音但論菩薩不退轉法諸佛與藏要行之論從已取脱不由衆雜依於普智永無餘脱恒講菩薩清純之談其土都無怯弱

之行也時阿耨達問輭首曰仁尊輭首來奉如來爲何等像觀於如來以色觀耶痛想行識觀如來乎答曰不也以約言之色苦觀耶痛想行識苦觀之乎滅色痛想行識觀耶爲以空無相無願行觀如來乎答曰不也又問云何去來現在相好肉眼天眼慧眼觀如來乎答曰不也云何輭首以何等相觀如來耶答曰龍王觀於如來當如如來又曰輭首如來云何乎曰如來者無等之等等不可見用無雙故妙矣龍王如來極尊無偶無雙無比無喻無疇無等無匹無倫亦無色相爲其無像無形無影無名無字無說無受也如是龍王如來若此當作是觀觀於如來亦不肉眼天眼慧眼而觀如來所以者何其肉眼者以見明故如如來者無冥無明故不可以肉眼而觀又天眼者有作之相若如來者等過無住故不可以天眼而觀又其慧眼知本無相又如來者衆都永無故不可以慧眼而觀云何輭首觀其如來得爲清淨曰若龍王其知眼識心不有起又知色識心無起滅其作是觀觀於如來爲應清淨爾時其從寶英如來寶飾佛土菩薩來者得未曾有而皆歎曰甚快妙哉斯諸衆生善值如來逮聞如是龍王所問決狐疑品聞已悅信不恐不怖又無驚怪加復受持諷誦宣布如是正士應在慧署吾等世尊不空至此值聞是要無極像法又若世尊斯法所至聚落國邑當知其處如來常在終不滅度正法無毁道化興隆何則然者以此法品能降魔場伏諸外道也時阿耨達謂輭首曰善修行者輭首童子斯之菩薩

逮聞是法得佛不難進已勸人勸道無倦也何謂菩薩應修善行輭首答曰若是龍王如貪行空施行亦空等解於此是謂善行以約言之不戒與戒懷恚及忍懈退精進亂意一心如其愚空智慧亦空於是等行斯謂善行又復龍王如其婬欲恚怒愚癡爲之空者無其婬欲恚癡亦空如衆行空無雜亦空於其等行是謂善行又復龍王如其八萬四千行空賢聖正脫亦悉爲空於斯等行是謂善行又復龍王若有明賢修菩薩行無行無不行亦不見行不有惑行亦無念行又不知於是等行是謂善行無熱龍王謂輭首曰云何童子菩薩行於無所行乎答曰龍王若初發意行菩薩道至得佛坐所行功德悉由初行不生之行無受處行無護捨行無隙之行又無著行亦無諦行無有限行亦無惑行又無婬行無所作行亦無持行無審之行亦無底行是謂菩薩無行之行若菩薩以不生之行無行不行得三十七品無所造作以慧而脫永脫於脫不過二際明了本際而不取證菩薩作是此謂菩薩得不起忍如斯之行此謂善行說是語時三萬四千天龍鬼神菩薩行者逮無從生法樂之忍

三昧弘道廣顯定意經卷第三

音釋

僥（古堯切求也）握（於角切持也）粗剖（粗坐五切略也剖普后切判也）隙（綺戟切罅隙也）翳（於計切蔽也）邃（雖遂切深遠也）輭（而兗切柔也）祚（昨故切位也）

三昧弘道廣顯定意經卷第四

西晉三藏法師竺法護譯

不起法忍品第九

時阿耨達謂輭首曰不起法忍當云何得乎輭首答曰忍不生色痛想行識是謂菩薩得不起忍又復龍王菩薩所得不起法忍等見衆生以致是忍等彼衆生如其所生等見衆生亦無有生等見衆生以如自然等見一切若如其想亦不與等而見其等是謂菩薩等見忍空云何爲空眼以色識耳之聲識鼻而香識口之味識身所更識心受法識如諸情空其忍亦空過忍亦空現忍亦空如其忍空衆生亦空何用爲空以欲爲空恚怒癡空如衆生空顚倒亦空欲垢起滅亦悉爲空作是智行斯謂菩薩行應不起法忍之者其等衆生已應向脫何則如是又彼菩薩而作是念如其已空至於我垢及諸衆生空無所有御欲如此是欲已脫於本自無一切衆生如此之忍於欲自在已脫是欲根寂無處其永不滅無脫不脫亦無有得至脫者也若斯永脫則彼是故住處自然又此龍王若有菩薩行應忍者拔度一切不有其勞所以者何見諸衆生本都無縛於本自脫彼作此念是諸衆生悉著一欲行者不著而脫本法一切衆生著其不諦妄想之念菩薩了此終始無著已脫法本又復龍王得不起法忍菩薩者雖未得達佛要行處然是菩薩不住凡夫學無學處普入諸處習度無倦不於欲處有其淫行恚處不怒癡處不愚不於處所以無欲住離衆欲際御持諸性導化衆生自無欲垢貪著

礙行彼於魔界及與佛界幷自然相而無疑惑亦不念其法性之處普現於彼衆生之界了知諸處法非法處曉入行處以慧而觀於行之處及生死處亦不生死入隨生死所在諸處爲造得本守靜不疲解知生死而無生死不以賢聖修應而脫時阿耨達謂輭首曰如仁輭首而作是言菩薩不以修應向脫其曉是學斯則菩薩修應向脫何謂菩薩修應向脫輭首答曰得不退轉是謂菩薩修應向脫又復龍王菩薩曉知有念未脫爲諸隨念衆生等故建立精進化轉無念言有吾我亦爲未脫又復龍王其菩薩者已無吾我向諸縛著衆生類故爲起大悲而以度之彼見生死都無生死生諸所生以其無生衆生無生而皆等見爲諸倚著衆生之故現生受身永無其生亦不有終是慧菩薩應修向脫執權而還還住生死現在所生受身之處濟化愚冥導以智慧得免罪苦菩薩以空故應寂向脫以權而還返于生死爲諸衆生與發大悲菩薩無相修應向脫弘權而還還遊生死向諸隨念衆生之故爲起大悲菩薩無願修應向脫執權而還還住生死爲諸隨願衆生之類向發大悲化行無願脫乎龍王菩薩解入無所有法不捨衆生入於無我及人命壽不忘道場曉入無量果致大人三十二相終寂靜寞無寂不寂亦無其亂等過諸行無心意識不違本願昇普智心等離衆念權曉衆生種種意行得賢聖者及非賢聖勤以精進立正聖法無淫泆行建志不捨寂與不寂等皆濟護無念不念其不整者佛土莊飾嚴整立

之過俗向脫脫不離俗如是龍王以執智權有賢聖定是爲菩薩修應向脫譬如龍王聲聞之行修應向脫名曰往還以成其道不能前進發於無上建立大悲而化衆生如其菩薩亦應修脫無復動摇成不退轉往還乎龍王修應向脫無疑會當得至道果又如菩薩修應向脫都不忘於聲聞之果受菩薩道以是聲聞修應向脫爲有其限如菩薩者永無其限譬如龍王有二匹夫在峻山頂而欲自投其一人者力最勇悍權策通捷宿習機宜曉了諸變無事不貫從其峻山而以自投忽爾復還住彼山頂由其勇勢爽健猛達身昇最力輕鶱翻疾强果所致而使無墮亦不所住如其一人志怯意弱亦無權謀於其山上不能自投如是龍王其菩薩者於空無相願觀覩諸法無所作念如是觀訖又復能以權慧之力爲衆生故住普智心其峻山者謂是無數其慧博達顯大力者譬執權慧行菩薩也字修權慧菩薩行者不處生死不住無爲是謂菩薩被普智鎧而入生死抽拔衆生令發菩薩大乘之行其劣弱者住彼山上不能返還譬之聲聞不入生死無益衆生若是龍王其有菩薩聞是脫慧要行品者斯輩世尊皆得堅固於無上正眞道意疾近佛座濟度三界說是法時會中菩薩等七千人得不退轉

衆要法品第十

時阿耨達龍王太子其名感動前白佛言今吾世尊以無貪心自歸三尊願使是經久住於世護正法故惟世尊志發無上正眞道意

願造斯行樂興建之得了心本明曉道本及諸法本自致成佛最正之覺當廣宣道化潤衆生又惟世尊其諸菩薩聞此清淨大道法品而不信樂不奉行者當知斯輩菩薩之類爲魔所獸亦不疾近普智心行所以者何從斯世尊法品要義出生菩薩自致成佛伏魔外道去來現在諸佛正覺皆由是法爾時賢者須菩提謂太子感動如仁賢者了解心本明盡道本及諸法本若得成其覺諸法者此何心本而得了耶曰其本者惟須菩提是之本者以心本也須菩提曰心爲何本曰本者乎淫怒癡也曰淫怒癡爲何本耶曰以念無念爲本也須菩提曰云何賢者淫怒癡本爲從其無念與起生耶曰須菩提淫怒癡本不念無念亦無生也又其本者不起爲本又須

菩提所可言者此何心本爲心本者其本清淨斯謂心本如本清淨彼無婬欲恚怒癡垢曰族姓子欲生起生彼從何生而常生生如無斷耶曰須菩提其欲當生而已生生於心本者不有著生惟須菩提若彼心本有其著者則終無致至清淨者是故心本都無著也由是知欲亦爲清淨須菩提曰云何族姓子了知欲耶曰以因緣之起生也其無因緣爲無有生惟須菩提修淨念者了欲無也須菩提曰又云何乎族姓子菩薩爲應修淨念耶曰須菩提菩薩於行而修諸行是謂菩薩修淨行者也惟須菩提其有菩薩都爲衆生被大德鎧化至泥洹等見衆生本如泥洹是則菩薩修淨念行惟須菩提其菩薩者爲諸聲聞及緣一覺隨應說法不隨是化斯謂菩薩

修淨念行惟須菩提又彼菩薩自寂其欲靜衆生欲是謂菩薩爲修淨行又須菩提其菩薩者在於淨念而見不修又於不淨而見修淨是謂菩薩修淨行者爾時須菩提謂王太子感動曰又云何乎族姓之子菩薩於淨而見不修於其不修見淨修念曰須菩提修淨念者謂修眼色耳聲鼻香舌味身更心所受法見悉不修法性無二謂修三界不著是菩薩住住以善權斯曰修念菩薩作此行須菩提則謂修淨念行者也於是世尊歎太子曰善哉善哉如若正士感動所言修淨如斯是爲菩薩應修淨行今若所説皆佛威神其有菩薩修行如是此乃應與大乘之行當知斯輩堅固普智於是太子感動白佛云何世尊菩薩得以無欲之心應自歸佛曰族姓子若有菩薩了知諸法無我人壽無色無想亦無法相不於法性而見如來如是菩薩爲應無欲自歸命佛如如來法彼則法性如其法性爲普所至有得致是法性之法則知諸法斯謂菩薩以無欲心應自歸法其法性者彼爲無數習無數者即是聲聞又如菩薩等見無數於其無數而不有數亦不二者斯謂菩薩以無欲心應自歸衆説是語時太子感動得柔順忍來會色欲諸天龍人聞此法品等二萬衆皆發無上正眞道意

受封拜品第十一

爾時龍王阿耨達與宮夫人太子眷屬俱而圍遶自歸三尊都以宮室幷池所有供奉世尊及比丘僧以爲精舍又復言曰吾今世尊興發是願從斯大池出流四河充于四海從

其世尊四河之流若龍鬼人飛鳥走獸二足四足有含命類飲此流者願其一切皆發無上正眞道意宿不發者飲此水已使成其行速在佛座降却魔衆伏諸外道時世尊笑諸佛笑法口出五色奮耀弈弈光燄無數震照十方無量佛世明踰日月須彌珠寶諸天魔宫及釋梵殿一切天光盡翳無明是時無數億千天衆莫不懷悦發願聖覺光徹阿鼻諸大地獄有被明者尋免衆苦皆志無上正眞道意還遶世尊乃無數帀忽從頂入爾時賢者名曰拔者(此言辯辭)見其光明輒從座起整著衣服偏袒右臂向佛跪膝恭檢叉指歎頌世尊而以問曰

其色無量見者悦　人雄至最獨世尊
滅除衆冥與大明　執持威神説笑意
百福所詠得七滿　得智光明演慧行
爲法上講唯法王　世尊今笑何瑞應
具見誠諦當樂信　根定寂静衆惟敬
化度一切以寂然　德過無極説笑故
梵聲清徹甚輭和　鸞音商雅踰諸樂
衆音備足無缺減　解散笑故宣布示
智脱之明應慧度　行常清淨樂憺然
權曉衆行普智具　賢聖導王説笑義
智辯通達慧無極　現力無量神足備
十力已具普感動　天師現笑用何故
身光無數照窈冥　大千衆明不能蔽
踰越日月及珠火　威聖之光無等倫
功德滿足若如海　順化菩薩以智明
壞慧無限散衆疑　興發何故而有笑
尊度三界無有極　權導衆生除諸穢

能淨欲垢化無欲　天顏含笑爲誰興
如來所由普感動　震動天龍諸鬼神
稽首虔禮於法王　蒙說笑意決衆疑
是時佛告耆年辯辭賢者汝見阿耨達不供如來故造此嚴飾曰然世尊已而見之曰是龍王已於九十六億諸佛施種德本今受封拜如吾前世爲錠光佛世尊之所授決汝當來世得致爲佛號名能仁如來無著平等正覺通行備足爲最衆祐無上法御天人之師號佛世尊是時龍王爲長者子其號名曰比守陀末(此言淨意)聞吾受決尋轉興願使吾來世得其拜署若斯梵志爲是錠光佛所決也爾時淨意長者子者阿耨達是又斯龍王當於賢劫在此池中莊飾種種鮮文衆寶若天宮室當悉進奉賢劫千佛斯諸如來盡知王意率皆說此清淨法品悉坐是處等亦如今又及如前拘樓秦佛文尼迦葉同共坐此師子之座及其最後樓至如來亦當轉此法品要義無熱龍王當供養賢劫千佛從聞是法諸佛衆會悉同如今是阿耨達後無數世奉諸如來事衆正覺修梵淨行常護正法勸進菩薩然後七百無數劫已當得爲佛號阿耨達如來無著平等正覺通行備足無上法御天人之師爲佛世尊如是賢者無熱如來得爲佛時其土人民都無貪婬恚怒愚癡永無相侵不相論短何則然者以彼衆生志行備故如是賢者阿耨達佛至真如來乃當應壽八十億載弟子之衆亦八十億如其始會之爲清淨從始至終無異缺減如此之比數百千會當有通辯受決菩薩四十億人都悉集會

又諸發意菩薩行者不可計數無熱如來當爲佛時其土清淨紺瑠璃地天金分錯飾用諸寶以衆明珠造作樓閣及經行地彼土衆生若與食想應輙百味悉得五通其國處所人民居止但以珍奇被服飲食娛樂自由悉如第四兜術天上彼不二念又無貪欲婬行之心如諸衆生法樂自娛其土人民都無欲垢若彼如來敷雨法說不有勞想神變無數以演洪化宣示經法永無其難方適說法衆生輙度何則然者以彼一切志純熟故又其如來自於三千大千世界唯一法化無外異道又若如來欲會衆時輙放身光盡明其界彼土人民尋皆有念世尊聖覺將演法化故揚光耳各承佛聖神足飛來詣佛聽法又彼如來終無不定乘大聖神忽昇空中去地七丈就其自然師子之座廣爲衆會進講法說普土見之譬如覩其日月宮殿明盛滿時衆生種德故生彼土其國人民覩其世尊師子之座懸在虛空而無所著尋解諸法亦空無著當爾之時悉得法忍其如來者但說金剛定入之門不有聲聞緣覺雜言所以唯演金剛定者譬如金剛所可著處靡不降徹而彼如來所可說法亦如金剛鑽碎吟疑住著諸見如是賢者阿耨達佛若現滅度而其世界有尊菩薩名曰持願當授其決然後現滅其佛方滅持願菩薩即得無上最正之覺尋補佛處號曰等世如來無著平等正覺其土所有神通菩薩及上弟子衆會多少如阿耨達時阿耨達王之太子名曰當信敬心忻悅以寶明珠交露飾蓋進奉如來叉手白佛誰當

於時得爲持願菩薩者耶是時世尊知王太子當意信向告阿難曰其時持願菩薩大士當補佛處者今龍王子當信是爾時阿耨達如來方滅持願菩薩尋昇佛座又其等世如來無著平等正覺方適得佛亦便轉此法品正要當佛説是封拜品時四萬菩薩得無從生忍十方世界來會菩薩釋梵持世天龍鬼神聞佛説此封拜法已悉皆喜悅歡心踊躍信樂遂生五體稽首各還宮殿阿耨達王與諸太子眷屬圍遶勑伊羅蠻龍象王曰爲如來故造作交露奇珍寶車使其廣博殊妙無極當以奉送至眞正覺尋應受教輙爲如來化作七寶珠交露車令極高大廣博嚴飾世尊菩薩及諸弟子悉就車坐無熱龍王太子眷屬心懷恭恪手共挽車從其宮中出于大池如來神旨忽昇鷲山

囑累法藏品第十二

於是世尊到鷲山已即告慈氏輭首童子幷衆菩薩曰諸族姓子以阿耨達所問道品宜重宣廣使諸未聞而得聞之慈氏輭首而俱白佛惟願如來垂慈當説於時世尊尋輙揚光光色無數天地震動至十六返光明昱爚乃曜十方十方佛土諸尊菩薩神通備者尋明飛來到皆稽首各便就座王阿闍世夫人婇女太子眷屬舉國臣民長者居士梵志學者見是光明又聞如來從無熱還各捨其事悉詣鷲山到世尊前肅然加敬叉手爲禮問訊如來景福無量乎即便退坐觀佛無猒如來身光明悉普至無極世界諸大地獄衆窈冥處靡不降徹諸在地獄無不被明又其光

明而出聲曰能仁如來於無熱池弘說清淨道品要法今還鷲山而重演化又其音聲徹諸地獄十方地獄衆生之類所受苦痛應時得免悉遥見佛及諸衆會皆悉悲嗟嗚呼世尊吾等受此苦痛無數地獄之酸六火圍遶燒炙苦毒鋒劍萬端鑊湯之難諸變種種更斯衆痛日月彌遠善哉世人值奉如來稟佛道化得脱三苦吾等宿世雖遇諸佛不受法化使被衆苦痛蒙賴如來所說法品令諸殃罪而轉微輕當爾之時十方地獄一切衆生得等有億千悉發無上正眞道意遥承佛聖皆同聲曰一切苦痛本爲清淨其了本者則無顛倒吾等但坐不了之故更諸地獄衆苦無數願使一切速解正眞爾時佛告慈氏菩薩輭首童子及阿難曰諸族姓等當勤受此

是經要說持諷讀誦以宣流布廣爲學者演說斯法使諸四輩加心專習是慧要行積辯句義若族姓子及族姓女發心怡悦向樂是經當爲斯輩解此奥藏深邃諸義道之淵府衆經所歸諸佛積要微妙無量若所授者當令字句了了分明使無增減又諸族姓若賢男女在於過去恒沙諸佛所作功德施行種種受持諸佛所可說法一一專習勤心奉行若復施戒忍進定智行是六度億百千劫奉是諸佛并衆弟子衣被飲食牀卧醫藥香華妓樂進諸所欲又造精舍經行之地奉敬如是不可稱計至諸世尊般泥洹已爲諸如來起七寶塔一一供養諸如來塔香華妓樂繒綵幡蓋進然香燈又懸夜光明月諸寶供養如是極多無數斯所德行集會計之都不如

是族姓男女逮得一聞此阿耨達龍王所問決諸狐疑法品義也所以者何以斯法藏出生諸佛菩薩要行慧之最故何況奉持執卷讀誦以無疑心體解深妙復以所聞宣示流布斯諸功德不可測量是時慈氏輭首童子賢者阿難俱白佛言是未曾有唯然世尊又若如來慈降一切興有大悲乃爲十方去來現在菩薩行者天龍鬼神諸衆生故弘說是法無極清淨道品之義又復世尊若族姓子及族姓女聞阿耨達龍王所問決狐疑經不即受持樂習讀誦又不廣傳布示等學亦不興心勸助之者當知是輩族姓男女已爲衆魔及魔官屬并邪外道之所得便常在羅網結疑中也時佛歎曰快哉所言誘進一切使習斯法令行應之如如又曰當以是經數爲四輩廣宣說之爾時慈氏輭首菩薩賢者阿難皆白佛言唯然世尊輙當受持布演是法又復世尊此經名何當云何奉持世尊告曰斯乎族姓名阿耨達龍王所問決諸狐疑清淨法品亦名弘道廣顯定意當勤受持斯經之要又族姓等是道品者珍護諸法經之淵海也慈氏菩薩輭首童子及諸來會神通菩薩釋梵持世天龍鬼神同聲白佛甚善如來快說是法吾等世尊在聚落國界縣邑有行是法當共躬身營護斯輩其聞此者令無邪便吾等亦當受持是經使普流布而常無斷佛歎慈氏輭首童子并衆菩薩曰善哉也諸族姓子卿等所言勸樂將來諸學菩薩快甚乃爾佛說此已十方來會神通菩薩七萬二千悉逮顯定五萬四千天龍鬼人皆發無上

正眞道意五千天人得生法眼阿耨達龍王慈氏菩薩輭首童子一切菩薩賢者阿難來會四輩及諸天龍種種鬼神人與非人聞佛說是莫不歡喜稽首佛足各便而退

三昧弘道廣顯定意經卷第四

音釋

泆夷質切放也　贔平義切作力貌　悍侯旰切勇急也　驫甫幽切走貌　弈羊益切盛大也　憺徒覽切恬靜也　昱余六切　爚以灼切昱爚光明照耀也　窈烏皎切幽也

佛說明度五十校計經

後漢安息三藏法師安世高譯

清刻龍藏佛說法變相圖

佛說明度五十校計經卷上

後漢安息三藏法師安世高譯

佛在王舍國法清淨處時自然師子座交絡帳佛時坐現三十二相光影表現十方諸菩薩皆來謁問佛菩薩何因緣有癡者有黠者有慧者有能飛者有能坐行三昧禪者有能徹視者有不能飛者有不能坐行禪行三昧得定意不能久者智慧有厚薄者同菩薩行何因緣有薄厚同有心意識同眼耳鼻口身何因緣得行異佛言善哉善哉十方過去佛現在佛諸當來佛皆說人能計心意識眼耳鼻口身皆說爲同法佛言人能校計六情爲一切得十方佛智慧佛告諸菩薩言諸菩薩有薄厚諸菩薩問佛何等爲薄厚厚者謂菩薩行道隨道行深菩薩薄者行道不能悉隨

行謂行有多少隨道少是爲菩薩薄諸菩薩問佛何等爲菩薩常隨道不失行佛言謂菩薩常守心意識令不動歸滅盡種道栽謂菩薩能守眼令色不著歸滅盡種道栽謂菩薩能守耳令聲不著歸滅盡種道栽謂菩薩能守鼻令香不著歸滅盡種道栽謂菩薩能守口令味不著歸滅盡種道栽謂菩薩能守身令細滑不著歸滅盡種道栽菩薩如是能守六情得好惡不動常守滅盡是爲厚隨道深菩薩復問佛何等爲菩薩行薄佛言謂菩薩失行有時得行有時不得行有時菩薩能守心意識隨道有時眼不能守便失行不隨道有時守眼不能守耳有時能守耳不能守鼻有時守鼻不能守口有時能守口不能守身有時能守身不能坐禪有時能坐禪不能校計有時能校計不能行有時能行不能分別有時能分別不能知細輭微意用是故菩薩隨道有失行有得行用是故菩薩行道有薄厚不等菩薩問佛如是當作何等行佛言要菩薩當自行校計當自知修校計不修校計修校計者菩薩爲黠不知校計爲癡問曰當校計黠當校計癡者云何佛言已校計癡便能校計黠佛言人有百八愛令癡欲校計得黠者有五十校計知五十校計中細微罪便得黠諸菩薩問佛何等爲五十校計佛言五十校計者謂從心本起欲知者第一當校計百八癡第二當校計百八疑第三當校計百八顛倒第四當校計百八欲第五當校計百八墮第六當校計百八愛第七當校計百八栽第八當校計百八識第九當校計百八因

縁著第十當校計百八種是爲十校計佛言菩薩復有十校計第一當校計百八關生第二當校計百八止行第三當校計百八斷生死第四當校計百八滅不滅第五當校計百八罪入空不見第六當校計百八不捨盡第七當校計百八不捨淨入淨第八當校計百八精還戒第九當校計百八進入道第十當校計百八忍戒是爲菩薩十校計菩薩復有十校計第一當校計百八辱道第二當校計百八合道願第三當校計百八本信入道第四當校計百八出癡入慧第五當校計百八歡喜滅第六當校計百八未得佛悲第七當校計百八未得佛愁第八當校計百八未得佛惱第九當校計百八未得佛經黠未得佛泥洹要第十當校計百八出罪要未得入泥洹要是爲菩薩十校計佛言菩薩復有十校計第一當校計百八求入慧出罪法第二當校計百八求入空法度出空第三當校計百八罪法初起時空當知滅時歸空第四當校計百八持空法解盡法第五當校計百八盡法不復生第六當校計百八當得泥洹長生不滅第七當校計百八應相念第八當校計百八捨相念第九當校計百八雜相念當知雜相第十當校計百八受相長生不滅是爲菩薩十校計佛言菩薩復有十校計第一當校計百八十方生死萬物本末成敗第二當校計百八十方成敗作證第三當校計百八十方人所有皆癡第四當校計百八牽十方癡作證第五當校計百八十方阿羅漢泥洹去無所有作證第六當校計百八牽十方辟

支佛泥洹去作證第七當校計百八牽十方過去若師泥洹去當牽作證第八當校計百八十方今現在佛亦當泥洹去今我作釋迦文佛所主天地自在變化要當復泥洹去若當牽我用作證第九當校計百八十方當來佛亦當泥洹去當牽作證第十當校計百八盡力却貪求佛如我亦當般泥洹去是爲合菩薩五十校計諸菩薩皆稽首受教諸菩薩問佛言當校計百八癡從心本起者云何佛告諸菩薩言若有菩薩心有所念不自知心生心滅中有五陰中有習不知爲癡轉入意意有所念不自知意生意滅中有五陰中有習不自知爲癡轉入識識有所識不自知識生識滅中有五陰中有習不知爲癡轉入眼眼見好色不自知著不自知滅中有五陰中有習不知爲癡眼所見中色不自知著不自知滅中有五陰中有習不知爲癡眼所見惡色不自知著不自知滅中有五陰中有習不知爲癡轉入耳耳聞好聲不自知著不自知滅中有五陰中有習不知爲癡耳所聞中聲不自知著不自知滅中有五陰中有習不知爲癡耳所聞惡聲不自知著不自知滅中有五陰中有習不知爲癡轉入鼻鼻所聞好香不自知著不自知滅中有五陰中有習不知爲癡鼻所聞中香不自知著不自知滅中有五陰中有習不知爲癡鼻所聞惡臭不自知著不自知滅中有五陰中有習不知爲癡轉入口口所得美味好語言不自知著不自知滅中有五陰中有習不知爲癡口所得中味中語言不自知著不自知滅中有五陰中有

習不知爲癡口所得惡味惡語言不自知著不自知滅中有五陰中有習不知爲癡轉入身身所得好細輭可身不自知著不自知滅中有五陰中有習不知爲癡身所得中細輭不自知著不自知滅中有五陰中有習不知爲癡身所得惡堅苦痛不可身不自知著不自知滅中有五陰中有習不知爲癡菩薩行道要當數息校計如是菩薩即稽首受行諸菩薩言佛雖爲我說我癡未解諸菩薩問佛言設我知百八癡著知滅滅當爲癡爲黠佛報諸菩薩言雖知著知滅續尚癡未解諸菩薩復問佛我未聞佛說數息時癡我聞佛說已知何以故爲癡佛告諸菩薩譬喻如新學菩薩未能飛但耳聞十方佛欲願往要未能飛如是爲見十方佛未諸菩薩報言如是爲但有願要爲不見十方佛佛告諸菩薩言若曹今雖聞我說百八癡著滅譬如新學菩薩但願欲到十方佛國不能飛往佛復問諸菩薩言新學菩薩何以故願到十方佛國不能飛往諸菩薩報佛言用不能壞癡未滅罪故未能飛行至十方佛國佛言譬喻諸菩薩但能說著說滅但說不行名爲癡諸菩薩問佛何從當得黠佛告諸菩薩言所著爲癡要當滅不著乃爲不癡要未爲黠諸菩薩問佛言何以故復未爲黠佛告諸菩薩言復有百八疑不解故諸菩薩問佛言何等爲百八疑佛言菩薩不自知心生心滅中有五陰中有習不知爲疑不自知意生意滅中有五陰中有習不知爲疑不自知識生識滅中有五陰中有有習不知爲疑轉入眼眼所見好色不自知

生滅中有五陰中有習不知爲疑眼所見中色不自知生滅中有五陰中有習不知爲疑眼所見惡色不自知生滅中有五陰中有習不知爲疑轉入耳耳所聞好聲不自知生滅中有五陰中有習不知爲疑耳所聞中聲不自知生滅中有五陰中有習不知爲疑耳所聞惡聲不自知生滅中有五陰中有習不知爲疑轉入鼻鼻所聞好香不自知生滅中有五陰中有習不知爲疑鼻所聞中香不自知生滅中有五陰中有習不知爲疑鼻所聞惡臭不自知生滅中有五陰中有習不自知爲疑轉入口口所得美味好語言不自知生滅中有五陰中有習不知爲疑口所得中味中語言不自知生滅中有五陰中有習不知爲疑口所得惡味惡語言不自知生滅中有五陰中有習不知爲疑轉入身身所得好細輭可身不自知生滅中有五陰中有習不知爲疑身所得中細輭不自知生滅中有五陰中有習不知爲疑身所得惡麤堅苦痛不可身不自知生滅中有五陰中有習不知爲疑佛言菩薩不去是未應爲菩薩諸菩薩問佛何以故不應爲菩薩佛言用不行爲安般守意不校計百八顛倒故諸菩薩問佛何等爲百八顛倒佛言謂菩薩心所多念爲生死罪中有五陰中有習自言我無罪如是生死無數劫爲顛倒轉作意意所多念生死罪中有五陰中有習自言我無罪如是生死無數劫顛倒意轉作識識所多識生死罪中有五陰中有習自言我無罪如是生死無數劫爲顛倒轉入眼眼所多視好色生死罪中有五陰中

有習自言我無罪如是生死無數劫爲顛倒眼多視中色生死罪中有五陰中有習自言我無罪如是生死無數劫爲顛倒眼所多視惡色生死罪中有五陰中有習自言我無罪如是生死無數劫爲顛倒轉入耳耳所多聞好聲生死罪中有五陰中有習自言我無罪如是生死無數劫爲顛倒耳所多聞中聲生死罪中有五陰中有習自言我無罪如是生死無數劫爲顛倒耳多所聞惡聲生死罪中有五陰中有習自言我無罪如是生死無數劫是爲顛倒轉入鼻鼻所多聞好香生死罪中有五陰中有習自言我無罪如是生死無數劫是爲顛倒鼻所多聞中香生死罪中有五陰中有習自言我無罪如是生死無數劫是爲顛倒鼻所多聞惡臭生死罪中有五陰中有習自言我無罪如是生死無數劫是爲顛倒轉入口口所多得美味好語言生死罪中有五陰中有習自言我無罪如是生死無數劫是爲顛倒口所多得中味中語言生死罪中有五陰中有習自言我無罪如是生死無數劫是爲顛倒口所多得惡味惡語言生死罪中有五陰中有習自言我無罪如是生死無數劫是爲顛倒轉入身身所多得好細輭可身生死罪中有五陰中有習自言我無罪如是生死無數劫是爲顛倒身所多得中細輭生死罪中有五陰中有習自言我無罪如是生死無數劫是爲顛倒身所多得惡麤堅苦痛不可身生死罪中有五陰中有習自言我無罪如是生死無數劫是爲顛倒佛言是爲百八顛倒如是菩薩爲不解諸菩薩報

佛言我雖生死顛倒我欲依經法度人佛問諸菩薩言汝度人欲求使人作何等道諸菩薩報佛言我欲使人悉得佛道佛言若曹輩衆多何以故不自取佛但羣輩相隨諸菩薩言我雖相隨不離經行佛問諸菩薩言若曹輩寧能一日俱得佛不諸菩薩報佛言我不能俱得俤佛問諸菩薩何以故諸菩薩報佛言我輩中有相未具者我曹輩中有功德未滿者我曹輩中有生死罪未盡者佛告諸菩薩若曹輩有相未具者有功德未滿者有罪未盡者如若曹言相未具者自不能得佛何能使他人得佛若曹功德未滿者不能自得佛何能使他人得佛佛言若曹生死罪意未盡不能自得佛何能使他人得佛佛諸菩薩皆稽首慚愧諸菩薩復問佛言如是我何因緣不得佛佛報諸菩薩言若曹坐不行安般若守意校計百八欲欲不捨故諸菩薩言行安般守意校計捨百八欲欲者云何佛報諸菩薩言若曹心所念念復念爲欲欲中有五陰中有習是爲欲欲轉入意意復念爲欲欲中有五陰中有習爲欲欲轉入識識爲欲欲中有五陰中有習爲欲欲轉入眼眼所見好色爲欲欲中有五陰中有習爲欲欲眼所見中色爲欲欲中有五陰中有習爲欲欲眼所見惡色爲欲欲中有五陰中有習爲欲欲轉入耳耳所聞好聲爲欲欲中有五陰中有習爲欲欲耳所聞中聲爲欲欲中有五陰中有習爲欲欲耳所聞惡聲爲欲欲中有五陰中有習爲欲欲轉入鼻鼻所聞好香爲欲欲中有五陰中有習爲欲欲鼻所聞中香爲欲欲中

有五陰中有習爲欲欲鼻所聞惡臭爲欲欲中有五陰中有習爲欲欲轉入口口所得美味語言爲欲欲中有五陰中有習爲欲欲口所得中味語言爲欲欲中有五陰中有習爲欲欲口所得惡味惡語言爲欲欲中有五陰中有習爲欲欲轉入身身所得好細輭可身爲欲欲中有五陰中有習爲欲欲身所得中細輭可身爲欲欲中有五陰中有習爲欲欲身所得惡麤堅苦痛不可身爲欲欲中有五陰中有習爲欲欲佛言諸菩薩若曹但坐不解欲欲諸菩薩報佛言我曹無有欲欲佛問諸菩薩若曹欲求佛度十方人不諸菩薩言然我曹欲求佛度十方人佛報諸菩薩言如是爲欲欲何以故言無欲佛問諸菩薩若意寧念十方勤苦人不諸菩薩言然我曹念勤苦人佛言若念諸勤苦人爲欲欲何以故言無欲佛問諸菩薩言若曹至十方佛所問經若念爲忘不諸菩薩報言我所問經我皆識不忘佛問諸菩薩汝識十方佛説經寧傳爲人説經不諸菩薩言然我日行爲人説經佛言若爲人説經寧欲使人解不諸菩薩言然欲使人解佛言如若爲人説經爲欲使人解如是爲欲欲何以故言無欲佛復問菩薩若爲人説經寧教人布施不諸菩薩言然我曹教人布施佛問諸菩薩若教人布施持何等與佛諸菩薩報言我第一欲使人持好色華佛言汝曹不欲色何以故使人持五色好華可眼與佛如是汝爲欲色何以故言我曹不欲色佛復問諸菩薩若寧聞十方佛説經爲可耳不諸菩薩報言十方佛爲我説經可耳

我曹皆歡喜佛言如汝聞經歡喜爲欲何以故言無欲佛復問諸菩薩言若欲教人爲佛燒香不諸菩薩報佛我日自行採衆華名香持用上佛佛言如法行採衆華香欲得可鼻持行上佛佛言如若欲得香華可鼻如是爲欲何以故言無欲佛復問諸菩薩言若曹爲人說經寧欲可口不諸菩薩言我曹爲人說經欲分别可口欲使人意解佛言如若可口爲欲何以故言不欲佛復問諸菩薩言汝寧欲具三十二相可身不諸菩薩言我勤苦具相但欲可身耳佛言如若可身爲欲何以故言不欲諸菩薩稽首各自慙佛言如是菩薩尚未有所怙諸菩薩稽首言願佛哀我當爲說佛因爲說行菩薩道若數息行禪若自怙定意當校計百八墮滅者應禪不滅者不應禪諸菩薩問佛言禪爲棄惡百八墮滅者爲棄惡不滅者不爲棄惡若從禪覺起若行步坐起得因緣爲人說經所見萬物能自校計百八墮能使不著能使不墮罪是爲菩薩校計行諸菩薩問佛言校計百八墮當從何所起佛告諸菩薩校計百八墮者菩薩心所念中有五陰中有習是爲墮心轉作意中有五陰中有習是爲墮意轉作識中有五陰中有習是爲墮轉入眼眼所見好色中有五陰中有習是爲墮眼所見中色中有五陰中有習是爲墮眼見惡色中有五陰中有習是爲墮轉入耳耳所聞好聲中有五陰中有習是爲墮耳所聞中聲中有五陰中有習是爲墮耳所聞惡聲中有五陰中有習是爲墮轉入鼻鼻所聞好香中有五陰中有習是爲墮鼻所

聞中香中有五陰中有習是爲墮鼻所聞惡臭中有五陰中有習是爲墮轉入口口所得美味好語言中有五陰中有習是爲墮口所得中味中語言中有五陰中有習是爲墮口所得惡味語言中有五陰中有習是爲墮轉入身身所得好細軟可身中有五陰中有習是爲墮身所得中細軟中有五陰中有習是爲墮身所得惡麤堅苦痛不可身中有五陰中有習是爲墮是爲百八墮行佛告諸菩薩言校計百八墮不自知墮罪苦痛當在後亦不知羞慙自說言能斷百八墮道行佛言是人譬如婬泆姤女上頭婬泆自可已妊身不知胞胎兒在腹中日大幾所婬泆姤女爲復婬泆自可至兒成就十月當生兒當轉未轉當生未生其母腹痛自慙自悔當墮痛時姤女啼聲聞第七天兒生已後其母痛愈便復念婬泆便不念慙不念痛便復婬泆如故如是苦不可言姤女亦不能自覺苦痛佛言菩薩行道不校計百八墮譬如婬泆姤女不自知罪多少亦不猒苦痛亦不自校計還慙罪不知生死五道苦痛不自知墮三惡道不自慙行言我墮道如是世世自受殃還自慙愧無有我學道弟子諦學是諸菩薩皆歡喜稽首受行佛言菩薩如是尚未應爲解諸菩薩問佛言何以故爲未解佛言謂菩薩不能校計百八愛故諸菩薩問佛校計百八愛者云何佛言菩薩行禪不能一意一心令滅但坐著百八故一者菩薩心有所念不能滅爲愛中有五陰中有習是爲愛心轉作意不能滅爲愛中有五陰中有習是爲愛意轉作識不

能滅爲愛中有五陰中有習是爲愛轉入眼眼所見好色不能滅爲愛中有五陰中有習是爲愛眼所見中色不能滅爲愛中有五陰中有習是爲愛眼所見惡色不能滅爲愛中有五陰中有習是爲愛轉入耳耳所聞好聲不能滅爲愛中有五陰中有習是爲愛耳所聞中聲不能滅是爲愛中有五陰中有習是爲愛耳所聞惡聲不能滅爲愛中有五陰中有習是爲愛轉入鼻鼻所聞好香不能滅爲愛中有五陰中有習是爲愛鼻所聞中香不能滅爲愛中有五陰中有習是爲愛鼻所聞惡臭不能滅爲愛中有五陰中有習是爲愛轉入口口所得美味好語言不能滅爲愛中有五陰中有習是爲愛口所得中味中語言不能滅爲愛中有五陰中有習是爲愛口所得惡味惡語言不能滅爲愛中有五陰中有習是爲愛轉入身身所得好細軟可身不能滅爲愛中有五陰中有習是爲愛身所得中細軟不能滅爲愛中有五陰中有習是爲愛身所得惡麤堅苦痛癢不可身不能滅爲愛中有五陰中有習是爲愛佛言菩薩行道不校計却百八愛不自知百八愛墮罪譬如新生小兒從小至大不能自知日增幾所大菩薩行道不能覺罪多少譬如是若菩薩行道覺百八愛墮罪便當自慙便當自斷便當自離便當自滅如是愛斷爲應菩薩佛説如是諸菩薩皆稽首受行佛言菩薩行道當校計百八栽行道不校計百八栽不應爲菩薩行去栽者乃應菩薩行諸菩薩問佛言當去栽者云何佛告諸菩薩言菩薩獨處一處當坐

行禪數息相隨止觀還淨得淨爲除栽不淨者爲不除栽如是從禪起若在人中當行校計當斷去栽諸菩薩問佛言當校計去栽者云何佛言行道不得一心定意爲不滅栽佛言不得一心定意者心有所念中有五陰中有習便生栽轉入意意中有五陰中有習便生栽轉入識識中有五陰中有習便生栽轉入眼眼見好色中有五陰中有習便生栽眼所見中色中有五陰中有習便生栽眼所見惡色中有五陰中有習便生栽轉入耳耳所聞好聲中有五陰中有習便生栽耳所聞中聲中有五陰中有習便生栽耳所聞惡聲中有五陰中有習便生栽轉入鼻鼻所聞好香中有五陰中有習便生栽鼻所聞中香中有五陰中有習便生栽鼻所聞惡臭中有五陰中有習便生栽轉入口口所得美味好語言中有五陰中有習便生栽口所得中味中語言中有五陰中有習便生栽口所得惡味惡語言中有五陰中有習便生栽轉入身身所得好細軟可身中有五陰中有習便生栽身所得中細軟中有五陰中有習便生栽身所得惡麤堅苦痛不可身中有五陰中有習便生栽如是爲栽不斷佛言若有菩薩行道言我無是栽如是爲貢高爲自種栽便不能自度脫便無有黠意不能知栽罪多少譬如身生毛其人亦不能自校計一一數不能自知毛多少諸菩薩行道不能自知陰罪反言我求佛道欲度十方如是尚不能自度何能度十方菩薩行道能去栽者便能度十方不去栽便不能度十方佛說如是諸菩薩皆歡喜

受行佛言如是菩薩尚未應解諸菩薩復稽首言如是未解願佛爲我解佛言菩薩有百八罪識不滅者不應爲菩薩諸菩薩問佛言何等爲百八罪識佛言諸菩薩心所念爲罪中有五陰中有習爲識是爲罪識轉入意意念復念爲罪中有五陰中有習爲識是爲罪識轉入識識所念不忘爲罪中有五陰中有習爲識是爲罪識轉入眼眼所見好色爲罪中有五陰中有習爲識是爲罪識眼所見中色爲罪中有五陰中有習爲識是爲罪識眼所見惡色爲罪中有五陰中有習爲識是爲罪識轉入耳耳所聞好聲爲罪中有五陰中有習爲識是爲罪識耳所聞中聲爲罪中有五陰中有習爲識是爲罪識耳所聞惡聲爲罪中有五陰中有習爲識是爲罪識轉入鼻鼻所聞好香爲罪中有五陰中有習爲識是爲罪識鼻所聞中香爲罪中有五陰中有習爲識是爲罪識鼻所聞惡臭爲罪中有五陰中有習爲識是爲罪識轉入口口所得美味好語言爲罪中有五陰中有習爲識是爲罪識口所得中味中語言爲罪中有五陰中有習爲識是爲罪識口所得惡味惡語言爲罪中有五陰中有習爲識是爲罪識轉入身身所得好細輭可身爲罪中有五陰中有習爲識是爲罪識身所得中細輭爲罪中有五陰中有習爲識是爲罪識身所得惡麤堅苦痛不可身爲罪中有五陰中有習爲識是爲罪識佛問諸菩薩若曹有是罪不諸菩薩言我但有五陰無有罪佛復問諸菩薩言天下何等爲使人有罪不得道者諸菩薩報佛言天

下人皆坐貪不得道佛言天下人貪生死爲有五陰習不諸菩薩言有罪佛問諸菩薩言若曹持見身取佛當復生死諸菩薩報佛言我曹當復生死不從是見在身得佛佛問諸菩薩若曹要當更幾生死當得佛諸菩薩報佛言我曹生死尚未有要佛復問諸菩薩何以故無有要諸菩薩言我不自知罪福多少用是故我不知要佛告諸菩薩如是若曹與天下人有何等異諸菩薩報佛言我能飛到十方佛國我能曉佛所語佛言若曹能飛到十方佛國能曉十方佛所語若曹何以不應時取佛何以故復生死要諸菩薩報佛言我曹尚有大罪未盡故用本願功德未滿故用是故我曹不應時得佛佛言若曹言天下人但坐五陰生死習故有罪今若曹亦當復生死習有罪若曹何以故語我言無罪諸菩薩皆慙稽首受行佛言我雖說是菩薩尚未解諸菩薩稽首言願佛當復爲我解佛言菩薩有百八因緣著痛諸菩薩問佛何等爲百八因緣著痛佛言菩薩心有所念爲因緣著痛中有五陰中有習當坐因緣生死痛轉入意意所有念爲因緣著痛中有五陰中有習當坐因緣生死痛轉入識識有所識爲因緣著痛中有五陰中有習當坐因緣生死痛轉入眼眼所見好色爲因緣著痛中有五陰中有習當坐因緣生死痛眼所見中色爲因緣著痛中有五陰中有習當坐因緣生死痛眼所見惡色爲因緣著痛中有五陰中有習當坐因緣生死痛轉入耳耳聞好聲爲因緣著痛中有五陰中有習當坐因緣生死痛耳所聞

中聲爲因緣著痛中有五陰中有習當坐因緣生死痛耳所聞惡聲爲因緣著痛中有五陰中有習當坐因緣生死痛轉入鼻鼻所聞好香爲因緣著痛中有五陰中有習當坐因緣生死痛鼻所聞中香爲因緣著痛中有五陰中有習當坐因緣生死痛鼻所聞惡臭爲因緣著痛中有五陰中有習當坐因緣生死痛轉入口口所得美味好語言爲因緣著痛中有五陰中有習當坐因緣生死痛口所得中味中語言爲因緣著痛中有五陰中有習當坐因緣生死痛口所得惡味惡語言爲因緣著痛中有五陰中有習當坐因緣生死痛轉入身身所得好細輭可身爲因緣著痛中有五陰中有習當坐因緣生死痛身所得中細輭爲因緣著痛中有五陰中有習當坐因緣生死痛身所得惡麤堅苦痛不可身爲因緣著痛中有五陰中有習當坐因緣生死痛佛言諸菩薩尚未猒因緣生死痛諸菩薩言我用猒因緣生死痛故作菩薩耳佛言汝曹猒生死痛何以故不種道栽何以故種因緣生死痛罪罪栽諸菩薩報佛言我日種道栽佛言如若種道栽何以故有因緣生死百八痛諸菩薩即慙稽首受行諸菩薩皆稽首問佛言佛雖爲我說經我不解是佛言我見若曹種百八痛我知汝曹不解諸菩薩復稽首言願佛爲我解佛言菩薩心有所念欲得心不能以時得坐痛中有五陰中有習是爲種痛轉入意意有所念復念可意不可意爲種痛中有五陰中有習是爲種痛轉入識識有所識不可我爲痛中有五陰中有習是爲種

痛轉入眼眼所見好色爲痛中有五陰中有習是爲種痛眼所見中色爲痛中有五陰中有習是爲種痛眼所見惡色爲痛中有五陰中有習是爲種痛轉入耳耳所聞好聲爲痛中有五陰中有習是爲種痛耳所聞中聲爲痛中有五陰中有習是爲種痛耳所聞惡聲爲痛中有五陰中有習是爲種痛轉入鼻鼻所聞好香爲痛中有五陰中有習是爲種痛鼻所聞中香爲痛中有五陰中有習是爲種痛鼻所聞惡臭爲痛中有五陰中有習是爲種痛轉入口口所得美味好語言爲痛中有五陰中有習是爲種痛口所得中味中語言爲痛中有五陰中有習是爲種痛口所得惡味惡語言爲種痛中有五陰中有習是爲種痛轉入身身所得細輭可身爲痛中有五陰中有習是爲種痛身所得中細輭爲痛中有五陰中有習是爲種痛身所得惡麤堅苦痛不可身爲痛中有五陰中有習是爲種痛佛言菩薩斷是百八痛乃應爲菩薩行不斷痛者不應爲菩薩行是爲菩薩十校計佛言諸菩薩如是尚未解當復校計諸菩薩問佛當復校計何等佛言菩薩當校計百八關生諸菩薩問佛何等爲百八關生佛言菩薩心所貫痛癢思想生死識中有五陰中有習是爲貫生佛言關心不使入痛癢思想生死識便無五陰無有習佛言關五陰習令心不動爲斷生死痛關者爲貫地水火風空痛癢思想生死識中有五陰中有習是爲貫生關意便不動不受地水火風空痛癢思想生死識中有五陰中有習是爲貫生關意便不動不受

地水火風空痛癢思想生死識不受五陰習不關者墮罪關意不動者墮道是爲關生轉入識識亦貫地水火風空色痛癢思想生死識便有五陰習便貫生死不關者墮生死痛關者爲墮道不爲生死轉入眼眼所貫好色中有五陰中有習是爲貫生死關令不動者墮道不關者墮罪眼所貫中色中有五陰中有習是爲貫生死關令不動者墮道不關者墮罪眼所貫惡色中有五陰中有習是爲貫生死關令不動者墮道不關者墮罪轉入耳耳所貫好聲中有五陰中有習是爲貫生死關令不動者墮道不關者墮罪耳所貫中聲中有五陰中有習是爲貫生死關令不動者墮道不關者墮罪耳所聞惡聲中有五陰中有習是爲貫生死關令不動者墮道不關者

墮罪轉入鼻鼻所貫好香中有五陰中有習是爲貫生死關令不動者墮道不關者墮罪鼻所貫中香中有五陰中有習是爲貫生死關令不動者墮道不關者墮罪鼻所貫惡臭中有五陰中有習是爲貫生死關令不動者墮道不關者墮罪轉入口口所貫美味好語言中有五陰中有習是爲貫生死關令不動者墮道不關者墮罪口所貫中味中語言中有五陰中有習是爲貫生死關令不動者墮道不關者墮罪口所貫惡味惡語言中有五陰中有習是爲貫生死關令不動者墮道不關者墮罪轉入身身所貫好細輭可身中有五陰中有習是爲貫生死關令不動者墮道不關者墮罪身所貫中細輭中有五陰中有習是爲貫生死關令不動者墮道不關者墮

罪身所貫惡麤堅苦痛不可身中有五陰中有習是爲貫生死關令不動者墮道不關者墮罪佛言菩薩行要當關令不動動者爲未解諸菩薩報佛言我曹當坐禪令不動佛問諸菩薩言禪已復動不諸菩薩報佛言禪覺復動佛問諸菩薩何以故復動諸菩薩言自然動佛問諸菩薩何以故自然動諸菩薩言我不解不知從何因緣動佛言如是諸菩薩尚未解諸菩薩言願佛當復爲我解佛言菩薩所以禪自然動覺者菩薩有百八關生動不動不止故佛說如是諸菩薩皆稽首受行佛言菩薩如是尚未應解諸菩薩言何以故復未解佛言但坐菩薩有本不止守百八行故諸菩薩皆稽首言願佛當復爲我解說佛言菩薩心本多所念不止守故心本罪百八行轉入意意本多所念不止守故意本罪百八行轉入識識本多所念不止守故識本罪百八行轉入眼眼本多所見好色不止守故眼本罪百八行眼本多所見中色不止守故眼本罪百八行眼本多所見惡色不止守故眼本罪百八行轉入耳耳本多所聞好聲不止守故耳本罪百八行耳本多所聞中聲不止守故耳本罪百八行耳本多所聞惡聲不止守故耳本罪百八行轉入鼻鼻本多所聞好香不止守故鼻本罪百八行鼻本多所聞中香不止守故鼻本罪百八行鼻本多所聞惡臭不止守故鼻本罪百八行轉入口口本多所得美味好語言不止守故口本罪百八行口本多所得中味中語言不止守故口本罪百八行口本所得惡味惡語言不止守故

口本罪百八行轉入身身本多所得好細輭可身不止守故身本罪百八行身本多所得中細輭不止守故身本罪百八行身本多所得惡麤堅苦痛不可身不止守故身本罪百八行佛説如是諸菩薩皆歡喜受行

佛説明度五十校計經卷上

音釋

黠（胡八切慧也）　怙（胡古切依也）　姙（汝鴆切孕也）　妬（當故切嫉妬也）

胞（班交切胎衣也）　校（古孝切計量也）

佛説明度五十校計經卷下

後漢安息三藏法師安世高譯

佛言菩薩坐禪數息不得定意得定意不久但坐不斷本罪故使禪不安菩薩自言我何因緣本罪不斷佛言用菩薩坐不校計斷生死故令本罪不斷佛言欲斷本罪者當斷當來生死意當滅本罪生死意諸菩薩問佛言何等當斷當來生死意當滅本罪生死意佛言心所動爲本罪轉得因緣爲當來生死罪要當斷當來生死乃應菩薩諸菩薩皆稽首言願佛當復爲我解當來生死罪佛告諸菩薩心所動得因緣合中有盛百八生死菩薩要當斷是盛百八生死菩薩意所動得因緣不能遠意中有盛百八生死菩薩要當斷是盛百八生死菩薩爲本識動復欲識中有盛百八生死菩薩要當斷是盛百八生死轉入眼菩薩眼所見好色爲本好色動欲分別中有盛百八生死菩薩要當斷是盛百八生死眼所見中色爲本中色動欲分別中有盛百八生死菩薩要當斷是盛百八生死眼所見惡色爲本惡色動欲分別中有盛百八生死菩薩要當斷是盛百八生死轉入耳菩薩所聞好聲爲本好聲動欲分別中有盛百八生死菩薩要當斷是盛百八生死耳所聞中聲爲本中聲動欲分別中有盛百八生死菩薩要當斷是盛百八生死耳所聞惡聲爲本惡聲動欲分別中有盛百八生死菩薩要當斷是盛百八生死轉入鼻鼻所聞好香爲本好香動欲分別中有盛百八生死菩薩要當斷是盛百八生死鼻所聞中香爲本中香動欲

分別中有盛百八生死菩薩要當斷是盛百
八生死鼻所聞惡臭爲本惡臭動欲分別中
有盛百八生死菩薩要當斷是盛百八生死
轉入口菩薩口所得美味好語言爲本美味
好語言動欲分別中有盛百八生死菩薩要
當斷是盛百八生死口所得中味中語言爲
本中味中語言動欲分別中有盛百八生死
菩薩要當斷是盛百八生死口所得惡味惡
語言爲本惡味惡語言動欲分別中有盛百
八生死菩薩要當斷是盛百八生死轉入身
身所得好細輭可身爲本細輭動欲分別中
有盛百八生死菩薩要當斷是盛百八生死
身所得中細輭爲本中細輭動欲分別中有
盛百八生死菩薩要當斷是盛百八生死身
所得惡麤堅苦痛不可身爲本惡麤堅苦痛

不可身動欲分別中有盛百八生死菩薩要
當斷是盛百八生死佛言菩薩要當斷是乃
應菩薩不斷者不應爲菩薩如是尚未解諸
菩薩報佛言我已解因緣諸菩薩言我聞佛
所説我一切不墮罪中佛問諸菩薩汝寧見
菩薩髡頭剃鬚作沙門者不諸菩薩言然見
作沙門佛問諸菩薩沙門當髡頭剃鬚時沙
門頭鬚了盡賜不諸菩薩言盡賜佛言當盡
賜時沙門寧願復欲使頭鬚生不諸菩薩言
沙門不願使生佛問諸菩薩頭鬚髮何以故
復生諸菩薩言自然生沙門亦不使生佛言
沙門頭鬚髮生寧能自知日長幾分諸菩薩
報佛言沙門頭髮生不能自知日長幾分佛
言菩薩不能自覺微盛百八罪行譬如沙門
自有頭髮生不知日長幾分如是菩薩罪坐

不能自知言我無罪者云何佛問諸菩薩寧有是無諸菩薩即稽首慙愧受行諸菩薩報佛言願佛當復爲我解佛言菩薩不可自怙言我無罪罪滅佛言要校計百八本罪滅不滅菩薩問佛何等爲百八本罪滅不滅佛言菩薩心生轉便滅滅中有百八後世當復生受不滅轉入意意生轉復滅滅中有百八後世當復生受不滅轉入識識生復滅滅中有百八後世當復生受不滅轉入眼眼所見好色生轉便滅滅中有百八後世當復生受不滅眼所見中色生轉便滅滅中有百八後世當復生受不滅眼所見惡色生轉便滅滅中有百八後世當復生受不滅轉入耳耳所聞好聲生轉便滅滅中有百八後世當復生受不滅耳所聞中聲生轉便滅滅中有百八後世當復生受不滅耳所聞惡聲生轉便滅滅中有百八後世當復生受不滅轉入鼻鼻所聞好香生轉便滅滅中有百八後世當復生受不滅鼻所聞中香生轉便滅滅中有百八後世當復生受不滅鼻所聞惡臭生轉便滅滅中有百八後世當復生受不滅轉入口口所得美味好語言生轉便滅滅中有百八後世當復生受不滅口所得中味中語言生轉便滅滅中有百八後世當復生受不滅口所得惡味惡語言生轉便滅滅中有百八後世當復生受不滅轉入身身所得好細輭可身生轉便滅滅中有百八後世當復生受不滅身所得中細輭生轉便滅滅中有百八後世當復生受不滅身所得惡麤堅苦痛不可身生轉便滅滅中有百八後世當復生受不滅

菩薩言我何以故罪生復滅何以故我了不見佛問諸菩薩汝曹心寧轉不諸菩薩報佛言我心轉生設我心不轉生亦不能與佛共語佛問諸菩薩言若心生時寧還自覺心生不諸菩薩言我但識見因緣時不覺初起生時佛言如汝所說尚不能知心初生時何能無罪佛說如是諸菩薩皆慚稽首受行諸菩薩報佛言爲我解微大促願佛更復爲我解佛問諸菩薩言汝曹生以來寧能覺身中溫熱有幾所火覺身中寒寒有幾所風合身中有幾所水諸菩薩言我不能還自具分別知多少佛言若不知多少寧知寒熱爲水火不諸菩薩報佛言我知寒熱有水火佛言汝尚知寒熱水火何以故不知多少諸菩薩言我但能覺寒熱不能知多少佛言菩薩不自覺心生正受罪百八罪多少譬如不覺寒熱水火不知火生以來多少菩薩不自知心轉生以來多少如是菩薩但能覺枝不能覺根如是菩薩罪入空中尚未解諸菩薩皆稽首問佛願更爲我解罪入空中佛言菩薩有百八罪入空中不可見何等爲百八罪若菩薩心有所念生空中復滅空中中有百八罪不可見心生滅譬如人語有聲不可見要爲有聲在空中但不可見轉入意意生空中復滅空中中有百八罪不可見轉入識識生空中復滅空中中有百八罪不可見轉入眼眼所見好色生空中復滅空中中有百八罪不可見眼所見中色生空中復滅空中中有百八罪不可見眼所見惡色生空中復滅空中中有百八罪不可見轉入耳耳所聞好聲生空中

復滅空中中有百八罪不可見耳所聞中聲生空中復滅空中中有百八罪不可見耳所聞惡聲生空中復滅空中中有百八罪不可見轉入鼻鼻所聞好香生空中復滅空中中有百八罪不可見鼻所聞中香生空中復滅空中中有百八罪不可見鼻所聞惡臭生空中復滅空中中有百八罪不可見轉入口口所得美味好語言生空中復滅空中中有百八罪不可見口所得中味中語言生空中復滅空中中有百八罪不可見口所得惡味惡語言生空中復滅空中中有百八罪不可見轉入身身所得好細輭可身生空中復滅空中中有百八罪不可見身所得中細輭生空中復滅空中中有百八罪不可見身所得惡麤堅苦痛不可身生空中復滅空中中有百八罪不可見佛告諸菩薩若不見罪生空中亦不見復滅空中如是諸菩薩尚未應解諸菩薩言如是我為覺知解佛問諸菩薩若何因緣覺知諸菩薩言坐禪棄罪便不復有念佛言諸菩薩何以故不常坐禪何以故復飛行到十方佛所菩薩言用我有本願故不得不行耳佛言如若有本願到十方佛所何因緣坐禪棄罪設令汝坐禪棄罪本願當滅諸菩薩言我坐禪但滅當來罪耳我未滅本願罪佛問諸菩薩若曹從無數劫以來所作過去生死罪當滅不諸菩薩言我當滅過去無數劫本罪佛言若尚能滅無數劫本罪何以故獨不滅本願罪諸菩薩言佛問我是我不能卒解佛言如是若曹為未解何以故言我解諸菩薩皆稽首懸受行諸菩薩報佛言佛

雖爲我解我尚未解願佛當復爲我解當復何等行佛言諸菩薩行道無數劫以來憶生死本願譬如果實種著土中生大樹已成大樹樹上生百種億億枝枝生億億萬葉枝枝生億億萬實一實者當復轉生一樹菩薩坐禪棄我本罪譬如取樹葉一一滅之取實一一滅之便不復種生取枝一一滅之如是葉實枝滅盡了賜但有根根者爲譬如本願一意所起本罪意譬如樹根葉葉生當復滅之不滅者當長養實復生滅者不復生菩薩守意譬如守樹根不得使樹枝葉實生生爲增當來罪滅者爲不增當來罪爲滅本罪如是菩薩本罪未盡者常當念百八不捨盡諸菩薩稽首言願佛爲我解我不解佛言不捨盡心有所念生念還盡百八便盡是爲不捨盡

轉入意意生念還盡百八盡是爲不捨盡轉入識識生念還盡百八便盡是爲不捨盡轉入眼眼所見好色念還盡百八便盡是爲不捨盡眼所見中色念還盡百八便盡是爲不捨盡眼所見惡色念還盡百八便盡是爲不捨盡轉入耳耳所聞好聲念還盡百八便盡是爲不捨盡耳所聞中聲念還盡百八便盡是爲不捨盡耳所聞惡聲念還盡百八便盡是爲不捨盡轉入鼻鼻所聞好香念還盡百八便盡是爲不捨盡鼻所聞中香念還盡百八便盡是爲不捨盡鼻所聞惡臭念還盡百八便盡是爲不捨盡轉入口口所得美味好語言念還盡百八便盡是爲不捨盡口所得中味中語言念還盡百八便盡是爲不捨盡口所得惡味惡語言念還盡百八便盡是爲

不捨盡轉入身身所得好細輭可身念還盡百八便盡是爲不捨盡身所得中細輭念還盡百八便盡是爲不捨盡身所得惡麤堅苦痛不可身念還盡百八便盡是爲不捨盡如是菩薩不捨盡便入百八淨佛說如是諸菩薩皆歡喜稽首受行諸菩薩復稽首問佛言爲何等爲百八淨佛言若有菩薩心起生出念即還入滅爲入淨爲滅百八不捨淨轉入意意生出即還入滅淨爲滅百八不捨淨轉入識識生出即還入滅淨爲滅百八不捨淨轉入眼眼所見好色生出即還入滅淨爲滅百八不捨淨眼所見中色生出即還入滅淨爲入淨爲滅百八不捨淨眼所見惡色生出即還入滅淨爲入淨爲滅百八不捨淨轉入耳耳所聞好聲生出即還入滅爲入淨爲滅

百八不捨淨耳所聞中聲生出即還入滅爲入淨爲滅百八不捨淨耳所聞惡聲生出即還入滅爲入淨爲滅百八不捨淨轉入鼻鼻所聞好香生出即還入滅爲入淨爲滅百八不捨淨鼻所得中香生出即還入滅爲入淨爲滅百八不捨淨鼻所聞惡臭生出即還入滅淨爲滅百八不捨淨轉入口口所得美味好語言生出即還入滅爲入淨爲滅百八不捨淨口所得中味中語言生出即還入滅爲入淨爲滅百八不捨淨口所得惡味惡語言生出即還入滅爲入淨爲滅百八不捨淨轉入身身所得好細輭可身生出即還入滅爲入淨爲滅百八不捨淨身所得中細輭生出即還入滅爲入淨爲滅百八不捨淨身所得惡麤堅苦痛不可身生即還入滅爲入淨爲

滅百八不捨淨菩薩行如是不捨淨便能精還百八應戒佛說如是諸菩薩皆歡喜受行

諸菩薩復稽首問佛言何等精還百八應戒佛言諸菩薩行道心起即精還滅百八爲還應戒轉入意意生即精還滅百八爲還應戒轉入識識生即精還滅百八爲還應戒轉入眼眼所見好色生即精還滅百八爲還應戒眼所見中色生即精還滅百八爲還應戒眼所見惡色生即精還滅百八爲還應戒轉入耳耳所聞好聲生即精還滅百八爲還應戒耳所聞中聲生即精還滅百八爲還應戒耳所聞惡聲生即精還滅百八爲還應戒轉入鼻鼻所聞好香生即精還滅百八爲還應戒鼻所聞中香生即精還滅百八爲還應戒鼻所聞惡臭生即精還滅百八爲還應戒轉入口口所得美味好語言生即精還滅百八爲還應戒口所得中味中語言生即精還滅百八爲還應戒口所得惡味惡語言生即精還滅百八爲還應戒轉入身身所得好細輭可身生即精還滅百八爲還應戒身所得中細輭生即精還滅百八爲還應戒身所得惡麤堅苦痛不可身生即精還滅百八爲還應戒佛說如是諸菩薩皆歡喜受行

佛言諸菩薩以精還應戒便進行入道諸菩薩問佛言何等爲精還戒便進行入道佛言菩薩心有所念從心盡力盡所念滅百八是爲進行入道轉入意意有所念從意盡力盡所念滅百八是爲進行入道轉入識識有所識從識盡力盡所識滅百八是爲進行入道轉入眼眼所見好色從好色盡力盡好色滅百八是爲進

行入道眼所見中色從中色盡力盡中色滅百八是爲進行入道眼所見惡色從惡色盡力盡惡色滅百八是爲進行入道轉入耳耳所聞好聲從好聲盡力盡好聲滅百八是爲進行入道耳所聞中聲從中聲盡力盡中聲滅百八是爲進行入道耳所聞惡聲從惡聲盡力盡惡聲滅百八是爲進行入道轉入鼻鼻所聞好香從好香盡力盡好香滅百八是爲進行入道鼻所聞中香從中香盡力盡中香滅百八是爲進行入道鼻所聞惡臭從惡臭盡力盡惡臭滅百八是爲進行入道轉入口口所得美味好語言從美味好語言盡力盡美味好語言滅百八是爲進行入道口所得中味中語言從中味中語言盡力盡中味中語言滅百八是爲進行入道口所得惡味惡語言從惡味惡語言盡力盡惡味惡語言滅百八是爲進行入道轉入身身所得好細輭可身從好細輭可身盡力盡好細輭可身滅百八是爲進行入道身所得中細輭從中細輭盡力盡中細輭滅百八是爲進行入道身所得惡麤堅苦痛不可身從惡麤堅苦痛不可身盡力盡惡麤堅苦痛不可身滅百八是爲進行入道佛言進行入道便能忍持行戒諸菩薩問佛言何等爲忍持行戒佛言菩薩已能當能忍持戒不離戒如是乃應菩薩行菩薩心動當忍百八不得令轉是爲忍心忍行戒轉入意意有所念當從意忍不得令轉百八便不得行是爲忍行戒轉入識識有所識當從識忍不得令轉百八便不得行是爲忍識忍行戒轉入眼眼所見好色從好色

當忍不得令轉百八便不得行是爲忍好色忍行戒眼所見中色從中色當忍不得令轉百八便不得行是爲忍中色忍行戒眼所見惡色從惡色當忍不得令轉百八便不得行是爲忍惡色忍行戒轉入耳耳所聞好聲從好聲當忍不得令轉百八便不得行是爲忍好聲忍行戒耳所聞中聲從中聲當忍不得令轉百八便不得行是爲忍中聲忍行戒耳所聞惡聲從惡聲當忍不得令轉百八便不得行是爲忍惡聲忍行戒轉入鼻鼻所聞好香從好香當忍不得令轉百八便不得行是爲忍好香忍行戒鼻所聞中香從中香當忍不得令轉百八便不得行是爲忍中香忍行戒鼻所聞惡臭從惡臭當忍不得令轉百八便不得行是爲忍惡臭忍行戒轉入口口所得美味好語言當忍不得令轉百八便不得行是爲美味好語言忍行戒口所得中味中語言從中味中語言當忍不得令轉百八便不得行是爲忍中味中語言忍行戒口所得惡味惡語言當忍不得令轉百八便不得行是爲忍惡味惡語言忍行戒轉入身身所得好細輭可身從好細輭可身當忍不得令轉百八便不得行是爲忍好細輭可身忍行戒身所得中細輭從中細輭當忍不得令轉百八便不得行是爲忍中細輭忍行戒身所得惡麤堅苦痛不可身從惡麤堅苦痛不可身當忍不得令轉百八便不得行是爲惡麤堅苦痛不可身忍行戒佛言是爲菩薩二十校計佛言菩薩復有十校計諸菩薩稽首佛問何等爲十校計佛言菩薩當能耐辱能耐辱

便入道諸菩薩問佛何等爲耐辱入道佛言菩薩心有所念當辱心不得令念便辱百八罪不得勝是爲辱心入道轉入意意有所念當辱意不得令念便辱百八罪不得勝是爲辱意入道轉入識識有所念當辱識不得令念便辱百八罪不得勝是爲辱識入道轉入眼眼所見好色當辱好色不得令念便辱百八不得勝是爲辱好色入道眼所見中色當辱中色不得令念便辱百八不得勝是爲辱中色入道眼所見惡色當辱惡色不得令念便辱百八不得勝是爲辱惡色入道轉入耳耳所聞好聲當辱好聲不得令念便辱百八不得勝是爲辱好聲入道耳所聞中聲當辱中聲不得令念便辱百八不得勝是爲辱中聲入道耳所聞惡聲當辱惡聲不得令念便辱百八不得勝是爲辱惡聲入道轉入鼻鼻所聞好香當辱好香不得令念便辱百八不得勝是爲辱好香入道鼻所聞中香當辱中香不得令念便辱百八不得勝是爲辱中香入道鼻所聞惡臭當辱惡臭不得令念便辱百八不得勝是爲辱惡臭入道轉入口口所得美味好語言當辱美味好語言不得令念便辱百八不得勝是爲辱美味好語言入道口所得中味中語言當辱中味中語言不得令念便辱百八不得勝是爲辱中味中語言入道口所得惡味惡語言不得令念便辱百八不得勝是爲辱惡味惡語言入道轉入身身所得好細輭可身當辱好細輭可身不得令念便辱百八不得勝是爲辱細輭可身入道身所得中細輭當辱中細輭不得令念便

辱百八不得勝是爲辱中細輭入道身所得惡麤堅苦痛不可身當辱惡麤堅苦痛不可身不得令念便辱百八不得勝是爲辱惡麤堅苦痛不可身入道佛言菩薩行如是爲應菩薩忍辱戒行菩薩已忍辱便得百八合道願便得百八本信入道便得百八出癡入慧便得百八歡喜還滅便得百八佛悲心便得百八未得佛道愁何等爲百八佛悲心何等爲百八未得佛道愁謂菩薩得佛悲心念十方泥犂中人難得度脱謂菩薩得佛悲心念禽獸蜎飛蠕動難得度脱謂菩薩得佛悲心念薜荔中餓鬼難得度脱謂菩薩得佛悲心念二十八天及諸天長壽驕樂不知苦集難得度脱菩薩得佛悲心念世間帝王豪貴難得度脱謂菩薩得佛悲心念世間癡人不解難得度脱謂菩薩得佛悲心念世間人多癡難得度脱謂菩薩得佛悲心念十方五道一切五道一切同法難得度脱如是菩薩爲得佛悲心便得佛愁謂菩薩念十方五道勤苦難得度脱愁菩薩已悲已愁百八愛復增多如是菩薩不可用百八愛增多故不悲愁佛言我但用十方五道勤苦悲愁故得佛是爲菩薩未得佛百八悲是爲菩薩未得佛百八愁佛言復有菩薩未得佛百八惱諸菩薩問佛言何等爲菩薩百八惱佛言謂菩薩未得佛見十方泥犂中人拷掠毒痛欲往度脱不能度脱便生惱謂菩薩未得佛見禽獸蜎飛蠕動及人民轉相拷掠毒痛相殺菩薩欲度不能度便生惱謂菩薩未得佛見薜荔餓鬼無所食欲度不能度便生惱謂菩薩未得作

佛見世間人所作惡貪婬瞋恚烹殺祠祀貪利强盗快心恣意見是曹人死生五道苦痛無有斷絶雖上爲諸天無有别異要五道死生苦痛便不時得佛便生惱便增盛百八愛行是爲菩薩未得佛百八惱謂菩薩未得佛經要百八縣未得佛泥洹要諸菩薩復問佛何等爲百八得佛經縣佛言謂菩薩能自護六情百八不行爲得佛經縣何等爲未得佛泥洹要佛言謂菩薩未得佛未得入泥洹要佛言菩薩當校計百八出罪要便得入泥洹要菩薩復問佛言何等爲出罪要便得入泥洹要佛言謂菩薩所念爲罪出要當滅滅者爲得入泥洹要一切六情百八滅亦爲入泥洹要是爲菩薩出百八罪入泥洹要是爲菩薩三十校計佛言菩薩復有十校計第一菩薩相聚會但當校計百八當令盡當求入慧出罪便應菩薩法二者當校計菩薩百八求入空法便出罪空法是爲菩薩百八校計出罪入道空三者菩薩當校計百八罪法初起空生時當知校計滅歸空時是爲菩薩校計百八生滅爲合空以知生滅是爲菩薩諦校計四者菩薩當校計百八持空法解盡法諸菩薩復問佛何等爲持空法解盡法佛言菩薩一切知十方所有本末皆空已知空知所有當復滅盡菩薩知盡以爲諦即不復貪百八不復行著欲菩薩能自解常知盡是爲菩薩校計持空法解盡法是爲菩薩校計百八解盡應法五者菩薩當校計百八盡法不復生已知不復生是爲菩薩校計盡法不復生已知不復生法六者菩薩當校計百八盡當

得泥洹長生不復滅不死菩薩得是校計自知若是爲菩薩法知泥洹樂校計法七者菩薩當校計知百八盡泥洹念是爲菩薩知泥洹校計相念八者菩薩當校計百八滅盡捨相念不復念是爲菩薩百八捨相念不復念校計九者菩薩當校計所念不盡便生雜相念以知雜相念當校計泥洹無所有何以故復有雜相念當復滅是爲菩薩知雜相念校計十者菩薩當校計自知滅無所有長受泥洹相泥洹長生不復滅是爲菩薩校計受泥洹相是爲菩薩四十校計佛言菩薩復有十校計諸菩薩問佛何等爲菩薩十校計佛言一者菩薩自知百八罪亦當爲十方人說百八罪亦當爲人說十方生死五道苦痛常當爲十方人說萬物成敗本末生死無所有是爲菩薩一校計二者菩薩當校計十方成敗牽證用示人是爲菩薩牽證校計解人法三者菩薩當校計十方人所有皆坐貪故著以貪著皆爲癡菩薩常當爲人解貪著解人癡菩薩亦當持貪癡還自況我未知菩薩道時貪癡亦劇是菩薩得是校計常當慈心解人貪癡是爲菩薩校計四者菩薩常當校計百八牽十方癡人作證諸菩薩復問佛何等爲牽十方癡人作證佛言十方人所念皆坐百八癡故菩薩去百八癡乃爲不癡菩薩失行百八行便爲癡常當牽十方癡人作證不得失行是爲菩薩校計法五者菩薩當復校計百八牽十方阿羅漢作證者諸菩薩言復校計百八牽阿羅漢作證云何佛言菩薩失行但坐貪著故常牽阿羅漢泥洹去無所有我

何爲所念失行何爲當坐是苦所念牽阿羅漢泥洹常作證是爲菩薩校計法六者若復失行當校計百八牽辟支佛泥洹無所有作證是爲菩薩校計法七者菩薩若失行當復校計百八無所有當牽十方過去佛泥洹無所有十方過去佛皆我師皆取泥洹去我何爲失行行在世閒菩薩已牽證便還攝行是爲菩薩牽證校計法八者菩薩復失行當復牽現在十方佛亦當泥洹去常當牽自證已自證當即還行是爲菩薩百八牽證還行校計法九者菩薩當校計百八復失行佛言我今作釋迦文佛我所主天地帝王人民皆屬我自在飛行大威神我要般泥洹去歸無所有常當牽我作證常當堅意求佛持我作證意不轉轉者爲失行便墮盛百八愛行中是爲菩薩校計十者菩薩常當盡力却貪令不得受求受求者爲不應菩薩菩薩諦分別恩惟我所校計是爲菩薩五十校計佛言諸菩薩行安般守意常苦失行無有不失行時諸菩薩問佛何以故我曹作菩薩常苦失行佛言菩薩不猒生死苦集故不自覺生死集故不諦知生死盡無所有不諦知有佛泥洹道故佛言諸菩薩不可自用作菩薩道故功高勝十方人佛言未得佛生死苦集未與盡合未與道合常有身體苦痛亦有寒熱苦亦有飢渴苦惱不能斷如是菩薩未可自怙其善佛言我未得佛時自謂智慧無能及者自謂知禪無能及者自謂知細微滅心無有及者佛言我已立身作釋迦文佛還自校計作菩薩時所知譬如一菩薩智今已作佛有所知

譬如十方佛國中所有萬物菩薩佛言十方佛所有菩薩智慧未能得一方佛一小塵智諸菩薩即稽首問佛言我曹癡何以多不能及佛一塵智佛言用汝不猒生死苦集故不早取佛故不知細微意故不知滅本斷根故汝曹盡力精進行亦當知十方佛智慧諸菩薩問佛我何因緣生死多如是佛言汝曹不諦行安般守意三十七品經十二門三向中微意不知分別校計生死百八中細微意故使生死多難得佛佛言汝心未起時中有五百四十百八愛行心轉作意中有五百四十百八愛行意轉作識中有五百四十百八愛行轉入眼眼所見好色中有五百四十百八愛行眼所見中色中有五百四十百八愛行眼所見惡色中有五百四十百八愛行轉入耳耳所聞好聲中有五百四十百八愛行耳所聞中聲中有五百四十百八愛行耳所聞惡聲中有五百四十百八愛行轉入鼻鼻所聞好香中有五百四十百八愛行鼻所聞中香中有五百四十百八愛行鼻所聞惡臭中有五百四十百八愛行轉入口口所得好味美好語言中有五百四十百八愛行口所得中味中語言中有五百四十百八愛行口所得惡味惡語言中有五百四十百八愛行轉入身身所得好細軟可身中有五百四十百八愛行身所得中細軟中有五百四十百八愛行身所得惡麤堅苦痛不可身中有五百四十百八愛行佛言一心中有五百四十百八愛行五百四十百八愛行中一愛者當受一生死一受者當受一身如是不盡五百四

十爲受五百四十生死身意亦爾識亦爾好色亦爾中色亦爾惡色亦爾好聲亦爾中聲亦爾惡聲亦爾好香亦爾中香亦爾惡臭亦爾美味好語言亦爾中味中語言亦爾惡味惡語言亦爾好細軟可身亦爾中細軟亦爾惡麤堅苦痛不可身亦爾佛問諸菩薩寧知是不諸菩薩言聞佛說皆知佛言諸菩薩汝曹寧信有是無諸菩薩言信有是衆不疑但不解佛問諸菩薩汝造發起來至我所寧知汝意中幾轉汝聞我造說經以來知汝意幾轉諸菩薩報佛言不知幾轉佛問諸菩薩何以故不知幾轉諸菩薩言我聞佛說經歡喜不知覺幾轉佛言汝造來至今不覺意轉墮生死譬如是摩竭國中塵不知多少菩薩但坐失行不自知覺生死多少是故不即時得佛諸菩薩各各稽首歡喜受行諸菩薩各各稽首言未聞佛五十校計時自用不失行聞佛解五十校計自知失行佛言汝亦失行亦不失行菩薩復問何以失行亦不失行佛言汝至十方佛前自貢高自譽言我解無有是五十校計罪便墮罪失行是爲亦失行佛言不失行者菩薩至十方佛前常當自懃身體自懃生死自懃意墮罪不能校計知當持五十校計還自懃是爲菩薩不失行不自懃者常失行佛說如是諸菩薩各各自懃各各自悔各各自念滅盡非常若空非身諸菩薩聞經皆大歡喜前爲佛作禮頭面著佛足受行而去

佛說明度五十校計經卷下

音釋

蜎烏玄切小飛也蠕而兗切蟲動貌拷掠拷苦浩切打也掠離灼切笞也

薜荔梵語具云薜荔多此云餓鬼薜蒲計切荔郎計切

無所有菩薩經

隋天竺三藏闍那崛多等譯

清刻龍藏佛說法變相圖

無所有菩薩經卷第一

隋天竺三藏闍那崛多等譯

如是我聞一時婆伽婆住王舍城毗富羅山中與大比丘衆滿足百千人俱復有百千諸菩薩衆及比丘尼諸優婆塞及優婆夷天龍夜叉乾闥婆緊那羅摩睺羅伽迦樓羅等復有欲界諸天子色界淨居諸天子等圍遶在前而爲說法爾時衆中有一菩薩名無所有在彼會坐然彼衆中有諸菩薩心懷疑惑悔作惡者住顛倒者有業障者有法障者及諸衆生爲障所障不能問佛然彼欲爲彼等衆生淨業障故欲問世尊觀此諸衆多有菩薩欲悔先惡而心焦惱不能聽法復見菩薩心不悔惱能一心聽觀彼心行多有苦惱多有憂患多有穢雜多生老死憂悲苦惱多怨憎

會多愛别離當欲成就阿耨多羅三藐三菩提而爲如是等無量纏縛云何當於阿僧祇劫行菩薩行既自有縛云何當能解衆生縛爾時無所有菩薩如是念已即自思惟若世尊教聽我請問爲於此衆一切衆生作惡疑悔令遠離故爾時世尊知無所有菩薩摩訶薩并及彼等諸菩薩衆心所念已告無所有菩薩摩訶薩言汝無所有我亦不爲諸菩薩說有染有著有縛有繫有犯犯處所以者何一切著處一切染處一切縛處一切障處一切犯處欲令超越遠離諸相行不和合諸法不離不可得故證阿耨多羅三藐三菩提如是一切諸法不縛諸法不染諸法不著不繫不障不犯不得是故當成一切種智善男子有一切智發心之處不得衆生於彼處中無法可縛可染可著可繫可障可犯可得可知處所汝無所有汝應當爲諸菩薩問如諸菩薩摩訶薩等不倦不汙無著無縛無障虛空離虛空想無有障礙於阿耨多羅三藐三菩提速成就故於一切處當爲開顯爾時無所有菩薩既爲如來教請加持及以智力於多佛所種善根故能於般若波羅蜜中無有疑惑隱身不現而無所著欲爲攝化諸菩薩故而復欲顯諸福德故復爲著心諸衆生等爲取著覆行在於相遠善知識爲惡知識之所攝取諸菩薩輩知一切法皆不可得欲令無著欲令覺故即以無量種種名華或水陸生或金銀華普散佛上以精誠意歡喜勝妙無有鈌減令諸衆生生歡喜故讚歎世尊以偈問曰

菩薩遊何處　何者是父母　住止於何處
何等爲眷屬
爾時世尊即以偈頌報彼無所有菩薩言
勇猛空遊處　般若母佛父　佛塔爲住處
菩薩爲眷屬　遊六波羅蜜　菩提心父母
三昧爲住處　諸福爲眷屬
爾時無所有菩薩從佛世尊聞此偈已歡喜隨順復以偈頌問世尊曰
善能說此言　一切智無礙　隨喜於此言
復問人中上　以何爲因緣　用何方便智
觸證於何法　當覺智云何
爾時世尊以偈報彼無所有菩薩言
勇猛菩提緣　方便攝衆生　證諸法空已
智者覺菩提
爾時無所有菩薩聞此偈已歡喜隨順以偈稱讚而復問曰
善能說此言　一切智無礙　隨喜於此言
復問人中上　何故不墮惡　大熾可畏處
捨一切惡處　速至於善處
爾時世尊以偈報曰
不造一切罪　是故捨惡處　恒常爲法行
是故至善處
爾時無所有菩薩聞此偈已隨喜稱讚而復問曰
善說此語言　一切智無礙　隨喜於此言
復問人中上　云何彼多罪　無智處造作
一切能速滅　盡滅無遺餘
爾時世尊復以偈頌報彼無所有菩薩言
衆生求解脫　此等願菩提　菩提不得故
諸罪皆滅盡

爾時無所有菩薩聞此偈已隨順歡喜復以偈頌而復問曰

善能說此言　一切智無礙　隨喜於此言
復問人中上　云何諸愛著　流轉煩惱苦
成就菩提時　皆盡無有餘

爾時世尊以偈報曰

常樂我淨處　顛倒取虛空　如實眞覺已
渴愛皆當盡　無我慢渴愛　取等如虛空
不住於內外　彼等無得處

爾時無所有菩薩隨喜此偈而復稱讚以偈問曰

善能說此言　一切智無礙　隨喜於此言
復問人中上　當作何業已　彼種子云何
彼等多有財　恒常無有盡　復能施一切
捨施無慳悋　身肉財頭等　彼皆悉能捨

爾時世尊聞此問已爲無所有而爲解釋復說偈言

恒常於三寶　供養不疲倦　若復斷世間
彼智者供養　所發菩提心　爲樂衆生故
彼荷擔菩提　爲他說受用　一切一切智
爲與衆生說　是故彼有財　一切時無盡
作如是業已　種如是子已　一切所生處
福饒多有財　若麤若細食　飲已淨如法
若得新衣服　先他後自著　是故生生中
一切具足勝　不加用功力　而得無盡財
是故一切施　捨施無慳悋　身肉及與頭
彼等無不施

爾時無所有菩薩聞此偈已隨喜稱歎復以偈問

善說此語言　諸智具足體　隨喜於此言

復問人中上　云何離熱惱　身口及與意
云何有上色　無垢最清淨
爾時世尊復爲敷演而說偈言
受齋戒無缺　常說空無缺　知一切皆空
忍諸打罵辱　身口及與意　是故無熱惱
當得最上色　一切衆生愛
略說一切善語中　一切諸問解釋中
彼等云何堅精進　於一切處不違背
彼云何得有諸乘　若在世間及出世
爾時世尊以偈報言
作事不怯弱　分別心行中　故精進及智
所生中常有
爾時無所有菩薩復以偈頌問世尊曰
善說此語言　諸智具足體　隨喜於此言
復問人中上　彼云何有智　世間中決定
彼云何有力　衆生無能伏
爾時世尊以偈報言
常問諸佛法　不誹謗諸法　求諸巧方便
故彼有上智　五種味常施　施衆生無畏
是故彼有力　衆生無能伏
爾時無所有菩薩以偈問曰
善說此語言　諸智具足體　隨喜於此言
復問人中上　彼云何勝色　於世間最上
云何得長壽　多百億數歲
爾時世尊以偈報言
若聞虛實過　不傳向他說　常讚歎三寶
名聞至十方　不惱諸衆生　不隨喜殺者
是故得長壽　多百億數歲
爾時無所有菩薩復以偈問於世尊曰
善說此語言　諸智具足體　隨喜於此言

復問人中上　云何得梵音　迦陵頻伽聲
若有得聞者　聞已得歡喜
爾時世尊以偈報曰
說法時讚歎　無復毀呰言　不破壞和合
是故得上音　護四種口過　常說利益言
自過能發露　是故得上音　螺鼓等音聲
和合衆妓樂　供養諸佛已　是故得上音
爾時無所有菩薩以偈問曰
善說此語言　諸智具足體　隨喜於此言
復問人中上　云何彼身腹　而得於平正
所有諸眷屬　而得相隨順
爾時世尊以偈報言
毒藥及非藥　不與不教他　應病施湯藥
是故腹平正　善友及怨讎　平等於光明
於彼等心已　是故腹平正　所有衆生界
無有數量者　愛念如自身　是故腹平正
父母於一子　常起憐愍意　於衆生如是
故得腹平正　菩薩及父母　供養不疲倦
是故彼眷屬　常順如自身　世尊諸長宿
及有尊上者　若承事彼等　調柔心謙下
是故彼眷屬　隨順如自身　彼無有分別
一切平等心　以四攝攝他　能攝多衆生
是故彼眷屬　當得如自身　教行諸善利
於不思衆生　是故彼眷屬　隨順如自身
和合菩提心　於不思衆生　是故彼眷屬
隨順如自身　彼等無不捨　於諸衆生所
故彼眷屬等　隨順如自身　於諸衆生等
當共同一事　是故諸衆生　常共爲眷屬
已所有愛物　能以施於他　不念失分別
是故多眷屬

爾時無所有復以偈頌問世尊曰

善說此語言　諸智具足體　隨喜於此言
復問人中上　云何彼念淨　當有趣無邊
云何彼樂法　亦不離正法

爾時世尊以偈報曰

樂法者爲說　失法者令念　不惱於衆生
故彼正念行

爾時無所有菩薩復以偈問於世尊曰

善說此語言　諸智具足體　隨喜於此言
復問人中上　云何聞法已　常無有疑惑
若得五通已　云何當不失

爾時世尊以偈報言

令衆生無惑　最上佛法中　彼等聞無疑
當得不失通

爾時無所有菩薩復以偈頌問世尊曰

善說此語言　諸智具足體　隨喜於此言
復問人中上　云何諸菩薩　常在諸佛前
貪瞋一切種　亦不能降伏　云何生煩惱
依何而對治　復能有慚愧　生已能寂靜

爾時世尊以偈報言

恒常念諸佛　亦無有所念　不得於衆生
彼等言菩提　是故名菩薩　恒常在佛前
亦不壞煩惱　亦不離諸佛　猶如智慧人
仰觀上虚空　於中無身心　彼無有别處
何時彼智人　觀看上虚空　彼時無餘念
若身若心中　如是獲菩提　彼於諸佛所
不動身心等　亦不遠諸佛　無物妄分别
發起欲等患　無物不分别　是故不可破
有念現前生　無念故無障　捨已無實故
覺已此等捨

爾時無所有菩薩復以偈頌問世尊曰

善說此語言　諸智具足體　隨喜於此言

復問人中上　何緣當化生　菩薩常有樂

諸佛說法時　生諸蓮華中

爾時世尊以偈報言

所有諸功德　生死中有樂　衆生於中生

教諸佛法中　所有波羅蜜　於中一切教

世間及出世　令覺一切法　一切諸法相

無相無持者　諸法如是住　於中教衆生

於空及無相　無生中亦然　世間無行處

於中教衆生　是故彼化生　菩薩常有樂

諸佛說法時　生諸蓮華中　如是修功德

菩薩不毀者　彼等不爲難　諸樂不思議

修是功德已　無能毀菩薩　諸法中巧智

彼無所不知　於諸法自在　決定見無疑

爲於衆生說　攝取衆生故

爾時無所有菩薩聞此偈已隨喜此言稱歎世尊以偈問曰

善說此語言　諸智具足體　隨喜於此言

復問人中上　何緣婦人見　變身爲丈夫

端正人喜見　衆生皆愛樂

爾時世尊以偈報言

所有婦人念　婦人攀緣處　婦人歌詠聲

於彼不共住　皆不喜見聞　不觸如毒器

遠離如毒蛇　常恐怖婦人　不觸於諸女

不勸受女身　教轉女身故　彼見成男身

如是行行已　正住於此行　是故婦人見

即變身爲男

爾時無所有菩薩聞說此已隨喜此言復以偈問

善說此語言　諸智具足體　隨喜於此言
復問人中上　何緣衆生見　能發菩提心
而得不退轉　乃至菩提座
爾時世尊以偈報言
不說於小處　惟說勝菩提　是故衆生見
即發菩提心　若少分所有　想行中衆苦
如實無有處　爲諸衆生說
爾時無所有復以偈頌問世尊曰
善說此語言　諸智具足體　隨喜於此言
復問人中上　何緣見病者　於此發慈心
爾時世尊復以偈報
觀身是虛妄　於中無所著　此是世間藥
是故脱衆患　由此病者見　須臾得除差
於彼起慈心　是故除諸患
爾時無所有菩薩復問世尊而說偈言
善說此語言　諸智具足體　隨喜於此言
復問人中上　何緣衆生見　所有諸飢渴
皆悉能除愈　飽滿身充悦
爾時世尊以偈報曰
常施多飲食　復爲說上法　是故衆生見
飢虚自然滅
爾時無所有菩薩復問世尊以偈頌曰
善說此語言　諸智具足體　隨喜於此言
復問人中上　何緣能離著　斷滅及常等
彼於中邊中　亦復無依住
爾時世尊以偈報言
不攀緣分別　超越世語言　知諸法平等
彼得無染著
爾時無所有菩薩復以偈頌問世尊曰
善說此語言　諸智具足體　隨喜於此言

復問人中上　何緣見惡行　能縛此世間
捨一切諸趣　能淨業思報
爾時世尊以偈報曰
當近善知識　若發菩提心　是故離惡行
當淨於佛智
爾時無所有菩薩復以偈讚問世尊曰
善說此語言　諸智具足體　隨喜於此言
復問人中上　何緣想行智　一切皆無有
眞實空中法　彼當得無疑　何緣得辯才
能分別諸句　知於衆生行　如是爲說法
云何四輪中　常得於彼住　彼不墮八難
當得此閑處　當取何頭陀　當行何苦行
彼無有惡悔　又復無煩惱
爾時世尊以偈報曰
衆生著想行　說如陽焰義　覺空無我已
當解諸辯才　覺實最勝義　彼當離八難
當滿四種輪　菩薩善巧智　抖擻諸有得
不得上苦行　知自我空已　無復有疑悔
諸法如虛空　知已不著世　覺顛倒義已
當成佛菩提
爾時無所有菩薩隨喜此言復問世尊以偈頌曰
善說此語言　諸智具足體　隨喜於此言
復問人中上　聞已到閑處　當無所可住
云何發菩提　而名爲最上
爾時世尊復爲解釋而說偈言
如是聞已發　發已而不住　彼上勝衆生
當行勝菩提　若行如是行　彼無處可住
當速覺菩提　如人上射箭　此是三行說
若當覺如實　如本性寂靜　彼不行菩提

若有爲聲中　所說於世間　一切聲無故
當知不爲實　無實中無發　行亦不可得
若能如是知　彼行菩提行　無行以行取
亦不淺開敷　無所覺知已　彼行不可得
爾時無所有菩薩以偈問曰
善說此語言　諸智具足體　隨喜於此言
復問人中上　何緣捨諸身　當無一切苦
平等到諸界　當捨壽命行　若復右脇卧
若結跏趺坐　或復起立住　或復當合掌
說甚深法時　般若波羅蜜　一切諸佛法
不住寂諸法　或見成佛時　或讚歎諸法
所有說諸法　定意於彼聽　當捨故身體
後生新身體　從家至於家　生發菩提心
不迷調伏念　一念正住定　云何當捨命
當復現神通　爲我解此問　無邊智聚者
於中略當知　如調伏所說　所有諸功德
無量不思議　一切勝具足　彼等當成就
教師爲我說　如有實如相　若聞是功德
一切當供養　當護十善已　無疑於空法
具四種梵行　一切皆成就　不得於六根
及一切三界　一切得自在　所聞不生疑
所有有爲法　當知皆如影　應當如是知
其影無有爲　無有爲無影　無說無分別
無思無言說　無慳無有施　無爲無影中
無說無分別　無思無言中　無持戒破戒
無爲無影中　無說無分別　無思無言中
無諍無忍者　無爲無影中　無說無分別
無思無言中　無懈無精進　無爲無影中
無說無分別　無思無言中　無亂無禪定
無爲無影中　無說無分別　無思無言中

無愚無智慧　於時無影已　更無有所見
彼無所見已　故言爲無影　亦非無有眼
其眼淨無垢　彼中無有物　無物目不見
清淨常無物　無名無清淨　如是淨眼者
清淨無所見　所有影無有　無有亦無有
其空於空中　於諸煩惱等　現無當亦無
若男若女二　今無當亦無　此等如虛空
無思無分別　若知如此者　彼無有所著
離諸身有住　當求諸佛法　如虛空無邊
彼無有可住　無住無攀緣　隨意去而去
如是摩訶薩　當覺此方便　不著於三界
當行菩提行　心及與身口　常行爲衆生
不知體空虛　猶如壓油輪　彼等見行時
不得於邊際　今住不動法　無所有住處
數數見衆生　受諸苦惱時　於彼起悲心
當行菩提行　爲諸衆生說　如實眞如相
汝等離有爲　應覺於眞實　顛倒無智故
無牢起牢思　無牢身體中　愚癡等味著
此身常日別　以飲食買贖　彼不爲自他
虛妄受疲倦　常與受樂時　亦無念恩德
無恩念羸弱　宜應速捨去　生死中受苦
處所無有邊　今亦不可得　當亦不可得
生死中多欲　處所無有邊　今亦不可得
當亦不可得　生死受戲樂　處所無有邊
今亦不可得　當亦不可得　生死多受喜
處所無有邊　今亦不可得　當亦不可得
承事此身已　處所無有邊　今亦不可得
當亦不可得　生死流轉中　處所無有邊
今亦不可得　當亦不可得　生死中多睡
處所無有邊　今亦不可得　當亦不可得

今此身受樂　處所無有邊　今亦不可得
當亦不可得　今此身受苦　處所無有邊
今亦不可得　當亦不可得　養育於此身
處所無有邊　今亦不可得　當亦不可得
此身起我所　處所無有邊　今亦不可得
當亦不可得　受欲等流轉　處所無有邊
今亦不可得　當亦不可得　如無實無物
顛倒常欺誑　癡惑諸有為　如是誑癡世
猶如癡小兒　為他所欺誑　如是愚無智
以虛事所誑　無實誑愚蒙　不知無實故
當受虛妄苦　癡意起毒想　自然於自身
自然自合苦　猶如惡行故　後自受刑首
心思已出言　身作非善事　其思無所有
言說亦無事　其聲無過去　過去亦復無
過去我何說　亦無有實相　若有如是知

身心如是觸　彼即戒行具　不生諸惡道
此等四種偈　舊作十億數　往昔別生中
求勝菩提故　我聞此等偈　未曾墮惡道
當逢事諸佛　無量人中雄　我過去次第
值遇然燈佛　彼時觸如是　於後我得記
我為眾生說　於後住佛智　我無所可取
愚癡不受教　嗚呼眾生鈍　盲冥癡無智
能盡苦因緣　授之不肯欲　無智不肯取
樂小法眾生　不取於大法　若得世間樂
及解脫世間　當生世間眼　授彼而不取
得聞於此偈　若如是住已　於世無分別
我於世間中　寂靜無所著　當脫一切苦
而得不動樂

爾時眾中有不調伏怨讎害人者在彼眾中從座而起偏袒右肩整衣服已作如是念當

以何事供養世尊其世尊者具足法身不可少物而用供養如是大德具足法身然我今者於世間中先有暗障今見世尊及無所有菩薩所問世尊解釋得聞法要我已得於一切法中無有障礙已滅黑暗照曜世間我今自見已生天眼已得五通我今已得脱諸苦惱我見自身所著衣服皆有血汗我於今者若以此衣覆世尊上惟恐不任如來所受願佛威神令我更得勝物奉施供養世尊當用奉事如是最勝大德法身如此衆生具足難有是惡心難調怨讎害人者起如是願欲信入佛如來大德神通念時彼左手中自然而有一篋天華柔輭潤澤過於諸天衆香自燒於右手中上衣下衣自然而生歡喜踊躍徧滿其身更於諸佛大德神通更求信入彼時即見十方無量世界諸佛皆放光明爾時彼復作如是念嗚呼諸佛不可思議大德神通不可稱量無有等等願諸衆生信佛大德自身觸已皆得行願即以上衣及以下衣而覆佛上以彼天華如是再三散於佛上於虛空中莖上葉下而成華蓋然彼復生第二華篋亦生第二上衣下衣彼復歡喜踊躍無量遍滿其身即作是念若佛聽我以此華散此無量佛及以此等上衣下衣覆諸佛上願我生信諸佛世尊願勿令我當有悔意而不成施則聞空中如是聲言汝善男子汝應普散此諸如來善男子一切諸佛同一法身諸佛世尊於諸法中於諸物中無嫉妬意善男子諸佛世尊受用果報於諸物中無染著故彼作是念今者世尊已聽許我即以諸華及上下

衣遥散無量諸佛世尊見彼華衣於諸佛上在虛空中作蓋而住及見彼衣在諸佛前即生愛樂歡喜踊躍四支投地禮世尊足舐世尊足而爲頂禮彼復見身頂禮諸佛及釋迦牟尼佛時彼諸世尊及釋迦牟尼佛皆以右手摩其頭言起善男子汝今已生無量福聚彼則起已惟見釋迦牟尼如來彼則問言世尊彼等無量諸佛世尊今何所在我不復見佛言善男子此是諸佛大德法身具足無所得故汝今應信彼作是念嗚呼諸佛不可思議有如是色見大法體頂禮佛足右遶三帀在一面住合掌向佛白言世尊我是惡心難調怨讎殺害人者唯然世尊如我先作令此衆知世尊我爲此衆生等故如是說此等聞已當起猒離如是等惡如先所有毒害嚴熾

若諸衆生有見我時恐怖馳走世尊我於今朝取合死者十丈夫殺豁壞彼項即飲彼血世尊我時以人血醉惡心更增更求害人然我求時在王舍城漸漸遊行至東北分于時我見王舍城中有多人衆遊行在路我則背面在遠而住恐彼見我生怖迴還世尊時彼人衆出王舍城皆共往詣毗富羅山到已上山我時復見多有俱致那由他百千諸天遍滿不得邊際世尊我於彼時不見有一能於世尊功德光明衆相諸色形貌長短若寬廣等能有勝者世尊我自見身最爲卑賤我於爾時即於自身生穢惡想生輕弱想不如物想我於爾時毀辱自身我今無利我今惡活我於如是多人衆中最爲下賤最爲穢惡最爲不如最爲嚴熾世尊我於爾時猒惡自身

如是羞愧者此大地容受我者即便入中唯然世尊我於爾時則聞空中如是聲言汝善男子但信諸佛大德法身汝當得離此下類身我於爾時如是思惟正念根中念於諸佛大德法身如是念時復聞虛空如是聲言善男子汝當莫瞬諦觀世尊汝觀察時即當得入諸佛體中當信當得世尊我於彼時合掌不瞬瞻仰世尊即見世尊諸毛孔中出大蓮華衆寶所成有無量色金色無邊色諸蓮華等大如車輪從身中出彼華臺中皆有諸佛如釋迦如來諸相具足皆於中坐徧滿虛空無有衆生能障礙者於日光明亦無能障世尊我於彼時即生最勝歡喜踊躍此是諸佛神通之力我於彼時生清淨已見佛世尊如是觀時即見所有諸世界中無佛出處即住

彼間而為說法攝諸菩薩無著無作無有熱惱空無所有無言無說無有所住于彼時中多有俱胝那由他等百千衆生發菩提心離顛倒法信無言空於多億劫住菩提中我如是知亦不知晝亦不知夜不知半月一月年節我如是知於彼時中我聞般若波羅蜜法無染著處無言無說我於彼時聞如是法所有法相無有染著無有言說聞是法已不見自身無知無得亦無處所當於彼時有如來像出現我前於彼時間即自見身及見諸佛還復來入於世尊身不見世尊身不見世尊身有增減不見世尊住處有明闇佛告彼言汝善男子此是彼等諸佛如來大神通力彼難調者而白佛言唯然世尊我今於佛大神通力更無有疑我無疑故見於無量諸菩薩

等身皆金色有三十二大人之相持諸音樂種種香華甚可悦樂禮拜世尊奉獻供養以彼香華散佛上已聞無所有所問法已歡喜踊躍遍滿其身即自稱歎欣慶而去世尊我於彼時作如是念此是諸佛神通之力無有衆生得邊際者我於彼時還入思惟諸佛神通思求此時見此聽衆比丘比丘尼優婆塞優婆夷天龍夜叉乾闥婆阿脩羅緊那羅摩睺羅伽等一切大衆而說偈言

無比知寂已　處所無染著　當脫一切苦
而得不動樂

無所有菩薩經卷第一

音釋

慳悋 慳苦閑切悋郎刃切　呰 蔣氏切譏也　螺 落戈切　抖擻 抖當口切擻蘇后切　篋 苦劫切　舐 神帋切餂也　齧 五結切噬也　抖擻振樂貌　瞬 舒閏切目動也

無所有菩薩經卷第二

隋天竺三藏闍那崛多譯

世尊我於彼時復見彼諸聽法大衆以天人華及衆寶物而散佛上及諸菩薩而聽法已復更出生種種音樂雜色衣服供養世尊以諸衣服覆世尊上還坐本處而共聽法世尊我於彼時復作是念嗚呼諸佛神通無礙思惟信入隨順而行世尊我聞此說無礙法聲即入覺知而說偈言

我覺寂靜時　無有障礙處　即脫一切苦

而得不動樂

世尊我於彼時復於空中見如來身聞說是言汝善男子汝莫捨意汝應更信諸佛神通勤求信入汝善男子汝於長夜無智愚癡恒爲欺誑受苦惱故世尊我於彼時聞是語已復生恐怖身毛皆豎一心思惟求佛神通我思惟時即見三千大千世界所有草木樹林華果皆悉開敷好色香潔甚可愛樂世間天人阿脩羅等以華散佛而供養已還没不現復有諸果香潔無比復見世尊左手執鉢以取諸果滿於鉢中又見世尊於𪗋中出諸化菩薩從於鉢中而取果已徧至十方阿僧祇等諸世界中授與無量諸佛世尊彼世尊鉢皆悉盈滿我見彼佛世尊食時𪗋中復出諸化菩薩身皆金色衆相莊嚴從身出已我復見彼諸世界中有諸菩薩及諸衆生以彼諸果奉獻供養既奉獻已見彼食時彼等食已皆悉得成如來形相至餘世界無佛之處於彼演說般若波羅蜜法要教化成熟無量衆生住於菩提諸佛法中勤修不斷爲說法故

彼等還没如來鉢中果還盈滿復見此果從鉢出已供養一切世間衆生充潤自身皆至佛所頂禮佛足右繞三帀合掌恭敬却住一面從世尊所聞無所有解釋法相一心聽受更無所見更無有知世尊我亦如是聽入隨順如所說行我如是知我身與佛及此大衆空無可說如是念時有一佛像起語我言汝善男子此是諸佛大德神通我於彼時所得諸想我想不行亦無歡喜亦不怯弱我唯信入諸佛神通如是思惟願諸衆生未入者入未度者度我發是心願諸衆生於佛神通圓滿無缺我時亦復無衆生想然我於佛大德神通不可破壞爲諸衆生及此大衆令成熟故作如是言嗚呼諸佛大德神通如是希有我今乃見然佛神通亦無增減彼時復見空中有佛作如是言汝善男子更求信入諸佛神通世尊我於彼時一心信入諸佛神通一心念時即見諸佛神通力故一切衆生即一衆生一衆生即一切衆生然彼一切我亦不見世尊我於彼時作如是念諸佛神通不可思議如我見佛大神通等我於彼時更求諸佛大德神通亦無猒足我求彼時更轉信入更復專念思惟觸證令增廣故世尊我於彼時見此三千大千世界四方所有毗富羅山佛及四衆天人脩羅諸世界等皆成大海清淨無濁更無餘相世尊我於彼時復作是念嗚呼諸佛神通如是世尊我念佛神通時即見世尊坐彼水中而水不著我復見有菴摩羅果及菩提果無所缺壞繞佛三帀住在佛前佛爲說法復說諸佛大神通等爲說法時

成菩薩形頂禮佛已即没不現復見世尊在毗富羅山爲衆説法如是略説乃至成火又成螢火又復成風大毗羅果是則成地如大母指一切世間即一世間一世間即一切世間彼諸世間復成無智彼則眞體我於彼時於佛神通如是觸證思惟是已不生疑惑亦不恐怖心慮不行爾時有一如來形像在我前住而謂我言汝善男子於幾時行六波羅蜜而能信此佛大神通廣思惟證世尊我於彼時白彼佛言如所言六波羅蜜者爲是何謂彼告我言所謂檀波羅蜜尸波羅蜜羼提波羅蜜毗梨耶波羅蜜禪波羅蜜般若波羅蜜汝善男子如是名爲六波羅蜜行已當得證入諸佛大神通中汝已成佛大神通已我時白言是故世間諸天及人阿脩羅等聽我

今説現今世尊爲我證明於諸法中得無礙智世尊現知如我今説我未曾行六波羅蜜而得證於佛大神通我今始聞六波羅蜜我本前際墮黒闇中不可得知今見世尊及無所有菩薩所問世尊解釋我既聞已於諸法中無復黒闇於諸陰聚分別法中得無所著而説偈言

我得寂靜智　無復有所著　今已脱諸苦
現得不動樂　寂靜無比智　寂無有所寂
爲何事布施　多百爾所劫　我無布施行
已證無比寂　布施中何作　彼施不爲寂
寂靜無比智　寂無有寂處　爲何事持戒
多百爾所劫　我今不持戒　已證無比寂
寂中無持戒　戒亦不爲寂　已知無比寂
所寂無寂處　爲何事修忍　多百爾所劫

我今不修忍　已證無比寂　寂中何所忍
忍亦不爲寂　已知無比寂　所寂無寂處
爲何而精進　多百爾所劫　我不行精進
已證無比寂　寂中用進爲　寂滅無精進
已知無比寂　所寂無寂處　爲何而修禪
多百爾所劫　我今不修禪　已證無比寂
於中用禪爲　寂中無禪定　已知無比寂
所寂無寂處　爲何修智慧　多百爾所劫
我未修智慧　已知無比寂　於中用智爲
寂中無智慧　何用施戒忍　精進及禪定
智慧等諸度　何用多所行　我以無智故
已知寂無比　於中智何作　寂中無用智
願爲我解釋　所有諸法中　一切智自在
尊無不知者　彼問此義已　兩足尊爲釋
如實眞如等　不散亦不合　不取亦不捨

汝今應當知　於中及自他　當更無有疑
知佛神通已　則離於我想　亦復無言說
自身捨無上　覺佛神通已　一切罪皆滅
滅已無熱惱　故名持戒者　聞佛神通已
彼言大神通　如實無思慮　彼名忍辱者
覺佛神通已　彼心無怯弱　更復生精進
故名精進者　覺佛神通已　彼心不散亂
捨一切諸相　故名禪定者　覺佛神通已
彼不著三界　超越諸障礙　故名智度者
是行一切處　諸度調伏者　覺知一切佛
是名佛神通

爾時惡心難調害人者白佛言世尊一一諸佛法教難覺微少智者更深思惟而說偈言

若有聞觸證　云何覺神通　彼當能滿足
是等諸六度　及助菩提法　何謂佛神通

有何實體相　彼有何色住　云何而得證
爾時世尊以偈報彼惡心難調害人者言
若有自覺知　自己無衆生　一切法中智
彼是佛神通　衆生有著心　教於空法中
如是教衆生　當得佛神通　衆生有著心
當一心普覺　亦不當發心　此是佛神通
所有諸佛刹　即知一佛刹　彼此不相入
此是佛神通　知諸法不生　能發菩提心
諸衆生一生　故言佛神通　忍心爲神通
忍法體亦盡　入於一切法　亦無有所住
彼住佛神通　一切法無疑　無疑無生法
故彼得授記　成熟衆生故　當清淨佛刹
於多劫修行　當得佛智故　覺知諸佛空
一切最爲上　度佛法彼岸　成熟衆生故
佛聲及神通　文義皆能證　於祕密教中
即得度彼岸　無邊不可取　亦無徧知者
如是佛神通　無復有邊際　若自此證已
即是勝布施　一切施中上　更不生惡處
能行一切施　彼當行施時　無有分别知
亦無有所住　覺知是教已　彼無物不捨
於一切生中　是故捨一切　若聞此法已
能捨於我想　取已無所著　是爲最上檀
聞已無熱惱　身心得寂靜　是爲最上戒
更無有勝者　於一空法中　無忍無諍競
是爲最勝忍　於中無上者　知諸法空已
無有怯弱心　是爲勝精進　於中無過者
於空常不亂　一切心發覺　此是快禪定
惟聲中示現　若於空不怖　一切智無想
離睡眠無知　是智爲最上　是等諸度行
入於是教中　若知無言說　彼即度諸度

不壞於諸法　亦無有逼惱　彼即知正法
無功用智定　不壞於諸法　亦無有逼迫
無知寂靜故　度於施彼岸　若不壞諸法
亦不逼諸法　此是最勝戒　一切戒中上
若不破壞物　於非法亦然　如是無疑已
更不墮惡道　若忍無盡故　覺一切有爲
此是最勝忍　斷一切鬪諍　常習近是忍
晝夜不休息　如是身觸證　當得可喜色
常修習空時　不生勞倦意　是即上精進
捨一切懈怠　如是彼精進　若能身觸已
即名上精進　一切無過者　不著於空法
及與禪寂滅　此是最勝空　遠離諸覺觀
是中禪喜者　彼捨諸煩惱　如是身觸已
即無有輕躁　若於內外法　無所有依著
此是最勝智　無有智能散　當觀一切法

若無有智處　如是觸知已　不染著諸世
如是如實知　常能一切施　亦無一切施
彼無有所取　諸法無所有　即是諸法體
彼無所觸已　名爲財富者　若思能清涼
善修於平等　無有諸怯弱　斷疑徧普照
清涼住戒中　彼無有熱惱　若無有所證
彼戒無所縛　解脫如虛空　更無有所見
如虛空清淨　故彼無惡作　無所見諸法
而求無上道　爲諸衆生故　所起煩惱處
不見彼彼身　不見彼身時　煩惱無縛處
解脫皆如夢　更無所復見　彼無亦不見
是故名如夢　如是諸言說　有無等差別
聲覺觀分別　如空不可取　持戒與破戒
善趣及惡趣　癡虛妄分別　是處無眞實
猶如鏡中像　分別故見彼　於彼無所有

色體實如是　如是內計我　士夫不可得
內既無所有　外亦不可得　此是如如教
是故言爲空　若能知空者　彼當證寂滅
色從因緣生　彼色無實體　若緣彼無有
彼無無有因　無因故不生　本性空寂靜
無取亦無捨　無棄亦無似　若證是無二
一切根能忍　若得如是忍　彼當速成佛
我如是知已　得見然燈佛　於後授我記
汝往當成佛　若有善男子　及以善女人
彼覺如是等　則亦當不難　若有善女人
欲轉於女身　應如是知身　即得具足願
好色甚端正　見者生歡喜　丈夫富伽羅
覺知如是教　正行正念者　聞持已能思
各智慧丈夫　爲衆決疑網　若有多衆生
疑惑無定意　欲求於智慧　彼能爲斷疑
若住不正道　令彼住正路　幽冥諸衆生
能爲彼照明　所有受生處　一切處得明
爲衆生愛樂　覺知此教故　壽命得長遠
諸根悉具足　常生勝族姓　眷屬皆隨順
隨何等生處　爲一切利益　并餘衆生等
悉令住菩提　若聞是等法　能速自證見
諸衆生應當　常恭敬奉事　應常作福田
堪受一切施　常爲善丈夫　爲世間支提
住於諸佛前　於一切勝施　無上世尊邊
彼等堪施主　降伏諸世間　當爲作福田
若聞如是法　能勤修速證　一切諸佛教
此修多羅說　如是覺菩提　如如無分別
爲此益法教　當行菩提行　阿僧祇劫數
聞是教法故　若於人天中　欲受諸果報
而能聞是法　應勤修速證　彼無能降伏

調御諸衆生　能於諸餘衆　彼恒有威德
彼智善得利　善得於壽命　得值佛出世
能聞此教故　所有諸佛法　彼知不思議
彼爲作聲聞　復得僧功德　捨於一切法
復捨内自身　應聽修多羅　聞已應覺知
此法無不説　是處無所説　如是等諸法
此中如是説　不取亦不捨　亦無有得失
無處可持來　是法無住處　所有過去佛
彼如是説法　若有當來佛　彼當如是説
於十方世界　現在兩足尊　彼所説法教
亦如是無二　若有衆生故　能説是法者
當如我所説　如是當覺知　若不覺此法
而當得涅槃　終不能觸證　及當住菩提
此彼皆具足　此是諸佛見　所有如是法
及如是見處　衆生界求時　難得於出現

若覺此諸法　眞實體空寂　諸法無有實
諸法亦無有　若無有法想　一切有寂靜
此彼如實知　諸法無得處　無所有所問
無所有所説　時彼摩訶薩　名曰無所有
以念於如來　復問人中上　所説如是法
不可見而説　誰能覺如是　不可覺知者
是等多億天　及諸四部衆　合十指爪掌
寂意而聽聞　彼聞已欣慶　而無有所得
無智及得處　多衆住是意　若有未知者
彼等起欲樂　發勤精進意　當得聞已知
如是聞眞義　眞智無分別　如已無不如
眞復如是説　聞諸佛妙法　所見大神通
皆發歡喜意　當得上菩提　多有俱致天
及百那由他　已覺自證知　如我之所説
今我此衆中　所有聞法者　倍有百千數

已觸證眞法　皆已共和合　昔恒沙佛所
已聞覺是法　彼聞今觸證　彼此當作佛
如我今所在　當如是說法　無有於增減
是殺害人者　於往昔生處　曾聞如是法
昔所未曾有　彼於今得聞　無所有解釋
已入佛神通　今知於聞義　見是等大衆
即歇於自身　自見最下類　知佛神通故
復更信深入　不可思議等　彼入已即得
非法非非法　此是佛神通　諸世間無上
覺無分別已　無所無不得　此害人利根
如所聞聞已　利根向我說　諸佛之法體
衆生心頑鈍　爲癡網所覆　雖復多時聞
不知佛神通　我昔曾見佛　證作人中上
覺是大神通　於後得授記　過去八十四
阿僧祇劫中　我值然燈佛　以知有爲法
以有所得故　爲得之所覆　而著於我想
爲諸煩惱惑　不覺佛神通　以有於執著
流轉生死中　數不得邊際　自餘若不覺
如是佛神通　菩薩摩訶薩　彼著亦多時
是諸菩薩等　欲速證菩提　寂靜佛神通
應速願覺入　如是難調伏　名爲害人者
還得利智根　故彼得不難

爾時衆中無煩天子即以諸天曼陀羅華而散佛上合掌恭敬而白佛言世尊以何因緣是惡心難調殺害人者如是利根智慧微妙乃能如是速疾決了說是語已爾時佛告無煩天言天子諦聽是惡心難調殺害人者於過去世曾五百生受毒蛇身見即害物受彼身已於日夜中多有衆生爲彼所害以飢惱故皆食彼盡猶不能足食已消滅皆成灰燼

彼以求食不得眠睡身不安隱惡心更增或經日夜半月一月或經年歲因惡心故而取命終即便墮於阿鼻地獄生彼處已受大苦惱百千俱致那由他歲若捨彼身還復生於見毒蛇中如是次第經五百世常當受於見毒蛇身若捨彼身還復生於阿鼻地獄以彼惡集如是起故於最後生彼毒蛇毋愛所縛故殺若干蟲與彼令食食已飽滿身得安樂便得睡眠晝夜不覺彼睡眠時其毋即爲多殺諸蟲或至千數斷其命已置其左右周帀圍遶復置口邊皆成大聚彼睡覺已食彼諸蟲潤身飽滿還得安隱尋復睡眠經七日夜彼毋復於七日夜中殺百千蟲置其口邊而爲大聚彼睡覺已食彼蟲聚而猶未盡即見其毋更殺諸蟲持來聚集更爲一聚彼即生念奇哉我毋能爲難事爲愛我故求爾許蟲與我令食然我於今不知猒足然不食盡不知邊際我今不應如是求食而令我毋爲愛我故爲我求食我今於毋能作何報彼於毋所起慈愛心知有益處知有恩義即生愛心生饒益心彼資潤身復以於毋生慈念心稍有柔潤於即睡眠身心安樂彼時遇有取薪草人皆共見之即以利斧斷其命根彼命終已有旃陀羅名曰氣嘘生彼子家還有惡心彼時祖父氣嘘死後氣嘘之子復當刑殺復於後時彼氣嘘子身復命終既命終已遂絕此業有合死者無人刑殺爾時大臣啓白王言大王當知其主刑者名曰氣嘘其命已終其彼有子身亦命終大王當知今無有人殺合死者爾時彼王告大臣言彼氣嘘門頗有

種族受彼世業資生以不臣白王言彼氣嘘門現有孤子受其世業王勑臣言汝等可往將彼孤子而來見我大臣受勑將來見王王勑之言童子汝今既受氣嘘世業資生云何而不習於刑殺合死之人彼答王言敬如王教我有親屬不聽我殺王今若遣伏從來命我暫還家須臾復來王言童子汝可知時宜應速來彼至家已所有妻子及諸眷屬皆斷命已還至王所而白王言大王當知我之親屬皆已殺盡更無有人遮我殺者惟願大王勑我所作於是即付刀杖殺具彼仍不受王復勑言汝今何故不受刀杖彼報王言大王我今既名知刑殺害之人自有牙齒不假刀杖大王當知若無齒力彼須刀杖我有牙齒有合死者我用齒齧而斷彼命飲彼血已資潤我身增益氣力於是即取合死之人以齒齧項而斷其命即飲其血飲其血已倍增氣力嚴熾威勢倍更增惡善男子彼難調伏殺害人者於彼時間多殺衆生皆飲其血惡心嚴熾心智猛利如是利智得聞菩薩名無所有請問世尊空義斷漏不起煩惱顛倒分別斷瞋恚意慳貪妒嫉無恩義處悉能破除得無言說從佛所聞解說之時聞已更復增益利智復入諸佛大神通事故得如是勝利功德爾時復有教示菩薩摩訶薩從座而起整理衣服偏袒右邊右膝著地合掌向佛欲有所問彼合掌時佛神力故水陸所生種種妙華有開敷者色香微妙滿其手中即生歡喜踊躍無量以歡喜意用彼諸華而散佛上再三散已而白佛言世尊今此難調殺害人者

已曾發於菩提心耶時佛告言汝善男子宜應還問此難調伏殺害人者是善男子當為汝說爾時教示菩薩還復合掌而問之言汝善男子已曾發於菩提心耶彼即答言善男子知我今即是發菩提心清淨無濁如我聞佛大神通已即斷諸惡而復得聞此無所有菩薩所問世尊解釋聞已信受念持觀察無有疑網於世尊說一切諸法空無有我無生無滅無有境界無境界處無虛空處汝善男子於如此處欲起何心而有所聞教示菩薩復問彼言汝善男子汝於衆生幾所成熟於菩提耶彼即答言善男子我於無量不思議等不可瞋恚諸衆生者成熟安置菩提種子於無邊劫當更成熟所有衆生善男子譬如虛空多所容受佛法亦爾容受無量若有信受彼能成熟亦可成熟一切衆生不著邪徑當作惡業善男子我已為一切衆生利益安樂而為攀緣今向汝說無有虛妄佛自證知若佛世尊不授記者我於菩提我即自記所以者何我已信入菩薩種子已住信忍無疑無惑於此諸佛大神通中此是一切諸菩薩等無有所著發菩提心而為根本若增長已次第能證菩提之果及一切智一切佛法當覺當知次第成熟無量衆生於菩提道亦當成就住於菩薩不動法中善男子如是如是無異無別能如是者願生諸相然諸衆生有猒離想得無疑惑願當入佛大神通處自見於我少分所以者何其佛神通有無量故善男子諸佛世尊於大神通能決了見諸菩薩等若未得忍唯以信行若諸菩薩有得忍者

於佛神通少分已入爾時以佛神通力故於此大地六種震動安樂潤澤無一衆生有驚怖者一切音樂不鼓自鳴上虚空雨優波羅華鉢頭摩華拘勿頭華芬陀利華於虚空中自然而有種種天衣懸垂而現焼衆天人所有諸香彼一切衆所有三千大千世界彼菩薩等不知邊際彼等皆悉掬於此華以散佛上如是再三及散此衆於時復有十六俱致百千那由他等蓮華猶如車輪從地踊出彼華臺中有菩薩坐皆悉具足三十二相彼諸菩薩各從華下還以此華而散佛上華供養已合掌禮敬向佛而住爾時教示菩薩承佛威神而問彼等諸菩薩言善男子等汝從何來彼菩薩言我從十方阿僧祇等諸世界中奉侍禮敬阿僧祇佛聽聞法已而來至此教示菩薩復問之言善男子等汝聞何法彼答之言我等亦聞有菩薩名無所有問佛爲解釋亦如此間釋迦如來所解説法亦復如是無有增減彼菩薩亦名無所有問於彼佛彼佛世尊亦如是説不起煩惱令斷疑惑令作光明令近諸佛及一切智無等等法爾時大衆生希有心皆作是念彼諸人等善得人身善得壽命值佛出世隨順諸佛聞無所有菩薩所問如是等法信入奉行無相無得不起煩惱世尊我今善得大利善得人身善得壽命我等今者聞無所有菩薩所問佛解釋時聞於耳根如聞信解無有疑惑有所觸證我今得知一切智已亦當如是爲諸衆生而作利益得善普覆我等今者假使能以一切珍寶滿此三千大千世界持用布施以如是等

猶不能報是無所有菩薩之德而不現身能問如來寂靜之法能斷無量衆生疑惑顛倒之意我等於今當以何事而供養此不現身者爾時無所有菩薩作如是言諸善男子汝等若聞如是等法能信解者即爲已作上妙供養一切諸佛及諸菩薩我今所問佛爲解釋汝等若得無疑惑處無熱惱處成菩提時爲諸衆生作利益故衆生執著令解脫故亦爲化彼惡心怨讎害人者故惟若干事以是故問勸請如來我今已顯諸佛法教已照一切無明黒闇爾時惡心難調怨讎殺害人者見於如是大神通已如彼所知不取上下心得調順無有喜怒說此語時難調怨讎即於彼處踊身虚空而作是言諸善男子一切諸法猶如幻化無有真實分別所作諸法實體如如不動無有顛倒是故汝等所有諸想住持建立如是等想無有實想是顛倒想非有實想是故汝今已得至於無疑惑處亦當得於無礙辯才汝等已脫諸疑惑故求菩提時不由於他當能自體一切開悟時世尊言汝善男子善哉善哉如汝所說爾時難調惡心怨讎而白佛言世尊我今即是授記以蒙世尊稱歎善哉雖然世尊但與我記爲此大衆令得踊躍心意歡喜更發勝心不怯弱故世尊我今不見彼法歡喜踊躍世尊一切諸法無有思念無有真實分別所起以分別故而有莊嚴猶如幻化如夢所見如旋火輪我於彼等如實覺知如佛世尊爲無所有菩薩解釋我亦隨順無隨順故

無所有菩薩經卷第二

音釋

齎祖奚切與賫同　羼提梵語也此云安忍羼初限切　闇烏紺切與暗同

鈍徒困切不利也　燼徐刃切火餘也　掬居六切兩手捧也

無所有菩薩經卷第三

隋天竺三藏闍那崛多等譯

爾時世尊即便微笑有金色光從佛口出上至梵世徧照三千大千世界繞佛三帀還從頂入爾時衆中有一菩薩名曰不染從座而起整理衣服偏袒右邊右膝著地合掌向佛白言世尊以何因緣今現微笑諸佛如來若微笑者非無因緣惟願解說令衆歡喜爾時佛告不染菩薩善男子是難調怨讎殺害人者於未來世過八十九百千阿僧祇劫已後當得作佛號曰利上功德如來阿羅訶三藐三佛陀當出於世明行足善逝世間解無上士調御丈夫天人師佛世尊善男子而此難調惡心怨讎前害人者於此命終已後當生兜率天上彌勒菩薩所隨彼住壽彌勒菩薩當下生時彼於爾時作大長者財福無量一切果報悉皆開現即於二十晝夜供養彌勒世尊及聲聞衆彼見彌勒世尊佛刹莊嚴之事即生願求爲欲成就莊嚴佛刹故與諸眷屬請彼彌勒如來世尊及聲聞衆前後圍繞以諸供養一切樂具三月奉獻恭敬尊重承事供養即以素衣長八十肘用畫彌勒如來形像及彼佛刹莊嚴之相既圖畫已奉彼彌勒如來世尊即發願言藉此功德願我當得如是佛刹莊嚴之事亦如今者彌勒世尊阿羅訶三藐三佛陀所有具足莊嚴之相願我佛刹諸聲聞衆智慧具足願我佛刹諸菩薩等無量智慧皆悉具足作是願已以金銀華散於彌勒如來世尊復作是言我等當作如是精進亦當成就如是佛刹莊嚴之事如昔

釋迦牟尼世尊釋種勝王爲我示現光明顯照而於彼時成熟無量多數衆生於菩提中亦如彌勒如來世尊多菩薩衆彼利上功德如來於初會時菩薩無量於授記中皆悉得忍於第二會諸菩薩衆復倍無量於第三會復倍無量如是方便彼利上功德如來阿羅訶三藐三佛陀當有如是諸菩薩衆而彼利上功德如來示教利喜諸菩薩衆令行誓願得初心已皆令成就於一切智乃至菩提善男子此難調怨讎先害人者值彌勒佛出世已後一切生處壽命無量唯除一生補處時中壽二十歲而於彼處於一日中自身具受一切惡業無量苦惱從是已後乃至菩提當更修習覺菩提已壽命無量佛滅度後正法住世於無量時無有惡世如我今日諂惡衆生有惡口者無智慧者難入道者魔所持者我今於中說法教化此等衆生難解難入此善男子無有如是諸患難事善男子彼佛剎中無有諸魔及事魔者所有利根通敏衆生皆集於彼是故彼佛利上功德如來說法少用功力而得開解爾時衆中有菩薩名無障淨月即從座起整理衣服右膝著地合掌向佛欲自決疑及爲此衆令斷疑故即以偈頌問世尊曰

我問世間燈　智聚無礙者　爲欲自斷疑
及於此衆故　何緣此衆見　然今利根者
於先殺害人　復得記菩提　大龍願爲說
彼往昔行業　既爲億數劫　常作惡趣地
多劫數積聚　爲癡盲覆故　於多百億劫
常受多種苦　流轉生死中　地獄火熾然

大呼阿毗支　觀彼業如是　復倍生死中
受惡毒蛇身　見即能殺害　多百億生死
受多種苦已　多百億數劫　得生人道中
復作殺害人　今得見世尊　即生於利根
速斷諸煩惱　發意向善提　蒙佛爲授記
於阿僧祇劫　當成世間燈　名利上功德
彼往昔之事　人上爲解説　如是作業事
苦惡之果報　以是億數劫　已受多種苦
若所有善業　教師亦爲説　昔所行諸行
惡業與不善　世燈悉照知　惟願爲我説
斷疑大丈夫　爲我及衆生　及與未來等
能聞此教者　若有懷疑惑　於此法有疑
教師今爲斷　現在兩足尊　攝受衆生故
於是善男子　如此往昔行　大名稱願説

爾時佛告無障淨月菩薩言善哉善哉善男子汝今欲爲一切大衆斷除疑故能問如來如是之義汝善男子諦聽諦聽善思念之當爲汝説彼善男子如彼往昔所作諸業如此多數經於百千那由他劫受諸苦惱汝等聞已當信如來勿生恐怖一向奉持如教而説

爾時無障淨月菩薩而白佛言惟願世尊爲我解説佛言善男子我念往昔然燈如來阿羅訶三藐三佛陀滅度之後過九十億那由他劫有佛出世名曰法意喜王如來應供正徧知明行足乃至佛世尊彼佛壽命六十八千歲初會聲聞衆有六十二俱致百千菩薩摩訶薩其數復倍彼佛世界名曰梵主劫名淨意彼法意喜王如來生於彼劫何故彼劫名清淨意彼劫常有如來出世及諸菩薩是故彼劫名清淨意善男子於彼法意喜王如

來住世劫中此難調怨讎善男子爾時為王名曰降怨請彼如來及比丘僧諸菩薩衆以一切樂具三月供養於彼如來從其聞法發阿耨多羅三藐三菩提心彼植善根復得值遇十千諸佛於一切處常修梵行常得多聞發勤精進得四禪定由此善根復值如來名金剛燄光於彼佛所出家修道行於梵行發勤精進行頭陀法常在蘭若空閑之處誦修多羅滿十千部皆是大乘亦得四禪忍五神通四無色定善男子彼金剛燄如來阿羅訶三藐三佛陀有十俱胝諸比丘衆皆阿羅漢復有八十四俱致那由他百千諸菩薩衆常隨世尊皆得等忍及陀羅尼轉不退輪善解深法已入無邊陀羅尼門已能巧入無邊法界海印三昧遊戲神通心得決定顯現諸佛住持身體於諸衆生常行慈悲善男子爾時彼佛菩薩衆中有一菩薩比丘上首法師名利益上善說法義示教利喜令諸菩薩得不思議具足功德為彼世尊而作侍者恒隨遊止猶如今日阿難比丘皆能受持諸修多羅善男子如是彼利益上菩薩於自在王如來所說那由他百千修多羅悉能受持能為彼諸那由他等百千菩薩解說其義善男子爾時自在王如來阿羅訶三藐三佛陀於二萬歲為諸菩薩諸聲聞衆及諸衆生說法教化滿二萬歲然後乃於一切菩薩及比丘衆諸天魔梵沙門婆羅門等大衆之中告彼利益上菩薩言善男子汝當受持此不思議那由他等百千俱致所修阿耨多羅三藐三菩提法於後末世為諸天人增長善根護持此法

光顯如來菩提教法令久住故受持解說善男子是夜過半諸佛如來當般涅槃爾時彼利益上菩薩聞佛涅槃悲泣雨淚從座而起整理衣服偏袒右邊右膝著地合掌向佛而說偈言

願兩足尊住一劫　利益世間天人等
我今勸請世間眼　願說妙法以教示
深智無惱之導師　勝行住於諸功德
普眼調伏天人者　大神通尊願久住
若聞導師入涅槃　諸天人等心憂惱
導師願愍彼等故　惟願住世見教示
我及百千諸衆生　衆苦逼切生憂惱
皆由導師唱滅度　世親今欲入涅槃
能調於人調御者　惟願普眼尊久住
利益世間天人故　我今勸請佛世尊

爾時世尊爲欲利益諸天世人以偈報彼利益上菩薩言

我已爲世作利益　說如是等諸法教
我已充滿諸菩薩　令住諸佛無漏中
即於此夜後分時　我當入於般涅槃
我今付汝此法教　世尊滅後令久住
彼衆聞作是語已　彼諸菩薩皆合掌
咸共瞻仰彼如來　悲泣雨淚作是言
惟願兩足尊慰喻　我及百千衆生等
尊滅度後誰作佛　世尊於諸世間上
哀愍輭語而告言　慰喻世間天人等
我滅比丘莫懷怖　我後復當佛出世
有菩薩名功德分　修行得至無漏智
於未來世當作佛　名曰智燄兩足尊
我今勸請汝當知　爲欲攝持此法故

如此法教廣開顯　爲於世間天人等
聞於世尊如是說　即時安慰復發言
大神通力此甚難　無攝受法攝受故
我爲導師尊重故　我今攝受於正法
我當廣宣此法教　我當捨身及壽命
不護巳身壽命等　乃可守護如來法
若不嘗愛巳身者　彼即能護教師法

善男子爾時彼佛慰喻彼諸一切大衆令歡喜巳說法教誨與威力巳於夜後分入於涅槃善男子彼時世尊入涅槃後彼菩薩說滿足八十千數法門如是隨順成就衆生多那由他百千衆生當得成熟於阿耨多羅三藐三菩提中況復住於聲聞乘者辟支佛乘者況復流轉於生死中種善根者善男子彼佛如來般涅槃後正法滅巳於像法中多有比丘說有可得說有可滅彼等於是諸修多羅不樂受持復生誹謗善男子於彼時中此閻浮提有一人王名勇健力果報廣大爾時彼利益上菩薩比丘至彼王所爲說佛法說於如來祕密之教彼王聞巳即於上利益比丘生敬重心即發阿耨多羅三藐三菩提心供養比丘而彼比丘欲教化彼諸衆生故於一切處受諸供養不生猒悔不生倦心彼王供養彼比丘巳滿足三月及於八萬四千婇女各自莊嚴持諸香華及諸音樂衆寶瓔珞塗香衣服如是等事供養比丘及彼比丘所有門徒八千五百常相隨順一切皆得不退轉於阿耨多羅三藐三菩提善男子放彼之時難調怨讎殺害人者而爲比丘名曰寂定威儀善說法要多聞總持滿足十千修多羅等

誦持通利能廣分別諸修多羅常説少欲知足法義而彼比丘已得四禪復得五通四無色定而彼寂定威儀比丘多有徒衆其數五百共相隨逐亦有如是威儀勝行爾時寂定威儀比丘見彼利益上菩薩比丘不喜不悅生於惡心發瞋恚意現於惡色在衆人前説如是言如此比丘何處有於菩提之行何處有於諸佛之法如是雜行於世間行威儀尚無況復當有證於勝智而彼衆人一向惟信利益上菩薩比丘無能壞者爾時寂定威儀比丘復增瞋恨轉更增上從彼地方背面而去我不復喜見是惡事若此比丘行於邪見令諸人衆皆行顛倒至蘭若處欲入三昧以有瞋恨彼彼三昧不能順入況復能定彼有如是强力行故所有禪定三摩拔提及五神通一切皆失彼以如是恚惡心故得大重病爾時彼利益上菩薩比丘作如是念希有乃至如此比丘生大不善瞋恚濁意我於今者應生憐愍爲作利益聞深法故爾時利益上菩薩比丘及五千菩薩諸眷屬衆飛騰虛空於彼住已而説偈言

居家自性説菩提　欲無分別無破壞
若覺此行演説者　彼覺菩提無上安
瞋行自性如菩提　世師智者已爲説
若覺如是法行者　彼覺菩提二足上
愚癡示現菩提等　菩提愚癡無異性
此示現癡以一行　當覺菩提無上道
若有已説諸見行　及彼菩提勝上覺
於此二行中説者　見行不得於菩提
諸佛之法甚深妙　不以有得能知見

離於分別有所依　善巧智者覺菩提
若能捨離諸分別　及以持戒我慢見
依恃多聞而自矜　捨是等已覺菩提
寧處居家樂貪欲　若聞此法不驚疑
信解導師所說法　能於一行廣演說
不用此教中出家　有所得見在閑處
於我想中常繫著　起念我當證菩提
所有動念所演說　彼等皆是魔羅網
若知諸法如虛空　彼則無有於動念
諸如來有如是法　諸普眼等說一行
煩惱菩提二無二　不得煩惱及菩提
若不分別欲及瞋　亦不分別於癡等
捨離彼此於三者　彼覺菩提諸導師
若不住於有所得　亦不有念及不動
不起我想無依處　彼覺菩提無上安
若捨分別於分別　諂曲幻僞與嫉妬
樂行頭陀戒福德　彼覺菩提無量眼
若聞此法無所捨　於廣說時亦不疑
彼當速成兩足尊　世間無上智自在
甚深諸法最妙勝　不可思量寂無說
若不開發我見者　難覺於多俱致劫

善男子爾時彼利益上菩薩比丘說此偈時於上空中六十六那由他諸天得無生法忍復有六十二千衆生發阿耨多羅三藐三菩提心爾時寂定威儀比丘聞是偈已無喜樂意心生熱惱徧身皆腫於是人所反生慈心思惟於此一慈心故餘皆瞋恨於彼時間大地開裂彼現身墮阿鼻地獄住於彼中億那由他百千歲數受大極苦於彼命終即受生於見毒蛇中如是次第經於多億那由他等

百千生中二惡處行大阿鼻獄大叫喚獄還復生彼見毒蛇中以彼如是不善根故滿足經於六十二億那由他等百千劫數以彼往昔於上利益菩薩生一慈心以眼觀視以彼善根從彼處終得受人身由彼慈心有熏習故又復以彼見毒蛇毋而於彼所起慈心故復聞如是深妙法故今得如是利智神通善男子於意云何彼時寂定威儀比丘豈異人乎今此難調怨讎是也此於往昔有是業障善男子於意云何彼時利益上菩薩比丘者莫作異見我身是也諸善男子彼時有王勇健力者今無所有菩薩是也諸善男子此由往昔於菩薩邊生如是等瞋恨心故受如是等難知可畏業障惱患諸善男子以如是故若有菩薩當欲淨於諸業障者於諸菩薩恭敬尊重如教師想諸善男子若當欲得不害自身住菩提者應如是學說此往昔出法品時有九十二那由他等百千衆生得無生忍三十六億那由他等諸菩薩得淨業障爾時難調怨讎先害人者聞佛授記歡喜踊躍飛住虛空高七多羅樹而說偈言

若欲住淨土　應如導師說　應信於諸佛
最上大神通　覺佛神通已　知無分別處
於世間無有　而難可得者　若聞無所有
所問經法者　能信能觸證　則供養諸佛
若學此經已　能除諸有想　得捨已作惡
當見諸導師　若學於此經　是則見諸佛
親侍諸如來　如此經廣說　此則是施度
淨戒所依住　忍辱及精進　智慧等本處
若無有所得　是處不說著　如世尊所說

覺如是調伏　若聞於此經　令諸義示現
種種諸供養　力盡無能報　不可數多劫
闇面無所見　若聞此經者　得到諸佛地
彼悟於愚癡　以破無明闇　以得一切空
由聞此經故　多種煩惱盡　少有未盡者
猶如於大海　取於一滴水　成熟衆生故
煩惱滴不盡　悲愍衆生故　不盡彼煩惱
不清淨佛刹　不滿於一切　彼成熟衆生
彼彼處不滅　亦可彼滿時　如授記菩提
是故諸水滴　於瓶中不盡　若一切開現
彼當有佛刹　彼即當滿足　無有餘熏習
如是如是處　聞有如是經　能善解說者
諸功德具足

爾時彼難調怨讎說此偈已從空而下住於佛前頂禮佛足合掌而住爾時世尊而歎彼言善哉善哉汝善男子快說此偈合於義理無有虛妄無有別異如是如來神通威力一切菩薩於中當學如是學已得衆生空爾時難調怨讎善男子如是思念今者世尊稱我善哉我今稱慶當以何事供養世尊彼即聞於空中聲曰汝可以身供養世尊即問空言云何供養復聞空聲汝善男子汝今宜可飛騰虛空令此大衆皆悉知見住於虛空說如是偈

所有諸慳著　皆由住自身　我已捨一切
今供養導師

爾時彼善男子聞此偈已生歡喜心以佛神力飛騰虛空一多羅樹而說此偈即自捨身供養如來於虛空中自捨身已有千數華柔輭香潔未曾見聞光明香氣滿一由旬猶如

日光或經一時或經半時彼諸華等繞佛三帀而供養已佛神力故於虛空中而成華蓋而於彼中說如是偈

我已捨自身　供養諸教師　我不知自身
亦不知世尊

彼於彼時於一切處不知身心不知如來不知衆生不知住處彼於彼時涅槃平等亦無是念我已得證於彼時中有一化佛自然現身而作是言汝善男子汝已成就佛刹種子一切開現於彼佛前合掌而住心生歡喜踊躍無量禮敬彼佛而作是言我今禮佛大神通已令各種相生善根已還住涅槃平等法中離罪福德如是不住近於善根諸佛法中彼能親近無所乏短勸請令住於菩提中復說偈言

衆生覺如是　當脫於大苦　生死大險道
所有苦衆生　彼亦不成就　所有言苦者
彼亦受彼苦　不覺此教故

說此偈已默然而住爾時無名菩薩告彼善男子言善男子汝今已能行一切施若持自身供養於佛善男子汝更不得言我自在汝以此身已用施佛善男子譬如有人施他財已後不得言還是我物彼於彼財不得自在如是善男子汝今以身已施於佛汝今既作如是之言我當來世當得作佛得忍授記善男子汝於今者更欲何作彼聞此已即生疑念我今云何我今云何如是思念彼時即復聞無所有菩薩聲言善男子汝今莫作善男子汝應還念諸佛神通如汝信解應如是報彼向無名菩薩所問聞此言聲即生辯才明

見前來無有身心無言無說無施無戒無忍無進無智無禪無斷無常無聲聞無菩薩無發菩提心無如來無如來法無涅槃無涅槃聲無有信者無有所住無有所取無有所言無有縛者無有所聞無所聞者無有所有無所有者無所承攬無所承望一切勝相皆悉具足教化衆生開現具足成就佛剎與涅槃等平等無二無有名說如無可說亦不欲生如無言中如如是住如是如如亦無所行彼於諸佛大神通中無復疑惑爾時無名菩薩讚彼善男子言善哉善哉善男子汝今善住佛大神通汝今如是辯才成就辯說如是彼即答言善男子我亦不住佛神通中其佛神通無能作者一切諸法眞體無名不可得故彼無可入無可出處無可知處如是信已無有住處其佛神通無住處故彼無有人能說名字但無名中我今問汝莫生疲倦其有智者難可承事彼即答言善男子汝今但問我所知者當爲解釋彼難調言摩訶薩埵汝今何故名爲無名彼即答言我於是處不得言說亦如汝所名字示現彼即答言善哉善哉汝善男子汝今以度佛大神通離於名字彼無名言善男子於平等中無法可離無有可斷無可建立無去無來無平等相善男子若一切法彼平等者無有別離其平等處亦無處所云何斷離若平等法而別有者乃可斷離爾時衆中有一菩薩名不自在而白佛言世尊何因何緣是無所有菩薩名爲無所有佛告彼言善男子汝應還問是無所有菩薩因緣彼當報汝爾時不自在菩薩摩訶薩問

無所有菩薩摩訶薩言善男子汝今云何名
無所有彼即答言善男子我今不見自身能
爲一切衆生作利安故能問如來如是等處
彼不自在菩薩問言彼所問處與身合耶爲
不合耶無所有言我所問處不與身合彼復
問言善男子汝今云何不與身合成就所問
無所有言善男子我以三處發問如來何等
爲三謂身口意此等三處我問如來善男子
是身口意無和合義彼復問言善男子汝見
何意而不現身彼即答言我今示汝當信我
言我爲安樂諸衆生故而不現身彼菩薩言
我以肉眼故不能見無所有言以天眼看彼
言天眼亦復不見無所有言以法眼看彼菩
薩言善男子所有法行彼亦不離於一切眼
於彼處中無法可見無所有言汝云何聞彼
復答言彼處無有和合可聞善男子我見如
如無所有言善男子於如如中無有三眼不
自在言汝云何見時無所有默然而住不自
在言善男子於無能見一切法中何故默住
其於虛空豈無容受虛空悉能容受諸法無
所染著所入無礙於一切法無有假借彼處
不著應有解說善男子汝以何緣默無有說
彼即答言我今於彼所有語言能解釋處皆
不可得我以是故默而不答然善男子汝聽
我說以何因緣名不自在善男子我念億劫
已曾知爲諸衆生等離無益語爲諸衆生所
作利益柔輭生樂皆悉美妙歡喜踊躍無有
麤澀依時利益不生瞋恨說如是言無有衆
生怨恨於我善男子以是因緣我得無畏善
男子一切衆生無有所畏所以者何諸有語

言無有自在善男子汝今觀是諸語言法無有自在我今所說此語言中有成就者彼於三界所不容受所有一切衆生言說若合若散有益無益若雜不雜若念若起若爲衆生令淨煩惱令捨煩惱我見彼等皆悉平等若智若愚皆得一名彼言善哉善哉善男子如汝往昔曾供諸佛得是合實語言解釋善男子汝見何利而不現身彼即答言汝今應當問於世尊爾時無畏菩薩而白佛言世尊是無所有菩薩見何等利而不現身佛告彼言善男子唯除我身於此三界無有衆生如是身相與其等者唯除神通所化勝身成就如是業果報故勿令一切諸婦人見必於此處染著亂意不能聽法不作諸事棄捨本夫飲食無歡染愛迷著多受苦惱是無所有見如是等諸過患故而不現身爾時無畏菩薩及彼大衆皆生疑惑咸作是念是無所有菩薩身相何如而今世尊作如是說爾時衆中有諸女人一名解染二名寶瓔三名解華四名寶華五名普香六名香自在七名金華八名作愛九名不染十名善住意十一名作光明十二名甜味十三名阿那羅棃耶十四名住持十五名無垢十六名海十七名功德上十八名無過失十九名調順二十名諸天供養二十一名壞上二十二名普照明二十三名不背二十四名善住持精進二十五名善住二十六名安樂二十七名王二十八名悲如是等類二十八女與姊妹俱從座而起脫身瓔珞供養世尊右膝著地皆共合掌而白佛言世尊所說無所有菩薩功德如是願於我

等承佛威神得見其身成就如是實業果報莫以別身而示我等我今欲見菩薩實身爾時佛告善女人等汝今欲見無所有菩薩成就色身今欲見耶彼等答言唯然世尊我等有疑願爲開解佛言諸女汝等今者見彼身已有何利益汝今勿有還家之意當捨眷屬若見彼身安住具足一切功德彼諸女言我等今者一切能捨決定當見彼菩薩身爾時世尊告彼菩薩無所有言汝無所有此等諸女欲見汝身彼言世尊已言許可彼姊妹等示現我身佛言善男子我已許之多人意喜欲見汝身當有利益得勝身心得妙身心得淨身心若見汝身即當決定於阿耨多羅三藐三菩提得轉女身成丈夫身汝今已有如是淨願於多諸佛以百千身種諸善根住是願中於三界中願我當得最勝佛身所有衆生見我身者彼等決定住於菩提所有女人悉轉女身若於我所種善根已思惟如是甚深法已得忍本性願當入於眞如法中願當具足諸菩薩法開現親近於諸佛法彼無所有菩薩聞佛此說作如是言如是世尊如世尊教即於手中一一指端皆放光明一一光明至王舍城於彼人家皆悉出現彼諸光明有諸衆生見於彼等從地涌出化成諸華縱廣一尺昔所未見色香具足

無所有菩薩經卷第三

音釋

肘（陟柳切二尺曰肘）　腫（之隴切脹也）　裂（良傑切）　攬（魯敢切取也）　澀（所立切）　甜（徒兼切）

無所有菩薩經卷第四

隋天竺三藏闍那崛多等譯

爾時王舍城中頻婆娑羅王而有一女欲出遊時頻婆娑羅王勑諸侍女其數一千汝等已爲我女眷屬共相圍繞於彼之處王所飲食汝等常食汝等常飲彼王舍城多有婦女其數一千聞此語已種種瓔珞莊嚴自身彼諸婦女見是希有可喜諸華身心喜悅不能自勝欲取彼華遂不能取不能遠離伸手欲取去華一尺而不能及見彼諸華皆悉向於毗富羅山去而不住爾時衆人及千婦女及與頻婆娑羅王女從王舍城次第而出彼諸華等在衆人前徵行而進衆亦不知行與不行彼諸人衆作如是念此華近手而不能取時彼諸華一切皆上毗富羅山彼諸男女亦上彼山既上山已見於如來阿羅訶三藐三佛陀無量百千大衆圍繞而爲說法爾時二十八女姊妹合掌佛前勸請世尊時頻婆娑羅女及見彼等一切諸女亦見彼等諸女姊妹勸請世尊作如是言此諸婦女何故合掌在世尊前何所求請欲求何願即聞空聲而語之曰此等欲見無所有菩薩身唯除佛身於三界中無能勝者彼等同聲咸作是言我等願見彼菩薩身說是語已彼諸華等即便在彼衆人手中即以此華散如來上作如是言惟願世尊示於我等無所有菩薩身爾時世尊告無所有菩薩言善男子汝可示現圓滿自身令多衆生見汝身已種菩提因亦當如汝於多百千諸如來所當種善根爾時無所有菩薩即現其身爾時大地皆悉震動安

隱潤澤無有衆生恐怖毛竪一切音樂不皷自鳴於虛空中雨衆天華於一切處天香人香皆自然燒爾時無所有菩薩示現如是具足色身彼現身時諸女人衆皆生愛樂一一婦人皆作是念是無所有菩薩唯與於我共相娛樂各現於前亦復不知彼神通化各稱其願於毗富羅山叢林樹下我於此處歡喜受樂我等未曾得聞如是諸妙音聲諸色香等我等今者荷世尊恩彼諸女等各一樹下七寶輦轝一切果報皆悉具足歡喜受樂一切所須悉皆具足不復更念歸還之想彼等如是受歡喜樂七日七夜爾時世尊爲諸衆生更說法要若有不見彼菩薩身皆由善根未得成熟雖望欲見終不可得莫知何事彼等見者過七日已見彼菩薩身漸毀壞無有精光受用果報皆没不現唯見一樹彼等菩薩漸漸不現亦無住處彼即聞於空中聲言諸善男子此是諸行眞實體性汝等不應起常有想汝等可捨女人身想應當願求丈夫之身無等等身諸佛之身汝等可發阿耨多羅三藐三菩提心受丈夫身彼諸女人聞是聲已於刹那時心住寂靜見如來像具三十二大人之相彼等見已皆作是言願我當得如是妙身無有染著無染著處如此佛身寂靜無惱彼諸女人說是語時彼諸女人悉轉女身得丈夫身唯除往昔發願供養是無所有菩薩等者乃至道場然後我當轉於女身以如是故不轉女身所有轉身得男身者端正可喜世間天人皆悉愛敬爾時佛像忽然不現唯見世尊釋迦牟尼爾時諸女得男身

者而白佛言希有世尊甚奇甚特乃有如是幻化戲者昔未曾聞諸凡夫等心意迷惑未曾安定如壓油輪彼不能住近善知識世尊若有親近於善知識供養承事以善知識威神力故我於今者轉離女身得五神通世尊我今憶念往昔多千佛所與善知識同種善根自捨身命爲令我等生諸善根復示彼等諸佛世尊爲説在家諸過患事方便讃歎出家功德諸勝妙事我等已經爾許多時近善知識從爾已來未曾復生諸惡趣中我於過去未逢教師教示我故恒常流轉人天馳逐受諸苦惱世尊我今假使能以恒河沙等諸世界中用滿七寶或已自身具足滿已施善知識雖作是事猶不能報善知識恩所以者何由是神力而令我等當於世間而得作佛開現成就我等佛刹皆因此等善知識教教示我等詣諸佛所種諸善根教行種種疾利方便教我等入深法行中或出愛語或示訶責或言清涼或説熱惱或有逼迫如是教示一切樂具一切利養皆悉捨已彼等衆生難得值遇彼等衆生未有所辯若不得是善知識者唯除如來我等無有别善知識如無所有菩薩摩訶薩者爾時無所有菩薩摩訶薩告諸女人轉男身者善男子等我今非但獨爲汝等作善知識我亦爲於一切衆生作善知識善男子等若有衆生能知無所有菩薩爲衆生作利益成就彼等衆生更不承事諸餘師友彼等衆生即忘飲食不生疑退無有愛欲而於我所晝夜親近所以者何我今教於一切衆生和合善根令住一切世間出世

具足事中令入無量波羅蜜中令入一切諸功德中令住無濁無障淨處無顛倒處不現一切諸有相中住無行處樂修一切身心熏習具足法中我已曾令無量衆生住如是法善巧智中我今實語無有異言佛自證知諸天世人而作證明佛言善男子如是如是如汝所言爾時大衆佛神力故即見東方南西北方有千諸佛爾時世尊告諸大衆作如是言諸善男子汝今見此諸佛以不彼言世尊我等皆見佛復告言此等已令此善男子成就如是阿耨多羅三藐三菩提彼等更復歡喜踊躍作如是言世尊我等今出現轉女身已得男身世尊是故我今深信此事解知此事念持此事無有疑惑世尊我今已得入於佛大神通漸次少分皆由於是無所有菩薩神通力故願我當得諸佛神通皆悉開現願當共此於諸佛所種諸善根當得一切功德具足爾時彼諸菩薩摩訶薩心作是念所有身者五陰聚合不可得以名字所說而有可聞我等云何而能共彼種於善根爾時世尊知彼菩薩心之所念告無所有菩薩摩訶薩言善男子汝今應爲此諸菩薩摩訶薩等說五陰聚和合身事汝今應爲此等菩薩顯示五陰和合之身此等聞已當壞我見更復當近於佛菩提爾時衆中有一菩薩名曰愛語而白佛言世尊今者見何事故如來阿羅訶三藐三佛陀自不解釋而當勸彼無所有菩薩解釋佛言善男子此衆如是於無所有長夜隨順流注歸向是故我今勸此菩薩摩訶薩說爾時無所有菩薩白佛言世尊我今欲

說如我所見如佛色空我色亦爾如佛色一切衆生色亦爾如衆生色一切樹林藥草色亦爾如一切樹林藥草色彼一切界和合聚色亦爾所有空色及我色如來色一切衆生色一切樹林藥草等色一切界和合聚色無有二相無知無動無生無等無有等等無行無說非法非非法非法界非不法界所攝非空非非空衆生愚癡不知不覺妄生貪著慳恪妬嫉不能拔出虛妄毒箭於慳妬中忘失恩義無明網覆遠善知識多有疑惑於如此法不能聽受當作障礙不能受持讀誦修行而有觸證有諸菩薩智慧善巧猶如虛空無所著者於諸世間所有法中不得法想況復餘想彼等能入於此法行諸少智者於無色中或作是想希望欲入此法行中於無色中妄起行想略說乃至受想行識中如是作如色所作如虛空識我識亦爾如彼識如來識亦爾如如來識彼識一切衆生識亦爾如一切衆生識彼識一切樹林藥草識亦爾如一切樹林藥草識一切界和合識亦爾其虛空識及以我識如來識一切衆生識一切樹林藥草識一切界和合識無二相不可知不可分別不生無等等無行不可作名字非法非非法非法界非非法界所攝非虛空非非虛空衆生愚癡不覺不知無智少智少聞嫉妬慳貪惑著嫉妬結縛無明網覆爲惡知識之所攝者各自迷惑欲聞是法而作障礙不能受持讀誦修行而有觸證有諸菩薩善巧智慧無所住著於一切法不得法想何況餘想彼等能於此行中行諸小智等於此法行所

不能知說此五種色等平等出離諸行無有壞散無別法時大地震動虛空雨華爾時難調菩薩摩訶薩白佛言世尊何因何緣大地震動虛空雨華佛告難調菩薩摩訶薩言善男子此是由彼說五陰空無二無別無有所住無可言說無有藏積無有散壞無有邊量不樂顛倒說是諸佛自在處時有百千億那由他數諸天皆得無生法忍於此衆中諸比丘比丘尼優婆塞優婆夷五千人等皆亦得於無生法忍於未來世當得作佛號曰不可說陰聚所生如來應供正遍知當出於世劫名無住以此因緣大地震動而雨衆華爾時女人得男身者皆共同聲而說偈言

虛妄非虛妄　虛妄虛妄愛　如實知此等
是故皆授記　我等知如是　一切皆虛妄
今得丈夫身　我等皆具足　我聞虛妄已
知解不生疑　如是還虛妄　實無有知說
無實無實中　誘誑諸衆生　不知無實故
無所有教說　於中無所滅　亦無有增益
於中無示現　但以假名說　平等無危險
說無有散處　既無有等等　何況有勝者
其色似色形　其色色色故　若知色虛妄
無有可實者　受似於觸形　以受故爲受
知受虛妄已　彼無有可實　想爲欲想者
其識以想現　如想虛妄已　彼無眞實處
諸行無自在　假名示現行　知諸行虛妄
彼無有眞實　識以了知義　是故示現識
若知識虛妄　恒常如虛空　如是皆虛妄
所有世憂愁　彼愚輩不知　以住我見故
彼等無所安　彼等無所遣　彼無有住處

愚輩而不知　此法不易知　寂滅句難解
住懈怠我想　爲惡作所覆　不見無所有
不聞彼所說　無所可說處　於中無所置
爾時諸女轉男身者說此偈已供養佛故五體投地頂禮佛足而說偈言
南無最大力　一切世無上　世尊有大恩
其等無所著
說是偈已禮敬世尊合掌而住爾時世尊告長老阿難汝受持此無所有所問和合說法廣爲人說光顯此法阿難汝爲何等衆生當令聞此法本之者彼等聞已能廣解義文句莊嚴彼等皆當決定阿耨多羅三藐三菩提若雖得聞而不解義於後漸次亦當如是解其義趣修行觸證於多百千那由他數諸如來所種諸善根所以者何其無所有菩薩有如是願爾時衆中有諸女等住於大乘而白佛言世尊何用勸請阿難受持此法所以者何我今已受如此法本習誦通利世尊我今聞此法本於未來世當爲他說於阿僧祇百千那由他劫中光顯此法爾時衆中有百比丘六百比丘尼二百優婆塞優婆夷復有那由他數諸天子等以諸雜華散世尊已作如是言世尊此修多羅而能照明一切諸法如實顯示世尊我今得聞此法本已即能受持讀誦通利猶如明鏡見其面像如是如是我等受持此法本已是故世尊我等於今及未來世如此法本於阿僧祇那由他劫廣爲人說光顯是行當令證覺爲諸衆生令知我等如是利益我住菩提云何當作爲諸衆生一切利益具佛法故世尊我等不貪利養及名

聞等而受此法爲衆生説亦復不爲已自身命但爲一切諸衆生等欲與衆生諸樂具故欲令近於諸佛法故爲於無量諸衆生等除滅愛著諸煩惱故佛言善哉善哉善男子等汝今一切善説此法爾時海娣妹白佛言世尊此無所有菩薩不起亦不説如此等善男子善女人等説此法本當光顯故世尊彼當受持正法亦爲一切過去未來現在諸佛所有法行彼亦受持讀誦通利亦教他人讀誦通利若教令知爾時無所有菩薩摩訶薩告海娣妹言過阿僧祇百千劫中彼時有劫名曰法寶開敷於彼劫中滿足五百諸佛出世時有一佛最初出世名難降幢如來應供正遍知明行足善逝世間解無上士調御丈夫天人師佛世尊於彼時中亦復多有衆生住於煩惱濁中業障所覆煩惱增上貪欲恚癡諸惱增上舍毒所惱善女人爾時彼難降幢佛如來應供正遍知我於爾時亦如是問彼佛如來亦如是解釋如今世尊釋迦牟尼如來應正遍知之所解釋善女人如是次第五千諸佛亦如是問如此法本彼諸世尊亦復爲我如是解説如今世尊釋迦牟尼諸釋中王爲我解説善姊汝今安意善姊我從今已於未來世當於無量阿僧祇數諸佛世尊亦當如是問此法本所有如是諸佛刹中亦有諸濁煩惱衆生或有少者或復倍多有煩惱者爾時無所有菩薩摩訶薩説此語時於刹那頃彼摩伽陀主頻婆娑羅王有大勢力四兵圍遶次第漸行尋彼諸女所行之處來詣佛所到佛所已頂禮佛足却住一面佛慰勞

已隨所敷具而就其坐彼諸大衆亦皆而坐時頻婆娑羅王白佛言世尊我有小女與衆侍女出遊園林久乃不還後於園中求覓不得又聞有說向世尊所今於此衆我復不見佛告大王今會當見王言世尊我今未見佛言大王汝今可問無所有菩薩當示王處王言世尊其無所有菩薩何者是也於時世尊告無所有菩薩言汝無所有汝今應報頻婆娑羅王所問諸女行來之處令此衆知爾時無所有菩薩以不現身告頻婆娑羅王及大衆言大王當知彼諸女等在此衆中王言大德我但聞聲不見汝形菩薩告言大王今者所有諸女聞我名已一一婦女至於樹下皆取我身隨意娛樂取我身已皆捨女身受丈夫身彼等諸女旣取我身成丈夫身我則無身然無所有菩薩告彼諸女丈夫身者言汝善男子各各示現自身之德爾時諸女得男身者共集一處具丈夫相端正可喜作如是言我等今者捨於女身已成如是丈夫之身爾時頻婆娑羅王及諸大衆生疑不信爾時無所有菩薩復作是言大王何故及諸人衆猶懷疑惑王今於佛豈不可信若可信者如來現前王今宜問此善男子如是所說有異不耶爾時頻婆娑羅王白佛言世尊如是如是如虛空聲所說以不而不見身爾時佛告頻婆娑羅王言如是如是大王皆悉如此菩薩所說大王今者宜信此語莫生疑惑王聞是語卽起合掌三稱善哉白言世尊是誰神力爲是菩薩無所有力爲當是佛威神之力佛告王言大王當知此是諸女往昔願力彼

於往昔於多千佛教此諸女種諸善根發菩提心諸佛法中而得成就故今我所得滿其願大王有諸女人於未來世亦更教化無量諸女得轉女身爾時佛告無所有菩薩言善男子汝今可爲於此衆人令此諸女各復本身爾時無所有菩薩作如是言如我實說我於無量無邊婦女令轉女身得丈夫身皆是實故此等衆生還復女身說是語時多有婦女於彼丈夫前有如是形有如是色如是行住還復如先所向來者彼等各各相共言說如前無異彼時諸女及頻婆娑羅王等生希有心云何諸女已轉女身今已還復女人身耶此諸女人爲是實身爲當化起佛言大王此等婦女非實非化所以者何大王此善男子於往昔時有如是願若諸婦人見我身者彼見我身即發是願求轉女身彼諸婦人所有夫主更取餘婦還復如是不增不減如前婦身可愛端正不相離別爾時頻婆娑羅王白佛言希有世尊諸菩薩摩訶薩等能有如是神通善根世尊一切諸法不可思議衆生果報不可思議得禪定者定之境界不可思議佛言如是如是大王如是如是大王此有三種不可思議何者爲三業幻量幻（梵本少一句）此善男子已覺諸幻已證已觸此善男子即是幻師是故此等不可取量爾時世尊令彼大衆以無所有和合法義教化言說令得歡喜令得威神增長教化令歡喜已勸言汝等各自知時還其所至時諸人衆各還本處其去未久有一菩薩名曰生疑而白佛言世尊其無所有菩薩能爲此等衆生以神通化還

令如舊而不令彼諸衆生等有愛别離世尊此等當作何等利益佛告生疑菩薩言善男子此諸人等所在之處共此諸女曽轉根者語言飲食共相娱樂遊行戲樂種種諸事種種方便於彼時處令此衆人於菩提中令得發心近佛法中何以故善男子此無所有菩薩已於往昔諸如來所以一切樂具供養尊重種諸善根皆已具足發如是願是故滿願滿分别意此善男子如是教化成熟衆生教令入於義文字中所有法體無生之處無成就處令入令覺如是教中不令有失令得成就於佛法故善男子此無所有菩薩教化衆生於彼中者無一衆生當向惡趣無一衆生於所教師遍去佛土而不中生善男子彼諸衆生還當如是成就菩提亦如今者無所有

菩薩所成就者爾時生疑菩薩從佛世尊聞善說已除諸疑惑而說偈言

衆生聞已得　於中方便學　如是健修習
名無所有者　純直心柔和　輭意無嫉妬
亦無有怯弱　名無所有者　多文字和合
復說如是義　所有無可見　亦當無所攝
無二不可取　無餘不可見　不可說而說
法教無有比

爾時闍那那修多女告生疑菩薩言善男子汝承誰力能說此偈彼即答言我身如是知無所有菩薩身中從出是聲善妹當知今此偈聲非我身出爾時闍那那修多女而白佛言希有世尊是無所有菩薩乃至能得不思議法皆已具足能以種種方便開示彼無所有之處說法佛告彼言如是如是善女人如

汝所說爾時兩時無有出生菩薩而白佛言世尊我能辯說無所有所問修多羅佛言兩時無有出生菩薩汝今爲辯說諸菩薩摩訶薩境界廣境界無礙無可得無邊無畔際發起多聞與利益故以善巧智如諸菩薩摩訶薩爲自境界增長無著無可得處無邊無畔際處諸多聞利益欲於善巧方便法中教令建立開現處故當速成就菩提道故爾時兩時無有出生菩薩摩訶薩而說偈言

善說此經已　正念入禪定　當覺一切法
顯示此經典　令覺一切義　及如文字等
所有修多羅　諸佛之所說　顯現一切義
彼此皆相見　無量不思議　諸經善說處
此經法知已　莊嚴義文字　諸法無鈌少
一切不思議　陰界諸入等　當得方便智
隨順十二緣　一切聲一聲　一聲一切聲
諸聲等和合　於此經覺悟　所有諸心者
衆生所思覺　計我所思者　一切心所因
一切皆能知　是等諸思覺　彼無有思處
於此經覺悟　亦無有思者　於自及與他
一切悉能知　如心所轉行　照諸法如鏡
說此修多羅　於彼此等見　彼等還覺此
一切非爲一　不見別多說　一切文句離
若見於此經　彼爲衆生說　衆生非此彼
令彼衆生脫　住著不動處　知一切虛妄
以虛妄爲說　既知虛妄已　不著虛妄中
無有所生道　諸佛見一切　於此無不覺
能學此經者　一切功業處　呪術醫方智
及時智所生　皆此經覺悟　一切一切智
所有不可數　彼一切次第　於此經悉知

一切見捨已　衆生所迷惑　若知於此經
不著彼名字　衆生著令脱　彼相所覆者
此經威力故　於中得實證　若學此經者
彼得一切報　天上及人中　一切功德具
此是教師法　此即是父母　和尚阿闍梨
亦是善知識　此知足少欲　具足諸頭陀
此所修資財　皆爲彼當作　若有大衆生
欲説多種法　應當學此經　學一切法處
若有大衆生　欲説多種法　彼應學此經
一切法持處　生處皆當得　少病長壽命
常得諸禪定　隨順此經已　身常受安樂
心亦得常樂　若能證此經　口業悉具足
如是差别法　彼當得隨順　若能證此經
即總持諸經　若能如是證　如此經中説
彼等皆知經　諸佛有所説　所有諸文字
所説諸法者　若聞於此經　則離於文字
諸法離文字　以文字説法　文字非是法
亦復非非法　彼等於此經　住於菩提中
彼等於此求　世間最名聞

爾時兩時無有出生菩薩説此偈已頂禮世尊右遶三帀即於佛前没而不現爾時衆中有一菩薩名無所續而白佛言世尊此兩時無有出生菩薩從何而來佛言從如所來還如是去彼菩薩言世尊彼云何來復云何去佛言如影幻夢燄響虛空及與空無相無願無作離欲寂滅無實無像如是等聚分别遣來汝今語我生於一切一切衆生一切菩薩一切諸佛亦如影幻夢陽燄響虛空及空無相無願無作離欲寂滅涅槃無實彼等所有一切果報及彼名字彼等皆是我等所爲彼

等及我一切非一非二非多非少亦非有物不可聞不共具足無有能見者無能知者無能聞者是故汝等從我等聽信解思惟歡喜稱善彼等無量阿僧祇數行無實已皆不可得汝等亦不可得汝等莫以虛妄誹謗我等莫毀呰我我等既無有物無相無有處所爲他何假須說寧不說勝若有說者彼還是如彼此還是如此如是遣如是說已如是來爾時大衆得聞如是句義已無色心無出入息無物染著彼等於世尊所一切樂具皆悉遍滿彼等得本念已作如是言此是本性體真實無所有無可證無所識如是知已無知故如是如是彼從何處有不可作名字爾時於上虛空有無價寶遍滿其間有菩薩名滅及無出生菩薩白佛言世尊是何瑞相此無價寶遍滿虛空佛言善男子等有若干菩薩等聞此無所可證法門得出離已皆悉已得無生法忍故現此相爾時彼諸一切大衆皆白佛言希有世尊善巧能學巧方便智爲欲解脫諸衆生故世尊乃能知此一切無動空無所有無有衆生本性寂靜然今如來爲諸衆生辯說諸法一切如影而能勤勞教化衆生佛言如是如是諸善男子如汝所說諸善男子若無辯說云何能知影像幻夢陽燄響聲及與虛空無相無願無作離欲涅槃之法而爲虛妄影像等法爾時以佛威神力故於上虛空聞如是聲世尊何者是彼影形爲影世尊何者是彼乃至虛妄而爲影形世尊此一切莊嚴已具足法本不假莊嚴世尊譬如畫師若畫師弟子善學技能畫如來像具足衆

相無所鈌少更有金巧師取最勝金作其金鬘而著頂上然後形像倍更端正爲一切衆瞻之無猒世尊如是如是如此法本具足諸相瞻之無猒世尊今者更倍莊嚴說是語已時佛告彼虛空聲言譬如巧學幻化之師若幻弟子善於幻化幻作男子端正可喜諸根具足皆共和合而生子息爲作名字影像幻夢陽燄響聲太虛空等不自在也無相無願無作離欲寂滅涅槃彼虛空等增長成就所有作事入深山谷多有人衆各發大聲呼諸影像乃至虛空彼出聲已没而不現於彼空谷無所染著彼時衆人求是聲處了不可得如是一切諸煩惱等如實求之亦不可得如彼陽燄動摇似水而不可飲如是響聲陽燄俱無形像爾時衆中未證法者聞此說已皆得證法有三十億那由他等諸天及人皆悉得於一切法中無所染著爾時虛空還復出聲諸天人衆皆悉見聞此唯名字所謂影等乃至虛妄影像等也影像幻化其有所問如來解釋於先作證有二十億諸天人等聞此法已皆得決定住於阿耨多羅三藐三菩提中當爲成熟諸衆生故而爲之友爾時聞持菩薩白佛言世尊當何名此法本我等云何受持佛言此法本名諸罪無相無捨如是受持如來自在如是名持無所有菩薩所問如是名持說佛大神通如是名持惡心難調怨讎悔過如是名持無所有法可示現者如是名持非不見一切諸法如是名持佛說此經時其無所有菩薩及難調怨讎聞持菩薩及彼大衆天人阿脩羅乾闥婆等聞佛所說歡

喜奉行

無所有菩薩經卷第四

音釋

竪臣庚切立也　輦轝輦力展切轝羊諸切輦轝竝車名　怯乞業切懦也　呰將此切口毀也　鬘莫班切

大法鼓經

劉宋天竺三藏求那跋陀羅譯

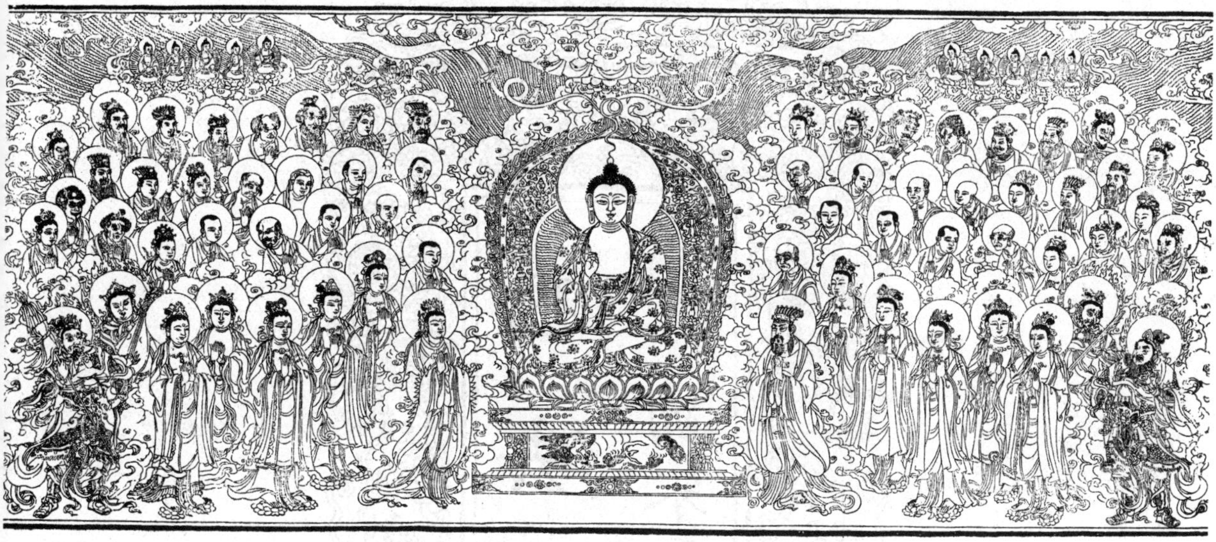

清刻龍藏佛說法變相圖

大法鼓經卷上

劉宋天竺三藏求那跋陀羅譯

如是我聞一時佛住舍衛國祇樹給孤獨園與大比丘衆五百人俱復有百千大菩薩衆復有衆多天龍夜叉揵闥婆衆復有百千諸優婆塞優婆夷衆復有娑婆世界主梵天王及天帝釋四天王衆復有十方世界無量比丘比丘尼優婆塞優婆夷諸菩薩俱爾時如來於彼四衆說如是法有有則有苦樂無有則無苦樂是故離苦樂則是涅槃第一之樂彼五百聲聞比丘一切皆是阿羅漢諸漏已盡無復煩惱心得自在譬如大龍心得好解脱慧得好解脱所作已辦已捨重擔逮得已利盡諸有結正智心解脱得一切心自在第一波羅蜜有無量學人皆得須陀洹斯陀含

阿那含果有成就有漏法無量比丘衆有成就無量阿僧祇功德菩薩摩訶薩從十方來筭數譬喻所不能及亦非一切聲聞緣覺之所能知除文殊師利菩薩及大力菩薩觀世音菩薩彌勒菩薩摩訶薩如是上首菩薩摩訶薩無量阿僧祇衆譬如大地所生草木從諸方來諸菩薩衆亦復如是不可稱數復有差摩比丘尼與比丘尼衆俱毗舍佉鹿子母及末利夫人各與無量大眷屬俱須達長者與諸優婆塞俱爾時世尊於大衆中說有非有法門爾時波斯匿王從卧而起作是思惟我今應往至世尊所念已即行擊鼓吹貝往詣佛所爾時世尊知而故問阿難以何等故有鼓貝聲阿難白佛言波斯匿王來詣佛所是其擊鼓吹貝之聲佛告阿難汝今亦應擊大法鼓我今當說大法鼓經阿難白佛言世尊是大法鼓經名我未曾聞以何等故名大法鼓經佛告阿難汝何由知是諸來會大菩薩等悉不能知此大法鼓經四字名號何況於汝而得聞知阿難白佛言世尊未曾有也此法名號眞實難知如是阿難實爾不易阿難此大法鼓經世間希有如優曇鉢華阿難白佛言非一切諸佛有此法耶佛告阿難三世諸佛悉有此法阿難白佛言若然者彼諸菩薩人中之雄何故悉來普集於此彼諸如來何故自於其國不演說耶佛告阿難如有一阿練比丘隱居山窟至時入村方欲乞食道見人獸諸雜死屍見已生猒斷食而還嗚呼苦哉吾亦當然彼於異時心得快樂作是思惟我當更往觀察死屍令增猒離復向聚

落求見死屍修不淨想見已觀察得阿羅漢果如是他方諸佛不說無常苦空不淨所以者何諸佛國土法應如是彼諸如來爲諸菩薩作如是說奇哉難行釋迦牟尼世尊於五濁國土出興于世爲苦惱衆生種種方便說大法鼓經是故諸善男子當如是學彼諸菩薩咸欲見我恭敬禮拜故來會此既來會已或得初住乃至十住是故大法鼓經甚難值遇是故十方大菩薩衆爲聞法故普皆來集阿難白佛言善哉善哉一切善來彼悉得此難得經法佛告阿難如是深經非一切共是故不應說言一切善來阿難白佛言何故彼非一切善來佛告阿難此經典者是諸如來祕密法藏甚深微妙難解難信是故阿難不應說言一切善來阿難白佛言非如波斯匿王臨陣鬬時擊大戰鼓其聞聲者一切箭落耶佛告阿難波斯匿王擊鼓戰時非彼一切聞鼓聲喜有怯弱者聞而恐怖若死近死如是阿難此大法鼓經名是二乘之人不信法門是故阿難譬如彼王至鬬戰時擊王大鼓此大法鼓經諸佛祕密佛出世時爾乃演說爾時世尊告大迦葉此諸比丘清淨純一眞實強力離諸糟糠堪任聞此大法鼓經不迦葉白佛言若有比丘犯戒違律是大目連之所訶責有如是比我不同行況復世尊今此會衆如栴檀林清淨純一佛告迦葉今此會衆雖復一切清淨純一然於隱覆之說有不善解迦葉白佛言云何名爲隱覆之說佛告迦葉隱覆說者謂言如來畢竟涅槃而實如來常住不滅般涅槃者非毀壞法此修多羅

離覆清淨明顯音聲百千因緣分別開示是故迦葉當更觀察此諸大衆時大迦葉即復觀察彼諸來者云何而來時刹那頃下信衆生及聲聞緣覺初業菩薩自惟不堪生退捨心譬如王家力士衆中有名千力士者從座而起擊鼓唱言誰能堪任與我鬬力其不堪者默然而住心自念言我不堪任與彼鬬力或能傷損以致失命於彼衆中無敢敵者乃名勇健難伏力士建大勝旛如是下劣衆生及聲聞緣覺初業菩薩作是念言我不堪任聽受如來已般涅槃而復說言常住不滅於大衆中聞所未聞從座而去所以者何彼人長夜於般涅槃修習空見聞離隱覆清淨經故從座而去彼十方來聲聞緣覺初業菩薩百千萬億阿僧祇分餘一分住謂彼菩薩摩

訶薩信解法身常住不變者爾乃安住受持一切如來藏經亦能解說安慰世間解知一切隱覆之說善觀一切了義不了義經悉能降伏毀禁衆生尊敬承順清淨有德於摩訶衍得大淨信不於二乘起奇特想除如是等方廣大經不說餘經唯說如來常住及有如來藏而不捨空亦非身見空空彼一切有爲自性佛告迦葉汝更問大衆咸欲得聞此大法鼓方廣一乘所謂大乘難信經不如是至三迦葉白佛言善哉世尊即從座起偏袒右肩右膝著地頂禮佛足右遶三帀已告諸大衆咸欲聞此大法鼓經不如來今當普爲汝等演說一乘所謂大乘過一切聲聞緣覺境界如是三說彼悉答言願樂欲聞唯大迦葉我等悉爲聞法故來善哉哀愍當爲我說大

法鼓經迦葉復言汝等云何信彼即答言譬如士夫年甫二十有百歲子若佛如是說者我等亦當如是隨信況說正法而不信受所以者何如來如說而行如來淨眼圓照無礙以佛眼觀知我等心迦葉歎言善哉善哉諸賢汝等堪任聽大法鼓經若持若說佛告迦葉譬如士夫年甫二十有百歲子大法鼓經亦復如是所以者何如來涅槃而復常住一切無我而復說我彼即白言唯佛能知如世尊所說我等如是受持迦葉白佛唯願世尊說大法鼓經擊大法鼓吹大法螺佛言善哉善哉迦葉汝今聽說大法鼓經迦葉白佛言唯然受教何以故是我境界故是故如來大見敬待云何爲敬嘗告我言汝來共坐以是因緣我應知恩佛言善哉迦葉以是義故我敬待汝迦葉譬如波斯匿王善養四兵若鬬戰時擊大戰鼓吹大戰螺對敵堅住緣斯恩養戰無遺力能勝怨敵國境安寧如是比丘我般涅槃後摩訶迦葉當護持此大法鼓經以是義故我分半座是故彼當行我所行於我滅後堪任廣宣大法鼓經迦葉白佛言我是世尊口生長子佛告比丘譬如波斯匿王教諸王子學諸明處彼於後世堪紹王種如是比丘於我滅後迦葉比丘護持此經亦復如是復次迦葉如波斯匿王多與諸王共爲怨敵更相攻伐於彼彼時其諸戰士象馬車步四種兵衆聞大鼓聲心不恐怖堅持甲仗時王恩卹多所賜賚及當戰時加賜珍寶及以城邑若能剋敵冠以素繒封以爲王如是迦葉我諸聲聞比丘比丘尼優婆塞優婆夷

如戒隨學波羅提木叉成就善住律儀如來則與人天安樂其有大功降四魔者以四眞諦解脫素繒而冠其首若有增上信解求佛藏大我常住法身者如來爾時以薩婆若水而灌其頂以大乘素繒而冠其首大迦葉我今亦復如是以大乘素繒用冠汝首汝於未來無量佛所當護持此經迦葉當知汝於我滅後堪任護持如是經典迦葉白佛言當如尊教復白佛言我從今日及滅度後常當護持廣說此經佛告迦葉善哉善哉今當爲汝說大法鼓經時虛空中諸天龍衆同聲歎言善哉善哉迦葉今日諸天大雨天華諸龍王衆雨甘露水及細末香安慰悅樂一切衆生應爲世尊之所建立爲法長子時天龍衆同聲說偈

王於舍衛城　伐鼓吹戰螺　法王祇洹林擊于大法鼓

佛告迦葉汝今當以問難之桴擊大法鼓如來法王當爲汝說天中之天當決汝疑爾時世尊告大迦葉有大比丘名信大方廣若有四衆聞其名者貪恚癡箭悉皆拔出所以者何迦葉譬如波斯匿王有耆婆子名曰上藥若波斯匿王與敵國戰時告上藥言汝今速持能爲衆生拔箭藥來爾時上藥即持消毒藥王以塗戰鼓若塗若熏若打若彼衆生被毒箭者聞其鼓聲若一由旬若二由旬箭悉拔出如是迦葉若有聞信方廣比丘名者貪恚癡箭悉皆拔出所以者何彼因此經增廣正法以彼現法成就故得此大果大迦葉汝當觀彼無心凡鼓以無心藥若塗若熏若打

有如是力饒益衆生況復聞彼菩薩摩訶薩信方廣比丘名而不能除衆生三毒迦葉白佛言若聞菩薩名者能除衆生三種毒箭況稱世尊名號功德言南無釋迦牟尼若稱歎釋迦牟尼名號功德能拔衆生三種毒箭況復聞此大法鼓經安慰演說若偈若句況復廣說而不能拔三種毒箭佛告迦葉如我先說淨戒比丘隨心所欲以本願故一切諸佛皆有是法所謂不作不起不滅大法鼓經是故迦葉汝於來世亦當如我所以者何若有四衆聞汝名者三種毒箭悉得拔出是故迦葉汝今當問大法鼓經於我滅後久於世間護持宣布迦葉白佛言善哉世尊今當爲我說大法鼓經佛告迦葉汝於大法鼓經應少諮問爾時迦葉即白佛言善哉世尊當請所疑如世尊所說若有有則有苦樂無有則無苦樂此有何義佛告迦葉若無有者謂般涅槃第一之樂是故離苦樂得般涅槃第一之樂若苦若樂彼則是有若無有者則無苦樂是故欲得般涅槃者當求斷有爾時世尊欲重宣此義而說偈言

一切有無常　亦無不變異　彼有有苦樂
無有無苦樂　不爲無苦樂　爲則有苦樂
莫樂諸有爲　亦勿更習近　若人得安樂
還復墜於苦　若不到涅槃　不住安樂處

爾時迦葉以偈答言

衆生不爲有　涅槃第一樂　彼則名字樂
無有受樂者

爾時世尊復說偈言

常解脫非名　妙色湛然住　非聲聞緣覺

菩薩之境界

迦葉白佛言世尊云何言色而復常住佛告迦葉今當說譬譬如士夫從南方摩頭邏來有人問彼汝從何來士夫答言從摩頭邏來即復問言摩頭邏爲在何方時彼士夫即指南方迦葉非爲彼人於此得信耶所以者何以是士夫自見彼來故如是迦葉以我見故汝當信我爾時世尊即說偈言

譬如彼士夫　以指指虛空　我今亦如是
名字說解脫　譬如彼士夫　遠自南方來
今我亦如是　從彼涅槃出

然彼迦葉若見義者則不須因緣若不見義則須因緣如是迦葉諸佛世尊常以無量因緣顯示解脫迦葉白佛言云何爲因佛告迦葉因者是事迦葉白佛言云何爲緣佛告迦葉緣者是依迦葉白佛言願更顯示其譬云何佛告迦葉如由父母而生其子母則是因父則是緣是故父母因緣生子如是說因緣生法是名爲成迦葉白佛言成者有何義佛告迦葉成者世間成迦葉白佛言云何世間佛告迦葉衆生和合施設迦葉白佛言云何衆生佛告迦葉法集施設迦葉白佛言云何爲法佛告迦葉非法亦法法亦非法法者復有二種何等爲二有爲及無爲色及非色更無第三法迦葉白佛言法何像類佛告迦葉法者非色迦葉白佛言非法何類佛告迦葉非法者亦非色迦葉白佛言若法非法非色無相云何是法云何非法佛告迦葉法者是涅槃非法者是有迦葉白佛言若法非法非色無相者彼慧者云何知何所知何故知彼

相耶佛告迦葉衆生生生死中習種種福德清淨善根是其正行若彼行如是法一切淨相生若行此法者是法衆生衆生生生死中行種種非福惡不善業若彼行如是非法一切惡不淨相生若行此非法者是非法衆生迦葉白佛言世尊云何衆生佛告迦葉衆生者四界攝施設謂内地界水界火界風界及入處五根乃至十二緣起支無盡意經中云從不正思惟生無明故十二支受想思心意識是名衆生法迦葉當知是名一切法迦葉白佛言是中何等法是衆生佛告迦葉是中非一法名爲衆生所以者何迦葉譬如波斯匿王鼓何等爲鼓迦葉白佛言所言鼓者皮木及桴此三法和合是名爲鼓佛告迦葉如是和合施設名爲衆生迦葉白佛言聲鼓者非鼓耶佛告迦葉離聲鼓者鼓亦有聲以風動故迦葉白佛言鼓者爲是法爲是非法耶佛告迦葉鼓者非法非非法迦葉白佛言名爲何等佛告迦葉非法非非法者名爲無記迦葉白佛言有無記法者世間應有三法佛告迦葉無記相者如非男非女非男非女名爲不男彼亦如是迦葉白佛言如世尊說父母和合而生其子若父母無衆生種子者不爲父母因緣佛告迦葉彼無衆生種子者名爲涅槃人常不男亦復如是所以者何譬如波斯匿王與敵國戰時彼諸戰士食丈夫禄不勇猛者不名丈夫如是無衆生種子者不名父母常不男者亦復如是迦葉而白佛言世尊善法不善法無記法何者善法何者不善法何者無記法佛告迦葉樂受是善法苦受是不善法不苦不樂

受是無記法此三法衆生常觸樂受者謂天人五欲功德苦受者謂地獄畜生餓鬼阿修羅不苦不樂受者謂白癬等迦葉白佛言此則不然佛告迦葉從樂生苦從苦生苦彼爲無記迦葉白佛言其譬如何佛告迦葉因食生病食則是樂病則是苦彼白癬等名爲無記迦葉白佛言若苦樂名無記者父母子亦無記佛告迦葉此則不然迦葉白佛言其譬如何佛告迦葉如非想非非想等天乃至無想則恒住不法善亦如是迦葉白佛言世尊如佛所說受想是衆生是故非想非非想處應非衆生佛告迦葉彼有行分我說此衆生法者除無想天迦葉白佛言衆生爲是色爲非色耶佛告迦葉衆生亦非色亦非非色然成就彼法名爲衆生迦葉白佛言若如是非

衆生成就法更有異衆生者不應有無色天若然者無二法世間色及無色佛告迦葉法亦非色非法亦非色迦葉白佛言云何爲法與解脱俱爲非法與解脱俱無色天亦有解脱佛告迦葉不然唯有爲法無爲法是故無色天是有爲數解脱是無爲無色天有色性耳迦葉白佛言世尊一切有爲是色非色是無爲無色天有色者是佛境界非我等境界佛告迦葉善哉善哉是我境界非汝等境界如是諸佛世尊到解脱者彼悉有色解脱亦有色佛告迦葉云何無色天天處所作汝知不迦葉云何有色天名無色數不迦葉白佛言非我等境界佛告迦葉如是諸佛世尊到解脱者皆有色汝當觀察迦葉白佛言世尊若如是得解脱者復應受苦樂佛告迦葉如

有病衆生服藥離病已還復病耶迦葉白佛言若有業者則必有病佛告迦葉無業者彼有病耶迦葉白佛言不也世尊佛告迦葉如是離苦樂是解脫當知苦樂是病如丈夫是得涅槃者迦葉白佛言若離苦樂是解脫者無業病盡耶佛告迦葉世間樂者彼則是苦於彼出離如是業盡得解脫迦葉白佛言不復終盡耶佛告迦葉譬虛空如海虛空如海耶虛空無譬解脫無譬亦復如是無色天有色而不可知亦不可知似此似彼如是住如是遊戲非是聲聞緣覺境界解脫亦如是迦葉白佛言世尊一切衆生誰之所作佛告迦葉衆生自作迦葉白佛言此義云何佛告迦葉作福者佛作惡者衆生迦葉白佛言最初衆生誰之所作佛告迦葉非想非非想等無色天誰之所作云何活云何住迦葉白佛言於彼諸業所不能知然唯業住如是衆生生死黒及涅槃白誰之所作佛告迦葉業之所作業起無量法善起無量法迦葉白佛言何者業起何者善起佛告迦葉業起者有善起者解脫迦葉白佛言無生處云何善起佛告迦葉如如不異迦葉白佛言若善起佛者云何到無生處佛告迦葉行善業迦葉白佛言誰之所教佛告迦葉無始佛教迦葉白佛言一切無始佛誰化誰教佛告迦葉無始者非一切聲聞緣覺思量所知若有士夫出於世間智慧多聞如舍利弗長夜思惟終不能知佛之無始誰最爲先乃至涅槃中間亦不能知復次迦葉如大目連以神通力求最初佛世界無始終不能得如是一切聲聞緣覺十

地菩薩如彌勒等悉不能知如佛元起難可得知衆生元起亦復如是迦葉白佛言是故世尊無有作者無有受者佛告迦葉因是作者受者迦葉白佛言世間爲有盡耶爲無盡乎佛告迦葉世間未曾盡無所盡無盡時佛告迦葉如以一毛滴大海水能令盡不迦葉白佛言唯然能盡佛告迦葉乃往過去無量阿僧祇大劫時有佛名雞羅婆出興於世廣說法教爾時城中有離車童子名一切世間樂見作轉輪聖王正法治化王與百千大眷屬俱往詣佛所頂禮佛足右遶三帀供養畢已而白佛言我當久如得菩薩道佛告大王轉輪聖王即是菩薩更無有異所以者何無有餘人作帝釋梵王及轉輪聖王若菩薩者即是釋梵轉輪聖王先作衆多帝釋梵王然後乃作轉輪聖王正法治化汝已曾作恒河沙阿僧祇帝釋梵王今作轉輪聖王時王白言帝釋梵王何所像類佛告大王釋梵天王亦如汝今首著天冠而彼端嚴則不及汝如佛色像端嚴殊特非聲聞緣覺菩薩所及如佛端嚴汝亦如是迦葉爾時聖王復問佛言我於久如當得成佛佛言大王凡得佛者時大久遠所以者何假令大王捨其福德還爲凡人而以一毛滴大海水乃至將竭餘如牛跡當有如來出興于世名曰燈光如來應供等正覺時有國王名地自在燈光如來爲王授記當得作佛汝於爾時當爲彼王第一長子亦俱受記時彼如來當如是說大王汝此長子從昔曁今大海將盡生爲汝子於其中間不爲小王或爲釋梵轉輪聖王正法治化

汝此長子勇猛精進如是地自在菩提難得以是因緣故說此譬地自在汝此長子有六萬婇女端正姝好瓔珞莊嚴狀如天女棄之如唾知欲無常危脆不堅我當出家作是語已信家非家捨家學道是故彼佛記此童子當來有佛名釋迦牟尼世界名忍汝童子名一切世間樂見離車童子佛涅槃後正法欲滅餘八十年作比丘持佛名宣揚此經不顧身命百年壽終生安樂國得大神力住第八地一身住兜率天一身住安樂國復化一身問阿逸多佛此修多羅時地自在王聞子受記歡喜踊躍今日如來記說我子得八住地時彼童子聞授記聲勤加精進迦葉白佛言是故世尊毛滴大海猶尚可盡佛告迦葉此義云何迦葉白佛言世尊譬如商人計數金錢置一器中其子啼諸授與一錢彼器中錢日日損減如是菩薩摩訶薩於大海水滴滴損減悉能知之亦知餘在況復世尊於衆生大聚盡而不知但諸衆生無有減盡一切聲聞緣覺所不能知唯佛世尊乃能知耳佛告迦葉善哉善哉如汝所說衆生大聚無有盡時迦葉白佛言衆生般涅槃者爲有盡耶爲無盡耶佛告迦葉衆生無有盡也迦葉白佛言云何衆生不盡佛告迦葉若衆生盡者應有損減此修多羅則爲無義是故迦葉諸佛世尊般涅槃者悉皆常住以是義故諸佛世尊般涅槃者終不磨滅迦葉白佛言云何諸佛般涅槃不畢竟滅佛告迦葉如是如是舍壞則爲虛空如是如是諸佛涅槃即是解脫

大法鼓經卷上

音釋

犍闥婆（梵語也此云香陰犍巨言切）　重擔（擔都濫切謂五陰重擔也）

毗舍佉（梵語也亦云鼻奢佉此云別枝佉丘迦切）　波斯匿（梵語也此云勝軍匿女力切）

糟糠（糟作曹切酒滓也糠苦岡切穀皮也）　卹（辛聿切賑貧老曰卹）

賚（洛代切賜也）　繒（疾陵切帛也）　桴（縛謀切擊鼓杖也）

諮（津私切訪問也）　邏（郎佐切）　癬（息淺切）　暨（其冀切及也）　姝（昌朱切美好也）

唾（湯卧切口液也）　脆（此芮切物易斷也）　踊躍（踊余隴切躍以灼切）

大法鼓經卷下

劉宋天竺三藏求那跋陀羅譯

爾時世尊告大迦葉譬如有王能行布施彼王國中多出伏藏所以者何以彼國王種種周給貧苦衆生是故伏藏自然發出如是迦葉大方便菩薩廣爲衆生說甚深法寶故得此甚深離非法經謂空無相無作相應經復得如是如來常住及有如來藏經迦葉如鬱單越自然之食衆共取之無有損減所以者何以彼盡壽無我所想及慳貪想如是迦葉此閻浮提比丘比丘尼優婆塞優婆夷得此深經書持讀誦究竟通利廣爲人說終不疲猒不疑不謗以佛神力常得自然如意供養乃至菩提無乏無盡除定報業如持戒比丘不緩持戒終身天神隨侍供養若彼能於如是深經乃至不起一念謗想當得如來藏如來常住常見諸佛親近供養如轉輪聖王凡所遊行七寶常隨如是安慰說者所住之處如是此經常與彼俱如轉輪聖王所住之處七寶隨住不住餘處其非眞寶住於餘處如是安慰說者現在所住如是此經悉從他方來至其所諸不了義空相應經於餘處住如是安慰說者所住至方此經常隨如轉輪聖王所遊之處諸餘衆生隨順王者作如是念彼王所住我亦應去如是安慰說者所住之處如是此經亦復常隨如轉輪聖王出於世時七寶隨出如是安慰說者出于世間如是此經亦隨出現如轉輪聖王所有七寶若失一寶彼王尋求必至寶所如是安慰說者爲聞此經處處尋求要至經所復次如轉輪聖

王不出世時諸餘小王力轉輪王和合諸王各現於世如是諸方無人演說此深經處餘雜說者說諸雜經所謂正不正雜經彼諸衆生亦如是隨學彼隨學時聞此如來藏如來常住究竟深經心生疑惑於安慰說者生恚害心輕賤嗤笑不生愛念罵辱不忍作如是說此將文筆魔之所說謂爲毀法悉棄捨去各還本處更相破壞犯戒邪見終不能得如是此經所以者何安慰說者所住之處此經隨住故爾時世間多有衆生見聞摩訶衍經而生誹謗莫生恐畏所以者何五濁世時正法損減多有衆生謗摩訶衍如七家村中必出荼夷尼鬼如是此經所行之處七人衆中必有謗者迦葉譬如同戒之人相見歡喜彼亦如是各各毀戒於說法衆中聞是經時更相瞻視作戲笑言何者衆生界何者爲常瞻彼顏色作是思惟彼是我伴更相慈愍如是作已守性而住守性而去如婆羅門長者種姓生子習惡父母訓誡曾不改悔捨家而去隨逐惡友聞諸鳥獸以爲戲樂如是展轉乃至他國要結同類共爲非法是名同行不樂此經者亦復如是見他誦說而反戲笑所以者何爾時衆生並多懈怠持戒寬緩爲法留難彼諸同行相隨誹謗迦葉白佛言嗚呼眞是惡時佛告迦葉至於爾時安慰說者當如之何迦葉譬如城邑邊近路之田爲諸人衆象馬侵食彼時田主使一人監視監視之人不勤守護復更增足二三四五若十二十乃至百人守者逾多取者彌衆最後一人作是思惟如此守視非一切護當善方便令無侵

害即取田苗手自恵施彼生慼愧田苗得全迦葉若能如是善方便者於我滅後能護此經迦葉白佛言世尊我終不能攝彼惡人寧以兩肩荷負須彌至百千刧不能堪忍聽彼惡人犯戒滅法謗法汚法如是諸惡非法音聲世尊我寧屬他爲其僕使不能堪忍聽彼惡人犯戒背法遠法壞法如是諸惡非法音聲世尊我寧頂戴大地山海經百千刧不能堪忍聽彼惡人犯戒滅法自高毀他如是諸惡非法音聲世尊我寧恒受聾盲瘖瘂不能堪忍聽彼惡人毀犯淨戒爲利出家受他信施如是諸惡非法音聲世尊我寧捨身疾般涅槃不能堪忍聽彼惡人毀犯淨戒螺聲之行而身行諂曲口言虛妄如是諸惡非法音聲佛告迦葉汝般涅槃是聲聞般涅槃非爲究竟迦葉白佛言若聲聞緣覺般涅槃非究竟者世尊何故說有三乘聲聞乘辟支佛乘佛乘世尊云何已般涅槃復般涅槃耶佛告迦葉聲聞以聲聞般涅槃而般涅槃非爲究竟辟支佛以辟支佛般涅槃而般涅槃亦非究竟乃至得一切種功德一切種智大乘般涅槃然後究竟無異究竟迦葉白佛言世尊此義云何佛告迦葉譬如從乳出酪酪出生酥生酥出熟酥熟酥出醍醐凡夫邪見如初生乳乳血共雜受三歸者猶如純乳隨信行等及初發心菩薩住解行地猶如成酪七種學人及七地住菩薩猶如生酥意生身阿羅漢辟支佛得自在力及九住十住菩薩猶如熟酥如來應供等正覺猶如醍醐迦葉白佛言世尊如來云何說有三乘佛告迦葉譬如

導師勇猛雄傑將諸親屬及餘人衆從其所住欲至他方經由曠野嶮難惡道作是思惟此衆疲乏將恐退還爲令諸人得止息故於其前路化作大城遥以指示語諸大衆前有大城當速至彼諸衆悉見漸近彼城各相謂言是我息處即共入城休息快樂樂於中住不欲前進爾時導師作是思惟此諸大衆得此小樂便已爲足羸劣休懈無前進意爾時導師即滅化城彼諸大衆見城滅已白導師言此爲何等爲幻爲夢爲眞實耶導師聞已即告大衆向者大城爲止息故我化作耳更有餘城今所應往宜速至彼快樂安隱大衆答言唯然受教何緣樂此褊陋小處當共前進安樂大城導師告言善哉當行即共前進復告大衆所往大城先相已現汝當觀察彼前大城極甚豐樂以漸前行見彼大城爾時導師告諸大衆諸人當知此是大城時諸大衆遥見大城安隱豐樂心得歡喜各共相視生希有心此城爲實爲復虛妄導師答言此城眞實一切奇特安隱豐樂即告彼衆入此大城此則第一究竟大城過斯處已更無餘城彼諸大衆俱入城已生希有心心得歡喜歎彼導師善哉善哉眞實大智大悲方便哀愍我等迦葉當知彼初化城謂聲聞緣覺乘清淨智慧空無相無作解脫之智眞實大城是如來解脫是故如來開示三乘現二涅槃又說一乘佛告迦葉若有說言無此經者非我弟子我非彼師迦葉白佛言世尊諸摩訶衍經多說空義佛告迦葉一切空經是有餘說唯有此經是無上說非有餘說復次迦葉

如波斯匿王常十一月設大施會先食餓鬼孤獨貧乞次施沙門及婆羅門甘饍衆味隨其所欲諸佛世尊亦復如是隨順衆生種種欲樂而爲演說種種經法若有衆生懈怠犯戒不勤修習捨如來藏常住妙典好樂修學種種空經或隨句字說或增異句字所以者何彼如是言一切佛經皆說無我而彼不知空無我義彼無慧人趣向滅盡然空無我說亦是佛語所以者何無量塵垢諸煩惱藏常空涅槃如是涅槃句是一切句彼常住安樂是佛所得大般涅槃句迦葉白佛言世尊云何離於斷常佛告迦葉乃至衆生輪回生死不得自在是故我爲說無我義然諸佛所得大般涅槃常住安樂以是義故壞彼斷常迦葉白佛言世尊再轉無我轉我久矣佛告迦葉爲破世間我故說無我義若不如是說者云何令彼受大師法佛說無我彼諸衆生生奇特想聞所未聞來詣佛所然後以百千因緣令入佛法入佛法已信心增長勤修精進善學空法然後爲說常住安樂有色解脫復次或有世俗說有是解脫爲壞彼故說言解脫悉無所有若不如是說云何令彼受大師法是故百千因緣爲說解脫滅盡無我然後我復見彼衆生見畢竟滅以爲解脫彼無慧人趣向滅盡然後我復百千因緣說解脫是有迦葉白佛言世尊得解脫自在者當知衆生必應有常譬如見煙必知有火若有我者必有解脫若說有我則爲已說解脫有色非世俗身見亦非說斷常迦葉復白佛言世尊云何如來不般涅槃示般涅槃不生示生佛

告迦葉爲壞衆生計常想故如來不般涅槃示般涅槃不生示生所以者何衆生謂佛尚有終歿不得自在何况我等有我我所譬如有王爲隣國所執繫縛枷鏁作是思惟我今復是王是主耶我今非王非主何緣乃致如是諸難由放逸故如是衆生乃至生死輪回我不自在不自在故說無我義譬如有人爲賊所逐舉刀欲害作是思惟我今無力當得免此死難以不如是生老病死種種衆苦成就衆生思想願作帝釋梵王如來爲壞彼思想故示現有死如來是天中之天若般涅槃悉磨滅者世間應滅若不滅者則常住安樂常住安樂則必有我如煙有火若復無我而有我者世間應滿實有我非無我亦不壞若實無我我則不成迦葉白佛言世尊有者何耶佛告迦葉有者二十五有衆生行非有者無思之物若非有是衆生者應從他來設有思之物壞者衆生當滅若不壞非有是衆生者則應充滿以衆生不生不壞故不減不滿迦葉白佛言世尊若有我者云何生彼煩惱諸垢佛告迦葉善哉善哉應以是問問於如來譬如金師見彼金性作是思惟如此金性何由生垢今當推尋生垢之本彼人云何爲得本不迦葉白言不也世尊佛告迦葉若盡壽思惟尋初因相乃至無始得本際不既不得本亦不得金若巧方便精勤不懈除彼金垢爾乃得金佛告迦葉如是我者生客煩惱欲見我者作是思惟今當推尋我及垢本彼人云何爲得本不迦葉白佛言不也世尊佛告迦葉若勤方便除煩惱垢爾乃得我謂聞

如是此經深心信樂不緩不急善巧方便專精三業以是因緣爾乃得我迦葉復白佛言世尊若有我者何故不見佛告迦葉今當說譬譬如初學學五字句界成句偈欲先知義然後乃學當得知不要當先學然後乃知彼善學已然後師教界成句義引譬示之彼能聽受緣師得解界成句義故則能信樂如是我今爲煩惱藏所覆衆生說言善男子如來藏如是如是彼便欲見當得見不迦葉白言不也世尊佛告迦葉如彼不知界成句義當緣師信如是迦葉當知如來是誠實語者以誠實語說有衆生汝後當知如彼學成今當爲汝更說譬喻如四種衆生界隱覆譬喻所謂膚翳覆眼重雲隱月如人穿井瓶中燈焰當知此四有佛藏因緣一切衆生悉有佛性

無量相好莊嚴照明以彼性故一切衆生得般涅槃如彼翳眼是可治病未遇良醫其目常瞑既遇良醫疾得見色如是無量煩惱藏翳障如來性乃至未遇諸佛聲聞緣覺計我非我我所爲我若遇諸佛聲聞緣覺乃知眞我如治病愈其目開明翳者謂諸煩惱眼者謂如來性如雲覆月月不明淨諸煩惱藏覆如來性性不明淨若離一切煩惱雲覆如來之性淨如滿月如人穿井若得乾土知水尚遠得濕土泥知水漸近若得水者則爲究竟如是値遇諸佛聲聞緣覺修習善行掘煩惱土得如來性水如瓶中燈焰其明不現於衆生無用若壞去瓶其光普照如是諸煩惱瓶覆如來藏燈相好莊嚴則不明淨於衆生無用若離一切諸煩惱藏彼如來性煩惱永盡

相好照明施作佛事如彼瓶燈衆生受用如此四種譬喻因縁如我有衆生界當知一切衆生皆亦如是彼衆生界無邊淨明迦葉白佛言世尊若一切衆生有如來藏一性一乘者如來何故說有三乘聲聞乘縁覺乘佛乘佛告迦葉今當說譬如巨富長者唯有一子隨乳母行於大衆中忘失所在長者臨終作是思惟我唯一子久已忘失更無餘子父母親屬若我一旦終歿之後一切財物王悉取去於思惟頃本所失子遊行乞求到其本家而不自知是其父舍所以者何幼小失故父見識之而不言子所以者何慮怖走故多與財物而語之言我無子息爲我作子勿復餘行彼子答言不堪住此所以者何住此常苦如被繫縛長者謂言汝欲何作子復答言寧除衆穢放牧田作長者念言此子薄福我當知時且隨彼意即令除糞其子久後見大長者五欲自娛心生欣樂作是思惟願大長者時見哀納多賜財寶以我爲子作是念已不勤作務長者見已作是思惟如是不久必爲我子是時長者尋告之曰汝今云何起異心想不勤作務彼即答言願欲作子生如是心長者言善哉善哉我是汝父汝是我子我實汝父而汝不知所有庫藏悉以付汝於大衆中唱如是言此是我子忘失來久今來還家而不自知我命爲子而復不肯今日自求爲我作子迦葉如彼長者方便誘引志意下劣子先令除糞然後付財於大衆中唱如是言此本我子忘失來久今幸自來爲我作子迦葉如是不樂一乘者爲說三乘所以者何此

是如來善巧方便是諸聲聞悉是我子如除糞者今始自知迦葉白佛言嗚呼異哉是聲聞乘何鄙之甚實是佛子而不識父佛告迦葉應如是學若汝不堪訶責毀罵則應捨離彼後熟時汝當知之復次迦葉聲聞大乘常相違反如世俗無漏愚癡黠慧復次迦葉若謗此經者應當攝取所以者何彼以謗故捨身當墮無邊黑闇哀愍彼故當設方便以大乘法而成熟之若不可以治者當墮地獄若有信者彼自當信其餘衆生應以攝事攝令解脱復次迦葉若有士夫初得熱病不應與藥及餘衆治所以者何時未至故要待時至然後乃治二處不知是則敗醫是故病熟然後應治若未熟者要待時至如是衆生謗此經者過患熟時深自悔責嗚呼苦哉我之所作今始覺知至於爾時應以攝事而救攝之復次迦葉如有士夫度大曠野聞合群鳥鳴時彼士夫畏是鳥聲謂有劫賊異道而去入空澤中至虎狼處爲虎所食如是迦葉彼當來世比丘比丘尼優婆塞優婆夷於有我無我聲畏有我聲入於大空斷見修習無我於如是如來藏諸佛常住甚深經典不生信樂復次迦葉汝所問我爲阿難説有有苦樂無有無苦樂汝今諦聽迦葉如來者非有非衆生亦不壞迦葉白佛言云何世尊佛告迦葉如雪山下有出淨光摩尼寶性有人善知摩尼寶相見相則知即取持去如鍊金法消除滓穢離垢清淨隨所著處本垢不汚所以者何譬如士夫持燈而行隨所至處闇瞑悉除燈光持明彼摩尼寶亦復如是如鍊眞金

塵垢不汚星月光照則雨淨水日光所照尋即出火如是迦葉如來應供等正覺出興于世永離一切生老病死煩惱習垢一切悉滅常大照明如彼明珠一切不汚如淨蓮花塵水不著復次迦葉如來如是如是時如是如是像類出於世間隨其所應示現凡身不爲彼彼凡品生處垢穢所染亦復不受世間苦樂樂者人天五欲功德彼即是苦唯有解脱究竟常樂迦葉白佛言善哉善哉世尊我自惟省今始出家受具足戒得比丘分成阿羅漢當於如來知恩報恩以如來昔日分我半座今日復於四大衆中以大乘法水而灌我頂爾時衆中有持比丘色像儀式者或持優婆塞色像儀式者或持非優婆塞色像儀式者傾側低昂一切皆是魔之所爲爾時阿難白佛言世尊今此大衆離諸糟糠堅固貞實如栴檀林如是衆中彼云何住佛告阿難問大迦葉阿難言唯善哉當問即問迦葉於此衆中彼云何住迦葉答言彼愚癡人是魔眷屬與魔俱來是故阿難我先説言不能堪任於如來滅後善巧方便護持正法如善守田是故先言寧負大地廣説如上爾時世尊即告我言於我滅後汝當堪忍護持正法至于法盡我時白佛我當堪能四十年中護持正法時佛責言何以懈怠不能護法至于法盡佛告迦葉汝且求魔若能得者堪任護法迦葉即以天眼觀察而不能見如舍衛國有一野人忘失其子於大衆中求子不得疲乏而歸迦葉天眼於大衆中求魔不得亦復如是即白佛言我不堪任求覓惡魔如是八十諸

大聲聞皆曰不堪復令賢護等五百菩薩除一菩薩名一切世間樂見推覔惡魔亦復不得爾時世尊復告迦葉汝不堪任法欲滅時餘八十年護持正法南方菩薩當能護持汝當於賢護菩薩五百衆中最後求之迦葉答言善哉當求求得一切世間樂見離車童子世尊一切世間樂見離車童子則是其人佛告迦葉汝往勸請令覔惡魔爾時迦葉即與八十諸大聲聞及賢護等五百菩薩俱共勸請一切世間樂見離車童子汝童子世尊所舉堪覔惡魔爾時童子於大衆中白迦葉言我今堪任推覔惡魔然有八十諸大聲聞賢護等五百菩薩摩訶薩及文殊師利觀世音得大勢滅諸惡趣彌勒菩薩等何故不覔令我覔耶宜令彼先然後及我迦葉謂言降伏惡魔爲無福耶答言迦葉汝知有福宜自爲之我今不能爾時迦葉以此白佛佛告迦葉此童子語爲何所說迦葉白佛童子說言先諸大德然後及我我是俗人性復下劣是諸大德八十聲聞及賢護等五百上首彼悉在先然後次我時諸聲聞及賢護等一切推覔悉不能得如彼野人求子不獲皆曰不堪於一面立爾時世尊復告迦葉汝今聞此大法鼓經於我滅後四十年中當善護持如今正法當擊大法鼓吹大法螺設大法會建大法幢然後一切世間樂見離車童子於正法欲滅餘八十年當以五繫縛彼惡魔及其眷屬如縛小兎當廣宣唱大法鼓經當擊大法鼓吹大法螺設大法會建大法幢迦葉白佛言當於何時佛告迦葉正法欲滅餘八十年迦

葉白佛言世尊欲見惡魔佛告童子速以惡魔示諸大衆爾時童子瞻仰世尊即指示言觀此惡魔從異方來如諸菩薩作比丘像於衆中坐大衆悉見現被五繫魔言童子我於此經不復作礙如是三說爾時世尊告一切世間樂見離車童子等菩薩衆言摩訶迦葉已能於我滅度之後四十年中護持正法汝等誰能於我滅後最後護法如是三說無能堪者佛告大衆汝等勿得起輕劣想我此衆中多有弟子於我滅後能護正法況此經者皆賢護等五百菩薩最後一人一切世間樂見離車童子於我滅後當擊大法鼓吹大法螺設大法會建大法幢爾時童子即放弊魔時諸大衆語童子言汝已受記爾時世尊復告大迦葉言今汝迦葉如守田夫無善方便

不能堪任護持是經今此童子聞斯經已能善讀誦現前護持爲人演說常能示現爲凡夫身住於七地正法欲滅餘八十年在於南方文荼羅國大波利村善方便河邊迦耶梨姓中生當作比丘持我名號如善方便守護田苗於我慢緩懈怠衆中離俗出家以四攝法而攝彼衆得此深經讀誦通利令僧清淨捨先所受本不淨物爲說大法大法鼓經第二爲說大乘空經第三爲說衆生界如來常住大法鼓經擊大法鼓吹大法螺設大法會建大法幢當於我前被弘誓鎧盡百年壽常雨法雨演說此經滿百年已現大神力示般涅槃說如是記釋迦牟尼佛今來至此悉當瞻仰恭敬禮拜如是如來常住安樂諸仁者當觀眞實常樂如我所說爾時空中十方諸

佛皆悉現身說如是言如是如是如汝所說一切皆當信其善說迦葉白佛言世尊菩薩成就幾功德能見如來常住不壞法身臨命終時現大神力佛告迦葉菩薩摩訶薩成就八功德者能現前見如來常住不壞法身何等爲八一者說此深經心不懈怠二者說彼三乘三種之說亦不懈倦三者所應化者終不棄捨四者衆僧壞者和合一味五者終不親近比丘尼女人黃門六者遠離親近國王及大力者七者常樂禪定八者思惟觀察不淨無我是爲成就八種功德復有四事何等爲四一者善能持法二者常自欣慶善哉我今所作快樂大善三者能自歸依作是思惟我得善利四者於如來常住決定無疑日夜常念如來功德以是因緣現前得見常住法身現大神力然後命終迦葉如是善男子善女人隨所住處城邑聚落我爲是等示現法身而說是言善男子善女人如來常住汝從今日常應受持讀誦此經爲人解說作如是語當知如來常住安樂自止希望勿爲諂僞當知世尊如是常住淨希望者我當現身汝大迦葉當信當審若不如是修行法者何由見我云何能得神通示現如我爲聲聞乘說比丘能捨一法者我爲保任得阿那含果謂彼所得功德成就亦復如是如我先說持戒比丘終身天神常隨供事是故汝等勿貪利養當修猒離住身念處復次迦葉持我名比丘常令僧淨迦葉白佛言世尊此爲云何佛告迦葉行攝取時滿足犯戒貪烏之衆如彼巧便守護四法賢護等五百菩薩先不堪任

是等今者猶故不堪於我滅後最後護法持我名比丘行攝法時攝諸寬縱懈怠比丘習近供養與其經卷消息將護如養牛法知可伏時然後調伏若攝取調伏而不改者則便棄捨不令毒箭塗傷善淨彼復當作如是思惟莫令淨行比丘因彼犯戒彼說非法行惡行者不應致敬共同法集布薩自恣羯磨僧事悉不應同如王摧敵彼亦如是如是方便調伏彼已於百年中常雨法雨擊大法鼓吹大法螺設大法會建大法幢示大神力命終涅槃過千佛已六十二劫經百千緣覺及八如來般涅槃後乃成佛道名智積光明如來應供等正覺彼時持戒名比丘者即是一切世間樂見離車童子當於此土成等正覺迦葉當知無上菩提如是難得迦葉爲是凡人

所能得不迦葉白佛言不也世尊佛告迦葉一佛國土一佛施作佛事第二第三亦復如是如一芥子中有衆多世界周旋往返而不自知誰持來去誰安我在此隨所應知隨順爲作如是或有知我者或不知者此一世界耆闍崛山中有釋迦牟尼佛即於此中有阿逸多佛於此世界或見劫燒或見說法如是奇特甚爲希有復有何等最上奇特謂一切世間樂見童子不於凡俗家生其所生家悉是菩薩迦葉當知彼供養給侍者悉皆歡喜宗親愛念皆作是言我種姓中有如是人生此諸人等一切皆是我之所遣迦葉當知彼菩薩摩訶薩若餘四衆爲作眷屬悉聞說此大法鼓經一切皆當得無上菩提迦葉我於過去久遠世時在毗舍離城作轉輪王名難

提斯那爾時毗舍離城如四天下閻浮提如忍世界其餘天下亦復如是如是三千大千世界我時壽命不可思議我作如是轉輪聖王行阿僧祇殊勝布施及諸功德持戒清淨修諸善行合集如是無量福德若善男子善女人聞說一乘大法鼓經戲笑而往乃至一念所得功德勝前福業不可稱記筭數譬喻所不能計如有呪王名曰焰照一說此呪四月善護迦葉當知世間凡呪勢力如是何況一讀大法鼓經而力不能盡壽爲護是故有能供養此經者是諸衆生爲無上菩提作決定因乃至究竟菩提不離說是經時諸大衆同聲唱言善哉善哉甚奇世尊今此童子當爲持佛名比丘若般涅槃者祇洹林神無所依怙所以者何彼從南方來至佛所而般涅槃佛告大衆彼亦不來我自往彼示現其身先遣此經然後乃往所以者何若此經不往至彼手中則彼生退心若彼有衆生應調伏者我與大衆往住其前彼見我已當即還彼還彼已便般涅槃隨其所欲度衆生處而般涅槃爾時天帝釋子名阿毗曼儒當乘神通而來至此彼雖幼小直心清淨信樂大乘唯獨一人無有儔匹於天人中持此大乘甚深經典是故彼爲說解脫因得受佛記時諸大衆同聲說偈

奇哉一切　世間樂見　爲比丘像　擊大法鼓
護持佛法　令得久住　般涅槃後　世間虛空
彼滅度後　無與等者　如是比丘　世間難得
能爲世間　說究竟道

爾時迦葉阿難賢護菩薩等無量大衆聞佛

所說歡喜奉行

大法鼓經卷下

音釋

恚於避切恨怒也　嗤赤之切笑也　誹謗誹敷尾切非議也謗補曠切訕也　逾羊去切越也　聾盲聾盧紅切盲眉庚切　瘖瘂瘖於金切瘂烏下切瘖瘂病不能言也　乳酪乳而主切湩也酪盧各切乳漿也　酥音蘇酪屬　醍醐醍杜奚切醐戶吳切醍醐酥之精液也　羸力爲切　褊俾緬切褊陿謂褊小陿陋也　饍時戰切食也　歿莫勃切死也　翳於計切蔽也　誘與久切導也　黠慧黠閑八切亦慧也　滓阻史切澱也　鎧苦亥切甲也　諂偽諂丑琰切佞言也偽危睡切詐也　依怙怙侯古切依怙倚恃也　儒正作儒

月上女經

隋三藏法師闍那崛多譯

清刻龍藏佛說法變相圖

月上女經卷上

隋三藏法師闍那崛多譯

如是我聞一時佛在毗耶離國大樹林中草茅精舍與大比丘五百人俱皆阿羅漢復有菩薩八千人俱皆是大德有大威力有大神通悉皆受持諸陀羅尼得無礙辯得諸禪定得無生忍具足五通所言眞實無有虛妄離諸譽毀於己眷屬及以利養悉不染著不求報故爲人說法得深法忍能度彼岸具足無畏已過魔事無有業結於諸法性無有疑滯無量百千那由他劫修行成就恒以悅色慰喻行者終無顰蹙善巧辭句心不變改辯說無窮亦皆成就平等忍法能於大衆說法無畏說一法句過百千億那由他劫得巧方便無盡智慧知諸三世猶如幻化亦如陽焰如

水中月如夢如星如空谷響知諸法性空無相願心常寂滅住眞如法離諸取捨既得無量智巧方便亦知衆心所行智巧方便之事隨所化處悉皆能爲演說諸法於衆生心無有損害離諸愛染無復煩惱具足忍行於諸法性皆悉了知已得成於諸佛刹土莊嚴之事恒常成就念佛三昧亦能成就勸請佛智能斷種種煩惱諸使於諸三昧三摩鉢帝遊戲其中亦悉能得智巧方便其名曰文殊尸利童子菩薩摩訶薩觀世音菩薩大勢至菩薩難有菩薩香象菩薩不捨擔菩薩日藏菩薩陀羅尼菩薩放香光菩薩雷音菩薩分別金光明決定王菩薩那羅延菩薩寶手菩薩寶印手菩薩虛空藏菩薩喜王菩薩喜見菩薩度衆生菩薩常精進菩薩常喜根菩薩破

惡道菩薩金剛遊步菩薩三界遊步菩薩行不動菩薩不空見菩薩功德藏菩薩蓮華德菩薩如香象菩薩得深智辯菩薩大辯菩薩法上生菩薩諸法無疑德菩薩師子遊步菩薩散諸恐怖菩薩蔽塞諸障菩薩師子吼音菩薩非不言菩薩辯聚菩薩彌勒菩薩摩訶薩等而爲上首復有如是百千菩薩摩訶薩俱爾時世尊在毗耶離大樹林中草茅精舍時諸國王大臣百官大富長者婆羅門等居士人民遠來商客皆悉尊重恭敬奉侍爾時彼城有離車名毗摩羅詰其家巨富資財無量倉庫豐盈不可稱數四足二足諸畜生等悉皆充溢其人有妻名曰無垢可喜端正形貌殊美女相具足然彼婦人於時懷妊滿足九月便生一女姿容端正身體圓足觀者無

猷其女生時有大光明照其家內處處充滿如是生時大地震動其家門外所有樹木並出酥油自然流溢毗耶離城一切大鼓及諸小鼓種種音樂不作自鳴上徹虛空天雨衆華於其宅內四角各有伏藏自開微密雜寶皆悉出現其女當生不曾啼哭即便舉手合十指掌而說偈言

由昔不造諸惡業　今得如是清淨身
若當造作惡業者　不生在此大豪貴
故由昔斷諸惡行　好施調順不放逸
恭敬嚴重所尊故　方得生此賢善家
我念往昔迦葉佛　乞食來入毗耶離
我在樓上見彼尊　如是見已心清淨
我心既得清淨已　供養尊重彼如來
爾時現在無香華　塗香末香飲食等
遂即聞於空中聲　佛於世間不求報
慈愍一切諸衆生　是故遊行來乞食
汝欲供養彼尊者　當發無上菩提心
比於三界設供養　不如信發道心者
我聞如是空聲已　復見諸佛微妙相
遂發不動菩提心　從於樓上墜身下
住空高一多羅樹　復見十方一切佛
猶如雜寶須彌山　迦葉佛身亦復爾
是時諸佛神力故　曼陀羅華滿我手
我時散於迦葉上　即成清淨妙華蓋
所見十方諸佛者　微妙相好莊嚴身
我見曼陀羅華蓋　亦復同如迦葉上
我時空中說是語　願作兩足最勝尊
修行乃至塵數劫　不獲菩提誓不退
天龍乃至非人等　八部其數有二千

聞我如是師子吼　亦發無上菩提意
我捨三十三天已　還來生於閻浮提
恒常不失賢善行　故勸汝等修福業
我在三十三天時　供養釋迦牟尼佛
今生不爲五欲故　唯還供養此如來
我念宿世諸業報　凡經八十九處生
所受福德皆如今　智者宜應供養佛
爾時彼女說此偈已默然而住其女往昔造諸善根業因緣故其身自然著諸天服妙寶衣裳於其身上出妙光明勝於月照猶如金色耀其家内然其父母見彼光故即爲立名稱爲月上爾時月上生未幾時其身忽然如八歲大彼女行住坐立之所其地皆悉光明晃耀身諸毛孔出栴檀香口氣香如優鉢羅華毗耶離城所有刹利王公子弟及諸大臣居士長者婆羅門等及餘大家豪姓種族所有童子遥聞彼女月上名聲端正可喜世無雙比聞是事已彼等悉皆欲火熾然心懷熱惱徧滿身體一一皆作如是思惟願得彼女月上爲婦爾時一切諸童子等作是念已皆悉往至毗摩羅詰離車之家通傳意趣進止參承各各皆許無量珍寶馳驢象馬諸財物等或有共彼離車相見口脣嚇云我當抑奪或有呵喝作如是言汝今若不與我女者我必劫汝牀褥卧具財物衣裳身諸瓔珞一切服飾悉皆將去或言打者或言縛者將如是等恐怖之事而以告之爾時離車毗摩羅詰心生恐怖舉身毛竪憂愁不樂作如是念彼等或有以其勢力將欲抑奪我女月上而將去者或有欲來奪我命者然彼離車失其本

念煩惋懊惱顰眉皺頞眼目不瞬而向其女遂即舉聲啼呼涕泣淚下如雨爾時月上見父如是憂愁啼哭而問之言父於今者何故懊惱啼哭如此爾時離車毗摩羅詰告其女言汝於今日可不知乎爲汝身故城內一切所有人民悉皆共我身爲怨結是故各各欲來爭汝我今將恐被其勢力劫汝將去損我身命及諸財寶並皆喪失爾時月上即以偈頌報其父言

假使閻浮大地內　所有一切諸衆生
悉各力如那羅延　人人手執利刀仗
盡其身力趂逐我　彼終不能害我得
怨心毒杖所不害　水火亦復不漂然
不畏死屍諸鬼使　及以呪詛言說者
慈心決定無瞋恨　慈心畢竟不畏他

我今起此慈心念　護世猶如護身已
現亦不與他人苦　是故誰當能害我
猒欲自無有欲想　成慈亦無恚怒癡
我無欲瞋及癡患　是故無能害我者
我觀一切諸衆生　皆悉猶如父母想
世間但有此慈者　他人決定不能欺
假使虛空沒於地　及以須彌入芥子
四大海水處牛跡　亦復無能降我身

爾時月上說此偈已白父母言尊者父母若必定有如此事者願於此處毗耶離城四衢道頭振其鈴鐸號令城內一切人民作如是言從今七日我女月上定當出外自求婚嫁選擇夫主汝等一切諸男子等未婚娶者應當各各好自嚴飾衣服瓔珞亦須掃除城內街巷布散香華燒香末香及華鬘等悉各備

辦竪立寶幢張懸旛蓋如是種種好自莊嚴以如是等諸種法用諮請父母令作是事爾時父母聞女語已即取其言從家而出依女所說即便振鈴徧告城内一切人民作如是言我女月上從今日後至於七日當從家出自求婚嫁選擇夫主汝等應當各自努力莊嚴衣服掃治街巷布散香華燒香末香悉各備辦竪立寶幢及諸旛蓋如是種種好自嚴飾爾時城内一切人民聞此語已心生踴躍各各自於當家門庭及以街巷嚴飾莊嚴過上所陳爾時城内刹利大臣及婆羅門居士長者乃至工巧所有童男皆悉沐髮澡浴身體塗治妙香各各爭競嚴飾衣服及諸瓔珞作如是已方始復告左右眷屬作如是言汝等心意不得傾動莫生餘念其女月上若不來向於我邊者汝等必須強力助我而奪取之爾時月上至後六日是月十五圓滿之時受八關齋其夜明靜在於樓上往來經行佛神力故於其右手忽然有一蓮華自出黄金爲莖白銀爲葉瑠璃爲蘂碼碯爲臺其華合有一百千葉光明曅曅妙麗精華華内有一如來形像結跏趺坐身如金色自然顯現威光赫弈明照彼樓具三十二丈夫之相八十種好莊嚴其身彼如來像所出光明亦復徧照月上家内爾時月上於自右手忽見華已瞻仰覩彼如來形像歡喜踴躍徧滿其體不能自勝即便以偈問彼所化如來形像作如是言

不審仁者爲天龍　爲緊那羅夜叉等
爲是鬼神阿修羅　惟願德聚爲我説

尊者此身不思議　猶如金色日天等
或復變化黃色身　忽似玻瓈紅縹色
我於身心無有想　見尊功德大喜歡
仁者今爲誰所使　未審又從何方來
不知來意爲何緣　來已還欲至何所
尊嚴顯赫如火聚　功德巍巍似須彌

爾時彼化如來形像復以偈報月上女言

我今非天亦非龍　又非夜叉乾闥婆
師子釋種佛世尊　今遣我來至爾所
故非天龍及夜叉　非人亦非緊那羅
非須輪等八部衆　我眞釋種佛使者

爾時月上復以偈頌白彼所化如來形像作如是言

仁今所言佛世尊　彼形色體何所似
願爲我說彼形相　我得聞已如是思
又自言我佛法使　而不爲我說佛相
我觀仁威及神力　世間無比即如佛

爾時彼化如來形像復以偈答月上女言

彼尊形體眞金色　具三十二大人相
能爲衆生作福田　是故其名號爲佛
自能覺知一切法　又復了知衆生心
若上若中若下者　是故其名號爲佛
於世間事悉知解　及以了知一切法
知諸法已達彼岸　是故其名號爲佛
於諸一切衆生心　自心一一能知見
而於衆生及與心　二處俱亦不染著
彼因行施得作佛　及能常持清淨戒
又復忍辱及精進　禪定智慧等成佛
於世事無不知者　所謂一切諸技藝
常懷慈悲喜捨心　是故其名號爲佛

降伏一切諸魔等　名聞震動千萬界
自能覺悟無上道　是故其名號爲佛
彼昔恒常能輪轉　一切諸法無上輪
光明普照千萬刹　常說苦空及無我
諸佛刹土有千數　百數億數那由他
廣大舌根能徧覆　是故其名號爲佛
諸佛刹土有千數　其數又如恒河沙
彼出大聲悉徧滿　是故其名號爲佛
諸佛刹土千億數　彼尊以手能執持
一住不動千萬劫　是故其名號爲佛
諸佛刹土千億數　其刹所有諸須彌
彼尊一毛繫縛已　能持行至數億刹
聞往諸佛上妙句　於法自在度彼岸
自覺證已能度衆　是故其名號爲佛
自在十力皆具足　又能成就四無畏
於諸佛法無有疑　是故其名號爲佛
佛無能作灌頂者　五眼成就悉具足
五根五力等圓備　七覺分道無染著
善持禁戒善共住　寂定調伏最無比
無諂無曲心調順　是故其名號爲佛
佛者恒入諸禪定　心無暫亂亦無畏
利益衆生說知時　是故其名號爲佛
一切功德悉具足　爲諸衆生等供養
具一切智見諸法　是故其名號爲佛
我若經由一劫說　或經百數千萬劫
何故其名號佛者　說不可盡故名佛

爾時月上聞此偈已歡喜踴躍徧滿其體不能自勝心生渴仰欲見如來復以偈頌白彼化像作如是言

尊者如是說功德　我今欲見可得不

智者若聞如此法　決應不樂在家住
我今若不見佛者　必定不飲不食噉
亦復不樂著睡眠　及以不坐本牀鋪
我見尊者已歡喜　復聞彼德獲淨意
若對見彼佛體相　當更發大歡喜心
佛大丈夫世難聞　經由劫數百千億
我已聞斯漏盡名　彼尊今在何方所
所化如來即報言　法王今在大林內
其有徒衆數百千　清淨離垢悉勇猛
一一能負三千界　手擎經劫不疲勞
得定智慧辭無礙　具獲多聞如大海
神通能至數億剎　一頃徧禮彼諸佛
供養千萬諸佛已　於一時頃還復來
無有我想及佛想　無有剎想及法想
一切諸想悉無染　於諸衆生作利益
汝若欲見彼世尊　及大菩薩聲聞衆
聽於微妙諸佛法　速往彼大導師邊

爾時月上執彼蓮華及以化佛從樓閣上下來往至父母之邊到已說偈白其父母作如是言

父母觀我所執華　微妙莖榦金剛色
又觀無上華中者　諸相莊嚴如山王
如是微妙最勝尊　何人當可不供養
我今見於徧家內　金色光耀母應知
其身不可徧度量　須臾變成種種色
赤白黃紫及玻瓈　我等今須設供養
大聖瞿曇在大林　速執華香及末香
父母同往設供養　應獲無量諸功德
父母聞已唱善哉　月上此言大利益
遂辦種種諸香等　寶幢旛蓋及華鬘

月上父母及親眷　悉著微妙上衣服
無價珍寶及音聲　種種莊嚴悉克備
既嚴備已從家出　欲往大林世尊邊

爾時月上所期之日六日已過至第七日時有無量千數大衆集會俱來看彼月上於時衆內或有諸人以欲惱心而來會者或有因看毗耶離城觀其城上所有莊嚴却敵樓櫓雀堞寮牕构欄藻棁諸雕飾事而來會者時有無量男夫婦女因陟彼城而看月上爾時月上仍執彼華其女父母及其眷屬齎諸華鬘塗香末香種種燒香上妙衣服寶幢旛蓋種種音聲左右侍從周帀圍遶從家而出在於街巷爾時月上諸眷屬等出至街巷如是行時無量無邊千數人衆見彼月上在於街巷進止行時即詣其所而口悉各唱如是言此是我妻此是我妻爾時毗耶離大城之內或有諸人一時走來出聲大叫向月上女是時彼女見其大衆速疾來故遂即飛騰在於虛空高一多羅仍執彼華在空而住以偈白彼諸大衆言

汝等觀我此妙身　猶如眞金帶火色
非因昔發欲心故　能得如是微妙身
棄捨婬欲如火坑　及諸世事不染著
能行苦行調六根　及行清淨諸梵行
見他妻妾不貪欲　皆生姊妹及母想
如是當生可喜身　衆人樂見無猒足
我身毛孔出妙香　汝豈不聞滿此城
此非欲心所熏得　皆由布施調伏果
我今本無婬欲心　汝於無欲莫生欲
今此尊像證明我　如我實語無有虛

汝等昔或作我父　我或於汝昔爲母
互作父母及兄弟　云何於此生欲心
我或往昔殺汝等　汝等或復殺我來
各作怨讎互相殺　云何於此生欲想
非因有欲得端正　有欲定當生不善
有欲心者無解脫　是故今須捨欲心
若墮地獄及餓鬼　及以畜生種類中
鳩槃夜叉阿修羅　鞞舍遮等皆因欲
眼瞎無舌跛與聾　身體形容悉醜陋
一切種種諸過惡　皆由往業多欲心
若於來世作輪王　帝釋三十三天主
大梵自在諸天等　皆由廣行淨梵行
生盲瘖瘂失本性　猪狗馬驢及駱駝
象牛虎蠅蚊蝱等　皆由多欲獲此報
生大地主喜樂家　豪富長者及居士
如此皆因行梵行　現得歡喜常受樂
負重煮炙煙熏鼻　枷鏁杻械撾辱身
斬截刖劓及挑眼　爲人僕使皆因欲
欲作緣覺及羅漢　衆相莊嚴諸佛身
自覺覺他廣利益　皆由捨離有欲想
行欲非唯一種患　多諸過惡無利益
速望解脫諸欲者　共我往詣如來邊
更無歸依能拔罪　唯有諸佛天人尊
汝等速往彼尊邊　無量劫數佛難覩

爾時月上說此偈句語諸人已是時大地皆悉震動於虛空內而有無量諸天子等揚聲大叫儛弄身衣詠歌嘯調無量無數雨諸天華百數千數作諸音樂不可具宣爾時大衆見聞是已遂生猒離諸欲等想生希有想未曾有想當於爾時舉身毛竪更無欲惱無瞋

無恚無貪無癡無怒無妬無嫉無諍無復煩惱無有諸使皆以歡悦潤澤其身各各互生父母兄弟姊妹諸親尊長等想既捨一切諸煩惱訖各各頭面禮月上女爾時大衆所執香華末香塗香華鬘衣服諸瓔珞等悉將散擲向於月上既散擲已佛神力故其物在彼化如來上成一繖蓋廣半由旬爾時月上還從空下去地四指足步虛空經行來往須臾即出毗耶離城欲向釋迦如來之所爾時月上安足之處地皆震動而彼大衆其數八萬四千人俱隨從月上次第而去爾時長老舍利弗共五百比丘於晨朝時整衣持鉢爲乞食故便來向於毗耶離城時彼聲聞諸徒衆等遥見月上與其大衆前後圍遶相向而來時舍利弗遂白長老摩訶迦葉作如是言長老迦葉彼所來者是月上女欲向佛邊我等且可逆問彼女隨意義趣驗試其女得忍已不爾時長老舍利弗等五百比丘前行既至月上女邊到已告言汝於今者欲何所去其月上女即報長老舍利弗言尊者舍利弗今既問我作如是言汝今欲向何所去者我今亦如舍利弗去如是去耳爾時舍利弗復報月上作如是言我今欲入毗耶離城汝於今者乃從彼出云何報言我今亦如舍利弗去作如是去爾時月上復報長老舍利言然舍利弗舉足下足凡依何處舍利弗言我今舉足及以下足並依虛空其女復報舍利弗言我亦如是舉足安足悉依虛空而虛空界不作分別是故我言亦如尊者舍利弗去如是去耳尊者舍利弗此事且然今舍利弗行何

行也舍利弗言我向涅槃如是行也其女復白舍利弗言尊舍利弗一切諸法豈不向於涅槃行也我於今者亦向彼行爾時長老舍利弗復問月上作如是言若一切法向涅槃者汝今云何而不滅度其女報言尊舍利弗若向涅槃即不滅度何以故其涅槃行不生滅故涅槃行者不可得見體無分別無可滅者以是義故行涅槃者即是涅槃爾時舍利弗復問月上作如是言汝於今者行何乘也為行聲聞乘為行辟支佛乘為行大乘爾時月上報舍利弗作如是言尊舍利弗今既問我行何乘者我今還問尊舍利弗惟願如是隨意答我如舍利弗所證法者為行聲聞乘為行辟支佛乘為行大乘爾時舍利弗復報彼女作如是言非也月上所以者何然彼法者無可分別亦無言說非別非一亦非衆多爾時月上報彼尊者舍利弗言是故不應分別諸法一相異相無別異相於諸相中無有可住故涅槃者實無可滅爾時長老舍利弗復告月上作如是言希有希有汝今乃能如此辯才無有滯礙是故汝昔曾更奉侍幾許佛來爾時月上報舍利弗作如是言尊舍利弗今問於我汝昔曾更奉侍幾許諸佛來者猶如實際與法界也時舍利弗復問女言所言實際及與法界有幾許也女復答言如無明有及以愛等無有異也時舍利弗復問女言無明有愛復有幾許其女報言如衆生界無有異也時舍利弗復問女言衆生界者復有幾許其女報言如彼過去未來現在諸佛境界舍利弗言若如此者汝說何事是何解

釋其女報言依尊者問我還依答時舍利弗復問女言我問何義其女答言問文字也舍利弗言彼文字滅無有足跡其女答言尊舍利弗如是滅相一切法中如有問者如有答者二俱滅相不可得也

月上女經卷上

音釋

顰蹙（顰符眞切蹙子六切顰蹙愁貌）妊（汝鴆切懷孕也）慴嚇（慴虛業切以威力相恐也嚇虛訝切以口距人也）惋（烏貫切驚歎也）懊惱（懊烏皓切懊惱痛恨也）皺頞（皺側救切猶蹙也頞烏割切鼻莖也）瞬（舒閏切目動也）呪詛（呪側救切願也詛莊助切沮也呪詛謂呪願其事令沮敗也）鈴鐸（鈴郎丁切鐸達各切）竪（臣庾切立也）暈（疑輾切光也）縹（匹沼切青白色也）樓櫓（櫓音魯樓櫓城上望樓也）垜（杜果切）构欄（构古侯切欄落干切构欄曲木闌干也）藻梲（藻子皓切文藻也梲朱劣切梁上楹也）瞎（許轄切一目盲也）跛（布火切足偏廢也）駱駝（駱盧各切駝唐何切）蚊蝱（蚊無分切蝱莫耕切）杻械（杻女久切械胡懈切杻械桎梏也）撾（陟瓜切擿也）刖劓（刖魚厥切斷足也劓魚器切割鼻也）繖（蘇旰切）儛（文甫切與舞同）

月上女經卷下

隋三藏法師闍那崛多譯

爾時長老舍利弗復問月上作如是言汝於今者在菩薩地有是忍相汝當不久得成阿耨多羅三藐三菩提爾時月上作如是言尊舍利弗夫菩提者無有言說但以假名文字說耳所言成者亦假名說若久若近俱是名字尊者云何作如是言汝當不久得成阿耨多羅三藐三菩提也尊舍利弗夫阿耨多羅三藐三菩提者彼無生處亦不可說無有體性其間亦復無可成者何以故菩提之體無有二相是故菩提無二離二爾時舍利弗告月上女作如是言汝今但當先向佛所我等須臾爲聽法故不久當還向於彼處而來聽法爾時月上復白長老舍利弗言尊舍利弗如來不爲聽法者說亦復不爲樂法者說舍利弗言如來若爾爲誰說法彼女答言尊舍利弗若有所聞不生著想無欣樂相如來乃爲如是說法爾時舍利弗復語月上作如是言若有衆生詣佛聽法爲聞法故如來爾時豈不爲彼而說法也爾時月上復答彼言若有衆生作如是想此是如來爲我說法如是衆生住於我想若有眞洞入法性者則無是念終不云佛爲我等故說如是法爾時尊者摩訶迦葉告於長老舍利弗言尊舍利弗此女今既詣向佛邊今日必當有大法義我等亦可回還而去今日寧可不食爲善莫使我等身在於外而不得聞如是法義是故彼等諸聲聞衆遂即回還隨逐月上向於佛所爾時月上漸行至彼大林之内草茅精舍詣於

佛所頂禮佛足右繞三帀所持香華末香塗香衣服資財寶幢旛蓋所奉佛者以散佛上散已復散彼時大衆所持香華華鬘塗香及以末香亦散佛上散已復散所散諸華於佛頂上成一華蓋縱廣徧覆滿十由旬爾時童子文殊尸利告月上女作如是言汝於往昔從何捨身而來生此當捨此身復生何處其女答言文殊尸利於意云何我今所執如來形像坐蓮華者從何捨身而來生此今捨此身當生何處文殊尸利復言月上此是化耳夫言化者無處捨身後亦無生其女報言如是如是文殊尸利一切諸法本體是化我於彼法不見捨時不見生時爾時不空見菩薩告月上女作如是言如是月上既不可以女身成佛汝今何故不轉女身其女答言善男子夫空體者無回無轉一切諸法亦復如是云何令我而轉女身爾時持地菩薩復告月上作如是言汝頗曾見如來以不其女答言善男子我見如來如我手中所執化佛如是如來等無有異爾時辯聚菩薩復告月上作如是言汝今能辯法義以不時女答言善男子法界之體不可言說亦不可以文字筭數之所攝受爾時無礙辯菩薩復告月上作如是言汝於過去諸如來所聞何等法其女答言善男子今可仰觀如上虛空如來說法與此虛空等無有異其所聽者亦復如是善男子而彼法相等如虛空無異無別爾時虛空藏菩薩告彼女言汝於往昔所施諸佛云何奉施云何回向其女報言善男子如我於此所化佛像施彼佛僧所獲功德其事云何時

虚空藏菩薩報月上言此佛是化若於彼施無功德相其女答言善男子我亦如是在於昔日諸如來前所行布施及以回向亦作是相亦作如是回向爾時不損他心菩薩復作是言汝今云何能於一切諸衆生等得以慈心而普徧也其女答言善男子如彼衆生等無有異菩薩復言彼諸衆生其事云何女復答言衆生之事非是過去亦非未來亦非現在而彼慈心亦復如是非是過去非是未來非是現在之所攝也亦復不可以言説也善男子而彼慈心其事如是爾時喜王菩薩復問彼女作如是言汝於今者得法眼不其女答言善男子我今肉眼猶尚不得況得法眼爾時堅意菩薩復告彼女作如是言汝行菩提經今幾時其女答言善男子如彼陽焰經今幾時我發菩提亦復如是爾時彌勒菩薩告彼女言汝於何時當得成就阿耨多羅三藐三菩提其女答言亦如彌勒菩薩何時得超凡夫行地爾時長老舍利弗復白佛言世尊希有此女如是辯才云何乃能與如是等鎧甲大龍共相問答卓立不坐復不屈身禮諸菩薩爾時月上白舍利弗作如是言尊舍利弗譬如小火體能燒故所有諸物悉皆能燒如是如是尊舍利弗諸菩薩等與於諸佛亦無有異於諸行中欲燒一切諸煩惱時所有煩惱或自或他莫不能燒爾時舍利弗復問女言汝當成就阿耨多羅三藐三菩提時而彼佛刹當如之何其女答言尊舍利弗我於當來佛刹之中無有如是小行小智名字狹劣猶如今日舍利弗者我必當取如是佛

利爾時舍利弗復言月上汝既説言一切法界與如來體等無有異今者所見云何勝負月上女言尊舍利弗譬如大海與於牛跡然彼二水等無有異而彼牛跡不受無量無邊衆生如大海者如是如是尊舍利弗諸佛聲聞雖同法界而諸聲聞不能爲於無量無邊諸衆生輩作大利益如諸佛者又舍利弗譬如芥子內有虛空十方世界亦有虛空彼二虛空雖無有異然芥子空不能容受聚落城邑不能建立須彌巨海似如十方世界空者如是如是尊舍利弗雖於一空無相無願而有諸佛與聲聞同然彼聲聞不能與彼無量無邊諸衆生輩作大利益如似諸佛多陀阿伽度阿羅訶三藐三佛陀者爾時長老舍利弗言如是月上佛與聲聞所得解脫豈不等也月上答言尊舍利弗勿作是説乃言諸佛與彼聲聞解脫同等時舍利弗復問女言如是之事其相云何女復答言尊舍利弗我於今者欲有所問如尊者意爲我説之尊者證得心解脫時頗能令此三千大千如是世界平如掌不頗有樹木及以諸山悉各傾低向汝以不頗或能有除滅一切諸惡以不頗有悉除一切衆生煩惱以不頗有能得一切諸天頂禮以不頗有魔衆聚集徧滿三十由旬而來以不頗有一念起智慧心得解脫以不頗有復能降一切諸魔眷屬以不時舍利弗答月上女作如是言我於如是一切諸事悉無有一其女復言尊舍利弗菩薩在於菩提道場能有如是勝妙諸事復有無量無邊勝事尊舍利弗聲聞解脫諸佛解脫乃有如是

勝負優劣差別之事尊者云何作如是念謂佛如來與於聲聞解脫等也爾時世尊讚月上女作如是言善哉善哉月上汝今乃能如是無礙辯說爾時所化如來形像在月上女右手之中即從華起至世尊所圍遶世尊滿三帀已從臍而入佛神力故大地震動爾時世尊一一毛孔出一蓮華色如眞金白銀爲葉功德藏寶以爲蓮臺彼諸華內自然各各復出一佛結跏趺坐彼諸如來所化形像衆相莊嚴徧至十方諸佛刹土自然顯現爲彼說法彼諸佛刹所說法句以佛神力聲還聞此如來刹土爾時月上見如是等妙勝神通歡喜踊躍徧滿其體不能自勝其女右手所執蓮華遂捉投擲如來身上其華到已在於佛頂成一華帳其帳方整下有四柱縱廣正等如依繩墨帳中自然化出一座衆寶莊嚴無量天衣以覆座上其座爾時忽復有一化佛形像如釋迦者坐彼座上結跏趺坐分明顯著而月上女擲彼華時作是願言世尊願我藉此善根因緣力故於未來世若諸衆生住我相者爲說其法令除我相爾時彼女以佛神力忽然復有第二蓮華現其右手彼女於是復以其華擲向如來其華至已在如來上爲第二帳衆寶莊嚴如上所說於時彼女復言世尊願我藉此善根因緣於未來世若有衆生住我見者爲說其法得除我見爾時彼女以佛神力忽然復有第三蓮華現其右手其女爾時復以此華擲向如來於即化成第三華帳衆寶莊嚴如上所說是時彼女復言世尊願我藉此善根因緣於未來世若有

衆生住於一切分別相者我爲說法除其分別及除貪欲瞋恚癡等爾時彼女忽然復有第四蓮華現其右手其女亦復以彼蓮華投擲如來至於佛頂尋復化成第四華帳其所莊嚴如上所說復言世尊願我藉此善根因緣於未來世若有衆生住四顛倒我爲說法令除四倒爾時彼女復以如來神通力故忽有第五蓮華現其右手其女爾時復以其華向如來擲其華至已在於佛頂亦即成其第五華帳其帳莊嚴亦如上說其女於時復言世尊願我藉此善根因緣於當來世若有衆生五蓋覆者爲說其法令除五蓋爾時彼女以佛神力忽然復有第六蓮華現其右手其女亦復持彼蓮華擲向如來其華至已在於佛頂亦復化成第六華帳其所莊嚴如上所說是時彼女復言世尊願我藉此善根因緣未來世中若有衆生著六入者我爲說法令離彼著爾時彼女以佛神力於其右手忽然復有第七蓮華自然顯現其女爾時復以彼華擲向如來至佛頂已即復變成第七華帳形狀大小如上所說其女爾時復言世尊願我藉此善根因緣於當來世若有衆生住著七識我爲說法令其除斷爾時彼女以佛神力忽然復有第八蓮華現其右手其女復持向佛而擲其華至已次第成其第八華帳形狀縱廣亦如上說其女於是復言世尊願我來世藉此善因若有衆生著八顛倒爲說其法令悉除滅爾時彼女以佛神力忽然復有第九蓮華現其右手其女復將遥擲佛頂其華至已次第復成第九華帳其帳縱廣如上

所說其女於是復言世尊願我藉此善根因緣於當來世若有衆生住九使者我爲說法令除九使爾時彼女以佛神力忽然復有第十蓮華現其右手其女於是復以彼華擲如來頂其華至已次第復成第十華帳莊嚴縱廣如上所說其女爾時復言世尊願我藉此善根因緣於當來世具足十力如今世尊放大光明照十方刹等無有異爾時彼等所化華帳高至梵宮是以地居乃至大梵諸天子等因彼華帳復與無量千萬天衆同來集會爾時世尊便則微笑然諸佛等有如是法微笑之時從其口出種種色光其光所謂青黃赤白玻瓈等色及以金銀如是等色而彼光照至於無量無邊佛土普至梵天覆翳日月光明威力勝盛無比晃耀顯赫還入佛頂爾時衆中長老阿難從座而起整理衣服偏袒右臂右膝著地合十指掌以偈問佛微笑放光因緣之事

一切諸智非無眼　於一切法無有疑
普照世間光平等　及以微笑有何緣
往昔劫數尊行施　清淨戒行如寶珠
住忍不動如須彌　尊今光笑有何緣
常修精進及禪定　得免諸有生死等
意行深遠猶如海　微笑放光有何緣
常行慈悲無休息　及以喜捨亦復爾
迷失路者能濟拔　尊笑放光有何緣
尊一毛孔出光明　偏至十方無量刹
忽然覆蔽日月光　奪彼威力作他眼
所出音聲妙清淨　具六十種世獨尊
所有聞者無猒足　復能除滅諸煩惱

於十方刹無量衆　一切心有所行者
世尊知已決疑網　尊笑放光有何縁
誰令決定發道意　誰令乘佛廣大乘
誰令如是滿心願　世尊微笑而放光
誰令降伏四種魔　謂煩惱魔及死魔
陰魔及以天魔等　微笑放光有何縁
世尊令誰證大利　誰作法禮人師子
名聞誰至十方刹　如是微笑及放光
一切智者滅不善　諸慈行中最勝慈
於諸分別皆已斷　微笑放光有何縁
阿誰令得廣大利　誰復令得滿願心
和合十力令是誰　如是放光及微笑
千萬諸天在虛空　夜叉金翅摩呼羅
及諸天女合掌禮　瞻仰世尊歡喜心
聚集無量諸菩薩　十方刹上悉瞻仰
深智如海欲聽法　淨意光笑有何縁

爾時世尊即以偈句報阿難言

阿難汝觀此童女　合十指掌在我前
彼見諸佛妙神通　即發無上菩提意
過去曾見三百佛　生生世世所見者
恒生恭敬而尊重　常願云何證菩提
願不生於惡道中　惟願生天及人中
生處不忘菩提心　命終已後知宿命
昔見如來名迦葉　在於樓上墜下身
供養彼尊迦葉故　現得無生及順忍
復有佛號拘樓村　奉施一具妙衣服
是故現得金色體　清淨顯赫如月天
有佛迦尼迦牟尼　熏華塗末供養彼
以是口出妙香氣　猶如栴檀優鉢羅
佛名尸棄兩足尊　瞻仰彼尊滿七日

是故兩目青蓮色　諸類看者不知猒
猒離諸欲五百世　常行清淨諸梵行
若人起欲來觀者　乃得清淨無欲心
是故三十三天生　從彼來生離車種
一切生處知宿緣　巧說諸偈微妙句
教化父母及諸親　利益無量衆生等
爲欲教化發菩提　故生豪貴大離車
童女男夫婦人等　教化令入佛乘中
二萬三千諸人類　成熟無量菩提道
其女轉此女人身　不久出家在我法
廣行清淨大梵行　此處命終還生天
從天命終復生此　於後惡世護我法
與此衆類作利益　捨命還生兜率陀
當來彌勒下生時　儴佉輪王家作子
其於彼衆多才藝　可喜端正備諸德
供養彼尊三月日　及諸左右衆圍遶
於彼佛邊得出家　六千三百衆隨逐
受持彼佛正法已　然後往生安樂土
既得往見阿彌陀　禮拜尊重而供養
當於賢劫諸佛刹　十方所有諸世界
及以恒河沙如來　悉爲彼衆作利益
精進智慧禪定力　供養如是諸世尊
劫數諸佛供養已　教化無量千萬衆
於後八萬俱致劫　當得作佛名月上
彼尊名號月上者　眉間白毫出妙光
其光金色甚輝麗　顯赫徧照彼佛刹
日月火光及摩尼　星宿諸光悉不現
晝夜歲月及四時　皆由彼光更無別
彼刹當無辟支佛　聲聞羅漢亦無名
清淨勇猛菩薩衆　彼尊唯當有如是

彼衆身並黃金色　百種諸相具莊嚴
悉名爲人妙可喜　彼剎無欲胎生者
蓮華臺中自化生　生已即有大威德
於筭數中不可量　無量神通至諸剎
無生法忍無障礙　彼剎無魔及外道
亦無破戒惡朋友　受淨報如兜率陀
若有彼剎所生者　諸受果報悉平等
金銀眞珠微妙網　廣大徧覆彼世間
彼大世尊壽命長　住世七十三千萬
壽盡涅槃滅度後　正法住世滿一劫
彼尊在世及滅度　法教一住無有殊
我若一劫讚歎彼　世尊剎土諸功德
今日所說諸譬喻　如海取於一滴水

爾時月上從佛對聞與已授記聞已歡喜踊躍無量飛騰虛空去地高至七多羅樹旣住於彼七多羅已其女於是即轉彼女身變爲男子即時大地皆悉震動出大音聲雨天華雨出大光明徧照世界爾時月上菩薩即住彼空以偈歎佛作如是言

假動須彌空倒地　修羅住處皆悉滅
大海枯涸月天墜　如來終不出妄言
假使十方衆同心　或火成水水成火
無量功德最大尊　利益衆生無異說
大地虛空成混沌　百剎同入芥子中
羅網可用縛猛風　如來終不有妄語
世尊如是眞實言　故我決住菩提道
今既大地徧震動　我證菩提定無疑
我今既得菩提記　即轉法輪無有別
猶如世尊所說法　我百數劫已得聞
利益天人八部輩　及諸比丘四衆等

天爲無量諸菩薩　汝等於佛莫生疑
當來悉成無分別　是故決發菩提心
諸法皆悉如幻化　諸佛所說如夢想
是處無人無養育　衆生命及富伽羅
如是諸法本性者　喻如虛空無有異
我先所有女人身　彼身空體亦無實
既無實體是爲空　空體無物無可取
彼身顛倒分別生　分別猶如鳥飛空
意欲成就佛菩提　復欲降伏四魔衆
復欲三千大千界　轉於微妙大法輪
汝等猛發菩提意　尊重供養婆伽婆
不久當成功德尊　同於真體無有別
善利丈夫尊沙門　二足中尊我頂禮
能施愛物常得愛　能施法財得自在
佛是樂本能與樂　能伏怨讎及諸魔
我歎應歎最勝尊　又歎自在無羨者
我意所觀諸方處　願見諸佛不思議
放光如今釋師子　我亦當知十方佛
皆悉同體覺一法　於真如法悉無二
無量衆生同實際　有此忍者當作佛

爾時月上菩薩說此偈已從空而下頭面作禮彼作禮時頭未離地而有無量百千數佛現其目前彼等諸佛同音授彼月上之記當成阿耨多羅三藐三菩提月上菩薩眼自對見彼百千佛授其記已歡喜踊躍徧滿其體不能自勝即從如來求請出家白言善哉惟願世尊自說法中與我出家佛即告彼月上菩薩若必然者當問父母聽汝以不爾時童子所生父母對見如是變化神通復從佛聞爲彼授記而白佛言如是世尊我等已許惟

願世尊放彼出家又願我等於未來世會如此法爾時世尊即放童子而出家也時彼童子當出家時即有一萬二千人俱發阿耨多羅三藐三菩提心佛說如此法本之時復有七十那由他諸天人等遠塵離垢於諸法中獲得淨眼復有五百諸比丘等於無爲法獲得漏盡心得解脫復有二百比丘尼等與其同類二萬人俱其中或有未曾發於阿耨多羅三藐三菩提者亦得發於菩提之心佛說此經已月上菩薩長老阿難諸菩薩衆及彼大會天人阿修羅乾闥婆等八部之類歡喜奉行

月上女經卷下

音釋

齋徂奚切與臍同　耤慈夜切借也　翅式利切　儴佉梵語也亦云霜佉此云貝乃珂貝耳　儴汝陽切　佉丘迦切　涸下各切水竭也

文殊師利問經

梁扶南三藏僧伽婆羅譯

清刻龍藏佛說法變相圖

文殊師利問經卷上

梁扶南三藏僧伽婆羅譯

序品第一

如是我聞一時佛住王舍城耆闍崛山中與大比丘衆一千二百五十人俱皆是阿羅漢諸漏已盡無復煩惱身心自在心善解脫慧善解脫調伏諸根摩訶那伽所作已辦可作已辦捨於重擔已到自事義有使已盡正智善解脫到一切心自在其名曰長老阿若憍陳如(此言已知陳如姓也)舍利弗大目揵連(此言羅茯根其父好噉此物因以爲名)摩訶迦葉離婆多(此言常作聲)須婆吼(此言善解)阿難陀(此言大歡喜)如是等一千二百五十阿羅漢復有一千三百凡夫比丘衆復有金剛菩薩大勢至菩薩觀世音菩薩大德勇猛菩薩無盡意菩薩大意菩薩文殊師利童子

菩薩如是等無數菩薩摩訶薩

菩薩戒品第二

文殊師利白佛言世尊我今欲問世尊勝語世間菩薩戒願爲我說我當諦聽佛告文殊師利我今當說汝善諦聽不殺衆生不盜他財物不非梵行不起妄語不飲酒如是當憶不歌舞倡妓不著華香持天冠等不坐卧高廣大牀不過中食若行此事不成就三乘何以故以有犯故髮長二指當剃或二月日若短而剃是無學菩薩若過二指亦是無學菩薩爪不得長得如一穬麥何以故爲搔癢故若如此者是分別菩薩爲供養佛法僧幷般若波羅蜜及父母兄弟得畜財物爲起寺舍爲造像爲布施若有此因緣得受金銀財物無有罪過若食摶當如雞卵大正食時無因緣不得看他是分別菩薩不得賣買受他施物不得貨賣若施至億萬亦皆應受何以故有因緣故不以自身意作惡亦不教他不得爲利養故讚歎他人若爲已殺不得噉若肉如材木已自腐爛欲食得食文殊師利若欲噉肉者當說此呪

多經馳(此言如是) 阿捺摩阿捺摩(此言無我無我) 阿視婆多阿視婆多(此言無壽命無壽命) 那舍那舍(此言失失) 陀呵陀呵(此言燒燒) 婆弗婆弗(此言破破) 僧柯慄多弭(此言有爲) 莎呵(此言除殺去)

此呪三說乃得噉肉飯亦不應食何以故若無思惟飯不應食故何況當噉肉爾時文殊師利復白佛言世尊若得食肉者象龜經大雲經指鬘經楞伽經等諸經何故悉斷佛告文殊師利如深廣江不見彼岸若無因緣則

不得渡若有因緣汝當渡不文殊師利白佛言世尊我當渡我當渡或以船或以筏或以餘物佛復告文殊師利以衆生無慈悲力懷殺害意爲此因緣故斷食肉文殊師利有衆生樂糞掃衣我說糞掃衣如是乞食樹下坐露地坐阿蘭若塚間一食過時不食過得住處三衣等爲教化彼我說頭陀如是文殊師利若衆生有殺害心爲彼心故當生無數罪過是故我斷肉若能不懷害心大慈悲心爲教化一切衆生故無有罪過不得噉蒜若有因緣得噉若合藥治病則得用不得飲酒若合藥醫師所說多藥相和少酒多藥得用不得服油及塗身等若有因緣得用得用乳酪生酥熟酥醍醐我先噉乳糜爲風痰冷故佛說此祇夜

若身覆是善 心口覆亦然 一切處所覆
菩薩所應行

佛告文殊師利有三十五大供養是菩薩摩訶薩應知然燈燒香塗身塗地香末香袈裟及繖若龍子旛幷諸餘旛螺鼓大鼓鈴鈸舞歌以卧具或三節鼓腰鼓節鼓幷及截鼓曼陀羅華持地灑地貫華懸繒飯水漿飲可食可噉及以可味香和檳榔楊枝浴香幷及澡豆此謂大供養佛告文殊師利有二十六邪見是菩薩摩訶薩應離殺馬祠火殺人祀火一時射四方殺馬四千頭去除五藏内以七寶施婆羅門殺人内寶亦如是箭射四方齊箭至處布滿七寶施婆羅門走馬四方窮其所至布以七寶施婆羅門隨此箭馬所極之處滿中衆生皆悉殺害聚積雜物一切燒盡

一切天神悉皆當禮一切林樹悉皆當禮一切山神悉皆當禮古昔居處悉皆當禮諸有大樹悉皆當禮諸雜神像悉皆當禮摩醯首羅毗紐拘摩勒梵天閻羅王龍毗沙門因陀羅酒天女劍多耶尼獨伽舌陀遮文持優摩羅與邪見相似是等可捨不應禮拜文殊師利我不說此以爲功德佛說此衹夜

如上二十六　悉是邪歸依　非勝非安隱
不得脫衆苦　若依佛法僧　及以四聖諦
勝安隱歸依　一切苦解脫

彼先邪見相傳說此功德殺馬功德殺人功德射方功德走馬功德殺一切衆生功德實非功德若生一念慈悲心功德廣大不可思議文殊師利此是菩薩所行爾時文殊師利白佛言世尊我欲問如來應供正徧知未來諸菩薩諸行如來若許我今當問佛告文殊師利隨意所問文殊師利白佛言四衆於何時中不得作聲或身口木石及諸餘聲佛告文殊師利於六時不得禮佛時聽法時衆和合時乞食時正食時大小便時文殊師利白佛何故於是時不得作聲佛告文殊師利於是時有諸天來彼諸天常清淨心無染心空心隨波羅蜜心觀佛法心以彼聲故令心不定以不定故悉皆還去以諸天去故諸惡鬼來作不饒益不安隱事彼入於此生諸災患人民饑餓更相侵犯是故文殊師利應寂靜禮佛應供正徧知佛說此衹夜

不作身口聲　木石餘音聲　寂靜禮佛者
如來所讚歎

不可思議品第三

爾時文殊師利白佛言世尊我當更問願佛解說佛告文殊隨意所問文殊師利白佛言世尊如來何故入於涅槃佛告文殊師利我不入涅槃何以故由衆生故文殊師利如瑠璃珠清淨無垢若值白物青黃赤物此瑠璃珠則隨物色瑠璃無心令見異色文殊師利如來亦爾或有衆生見佛涅槃轉法輪見降衆魔見普現神通大小便利或食或眠或行或笑如衆生意悉見如來如是文殊師利如虛空無色而色於中現虛空無取亦取諸色虛空無意而生憶想虛空無處爲衆生處虛空無墮而墮依虛空如來法身非是穢身非血肉身是金剛身是不破身不可破身無譬喻身而能示現一切諸色以智慧金剛身現爲碎身文殊師利若佛不涅槃世間不知佛是法身非金剛是碎是金剛不碎何以故如來慧身示現涅槃非眞涅槃以方便故說入涅槃文殊師利涅槃者多義大者非涅槃名涅槃者無識大乘涅槃是說大般涅槃小涅槃者如緣覺聲聞涅槃大者非涅槃涅槃如虛空故小者是自業非他業是故說小涅槃涅槃者下義我說死名涅槃如來不死何以故聲聞尚不生老死不憂悲苦惱何況如來法身不可思議身不生身不滅身不燒身彼長壽諸天見如來入涅槃悲傷戀慕堪種般若波羅蜜亦堪種聲聞緣覺菩薩因緣佛說此祇夜

如來金剛身　今日已破壞　此身尚破碎
何況羸力者　以此生悲戀　疾當得法身
以是故如來　示現涅槃相　如來妙法身

非可見聞法　不生亦不滅　不可得思議
於此衆中大意菩薩說此祇夜
如來不涅槃　涅槃非如來　亦非心意識
離有無相故　若人見牟尼　永離於生死
得成無所執　不著彼此故
文殊師利白佛言世尊若如來無心意識云何當作衆生事未來衆生當有此疑佛告文殊師利如虛空無心意識亦爲一切衆生處四大無心意識爲一切衆生所依日月無心意識光照一切衆生樹木無心意識能與衆生華果如是文殊師利有摩尼珠名隨一切衆生意生於海中安置幢上隨人所樂金銀瑠璃眞珠等物從摩尼珠出能長養壽命摩尼珠者無心意識隨衆生意而無損減若此世間一切消盡當往餘方珠若未墮大海不乾文殊師利如來如是作一切衆生事如來不滅何以故如來無心意識故佛說此祇夜
佛無心意識　作一切衆事　如來不思議
能信者亦然
爾時文殊師利讚歎如來說此祇夜
我禮一切佛　調御無等雙　丈六身法身
亦禮於佛塔　生處得道處　法輪涅槃處
行住坐臥處　一切皆悉禮　諸佛不思議
妙法亦如是　能信及果報　亦不可思議
能以此祇夜　讚歎如來者　於千萬億劫
不墮諸惡趣
佛言文殊師利善哉善哉如來不可量不可思議即說祇夜言
佛生甘蔗姓　滅已不更生　若人歸依佛
不畏地獄苦

佛生甘蔗姓　滅已不更生　若人歸依佛
不畏餓鬼苦
佛生甘蔗姓　滅已不更生　若人歸依佛
不畏畜生苦

無我品第四

文殊師利白佛言世尊未來衆生當說有我徧一切處何以故一切行故出過三世苦樂瞋愛悉是我相世尊外道計我其意如是佛告文殊師利譬如磁石吸一切鐵屑爲鐵屑是我磁石是我若汝當說鐵屑非我磁石非我是則非徧若磁石鐵屑悉是我者云何以我而自吸我又亦不徧何以故自吸其身故所有色一切是四大一切無常若無常不真實若不真實不諦若不諦無處無處故無我文殊師利猶如老人於夜中坐自捉兩膝說如是言那得有此兩小兒耶若此老人身中有我云何不識自膝謂是小兒以是事故實無有我是邪見人於無處橫執譬如見焰而生水想實無有水以眼亂故如是非我橫生我想是闇惑邪見非正見也若我徧一切處則徧行五道人天是樂地獄餓鬼畜生是苦若我徧一切處我受地獄苦則人天亦應苦樂者由善業得苦者由惡業得樂者生染苦者生瞋或有勇健或有怖畏如是異相故知不徧我不說此是真實思惟若我過三世者過去已沒如燈已滅未來未到如未來燈現在不住猶如流水我非過去非未來非現在無時節何以故過時節故若無時則無數以無數故亦無有我何以故以可分故阿者離我聲多者不破魔者滅憍慢又阿者真實離

我眞實離我故兩過說阿是故文殊師利分
別字故定無有我佛說此衹夜
磁石吸鐵屑　二種誰是我　不徧及自吸
決定無我故　如渴人見焰　非水生水想
邪見横執我　其事亦復然　分別於阿字
定知無有我

涅槃品第五

爾時文殊師利白佛言世尊涅槃者聲聞緣
覺凡夫不能分別唯如來正徧知之所能說
佛言文殊師利涅槃不滅何以故無斷煩惱
故無所到處何以故以無處故到者得義無
到故無得何以故無苦樂故無斷不斷無常
不常佛說此衹夜
不斷不滅　不生不起　不墮不落　不行不住
常住涅槃不斷不常相何以故無生死故文
殊師利我尚不見生死何況當見生死過患
文殊師利我尚不見涅槃何況見涅槃功德
佛說此衹夜
若見有一法　餘法悉應見　以一法空故
一切法亦空
文殊師利當知諸法空若不滅則不生若不
斷則不滅若不常則不生無煩惱可斷故是
故不滅無煩惱處故是故不生佛復告文殊
師利無障礙故不滅不滅故無障礙生善不
善無記故不障礙文殊師利是說涅槃佛說
此衹夜
不滅不到　不斷不常　不障不礙　是說涅槃
佛告文殊師利常住涅槃無日月星宿地水
火風無晝夜數量無色無形無老病死無年
歲無所作是常是恒離衆苦業如是涅槃善

人所說佛說此祇夜

彼無有日月　星宿及四大　晝夜與量數
形色及虛空　亦無老病死　年歲諸所作
已斷生死本　是常亦是恒　如是涅槃相
善人之所說

文殊師利白佛言世尊有諸外道說世間空又說不空此是外道邪意分別佛告文殊師利此外道意不眞實思惟若世間空則無生死何以故以空故生死若空涅槃亦空若涅槃無則無神通若世間不空生死亦無何以故以不空故以生死不空涅槃亦無若無涅槃亦無神通文殊師利若世間不生不壞何用涅槃若生死無失壞不名生死何以故以無失故若生死無失即生死爲涅槃是故文殊師利不應說世間空與不空亦不應說世間應斷及以不斷何以故以無有故斷者是斷煩惱不斷者非斷煩惱亦無煩惱及非煩惱亦無解脫若無解脫則無涅槃文殊師利滅亦無何以故生死空不空故是故無滅若生死如此誰樂得涅槃佛說此祇夜

若諸世間空　則無有生死　以生死無故
涅槃亦不有　世間若不空　亦無有生死
生死若無者　涅槃亦非有　生死若如是
誰當樂涅槃

般若波羅蜜品第六

爾時文殊師利白佛言世尊般若波羅蜜一切聲聞緣覺從般若波羅蜜出不一切佛一切法從般若波羅蜜出不佛告文殊師利如是如是一切聲聞緣覺一切佛一切法從般若波羅蜜出若菩薩於色行行於相於色壞

行行於相若於色滅行行於相若行色空行行於相如是菩薩無方便修行般若波羅蜜文殊師利般若波羅蜜不以心意識修行世尊若般若波羅蜜不可取云何修行般若波羅蜜佛告文殊師利是修行非修行不以心意識故文殊師利心者聚義意者憶義識者現知義不以此心意識修行般若波羅蜜不以此修行是修行以無處是修行修行者不依欲界色界無色界非過去非未來非現在非內外非中間如此修行是修行般若波羅蜜不修形色是修行般若非地水火風是修行般若非有非無非聲聞緣覺非善不善無記非十二因緣非男非女非非男非非女非常非智非滅非生非可數不可思議不可言說無可依無名字無相無異相無增無減自性清淨眞實不可覺普徧等虛空無色無作出過三世不苦不樂無日月星宿如此修行是修行般若波羅蜜眞實非般若波羅蜜般若波羅蜜非眞實文殊師利如此修行名修行般若波羅蜜佛說此祇夜

此法不思議　離於心意識　一切言語斷是修行般若

有餘氣品第七

爾時文殊師利白佛言世尊一切聲聞緣覺有起煩惱不起幾種煩惱佛告文殊師利有餘故名起者譬如香氣所言氣者有二十四種業氣見處氣染氣色染氣有染氣無明染氣行氣識處氣名色氣六入氣觸氣受氣愛氣取氣有氣生氣老氣病氣死氣憂氣悲氣苦氣惱氣疲極氣依氣此謂二十四氣身口

意餘此謂業氣斷見常見謂見處氣著衣鉢等此謂染氣十種色意此謂色染氣無色界此謂有染氣不清淨智有障礙智不徧知智此謂無明氣若身口意種種覺此謂行氣憶一切色有苦樂不苦不樂想如是分別此謂識處氣堅濕熱輕動一切悉有此謂名色氣眼色耳聲鼻香舌味身觸意法此謂六入氣冷熱堅濕饑渴暖滑此謂觸氣苦樂不苦不樂受此謂受氣姓名國土欲界色界無色界苦惱饑渴等於彼不知足此謂愛氣欲取見取戒取此謂取氣欲有色有無色有此謂有氣於後苦地必當生此謂生氣諸根衰壞此謂老氣種種疾患此謂病氣涅槃想死想此謂死氣身體枯燥此謂憂氣號叫啼泣此謂悲氣體煩熱故此謂苦氣過苦故此謂惱氣身心困弊此謂疲極氣有怖畏無所歸此謂依氣文殊師利此謂二十四氣文殊師利諸佛世尊無歸依氣是歸依處何以故唯有如來爲衆生所依一切衆生非歸依處世尊非有相無思量無積因聲聞聞法佛不聞法何以故無所不知故佛說此祇夜

阿羅漢有氣　以有過患故　唯佛獨能度
爲衆生歸依

來去品第八

爾時文殊師利白佛言世尊來者何義去者何義佛告文殊師利來者向義去者背義若無向背不來不去是聖行處來者癡義去者不癡義非癡非不癡是聖行處來者有爲去者無爲無有爲無無爲是聖行處來者識義去者非識義非識非非識是聖行處來者名

色義去者非名色義非名色非不名色是聖行處來者六入義去者非六入義非入非非入是聖行處乃至憂悲疲極亦如是文殊師利來者我義去者無我義非我非無我無來無去是聖行處來者常義去者非常義非常非不常是聖行處來者斷義去者非斷義非斷非不斷是聖行處來者有義去者無義非有非無是聖行處文殊師利來去義如是佛說此衹夜

來去義無相　諸法亦如是　非知非可說　是名來去義

中道品第九

爾時文殊師利白佛言世尊佛說無二法故一切聲聞緣覺菩薩並無疑惑悉知中道乃至凡夫亦能生信佛告文殊師利明無明無二以無二故成無三智文殊師利此謂中道具足眞實觀諸法行無行無二以無二故成無三智文殊師利此謂中道具足眞實觀諸法識非識乃至老死非老死無二亦如是文殊師利若無明有者是一邊若無明無者是一邊此二邊中間無有色不可見無有處無相無相待無標相文殊師利此謂中道行識乃至老死亦如是文殊師利此中道具足眞實觀諸法諸法無二無二有何義謂末陀摩末者莫義陀摩者中義莫著中此謂末陀摩義何以故不取常見有見故是故名末陀摩佛說此衹夜

諸法無有二　亦復無有三　此中道具足　名爲眞實道

世間戒品第十

爾時文殊師利白佛言世尊菩薩有幾種色

衣云何歸依願爲廣説爲饒益諸菩薩故佛
告文殊師利不大赤色不大黄不大黑不大
白清淨如法色三法服及以餘衣皆如是色
若自染若令他染如法擣成隨時浣濯常使
淨潔如是卧具得用青黄雜色文殊師利菩
薩衣色如是菩薩内心寂靜如法被著與大
乘相應著涅槃僧離踝二指若諸菩薩欲與
國王大臣共語隨彼一問此亦一答勿令差
異當如實説若彼多問此亦多答如是餘婆
羅門刹利毗舍首陀沙門闍梨和尚及父母
妻子僕使及諸卑族貧窮乞人隨其尊卑各
隨問答或餘天龍夜叉羅刹毗舍闍阿脩羅
迦樓羅緊那摩睺羅伽若人若鬼佛及緣覺
聲聞菩薩凡夫隨有所問當如法答不爲利
養不爲自身不邪命不戲笑如是應念爾時

文殊師利白佛言世尊云何歸依佛告文殊
師利歸依者應如是言大德我某甲乃至菩
提歸依佛乃至菩提歸依法乃至菩提歸依
僧第二第三亦如是説復言我某甲已歸依
佛已歸依法已歸依僧竟如是三説次言大
德我持菩薩戒我某甲乃至菩提不殺生離
殺生想乃至菩提不盜亦離盜想乃至菩提
不非梵行離非梵行想乃至菩提不妄語離
妄語想乃至菩提不飲諸酒離飲酒想乃至
菩提不著香華亦不生想乃至菩提不歌舞
作樂離歌舞想乃至菩提不坐卧高廣大牀
離大牀想乃至菩提不過中食離過中食想
乃至菩提不捉金銀生像離捉金銀想乃至
當具六波羅蜜大慈大悲佛説此祇夜

發誓至菩提　歸依於三寶　受持十種戒

亦誓至菩提　六度及四等　皆當令具足
如是修行者　與大乘相應
出世間戒品第十一
爾時文殊師利白佛言世尊菩薩出世間戒有幾種佛告文殊師利若以心分別男女非男非女等是菩薩犯波羅夷若以分別畜生餓鬼男女非男非女諸天神男女非男非女是菩薩波羅夷若以身口行不堪得三乘若受出世間菩薩戒而不起慈悲心是菩薩犯波羅夷若以身口行不堪得三乘若他物若小若大若長若短若有色若有形若住若動若覆藏若移處若有封印若盛貯若以心起盜想犯波羅夷若以身口行不堪得三乘若起妄語心犯波羅夷若以身口行不堪得三乘若樹葉若皮若汁若以心欲取犯菩薩僧伽婆尸沙若以身口取不堪得三乘若起歌舞作樂華香瓔珞想是犯菩薩僧伽婆尸沙若以身口行不堪得三乘若起高廣大牀想是犯菩薩僧伽婆尸沙若以身口行不堪得三乘若起過中食想是犯菩薩僧伽婆尸沙若以身口行不堪得三乘若起捉金銀珍寶想是菩薩僧伽婆尸沙若以身口行不堪得三乘若剃身毛若翦爪如初月形若起此想是菩薩偷蘭遮若以身口行不堪得三乘若起斬斫草木想犯偷蘭遮若以身口行不堪得三乘若起毀他名譽若色若姓若財物若技術若車乘若身力等想是犯偷蘭遮若以身口行不堪得三乘佛法僧物若華香塗香若衣服若珍寶若菩薩以脚踐踏犯波夜提若佛塔若佛所行處及菩提樹轉法輪處若

以脚踐踏犯波夜提若不信者不堪得三乘若吐舌動眼毀諸威儀起此想者犯突吉羅若以身口行不堪得三乘若見他物他樂種種服玩詐現求利及說人罪過若起此想犯波羅提舍若以身口行不堪得三乘若未犯前罪逆守護令不生是菩薩僧炎伽陀尼（僧炎是逆守義伽陀尼是令不生義）眼耳鼻舌身意令無異是菩薩應當學此謂具出世間菩薩戒

上出世間戒品第十二

爾時文殊師利白佛言世尊云何上出世間戒無漏不可思議無處無所著文殊師利戒者於彼衆生無我非無我無事無因無教化人無行無不行無行處無名無色無色相無無色相無寂無不寂無可取無不可取無眞實無不眞實無身無言無說無心無世間無非世間非世法非不世法不自歎戒不毀他戒不求他過不以持戒輕慢他人不覺戒不思惟戒無所思惟無所覺故文殊師利此謂上出世間聖戒無漏無生無所著出三界離一切依佛說此衹夜

有出世戒人　無垢無所有　憍慢及所依
無明與繫縛　如是諸過患　一切皆無有
無內寂外寂　亦無內外寂　內外覺亦無
智者得解脫

文殊師利是有戒人於佛法不自觀身不著壽命不著一切生得正行是正住文殊師利是謂有戒於佛法不著世間不依世間得光明無明闇無所有無自想無他想不著想清淨戒不此岸不彼岸不中流無所著無所縛無罪過無漏文殊師利此有戒人於佛法及

名色心不執著常平等饒益常寂靜心無我無我所是人如所說戒住無所學無解脫無所作是得上道是清淨戒相無勝戒無定戒無智慧戒是聖人性不可得是佛所歎戒是空無與我等戒能安聖定若清淨定成修行慧以慧得智以智得解

菩薩受戒品第十三

爾時文殊師利白佛言世尊若善男子善女人受菩薩所受戒法當云何佛告文殊師利應於佛前至誠禮拜作如是言我某甲願諸佛憶念我如諸佛世尊正知以佛智慧無所著我當發菩提心爲利益一切衆生令得安樂發無上道心如過去未來現在諸菩薩發無上菩提心於一切衆生如父母兄弟姊妹男女親友等爲彼解脫得出生死乃至令發三菩提心勤起精進隨諸衆生所須財法一切施與以此財法攝受一切衆生漸漸隨宜爲解脫衆生出生死故乃至令安住無上菩提我當起精進我當不放逸如是再三是名菩薩摩訶薩初發菩提心文殊師利此諸菩薩所受所行爲化菩薩不爲聲聞緣覺不爲凡夫諸不善者

字母品第十四

爾時文殊師利白佛言世尊一切諸字母云何一切諸法入於此及陀羅尼字佛告文殊師利一切諸法入於字母及陀羅尼字文殊師利如說阿字是出無常聲說長阿字是出離我聲說伊字出諸根聲說長伊字出疾疫聲說憂字出荒亂聲說長憂字出下衆生聲說釐字出直輭相續聲說長釐字出斷染遊

戲聲說梨字出相生法聲說長梨字出三有
染相聲說翳字出所起過患聲說長翳字出
聖道勝聲說烏字出取聲說炮字出化生等
聲說菴字出無我所聲說痾字出没滅盡聲
說迦字出度業果報聲說法字出虛空等一
切諸法聲說伽字出深法聲說晅字出除堅
重無明癡闇冥聲說誐字出預知行聲說遮
字出四聖諦聲說車字出斷欲染聲說闍字
出度老死聲說禪字出攝伏惡語言聲說若
字出說安住聲說多字出斷結聲說他字出
置答聲說陀字出攝伏魔賊聲說檀字出滅
諸境界聲說那字出除諸煩惱聲說輕多字
出如是無異不破聲說輕他字出勇猛力速
無畏聲說輕陀字出施寂靜守護安隱聲說
輕檀字出聖七財聲說輕那字出分別名色

聲說波字出第一義聲說頗字出作證得果
聲說婆字出解脫縛聲說梵字出生三有聲
說磨字出斷憍慢聲說耶字出如法分別聲
說羅字出樂不樂第一義聲說邏字出斷愛
聲說婆字出勝乘聲說捨字出信精進念定
意慧聲說屣字出攝伏六入不得不知六通
聲說娑字出覺一切智聲說訶字出正殺煩
惱聲說糴字出最後字過此諸法不可說聲
文殊師利此謂字母義一切諸字入於此中
佛告文殊師利我當說八字云何八字跛字
第一義一切諸法無我悉入此中羅字以此
相好無相好入如來法身義婆字愚人法慧
人法如法度無愚無慧義闍字度生老病死
令入不生不老不病不死義迦字度業果報
令入無業果報義他字總持諸法衆語言空

無相無作令入法界義沙字奢摩他毗婆舍那令如實觀諸法義捨字一切諸法念念生滅亦無滅不滅本來寂靜一切諸法悉入涅槃文殊師利此謂八字是可受持入一切諸法爾時文殊師利白佛言世尊云何說無常聲佛告文殊師利無常聲者一切有爲法無常如眼入無常耳鼻舌身意入亦無常色入無常聲香味觸法入亦無常如眼界色界眼識界乃至意界法界意識界亦無常色陰無常乃至識陰亦如是此謂無常聲無我聲者一切諸法無我有說我人作者使作者等或斷或常此謂我想我覺是外道語言若過去已滅若未來未至若現在不停十二入十八界五陰悉無有我是長阿義諸根聲者謂大聲如眼根名大聲耳根乃至意根名大聲此謂伊字是名大聲多疾疫聲者眼多疾疫乃至意亦如是衆生身心種種病苦此謂多疾疫聲荒亂聲者國土不安人民相逼賊抄競起米穀不登此謂荒亂聲下衆生聲者下劣衆生貧窮困苦無善根諸禽獸蟲蚋等此謂下衆生聲直輭相續聲者直者不諂不諂者不曲不曲者眞實眞實者如說行如說行者如佛語行此謂爲直輭者六種眼輭乃至意輭此謂爲輭相續者不離一切諸善法是謂直輭相續聲斷染遊戲聲者斷欲界染三十天使思惟所斷四使斷者除滅義遊戲者五欲衆具衆生於此遊戲如是應斷此謂斷染戲聲出相生法聲者一切諸法無我爲相念念生滅寂靜相無我爲相者色陰無常乃至識亦如是此謂無我爲相念念生滅者一切

諸行念念生生者必滅此謂一切諸法念念生滅寂靜者空無處所無色無體與虛空等此謂寂靜相者過去未來現在無常此謂相生法聲出三有染相聲者相者五欲衆具欲界相色染色界相無色染無色界相此謂相三有者欲有色有無色有云何欲有地獄乃至他化自在天云何色有梵身乃至色究竟云何無色有空處乃至非想非非想處染著三界九十八使此謂出三有染相聲所起過患聲者三求欲求有求梵行求欲求者求色聲香味觸云何色求色有二種一謂色二謂形色色有十二種謂青黃赤白煙雲塵霧光影明闇形色有八種謂長短方圓高下平不平此謂欲色云何欲聲聲有七種謂螺聲鼓聲小鼓聲大鼓聲歌聲男聲女聲此謂欲聲

云何欲香香有七種根香心香皮香糖香葉香華香果香或男香女香此謂欲香云何欲味味有七種甜味酢味鹹味苦味澀味淡味辣味或男味或女味此謂欲味云何欲觸觸有八種冷熱輕重澀滑饑渴或男觸或女觸此謂欲觸此謂欲求云何有求欲有色有無色有此謂有求云何梵行求出家苦行欲求天堂欲求涅槃此謂梵行求求者何義謂樂著義云何所起過患聲衆生諸有悉名過患除天堂及涅槃餘處求一切有過患此謂所起過患聲聖道勝聲者謂八正道正見乃至正定無過患無所著故謂聖道此謂聖道勝聲取聲者執捉諸法此謂取聲化生聲者四陰受想行識此謂化生復說胎生卵生濕生化生胎生四種東弗于逮南閻浮提西拘耶

尼北鬱單越卵生一切衆鳥濕生蚊蝱蝨等化生諸天也此謂化生聲無我所聲者一切諸法非是我所無我起故無我所者無我所慢此謂無我所聲没滅盡聲者無明滅故行滅乃至生滅故憂悲苦惱滅没盡者泥洹寂靜不復更生此謂没滅盡聲度業果報聲者業者三業謂身三口四及意三業果報者三業清淨此謂度業果報聲虛空等諸法聲者諸法與虛空等云何與虛空等一切法唯有名唯有想無有相無分别無體不動不揺不可思議不起不滅無所作隨無相無所造無相貌無形色無行處等虛空住平等不老不死無憂悲苦惱色者虛空等受想行識亦如是過去已没未來未至現在不停此謂虛空等諸法聲深法聲者無明緣行乃至生緣老死憂悲苦惱無明滅則行滅乃至生滅憂悲苦惱滅彼理眞實是名爲深深者是十二因緣一切語言道斷無邊無處無時節斷丈夫斷世性入平等破自他執此謂深法聲除堅重無明癡闇冥聲者堅者身見等五見重者五陰無明者不知前後際及有罪無罪不識佛法僧不知施戒天不知陰界入此謂無明癡者忘失覺念此謂癡闇者入胎苦惱一切不淨而生樂受迷惑去來此謂闇冥者於三世無知無方便不明了此謂冥除者眞實諦開示光明除因果除煩惱除非煩惱除餘習入平等不可思議爲主此謂除義此謂除堅重無明癡闇冥聲豫知行聲者八種豫知行謂正見乃至正定此謂菩薩豫知行除斷五見謂正見不思惟貪瞋癡謂正思惟身意業

清淨此謂正業口業清淨此謂正語欺誑謟諛詐現少欲以利求利五種販賣酤酒賣肉賣毒藥賣刀劒賣女色除此惡業此謂正命善身行善意行謂正精進念四念處此謂正念以定心無染著寂靜相滅相空相此謂正定此謂豫知行聲四聖諦聲者謂苦集滅道諦云何苦諦能斷十使云何集諦能斷七使云何滅諦能斷七使云何道諦能斷八使四思惟斷乃至斷色無色結此謂四聖諦聲斷欲染聲者欲者染樂不猒欲莊嚴著姿態思惟欲思惟觸待習近染者繫縛樂者樂彼六塵不猒者專心著緣無有異想欲者歡喜莊嚴者爲染意著者遊戲姿態者作種種容儀思惟欲者著五欲思惟觸者欲相習近待者以香華相引習近者欲染心遂斷者悉除前

不善法此謂斷欲染聲度老死聲者老者身體消滅拄杖羸步諸根衰耗此謂老死者諸根敗壞何故名死更覓受生處彼行業熟此謂爲死云何老死差別諸根熟名老諸根壞名死先老後死此謂老死度此老死此謂爲度度有何義過度義到彼岸自在不更生義此謂度老死聲攝伏惡語言聲者攝伏者攝伏語言攝伏身體云何攝伏語言以同類語破異類語以異類語破同類語以眞實語伏不眞實語以不眞實語伏眞實語以非語言伏語言以語言伏非語言以第一義伏非第一義以非第一義伏第一義以決定語伏不決定語以不決定語伏決定語以一伏多以多伏一以無犯伏有犯以有犯伏無犯以現證伏不現證以不現證伏現證以失伏不失

以不失伏失以種類不得伏種類以非種類不得伏非種類惡者說不實不諦不分別伏者斷義遮義除義此謂攝伏惡語言聲說安住聲者說令分明開示分別說不覆障道隨法說此謂說安住者置在一處說泥洹說出世間述成所說無相語言無貌語言無異語言無作語言覺語言空語言寂靜語言此謂說安住聲說斷結聲者無明滅乃至老死滅滅一切陰滅者失没斷無有生此謂滅斷者斷一切諸使斷煩惱根無有遺餘此謂斷結聲置答聲者隨問答分別答反問答置答云何隨問答如問即答云何分別答隨彼所問廣爲分別云何反問答若人有問反問令答云何置答如問我斷我常置而不答以分別問問隨問答以反質問問分別答以置答問問反質答以隨問答問問置答此謂置答聲攝伏魔賊聲者魔者四魔色受想行識此謂陰魔賊從此有度彼有息一切事此謂死魔賊無明愛取此謂煩惱魔賊五欲衆具爲天魔體此謂天魔賊此謂攝伏魔賊聲滅諸境界聲者滅色乃至滅觸境界者色聲香味觸此謂滅諸境界聲除諸煩惱聲者斷滅煩惱除煩惱者染欲大毒不淨觀爲藥瞋恚大毒慈悲爲藥無明大毒十二因緣觀爲其藥此謂除諸煩惱聲無異不破聲者無異者無破無異第一義實諦空無相無形平等不動不可思議此謂無異不破者無異形平等無相不動不破不斷純一無過患無心無前後此謂無異不破聲勇猛力速無畏聲者勇猛者精進力者十力速者駛也無畏者一切處不

怖畏此謂勇猛力速無畏聲施寂靜守護安隱聲者施者二種內施外施云何內施說眞四諦云何外施肌肉皮血國城妻子男女財物穀米等寂靜三種謂身口意云何身寂靜不作三過口寂靜者無口四過意寂靜者不貪不瞋不癡守護者守護六根安隱者同止和合不覔彼過知足少欲不求長短不覔他過者不相覔過不以此語彼此謂施寂靜守護安隱聲七聖財聲者一信二慚三愧四施五戒六聞七慧此謂七聖財聲分別名色聲者名者四陰色者四大分別者分別名色此謂分別名色聲第一義聲者分別五陰此謂第一義聲作證得果聲者果者四果須陀洹乃至羅漢及緣覺果得者入我也證者現證也作者造作也此謂作證得果聲解脫縛聲者縛者三縛貪瞋癡縛解脫者離此三縛此謂解脫縛聲生三有聲者所謂生有現有後有此謂生三有聲斷憍慢聲者憍者色憍盛壯憍富憍自在憍姓憍行善憍壽命憍聰明憍此謂八憍慢者憍慢慢慢增上慢我慢不如慢勝慢邪慢此謂七慢斷者斷憍慢此謂斷憍慢聲通達諸法聲者通達者如境而知諸法者善不善法五欲衆具謂不善法除斷五欲此謂善法此謂通達諸法聲如法分別聲者如者等義法者善法不善法不善法者不斷五欲衆具善法者斷五欲衆具斷者破滅義此謂如法分別聲樂不樂第一義聲者樂者五欲境界不樂者不著五欲第一義者空無相願此謂樂不樂第一義聲斷愛聲者愛者色愛乃至觸愛斷者滅除此謂斷愛聲

勝乘聲者所謂三乘佛乘緣覺乘聲聞乘般若波羅蜜十地此謂佛乘調伏自身寂靜自身令自身入涅槃此謂緣覺乘輭根衆生怖畏衆生欲出生死此謂聲聞乘此謂勝乘聲信精進念定意慧聲者隨逐不異思惟觀此謂信勇猛勤策行事持事此謂精進專攝一心此謂念諸事不動此謂定意般若純一平等此謂慧此謂信進念定意慧聲攝伏六入不得不知六通聲者六入者眼入乃至意入攝伏者攝伏色乃至攝伏法六通者天眼天耳他心智宿命智身通漏盡通不知者無明不得不知者除彼無明此謂攝伏六入不得不知六通聲覺一切智聲者一切智者一切世法皆悉知世者念念生滅復次世者謂陰界入復次世者二種一衆生世二者行世衆生世者一切諸衆生行世者衆生住處一切世界可知悉知智者二種聲聞智一切智此謂智覺者覺自身覺他身此謂覺一切智聲正殺煩惱聲者殺者除斷義煩惱者九十八使欲界苦所斷十使集滅七使道諦八使思惟四使色界苦所斷九使集滅六使道七使思惟三使無色亦如是正者分明除斷無餘垢此謂正殺煩惱聲是最後字過此法不可說聲者若無有字此謂涅槃若有字者則是生死最後者更無有字唯除羅字不可說者不可得不可分別無色故不可說諸法者謂陰界入三十七品此謂最後字過此不可說聲

文殊師利所問經卷上

音釋

穬古猛切麥芒也　摶度官切圜也　蒜蘇貫切　糜靡爲切糜粥也　痰徒甘切病液也　摩醯首羅梵語也此云大自在醯呼雞切　紐女久切　磁疾之切針石也引　屑先結切碎也　踝胡瓦切足骨也　貯展呂切盛積也　氂理之切　炮薄交切　痾烏何切　咺其凝切　屣所綺切　攞魯何切　蚋而銳切　酢倉故切與醋同　鹹胡讒切塩味也　澀色立切酸澀也　辣盧達切辛味也　蝨所櫛切　販方願切買賤賣貴也　酤古胡切賣酒買酒皆曰酤　耗呼到切減也　駛踈士切疾也

文殊師利問經卷下

梁扶南三藏僧伽婆羅譯

分別部品第十五

爾時文殊師利白佛言世尊佛入涅槃後未來弟子云何諸部分別云何根本部佛告文殊師利未來我弟子有二十部能令諸法住二十部者並得四果三藏平等無下中上譬如海水味無有異如人有二十子真實如來所說文殊師利根本二部從大乘出從般若波羅蜜出聲聞緣覺諸佛悉從般若波羅蜜出文殊師利如地水火風虛空是一切衆生住處如是般若波羅蜜及大乘是一切聲聞緣覺諸佛出處文殊師利白佛言世尊云何名部佛告文殊師利初二部者一摩訶僧祇此言大衆老少同會共集律部也二體毗履此言老宿淳老宿人同會共出律部也我入涅槃後一百歲此二部當起從摩訶僧祇出七部於此百歲內出一部名執一語言所執與僧祇同故云一也於百歲內從執一語言部復出一部名出世間語言稱讚辭也於百歲內從出世間語言出一部名高拘梨柯是出律主也於百歲內從高拘梨柯出一部名多聞出律主有多聞智也於百歲內從多聞出一部名只底舸此山名出律主居之於百歲內從只底舸出一部名東山亦律主居也於百歲內從東山出一部名北山亦律主居也此謂從摩訶僧祇部出於七部及本僧祇是爲八部於百歲內從體毗履部出十一部於百歲內出一部名一切語言律主執三世有故一切可唇語言也於百歲內從一切語言出一部名雪山亦律主居也於百歲內從雪山出一部名犢子律主姓也於百歲內從犢子出一部名法勝律主名也於

百歲内從法勝出一部名賢(律主名也)於百歲内從賢部出一部名一切所貴(律主爲通人所重也)於百歲内從一切所貴出一部名莂山(律主居也)於百歲内從莂山出一部名大不可棄(律主初生母棄之於井父追尋之雖墜不死故云不可棄也又名能射)於百歲内從大不可棄出一部名法護(律主名也)於百歲内從法護出一部名迦葉比(律主姓也)於百歲内從迦葉比出一部名修妬路句(律主執修妬路義也)此謂體毗履部出十一部及體毗履成十二部佛說此祇夜

摩訶僧祇部　分別出有七　體毗履十一
是謂十二部　十八及本二　悉從大乘出
無是亦無非　我說未來起

雜問品第十六

爾時文殊師利白佛言世尊未來外道說如是語世尊往昔說火聚經六十比丘死六十比丘休道六十比丘解脱外道當如是說世尊非一切智何以故不見此事故當云何答佛告文殊師利如人然燈不爲殺蟲文殊師利如來如是隨衆生所堪則爲彼說如來說法無非因緣若有衆生有殺生業必受果報彼衆生不堪受法是故休道彼衆生堪受法則得解脱皆隨其因緣非如來所作何以故佛從世間生佛不說佛造世間若人殺生自得短命若人不殺自得長壽及解脱果此諸衆生雖復休道如來未來必當化度是故文殊師利如來無過文殊師利如日月光照拘牟頭分陀利鬱波羅華等或有合者或有開者或墮落者非是日月有分別心何以故日月無心故以無心故自開自落非日月過文

殊師利如來說法亦復如是有衆生長壽短壽無病有病多病少病可憎可愛有下中上貧富貴賤生閻浮提生鬱單越生拘耶尼生弗于逮生四天王處乃至非想非非想處有生地獄餓鬼畜生阿脩羅等自業爲財自業爲分業爲生處唯業所造非餘物造有上中下非我所造何以故一切諸衆生自業爲財故爾時文殊師利白佛言世尊菩薩摩訶薩事有婦兒施等如須達拏以二子施醜婆羅門此婆羅門打此二兒世尊何故無平等慈心若菩薩無慈悲心不名菩薩世尊諸菩薩有平等心不若有等心云何以兒與人打拍若人此問當云何荅佛告文殊師利如人有兩兒以其小兒施於大兒文殊師利此父母是平等心不大兒打拍小兒遂死文殊師利誰當得罪文殊師利白佛言世尊父母等心無有罪過大兒自得此罪佛告文殊師利我於衆生常平等心 如羅睺羅可愛可念提婆達多亦可愛可念文殊師利是故菩薩無有罪過復次文殊師利如有一人日日施食有人來乞此人即施因得食故劫盜他財文殊師利是誰得罪文殊師利白佛言世尊非施主得罪施主唯有施意不令作盜佛告文殊師利如是諸菩薩唯有施意無有殺心是故菩薩成無害想有人殺害自得殺罪佛說此祇夜

常行平等心　施時無害想　彼自有殺罪
我平等無過　有壽有壽想　復有殺害心
命斷於此時　害者得殺罪　若無有壽命
而作壽命心　於此起害意　亦得言有罪

提婆及羅睺　愛念無有二　如是慈悲心
是菩薩平等
文殊師利白佛言世尊如是如是誠如聖言
爾時文殊師利白佛言世尊未來有人當難
如來世尊常言若人能說二十四處便生二
十四處二十四處者一洲王二洲王三洲王
四洲王四天王乃至他化自在天王梵身梵
富樓大梵得須陁洹乃至阿羅漢有大智慧
有諸善行不動不放逸此謂二十四處如來
今既能說亦應得此處彼邪見難當云何答
佛告文殊師利如來說法不爲此因緣文殊
師利如日月光利益諸華雖有此力不求恩
報何以故日月無心故文殊師利如來如是
不求報故爲人說法何以故如來無心故文
殊師利如來於諸法中無有染著是故文殊
師利我所說法無爲我義何以故昔於三阿
僧祇刼施頭目髓腦手足支節國城妻子奴
婢象馬種種布施如來於彼無求報心如來
不求世間果報何以故我說諸法無爲我義
不爲自身不爲他身不爲自他身若爲自身
他身及自他身如來便有所著佛告文殊師
利猶如日月不作是思惟華當報我恩不報
我恩日月無心故如來亦無心何以故如來
無可取既無可取云何當得報於是耶雖言
我得阿耨多羅三藐三菩提道我亦不說一
字何以故無可取故如來不可取如來無得
果報何以故離苦樂故我先思惟是時得菩
提一切所求悉得亦無所得無形無相佛說
是祇夜
日月照諸華　無有恩報想　如來無可取

不求報亦然
爾時文殊師利白佛言世尊先說無有衆生非時節死何以故雖必當死非時不死故諸邪見人當作是說至其死時我乃得殺是故殺者無有罪過何以故是其死時故是故我殺無有罪過當云何答佛告文殊師利譬如有人造作宮殿既已成就樂欲住止問占相者何日好住何日不好彼人答言汝不宜入何以故必當爲火之所燒故若人故燒亦必被燒若不故燒亦被燒故主人又言若有此事作何方計相師答言當勤守護主人即便勤加守護有人持火來燒此宮文殊師利此持火人有罪過不文殊師利言世尊有罪有罪如是文殊師利若死時若非死時有殺害者必得殺罪當入地獄如燒宮殿佛說此祇夜
至時不至時　若人殺害彼　必當入地獄
譬如燒宮殿
爾時文殊師利白佛言世尊未來邪見當說此言有人殺人不得殺罪何以故殺身不殺命若身是命如父母死其子燒身應得殺罪何以故身是命故故知身非壽命壽命非身何以故身異命異故若身即是命若命即是身燒身即燒命若壽命往後世身亦應往若身被燒命不被燒是故知身非即是命何以故命不可燒故是故身非是命命非是身是故殺身不得殺罪何以故以異命故如人問路彼直動身如是世尊別燒別得罪何以故命往後世身猶在故以是故知身非壽命世尊有人能殺命不若人能殺命者不應更生

若命已被殺不須涅槃若身是壽命身被殺時命亦被殺若身是壽命殺身則得涅槃何以故以無異故是故無殺生果世尊若身被殺壽命更生受別異姓是故此人不得殺罪何以故壽命更生故更生者地獄畜生餓鬼阿脩羅等是謂更生是故殺身不名殺命如坐禪師教諸弟子除心意識若除心意識不更生若不更生則無復身若無復身則亦無命若無有命則不更生是為禪師殺人壽命世尊云何當答彼邪見人佛告文殊師利戒有二種所謂身口非心意識戒若心意識是戒則無持戒人何以故心攀緣難制故無住處故譬如駛水亦如獼猴動轉不停不可守護是故文殊師利無心意識戒唯身口有戒心意識非殺罪處何以故非戒處故若以心

樂則能得定若心不樂則不得定是故學者以定殺心非人能殺是故文殊師利定得殺罪非心得罪又若殺自身無有罪報何以故如菩薩殺身唯得功德我身由我故若身由我得罪果者剪爪傷指便當得罪何以故自傷身故若身自死衆生得食本無施心既不得福亦無有罪何以故諸菩薩捨身非是無記唯得福德是故煩惱滅故心則滅心滅故意滅意滅故識滅識滅故身滅身滅故壽滅壽滅故命滅命滅故諸根滅諸根滅故諸入滅諸入滅故諸界滅諸界滅故諸陰滅諸陰滅故不相續不相續故心意識無處心意識無處故得清淨如是文殊師利譬如垢衣以灰汁浣濯垢滅衣在何以故垢已去故以垢去故衣得清淨如是文殊師利諸過為垢以

智慧水洗除心垢以除心垢故成清淨佛說此祇夜
譬如垢污衣　浣治以灰汁　以灰汁浣治
是衣得清淨　如是以過患　染污於正識
浣以智慧灰　心即得清淨
爾時文殊師利白佛言世尊外道隨其邪見復當說言若世尊是一切智何故不先記外道女人孫陀利及旃遮摩尼應謗如來故知如來非一切智以不逆遮彼誹謗故令無數劫入惡道中乃至入於無間地獄世尊當云何答佛告文殊我今問汝如世醫師明識衆生有風痰熱病其病未起爲逆治不不也世尊文殊師利是師知病不如是世尊文殊師利我亦如是知諸衆生多貪多瞋有多愚癡長壽短壽惡業善業佛雖先知非時不說文殊師利此女人孫陀利及旃遮摩尼過去世時常殺衆生起不善業常誹謗聖人入阿鼻獄文殊師利衆生惡業不由我造若衆生堪聞法我爲彼說若不堪聞我則不說文殊師利如人病重不可療治醫即捨去不與少藥如來亦爾知此二人不可教化是故黙然不逆記說文殊師利若可記者我則爲記如我記弟子得聲聞緣覺及得菩薩或不記說當得三乘何以故以不定故文殊師利於汝意云何若人誹謗虛空當云何答文殊師利言虛空無語言何以故虛空無故如是文殊師利如來與虛空等虛空無語言如來亦無語言文殊師利有五濁惡世云何爲五劫濁衆生濁命濁煩惱濁見濁云何劫濁三災起時更相殺害衆生饑饉種種疾病此謂劫濁云

何衆生濁惡衆生善衆生下中上衆生勝劣衆生第一衆生不第一衆生此謂衆生濁云何命濁十歲衆生二十三十四十五十六十七十八十九十歲百歲二百歲四百歲八百歲乃至千歲有長短故此謂命濁云何煩惱濁多貪多瞋多癡此謂煩惱濁云何見濁邪見戒取見取常見斷見有見無見我見衆生見此謂見濁如是五濁如來悉無佛說此祇夜

如來如虛空　云何有言語　如來無五濁是故不逆記

爾時文殊師利白佛言世尊未來邪見人當誹謗佛說如是言若使如來是一切智何故待衆生作罪然後制戒佛告文殊師利如此即是一切智相若我逆制戒人當謗我何以故我不作罪云何强說此非一切智何以故我無罪過故如來無慈悲心不饒益不攝受衆生如人無子而說有子某時當生空有此言云何可信何以故不眞實故若眞見生子則生信心如是文殊師利所未作罪人天不見云何逆制戒要須見罪然後乃制文殊師利譬如醫師知風痰熱等發起所由亦知有藥對治此病有人爽健身無疾病如此之人須師治不文殊白佛彼不須治彼若病生師即爲治世間讚說是第一師如是文殊師利一切聲聞一切衆生有宜制戒有不宜者我知一切衆生心之所行未作罪者我則不制若已作過我則制戒我若如此則世間不謗文殊師利衆生之中有下中上如來制戒亦復如是文殊師利如種大麥及麻豆等芽始

生時已堪用不文殊師利言不堪用也何以故以未熟故佛告文殊師利一切衆生善根未熟亦如是不堪制戒文殊師利如拘物頭華優鉢羅華始生之時日光所照能令開不文殊師利言不能開也何以故以新生故佛告文殊師利善根未熟亦如是如來如是不得制戒何以故非時節故若非時制戒衆生不受言我無罪何故制戒文殊師利如種穀未熟爲可取不文殊師利言不可取也世尊非時尚未有華何況得果及以糠糩文殊師利我未制戒亦復如是諸弟子無所犯無犯戒果是故文殊師利我不逆制戒佛說此祇夜

無罪逆制戒　衆生不信受　是故現有罪

爾時乃制戒　譬如芽莖時　未便有果實

諸比丘無罪　不制戒亦然

爾時文殊師利白佛言世尊邪見人說如是言摩醯首羅天造此世間如是邪說當云何破佛告文殊師利此是虚妄非眞實語又餘外道言非首羅造若由首羅不應自謗何以故自由故若自由者則一切世間以首羅爲師更無餘師若一切世間各自有師則諸世間非首羅造若一切事由首羅者若事首羅則應無疑又摩醯首羅經不作是說若有此說衆生不應生疑是故文殊師利知此世間非首羅所造當知不實是虚妄言佛說此祇夜

若諸善惡業　摩醯首羅造　世間無事證

無人決斷說　如此不實語　雖說不成就

爾時文殊師利白佛言世尊如來應供正遍

知法身世尊爲於法中有身爲以法爲身一切諸法云何與虛空等佛告文殊師利不於法中有身何以故如虛空故如不於虛空有虛空何以故虛空者無處無處故名虛空虛空無意樂當取虛空復次虛空無體無作故名虛空文殊師利虛空者非有非無何以故無處有無處無故何以故若初有故後成無若初無故後成有若初有後當有若後無則初無如是文殊師利八種語言通一切諸法佛告文殊師利我不說有色爲身何以故一切佛與虛空等普遍故無思故無心意識故無處故無內外故是故文殊師利說名世尊文殊師利謂爲佛者不以身口意覺故謂爲佛何以故虛空不以身口意覺虛空故佛告文殊師利若無心意是處爲有爲無若有便定有若無便定無文殊師利白佛言無有世尊亦無善逝何以故不可取故與虛空等故若等虛空云何有色相若有色相便是無常若是無常云何與虛空等佛告文殊師利譬如兩手和合能出音聲爲從左手生爲從右手生若從左手生常應有聲右手亦然何以故二手常有故一手無聲合故有聲如是佛從世間出不著世間如蓮華從水生不爲水所著如手合有聲亦有亦無亦現不現可取不可取如水中月如來正遍知亦復如是

囑累品第十七

文殊師利若有人受持此法若說此法若誦若書若教他所得功德不可限量能生一切種智如是善男子善女人入佛境界住佛境界隨佛所學成滿此願我若以此寶滿此世

界及種種衣服日日施彼所得功德無量無邊若有善男子善女人受持讀誦書寫此經所得功德取百分之一分爲百分如是展轉百過分之取後一分猶勝萬倍何以故生一切智故經所住處應當供養是地清淨能除諸惡是清淨處是寂靜處是諸天行處是諸佛所念處是人天所貴是如來地住爾時阿難白佛言世尊云何名此經云何奉持佛告阿難此經名爲文殊師利所問汝當受持亦名種種樂說汝當受持亦名斷一切疑汝當受持亦名菩薩諸行修姤路汝當受持爾時文殊師利白佛言世尊如來應供正遍知所作已辦可作已辦捨於重擔已斷一切諸結已除一切煩惱已洗煩惱垢已伏諸魔已得諸佛法一切智者一切見者成就十力四無畏十八不共法五眼具足佛眼無障見一切世間如是思惟我初得道先爲誰說法云何衆生清淨善行何人易教少貪瞋癡何人能現證智慧彼若不聞此法必當退轉是故我當先爲說法彼能堪受無有疑謗世尊阿羅漢正遍知等有何義佛告文殊師利阿羅漢多者得正遍知名阿羅漢多復次阿者何義過凡夫地名爲阿義羅者何義從染得無染名爲羅義訶者何義以殺煩惱得光明義那者何義到於醍醐道不爲生死所縛義多者何義求覔眞實義三藐三佛陀者何義自覺覺彼正遍見義婆者何義諸法平等如虛空義摩者何義能滅憍慢義耶者何義如法分別義菴者何義如後邊身義迦者何義失業非業義娑者何義知生死輪轉邊義婆者何

義解脫繫縛義優者何義能隨問答義陀者何義得寂靜義他者何義受持法性無體相義所作已辦者捨身肉手足事已畢竟謂所作已辦迦鞶者已捨不更捨迦者見諸法如觀其掌鞶者輭直心相續迦者斷諸業行鞶者除三業性多者覺眞義耶者滅沒聲如法成就義所作已辦者諸善根已辦捨於重擔者無復生死可擔已斷一切諸結者斷一切貪瞋癡結斷一切煩惱者拔三界諸煩惱已洗煩惱垢者無業煩惱氣故已伏諸魔者除諸死魔故已得諸佛法者度一切般若波羅蜜到一切般若波羅蜜此謂已得諸佛法一切智者無所不知一切見者現證一切諸法義成就十力者如法神力等稱量佛力勝一切衆生力百倍千倍百千萬億倍不可思議不可數佛成就無邊力從佛十力出無量力成就一切諸力名成就十力十力者謂是處非處力業力定力根力欲力性力至處道力宿命力天眼力漏盡力四無畏者一切智無畏一切漏盡無畏能說障道無畏說盡苦道無畏十力四無畏大慈大悲大喜大捨謂十八不共法十八不共成滿故五眼亦滿所謂天眼佛眼法眼慧眼肉眼佛有無量眼何以故境界無量故是故佛成就五眼無障礙所見無餘等虛空故以此眼見一切世間以無障礙眼見世間以障礙眼亦見一切世間見已如是思惟爲何等人我當先爲說法文殊師利我說此言有何義文殊師利白佛我未解世尊意佛告文殊師利於此佛境界有無窮衆生唯阿羅羅鬱頭藍弗可先爲說法除

此二人更無餘人而此二人死已七日我先以佛智語十地菩薩我以世間智為衆生說法此二人不聞我法故成退轉壽命唯餘七日諸天聞此言即白佛言如是世尊阿羅羅鬱頭藍弗死已七日文殊師利云何衆生清淨善行可化易教衆生者謂多功德人清淨者清淨心也善行者自行諸善根可化者聞略說得度易教者能分別諸法善滅一切身口意垢不為愛見之所繫縛若有如此衆生我當先為說法我當令其得解不誹謗我佛說此祇夜

鬱頭藍弗　阿羅羅仙　死已七日　我先已記
後有諸天　而來報我　如是世尊　如是善逝
二人並死　已經七日

文殊師利無有餘人速疾智慧唯除如來善逝世尊爾時文殊師利白佛言世尊一切諸功德不與出家心等何以故住家無量過患故出家無量功德故佛告文殊師利如是如是如汝所說一切諸功德不與出家心等何以故住家無量過患故出家無量功德故住家者有障礙出家者無障礙住家者攝受諸垢出家者離諸垢住家者行諸惡出家者離諸惡住家者是塵垢處出家者除塵垢處住家者溺欲淤泥出家者出欲淤泥住家者隨愚人法出家者遠愚人法住家者不得正命出家者得正命住家者多怨家出家者無怨家住家者多苦出家者少苦住家者是憂悲惱處出家者歡喜處住家者是惡趣梯出家者是解脫道住家者是結縛處出家者是解脫處住家者有怖畏出家者無怖畏住家者

有揮罰出家者無揮罰住家者是傷害處出家者非傷害處住家者有熱惱出家者無熱惱住家者有貪利苦出家者無貪利苦住家者是憒鬧處出家者是寂靜處住家者是慳悋處出家者非慳悋處住家者是下賤處出家者是高勝處住家者爲煩惱所燒出家者滅煩惱火住家者常爲他出家者常爲自住家者小心行出家者大心行住家者以苦爲樂出家者出離爲樂住家者增長棘刺出家者能滅棘刺住家者成就小法出家者成就大法住家者無法用出家者有法用住家者多悔悋出家者無悔悋住家者增長血淚乳出家者無血淚乳住家者三乘毀呰出家者三乘稱歎住家者不知足出家者常知足住家者魔王愛念出家者令魔恐怖住家者多放逸出家者無放逸住家者是輕蔑處出家者非輕蔑處住家者爲人僕使出家者爲僕使主住家者是生死邊出家者是涅槃邊住家者是墜墮處出家者無墜墮處住家者是黑闇出家者是光明住家者縱諸根出家者攝諸根住家者長憍慢出家者滅憍慢住家者是低下處出家者是清高處住家者多事務出家者無所作住家者少果報出家者多果報住家者多諂曲出家者心質直住家者常有憂出家者常懷喜住家者如刺入身出家者無有刺住家者是疾病處出家者無疾病住家者是衰老法出家者是少壯法住家者爲放逸死出家者爲慧命生住家者是欺誑法出家者是眞實法住家者多所作出家者少所作住家者多飲毒出家者飲醍醐住

家者多散亂出家者無散亂住家者是流轉處出家者非流轉處住家者如毒藥出家者如甘露住家者愛別離出家者無別離住家者多愚癡出家者深智慧住家者樂塵穢法出家者樂清淨法住家者失內思惟出家者得內思惟住家者無歸依出家者有歸依住家者無尊勝出家者有尊勝住家者無定住處出家者有定住處住家者不能作依出家者能作依住家者多瞋恚出家者多慈悲住家者有重擔出家者捨重擔住家者無究竟事出家者有究竟事住家者有罪過出家者無罪過住家者有過患出家者無過患住家者有苦難出家者無苦難住家者流轉生死出家者有齊限住家者有穢污出家者無穢污住家者有慢出家者無慢住家者以財物爲寶出家者以功德爲寶住家者多災疫出家者離災疫住家者常有退出家者常增長住家者易可得出家者難可得住家者可作出家者不可作住家者隨流出家者逆流住家者是煩惱海出家者是舟航住家者是此岸出家者是彼岸住家者纏所縛出家者離纏縛住家者作怨家出家者滅怨家住家者國王所教戒出家者佛法所教戒住家者有犯罪出家者無犯罪住家者是苦生出家者是樂生住家者是淺出家者是深住家者伴易得出家者伴難得住家者婦爲伴出家者定爲伴住家者是罶網出家者破罶網住家者傷害爲勝出家者攝受爲勝住家者持魔王幢旛出家者持佛幢旛住家者是住出家者破住住家者增長煩惱出家者出離煩惱

住家者如棘林出家者出棘林文殊師利若我毀呰住家讃歎出家言滿虛空說猶無盡文殊師利此謂住家過患出家功德爾時文殊師利白佛言世尊諸菩薩摩訶薩常有幾種心念佛告文殊師利菩薩自念我當何時出家住僧坊中我當何時自恣和合我當何時修行戒定慧解脫解脫知見我當何時著衣如大牟尼尊我當何時得仙師相好我當何時住空閑處得處便住我當何時乞食於好惡少多不生增減或得或不得或寒或熱次第行乞爲治饑瘡如油膏車爲持壽命以少自活我當何時離世八法不爲八法之所動轉何時猒離國城愛樂林藪於十二入不著不樂我當何時能守護六根令得禪定我當何時調伏六根如制僕使我當何時坐禪精進讀誦經書常樂斷諸結使具修諸行我當何時知足我當何時不樂先戲樂事我當何時爲自他勤行精進我當何時行諸菩薩所行之道我當何時爲世間第一所貴我當何時解脫愛奴我當何時解脫居家文殊師利此謂菩薩心之所念佛說此祇夜

若人思惟菩薩心　我知彼有諸功德
其數無量不可極　堪得清淨佛法身
不入惡趣受諸苦　具足成就佛智慧

爾時文殊師利白佛言世尊餘佛世界諸佛現在有人於此欲見彼佛當云何得見佛告文殊師利若能專念如來十號佛於彼人常在不滅亦得常聞諸佛說法并見彼佛現在四衆增長壽命無諸疾病云何十號謂如來應供正遍知明行足善逝世間解無上士調

御丈夫天人師佛世尊文殊師利念十號者先念佛色身具足相好又念法身壽命無盡當作是念佛非色身佛是法身以執取以堅取見佛如虛空樂虛空故知一切法義文殊師利如須彌山由乾陀山伊沙陀山須陀梨山珂羅底迦山阿輸迦羅山毗那多山尼民陀羅山斫迦羅山如是等山悉是障礙若人一心念佛十號此等諸山不能爲障何以故以正念故佛威神故復次文殊念佛十號猶如虛空以知如虛空故無有過失以不失故得無生忍如是依名字增長正念見佛相好正定具足具足定已見彼諸佛如照水鏡自見其形彼見諸佛亦復如是此謂初定復次如一佛像現鏡中分明見十方諸佛亦如是分明從此以後常正念思惟必有相起以相起故常樂見佛作此念時諸佛即現亦不得神通亦不住彼世界唯住此處見彼諸佛聞佛說法得如實義文殊師利白佛言以何法故起此定寶佛告文殊師利當近善知識供養善知識常起精進不捨精進不捨智慧不動智慧堅智慧利智慧常入信心令精進根堅固不爲天魔沙門婆羅門所壞由此四法能生此定文殊師利白佛言復有何法能生此定佛告文殊師利慚愧懺悔恭敬供養事說法人如供養佛以此四法能生禪定復於九十日修無我想端坐專念不雜思惟除食及經行大小便時悉不得起復有四法能起此定見諸佛勸人聽法不嫉發菩提心人行諸菩薩所行復有四法一者造像二施有信人三教化衆生令離欺慢使得菩提四爲守

護攝受諸佛正法復有四法少語言不與在家出家人和合不著諸法相樂寂靜處復有諸法謂無生忍猒一切諸行一切生處一切邪見一切五欲亦不思惟修無量定行不起瞋恚於四攝法常憶不忘成就慈悲喜捨不譏他過常聞說法質直修行清淨三業樂歎財施不起慳心樂讚法施不起法慳修忍辱行同止安樂若人輕罵誹謗打縛等是我本業得此果報於他不瞋隨聞受持廣爲人說令他思惟修行正行不生嫉妬不自讚毀他離睡眠懈怠信佛法僧恭敬上中下座見他少德常憶不忘語言真諦無餘處說復次文殊師利如出家人能修此定在家之人亦能修習如在家人能修此定出家之人亦能修習爲他廣說令彼修行云何在家人能修此

定以信業果報捨一切財歸依三寶受持五戒不穿不破不汚不缺受十善道令起諸善修行梵行毀呰五欲不生嫉妬不愛妻子常樂出家受持八戒常往僧坊有慚愧心於出家人常生敬心不祕悋法常樂化人愛念恭敬和尚闍梨及說法人於父母善知識所心如佛想安止父母及善知識令得住於安隱之處此是在家之人修此定法云何出家人當修此定不破戒不汚戒無毀點戒清淨戒不穢戒不雜邪戒無所依戒無所得戒不墮戒聖所歎戒慧人所歎戒於波羅提木叉善能守護成就一切諸行處常畏小罪淨業淨命樂深無生法忍於空無相無作不生怖畏常勤精進正念現前有信從心成就慚愧不著世法不懷嫉妬常行頭陀功德猒世語言

不樂綺語知恩知報恩敬畏和尚阿闍梨無憍慢心常樂勝師及樂近善友若有善友我當問法旣聞法已如說修行若依經書若依師說於說法人父母善友常懷佛想樂阿蘭若處不樂人間於身命財心不繫著思念死想不依利養無所觸犯無渴愛心攝受正法愛敬尊長不畜長衣鉢不受宿食恒樂乞食行次第乞常懷慚愧自省己罪不捉金銀珍寶於眞實法不生驚疑常修慈心能斷瞋怒常修悲心能斷殺害饒益一切世間慈悲一切衆生常樂經行無睡眠懈怠若住如是功德則能修此禪定復次文殊師利當具足諸善常念如來專心思惟不起亂想守護諸根於食知足初夜後夜捐於睡眠離諸煩惱令生禪定不著禪味分別色相得不淨想不著陰界入不自稱譽無有憍慢於一切法作阿蘭若想一切衆生生親友想不爲名聞而持禁戒常行禪定不猒多聞以多聞故不生憍慢於法無疑不謗佛不毀法不破僧常近善人離不善人樂佛所說出世言語愛念六法修五解脫處能滅九種瞋恚斷八懈怠修八精進行九想定修八大人覺成就諸禪解脫三昧三摩跋提一切諸見所不能動攝耳聽法分別諸陰無有住相怖畏生死如拔刀賊於十二入如空聚想於十八界如毒蛇想於泥洹處生寂靜想觀於五欲如棘刺想樂出生死無有諍訟教化衆生修諸功德能如是者得深禪定文殊師利若人修行此定所得功德永不退轉文殊師利如三千大千世界盡末爲塵世界多少如微塵數盡布七寶持

用布施於汝意云何若人能如是施功德多不文殊師利言甚多世尊佛言我今告汝若善男子女人直聞此定無怖畏心所得功德於彼爲多何況信心思惟修行受持讀誦況復爲人廣說何況修習得此定者彼功德數我不能說是故文殊師利善男子善女人應當修習此定憶持此定兼爲他人廣說此定文殊師利刼燒之時若有菩薩持此定者爲火所逼無有是處若值王難及惡鬼神種種惡毒不能爲難除惡業深重決定受報復次文殊師利若菩薩摩訶薩持此定者無有疾病六根清淨無諸横惱復次文殊師利若持此定者諸天龍神悉皆守護諸天所歎乃至諸佛亦常讚歎諸天常樂見乃至諸佛亦常樂見復次文殊師利若受此定者所未聞法即皆得聞乃至眠時夢得此定文殊師利我說此定功德若一刼若過一刼亦不能盡無有邊際何況菩薩能得此定文殊師利譬如有人身强多力若向東行經百千歲南西北方上下亦爾於汝意云何有人能稱數此人所行之處若一由旬二由旬乃至百千由旬不文殊師利言除佛一切種智及大智舍利弗并不退菩薩餘無能數佛告文殊師利若有善男子善女人彼所行處滿中珍寶悉以布施若復有人聞此定聞已隨喜發願欲得三菩提欲得多聞以此隨喜功德比布施功德百分千分乃至百千萬億分不可爲比此人爲過去諸佛所隨喜現在未來諸佛亦隨喜我亦隨喜文殊師利白佛言世尊如是如是此定功德果報實不可思量佛告文殊師

利若菩薩一日修行此定過去未來現在衆生所修功德不及此定百千萬分之一佛說此祇夜
念如來十號　及以無邊德　如此諸功德
不可得稱量　珍寶廣布施　如上之所說
聞定隨喜心　過此不可數
爾時文殊師利白佛言世尊諸供養餘華用治衆病或消惡毒其法云何若供養佛餘華般若波羅蜜華佛足下華菩提樹華轉法輪處華塔華菩薩華衆僧華佛像華其法云何世尊用此華有幾種呪法世尊一切諸華云何入佛華中世尊用此華法爲有一種爲有多種此呪爲有一種爲有多種佛告文殊師利各各華各各呪一華呪一百八遍
誦佛華呪曰

南無佛闥寫冶莎訶
般若波羅蜜華呪曰
那末柯盧履民旨切　般若波羅蜜多脊莎訶
佛足華呪曰
那莫波柁俐熈眈鹽莎訶
菩提樹華呪曰
南無菩提逼力龕嵐莎訶
轉法輪處華呪曰
南無達摩斫柯羅夜莎訶
塔華呪曰
那莫鍮跛耶莎訶
菩薩華呪曰
南無菩提薩埵冶莎訶
衆僧華呪曰
那莫僧伽冶莎訶

佛像華呪曰
那莫波羅底耶莎訶
文殊師利呪經如是汝當受持復告文殊師利用此華法若比丘比丘尼優婆塞優婆夷若能信修行應當早起清淨澡漱念佛功德恭敬此華不以足蹈及跨華上如法執取安置淨器若人寒熱冷水磨華以用塗身若頭額痛亦皆以塗若吐痢出血或腹内煩痛以漿飲磨華當服此華飲若口患瘡以暖水磨華含此華汁若人多瞋或以冷水或以沙糖以磨此華飲服華汁若多貪染以灰汁磨華塗其隱處復以冷水磨華塗其頂上貪結漸消常爲一切人所愛敬若天雨不止於空閑處以火燒華令雨即止若天亢旱在空閑處以華置水中復呪冷水更灑華上天即降雨若牛馬象等本性不調以華飼之即便調伏若諸果樹華實不茂以冷水牛糞磨取華汁以灌其根不得踐踏華實即多若田中多水苗稼損減擣華爲末以散田中即得滋長若高原陸地無有水處請四比丘於其處布華一日之中百八遍誦呪次復一日更以新華布先華上又誦呪一百八遍如是乃至七日掘便得水若國多疾病以冷水磨華塗螺鼓等吹擊出聲聞者即愈若敵國怨家欲來侵境以水磨華在於彼處用灑散之即得退散若於高山有磐石處衆多比丘於石上磨華磨華既竟相與禮拜久後石上自生珍寶若人愚癡取所供養華數有百種下至七種擣以爲末以犛牛酥先誦呪百八遍和以爲丸如彈丸大日服一丸服丸之時亦誦呪百八

遍漸得聰明利根一日之中能誦百偈若人有所作取優鉢羅華拘物頭華分陀利華鬱波羅華等若水陸生華華有百種先以供養後以水磨隨其所須或塗或散悉皆有果若得百種華末以爲散水和爲丸若惡重病磨其瘡上其病即愈若癰若疽若有諸毒或服此丸或以塗傅病即得除若人常患氣嗽身體消滅以大小麥汁磨於此華塗其身上即便充悅復以茉莉華汁和華散爲丸塗其額上一切怨家見生愛念文殊師利此華呪法

南無佛闥寫冶莎呵 一 那末柯蘆履(民旨切)般若波羅蜜多裔莎訶 二 那莫波栴制黠耽鹽莎訶 三 南無菩提遏力龕嵐莎訶 四 南無達磨斫柯羅夜莎訶 五 那莫鍮跋耶莎訶 六 南無菩提薩埵野莎訶 七 那莫僧伽野莎訶 八 那莫波羅底耶莎訶 九

一一呪誦百八遍此呪章句汝於處處當說如佛華法餘華亦如是佛說此祇夜

善人足下塵　勝上最第一　於諸世界中
金山不能踰　彼足下微塵　除斷憂悲苦
不如彼金山　增長諸怖畏　佛般若脚足
菩提法輪處　塔及諸菩薩　衆僧與佛像
此處有九種　應當修供養　是於世間中
可禮可恭敬　能斷一切惡　滅除三界惱
功德自增長　壽命亦復然　顏色常悅豫
端正有身力　所作恒吉祥　諸佛咸讚歎

爾時文殊師利等諸菩薩阿若憍陳如等諸聲聞天龍夜叉揵闥婆阿脩羅迦樓羅緊那羅摩睺羅伽人非人等一切大衆聞佛所說歡喜奉行

文殊師利所問經卷下

音釋

舸古我切犢徒谷切礽而證切療力照切治也饑饉饑居依切穀不熟也饉渠遴切菜不熟也淤泥淤依倨切淤泥滓濁泥也撣徒干切與彈同憒閙憒古對切亂也閙奴教切喧囂也蔑莫結切輕易也罾音增魚網也藪音叟裔餘制切柁徒可切龕口含切嵐盧含切鍮託侯切漱蘇奏切盪口也跨苦化切越也⿰牜秦匠鄰切異牛也癰於容切疽七余切嗽蘇奏切欬嗽也

大方廣如來秘密藏經

失譯師名附二秦錄

清刻龍藏佛說法變相圖

大方廣如來秘密藏經上下同卷

失譯師名附二秦錄

如是我聞一時佛住王舍城祇闍崛山與大比丘僧八千人俱菩薩摩訶薩三萬二千衆所知識得陀羅尼無礙辯才得無生法忍降伏魔怨一切法中快得自在善能種種神通變化善知一切禪定三昧入出自在爲諸衆生作不請友永離蓋纏善能了知諸衆生根善知依止於了義法淨修六度到於彼岸遊戲五道教化衆生心無猒倦無量無邊百千萬億那由他劫久修諸行已曾供養無量諸佛善爲諸佛之所護持護正法城不斷佛種常以聖德悅樂一切轉妙法輪善能往來無邊佛土奉覲諸佛大師子吼治大法船擊大法鼓吹大法螺善集一切福德莊嚴相好嚴

身念慧堅進善知慚愧法喜自娱具足成就大慈大悲隱蔽日月所有光明利衰毀譽稱譏苦樂是世八法所不能污不高不下善斷愛恚常與方便智慧相應隨衆生根善開化之救無救者有所爲作善觀察之身口意業無諸過患善能集於定慧莊嚴其心調柔猶如大龍如大師子降伏外道善能進趣大丈夫行離諸怖畏善能決斷諸衆生疑善能勸請無量諸佛轉於法輪善住大願永離二見常勤度脱一切衆生善知垢淨所起因緣善修正念不起聲聞緣覺之念不捨一切智寶之心其心清淨猶如虚空其身柔輭心無染污志意無壞心所至處心無染著妙音和輭有所言説顯露易解其言清白説無染法句常觀他德勇猛無侣志欲道場其名曰山剛菩薩大山菩薩持山巖菩薩山積王菩薩石山王菩薩天進菩薩信進菩薩極進菩薩喜手菩薩寶印手菩薩寶手菩薩德手菩薩燈手菩薩常舉手菩薩常下手菩薩常喜根菩薩常思念菩薩常勤菩薩常觀菩薩法勇王菩薩淨寶光明威德王菩薩摩尼光王菩薩過諸蓋菩薩總持自在王菩薩發心轉法輪菩薩法勇菩薩淨衆生寶勇菩薩道分味菩薩捷辯菩薩無礙辯菩薩不動足進菩薩金剛足進菩薩金剛志菩薩虚空藏菩薩相好積嚴菩薩壞魔網菩薩勝志菩薩導師菩薩喜見菩薩賢護等十六大士彌勒等賢劫菩薩兜率陀天曼陀羅華香等而爲上首他化自在天王等三萬二千如是天子及餘趣向於大乘者三千大千世界之中釋梵護世欲

界色界淨居諸天一切來集恭敬供養禮拜如來爾時世尊爲於無量百千大衆恭敬圍繞而演說法是時東方去此佛土七十二億刹彼有佛土名曰常出大法之音其國有佛號曰寶杖如來應供正遍覺今者現在而是常出大法音國一切江河池泉諸水一切樹林一切衆華一切諸葉一切華果一切臺觀常出法寶無上法音彼土衆生常聞如是勝妙法音是寶杖佛常出大法音國有菩薩名無量志莊嚴王是菩薩觀寶杖佛已猶如壯士屈伸臂頃沒是常出大法音國一念之頃而來至此娑婆世界時無量志莊嚴王菩薩化作八萬四千寶臺妙寶所成四方四柱縱廣正等莊嚴極妙一一寶臺化作八萬四千寶樹華果茂盛一一樹下皆悉化作寶師子座衆寶廁塡皆悉敷置百千妙衣是諸座上皆見佛坐形色相貌如釋迦牟尼是無量志莊嚴王菩薩現是化已於虛空中化作寶蓋縱廣正等百千由旬垂懸繒綵鈴網裝飾風吹鈴網出柔和微妙可愛輭音其音遍告三千大千佛之世界時此三千大千世界平坦如掌生寶蓮華供養如來時無量志莊嚴王菩薩以八萬四千寶臺而自圍遶來詣佛所是時大衆見是化已得未曾有而作是言如今所見此大士來莊嚴事相必說大法及此三千大千世界諸莊嚴事又上空中垂懸寶蓋於如來上一切天宮悉皆隱蔽是時大德摩訶迦葉承佛神力從座而起整衣服偏袒右肩右膝著地向佛合掌而說偈言

無垢淨光從空出　隱蔽釋梵諸光明

及蔽日月珠火光　惟願人尊說此相
此空中現妙寶蓋　遍覆百千由旬地
幢旛鈴網以莊嚴　世尊今將雨法雨
鈴網所出妙聲音　其音遍告此佛界
有聞音者煩惱息　爲何利益說此事
三千世界平如掌　百千蓮華從地出
華香適意悅身心　是何威德之所爲
東方遍放金色光　八萬四千妙寶臺
臺内寶樹師子座　見如導師釋師子
導師此是何利事　見此事者何增益
此是何種欲佛智　現此無量諸神變

爾時佛告摩訶迦葉東方去七十二億佛土有國名常出大法音彼中有佛號曰寶杖今者現在彼有菩薩名無量志莊嚴王來至此土見我禮拜諮受聽法爲諸菩薩生大法欲生大法力集大法智欲顯常出大法音國所有功德及寶杖佛所有功德以此緣故是無量志莊嚴王菩薩而來至此娑婆世界一日一夜所利衆生多於汝等滿此三千大千世界諸大聲聞法利衆生假令汝等數如稻麻竹葦甘蔗叢林壽命一劫所利衆生猶尚不等大德迦葉白言世尊閻浮提人若得聞是善丈夫名尚得大利況有信心復聞說法時無量志莊嚴王菩薩及諸寶臺住如來前頂禮佛足當禮佛時令是三千大千世界六種震動百千妓樂不鼓自鳴一切大衆禮如來足爾時無量志莊嚴王菩薩遶佛三帀及與八萬四千寶臺亦遶三帀遶三帀已向佛合掌以偈讚佛

善能柔軟微妙語　無錯無雜淨無垢

善名威德慧中勝　我今稽首最勝仙
多百千億功德滿　施安隱樂無諸苦
仁大悲喜等三界　而演說法除塵垢
十方諸佛歎仁德　善逝惡時得菩提
度惡衆生無疲倦　度一衆生尚爲難
一切諸佛悉平等　智慧通等號人尊
成佛無等白淨法　示現卑劣調衆生
尊若悉示佛境界　一切衆生心迷亂
大悲爲利是等故　隨彼所行演說法
人尊智勝衆所樂　常先和顔柔輭語
筭數人天德無等　是故歡喜頂禮尊
一切智等諸衆生　盡諸法際降外道
一切智見伏魔怨　稽首十方降諸力
常樂眞實誠諦語　善知如說如所行
苦樂不動如山王　我今稽首施世樂

爾時無量志莊嚴王菩薩偈讚佛已而白佛言世尊寶杖如來問訊世尊少病少惱起居輕利安樂行不世尊我今欲少請問如來應供正遍覺若佛聽者乃敢諮啓佛告無量志莊嚴王菩薩善男子如來當聽隨所有疑恣汝所問吾當隨汝所問演說悅可汝心如是世尊願樂欲聞時無量志莊嚴王菩薩白言世尊我從先佛如來應供正遍覺聞有法名如來祕密藏若有菩薩住是祕藏得無盡法得無盡辯見佛無盡善能獲得無盡神通爲諸衆生作實依止善哉世尊願爲演說如來密藏法爾時佛告無量志莊嚴王菩薩善哉善哉善男子乃能問佛如是之法善男子汝已曾於恒河沙佛所植諸善根諮受請問善男子汝今諦聽善思念之吾當少說如來密

藏法無量志莊嚴王菩薩即白佛言如是世尊受教而聽佛言善男子如來密藏法謂一切智心發是心已堅固守護不退不捨無有嬈亂善好憶念熾然勸導顯示教誨善根先首喜樂守護常恒堅造應作之業爲是布施爲是持戒爲是忍辱爲是精進爲是禪定爲是方便是心爲柱不怯不弱不羸不壞無有懶墮不背不捨順向是心而覺了之善業爲首質直無曲正住端直無幻無僞作已無疑未作者作如所應作勤修行之捨不正行勤修正行善男子是名如來秘密藏法所入法門所謂堅固一切智心好堅守護不棄捨之善男子何等一切智心堅固善男子一切智心堅固有四何等四不念餘乘不禮餘天不發餘心志意無轉是爲四而說頌曰

不生念餘乘　禮佛不禮天　不生餘欲心
不禮外凡夫　修行是法時　一切智心堅
非魔及外道　得便如毛髮

善男子復有四法護一切智心何等四不爲色醉及財封醉非眷屬醉及自在醉是爲四而說頌曰

非色財封醉　眷屬及自在　觀諸有爲法
皆悉是無常　不放逸離慢　守護菩提心
斯行法功德　趣菩提不退

善男子復有四法不退菩提心何等四集諸波羅蜜親近實菩薩修大悲心以四攝法攝諸衆生是爲四而說頌曰

常修六度無滿足　生聞聞已心柔輭
生於大欲離惡友　親近善友隨所欲
常修勝道近向者　常修悲心住四攝

常好堅住菩提心　佛功德聚不難得

善男子菩薩具足四法不捨一切智心何等四信佛功德修集佛智見佛神通不斷佛種是名為四而說頌曰

信解佛德已　勤修集佛智　見佛神通已
勤守護佛種　修行如是法　不捨菩提心
隨所見諸佛　倍生精進力

善男子菩薩具足四法終不娆亂菩提之心何等四給侍諸佛面前從於如來聞法常歎佛德依止寂靜緣念於佛是為四而說頌曰

給侍於如來　好尊重恭敬　若有所聞法
聞已如說行　常讚歎如來　信敬愛樂之
面聞勝法已　智者依於義　常讚歎功德
調御世所有　彼常勤依止　正念於諸佛
數數讚佛德　常勤觀已行　常樂獨靜處
思念於如來　善攝如是法　修行心不亂
斯人有三昧　不忘菩提心

善男子菩薩具足四法憶菩提心何等四我要當為一切衆生良厚福田我當說道我當隨趣如來所趣我當實知諸衆生行是為四而說偈曰

我當為世勝福田　趣邪道者示正路
善逝所趣我當趣　我當常知衆生行
菩薩大士念此德　常念菩提勝道心
彼當速疾成法王　得神通智世無等

善男子菩薩具足四法念一切智心何等四專志念意是諸法本當念法本發一切智心是世寶塔當念寶塔是為四而說頌曰

當專志念意　極好專念意　此是諸法本
一切世間塔　常念菩提心　住意好善住

此是十力本　當爲天世塔

善男子菩薩具足四法然一切智心何等四勢力通集不失本行滿五根力身心精進而無有我勤行精進爲利益他是爲四而說頌曰

所演說四法　熾然菩提心　若熾然智慧
得止息煩惱　慧力及通達　如是勤精進
安住服是已　莊嚴無懈怠　斯不失本誓
善安住根力　身心無疲倦　勤進求實身
住如是熾然　增長菩提心　彼智慧如是
猶日月增長

善男子菩薩有四法勸菩提心何等四在大衆中稱揚讃歎菩提之心令共開解菩提之心善受教誨隨順師長發清淨心一切煩惱不得自在是爲四而說頌曰

勸導唱道心　先住此爲本　當有一切智
是名知因者　是一切智心　清淨常照明
常住於是中　世間所頂禮　常出柔輭語
速疾受教誨　諮問諸師長　一切智勝心
本性常清淨　守護菩提心　白淨離煩惱
最勝不相違

善男子菩薩有四法顯示菩提心何等四此是我住處住是處已開示顯說知於是心有無量德亦爲他說如是之事是爲四而說頌曰

善住於所住　菩薩住是已　稱揚如是法
菩提之妙心　道心德無量　發及稱揚等
稱揚已便行　稱揚者所得

善男子菩薩有四法教修菩提心何等四謂不麤獷言說柔輭無有麤澀顏色和悅是爲

四而說偈言

柔輭解說義　常無有麤獷　和顏住是法
彼教菩提心

善男子菩薩有四法菩提之心善根爲首何等四成滿相好開門大施修淨佛土行種種施淨於智慧常伏憍慢滿足智慧修集多聞是名爲四而說頌曰

常開門大施　彼到相好岸　善好種種施
斯當有淨土　常無有憍慢　恒求集佛智
集聞無滿足　斯有利智慧　如是勝妙相
方便起道根　是巧心所轉　集先諸功德

善男子菩薩有四法常喜樂何等四喜樂見佛見餘菩薩勝精進者生於喜樂作如是言我當何時滿足受記受於無上菩提道記我當何時諸衆生前作諸佛事於佛智慧生喜樂心是爲四而說頌曰

我當何時現見佛　彼生喜樂欲見佛
見餘菩薩勝進者　生喜欲修是精進
我當何時滿德聚　得受勝記證菩提
勝智某方作法王　菩薩常生是喜欲
我何時世作佛事　得神通智到彼岸
名聞普遍十方供　菩薩常生此喜欲

善男子菩薩有四法不憘何等四不憘稱譽不實功德得諸利養不憘得諸釋梵護世人天冨樂不憘一切聲聞緣覺不憘一切外道所得勝供養事是爲四法不憘而說頌曰

不憘名稱大利養　於身命財亦如是
不憘釋梵及護世　是諸邪有悉無常
不憘聲聞及緣覺　唯除趣向勝乘心
不憘世禪及外道　不憘身見及邊見

善男子菩薩有四法護一切智心何等四如說如住如作而說於諸衆生其心平等生極欲心護於善法是爲四而說頌曰
如說如住　如作說　等心衆生　極欲道
善住於是　四勝法　常護道心　不忘失
善男子菩薩有四法是所應作何等四修集多聞思念多聞說於所聞不退寂靜是爲四而說頌曰
斯常勤集　於未聞　是常修念　思多聞
是常勤說　於多聞　是常勤修　爲得禪
善男子菩薩有二法定一切智心而行布施何等二專意念定捨不望果報是爲二而說頌曰
以歡喜心　而施與　施已生喜　不望報
一切悉捨　向菩提　定心施已　證菩提

善男子菩薩有二法一切智爲首修持淨戒何等二於諸衆生無侵害心毁戒者所生大悲心是爲二而說頌曰
不生毁害心　等施上中下　倍增生悲心　於惡逆衆生
善男子菩薩有二法一切智爲首修行忍辱何等二自捨已樂施與他樂是爲二而說頌曰
不求於自樂　常爲利樂他　斯有如是忍　佛菩提爲首
善男子菩薩有二法一切智爲首修行精進何等二菩提心爲首不捨諸衆生是爲二而說頌曰
行一切白淨　上道心爲首　不見我衆生　精進無毁减

善男子菩薩成就二法一切智爲首修行禪定何等二方便入禪本願力出是爲二而說頌曰

勇健者常起　智者行禪定　降伏諸結使
恒常欲得禪　本願力持出　當爲世導師
斯有如是德　獲得於禪定

善男子菩薩成就二法一切智爲首有於智慧何等二自離諸見爲斷一切衆生見故修行智慧是爲二而說頌曰

彼離於諸見　修利爲衆生　有勝智現前
智安隱行道

善男子菩薩成就四法有於方便何等四慈愍衆生而爲作救大悲眞實無有疲倦喜樂於法生歡喜故捨離煩惱無有怯弱是爲四而說頌曰

修慈無瞋恚　起悲無疲倦　以法生歡喜
捨煩惱無難

善男子菩薩有四法無猒何等四多聞無猒集德無滿阿練兒處無滿回向無滿足是爲四而說頌曰

求聞無滿集福爾　阿練兒處無滿足
福德回向無滿足　菩薩如是四無猒

善男子菩薩有四法無足何等四是菩薩念過去佛作如是念是諸佛等皆悉修集最勝菩提我今云何而不修集念未來佛我亦入在是等數中念現在佛念是佛時而作是念此諸佛等現悉了知一切諸法是諸念中無有怯弱是爲四而說頌曰

憶念過去佛　無怯心增長　彼佛得勝道
我云何不得　念未來善逝　我在是數中

無怯倍精進　我定在是數　念現在導師
本行菩薩時　我當除諸結　證寂滅菩提
解了一切法　所住如所欲　終不生怯心
倍生好勝進
善男子菩薩有四法不退大乘何等四其心
如地其心如水其心如火其心如風是爲四
而說頌曰
其心如地水　心亦如風火　作不作同等
不得道不退
善男子菩薩有四法解知無我何等四而是
菩薩作如是念諸衆生界我當悉知是等心
行諸衆生界我當悉知是等諸根而爲說法
諸衆生界我當除斷一切煩惱而爲說法無
量佛智我等覺了實非我身能覺此法亦非
我心我諸善根能覺此法無有我者名爲菩
薩是爲四而說頌曰
衆生界諸心　所行叵思議　煩惱妄分别
妄想生是非　佛智亦如是　無量叵思議
非我之所能　解了於佛智　諸結使相違
無色不可見　我應悉除斷　顯示解脱道
善男子菩薩有四法無有怯弱何等四願諸
善根修方便慧修信進念力信無上道是爲
四而說頌曰
善喜恱克潤　慧方便衆香　信精進念力
斯有解脱道　如是四慧法　持法無有猒
爲猒倦者依　亦爲世作救

大方廣如來祕密藏經卷上

大方廣如來祕密藏經卷下

失譯師名附二秦録

善男子菩薩有四障法應當覺知何等四毀謗正法祕悋惜法懷增上慢修無色定是爲四而說頌曰

菩提心有四　說是名障礙　菩薩應覺知
應數數遠離　毀謗於正法　多聞懷悋惜
增上慢貢高　不善起禪定　是故護正法
聞已廣流布　捨慢無貢高　遠離不禪定

善男子菩薩有四法所造速疾何等四所作以智不以憍慢所有善根回向菩提不趣下乘一切諸趣不生染著若生染著一向專爲化於衆生晝夜三時常修三分滅過惡業未來不造是爲四而說頌曰

所造以智不以慢　回善上道非下乘
慧者不信於諸有　發心爲利諸衆生
晝日三時夜亦爾　三分悔過滅先惡
不造衆惡集諸惡　慧者如是集善業

善男子菩薩有四法極好何等四不自稱譽不輕於他遠離諸惡捨除諸慢是爲四而說頌曰

不自稱譽不輕他　所造諸惡悔不作
不生憍慢及慢慢　其心端直修善行

善男子菩薩有二法端直速疾何等二若有所問如實而答先所見事無所覆藏是爲二而說頌曰

如問而演說　不藏先所見　寧捨於身命
終不說妄語　正直於是法　是爲賢善根
彼得於質直　疾覺勝菩提

善男子菩薩有二法無有諂僞何等二雖多

獲利不欲歎德不得利養不自稱譽是爲二

而說頌曰

雖多獲利養　不歎示已德　大智所不欲

是不諂者得　設不得利養　此是我本業

不欲他有過　勿令彼業熟

善男子菩薩有二法不望他報何等二我應當利一切衆生非諸衆生而利於我我當覺知而爲菩提是爲二而說頌曰

我應利衆生　我荷擔彼等　我求無爲道

不觀望他報　我不求有爲　我求無爲道

我攝護世間　不望報得道

善男子菩薩有二法作於不作何等二不知恩者而常供給於知恩者作於重任是爲二而說頌曰

不知恩衆生　於彼不望報　諸陰界入等

皆爲作菩提

善男子菩薩有二法是所應處何等二常值諸佛亦常值遇菩薩乘者是爲二而說頌曰

二種所應處　是處增名稱　得值諸如來

菩薩所識知

善男子菩薩有二所不應修何等二不與願行聲聞乘者而共同止不驚畏諸有獨處宴默是爲二而說頌曰

不與修行者　而共同止住　不驚畏諸趣

依止宴寂處

善男子是名初入如來密藏根本句也菩薩若入是初根本句是菩薩能成就如來秘密藏法世尊說入如來密藏初句法時六萬衆生及天與人發於無上正眞道心十千菩薩得無生法忍五百比丘不受諸法永盡諸漏

心得解脱時此三千大千世界六種震動大光普照人天妓樂不鼓自鳴人天阿脩羅等同聲三唱作如是言其有衆生得聞於是如來密藏法快得善利若有書寫受持讀誦如說修行是等衆生皆當不失如是如來祕密藏法爾時無量志莊嚴王菩薩聞是如來密藏法已即作是念我今當以何等供具供養如來應供正遍覺復作是念外物易捨内事難捨我今當以自身奉供如來世尊即昇虚空而說偈言

我今奉徧覺　以自身供養　以此無上捨
願令如導師　財供二足尊　此事不爲難
云何爲希有　所謂身供養　我今供無等
自身奉遍眼　爲世人天供　如大智師子

爾時無量志莊嚴王菩薩即便放身投如來上當于爾時以佛神力未曾有華異華異色甚爲鮮淨極妙端嚴散如來上是菩薩身又不墜地亦不現空此諸華等至佛身上即復還湧住虚空中成大華蓋覆四天下是華蓋中垂懸華貫出大光明是光明中現妙蓮華是蓮華上有菩薩坐如無量志莊嚴王是菩薩等從華臺起頂禮佛足同聲請言唯願世尊說如來祕密藏法無令斷絶及護如來密藏眷屬爾時大德摩訶迦葉生希有心歎未曾有白言世尊是無量志莊嚴王菩薩以身莊嚴供養如來以身供養於如來已現是菩薩諸莊嚴事世尊願令一切諸衆生等得於如是莊嚴之身願使如來常壽住世世尊我等今者快得大利乃得見是善大丈夫聞其說法爾時佛告摩訶迦葉汝今見是無量志

莊嚴王菩薩不已見世尊迦葉是善男子於恒河沙等佛所恒得諮請如是如來祕密藏法賢劫諸佛所亦當請問如是如來祕密藏法爾時大德摩訶迦葉復白佛言善哉世尊惟願敷演說是如來祕密藏法如此菩薩所啓請者爾時世尊告大迦葉汝今善聽如來密藏少許法分何以故若於一劫演說此法不可窮盡迦葉白言如是世尊爾時迦葉及諸大衆受教而聽佛言迦葉於意云何汝謂我行菩薩道時所捨手足頭目耳鼻皮肉骨髓血及妻子略說乃至一切財物處處逼惱於菩薩者是諸衆生不墮地獄畜生餓鬼及諸惡趣何以故本菩薩時志意淨故及大誓願淨戒聚故於諸衆生大悲純至及堅忍故以大慈故大功德法故牢强精進定向大乘故自心淨故大願豐饒故不喜自樂故其有衆生觸嬈菩薩毀罵之者菩薩德故不墮惡道迦葉我今引喻以明斯義迦葉猶如病人良醫授藥而是病人毀罵是藥及與良醫先毀罵已後乃服藥迦葉汝意云何藥以罵故不爲藥耶病不除耶不也世尊雖復毀罵不失藥勢而能除病如是迦葉菩薩如彼藥及良醫雖不恭敬種種觸惱然是菩薩純淨志意無有缺減迦葉如大寶珠衆德所成其性純淨除諸瑕穢若有人天毀罵是寶而不恭敬迦葉於意云何是大寶珠畏毀罵故失寶力耶不也世尊佛言迦葉是淨寶珠猶彼菩薩志意清淨一切衆生雖不恭敬所有功德無有折減迦葉如大油燈假令人天而毀罵之以毀罵故便闇冥耶不也世尊佛言迦葉

菩薩志意純淨如是雖復觸惱不失其性迦葉以是事故當知衆生雖有觸嬈於菩薩者不墮惡道何以故由是菩薩本願淨故所願皆成爾時大德摩訶迦葉白言世尊如我解佛所說義趣若於如來起不善業是衆生等亦復不畏墮於惡道佛言如是迦葉若有衆生於大悲如來生信敬心解入進趣若佛現在若滅度後若有奉施如來及塔若幢旛蓋華鬘塗香及與末香若寶若衣及諸飲食隨於種種所有諸物若取若食若自取若教取迦葉我說是人無有所犯迦葉貧爲最苦不恭敬故作劫奪故無畏懼故不信敬故不解業故不慮報故以貪求故難調伏故貪瞋癡故無慚愧故兇橫惡故不思如來有大慈悲不信如來多利衆生取如來塔物乃至一綖若自取若使人取我說是人不名少犯我不說彼不墮惡道迦葉若有衆生於如來物及佛塔物若自取若教人取如來今者悉知是人悉見是人當墮惡趣又以此緣當得斷結何以故是人心行爲佛護故迦葉若於如來若如來塔生心緣念乃至起於少許悔心迦葉是衆生心自當改悔以緣如來生悔心故背棄生死一劫之罪結使微緩迦葉假有人天墜墮于地隨墮大地已還依大地而得起住如是迦葉是衆生等於如來所生不善故墮在惡道隨惡道已還緣如來速得出離云何名爲緣於如來於如來所生慇重心爾時大德迦葉白言世尊是人以是惡賊之心若能生心緣念如來尚得大利況淨心者佛言迦葉如汝所言若有衆生起念如來思憶如來

觀緣如來是等一切悉皆當得涅槃果證大德迦葉白言世尊如我解知佛所說義寧於如來起不善業非於外道邪見者所施作供養何以故若如來所起不善業當有悔心究竟必得至於涅槃隨外道見當墮地獄餓鬼畜生佛言迦葉如汝所言迦葉設有人天罵亦栴檀以手椎打速擯棄地迦葉於意云何如是人者有何等香迦葉白言而是人者有栴檀香如是迦葉若有衆生眼見耳聞及口宣說於如來者當知是人有解脫香迦葉有人執於抱糞汙已以諸妓樂一切衆華而供養之如是人者有何等香迦葉白言世尊是人唯有糞穢臭惡如是迦葉其有親近恭敬供養諸外道者當知是人亦復如是有諸見畏地獄畜生餓鬼等畏迦葉若善男子善女人信於如來有大慈悲慇重敬信除慢不憍無有貪瞋及與愚癡意志決定解知業報質直無諂無有幻僞於如來所得淨信心諸根無貪無有諂曲志意不壞淨信成就信佛大悲多利衆生信佛本行信於如來不捨一切諸衆生等有如是心有如是意設乏於食病藥所須未得道果未入正位若得所須能得道果入於正位若其不得饑渴羸劣不能修善不得道果是人若取如來佛物衣服食飲病藥所須自服食之迦葉我不說是有惡道果迦葉是名如來祕密藏法應當密持善好守護不應在彼見著者前開示演說勿令是人重增所見迦葉云何爲解謂解如來說一切法云何爲縛迦葉所言縛者所謂貪著云何爲解謂不貪著不分別二迦葉我今不說

是無著者名之爲犯何以故迦葉羸劣煩惱從虛妄生迦葉若其不實不以生故名之爲實迦葉我今引喻爲示不實妄想事故迦葉猶如人天持芥子火吹令增長漸燒諸物成大火聚如是迦葉愚小凡夫起少不正思惟想念堅著諸見隨所妄想隨是諸處增長結使迦葉若有火聚如須彌山無有所依迦葉於意云何如是火者爲當增長爲當漸滅迦葉白言是火當滅更不增長佛言迦葉不實妄想諸煩惱等若更不起若更不著更不妄想更不喜樂更不分別此當漸滅而不增長迦葉以是事故應當解知羸劣不實妄想煩惱是不眞實迦葉猶如有人至毒家舍竟不服毒自生驚怖受大苦痛發聲大呼我今遇毒我今遇毒有義良醫持不實藥令是病人除不實病得離衆苦迦葉於意云何若是良醫持於實藥與是人者是人活不不也世尊是人實不服食於毒自生毒想須不實藥以療治之佛言如是迦葉諸小凡夫爲於不實煩惱所惱是故如來說不實法爾時迦葉白言世尊如來說法不眞實耶佛言迦葉汝所解說爲是眞實爲不眞實迦葉白言我所解說無有眞實何以故世尊所有貪欲以不淨對瞋恚慈對癡因緣對世尊若不淨是實則不能除不實貪欲亦非貪欲生不淨觀若慈是實即不能除不實瞋恚亦非瞋恚生於慈觀若愚癡是實起愚癡已非因緣對亦非因緣能除愚癡是故世尊一切結使及斷結法二俱不實無物無定無有成就是故不實諸煩惱等習近不實便得除去世尊結使無去

何以故若有除去則爲有去若已有去則便有來是故世尊一切結使無去無來是故知諸一切有爲無來無去名離煩惱佛言迦葉此如來密藏說一切法本性清淨爾時大德摩訶迦葉白言世尊是十惡道如佛所說其性無垢本性淨耶佛言如是如是迦葉何以故無有自在而犯於殺無可親信而犯於盜非無主無護而犯邪婬非爲護他而犯妄語非爲調伏而犯惡口非爲破壞外道邪增而犯兩舌無隨應器而犯綺語無麤惡教而犯瞋恚無有希望增上善根名之貪無有將護自在者意少不正言而犯邪見迦葉是十惡道若不堅著我不說彼名之有過迦葉是十惡道若不堅著名爲不犯如是迦葉一切煩惱若不堅著我說無犯迦葉諸不著者名曰離見迦葉白言世尊十惡業道何者最重佛言迦葉是十惡業道殺及邪見名爲最重迦葉隨在在處諸惡不善若不堅住若不堅執若不堅著一切我說名爲不犯迦葉若少不善若其堅住堅執堅著一切我說名之爲犯迦葉五無間罪若不堅住堅執堅著生於見者我不說彼名曰爲犯況復餘小不善業道迦葉我不以不善法而得菩提亦不以善法而得菩提迦葉若以不善得於菩提諸小凡夫亦得菩提若以善法得菩提者一切被燒草木叢林應還生長迦葉我今問汝如來云何得於菩提迦葉白言佛是法本世尊是眼世尊是依如世尊說當共奉行佛言迦葉解知煩惱從因緣生名得菩提迦葉云何爲解知從因緣所生煩惱解知是無自性起法是

無生法如是解知名得菩提迦葉但假名字名得菩提而是菩提不以文字言說而得若無文字無言無說無得菩提是第一義迦葉如汝所問十惡業道何者爲重迦葉如人有父得縁覺道子斷父命名殺中重奪三寶物名盗中重若復有人其母出家得羅漢道共爲不淨是婬中重若以不實謗毀如來是妄語中重若兩舌語壞賢聖僧是兩舌中重若罵聖人是惡口中重言說壞亂求法之人是綺語中重若五逆初業是瞋恚中重若欲劫奪持淨戒人物是貪中重邪見中重謂之邊見迦葉此十惡道是爲最重迦葉如來知是十惡業是爲最重迦葉若有一人具是十惡迦葉是惡衆生者解知如來說因縁法是中無有衆生壽命無人無丈夫無我無年少無作業者無受者起者無知者見者無福伽羅無生無滅無行是爲盡法無染無著無善不善本性清淨一切諸法本性常淨解知信入迦葉我不說彼趣向惡道無惡道果何以故迦葉法無積聚法無集無惱迦葉一切諸法生滅不住因縁和合而得生起起已還滅迦葉若心生滅一切結使亦生已滅若如是解無犯犯處迦葉若犯有住無有是處迦葉如百千歲極大闇室不然燈明是極闇室無門牕牖乃至無有如針鼻孔日月珠火所有光明無能得入迦葉若闇室中然火燈明是闇頗能作如是說我百千歲住今不應去迦葉白言不也世尊當然燈時是闇已去佛言如是迦葉百千萬劫所造業障信如來語解知縁法修觀察行修於定慧觀無我無命無人

無丈夫等我說是人名爲無犯無處無集迦葉以是事故當知羸劣諸煩惱等智慧燈照勢不能住迦葉是說如來密藏住處無上大師子吼轉淨法輪天人魔梵所不能轉迦葉若有衆生信是如來祕密藏法如是受持如是觀察彼當如是大師子吼是時大德阿難白言世尊是無量志莊嚴王菩薩自以其身供養如來當以何身覺菩提道時華臺中諸菩薩等問阿難言於意云何可以身覺於菩提耶阿難勿作斯觀當以身心覺於菩提阿難報言諸善丈夫若非身心覺於菩提當用何等而覺菩提諸菩薩言大德阿難身之實性是菩提實性菩提實性是心實性心之實性即是一切法之實性覺是一切諸實性故名覺菩提時諸華臺所有菩薩頂禮佛足說如是言世尊我等若至此大地時是無量志莊嚴王菩薩乃當得成阿耨多羅三藐三菩提是時阿難白言世尊是諸華臺衆菩薩等幾時當至於此大地佛告阿難是諸菩薩於下方界分恒河沙等諸佛如來所諮受請問於是如來祕密藏法聞已解義阿難白言世尊是無量志莊嚴王菩薩幾時當成阿耨多羅三藐三菩提佛告阿難是賢劫中千佛已出當出阿難最後如來號名盧志阿難盧志如來應正遍覺諸聲聞衆多先諸佛所有聲聞僧阿難是盧志如來乃當授是無量志莊嚴王菩薩無上道記云無量志莊嚴王菩薩過九十八劫當得成佛號莊嚴王亦於是界得無上道是莊嚴王如來坐此地時是華臺中諸菩薩等爾乃至地復當聞此如來密藏

法阿難爾時是莊嚴王如來世界名作無量功德莊嚴阿難一切欲界諸天宮殿等彼莊嚴王佛國土中一寶臺耳是娑婆界爾時當名妙好色土阿難莊嚴王如來壽命百劫佛滅度後正法住世滿足十劫純菩薩僧說是莊嚴王如來記已佛上華蓋便沒不現無量志莊嚴王菩薩現佛前住是時阿難白言世尊護持此法令得久住於閻浮提增廣流布令善丈夫能持如來密藏法者成滿功德手得是法爾時世尊告阿難言假令四大變易其性終不令是善丈夫等不聞是法而取命終阿難若有書寫受持讀誦當知是人即是如來所持阿難若有人能右手執持恒沙佛界滿中七寶右手復持恒沙世界滿中七寶若晝三時夜三時持用布施是人不懈經恒沙劫阿難是布施德若有書寫受持讀誦是經典者所得功德復過於是是故阿難汝今受持讀誦是經令諸法器普得聞知是諸人等則為受持如來秘密藏法佛說此經已無量志莊嚴王菩薩大德阿難大德迦葉一切大衆天人阿脩羅等聞佛所說皆大歡喜

大方廣如來秘密藏經卷下

音釋

嬈（而沼切擾亂也）　獷（古猛切麤惡也）　憘（虛里切樂也）　叵（普火切不可也）　綖（私箭切與線同縷也）　椎（直追切打也）　撩（朗鳥切取也）

大乘密嚴經

唐中天竺國沙門地婆訶羅奉 詔譯

清刻龍藏佛說法變相圖

大乘密嚴經卷上

唐中天竺國沙門地婆訶羅奉　詔譯

密嚴會品第一

如是我聞一時佛住出過欲色無色無想於一切法自在無礙神足力通密嚴之國非諸外道二乘行處與諸鄰極修觀行者十億佛土微塵數菩薩摩訶薩俱皆超三界心意識境智意生身轉於所依成就如幻首楞嚴法雲三昧處離諸有蓮華之宮爲無量佛手親灌頂其名曰摧異論菩薩大慧菩薩如實見菩薩持進菩薩解脫月菩薩觀自在菩薩得大勢菩薩神通王菩薩文殊師利菩薩金剛藏菩薩如是等菩薩摩訶薩而爲上首爾時如來應正等覺從證自智境現法樂住神通辯才現衆色像三昧而起出虹電光妙莊嚴

殿與諸菩薩入於無垢月藏殿中昇密嚴場師子之座諸菩薩衆亦皆隨坐衆坐已定於時世尊四方周顧從眉間出清淨光明名髻珠莊嚴有無量光周帀交映成光明網是光明網流照之時一切佛土莊嚴之相分明顯現如一佛土餘諸佛土嚴飾細妙同於微塵密嚴佛土超諸佛國無有日月及諸星宿如無爲性不同微塵此密嚴中諸佛菩薩幷餘國土來此會者皆如涅槃虛空及非擇滅爾時世尊現諸國土及佛菩薩勝功德已復以佛眼遍視十方諸菩薩衆謂如實見菩薩言如實見今此國土名爲密嚴是中菩薩從色無色無想之處以三昧力生智慧火焚燒色受及以無明轉所依止而得智定意生之身神足力通以爲嚴飾無礙隙無骨體如日月

虹電紫金明珠玻瓈珊瑚訶利多羅占波迦孔雀華月鏡中之像住於諸地淨有漏因三昧自在十究竟願及以回向獲殊妙身而來住此爾時如實見菩薩在大衆中即從座起偏袒右肩右膝著地曲躬合掌白佛言世尊我於今者欲有所問惟願如來哀許爲說佛告之言善哉善哉恣汝所問當爲開演時如實見即白佛言世尊唯此佛土出過欲色無色無想衆生界耶佛言善男子上方去此過百億佛國有梵音佛土娑羅樹王佛土星宿王佛土過如是國復有無量百千國土廣博殊麗種種莊嚴彼中諸佛咸爲菩薩說現法樂住內證智境離諸分別眞如實際大涅槃界究竟之法是故當知此佛土外有如是等無量佛國如實見非唯汝今於佛國土菩薩

衆會心生疑怪請問如來此有菩薩名曰持進曾於佛所生疑怪心便以神通昇于上方過百千億乃至如恒河沙諸佛世界不能一見如來之頂心生希有念佛菩薩不可思議遂從娑婆世界舍衛城中至於我所悔謝已過歎佛無邊猶如虛空住內證境來密嚴國爾時會中金剛藏菩薩摩訶薩善能演說諸地之相微妙決定盡其源底從座而起偏袒右肩右膝著地曲躬合掌白佛言世尊我於如來應正覺所欲問少法願佛慈哀為我宣示佛言金剛藏汝於我所欲有所問如來應正等覺當順汝心為汝開演爾時金剛藏菩薩摩訶薩蒙佛許已即白佛言世尊佛菩提者是何句義所覺是何請說第一義境示法性佛除去來今在行地者色相之見及取著外論行分別境起微塵勝性自在時方虛空我意根境和合如是諸見復有計著無明愛業眼色與明是時復有觸及作意如是等法而為因緣等無間緣所緣緣增上緣和合生識虛妄憶度起有無等種種言論此法之中復有諸人於蘊衆生墮空性見為斷如是妄分別覺惟願世尊說離五種識所知相能於諸法最自在者佛大菩提所覺知義令得聞者如其了悟所知五種而成正覺爾時佛告金剛藏菩薩摩訶薩言善哉善哉金剛藏十地自在超分別境有大聰慧能欲顯示法性佛種最上瑜祇非唯汝今於佛菩提所覺之義生希有念請問於我有賢劫等無量菩薩咸於此義生希有心種種思惟而求佛體如來者是何句義為色是如來耶異色是如來乎

如是於蘊界處諸行之中内外循求不見如來皆是所作滅壞法故以智定意審諦觀察乃至分析至於微塵皆悉不見蘊麤鄙故如來者常法身故善哉佛子汝能善入甚深法界諦聽諦聽善思念之當爲汝説金剛藏菩薩摩訶薩唯然受教佛言善男子金剛三昧藏勝自在者如來非蘊亦不異蘊非依蘊非不依蘊非生非滅非智非不智非根非境何以故蘊界處諸根境等皆麤鄙故不應住内不應住外而見如來善男子色無覺知無有思慮生已必滅同於草木瓦石之類微塵集成如水聚沫受以二法和合而生猶如浮泡瓶衣等想亦二和合因緣所生如熱時焰譬如盛熱地氣蒸湧照以日光如水波浪諸鳥獸等爲渴所逼遠而見之生眞水解想亦如是無有體性虚妄不實分別智者如有性見各別體相名字可得定者審觀猶如兔角石女兒等但有假名初無實義如夢中色唯想妄見寤即非有無明夢中見男女等種種之色成於正覺即無所見譬如芭蕉皮葉既除中無有實行亦如是離於身境即無體性識如幻事虚僞不實譬如幻師若幻師弟子以草木等物幻作於人及諸象馬種種形體具足莊嚴愚幻貪求非明智者識亦如是依餘而住而異分別謂能所取二種而生若自了知即皆轉滅是故無體同於幻事金剛藏如來常住恒不變易是修念佛觀行之境名如來藏猶如虚空不可壞滅名涅槃界亦名法界過現未來諸佛世尊皆隨順此而宣説故如來出世不出世間此性常在名法住性亦

名法尼夜摩性金剛藏云何名爲尼夜摩後有諸惡此皆離故又此三昧能決定除後有諸惡以如是義名尼夜摩若有住此三昧之者於諸衆生心無顧戀證於實際及以涅槃猶如熱鐵投清冷水故諸菩薩捨而不證近住而已常爲衆生而作利益不捨精進大悲諸度不斷佛種不行外道二乘之徑如大力象不爲三昧淤泥所溺心不味著識之境界趣佛法門恒無退轉以究竟慧入佛法身開顯如來廣大威德當成正覺轉妙法輪智境衆色而爲資用入如來定遊涅槃境漸次修行超第八地善巧積集乃至法雲資用如來廣大威德住於諸佛内證之地與無功用三昧相應遍遊十方不動本處而恒依止密嚴佛國轉於所依智定意身力通自在皆得具足譬如空月影遍衆水佛亦如是化形普降於諸世間隨衆生心所樂不同皆使蒙益無空見者復令當詣密嚴佛國如其性欲而漸開誘爲説一切欲界天王自在菩薩摩尼宫等諸安樂處乃至諸地次第十方佛土功德莊嚴盡於未來隨機應現如因持呪安繕那藥及諸靈仙宫殿之神與人同止而不可見如來變化所爲事畢住於眞身晦而不現亦復如是爾時世尊而説偈言

根蘊如蛇聚　境界緣所觸　癡愛業以生
衆習縛難解　心及諸心法　動慮恒不安
覺觀所纏繞　如龍共盤結　瞋毒從此與
譬如炎盛火　諸修觀行者　爲捨衆蘊法
於此常諦觀　一心而不懈　譬如虛空中
無樹而有影　風衢與鳥跡　此見悉爲難

能造及所造　色與非色法　於彼見如來
其難亦如是　眞如實際等　及諸佛體性
內證之所行　超諸語言境　涅槃名爲佛
佛亦名涅槃　離諸分別想　云何而可見
碎末於金礦　礦中不見金　智者巧融鍊
眞金方乃顯　分剖於諸色　乃至爲微塵
及析求諸蘊　若一若異性　佛體不可見
亦非無有佛　定者觀如來　三十二相具
苦樂等衆事　施作皆明顯　是故不應說
如來定是無　三昧一緣佛　善因善根佛
一切世勝佛　及正等覺佛　如是五種佛
所餘皆變化　三十二勝相　如來藏具有
是故佛非無　定者能觀見　出過於三界
無量諸佛國　如來微妙刹　淨佛子克滿
禪慧互相資　以成堅固性　遊於密嚴土
思惟佛威德　密嚴中之人　一切同於佛
超過刹那壞　恒遊三昧中　世尊有大定
湛然而正受　相好諸功德　內外以莊嚴
衆謂佛化身　從於兜率降　佛常密嚴住
像現從其國　住眞而正受　隨緣衆像生
如月在虛空　影鑒於諸水　如摩尼衆影
色合而明現　如來住正定　現影亦復然
譬如形與像　非一亦非異　如是勝丈夫
成於諸事業　非微塵勝性　非時非自在
亦非餘緣等　而作於世間　如來以因性
莊嚴其果體　隨世之所應　種種皆明現
遊戲於三昧　內外無不爲　山川及林野
朋友諸眷屬　衆星與日月　皎鏡而垂像
如是諸世間　身中盡包納　復置於掌內
散擲如芥子　佛於定自在　牟尼最勝尊

無能作世間　唯佛之所化　盲闇無知者
馳流妄分別　計著於有無　若我及非我
或言一切壞　或言少分滅　如是諸人等
常自害其身　云何於此中　而生是諸見
佛是遍三界　觀行之大師　觀世如乾城
所作衆事業　亦如夢中色　渴獸所求水
因於種種業　風繩而進退　佛於方便中
自在知見者　譬如工巧匠　善守於機發
亦如海船師　執柂而揺動　如來最微妙
寂靜無有邊　超諸有著根　淨根之所證
是修行定者　微妙定所依　一切觀行人
明了心中住　佛體最清淨　非有亦非無
遠離於限量　及以能所覺　妙智相應心
最上之境界　知相皆無性　是即見如來
破諸煩惱心　不著於三昧　住於無染路

一切皆無染　諸天乾闥婆　阿脩緊那羅
仙人及外道　讃歎而供養　於彼不耽求
而與世間業　以住本清淨　相應妙理中
天人等見者　變化之所作　佛非彼此現
而同於日月　住於圓應道　現除諸貢高
異學各不同　隨宜而攝御　種種衆智法
王論三毗陀　悉是諸如來　定力持而説
國王王臣等　乃至山林處　所有諸儀則
皆從佛出生　十方衆寶藏　出生清淨寶
悉是天中天　自在威神故　一切三界中
有諸明智者　種種方便業　因佛而成就
現從兜率降　綵女衆圍繞　歌舞共歡娛
日夜常遊集　或如堅利智　含陵波尼王
執世之直繩　與奪而招放　雖於一切處
現爲明智者　而在密嚴中　寂然無動作

此大牟尼境　凡愚異分別　譬如瞖目人
亦猶衆渴獸　如世觀於幻　夢中諸所取
天中天境界　佛子見其眞　如是觀行人
如從於睡覺　那羅與伊舍　梵天娑旦那
韡陀鳩摩羅　劫比首迦等　處定而思審
於此常迷惑　去來現在世　一切諸牟尼
習氣覆於心　亦所不能見　善哉金剛藏
普行諸地中　復以佛威神　而居密嚴土
是汝之境界　我今爲汝說　或有妄分別
勝性與微塵　如工作諸物　種種諸形相
生唯是法生　滅亦唯法滅　妄計一切物
細塵能造作　因能了於果　譬如燈照物
先不得其相　後壞亦復然　非於過去中
有體而可得　未來亦如是　離緣無有性
一一諸緣內　遍求無有體　不見性有無
亦無無有見　於蘊瓶衣等　微細而分別
三百有六十　邪宗壞正道　往來生死中
無有涅槃法

妙身生品第二之一

爾時如實見菩薩有大威力世中自在其身妙好上服莊嚴在於佛前避座而立曲躬合掌一心恭敬向金剛藏菩薩摩訶薩而作是言尊者善能通達自智之境現法樂住於三乘世間心得無違爲大定師於定自在能隨順說諸地之相常在一切佛國土中爲諸上首演深妙法是故我今勸請尊者說諸聖人不隨他行現法樂住內證之境令我及餘諸菩薩衆得見斯法安樂修行趣於佛地獲意生身及言說身力通自在皆得具足轉所依止不住實際如衆彩摩尼現諸色像於一切

佛國說密嚴行金剛藏菩薩摩訶薩言善哉仁主能請我說入於密嚴無我之法仁主先應覺了諸分別境是心之相於境界中捨諸分別仁主一切世間是分別見見世間體即於所緣而得三昧我今為汝開示彼法主應善聽即說偈言

一切諸世間　譬如熱時焰　以諸不實相
無而妄分別　覺因所覺生　所覺依能現
離一則無二　譬如光共影　無心亦無境
量及所量事　但依於一心　如是而分別
能知所知法　唯依心妄計　若了所知無
能知即非有　心為法自性　及人之所濁
入於八地中　而彼得清淨　九地行禪定
十地大開覺　法水灌其頂　而成世所尊
法身無有盡　是佛之境界　究竟如虛空
心識亦如是　無盡亦無壞　衆德以莊嚴
恒住不思議　密嚴諸佛土　譬如瓶破已
瓦因而顯現　瓦破顯於塵　塵析極微顯
如是因有漏　而成無漏法　如火燒盡木
復於餘處然　味於不動智　轉依離分別
密嚴佛國中　如是而常現　不生衆品類
莫住於世間　捨於一切見　歸依此無我
斷諸相續流　無生亦無壞　盡於一切見
歸依此無我　諸患皆已息　寂住不思議
淨於一切見　歸依此無我　世間種種法
本來無我性　非由擊壞無　及喻之所顯
如火焚薪已　自於是中滅　觀察於三界
無我智亦然　是名現法樂　聖人自智境
依此入諸地　淨除無始惡　捨離世所依
出世而安住　其心轉清淨　恒居密嚴土

爾時如實見菩薩及諸王衆俱作是言金剛自在我等今者咸欲歸依願示於我歸依之處於是金剛藏菩薩摩訶薩以偈荅曰

佛體非是有　亦非無有佛　藴樹已焚燒
魔軍咸退殄　住於如來地　密嚴之妙國
所覺淨無垢　仁主可歸依　遠離諸分別
證於無處所　密嚴諸定者　仁主可歸依
密嚴勝淨刹　衆聖之依處　觀行者充滿
應歸此嚴國

爾時金剛藏菩薩摩訶薩說是語已復告如實見菩薩言仁主已得住地諸觀行者觀一切世間如繢像中而有高下如夢所見端正女色如石女人忽夢已身誕育於子如乾闥婆城内諸所施爲如旋火成輪如空中垂髮如幻化所作人馬等形樹林華果如浮雲之影如奔電之光皆是虛僞非真實有分別所成猶工造器仁主世間衆生習氣覆心生種種戲論意與意識及餘諸識相續而轉五法三性二種無我恒共相應譬如暴流爲風所擊起諸波浪浪起相尋而流不息阿頼耶識在於世間亦復如是無始習氣猶如暴流爲境界風之所飄動起諸識浪恒無斷絶仁主是八種心雖無如是若干體異而隨緣漸起或一時生心生之時取諸境界亦有如是漸頓差別若於屋宅及諸星宿軍衆山林枝葉華果如是等處多是一時或次第取若在眠夢見昔所更或想念初生至于老死及筭數衆物尋思句義觀異文彩受好飲食於是境界次第了知或有一時頓取之者仁主心性本淨不可思議是諸如來微妙之藏如金在

獷意從心生餘六亦然如是多種於世法中而爲差别仁主阿賴耶識雖與能熏及諸心法乃至一切染淨種子而同止住性恒明潔如來種性應知亦然定不定别體常清淨如海常住波潮轉移阿賴耶識亦復如是諸地漸修下中上别捨諸雜染而得明現於是金剛藏菩薩摩訶薩復說偈言

善哉如實慧　於斯微妙法　從我已聽聞
心淨能開了　十方一切國　諸王衆會中
汝當隨所應　廣爲其宣說　若人聞法已
漸淨阿賴耶　或作人中主　轉輪四天下
或復爲帝釋　兜率須夜摩　乃至自在宫
而爲欲天主　或爲色界主　乃至無色天
無想衆生中　受諸禪定樂　證眞而不住
譬如師子吼　衆定皆自在　喜樂以相應
一心求密嚴　不染著三界　至於密嚴已
漸次而開覺　轉依獲安樂　寂靜常安住
無量諸佛子　圍繞以莊嚴　爲法自在王
衆中之最上　非如外道說　壞滅爲涅槃
壞應同有爲　死有復生過　十業上中下
三乘以出生　最上生密嚴　諸地轉增進
得解脫智慧　如來微妙身　云何說涅槃
是滅壞之法　涅槃若滅壞　衆生有終盡
衆生若有終　是亦有初際　應有非生法
而始作衆生　無有非衆生　而生衆生界
衆生界既盡　佛無爾焰法　是則無能覺
亦無有涅槃　安計解脫者　而說於解脫
譬如種已燋　燈滅及薪盡　彼說解脫性
是壞有成無　於解脫妙樂　遠離不能證
遍處及諸禪　無色無想定　逆順而入出

力通皆自在　於彼不退還　亦不恒沉沒
審知諸法相　諸地得善巧　如是而莊嚴
而來密嚴國　若言解脫性　壞有以成無
斯人住諸有　畢竟不能出　亦壞三和合
因等四種緣　眼色內外緣　和合所生識
世間內外法　互力以相生　如是等衆義
一切皆違反　若知唯識現　離於心所得
分別不現前　亦不住其性　是時攀緣離
寂然心正受　捨於世間中　所取能取見
轉依離麤重　智慧不思議　十種意生身
衆妙爲嚴好　作三界之主　而來密嚴國
色心及心法　不相應無爲　內外衆世間
諦觀無別異　如是諸智者　來於密嚴國
相名與分別　正智及如如　定者能明照
體性皆平等　入佛所讚揚　密嚴之淨國

若壞三和合　及以四種緣　不固於自宗
同諸妄分別　惡習分別者　彼之五種論
譬喻不成立　諸義皆相違　五種悉成過
惑亂於智眼　顛倒不顛倒　同異法斯壞
捨離於自宗　依止他宗法　初際等諸見
皆從滅壞生　大王應當知　衆生在諸有
如輪而運轉　初際不可得　如來以悲願
普應諸有緣　如淨月光明　無處不周遍
各順其根性　隨宜而說法　涅槃若壞滅
佛有何功利　增上有三種　解脫亦復然
四諦及神足　念處無礙解　四緣無色住
根力及神通　覺支諸地等　有爲無爲法
乃至衆聖人　皆依識而有　苦法苦觀智
及苦隨生智　集智三亦然　滅道亦如是
如是十二種　名之爲現觀　學人數有十

第八七反生　家家一往來　一間而滅度
中般與生般　有行及無行　上流於處處
然後般涅槃　如是一切種　諸智之品位
修行觀行者　下中上不同　菩薩增上修
扐業最殊勝　十一與十二　乃至於十六
此諸修定者　復漸滅於心　所盡非是心
亦非心共住　未來心未至　未至故非有
心緣不和合　非此非彼生　第四禪無心
有因不能害　有因謂諸識　意識及五種
妄想不自覺　猶如波浪生　定者觀賴耶
離能所分別　微妙無所有　轉依而不壞
在於密嚴中　如月恒明顯　密嚴諸智者
與佛常共俱　恒遊定境中　一味無差別
密嚴定者處　定力生於彼　是故應修習
相應妙定心　欲界有六天　梵魔十二處

無色及無想　一切諸地中　若生密嚴國
於彼爲天主　欲求密嚴土　當修十種智
法智隨生智　世俗知他心　及苦集滅道
盡智無生智　仁者眞實見　舍君羅帝族
與甘蔗月王　種姓無殊異　當求密嚴國
勿懷疑退心　如羊被牽拽　喘懼而前却
意在於身中　似幻獸而住　亦如幻爲樹
河中之葦荻　如王戲園苑　運動諸身分
意及於意識　心心法共俱　譬如空中雲
共聚而無實　種子賴耶識　諸習所纏覆
譬如摩尼寶　隨緣現衆色　雖住衆生身
體淨而無垢　是決定種性　亦爲大涅槃
名因於相生　相從因緣起　以諸形相故
而起於分別　分別從二因　外相心習氣
第七末那識　應知亦復然　諸根意緣會

發生於五識　心法共相應　如是身中住
正智常觀察　一切諸世間　從於如是因
而生彼諸果　眞如非異此　諸法互相生
與理相應心　明了而觀見　此即是諸法
究竟眞實性　亦爲妄所計　一切法不生
諸法性常空　非無亦非有　如幻及陽焰
乾城等衆物　種種諸形相　名句及文身
如是執著生　成於遍計性　根境意和合
熏習成於種　與心無別異　諸識從此生
資於互因力　是謂依他起　内證眞實智
現前所住法　是即說圓成　衆聖之境界
佛及諸佛子　證此名聖人　若人證斯法
即見於眞際　唱言生已盡　梵行皆已立
所作莫不成　永離於諸有　解脫一切苦
滅除衆怖畏　生法二無我　善能明了知
普燒諸習氣　永斷於分別　從於無始來
戲論而積聚　無量衆過惡　一切皆已除
譬如熱鐵團　熱去鐵無損　解脫者亦爾
惑盡而清涼　入於無漏界　密嚴之妙土
此土最微妙　非餘所能及　佛與諸菩薩
清淨之所居　三昧樂現前　以此而爲食
欲生斯土者　當修眞實觀　復爲諸有緣
如理廣宣說　名生本於相　相起復從緣
種種諸分別　皆因相而有　根境瓶衣等
蘊法所合成　分別從此生　了知而簡異
若動若非動　一切諸世間　皆因癡闇生
愚冥以爲體　長短等諸色　音聲與香界
甘苦堅滑等　意識之所緣　善與不善性
有爲無爲法　乃至於涅槃　斯爲智之境
念念常遷轉　皆依識以生　譬如磁石力

吸鐵令回轉　末那於藏識　當知亦復然
如蛇有二頭　各別爲其業　染意亦如是
執取阿賴耶　能爲我事業　增益於我所
復與意識俱　爲依而轉謝　身中煖觸生
運動作諸業　飲食及衣服　隨事而受用
騰躍或歌舞　種種自歡娛　持諸衆生身
斯由意功力　於如夢翳等　一切諸境界
起種種分別　不知唯自心　如人在空中
走索以遊戲　飄危不安固　分別亦如是
分別無所依　但行於自境　譬如鏡中像
識種動而見　愚夫此迷惑　非諸明智者
仁主應當知　此三皆識現　於斯遠離處
是即名眞實　持進菩薩等　及聖目乾連
遍觀諸億刹　種種皆嚴好　於彼莊嚴中
此土最殊勝　極樂及現喜　乃至於下方
無量億土中　諸佛所稱讚　皆言密嚴國
威德化自然　無始亦無終　本昔如來地
出過於三有　寂靜無所爲　自利及利他
功業悉成滿　非不此成佛　欲中施佛事
要從於密嚴　化爲無量億　常依於正定
遊戲諸神通　一切國土中　如月無不見
隨諸衆生類　所應而化益　十地華嚴等
大樹與神通　勝鬘及餘經　皆從此經出
此經最殊勝　衆經莫能比　仁主及諸王
宜應盡尊敬　欲色無色界　無想等天宮
佛已超過彼　而依密嚴住　此土諸宮殿
如蓮備衆飾　是一切如來　淨智之妙相
佛及諸菩薩　常在於是中　世尊恒住禪
寂靜最無上　依自難思定　現於衆妙色
色相無有邊　非餘所能見　極樂莊嚴國

世尊無量壽　諸佛觀行者　色相皆亦然
或見天中天　赫弈舍衆彩　訶利占波色
眞金明月光　孔雀素羅瞿　珊瑚蓮電等
或見身羸瘦　弊服寢茅中　或如千日光
處大蓮華上　或見諸菩薩　項飾龍王髻
或以帝青寶　莊嚴爲寶冠　或見輪幢文
魚螺等衆相　或見光麗色　如蜺而拖空
或見以須彌　置之於右掌　或持大海水
其狀如牛跡　或見作人王　冕服當軒宁
輔佐衆圍繞　共宣於國化　或見諸菩薩
最上修行者　說於自境界　先佛所知法
或說以智定　速轉於所依　得如幻之身
種種皆無礙　或示了於境　斷諸取著業
諸見皆已除　不受於諸有　譬如膏炷盡
燈滅而涅槃　或有示修行　一切波羅蜜
衍那之大會　周給無窮盡　苦行持戒等
種種諸儀則　極樂莊嚴國　人非胎藏生
身相如眞金　光色常圓滿　瑜伽自在者
安樂及光明　斯人之境界　百分無其一
極樂中之人　自然隨念食　牟尼勝自在
定爲甘露味　寶樹名如意　遊憩於其下
妙金爲碎末　布地以莊嚴　池蓮及衆華
敷榮而菡萏　如是具嚴飾　不可得爲喻
若人有淨信　善巧行諸禪　愛樂佛功德
專精以回向　即於佛勝土　蓮華而化生
衆相以莊嚴　皎鏡無塵垢

爾時金剛藏菩薩摩訶薩說是偈已自現其身如一指節或如芥子乃至毫端百分之一或現佛身或現獨覺身或現聲聞身及餘無量種種之形而說於法或說菩薩入於諸地

了知五法八識三性及二無我得如幻三昧隨意受身自在神通力無所畏皆不退轉淨所依止入於佛地無漏蘊界常無變易或說菩薩善能遊履如夢如像如水中月諸觀行人所行之道得首楞嚴三昧十幻喻身諸究竟願莫不成滿逮于正覺坐妙蓮華諸佛子衆所共圍繞或說菩薩以願力故現種種形遊諸國土歷事諸佛是諸菩薩其身微妙不在有無譬如天仙乾闥婆衆依須彌住或在虛空地行衆生所不能覩彼諸菩薩亦復如是非觀行者不能得見或說菩薩得禪自在三昧力故於十方國土蓮華之宮示現受生及般涅槃或說菩薩以三昧力轉於所依而不住實際於一切有衆生處差別現身其心平等如地如水如日如月或說菩薩以大悲心愍諸衆生輪轉生死孤窮下賤衆苦所逼譬如黑蜂依船而住遊於大海隨船飄蕩或一由旬乃至百千無量由旬為說非我生死無常令知速滅刹那不住或說諸佛及諸菩薩見一切衆生渴愛迷亂為分別苦之所逼迫於無相法中而取於相虛妄計著有能所取是能所取縲絏其心於生死海馳蕩不息貧窮孤露無有所依如大海中蛛蝥之網佛及菩薩猶住船人於諸衆生心生憐愍欲令解脫生死苦難隨其所應而為現身說布施等種種諸行

大乘密嚴經卷上

音釋

寤五故切寐覺也　礦古猛切金樸也　瞖於計切目病也　繢胡對切畫也　燋即消切火所傷也　葦荻葦于鬼切荻徒歷切　宁直呂切門屏之間曰宁　愒去例切息也　菡萏菡胡感切萏徒感切　縲絏縲力追切黑索也絏私列切繫也　蛛蝥蛛追輸切蜘蛛也蝥迷浮切蠿蝥蜘蛛之別名

大乘密嚴經卷中

唐中天竺國沙門地婆訶羅奉　詔譯

妙身生品第二之二

爾時普賢衆色大光菩薩摩訶薩與諸同類持世菩薩持進菩薩文殊師利菩薩神通王菩薩得大勢菩薩聖者月菩薩金剛藏菩薩大樹王菩薩虛空藏菩薩等乃至摩尼寶殿無量諸天密嚴土中諸佛子衆并餘佛國來聽法者聞說密嚴微妙功德於法尊重決定轉依恒居此土不生餘處然皆愍念未來衆生普欲爲其而作利益遂共同心白金剛藏菩薩摩訶薩言尊者願爲我說一切世間若干色像誰之所作如陶工埏埴而造瓶等世間衆像爲如是作爲不然耶又如伶人擊動絲竹匏木之類繁會成音一切世間豈亦如是如隨一物有三自性世間衆物已成體相若未成者此豈咸在一物中乎爲夜摩天兜率陀天他化自在及以大樹緊那羅作爲是善現色究竟天螺髻梵王無色天作爲是一切諸天主等同心勠力而共作耶爲是此方及他方中諸佛菩薩以變化力作是一切世間衆像而於此中起諸迷惑是迷惑見如陽焰水譬如瓶處爲德所依一切世間住於處者非諸德者繫屬於德亦非是德依於德者展轉合故衆德集成如是世間若干色像爲唯惑亂爲有住耶或有言是大梵天王那羅延天自在天作或謂力沙迦拏提那劫比羅仙自力而作或有安執從於勝性自然及時無明愛業而得生起諸天仙等及餘一切修世定人悉懷疑惑爲無有體如幻如夢如熱

時焰如乾闥婆城無始分別有能所取如蛇二首如起屍行亦如木人因機動轉空中垂髮旋火輪耶爾時金剛藏菩薩摩訶薩以偈答曰

世間衆色像　不從能作生　非是矩鞞羅
因陀羅等作　亦非大施會　祠祭之福果
毗陀所說因　互違無定義　亦復非無有
能持世間因　所謂阿賴耶　第八丈夫識
運動於一切　如輪轉衆瓶　如油遍在麻
鹽中有鹹味　亦如無常性　普遍於諸色
沉麝等有香　日月光亦爾　非能作所作
非有亦非無　遠離諸外道　一異等衆見
非智所尋求　不可得分別　定心無礙者
內智之所證　若離阿賴耶　即無有餘識
譬如海波浪　與海雖不異　海靜波去來
亦不可言一　譬如修定者　內定清淨心
神通自在人　所有諸通慧　觀行者能見
非餘之所了　藏識亦如是　與轉識同行
佛及諸佛子　定者常觀見　藏識持於世
猶如線貫珠　亦如車有輪　隨於業風轉
陶師運輪杖　器成隨所用　藏識與諸界
共力無不成　內外諸世間　彌綸悉周遍
譬如衆星象　布列在虛空　風力之所持
運行常不息　如空中鳥跡　求之不可見
然鳥不離空　頡頏而進退　藏識亦如是
不離自他身　如海起波濤　如空含萬象
藏識亦如是　蘊藏諸習氣　譬如水中月
及以諸蓮華　與水不相離　不爲水所著
藏識亦復然　習氣莫能染　如目有瞳子
眼終不自見　藏識住於身　攝藏諸種子

遍持壽煖識　如雲覆世間　業用曾不停
衆生莫能見　世間妄分別　見牛等有角
不了角非有　因言兔角無　分析至微塵
求角無所有　要待於有法　而起於無見
有法本自無　無見何所待　若有若無法
展轉互相因　有無二法中　不應起分別
若離於所覺　能覺即不生　譬如旋火輪
翳幻等衆事　皆因少所見　而生是諸覺
若離於所因　此覺即無有　名相互相繫
習氣無有邊　一切諸分別　與意而俱起
證於眞實境　習氣心不生　從於無始來
沉迷諸妄境　戲論而熏習　生於種種心
能取及所取　衆生心自性　瓶衣等諸相
離心無所有　一切唯有覺　所覺義皆無
能覺所覺性　自然如是轉　習氣擾濁心
凡愚不能見　如海風所擊　波浪無停止
心爲境風動　識浪生亦然　種種諸分別
自內無執取　如地無分別　庶物依以生
藏識亦復然　衆境之依處　如人以己手
還自摩握身　亦如象以鼻　取水自霑沐
復似諸嬰兒　以口含其指　如是自心內
現境還自緣　是心之境界　普遍於三有
久修觀行者　而能善通達　內外諸世間
一切唯心現

爾時金剛藏菩薩摩訶薩說此語竟默然而坐住無處所微妙之禪遊法界門入諸佛境見有無量佛子當來此國住修行地便從定起放大光明其光普照欲色無色無想天宮是光明中復現無量殊勝佛土有無量佛相好莊嚴隨諸世間之所欲樂而爲利益皆使

受持密嚴名號彼諸佛子互相觀察而作是言密嚴佛土能淨衆福滅一切罪諸觀行人所住之處於諸佛國最上無比我等聞名心咸悅樂可共俱往時諸佛子各從所住而來此國爾時淨居諸天與阿迦尼吒螺髻梵王同會一處咸於此土佛及菩薩生希有心請梵王言天主我等今者咸興是念何時當得陪侍天王詣密嚴土爾時梵王聞是語已與諸天衆遽即同行中路遲回罔知所適梵王先悟作是思惟密嚴佛國觀行之境若非其人何階可至非是欲色無色諸天及外道神通所能往詣我今云何而來至此復自念言或天中天假吾威力而能亟往作是念已發聲歸命即時見有無量諸佛在於道中威光照曜時螺髻梵王即白佛言世尊我等今者當何所作而能速詣密嚴佛土佛告之言汝可退還所以者何密嚴佛國觀行之境得正定人之所住處於諸佛刹最勝無比非有色者所能往詣時螺髻梵王聞佛語已與諸天衆尋還天宫爾時淨居諸天共相議言螺髻梵王有大威力而不能往當知此土最爲殊勝但是得如幻三昧諸觀行人所行之境如是稱揚密嚴功德其聲展轉靡不傳聞爾時諸佛子衆來此會者聞是語已益加欣敬白金剛藏菩薩摩訶薩言我等於法深懷渴慕唯願大明爲我宣說金剛藏言佛所說法誰能具演唯除如來之所護念夫如來者於觀行中最勝自在所有境界不可思議云何可爲非觀行人開示演說時持進菩薩及須夜摩諸佛子等復共同聲請言速説爾時神通

王菩薩文殊師利菩薩慈氏菩薩緊那羅菩薩及餘無量諸菩薩衆復作是言善哉仁者願速爲說是時復有無量諸天於虛空中作天妓樂同心勸請當爾之時螺髻梵王承佛威力而來此會向金剛藏菩薩摩訶薩而說偈言

今此諸大會　嚴飾未曾有　悉是尊弟子
聰慧無等倫　皆於尊者處　渴仰而求法
我今猶未知　所問爲何等　爲問憍羅婆
勝墮及頂生　乃至盛年馬　轉輪王所作
爲問甘蔗種　千弓持國王　欲色無色中
人天等之法　爲問菩薩行　獨覺及聲聞
乃至阿脩羅　星象等衆論　惟願如其事
次第而演說　我等及天人　一心咸聽受

爾時金剛藏菩薩摩訶薩告諸大衆汝豈不聞螺髻梵王淨居天衆及諸佛子勤心請法爾時解脫月菩薩無盡慧菩薩虛空王菩薩持世菩薩得大勢菩薩觀自在菩薩陀羅尼自在菩薩寶髻菩薩天冠菩薩金剛手菩薩寂靜慧菩薩寶手菩薩及餘無量諸佛土中俱來佛子咸共瞻仰金剛藏尊而說偈言

過去及未來　如來清淨智　尊於佛親受
明了心不疑　此衆皆樂聞　願尊時演說

爾時金剛藏三昧王普觀大衆以偈答曰

如來所說法　非我具能演　唯除佛菩薩
威神之所護　我今至心禮　自在清淨宮
摩尼寶藏殿　佛及諸佛子　我以敬心說
如來清淨智　紹隆佛種性　汝等應聽受
非說過去等　最勝諸王法　但示於密嚴
如來之種性　佛智甚微妙　牟尼勝功德

正觀之所行　離諸心妄計　是故非我力
能演此甚深　但以佛威神　從佛而聽受
此智最微妙　是諸三昧華　佛在密嚴中
正受而開演　遠離諸言說　及以一切見
若有若無等　如是四種邊　是名最清淨
中道之妙理　密嚴諸定者　於此能觀察
離著而轉依　速入如來地

爾時會中諸佛子衆聞金剛藏菩薩摩訶薩說是語已稽首恭敬而白之言我等於法深生愛樂如渴思漿如蜂念蜜今此會中諸佛子衆於深定智皆得自在有大神力王諸世界願聞如來所說之法惟願尊者以梵音聲因陀羅聲及以如來衆所悅可深遠之音演殊勝義令得顯了金剛藏菩薩言如來所說語義真實希有難見譬如空中無樹等物而見其影甚爲希有如來所說希有亦然如空中風及以鳥跡無能見者牟尼所說種種義趣難可得見亦復如是世間之法有智慧者能以譬喻分明顯說佛口所宣過諸譬喻非言所及我之所見譬如夢境乾闥婆城今此會中諸觀行者有大智慧於真實義已得明了我今云何能爲是人說不思議諸佛境界雖然當承如來威神之力爲衆宣述汝諸佛子咸應諦聽如來所說文義相應出過心意非喻所及譬如妙華衆蜂競採先至之者取其精粹後來至者但味其餘如是如來得法精粹我味其餘爲衆說耳即說偈言

天中天境界　增悅諸明智　非心口所能
度量分別說　爲欲普降伏　世間憍慢心
示同人之形　佛相爲嚴飾　圓光及輪輻

種種皆成就　遊處諸宮殿　人天具所瞻
如來四時中　常依密嚴住　而於諸世界
現生及涅槃　淳善少減時　惡生及濁亂
隨諸衆生類　所應而利益　業用無暫停
密嚴恒不動　密嚴無垢處　觀行者所依
惡生濁亂時　顯示如來相　譬如淨滿月
影遍於衆水　如是諸色像　普現於世間
如來淨智境　智者所觀見　以諸衆生類
所樂各不同　佛以種種身　隨宜而應化
或見大自在　或見毗紐天　或見迦毗羅
住空而說法　或見毗陀者　或復見常行
或見娑旦那　鳩摩及尸棄　羅睺敦部等
乃至緊那羅　甘蔗月種王　一切所瞻奉
金剛等衆寶　乃至於鉛錫　皆由佛威力
隨應而出生　天女及龍女　乾闥婆之女
冶容而進趣　不能惑其心　欲界中諸境
如來已降伏　色無色亦然　無有能迷動
無想諸定者　未離於惑纏　非安非清淨
退墮而流轉　有身者所生　非如密嚴國
密嚴微妙土　清淨福爲嚴　解脫知見人
最勝之依處　十種大自在　力通三昧法
如佛而嚴飾　意生之妙身　修行於十地
施等波羅蜜　衆相以莊嚴　其身甚清淨
遠離於分別　亦非無覺了　無有我意根
慧根常悦樂　施等諸功德　淨業悉圓滿
得佛勝所依　密嚴之淨國　此土最微妙
不以日爲明　諸佛及菩薩　舒光而普照
其光甚威曜　逾於百千日　無有晝夜時
亦無老死患　密嚴最勝處　諸天所希仰
最上修行者　地地而進修　了知一切法

皆以心爲性　善說阿賴耶　三性法無我
其身轉清淨　而來生此國

胎生品第三

爾時金剛藏菩薩摩訶薩復告螺髻梵天王言天主當知衆生之身九物爲性有爲衆相恒共遷動大種諸色微塵之聚以諸不淨精血合成爲無量業常所纏覆譬如毒樹扶踈蓊鬱貪恚及癡而共增長經於九月或十月餘業力驅馳生機運動從於産門倒首而出煩惋逼迫受無量苦天主此諸衆生或從人中或從畜生餓鬼羅刹阿脩羅等而來生此或有曾作轉輪之王乃至天中威力自在或是持呪外道仙人并其眷屬或修禪者退失禪定從如是等處而生此中既生之巳諸根長大隨所親近宿習因緣而造諸業復因此業輪回諸趣若有智者遇善知識聞法思惟而得解悟不著文字離諸分別入三脫門見法眞理最上清淨最上上清淨而來住此密嚴佛國於無量億諸佛土中隨宜應現天主如是生者永得解脫生死險趣名爲丈夫名爲智者亦復說名天中之天諸佛子衆所共圍繞天主胎藏之身虛僞不實非自性生亦非無明愛業所生何以故無明愛業因相而有若能了達悉滅無餘亦無名字及以分別斯人即生密嚴佛土天主若諸定者住於三昧心有攀緣即爲色聲之所誑惑而生取著不能堅固此即名爲散動之道是三昧力生於欲界及色無色乃至無想衆生之處是人即爲三昧所縛若住三昧善調其心離能所取離二取巳心即不生是名眞實觀行之者

若欲生於密嚴佛國常當住此眞實三昧

顯示自作品第四

爾時金剛藏菩薩摩訶薩復告螺髻梵天王言天主心有八種或復有九與無明俱爲世間因世間悉是心心法現是心心法及以諸根生滅流轉爲無明等之所變異其根本心堅固不動天主世間因緣有十二分若根若境能生所生刹那壞滅從於梵世至非非想皆因緣起唯有如來離諸因緣天主內外世間動不動法皆如瓶等壞滅爲性天主諸識微細遷流速疾是佛境界非諸世間仙人外道所能知見衆仙外道爲愛所纏不能了知心相差別天主假使有人勉意勤行歌讚祠祀毗陀之法而祭於火經於一月或滿四月如是一歲至于千歲生於梵境終亦退還天主汝不知耶三毗陀行所得之果譬如芭蕉性不堅固天主密嚴佛土是諸如來解脫之處從智定得若樂解脫應善修行天主密嚴中人無有眷屬生死之患其心不爲諸業習氣之所染著如蓮華出水如虛空無塵如日月高昇淨無雲翳一切諸佛恒共攝受沐淨戒流飲智慧液得眞實解度生死岸天主衆生身中諸界五蘊識等衆法皆無所有眼色爲緣而生於識譬如因木火得熾然天主一切境界隨妄識轉如鐵動移逐於磁石又如陽焰乾闥婆城是諸渴鹿愚幻所取此中無有能造等物但是凡夫心之變異天主如乾城之中人衆往來馳鶩所作見而非實衆生之身進止云爲亦復如是如夢中所見寤即非有世間之人見蘊等法覺心明照本來寂

靜天主地等和合微塵之聚若離於心即無所得世間諸物可持舉等執非大種之所合成譬如風痰病緣惑亂見種種物又如起屍無能作者世間諸法悉亦如是汝諸佛子應勤觀察天主一切世間動搖之物譬如水沫共聚成形瓶衣等想同於陽焰苦樂諸受猶如浮泡行如芭蕉中無有堅識如幻事虛僞不實天主三界之中動不動法同於夢境迷心所現亦如幻事乾闥婆城但誑愚夫若諸佛子於如是法能正覺知心無所畏以智慧火焚燒一切諸患因緣即生妙樂密嚴之土天主一切世間皆無有相相爲繫縛無相即解相是心境心境不實眞實之法是智境界遠離衆相非心所行天主一切諸相是三界法色聲等法名之爲相諸根境界一切衆生繫縛之因若能於相而不貪著衆縛悉除安樂自在爾時寶髻菩薩摩訶薩在大衆中坐殊妙座向金剛藏菩薩摩訶薩而作是言尊者於諸億佛國菩薩衆中最爲上首成最上智了所知法無量悉檀皆已明見在瑜祇衆能淨彼疑善知衆生身之本起能於一劫或一劫餘以妙音詞演而不倦何故不爲諸仁等說離諸逆順似非似因眞實之法令諸智者心淨無疑捨蘊因緣疾得解脫法與非法是蘊因緣生於此身及後身故智能脫苦愛爲堅縛尊者衆生之心因色與明作意等緣馳散於境其心速疾難可覺知無明愛業以之濁亂尊者衆生身中種種諸法意爲先導意最速疾意爲殊勝隨所有法與意相應彼法皆以意爲其性如摩尼珠顯現衆彩如是

之義仁何不説又如衆色摩尼之寶隨所相應種種明現仁亦如是具如來像住自在宮諸佛子衆所共圍繞亦應如是隨宜説法爾時金剛藏菩薩摩訶薩言密嚴佛土是最寂靜是大涅槃是妙解脱是淨法界亦是智慧及以神通諸觀行者所止之處本來常住不壞不滅水不能潤風不能燥非如瓶等勤力所成尋復破壞非諸似因及不似因之所成立何以故宗及諸分是不定法諸宗及因各差別故密嚴佛土是轉依識超分別心非諸妄情所行之境密嚴佛土是如來處無始無終非微塵生非自性生非樂欲生不從摩醯首羅而生亦非無明愛業所生但是無功用智之所生起出過欲界及色無色無想天中闇冥之網密嚴佛土阿若悉檀非因明者所量境界亦非勝性自在聲論毗陀如是等宗之所顯示乃至於資粮位智慧之力不能照了唯是如來十地所修清淨智境諸仁者一切凡夫迷於世間爲業非業我今當説業非業義令諸定者獲於安樂即説偈言

内外一切物　所見唯自心　衆生心二性
能取及所取　心體有二門　即心見衆物
凡夫性迷惑　於自不能了　所見衆境界
皆是自所爲　瓶等相現前　求之悉無體
諸仙智微劣　不能明了知　捨於眞實理
而行分別路　是心有二性　如鏡含衆像
亦如水現月　翳者見毛輪　毛輪瓔珞珠
此皆無所有　但從病翳眼　若斯而顯現
瓶衣皆自識　衆生亦復然　虛妄計著人
不知恒執取　衆生及瓶等　種種諸形相

内外雖不同　一切從心起　此密嚴妙定
非餘之所有　若有能修行　生於衆福地
我生欲自在　及以色界天　乃至無想宫
阿迦尼吒處　空識無所有　非想非非想
如是諸地中　漸次除貪欲　住彼非究竟
尋來生密嚴　佛子衆圍繞　自在而遊戲
汝應修此定　何爲著親屬　眷屬相羈縛
輪回生死因　男女相耽愛　精血共和合
如蟲生臭泥　此中生亦爾　九月或十月
諸根漸成就　時至出母胎　譬如蟲蠕動
從此而長大　乃至心了知　我觀諸衆生
生生悉如此　父母無有數　妻子亦復然
一切諸世間　無處不周遍　譬如石女人
夢已忽生子　捧對方歡樂　尋又見其亡
悲哀不自勝　忽然從睡覺　不見有其子
初生及後終　又夢山川中　田野村城邑
人衆悉充滿　共營諸業務　彼此互相見
猶如世所爲　及從於睡覺　一切皆非有
復有多欲人　夢瞻於女色　姿容極姝麗
服玩皆珍綺　在夢極歡娱　覺已即無見
一切世間事　當知悉如是　王位及軍旅
父母等宗親　但誑於凡夫　體性皆非實
汝於如是定　何故不勤修　無量諸聲聞
獨覺及菩薩　在於空閑處　山林恒寂靜
或住於乳海　及以摩羅延　須陀與膜陀
摩醯因陀羅　雞羅娑利師　乃至雪山等
或在劫波樹　波利耶多羅　拘鞞羅樹下
半柱娑羅上　食閻浮果味　及諸不死食
具足諸神通　而常修此觀　過去未來世
常坐於蓮華　結跏身不動　正定恒觀察

諸根善調攝　不散於衆境　譬如象得鉤
離欲而三昧　世間若出世　一切諸定中
佛定淨無垢　貪愛皆除遣　遍處無色定
無想等禪中　見日月蓮華　水火虛空相
若離是分別　其心不動揺　即於三昧中
見無量諸佛　一時共舒手　以水灌其頂
如是入佛地　一切皆明覺　具足衆色身
隨宜而普現　力通諸自在　三昧陀羅尼
如是等功德　莫不皆成就　分析於諸色
乃至觀微塵　自性無所有　譬如彪兔角
無分無分者　蘊有蘊亦然　同於幻所作
一切皆如是　此中無業果　亦無作業人
無能作世間　設有非能作　能作待於作
何名能作人　此言成過失　說者非清淨
若謂云何有　水輪與地輪　及衆生世間
次第而安布　諸趣各差別　彼此互往來
誰復作諸根　隨情取於境　此等皆分別
展轉而變異　同於乳酪酥　如是生住滅
若業若非業　於斯生妄計　定者常觀此
如夢與乾城　衆生無始來　戲論所熏習
生起於分別　種種衆過咎　諸根猶如幻
境界同於夢　能作作及業　定者不分別
智慧微劣者　妄生諸惡見　計有諸能作
作一切世間　或謂摩尼珠　金銀等衆礦
鳥獸色差別　刺端纖以利　此等誰所爲
當知無作者　世間非勝性　微塵等緣作
亦非無有因　自然而得有　或心妄計者
不知其體性　爲業爲非業　如是而分別
如毒入於乳　隨變與相應　諸法亦復然
分別常俱起　法性非是生　亦非是滅壞

惑者不能了　種種異分別　定者應觀察
世間唯積聚　若業若非業　於此勿思惟
諸趣互來往　譬如於日月　在空無所依
隨風而運轉　業性甚微隱　密嚴者能見
修行觀行人　不爲其所縛　譬如火燒木
須臾作灰燼　智火焚業薪　當知亦如是
又如燈破闇　一念盡無餘　諸業之闇冥
多劫所熏聚　牟尼智燈照　刹那悉除滅

分別觀行品第五

爾時金剛藏菩薩摩訶薩復告大衆諸仁者譬如有人在空閑地以泥瓦草木葺之成宇既而諦觀一一物中無舍可得又如多指共合成拳離指求拳即無所有軍徒車乘城邑山林瓶衣等物一切皆是和合所成智者觀之悉如夢事凡夫身宅亦復如是諸界積集譬如高山危脃不安同於朽屋不生不滅非自非他如乾闥婆城如影如雲如陽焰如繢像雖可現覩性常清淨遠離一切有無分別如盲與跛相假而行無決定性乃至分析至於微塵但有空名都無實物若諸定者作是思惟即於色聲等法不生覺念離覺念已心得休息泰然解脱不受諸有常樂修行甚深禪定諸天仙等端正女人而來供養如觀夢事不生染著身雖在此諸仙外道持呪之人乃至梵天不能見頂是人不久生摩尼寶藏宫殿之中遊戲神通具諸功德此觀行法是大心者所行境界仁應速發廣大之心大心之人疾得生於光明宫殿離諸貪欲瞋恚愚癡乃至當詣密嚴佛土此土廣博微妙寂靜無諸老死衰惱之患遠離衆相非識所行安

計之人所不能得諸仁者此土清淨觀行所居若懷希仰當勤修習斷貪瞋癡離我我所何以故貪等煩惱取諸境界若取於境即二覺生如有女人端正可喜有多欲者見已生著欲心迷亂若行若坐飲食睡眠專想思惟更無餘念彼女容相常現於心此心即爲境界淤泥之所濁亂是故於境不應貪著諸仁者譬如有人見牛鹿山羊有角之獸即於處兔生無角解若使不見牛等有角於處兔等決定不生無角之見世間妄見悉亦如是妄有所得起有分別後求其體不可得故便言諸法決定是無乃至未離分別之心常生如是不平等覺諸仁者應以智慧審諦觀察心之所行一切境界皆如妄計見牛兔等若諸佛子作如是觀隨其意樂或生人中爲轉輪王有大威力騰空來往或生日月星宿之宮四天王天三十三天夜摩天兜率陀天乃至自在天主摩尼藏殿或生色界梵身等天修行定者十梵之處無煩無熱善見善現阿迦尼吒空處識處無所有處非想非非想處住於彼已漸除貪欲從此而生清淨佛土常遊妙定至眞解脫爾時金剛藏菩薩摩訶薩復說偈言

如因瓶破　而成於瓦　刹那各別　恒是無常
因種生芽　芽生種壞　又如陶匠　以泥作瓶
泥是奢摩　瓶如其色　若復兼用　餘色泥作
火燒熟已　各雜色生　箭竹生葱　角生於蒜
不淨之處　蠅生於蟲　世間之中　有果似因
或有諸物　不似因者　皆因變壞　而有果生
微塵等因　體不變壞　不應妄作　如是分別

無能作我　內我勝我　亦無我意　境界諸根
和合爲因　而生於識　智者方便　善知衆境
破煩惱等　一切諸魔　世有貪愛　如淡得蜜
貪愛若除　衆縛悉解　如蛇螫物　瞋毒亦然
生死趣中　多所惱害　諸仁若欲　令彼除盡
宜各勤心　修於觀行

阿賴耶建立品第六

爾時金剛藏菩薩摩訶薩復告衆言諸仁者我念昔曾蒙佛與力而得妙定廓然明見十方國土修世定人及佛菩薩所住之處於如是處中密嚴佛土安樂第一諸佛菩薩數如微塵處蓮華藏我於爾時一心瞻仰尋從定出即自見身與諸菩薩在密嚴土復於爾時見解脫藏住在宮中其量大小如一指節色相明潔如阿怛斯華亦如空中清淨滿月我時見已便生念言此爲是誰而有如是不思議事作是念時即見我身在其身內於中普見一切世間爾時蓮華藏中無量菩薩以佛神力亦如是見咸生是念此爲希有不可思議時天中天所爲事畢還攝神力諸菩薩等悉復如故我時見此希有事已知諸菩薩種種變現是佛境界不可思議諸仁者如來昔爲菩薩之時從初歡喜至法雲地得陀羅尼句義無盡及首楞嚴等諸大三昧意生之身八種自在如應而現遊戲神通名稱光明如是等一切功德悉已成就轉復清淨速成正覺住密嚴土隨宜變化佛及菩薩種種色像自然周遍一切世間轉妙法輪令諸衆生速滅癡闇修行善法或有菩薩見佛身相尸利婆蹉等具足莊嚴自然光明猶如盛火與諸

菩薩住如蓮華清淨之宮常遊妙定以爲安樂或見大樹緊那羅王現百千億種種變化如月光明遍諸國土或見無量佛子智慧善巧衆相莊嚴頂飾寶冠身佩瓔珞住兜率陀等諸天之宮或見普賢有大威力得一切智無礙辯才身相光明獨無倫比所居宮殿如淨滿月雖住密嚴正定之海而現衆色像靡不周遍一切賢聖所共稱譽無量天仙乾闥婆等國王王子幷其眷屬圍繞侍衛或復見有觀行之師諸佛子衆所共圍繞住禪寂靜猶如睡眠而離惛沉懈怠等過悉皆侍奉無量諸佛或復有見爲大導師降神誕生出家苦行一心正定乃至涅槃於虛空中行住坐卧現諸神變令閻浮提至色究竟諸天人等莫不瞻仰諸仁者諸佛體性唯佛所知佛之智慧最上無比如釋迦牟尼人中師子之所已得汝諸佛子咸當得之是故仁等應生淨信信爲佛體必當解脫斯人或作轉輪聖王及諸小王乃至或生梵天等宮而爲天主是諸佛子轉復精進於蓮華藏清淨佛土與諸菩薩蓮華化生入一乘道離貪等習乃至降伏欲界天魔夫精進者志無怯弱光隆佛家王諸國土諸仁者若欲作佛當淨佛種性淨種性已必爲如來之所授記成無上覺利益一切諸修行者譬如大地與諸衆生而作所依又如良醫善調衆藥周行城邑普心救療佛亦如是平等教化心無分別設有衆生割截肌膚心亦不動諸仁者内外境界心之所行皆唯是識惑亂而見此中無我亦無我所能害所害害及害具一切皆是意識境界依

阿賴耶如是分别譬如有人置珠日中或因鑚燧而生於火此火非是珠燧所生亦非人作心意識亦復如是根境作意和合而生此性非如陽焰夢幻迷惑所取亦不同於龜之毛及以兔角如霹靂火爲從水生爲從電生爲雷生耶無能定知此所從生如見陶師造於瓶等欲等心法與心共生亦復如是諸仁者心之體性不可思議密嚴中人善能知見諸仁者一切衆生阿賴耶識本來而有圓滿清淨出過於世同於涅槃譬如明月現衆國土世間之人見有虧盈而月體性未嘗增減藏識亦爾普現一切衆生界中性常圓潔不增不減無智之人妄生計著若有於此能正了知即得無漏轉依差别此差别法得者甚難如月在雲中性恒明潔藏識亦爾於轉識境界習氣之中而常清淨如河中有木隨流漂轉而木與流體相各别藏識亦爾諸識習氣雖常與俱不爲所雜諸仁者阿賴耶識恒與一切染淨之法而作所依是諸聖人現法樂住三昧之境人天等趣諸佛國土悉以爲因常與諸乘而作種性若能了悟即成佛道諸仁者一切衆生有具功德威力自在乃至有生險難之處阿賴耶識恒住其中作所依止此是衆生無始時界諸業習氣能自增長亦能增長餘之七識由是凡夫執爲所作能作内我諸仁者意在身中如風速轉業風吹動遍在諸根七識同時如浪而起外道所計勝性微塵自在時等悉是清淨阿賴耶識諸仁者阿賴耶識由先業力及愛爲因成就世間若干品類妄計之人執爲作者此識體

相微細難知未見真實心迷不了於根境意而生愛著爾時金剛藏菩薩摩訶薩復說偈言

汝等諸佛子　云何不見聞　藏識體清淨
衆身所依止　或具三十二　佛相及輪王
或爲種種形　世間皆悉見　譬如淨空月
衆星所環繞　諸識阿賴耶　如是身中住
譬如欲天主　侍衛遊寶宮　江海等諸神
水中而自在　藏識處於世　當知亦復然
如地生衆物　是心多所現　譬如日天子
赫奕乘寶宮　旋繞須彌山　周流照天下
諸天世人等　見之而禮敬　藏識佛地中
其相亦如是　十地行衆行　顯發大乘法
普與衆生樂　當讚於如來　在於菩薩身
是即名菩薩　佛與諸菩薩　皆是賴耶名
佛及諸佛子　已受當受記　廣大阿賴耶
而成於正覺　密嚴諸定者　與妙定相應
能於阿賴耶　明了而觀見　佛及辟支佛
聲聞諸異道　見理無怯人　所觀皆此識
種種諸識境　皆從心所變　瓶衣等衆物
如是性皆無　悉依阿賴耶　衆生迷惑見
以諸習氣故　所取能取轉　此性非如幻
陽焰及毛輪　非生非不生　非空亦非有
譬如長短等　離一即皆無　智者觀幻事
此皆唯幻術　未曾有一物　與幻而同起
幻焰及毛輪　和合而可見　離一無和合
過未亦非有　幻事毛輪等　在在諸物相
此皆心變異　無體亦無名　世中迷惑人
其心不自在　妄說有能幻　幻成種種物
幻師瓶瓦等　所作衆物類　動轉若去來

此見皆非實　如鐵因磁石　所向而轉移
藏識亦如是　隨於分別轉　一切諸世間
無處不周遍　如日摩尼寶　無思及分別
此識遍諸處　見之謂流轉　不死亦不生
本非流轉法　定者勤觀察　生死猶如夢
是時即轉依　說名爲解脫　此即是諸佛
最上之教理　審量一切法　如稱如明鏡
又如大明燈　亦如試金石　遠離於斷滅
正道之標相　修行妙定者　至解脫之因
永離諸雜染　轉依而顯現

大乘密嚴經卷中

音釋

埏埴（埏以然切埴丞職切埏埴和黏土也）伶（郎丁切伶樂人也）匏（薄交切瓠也）麝（神夜切小麋也臍有香因曰麝香）頡頏（頡胡結切頏胡郎切頡頏鳥飛貌上曰頡下曰頏）蓊鬱（蓊烏孔切鬱於物切蓊鬱茂盛也）鶩（亡遇切馳鶩猶奔趨也）羈（居宜切）蠕（而兗切蟲動也）臏（毗忍切）彪（悲幽切虎屬）燼（徐刃切火餘也）葺（十入切覆蓋也）螫（施隻切蟲行毒也）鑽（作官切）燧（徐醉切鑽燧穿木取火也）齇（烏爪切與皻同）脃（取歲切）

大乘密嚴經卷下

唐中天竺國沙門地婆訶羅奉　詔譯

自識境界品第七

爾時金剛藏菩薩摩訶薩遍觀十方從髻珠中放大光明其光普照一切國土及密嚴中諸菩薩衆放斯光已即告如實見菩薩言仁主雪山之中有一惡獸名爲能害變詐百千以取諸獸殺之而食若見牝鹿有子之者便爲子聲悲鳴相呼若見牡鹿便現有角與其相似而往親附彼無驚懼殺而食之見牛馬等種種諸獸悉同彼形而肆其惡仁主一切外道於阿賴耶所生我見亦復如是如彼惡獸變種種形著我之人所執我相各各差別乃至極小猶如微塵仁主是諸我執於何而住不住於餘但住自識計我之人言我與意根境和合意等和合而有識生本無有我如衣與華和合而有香氣未和合時無香可得是故當知但唯有識心及心法無別有我如盤中果如籠中燈如伊尸迦文闍之草而可得者但以因緣心心法生此中無我亦無有生微妙一相本來寂靜是諸佛菩薩觀行之人內證境界諸外道等不了唯識生於我見無知法智而强分別執著有無若一若多我我所論如彼惡獸多所傷殺此亦如是令諸衆生於生死中馳騖徃來不肯親近佛及菩薩諸善知識展轉遠離無歸向時違背聖道失於己利於三乘中乃至不得一乘之法爲取所縛不見眞諦不得預於密嚴之土乃至名字亦不得聞仁主諸觀行人咸於此識淨除我見汝及諸菩薩摩訶薩亦應如是旣自

勤修復爲人說令其速入密嚴佛土

阿賴耶微密品第八

爾時衆中有菩薩名曰寶手白衆色最勝王言王應請問金剛藏住三昧者一切世間所有衆法離諸分別及以名字不相應名相應之名彼法自性於何而住此諸佛子專心願聞時衆色最勝王即隨其義而問之曰

名想等境界　一切世間法　爲唯是分別
爲離分別有　如其所立名　是名何所住
金剛自在者　願爲我宣說

爾時金剛藏菩薩摩訶薩以偈答言

世間種種法　一切唯有名　但想所安立
離名無別義　四蘊唯名字　是故說爲名
如名摩納婆　但名無有體　佛及諸佛子
說名唯在相　離相而有名　不作是分別
是故依於相　分別種種名　譬如袟吐等
此皆無有實　凡夫所分別　莫不皆依相
是故世間法　離相即皆無　瓶衣車乘等
名言所分別　色相雖可說　體性無所有
世間衆色法　但相無有餘　唯依相立名
是名無實事　王應觀世法　離名無所有
但以分別心　而生於取著　若離於分別
取著即不生　無生即轉依　證於無盡法
是故大王等　常應觀想事　但是分別心
離此即無有　形相體增長　散壞質與身
如是等衆名　皆唯色之想　想名及分別
體性本無異　隨於世俗義　建立而不同
若捨離名字　而求於物體　過去及未來
此皆無所得　能知諸識起　無有所知法
所知唯是名　世法悉如是　以名分別法

法不稱於名　諸法性如是　不住於分別
以法唯名故　想即無有體　想無名亦無
何處有分別　若得無分別　身心恒寂靜
如木火燒已　畢竟不復生　譬如人負擔
是人名擔者　隨其擔有殊　擔者相差別
名如所擔物　分別名擔者　以名種種故
分別各不同　如見杌爲人　見人以爲杌
人杌二分別　但有於名字　諸大和合中
分別以爲色　若離於諸大　色性即無有
如德依瓶處　瓶依名亦然　捨名而取瓶
瓶終不可得　瓶不住瓶體　名豈住於名
二合生分別　名量亦非有　住於如是定
其心不動搖　譬如金石等　本來無水相
與火共和合　若水而流動　藏識亦如是
體非流轉法　諸識共相應　與法同流轉

如鐵因磁石　周回而轉移　二俱無有思
狀若有思覺　賴耶與七識　當知亦復然
習繩之所繫　無人而若有　普遍衆生身
周行諸險趣　如鐵與磁石　展轉不相知
或離於險道　而得住諸地　神通自在力
如幻首楞嚴　乃至陀羅尼　莫不皆成滿
讃佛實功德　以之爲供養　或現無量身
一身無量手　肩頭口及舌　展轉皆無量
往詣十方國　供養諸如來　或雨衆妙華
寶衣及瓔珞　其積甚高廣　如須彌等山
供養於如來　及以諸菩薩　或作寶宮殿
如雲備衆彩　化現諸天女　遊處於其中
妓樂衆妙音　供養於諸佛　或與佛菩薩
遊止常共俱　一切衆魔怨　自在而降伏
得自證三昧　已轉於所依　闡揚五種法

八識及無我　相續無暫停　一心而供養
或現身爲小　其量如微塵　復現爲大身
無邊不可測　種種諸色相　以供養如來
或於自身中　普納諸世界　復以諸世界
置之於芥子　大海爲牛跡　牛跡海亦然
是中諸衆生　身心無所嬈　一切所資用
平等而饒益　如日月如地　如水及火風
又如大寶洲　亦如良妙藥　諸法不生滅
不斷亦不常　一異及來出　如是悉無有
妄立種種名　是爲遍計性　諸法猶如幻
如夢與乾城　陽焰水中月　火輪雲電等
此中妄所取　是爲遍計性　種種諸名字
説於種種法　此皆無所有　是爲遍計性
一切世間法　不離於名色　斯皆但有名
離名無別義　如是遍計性　我説爲世間

眼色等爲緣　而起三和合　聲依桴鼓發
芽從地種生　宮殿及瓶衣　無非衆緣起
衆生若諸法　此悉依他性　若法是無漏
其義不可捨　證智所從生　此性名眞實
諸法相差別　已説其自性　若離自性門
諸法不明了　如人以衆物　幻作種種形
色相雖不同　性皆無決定　世事悉如是
種種皆非實　妄情之所執　遍計無有餘
譬如摩尼寶　隨色而像現　世間亦復然
但隨分別有　體用無所在　是爲遍計性
如乾闥婆城　非城而似城　亦非無有因
而能如是見　世間種種物　應知悉亦然
日月及諸山　屋宅煙雲等　體相各差別
未嘗有雜亂　自他及與共　體性皆不成
但是所分別　遍計之自性　諸物非因生

亦非無有因　若有若非有　此皆情所執
名依於相起　二從分別生　正智及如如
遠離於分別　心如相顯現　相爲意所依
意及五心生　猶如海波浪　習氣無有始
境界亦復然　心因習氣生　境令心惑亂
依止賴耶識　一切諸種子　心如境界現
是說爲世間　七識阿賴耶　展轉力相生
如是八種識　不常亦不斷　一切諸世間
似有而安布　有計諸衆生　我等三和合
發生種種識　分別於諸境　或有妄計言
作者業因故　生於梵天等　內外諸世間
世間非作者　業及微塵作　但是阿賴耶
變現似於境　藏識非緣作　藏亦不作緣
諸識雖流轉　無有三和合　賴耶體常住
衆識與之俱　如輪與水精　亦如星共月

從此生習氣　新新自增長　復增長餘識
餘識亦復然　如是常輪轉　悟者心方息
譬如火燒木　漸次而轉移　此木既已燒
復更燒餘木　依止賴耶識　無漏心亦然
漸除諸有漏　永息輪回法　此是現法樂
三昧之境界　衆聖由斯道　普詣十方國
如金在鑛中　無有能見金　智者善陶練
其金乃明顯　藏識亦如是　習氣之所纏
三昧淨除已　定者常明見　如酪未鑽搖
酥終不可得　是故諸智者　鑽酪而得酥
藏識亦如是　諸識所纏覆　密嚴諸定者
勤觀乃能得　密嚴是大明　妙智之殊稱
佛子勤修習　當生此國中　色及無色界
空識非非想　於彼常勤修　而來生此處
此中諸佛子　威光猶日月　住於修行地

演說相應旨　如來所證法　隨見而轉依
一切佛世尊　灌頂授其位　雖住密嚴土
應物隨所宜　在空而變化　若見或聞法

爾時金剛藏菩薩摩訶薩復告大衆諸仁者阿賴耶識從無始來爲戲論熏習諸業所繫輪回不已如海因風起諸識浪恒生恒滅不斷不常而諸衆生不自覺知隨於自識現衆境界若自了知如火焚薪即皆息滅入無漏位名爲聖人諸仁者阿賴耶識變似衆境彌於世間染意攀縁執我我所諸識於境各各了別諸仁者心積集業意亦復然意識了知種種諸法五識分別現前境界如瞖目者見似毛輪於似色心中非色計色諸仁者如摩尼寶體性清淨若有置於日月光中隨其所應各雨其物阿賴耶識亦復如是是諸如來清淨之藏與習氣合變似衆色周於世間若無漏相應即雨一切諸功德法如乳變異而成於酪乃至酪漿阿賴耶識亦復如是變似一切世間衆色如瞖目者以瞖病故見似毛輪一切衆生亦復如是以習氣瞖住藏識眼生諸似色此所見色譬如陽焰遠離有無皆阿賴耶之所變現諸仁者依於眼色有似色識如幻而生住於眼中其相飄動如熱時焰諸仁者一切衆色皆阿賴耶與色習相應變似其相非別有體同於愚夫妄所分別諸仁者一切衆生若坐若卧若行若立惛醉睡眠乃至狂走莫不皆是阿賴耶識譬如盛日舒光燭地氣蒸飄動猶如水流渴獸迷惑向之奔走阿賴耶識亦復如是體性非色而似色現分別之人妄生取著如磁石力令鐵轉移

雖無有心似有心者阿賴耶識亦復如是爲生死法之所攝持往來諸趣非我似我如水中有物雖無思覺而隨於水流動不住阿賴耶識亦復如是雖無分别依身運行如有二象捔力而鬬若一被傷退而不復阿賴耶識應知亦然斷諸染分更不流轉譬如蓮華出離於泥皎潔清淨離諸塵垢諸天貴人見之珍敬阿賴耶識亦復如是出習氣泥而得明潔爲諸佛菩薩大人所重如有妙寶世所希絶在愚下人邊常被汙賤智者得已獻之於王用飾寶冠爲王所戴阿賴耶識亦復如是是諸如來清淨種性於凡夫位恒被雜染菩薩證已斷諸習氣乃至成佛常所寶持如美玉在水龜衣所覆阿賴耶識亦復如是在生死海爲諸惡習覆而不現諸仁者阿賴耶識

有能取所取二種相生如蛇有二頭所樂同往此亦如是與色相俱世間之人取之爲色或計我我所若有若無能作世間於世自在諸仁者阿賴耶識雖種種變現而性甚深無智之人不能覺了譬如幻師幻作諸獸或行或走相似衆生都無定實阿賴耶識亦復如是幻作種種世間衆生而無實事凡愚不了妄生取著起微塵勝性自在丈夫有無等見諸仁者意能分别一切世間是分别見如畫中質如雲中形如翳夢者所見之物如因陀羅弓如乾闥婆城如谷響音如陽焰水如川影樹如池像月分别之人於阿賴耶如是妄取若有於此能正觀察知諸世間皆是自心是分别見即皆轉滅諸仁者阿賴耶識是意等諸法習氣所依爲分别心之所擾濁若離

分別即成無漏無漏即常猶如虛空若諸菩薩於阿賴耶而得三昧則生無漏禪定解脫方便力自在神通如是等諸功德法十究竟願意生之身轉於所依識界常住同虛空性不壞不盡諸仁者如來普見一切世間無有增減般涅槃者非是壞滅亦無非衆生而今始生十方國土同一法性諸佛出世不出世間一切諸法住於法性不常不斷若解脫者衆生界滅即壞如來一切智性去來今佛所知之法不得平等又若涅槃衆生滅者誰離於苦有餘無餘降魔等事皆是妄說是故當知諸觀行者證於解脫其身常住離衆有蘊滅諸習氣譬如熱鐵投之冷水熱勢雖除而鐵不壞此亦如是諸仁者阿賴耶海爲戲論麤重所擊五法三性諸識波浪相續而生所有境界其相飄動於無義處中似義而現諸仁者阿賴耶識行於諸蘊稠林之中意爲先導意識決了色等衆境五識依根了現境界所取之境莫不皆是阿賴耶識諸仁者阿賴耶識與壽命煖觸和合而住意住於此識復住意所餘五識亦住自根諸仁者心意及識住於諸蘊爲業所牽流轉不息諸所有業因愛而起以業受身身復造業捨此身已更受餘身如步屈蟲行心及心法生於諸趣復更積集稠林之蘊諸仁者壽煖及識若捨於身身無覺知同於木石諸仁者藏識是心執我名意取諸境界說之爲識諸仁者心能持身意著諸趣意識遍了五現分別諸仁者藏識爲因生於諸識意及意識又從所緣無間而起五識復待增上緣生以同時自根爲增上

故諸仁者身如起屍亦如陽焰隨於諸行因緣爲轉非是虛妄亦非眞實爲愛所牽性空無我諸仁者意等諸識與心共生五識復與意識同生如是恒時大地俱轉諸仁者阿賴耶識爲愛所熏而得增長自增長已復增餘識如輪不絶以諸識故衆趣得生於諸趣中識復增長識與世間更互爲因如河中流前後不斷如芽與種相續而生各各差別分明顯現識行亦爾三和合已復更和合差別而生無有斷絶内外衆法因茲而起一切凡夫不了自心汝諸佛子應勤觀察爾時衆色最勝王等復向金剛藏菩薩摩訶薩而作是言

金剛三昧藏　得無所畏者　善入於密嚴
能演一切法　佛及諸佛子　三昧正思惟
所見諸法相　微妙最無比　惟願大智者
爲我等宣說　尊者恒安住　摩尼月藏宫
坐於師子座　菩薩衆圍繞　願爲諸瑜祇
說密嚴定法　此是月幢佛　爲衆所開演
彼衆當來此　願說而無倦

爾時月幢世尊無量分身在於欲色諸天宫殿有無央數菩薩及諸天等圍繞供養說密嚴中諸無畏者所修觀行實相之法彼諸菩薩聞說是已得内證智相應三昧心不樂於正位之樂不住實際即於定中互相觀察心各念言其誰已見證於實相觀行之首云何而得見斯人乎心生渴仰僉然而住彼諸佛子復更思惟何者是定云何非定於何所定孰是其定所待之緣作是念已以三昧力見密嚴土中菩薩之王首戴寶冠三十二相以爲嚴飾彼諸菩薩便從定起著上好衣從他

方無量佛國而來此會一心瞻仰金剛藏尊爾時金剛藏菩薩摩訶薩周顧四方見諸大衆便生覺念將欲說法熙怡微笑發和雅音而說偈言

汝等諸佛子 咸應一心聽 定境難可思
非分別所了 定及於定者 定緣亦復然
離諸欲不善 而有於覺觀 寂靜生喜樂
是謂初入禪 如是漸次第 四八至于十
外道著我者 常修此諸定 一切聲聞衆
辟支佛亦然 了知於世間 諸法之自相
蘊處如空宅 此中無有我 無思無動作
如機關起屍 但有三和合 本無能作者
外道修定人 起於空性見 此人迷法相
壞於一切法 若有能修行 如來微妙定
善知蘊無我 諸見悉除滅 一切唯有識
諸法相皆無 無能相所相 無界亦無蘊
分析至微塵 此皆無所住 地水等衆物
皆從分別生 不知其性者 取於如是相
惡色與好色 似色餘亦然 譬如虛空中
雲霓等衆彩 思惟如骨鏁 遍滿於世間
及遍處想觀 觀於諸大等 身有色無色
定者常諦思 若於緣一心 即緣說清淨
如其所分別 即彼成所緣 非定非定者
妄計以爲定 定者在定中 了世皆藏識
法及諸法相 一切皆除遣 獲於勝定者
善說於諸定 破諸修定人 妄智所知法
若人生小智 取法及於我 自謂誠諦言
善巧說諸法 計著諸法相 自壞亦壞他
無能相所相 妄生差別見 甜性能除熱
苦醋鹹止淡 辛物變於冷 鹹能起風疾

身中有痰熱　共生於癃病　或復但因風
或三和合起　以病各差別　良醫說衆方
石蜜并六分　庾沙諸食等　能除衆生身
種種諸癃病　若法有自性　及以諸相者
藥無除病能　病者不應差　云何世人見
服藥病除愈　定者觀世間　但是賴耶識
變異而流轉　譬如衆幻獸　無能相所相
蘊與於蘊者　亦無支分殊　及以有支分
世中無能作　而作於世間　亦非散十方
微塵之所聚　非初最微細　漸次大如指
二指或復三　諸物轉和合　求那各差別
如是義皆無　非時非勝性　及三法所作
亦非無有因　自然而得有　斯由業習氣
擾濁於內心　依心及眼根　種種妄分別
意與於意識　及以阿賴耶　普現於世間
如幻作衆物　甁等衆境界　悉以心爲體
非甁似甁現　是故說爲空　世間所有色
諸天宮殿等　皆是阿賴耶　變異而可見
衆生身所有　從頭至手足　頓生或漸次
無非阿賴耶　習氣濁於心　凡愚不能了
此性非是有　亦復非是空　如人以諸物
擊破於甁等　物體若是空　即無能所破
譬如須彌量　我見未爲惡　憍慢而著空
此惡過於彼　空性隨應說　不應演非處
若演於非處　甘露即爲毒　一切諸衆生
生於種種見　欲令斷諸見　爲說於空理
聞空執爲實　不能斷諸見　此見不可除
如病醫所捨　譬如火燒木　木盡火不留
見木若已燒　空火亦應滅　生於智慧火
諸見得滅時　普燒諸煩惱　一切皆清淨

牟尼以此智　密嚴而解脫　不見以兔角
觸壞於大山　曾無石女兒　執箭射於物
未聞欲鬬戰　而求兔角弓　誰復須宮室
令石女兒造　一切法空性　與法常同體
始於胎藏時　色生便滅壞　離空無有色
離色無有空　如月與光明　始終恒不異
諸法亦如是　空性與之一　展轉無差別
所爲皆得成　是身如死屍　本來無自性
恒爲愛繩縛　境界所牽動　佛說於空理
爲欲斷諸見　汝等有智人　宜應一心學
譬如工幻者　以諸呪術力　草木等衆緣
隨意之所作　依於眼及愛　作意色與明
如是眼識生　如幻亦如焰　是識無來處
去亦無處所　諸識性如是　不應著有無
譬如石女兒　兔角毛輪等　本來無有體
妄立於名字　師子熊羆類　此皆無有角
何故不分別　唯言兔角無　善巧談論者
豈不能宣說　古先諸智人　但說兔無角
惑者妄分別　如瘖及聾瞽　斯人無現智
不能自證法　但隨他語轉　何用分別爲
若離於分別　當生密嚴土　一心正定中
普現十方國　譬如天宮殿　衆星及日月
依止須彌山　風力所持運　七識亦如是
依於阿賴耶　習氣之所持　處處恒流轉
譬如依大地　發生種種物　一切諸含情
乃至衆珍寶　藏識亦如是　衆識之所依
譬如孔雀鳥　毛羽多光色　雄雌相愛樂
鼓舞共歡遊　定者觀賴耶　應知亦如是
種子及諸法　展轉相依住　譬如百川流
日夜歸大海　川流無有盡　海亦不分別

藏識亦如是　甚深無有涯　諸識之習氣
日夜常歸往　如地有衆寶　及餘種種物
給施諸衆生　隨其所資用　藏識亦如是
與諸分別俱　增長於生死　轉依成正覺
善行清淨行　出過於十地　入如來地中
十力皆圓滿　正住於眞際　常恒不壞滅
如地無分別　應化無有窮　如春衆華發
人鳥皆欣翫　執持識亦然　定者多迷取
如是諸佛子　無慧離眞實　於義不善知
妄言生決定　非法離閒語　誑惑於衆生
諸法別異住　而別起言說　譬如工幻師
善用於呪術　於無華菓處　現種種華菓
如是佛菩薩　善巧方便智　世間別異住
別異而安立　說種種教門　誘誨無終已
決定眞實法　密嚴中顯現　六界與十八
十二處丈夫　意繩之所牽　衆生以流轉
八識諸界處　共起而和合　從於意繩轉
前身復後身　佛說此丈夫　隨世因流轉
是一切身者　續生無斷絶

爾時金剛藏菩薩摩訶薩說諸界處丈夫義已摩尼寶藏清淨宮中已得無畏諸大菩薩皆前頂禮又有無量佛菩薩衆從諸國土來此會者同聲讃曰善哉善哉衆中復有無量菩薩諸天及諸天女皆從座起合掌而立遞相瞻顧而說偈言

一切定者中　惟仁爲上首　今爲諸菩薩
說微妙丈夫　遠離於外道　著我等之論
如仁所宣示　六界淨丈夫　但是諸界合
隨因以流轉　譬如虛空中　有鳥跡明現
亦如離於木　而火得熾然　空中鳥跡現

離木而有火　我及諸世間　未曾見是事
鳥飛以羽翰　空中無有跡　仁者說丈夫
與鳥跡相似　云何於諸有　得有輪回義
而說界丈夫　常流轉生死　受諸苦樂果
所作業無失　如農夫作業　未嘗不得果
此果成熟已　後果當復生　身者亦復然
住身修善行　前生後生處　恒受人天樂
或常修福德　資糧爲佛因　解脫及諸度
逮成於正覺　生天自在果　觀行見眞義
若離趣丈夫　一切悉無有　有丈夫流轉
在於生死中　下從阿鼻獄　上至諸天處
是業必生果　所作不唐捐　若內外世間
互力而生起　此法似於彼　彼從於此生
雖離趣丈夫　得有輪回者　如言石女子
威儀而進退　兔角有銛利　沙中能出油

爾時會中諸菩薩天及天女說是語已皆共供養所應供者金剛藏尊并諸菩薩供養畢已復共同心而說偈言

法眼具無缺　因喻皆莊嚴　能伏他人論
顯示自宗德　是故大精進　宜應速開演
此會天人等　一心皆願聞

爾時金剛藏菩薩摩訶薩以偈答曰

此法深難思　分別不能及　瑜伽清淨理
因喻所開敷　密嚴修定處　於中我宣說
汝等諸天人　咸應一心聽

爾時金剛藏菩薩摩訶薩說是語已復向大樹緊那羅王而說偈言

大樹緊那羅　汝應知法性　諸法云何住
性空無所有　如是見相應　於定不迷惑
如飯一粒熟　餘粒即可知　諸法亦復然

知一即知彼　譬如鑽酪者　嘗之以指端
如是諸法性　可以一觀察　法性非是有
亦復非是空　藏識之所變　藏以空爲相
爾時大樹緊那羅王以偈問曰
云何心量中　而有界丈夫　云何生諸界
堅濕及暖動
爾時金剛藏菩薩摩訶薩聞是語已偈答之
言
善哉大樹王　汝今作是問　欲令修行者
其心詣眞實　我今爲汝說　琴師應善聽
汝昔乘宮殿　幷諸眷屬俱　鼓樂從空下
而來詣佛所　汝手所鳴琴　瑠璃以爲飾
撫奏聲和雅　悅動於衆心　無量諸聲聞
在佛所觀聽　不能持本志　各自起而舞
時天冠大士　告迦葉等言　汝等離欲人
云何而舞戲　是時大迦葉　白彼天冠士
菩薩有大力　譬如旋嵐風　聲聞無定智
如黑山搖動　雖離惑分別　尚染習氣泥
彼捨諸習氣　心淨當成佛　汝於微細境
其心已通達　種種世論中　明了而決定
善於諸地相　及佛清淨法　汝在宮殿中
眷屬所圍遶　清淨而嚴好　譬如盛滿月
能於修觀行　自在之衆中　問我界丈夫
云何從心起　汝及諸佛子　咸應一心聽
如其諸界内　心名爲丈夫　諸界因此生
是義我當說　津潤生於水　炎盛生於火
動搖諸作業　因斯起風界　從於色分齊
有地及虛空　境界與諸習　識生而會聚
眼及於色等　相狀各不同　此爲生廣門
諸有恒相續

爾時摩尼寶藏自在宮中持進菩薩與無量菩薩俱從座而起稽首作禮持諸妙供而以供養金剛藏尊復張寶網彌覆其上同聲讚曰善哉善哉而說頌言

尊者住法雲　善入於佛地　能爲諸菩薩
開示如來境

爾時大樹緊那羅王幷諸婇女復持種種妙好供具以爲供養供養畢已偈讃之曰

善哉金剛藏　得無所畏者　爲我等開演
如來微妙法　今此摩尼殿　清淨最吉祥

爾時聖者觀自在菩薩慈氏菩薩得大勢菩薩文殊師利菩薩寶髻菩薩天冠菩薩總持王菩薩一切義成菩薩如是等菩薩摩訶薩及餘無量修觀行者皆是佛子有大威德善能開示觀行之心悉從座起互相觀察向金剛藏菩薩摩訶薩而說偈言

惟願金剛尊　顯示於法眼　尊者善地相
一切咸綜知　如來常念持　佛子所宗敬
今此大力衆　同心而勸請　瑜伽自在者
願示於密嚴　普令諸世間　得所未曾有
此法最清淨　遠離於言說　化佛諸菩薩
經中未門演　諸聖現法樂　見眞無漏界
自覺智所行　清淨最無比　具足衆三昧
及以陀羅尼　諸自在解脱　意生身十種
嚴淨佛國土　不可思議數　佛及諸菩薩
身量如微塵　乃至如毛端　百分中之一
密嚴佛國土　諸土中最勝　如是觀行者
來生於是間　此皆何所因　佛子願宣說

爾時金剛藏菩薩摩訶薩三十二相八十種好莊嚴其身爲欲宣示無分別離分別先佛

法眼如師子王普觀衆會知其智力堪能聽受即以梵聲迦陵伽聲廣長舌相清美之聲其聲決定衆所悅可無有麤獷調柔簡暢鍵羅摩聲烏柁多聲悉利多聲離沙婆聲般遮摩聲毗嵐弭儋度路等聲皆悉具足無量功德而共相應不令聽者其心迷著善能了達音聲之相一切天人乾闥婆等莫不欣樂金剛藏菩薩摩訶薩口無言說以本願力於其身上眉額頂鼻乃至肩膝猶如變化自然而出如是之音爲諸大衆演說法眼譬如鵝王群鵝翼從在沙汀上素潔嚴好金剛藏大精進者住於自在清淨之宮諸佛子衆所共圍遶嚴潔亦爾如空中朗月光映衆星金剛藏菩薩亦復如是處師子座映蔽一切諸修行者如月與光無有差別佛與金剛藏菩薩亦復如是等無有異爾時如實見菩薩摩訶薩任修行地衆中上首從座而起合掌恭敬觀諸菩薩說是偈言

嗚呼大乘法　微妙不思議　如來之境界
佛子應頂禮　無思離垢法　希有甚難遇
一切國土中　諸佛所觀察　大乘眞實義
清淨無等倫　遠離諸分別　轉依之妙道
八種識境界　諸自性不同　五法及無我
差別而開示　五種習所纏　生諸惡分別
見此微妙法　清淨如眞金　得於清淨者
即住佛種性　如來性微妙　非外道聲聞
一切國土中　密嚴爲最上　種性成就已
而來生此國　尊者金剛藏　已得何三昧
所說清淨法　是何三昧境

爾時會中有無量菩薩衆稽首作禮而說偈

言
大智金剛藏　願爲我開演　住何三昧中
而能說是法　此諸佛子等　一切皆願聞
爾時金剛藏菩薩大無畏者普觀衆會智慧之力爲任聽受不思議法爲不任耶諦觀察已知諸佛子堪受斯法即說偈言
汝等諸佛子　咸應一心聽　我今爲汝說
轉依之妙道　我所得三昧　名大乘威德
菩薩住是中　能演清淨法　亦見拘胝刹
所有諸如來　塵數那由他　在前而讚歎
善哉汝所說　此是瑜伽道　我等諸如來
皆行此三昧　於斯得自在　清淨成正覺
未曾有一佛　非此三昧生　是故此三昧
思惟不能及　若有諸菩薩　住是三昧中
即住不思議　諸佛之境界　證於自智境
及見於諸佛　變化百千億　乃至如微塵
內證之妙理　諸佛所安住　此法無諸相
遠離於聲色　名從於相生　相從因緣起
此二生分別　諸法性如如　於斯善觀察
是名爲正智　名爲遍計性　相是依他起
名相二俱遣　是爲第一義　藏識住於身
隨處而流轉　習氣如山積　染意之所纏
末那有二門　意識同時起　五境現前轉
諸識身和合　猶如有我人　住在於身內
藏識暴流水　境界風所飄　種種識浪生
相續恒無斷　佛及諸菩薩　能知法無我
已得成如來　復爲人宣說　分析於諸蘊
見人無我性　不知無有法　是說爲聲聞
菩薩善能觀　人法二無我　觀已即便捨
不住於眞際　若住於眞際　便捨大悲心

功業悉不成　不得成正覺　希有難思智
普利諸群生　如蓮出淤泥　色相甚嚴潔
諸天聖人等　見之生愛敬　如是佛菩薩
出於生死泥　成佛體清淨　諸天所欣仰
從初菩薩位　或作轉輪王　天主阿脩羅
乾闥婆王等　了悟大乘者　獲於如是身
漸次而修行　決定得成佛　是故諸佛子
宜應一心學　世間諸衆生　染淨等諸法
皆依於藏識　爲因而得生　此因勝無比
證實者宣示　非與於能作　自在等相以
世尊說此識　爲除諸習氣　了知解脫已
此亦無所得　賴耶有可得　解脫非是常
如來清淨藏　亦名無垢智　常住無始終
離四句言說　佛說如來藏　以爲阿賴耶
惡慧不能知　藏即賴耶識　如來清淨藏
世間阿賴耶　如金與指環　展轉無差別
譬如巧金師　以淨好真金　造作指嚴具
欲以莊嚴指　其相異衆物　說名爲指環
現樂諸聖人　證於自智境　功德轉增勝
自共無能說　現法諸定者　了境唯是識
得第七地已　轉滅不復生　心識之所行
一切諸境界　所見雖差別　但識無有境
瓶衣等衆物　境界悉皆無　心變似境生
謂能取所取　譬如星月等　依須彌運行
諸識亦復然　恒依賴耶轉　當知賴耶識
即名爲密嚴　譬如好真金　光色常充滿
自證清淨境　非分別境界　性與分別離
不可得分別　體實而是常　定者能觀見
意識所行境　但縛於凡夫　聖見悉清淨
譬如陽焰等

爾時世尊說是經已金剛藏等無量菩薩摩訶薩及從他方來此會者無央數衆聞佛所說皆大歡喜信受奉行

大乘密嚴經卷下

音釋

牝（昆忍切牝毋鹿也）杌（五忽切樹無枝也）捔（古嶽切校也）銛（息廉切利也）鍵（渠焉切）儋（都甘切）

菩薩瓔珞經

姚秦沙門竺佛念譯

清刻龍藏佛說法變相圖

菩薩瓔珞經卷第一（一名現在報經）

姚秦沙門竺佛念譯

普稱品第一

聞如是一時佛在摩竭界普勝講堂與大比丘衆俱比丘十千菩薩萬五千人一切大聖靡不雲集諸德具足不捨總持其志弘普無所不包辯才通達除去疑網遊其神通解說深義以權方便適化隨宜慈及下劣得至彼岸宣暢如來三昧正受諸佛嗟歎天人所敬所願自在而無罣礙普遊殊勝奇特之域神足變化衆相具足降伏衆魔曉了法慧分別諸法深知本際觀察衆生昔所根源演暢道品空無相願於世八事而無染著加以大慈救濟衆生護身口意無有邪見志崇精進心若金剛雖執勤勞於無數劫心恒勇猛無有

猒倦在諸大衆現師子威降伏異學令不有退以聖剪號而印可之諸佛遊處悉皆履行皆是正覺之所修行嚴淨道場巍巍無量若行若坐入無底慧心恒悅豫亦無怯弱所講演法平等無二以成未成視如同類功稱名勳常得自在修深法要訓以道教若在大衆威相光輝神智妙達不可稱計彈指之頃遊於無量諸佛國土供養十方諸正覺等其名曰歡曜菩薩山雷菩薩慧密菩薩普明菩薩濟彼菩薩總持菩薩金剛菩薩石磨王菩薩雷震菩薩雨滴菩薩善筭菩薩智積菩薩法上菩薩息意菩薩除幻菩薩善稱菩薩虛空藏菩薩威力菩薩燄光菩薩識機菩薩盡慧菩薩無邊際菩薩堅固志菩薩月光菩薩法熾菩薩無見菩薩無等菩薩日盛明菩薩如是十方諸佛世界衆菩薩等普來雲集詣忍世界欲聽如來說法瓔珞大智根門趣菩薩藏不可思議權現無量及賢劫中彌勒輭首十六大聖颰陀惒等八大神王帝釋四天王與忉利天人俱燄天兜術天不憍樂天化自在天魔子導師梵天王梵淨天王善梵天王梵具足天王大神妙天淨居天離垢光天上至一善住天燕居天善神及諸樹神山神金翅鳥神及餘一切諸天尊神一一尊復尊及諸天龍鬼神阿須倫迦留羅眞陀羅摩休勒人及非人等各與眷屬來詣佛所稽首畢而立侍焉比丘比丘尼清信士清信女各自修敬前爲佛作禮各坐一面爾時世尊與若干百千之衆營從圍遶佛昇嚴淨高廣師子之座與諸大衆說法瓔珞佛在衆中如須彌山

晃若金積威神光明超世無雙道德威儀巍巍無量放大光明靡所不照復以神變感動十方應時空中尋有百千寶瓔珞蓋衆珍雜廁徧覆其上無價寶珠照虚空珠懸處空中光從珠出色像無比於其空中而興微雲雨諸香華時空中華積至于膝復出大音徧滿世界時有菩薩名曰普照承佛聖旨即從座起長跪叉手前白佛言今所神感未曾見聞此何瑞應乃至於斯唯願大聖敷演其義使諸會者永無狐疑佛告普照還復汝座吾當與汝一一分别法瓔珞義修立根門超越妄想近一切智諸通慧地爾時世尊復以神足觀諸菩薩所入定意其法名曰道樹瓔珞淨諸大士莊嚴道場覺道正法而無所畏遊諸聖慧而得自在所入道門不失辯才復以神通瓔珞其座演暢分别不退轉地解一法界空無所有觀察衆生利鈍之性堅固其心決一切法除去塵勞隨順法要所言信用無所染著應對無疑來往發遣説無礙智永離縛著積功累德不懷希望所説諸法眞如審諦不計有爲當有成辦想則無想爲與想爲曉了深妙十二縁起尋究根源而不可限是時普照菩薩復從座起前白佛言願欲所問惟敢聽者乃自宣陳佛言善哉在所欲問若有疑者便自演暢如來當爲具發遣之是時普照見聽喜踊尋時問曰何謂菩薩法瓔珞身何謂菩薩除其妄見何謂菩薩超出世法何謂菩薩遊至世界何謂菩薩親近如來何謂菩薩不處母胎何謂菩薩生輙神識不有錯亂何謂菩薩而懷篤信云何菩薩不自爲已

何謂菩薩救衆緣苦何謂菩薩法施財施何謂菩薩分別空義何謂菩薩除其陰蓋何謂菩薩廣熾法式何謂菩薩聞法無猒何謂菩薩遊戲止觀何謂菩薩奉修禁戒何謂菩薩誓離世法何謂菩薩不處家業何謂菩薩心無所著何謂菩薩一坐一起何謂菩薩口密心悲其所問義旨要如是佛言普照善哉善哉乃問如來如此之義汝今當聽善思念之戢在心懷無令捨之在凡夫行普照對曰唯然世尊願樂欲聞聖大之法是時世尊告普照曰行菩薩道當念十德瓔珞其體身口意法無說人短於諸同學不興輕慢心平若空亦無增減棄諸惡趣不加害人視彼衆生如已無異志得由身所知無盡復以四諦教授衆生持心寂然令悟使成復以衆智瓔珞妙門訓化二乘得至所趣勸大乘學觀達諸法修如來行功勳之德教導以漸不行暴逸自省已過不譏彼短踰出衆難常愛樂法寂定無亂蠲除諸疑妄見之事有猶豫者使得時悟不捨道心所造德本又教他人使不毀戒常以大哀爲人說經所遊世界不離諸佛宣示禁戒逮一切智復以照曜瓔珞莊嚴諸佛寶淨道場光明瓔珞靡不周徧悉照三千大千世界蔽此日月使無光明正使神妙釋梵四王所有威光悉不復現如來至真難測之光獨明獨顯無有及者是謂普照修菩薩道十德瓔珞而自纏裹常念諸佛供養如來嗟歎聖教勸化衆生使入道門復告衆生發大弘誓其所趣向聞佛名號將養萌類願生彼國志弘大普不懷怯弱深入聖慧不恥下問

常樂微妙所言柔和而無自大好喜隱居除諸貪疾見有行者代其歡喜以功德力瓔珞道樹報力心力及乳哺力諸聖所居解脱之力常以此法育養衆生慈悲喜護不捨衆生護諸緣者拔去根本觀了三世無去來今善惡報應都無所生法法自滅法法自生法不見滅法不見生心無想念無我人壽命亦無往來無所歸趣復以空法瓔珞諸根吾昔成佛皆由清淨空無之想自致正覺修行善本不造諸緣與起善法無放逸行去離世事不處俗法所可演説流布十方親侍禮拜諸佛世尊所施清淨捨貪無欲心意鮮潔而無垢穢惡無邊際眼視通達三礙六塵永已消盡是謂菩薩法之瓔珞菩薩復當發弘誓心莊嚴瓔珞智度無極隨其本器而與授法如所聞慧便能建立應如斯行則不退轉執意堅牢追從善友所行言教終不虛妄念常恭恪不違經業心習深智受而不失常專一心念不錯亂了病深淺後乃投藥意樂忍辱行步審諦所施財物亦無適莫其意清密而無煩憒學習根本心不流馳人欲聞法尋常指示令知要道設見困厄不自濟者便能惠施自致珍寶加以善本衆妙之行勸人持戒所聞智慧成菩薩道假使學人處在梵志復能建立覺了所生不離忍辱棄捐家業而修精進觀達無常因緣之本於諸憎愛不興二相所爲平等令衆生類得無所從生法忍常能憑其無極大哀漸訓勸導弘誓之法施於一切使得聞知志性寂然知無吾我一心禪思與其智慧使不斷絶其所施設不離四恩救濟

危厄使至無爲護身口過不犯三事建立至眞無著之法意斷意止眞如法性修而不失是謂普照皆是菩薩瓔珞所建復次普照菩薩復當思惟校計料度無極行施修戒和顏忍辱精進寂靜不失意止復以聖明一心定意深察四諦甘露之道直至無爲無復虛僞是謂智慧之所瓔珞常當一意純淑其心一切所有施而不悋開化功勳解空脫門若在行業訓導垂誡廣接衆生隨順度之而有殊勝仁和之德曉了時宜若干品類宣其慈心不著苦樂悲哀一切不避劇難悟彼衆生應正法教施心滿世護使成就瓔珞光明靡不照曜普慇一切使濟彼岸正使有人在隱蔽處消除其暗永使無餘無畏之力慇育一切除其老病無放逸行導師所至靡不從教所

舍如海聞施他人開化塵勞令無妄想所居之處如華無著了一切法寂寞清淨其所演教分別因緣所造德本習而致之愍世哀苦故訓生類虛空非實亦非眞有解知世法如泡如幻衆生不悟習而不捨雖處居家能離生難道眼清淨亦如蓮華神德巍巍不可稱計正使世界衆生之類咸共嗟歎莫知其源是時世尊重告普照夫坐道行解無去來若見去來則有想著分別罪福亦無起滅斯皆自然空無所有相住無主而無本末亦無顛求而可獲者能自校計如此之法是謂菩薩趣於聖道復當分別三世之法解知無二無我無人及諸境界空無所有若見有來則是報應緣起之法無起無滅乃應道教計聲有音音無形像分別文字斯皆無實一切明達

靡不通暢菩薩瓔珞眞實無虛亦無罣礙除去陰蓋悉無所有若建所施在在所欲設不有建斯應施度心懷謹慎棄衆不可持此心者乃應戒律達了諸法自然無住亦無本際勤修思惟建立處所精進禪思攝身口意慧明自曜去衆穢行乃應智慧普照復知神通所及得其報應以其天眼便得徹視皆由修奉施行禁戒恒順正見無所毀犯修法瓔珞致天耳聽念行勸助因發道意或復成就識念神通憶過去世皆悉自然爲生類故積功累德每自剋責不及彼證懷來神通變化無極捨諸識著思惟禪定平等無二斯解因緣報應之果以慧神通消滅衆垢因其三昧究暢聖法而不二入盡諸有漏不失道意使人修德加慕世俗布施之德雖有施恩不望其報令無數人喜樂務法能知一切靡不通暢能使奉行菩薩之法皆由精進不興懈怠慈愍護彼一切成就用衆生故不惜身命不貪已身珍寶之貨所生之處因奉道義前人所求亦無疑難聞慧信施不有猶豫所行言教悉共信用如來至眞無所罣礙所行寂靜亦無放逸堅固忍辱而樂閑居復化衆生自責不及禪思脫門正受不亂恒遊神通以自娛樂復以無極光明之照適時隨宜分別一切章句義理消滅諸患無所藏匿恒常一心開導聖慧示無數人報應之果衆德具足以勇猛力不爲所侵解了三世都無所有去來今事無有增損然後乃應智度無極以能布施自發道意欲使衆生一切普安自散諸結不患已身若人杖捶悉以能忍亦化他人令行

忍辱具衆德本加以專心修諸佛教勸諸生類出家學道自觀偲露萬物不淨輒猒惡趣功勳究竟所行善業其心悅豫智慧深遠而不懷恨篤信禁戒自致善德復以和心慙愧不感常御神志不執麤獷思惟地獄湯火之苦歎天受福無極之樂寂然無憂無復貪欲有所惠施自去三想心不倚內不受外塵修行道法衆望休息分別智慧自悟其心空無相願建立脫門除去顛倒無所傷害是謂普照菩薩瓔珞心無所著其意平等空無不徧不懷妄想布施以備調意安詳爲人說法不離空義慈哀一切行不漏失觀其衆生所受法式知其志性而開化之在所遊處導爲一切導修聖明而現道義無極大哀開度餘人亦以善權方便之力入諸外道異學之中隨彼法則順從祠祀觀其志趣使得度脫令諸梵志興福無量或在惡部盜賊之中將導羣致而顯其行緣此化度無數衆生於往古世功德已備見皆喜悅莫不恭恪爲雨甘露道法之味除去衆生瞋恨之結若復前人以若干惱而來犯之不以猒患而爲斑示寂然之法知其所興非眞非實如是普照菩薩所修心意瓔珞而遊其中常樂於此不見所樂樂無所樂以眞法性而娛樂之明知衆生根本所趣救濟使度無衆塵勞危害之患永使無餘執御其心平等如空分別四大所興起滅欲化衆生而訓誨之所說眞正無有憎愛除棄一切邪見之心堅心瓔珞堅固之幢若干法品而與共戰猶如勇猛大軍之將降伏外敵使入法律若入習俗施設法教施便受報

持戒生天所造之德皆有報應以此濟之令至無爲夫爲菩薩自順瓔珞心初未曾隨惡友語然後乃全大士之行意懐清白終無吾我持心如山行無缺漏智徧一切猶月初照若在大衆無能及者是謂普照菩薩瓔珞周滿一切覺了虛寂空無所有所生之處恒見光明所聞輒解至成佛道常念頌宣根門之要自建立業無所侵害覩見本性自然起滅過世八法無所罣礙身口心意未曾有欺復以權慧救濟衆生窮厄之士令其飽足持心如地不犯三過日進其道不行放逸逮不退轉牢固之心不起法忍而現在前十力無畏覺道正觀捐棄吾我及人壽命分別思惟有無之法感動變化無量佛國斯由神通而得自在菩薩所宜言辭瓔珞超越諸見無復希望心向正道亦無顛倒辯才無礙而無留滯周旋往反不生想著蠲除一切諸縛結使憍慢自大永滅無餘其聲音響如師子吼亦如雷震無不聞聲永立究竟乃至滅度發於無極瓔珞之雲演法雷吼法鼓電光雨解脱味宣七覺意念法清淨不離三寶心如明月亦無點汙通達往來不除正業具足衆相殊勝之法是謂普照菩薩瓔珞而無窮盡上中下善中間通利懐來照曜不失禁戒過去當來諸恒沙聖靡不嗟歎斯菩薩德如是普照賢聖道品妙法之藏珍寶之門而不可盡

識定品第二

爾時座上有寶王菩薩即從座起長跪叉手前白佛言唯然世尊菩薩所習意識瓔珞多所開悟靡不蒙度如今十方恒沙如來及去

來今諸滅度者云何修學瓔珞戒品使至彼岸令衆生類普聞香熏爾時世尊告寶王曰諦聽諦聽善思念之吾今爲汝敷演其義菩薩習行戒品瓔珞功德香熏自瓔珞身寶王對曰願樂欲聞世尊告曰奉遵道法乃修戒定解脱之慧勸衆生類篤信於戒願其志性各充所願曉了隨宜不失本誓兼除一切愚惑之心嚴淨道場具衆品宜不以麤獷使經其心志常慕及一生補處總持正法深遠之藏意恒遊戲百千三昧感動變化無以爲喻一切萬物悉皆無常難得之寶不可恃怙行權方便而無所住衆生心惑不解正道心著吾我不明無常菩薩誓心爲分别說了一切空虛而不真雖崇大道不捨二乘所遊之剎莫不蒙慶轉加精進倍行道業於諸經法去其妄想菩薩法要不離十地以次上位不越其叙加以智慧消衆塵勞不及道者自致道門恒念剋責意自念言施爲是誰受者何人如觀財寶皆無有主設有毀辱當自制意後自受報端正殊妙所遊之處見莫不歡若見貧匱裸形體者躬自入海致如意珠誘以正法令知反覆以甘露法消竭衆難念不馳逸是故寶王菩薩道果之所瓔珞意得自在復以勇猛大力之教建立訓導莫不隨順若行若坐不離十念心在三尊未曾忽忘了知地獄苦痛之惱至心寂靜去塵勞垢衆惡不犯無能迴轉應於正理奉修禁法德光普照皆蒙潤澤自計所有無所貪悋施佛衆僧不與想著或以權慧與國王交接輒能使王捐棄高位若有人來求索頭目眼耳鼻口即能惠

施不逆人意爾時座上一切弟子諸菩薩等聞此功勳瓔珞之德踊躍歡喜不能自勝思惟深邃善心生焉各自與敬僉共供養散衆名華若干珍寶一時同聲稱歎其德我等宿福而遇善利乃聞殊妙瓔珞之訓若當衆生聞斯法教勸發菩薩識定之要諸福功勳不可稱量安住所演諦而不虛設有菩薩遭遇此識定瓔珞者觀了諸法解無處所識定瓔珞者神心澹然不復貪食樂念爲食所可勸助興致福業吾於昔佛上五莖華建志弘誓自致成佛道果不朽興隆正法復以禁戒消除衆垢救彼衆苦如救頭然令衆厄難必得濟度自念往昔入海求寶遭摩竭魚及水形山吾爲導主入識定瓔珞尋有善神將示好道快樂安隱還至本邦斯由願誓精進不退入禪正受無若干想諸佛世尊之所遊堂勸使衆生生於梵天及無想天皆是識定瓔珞所致若在人間十方國土隨俗染化講度世道復以十善諸道果證利益衆生令達空慧宣示一切不違聖教解知本空都無所造所植德本不自爲巳皆使獲於道法之果設法傾沒能爲重任若遭苦惱永無憂慼亦無妄想識著心者將養身口使不漏失以權方便深入生死爲說八解正受之味建立世俗慕崇佛道或演一教或若干品趣令引入在聖賢律漸漸牽示而滅度之能令正法住若干劫有餘衆生令至無餘寂然泥洹無生老死受形之患不依四大地水火風諸在邪見愚惑之部示以正見一道之法若在閑處修十二法勤苦之行宴坐樹下而無所倚思惟禪

法唯空爲務一心靜定而無謬錯菩薩識定瓔珞之寶亦不念色有相無相相自虛寂種好亦爾分別内外了之爲一三世空寂無去來今以識定心復觀五陰性諸衰持入爲從何來復從何滅一一分別知爲巧僞非有生滅不興希望亦復不見有是有非不因心意得發道教識興則興識滅則滅不見想像亦無我想亦復不著住立處所内外六塵亦復如是計校耳目尚無所有何況當有見聞之事此則不然寶王當知菩薩瓔珞心識定法不起不滅亦無終始緣起則起緣滅則滅起不見起滅不見滅内自思惟增減之意無若樂想所以然者離吾我念雖復在欲衆惱之中心無染著以遠三界欲色無色意如金剛不可沮壞知本宿命究竟根源而斷諸結不以爲難不見有極不見無極是謂菩薩識瓔珞定隨世訓誨恭奉尊長不望其報於百千劫勤修精進具足成就道慧之法宣諸菩薩平等持忍諷誦通利啓受不妄如來法身五分之性一一班暢言跡不飾語常含笑心無所著不起斷滅二見之想若在大衆亦無適莫於空無法亦無想念内實充滿外現謙受亦不生意我行過量彼有短乏離諸利養無所希望常自思惟知身無主從頭至足達了本無修行六度解無處所校計諸法悉是假號知無形質一切諸法不可覩見分別音響亦無所聞如是寶王菩薩大士修法瓔珞識定法者見善不喜聞惡不慼然後乃應精進瓔珞入百千定恬然無想天雷地震龍雹霹靂山崩水漂師子鳴吼心意寂定永無錯亂

或時菩薩入定正受乃經一劫及百千劫形體輭美不復仰食斯由定意禪悅爲食八解爲漿或時菩薩復以神足而入三昧其三昧名號曰普照見於東方江河沙刹諸佛國土禮事供養不失威儀如是南方西方北方各江河沙諸佛國土悉能供養諸佛世尊演暢思惟識定瓔珞如是寶王菩薩入定所感如是且捨十方江河沙刹一一諸刹滿其中塵復舉一塵著諸佛刹斯塵猶盡佛土難量菩薩三昧皆悉覩見一切衆會亦聞彼佛演說瓔珞神識定意了諸法本虛寂無主從初起學乃至道場思惟發意瓔珞道樹悉過諸縛婬怒癡病其心堅固不可移轉正使天魔將衆億姟欲來毀壞識定意者終不爲彼之所屈還不爲邪部而見錯誤意弘如海靡不容受衆德瓔珞悉爲成辦恒講無常苦空非身常非有常豈有身耶諸計常者則離定遠墮于生死不能自濟菩薩所修唯務於道其心恬然永無衆想不離諸佛所造德業意如太山不可移轉獨步世界而無所畏以四智辯苞內諸法指示衆生知道慧要內實質直而無諛諂所以然者用本淨故既無衆垢諸冥消索慧光普照莫不蒙澤心大弘廣而無邊涯沐浴意識令使鮮明隨世所好悉能成辦詣佛樹下自修法義於一切法不有狐疑於諸慼智具足成就順諸所聞救濟尠知瓔珞定意拔濟亂者及諸所習常得寂定修行賢聖八道之品立一切人使見正諦是謂寶王菩薩識定瓔珞之要若有聞持在于懷者未曾遠離諸佛世尊得不退轉於無上正眞之

道佛說是識定瓔珞時於座上有無量億百千天龍鬼神人與非人皆發無上正眞道意復有異方菩薩六十二千人得不起法忍復有八千清信士女遠塵離垢得法眼淨五千比丘漏盡意解九萬天子離諸貪欲

莊嚴道樹品第三

爾時世尊告諸賢者吾昔無數阿僧祇劫積功累行修清淨法坐卧經行不捨四等一時一行一念之頃修乎十法云何爲十一者從兜術天降神下生盡見十方無數佛刹見諸菩薩一生補處皆詣道樹修淨瓔珞當舉右足欲詣道場慈愍衆生三千大千刹土皆悉震動菩薩自念吾昔誓願今日已辦當壞魔界莊嚴佛土是謂菩薩摩訶薩大慈瓔珞進趣道場心不退轉二者盡見三千大千世界菩薩大士心識所念又入定意三昧不亂或見菩薩於空成道或見閑靜樹下之處或入水火空界三昧莊嚴道樹不離大悲是謂菩薩摩訶薩大悲瓔珞進趣道場心不退轉三者菩薩摩訶薩普見三千大千世界進趣道場不捨喜心吾今成佛必然不疑以我法本普潤一切悉與衆生同黄金色三十二相八十種好無央數衆前後圍遶壞魔羅網成已國土是謂菩薩摩訶薩修喜瓔珞心不退轉四者菩薩摩訶薩欲趣道場詣佛樹下盡見十方阿僧祇刹土一生補處菩薩大士盡修護心莊嚴道樹令無數衆生同已護心不捨一切瓔珞定意是謂菩薩摩訶薩進趣道場護心正受心不退轉五者菩薩摩訶薩復見十方無數刹土一生補處菩薩大士皆轉法

輪不退轉行法無言說亦不形貌一相無相空界無形空猶無空況有法界是謂菩薩摩訶薩瓔珞空無無形之法六者菩薩摩訶薩普觀十方恒沙刹土通慧衆生諸根淳淑意向三乘不捨法忍慈悲喜護行六重法四無礙慧一向道忍自知受決亦復見他授其決者或授羅漢辟支佛決菩薩自念吾從無數阿僧祇劫捨身受身皆是幻化非眞實法今得受決進趣無上正眞之道成最正覺遊空往來無所罣礙一時一處得總持定諸佛所嗟苦集盡道此苦非苦苦由何生解苦無苦乃應明慧集由愛興愛本無形亦不可見生本無生況復有滅衆生愚惑從起更樂集是得是解集無集乃應明慧諸法無生爲磨滅法盡者無生亦不有盡諸法無盡衆生愚惑謂盡非盡於中興想横貿諸法盡者實盡是謂明慧道無相貌非眼境界之所能見八直平正坦然無礙是謂明慧是謂菩薩摩訶薩進趣道樹心不退轉七者菩薩摩訶薩盡觀三千大千刹土衆生根源高下大小或與如來心識同趣本行共合智無增減大慈大悲瓔珞其身布施持戒忍辱精進禪定智慧善權方便十六妙行百千總持其心曠大不爲褊狹雖見羅漢辟支佛行心無染著不從彼受是謂菩薩摩訶薩莊嚴道樹心不退轉八者菩薩摩訶薩修行八百總持法門德行法門菩薩得此法門者衆行具滿莊嚴道樹復有普忍法門菩薩得此法門者普潤一切雨甘露法復有無相法門菩薩得此法門者盡入空行不退轉地復有音響法門菩薩得此

法門者八等行具不聞異音復有身行法門菩薩得此法門者身行清淨不造衆惡復有口行法門菩薩得此法門者不作四過無他惡行復有意行法門菩薩得此法門者意不馳想寂然滅盡復有無念法門菩薩得此法門者入滅盡定觀了無形復有究竟法門菩薩得此法門者從此岸得至彼岸復有無著法門菩薩得此法門者於生死法不起染著復有無礙法門菩薩得此法門者通達往來不滯生死復有應聲法門菩薩得此法門者隨行進趣不譏彼受復有神足法門菩薩得此法門者變化自由禮事諸佛復有清淨法門菩薩得此法門者淨於智慧無國土想復有空行法門菩薩得此法門者解知諸法虛僞不眞復有幻化法門菩薩得此法門者觀

了衆生權詐合數不可模像復有無形法門菩薩得此法門者衆生根源不可究盡復有道種法門菩薩得此法門者修三十七道品不斷復有意止法門菩薩得此法門者觀内外身念念不斷復有意斷法門菩薩得此法門者觀察諸法無若干想復有神足法門菩薩得此法門者住壽無數阿僧祇劫復有諸根法門菩薩得此法門者道慧甚深牢固無礙復有神力法門菩薩得此法門者安處諸法不可沮壞復有覺意法門菩薩得此法門者以覺意華不爲塵垢之所汙染復有道品法門菩薩得此法門者入定無礙心不錯亂復有空慧法門菩薩得此法門者安處衆生永離欲怒復有無相法門菩薩得此法門者使衆生類懷來道故復有無願法門菩薩得

此法門者教化衆生除去願求是謂菩薩摩訶薩八百總持略説其要進趣道場莊嚴佛樹心如金剛不可沮壞九者菩薩摩訶薩觀此三千大千世界一足二足三足四足至無數足有愛欲心無愛欲心有瞋恚心無瞋恚心有愚癡心無愚癡心有苦樂心無苦樂心一時一起一念之頃皆能分別爲説苦空無我人想是謂菩薩摩訶薩行無想定進趣道場莊嚴佛樹十者菩薩摩訶薩復觀三千大千世界當來過去現在之心諸根寂靜行應無上正眞之道是謂菩薩摩訶薩進趣道場莊嚴佛樹佛復告族姓子菩薩摩訶薩初舉右足行第一步於其中間修行十法進趣道場莊嚴佛樹云何爲十一者菩薩摩訶薩當舉右足蹈地之時自稱名號三界至尊過佛恒沙皆行七步當來諸佛亦皆當然吾今現在出現於世三界獨尊亦無等侶諸佛標式不可漏脱是謂菩薩摩訶薩進趣道場莊嚴佛樹復次菩薩當舉右足蹈地之時便作是念吾今已逮不退轉地亦使衆生同我所趣不捨弘誓曠大之心是謂菩薩摩訶薩莊嚴佛樹進至道場復次菩薩初舉右足蹈地之時復作是念過去諸佛先行是法當觀一生補處菩薩紹吾處者名號是誰即自右旋顧謂彌勒卿後如我成佛不久百千天人聞皆欣然異響同音稱善無量快哉世雄佛種不斷當於爾時十一那術諸天人民見授彌勒印封皆發無上正眞之道是謂菩薩摩訶薩莊嚴佛樹進至道場復次菩薩初舉右足蹈地之時便作自念吾今已逮衆智自在神慧

無礙辯才通達斯等衆生久抱狐疑没溺塵垢不求度脫吾今當以智慧之火焚燒心中狐疑之叢是謂菩薩摩訶薩莊嚴佛樹進趣道場復次菩薩初舉右足蹈地之時便復念言吾今已得無爲解脫當復接度有爲解脫過去恒沙諸佛世尊皆悉同我無爲解脫當來諸佛亦獲此法快哉福報不有斷滅妄想已盡無所貪求是謂菩薩摩訶薩進趣道場莊嚴佛樹復次菩薩摩訶薩初舉右足蹈地之時復生此心衆生永處邪見顛倒不覩三向空無之慧我今當演護心清淨無覺無觀法性虛寂知慙知愧衆行之本苦空非身無人無壽當以此心普覆一切是謂菩薩摩訶薩進趣道場莊嚴佛樹復次菩薩初舉右足欲趣浴池瑠璃水精七寶園觀梟鴈鴛鴦異類奇鳥諸天導從不可稱量我今露形乃非其宜設當入城村落人衆謂爲裸形不知慙恥宜求袈裟以障于體時有天子名曰福蓋即知菩薩心中所念尋奉八萬四千金縷織成袈裟菩薩自念過去諸佛法服云何進趣行來斯用何法虛空神天叉手白言過去諸佛皆著織成金縷袈裟亦如今日諸天所獻菩薩即受八萬四千織成金縷袈裟以道神力而合爲一袈裟著體三十二相八十種好盡皆外現斯由曩昔施無想報行度無極是謂菩薩摩訶薩進趣道場莊嚴佛樹復次菩薩舉右足時便生此心衆生若干性行不同吾今當以智慧光明普照三千大千世界即放頂相光明普照十方諸佛剎土衆生之類見光明者悉來雲集詣忍世界奉事如來香

華供養威神所感使令天地六反震動是謂菩薩摩訶薩進趣道場莊嚴佛樹復次菩薩當舉足時心自生念生分已盡更不受胎三界獨尊無有儔匹當號爲佛如來至眞等正覺十號具足十方刹土諸佛世尊各各於其國土告四部衆天龍鬼神乾沓惒阿須倫迦留羅緊陀羅摩休勒人與非人今日忍界釋迦文佛出現于世衆相具足如星中月福度衆生天人蒙祐有欲興敬供養彼佛宜知是時爾時十方諸佛世界神通菩薩辯才具足得總持門千七百七十七億那術衆皆來雲集詣此忍界興致供養華至于膝復有八十萬姟天魔波旬皆詣忍界興致供養給事菩薩復有百千億姟神力龍王各各七首獻奉香湯浴洗菩薩斯由曩昔口演甘露無猒足法是謂菩薩摩訶薩進趣道場莊嚴佛樹復次菩薩内自生念衆生著有迷惑來久設聞空無虛寂之法意懷恐懼衣毛爲竪佛法深奥不可思議漸當以次説道根源分別衆生根源所由玄鑒三世生法滅法除去想著無貪悋心從無數劫積行以來所以不得道者皆由恩愛吾今當除恩愛刺本拔濟衆生安處無爲是謂菩薩摩訶薩進趣道場莊嚴佛樹如是族姓子菩薩大士降神出生墮地舉右足於其中間思惟十法莊嚴道樹亦不退轉復次族姓子菩薩初生時墮地行七步欲趣金机次舉左足内自思惟諸佛世尊句義無量道法淳粹應度無極無起滅法行無生滅不可思議非是羅漢辟支所及道當一意多念非道道當少欲多欲非道道當知足多

求非道道當正見邪見非道是時菩薩復作此念過去諸佛所行正法爲何謂耶復作是念過去恒沙諸佛世尊出現於世以神足力現身威德十根本義不可思議云何爲十於是族姓子菩薩達士先舉左足徧滿三千虛空境界不嬈衆生無覺知者其有衆生覩足相輪皆發無上正真道意斯由曩昔禮敬之報是謂菩薩摩訶薩進趣道場莊嚴佛樹復次族姓子爾時菩薩左足蹈地心自生念古昔諸佛說法云何分别句身義味云何過去諸佛世尊進止行來威儀法則以一句義演出無量諸佛法藏從劫至劫乃至百劫不能究盡一句之義如來祕要不可思議非是小節所能測度是謂菩薩摩訶薩進趣道場莊嚴佛樹佛復告族姓子菩薩爾時放一毛孔光明徧照無量諸佛刹土於光明中演說六度平等大法空無相願不起法忍亦使衆生畢志堅固皆發無上正真道意是謂菩薩進趣道場莊嚴佛樹復次族姓子菩薩爾時內自思惟吾今當以三昧正受普遊虛空諸佛法界爾時菩薩即入無形想定意徧遊虛空諸佛法界左右翼從天世人民莫覺知者謂爲菩薩進趣金机是謂菩薩摩訶薩進趣道場莊嚴佛樹復次族姓子即化一形徧滿三千大千世界復還如故衆生之類無覺知者是謂菩薩進趣道場莊嚴佛樹復次族姓子菩薩爾時慧明之光徧照三千大千刹土一一光中皆出音聲今日釋迦文佛如來至真等正覺於閻浮利地當轉法輪度未度者福利衆生名稱遠布是謂菩薩進趣道場莊嚴

佛樹復次族姓子菩薩爾時一念之頃令十方界諸佛世尊各各舒手扶接菩薩一切衆會皆悉見之是謂菩薩進趣道場莊嚴佛樹復次族姓子諸佛法藏深奥難測吾當以次布現三乘縁覺聲聞菩薩之道聞法覺悟終不中滯是謂菩薩摩訶薩進趣道場莊嚴佛樹復次族姓子過去三世諸佛世尊吾今欲成無爲大道皆當證明令我成道諸佛稱善皆在前立汝從阿僧祇劫苦行無數布施持戒六度具足國財妻子無所悋惜今當成佛廣度衆生我等扶接上至成佛不使中住是謂菩薩摩訶薩進趣道場莊嚴佛樹復次族姓子菩薩分別過去現在未來空無相願亦是諸佛所應行法從初發意乃至成佛要當修習三向諸道四等大慈八無礙道瓔珞其身是謂菩薩摩訶薩進趣道場莊嚴佛樹佛復告族姓子菩薩次舉右足當蹈地時當具足此神足十慧不可思議云何爲十有神足慧名曰無著菩薩得此慧者盡遊諸佛深要法藏是謂菩薩摩訶薩進趣道場莊嚴佛樹復有神慧名曰無形菩薩得此神慧者入無猒足定意詣受十方諸佛言教復有無二神慧菩薩得此神慧者勸進衆生成無上等正覺不取聲聞辟支佛道復有虚空神慧菩薩得此神慧者盡觀世界空無我人復有無相神慧菩薩得此神慧者演暢諸法解一相無相亦無生滅著斷之法復有空觀神慧菩薩得此神慧者見諸佛土成者敗者如掌觀珠復有棄壽神慧菩薩得此神慧者觀壽縁報捨形受形復有無言説神慧菩薩得此神慧

者說法無法想亦無若干念復有無近遠神慧菩薩得此神慧者不見諸法窠窟遠近復有無生滅神慧菩薩得此神慧者分別十二因緣根本生者滅者悉無所有是謂菩薩摩訶薩十神足慧進趣道場莊嚴佛樹佛復告族姓子菩薩初生舉右足時復當具足十業無量究竟云何爲十於是族姓子諸佛如來之所修行如來降形出世教化分別三世十二牽連三界五道塵垢縛著沐浴諸結永無塵曀是謂菩薩修第一業進趣道場莊嚴佛樹復次族姓子如來出世化諸衆生安處三乘隨其所願或有衆生意趣羅漢不向佛門或有衆生習緣覺行不趣佛道或有衆生修無上道不向聲聞緣覺辟支或有衆生退於佛道志慕小乘爾時菩薩誘進前人逮成無上正眞之道或有衆生在凡夫地不求方便上及三乘菩薩勸進成三乘道是謂菩薩第二之業進趣道場莊嚴佛樹如來出世布現言教以權方便適化衆生荷負重擔爲人重任或與衆生現作父母兄弟朋友或現國師尊長道士或現大富長者神力鬼王周給貧困惠施七寶聞說道教成三乘果是謂菩薩修習三業進趣道場莊嚴佛樹如來出世轉無上法輪不失四辯觀察人心授十善行分別演暢苦集盡道或生迷惑沒溺三界行權拔濟永離生死是謂菩薩修第四業進趣道場莊嚴佛樹如來世尊出現於世恒以大悲加被衆生如母愛子心不捨離譬如龍王伊羅鉢多羅住於須彌金福山邊七寶宮殿與諸龍女共相娛樂若欲往至忉利天宮興致

供養化身七萬由延三十二頭一一頭者邊有七牙一一牙上有寶浴池一一池中生七百蓮華一一蓮華七百玉女共相娛樂作倡妓樂彈琴鼓瑟音聲不絕復雨七寶乃至于膝菩薩大士亦復如是以四等心加被衆生雨七覺意無窮法財隨其志趣皆成道果是謂菩薩修第五業進趣道場莊嚴佛樹如來世尊以權方便隨時適化可行知行可坐知坐可言知言可默知默徧入衆生心識所念隨病療救不使增減普令永處無爲之岸是謂菩薩修第六業進趣道場莊嚴佛樹復次族姓子如來出世化導衆生不自爲身爲一切人故經百千劫代彼受苦不懷猒倦安處佛慧成無上道是謂菩薩修第七業進趣道場莊嚴佛樹諸佛興出不壞法界法性自爾亦非自爾如爾眞際亦不有壞非不有壞修而不懼亦不恐畏是謂菩薩修習八業進趣道場莊嚴佛樹如來出世當復具足一相無相彈指之頃於過去未來現在法中出生三世諸佛世尊實而不異亦不變易是謂菩薩修第九業進趣道場莊嚴佛樹如來出世慈愍衆生以一日之數令三世爲一劫其中衆生無覺知者是謂菩薩初生墮地初舉右足修行十業進趣道場莊嚴佛樹佛復告族姓子菩薩初生墮地行七步於其中間復當思惟十法降伏外道壞魔羅網諸天侍衛進趣道場莊嚴佛樹乃至滅度終不捨離云何爲十於是族姓子先當降魔身被慈仁之鎧手執慧劒善權前導頭戴無畏華鬘摧却憍慢之衆永除貢高是謂族姓子先當修此第一

難得之法復次族姓子復當思惟玄妙廣義斷漏取證攝彼外道而爲上首加以神足神力無量設彼現一我當現二趣使邪部安處正見是謂族姓子菩薩當念修此第二難得之法復次族姓子菩薩大士化度衆生受法歡喜必至堅固不趣餘道是謂菩薩修行第三難得之法復次族姓子諸佛世尊恒所行法日夜四時觀察衆生彈指之頃周徧十方恒沙剎土周而復始不著三界是謂菩薩修行第四難得之法復次族姓子行無礙智徧滿三千大千世界雖度衆生不見有度是謂菩薩修習第五難得之法復次族姓子菩薩大士以神足力徧遊十方恒沙剎土徧觀衆生心識所念或以一身化百千身還合爲一無覺知者是謂菩薩修行第六難得之法復次族姓子菩薩思惟四無礙慧亦非羅漢辟支所修亦非天龍鬼神八部之衆所能及逮是謂菩薩修行第七難得之法復次族姓子如來神力不可思議十方無量諸佛剎土入一塵孔周旋往來無有罣礙還復如故無覺知者是謂菩薩修行第八難得之法復次族姓子如來至眞等正覺得四辯才無生滅智徧滿三千大千世界是謂菩薩修行第九難得之法復次族姓子諸佛世尊行無盡法門覆蓋衆生十力無畏十八不共諸佛之法是謂菩薩修行第十難得之法進趣道場莊嚴佛樹

菩薩瓔珞經卷第一

音釋

颰蒲末切　翅音試金翅鳥名　積子智切聚也　僁露僁烏各切僁露謂穢僁暴露也　麤獷麤聰徂切踈畧也獷古猛切麤惡貌　蠲圭玄切潔也　匱求位切乏也　裸魯果切赤體也　慼倉歷切憂也　姟柯開切十京曰姟　苞內苞班交切裹也內諾合切與納同　尠息淺切少也　貿音茂猶亂也　褊俾緬切陿陋也　机舉履切案也　粹蘇對切純也　曀於翳切天陰塵也

菩薩瓔珞經卷第二

姚秦沙門竺佛念譯

龍王浴太子品第四

佛復告族姓子菩薩于時前昇金机顏色安庠顏貌容豫諸天在上散華燒香作天妓樂娛樂菩薩世人在下左右侍衛異口同音聲震天地八十億姟乾沓惒子椎鍾磬歌娛樂菩薩時有龍王名摩那斯龍王文驎龍王伊羅鉢龍王阿耨達龍王等八十四億皆來雲集時諸龍王便以此偈而讚頌曰

今日離世垢　降生閻浮利　隨俗處母胎
願浴除世塵　昔於無數劫　積功造衆業
誓願今已果　願聽沐聖體　八十四萬姟
龍從十方來　各欲供養尊　奉執貢香湯
尊本無數劫　苦行爲衆生　巍巍德無邊
垂愍願聽之　渴仰世雄久　疲猒生死苦
今得覩賢明　如日照虛空　尊本發弘誓
欲度未度者　最勝已解脫　當復脫未解
過去恒沙佛　及當來現在　功勳不可量
尊今已具足　設從劫至劫　宣暢人中尊
豈以螢火光　敢與佛日競　虛空可究竟
須彌可稱量　海水可竭盡　尊德無邊涯
比方日月光　摩尼明月珠　雖照外暗冥
未能除無明　今日無等倫　一毛之光明
普照天世間　除垢婬怒癡　過去六如來
盡生閻浮提　盡受我等供　香湯浴尊形
今復遭天師　億劫乃出現　今各頂禮足
惟願時沐浴　諸天世人民　咸欲聽正法
敷演深法本　當禮三界尊

爾時世尊直視東方顏色和悅與諸龍王而

說斯偈

吾今已降形　蹈步閻浮利　拔濟苦惱類
四等無邊涯　金體有明證　衆相如日光
當覺未覺者　今成佛不久　觀生無數世
受形非一類　雖有上中下　未有如是像
快哉牢固誓　執意不虧損　所現應果報
本淨如虛空　世有三堅法　身命財寶貨
此猶非究竟　終始可恃怙　吾今捨此三
如虛空無形　無盡無生命　自然成道根
世寶多險危　如幻不久停　今獲七寶財
無盡不可窮　衆生心意識　三垢所覆蓋
今已獲三明　初中竟通達　普爲世天人
當轉不死法　法輪震大千　仁慈心普潤
受生有四縛　不離三世患　今得四誠諦
無縛不復染　慧觀苦聖諦　無智悟其智
淨性如無垢　受證永憺怕　本習與更樂
染著愛無盡　彼塵我心受　纏結遂滋甚
吾今觀本淨　樂想苦想滅　憺然無憂喜
永與生死別　過去有三行　生癡愛本源
已盡亦不處　無有塵垢心　現在六十四
牽致冥室叢　永捨不與俱　獲六十四明
未來無數塵　覆蔽於人心　法雲布三界
潤澤諸不及　淨教口柔輭　言聲如哀鸞
斯由行無欺　說法無缺漏　衆生懷陰蓋
調戲無慙愧　今始得慙愧　壞滅貢高心
佛所出現世　降伏諸邪衆　昇座師子吼
演說本行緣　過去諸佛記　及未來現在
五濁衰微世　有佛名能仁　今我自觀察
志性殊於常　名號旣不虛　父稱爲悉達
故在於衆中　平視無所畏　得淨總持慧

爲度不肖人　不見諸法本　起滅無處所
亦復無成敗　寂然應慧觀　普分別諸法
悉無窠窟處　憺然無歸跡　斯乃應律行
不以見無見　無求無所守　我天寂寞空
無相願亦然　夫欲飮無猒　甘露微妙味
亡相除諸著　斯應菩薩慧　無人無壽命
成就諸佛藏　摧碎貢高心　不與自大意
上智不著數　不計有常想　衆生與染汙
照令知淨慧　賢聖若干品　衆生根不同
以慧觀未來　盡無若干道　佛法有深要
其慧無邊涯　唯空無所著　是謂法界淨
一生經百生　乃至無數劫　我今永已捨
首而前取證　設我於中間　計壽著法性
恒沙諸佛過　不復空無慧　恒自降伏心
分別文字法　是故自覺悟　建立大弘誓
昔吾初發意　志求緣覺乘　閑靜無人處
四十四億劫　無佛法聖衆　其間七十劫
後遇大通慧　演暢大乘跡　初聞未曾有
聖慧無量覺　慈悲護四等　爾乃微信解
自從是已來　興建功德業　供養無數佛
復經十九劫　後爲大國王　飛輪皇帝王
七寶前道從　千子才藝具　供養清淨人
勤修梵行者　九十七億姟　無著解脫心
及施國貧窮　孤遺無所歸　庫藏出珍寶
周濟令無乏　復於無數世　躬自修淨行
捨位授太子　出家衣法服　忍辱性仁和
燕居寂無念　漸漸心疲倦　猶人溺於淵
善根漸漸微　如果熟自落　往來生死苦
受報無數變　意局無大誓　趣欲見身患
意業被想風　猶豫不究竟　如是在生死

輪轉不能出　復經六十劫　值遇寶瓔佛
權心濟度人　一乘無二道　不聞小節名
空慧盡漏人　敷演道一相　甚深純淑行
始從彼發意　弘誓心難沮　從彼至今日
七億阿僧祇　將護順正法　今乃自覺悟

佛復告族姓子爾時菩薩與諸衆生天龍鬼神八部之衆及諸十方神通菩薩歎說此偈受深妙義即於座上八十四姟人皆發無上正眞道意復有無數衆生逮得法忍佛復告族姓子若有衆生聞此一偈諷誦讀說爲人解說分別其義不爲衆魔邪部之所得便何以故斯等衆生皆由過去衆行具足曾更供養無央數佛誓願純淑各各發願若我後生要從一生補處菩薩聞說正法即於彼佛亘然大悟逮得無生無起滅法云何族姓子若有一人便說斯言吾乃以無形之法以形教授虛空之相以實教授此人與建斯意寧能不乎時有無畏大護菩薩過此三千大千世界有佛土名曰賢豪佛名普賢無畏大護菩薩從彼刹來逮得總持立不退轉即從座起偏露右肩長跪叉手前白佛言世尊無形之法以形教授虛空無相以相教授甚難甚難終不可逮所以者何虛空無形無能染汙況當欲使有形質乎此事不然佛告無畏大護菩薩族姓子斯猶可獲欲從一生補處菩薩聞此偈者終不可得何以故諸法無數豈當以無數中行有數法乎無緣對法有緣對乎虛空之法有形質乎此事不然但爲如來世尊大慈廣普開化衆生令立牢固敷演道教分別諸法無言無說世多愚惑興是非心斯

是漏法是非漏法是緣對法非緣對法是可護持是非護持是法有我是法無我是世俗法是泥洹法是法染著是非染著是法有數是法無數是法斷滅是非斷滅是法滓濁是非滓濁復自相戒各說是言習是捨是學是置是學法非學法此聲聞辟支佛法非聲聞辟支佛法是菩薩法非菩薩法不以此觀成最正覺何以故有想著觀非第一空觀無求無想亦無知見乃成空觀夫觀諸法無我無壽不見刹土分別境界無依無所依是爲法觀空無所有如是觀者諸法亦寂道果亦寂受證亦寂假使菩薩空觀如是於諸希望便無顚倒祐利衆生而發大哀與其佛法雖度衆生無衆生想空觀菩薩豈見度者此事不然若有菩薩摩訶薩得此空觀者便獲具足十無我法云何爲十於是無畏菩薩摩訶薩若族姓子族姓女於佛法衆不見淨穢亦復不起彼此之念此是法身此思欲身前知過去後察未來斯皆清淨而無我想是謂菩薩空觀無我復次無畏菩薩摩訶薩法服齊整執持應器觀見當來過去現在諸佛世尊入城教化不見豪貴及下劣者於中不起吾我二見是謂菩薩空觀無我復次無畏菩薩摩訶薩玄見無數佛刹嚴淨國土坦然平正不說今日佛土穢惡執意清淨無若干想念念一定識不流馳是謂菩薩空觀無我復次無畏菩薩摩訶薩衆生染著倚身解空菩薩空慧三世無倚是謂菩薩空觀無我復次無畏菩薩摩訶薩諸佛世尊教化若干本無清淨亦不有異是謂菩薩空觀無我佛告無畏菩

薩摩訶薩若族姓子女行度無極無盡法藏衆寶華鬘以自嚴飾如是無盡亦不見盡於中成就盡不盡者是謂菩薩空觀無我復次無畏菩薩摩訶薩當觀諸佛色像無量入於本際寂然之法分別義趣解色本無普入法界化導衆生不見色像化衆生者是謂菩薩空觀無我復次無畏菩薩摩訶薩得佛聖慧深奧之藏四事無畏離八縛著得八解脫兩法潤澤亦無老死爲師子吼志如金剛離彼此中亦無染著是謂菩薩空觀無我復次無畏菩薩摩訶薩漸當親近習宿命通觀察無數阿僧祇劫某國某佛諸佛世尊雖現泥洹不取滅度淨衆生跡不壞懈怠不以劫數猒患衆生亦復不以泥洹快樂欲取滅度心如虛空不可點汙是謂菩薩空觀無我復次無畏菩薩摩訶薩以無邊涯智拔濟衆生正使極遠在恒沙表一一沙者盡爲恒沙如是計筭周而復始如是徧滿八方上下亦遊虛空無量境界要濟衆生不令墮落不自稱歎通慧果報是謂菩薩摩訶薩十無我法一生補處胎分盡者乃應是行爾時座上色欲天子十九姟衆即得頂忍復有無數諸天世人逮得空觀盡信之行諸閱叉龍鬼信向三尊受三自歸佛復告族姓子爾時菩薩在金机上國王居士天龍鬼神十方菩薩各各興敬欲浴菩薩時有菩薩名曰月精於衆菩薩最爲上首攝持威儀法服安庠即從座起長跪叉手以偈讚曰

尊今無礙形　不染三界塵　洗以八解湯
世水安可堪　心垢盡清淨　內外無障礙

江海河泉源　斯浴非久淨　昔在瑠璃池
禪頭龍宮時　專意發大乘　要滅愛欲魔
今已果本願　三界無等倫　願昇無畏座
何爲現洗浴　生天六十二　那術劫數中
天妓五樂至　福響自然報　法身智具足
演說無礙道　周訖託生此　迦維羅衛城
現世有三災　滅以三明報　三慧通三達
三要今具足　三等觀三世　不染三界有
三分法身具　當禮三界尊　諸來會衆生
諸天須倫鬼　咸各懷踊躍　敬承興供養
前後衛清妙　行至瑠璃園　右攀蓮華枝
降神生閻浮　當生墮地時　淨如紫磨金
天地六反動　神感諸天至　地獄諸拷掠
一時皆休息　清淨無瑕穢　如華不著水
十方諸佛剎　如來等正覺　各各於其國
宣告四部衆　今日忍世界　世雄降出現
垂愍諸衆生　永在三塗者　當轉正法輪
鹿野清淨園　爲久飢虛者　潤以甘露法
入道尊獨悟　究盡十二緣　無盡江海寶
充飽一切人　設從劫至劫　佛佛歎其德
猶尚不能宣　況我螢火光　昔在無畏剎
不眴佛土中　初觀無言法　未得無生慧
誓生言教中　敷演無窮法　今日期已至
願轉尊法輪

是時菩薩心意憺然默然熟視亦無言說內自思惟如我今日爲人說法講論清淨不退轉地不懷吾我之性諸法自然生者亦爾隨人根源而爲說法法性自爾無有變易何況衆生有受法者衆生本淨不見染汙建立智慧發弘誓心尋究衆生皆悉清淨本淨自然

無我自然無形自然人物自然云何本淨自然從久遠已來流轉生死發意求道乃至泥洹本自清淨斯乃名曰本淨自然云何無我自然本有今無今有本無亦不言我我本生有亦復不言有從我生我不自知無我有不自知無有斯乃名曰無我自然云何無形自然無形者識也神也壽也此三句義常存不變在空爲空在形爲形在有爲有在想爲想在無想爲無想無形之識空性自然斯乃名曰無形自然云何人物自然尋究人物不見窠窟意識幻化不達本源愚惑相承言父言毋國財妻子漸生衆想染著三有我今已捨永不與處以此自然明達空慧空慧自然諸法亦爾諸法自然逮正覺者亦復自然一切諸法但假名號因號有名亦復自然論說自然便爲論說無起滅法斯則名曰人物自然吾今若說空寂之法衆生不信倍生疑網設我復說形質之法不盡根源況當滅度宜且寂靜賢聖默然是時有天子名寶瓔通達聖心同佛性行六通清徹曉了一相永離八法不處塵勞堪轉法輪須宣佛教四諦聖慧靃然除垢具足五分如來法身逮六無礙神通道果形神俱遊無所觸礙得七覺意而自瓔珞八道具足諸法不共得四無畏力如金剛不可沮壞以知菩薩賢聖默然不與衆生敷演法教時天子寶瓔即從座起偏露右肩叉手前白佛言世尊我今不以佛眼法眼慧眼天眼觀衆生類應賢聖法律我今乃以肉眼觀見十方恒沙刹土應受證者修禪定者或在一住至十住者復見善男子臨欲成佛得

不退轉一生補處往詣道場莊嚴佛樹者此
等之類應從一生補處菩薩聞平等法諸法
無二志願于道皆悉成就是時寶瓔天子慇
懃勸請乃至三四復以此偈而讚頌曰
金顏尊無比　面像百葉華　墮地自稱號
聲踰梵天音　建立智慧淵　說法不有無
衆生有常想　寂然不起二　光曜照十方
暗冥悉見明　人中尊難有　今故重自歸
苦行無數世　慈悲難有雙　功勳已具足
今我重自歸　正使歎尊足　䠞跟膝䏶腰
皮毛七處平　平立左右停　手臂指纖細
掌文合縵理　無畏廣長舌　千葉蓮華文
含齒方四十　色如白雪珂　當其說法時
骨像珠火明　八聲非男女　亦非雌雄音
感動十方界　聽聞無猒足　耳方雙部璫
如空明月珠　眼視白黒分　上下而俱眴
頭髮色紺青　肉髻毛右旋　相好無邊涯
熟視如金山　衆德瓔珞身　亦如衆華敷
消滅衆塵埃　獨步三界尊　斯等衆生類
普從十方集　欲聽尊正法　無上至道要
天人龍鬼神　渴仰思聞法　願愍一切故
速爲轉法輪
爾時十方世界大梵天王八十四億識乾天
王最爲第一即從座起偏露右臂長跪叉手
在於佛前以此偈歎佛而作頌曰
無著捨衆穢　漏盡無欲汙　行一應尊教
遊意空無慧　本在兜術天　說法如駛流
云何今寂然　不開慧明華　尊光照幽冥
蠲除三世暗　十力無點汙　唯願時演法
今日十方界　諸尊菩薩集　咸欲悉聽聞

未曾所轉法　意淨行無漏　亦如星中月
已過無相願　唯願時說法　衆生今沒溺
流轉生死海　願以平等船　救彼沒溺者
奇光甚巍巍　覆蔽日月精　抑遏熱惱患
清淨無衆瑕　尊本造誓願　勇猛無虧損
慈悲平等意　說法無增減　戒具以禪寂
神足力無畏　空想無畏法　正受遊疆界
本行六度法　不懷憂慼心　畢意禮恭敬
供奉師尊長　故使尊肉髻　無敢熟視者
何況欲施心　觀覩如來頂　十方哀出世
降步度羣萌　衆人咸渴仰　唯垂轉法輪

爾時識乾梵天王以此偈讚已起遶三帀還復本座是時釋提桓因即從座起偏露右臂整衣服長跪叉手三自稱號我是天帝釋名曰拘翼在菩薩前而歎頌曰

不語應寂然　不教行自具　不習應無際
自然應無爲　本行無相施　今獲空無果
當禮虛空神　寂然無言跡　在世先覺悟
安隱危厄人　道示正見路　盲冥受正行
衆生迷惑久　欲聞甘露法　願開無盡藏
潤及天世人　行慈修德本　善權無增減
演布無爲教　充足一切人　生世尊難遇
正法亦難值　欲遭賢聖會　亦復不可得
過去諸如來　於此成正覺　願尊時屈神
貪此世榮爲　尊本樂閑靜　思惟無爲道
已果本誓願　何爲處憒鬧　閻浮五鼎沸
劇於湯火熾　唯願速出家　離世貪欲縛
念我過去世　諸佛成等覺　即詣樹王下
朝坐暮成道　尊今如有疑　方欲樂生死
恩愛如朽城　此樂何可貪　世有生死患

唯道永寂然　恩愛如過電　幻化不眞正
世間盡暗冥　五蔽使覆蓋　唯願開慧明
普照令得眼　變化形無數　應適前衆生
隨其本行願　各充禪力行　如今何爲靜
不轉上法輪　唯願時敷演　使飢渴飽滿
憶本所造福　蓋亦微少耳　由致天王位
所領無疆畔　供奉諸過去　如來等正覺
四佛一補處　是尊悲將來　無數億那術
沉翳生死久　願執弘誓輿　運濟至彼岸
今唯勸請說　甘露無猒法　八解無所著
無汙無染塵　尊本或入定　不度應度國
願先化此類　執心不動者　虛空性無染
平等亘然壹　無趣不見得　唯願無有疑
深妙無極藏　非劣所守掌　今遇天世師
願開使布現　尊本發願度　同日不易時
如今何爲默　自濟不度餘

是時釋提桓因說此偈讚佛已遶佛三帀還復本座爾時魔王名曰怒害將諸魔衆即從座起頭面禮足前白佛言世尊久抱狐疑不獲眞道今欲聞說無比法輪唯見垂愍演暢正教我等久處不入法律雖各有心慕及空慧猶未遭遇大化訓典爾時魔王即於佛前以偈頌曰

於億百千劫　無著時乃出　如華離塵水
心淨超於彼　劫數無有窮　經歷積苦行
不捨四弘誓　金剛不可沮　口演八無礙
充滿天世間　受者永充足　無復老死患
一生至百生　名號諸種姓　悉知諸根源
化以無比慧　十住逮本際　退成猶復進
最勝度此難　時演勿有疑　去佛恒沙數

盡由此苑園　轉無上法輪　度人無有量
正使當來世　諸佛成道果　皆當於此處
當轉尊法輪　曾聞如來藏　如來祕要慧
名曰普嚴土　菩薩瓔珞經　今日正是時
難遇不可值　拔濟諸苦厄　從是布道慧
或有衆生類　猒患處身苦　欲聞微妙法
蠲除四大法　復有入道檢　知生滅無常
欲聞空無道　悉知無所有　復有處巖宂
自守無他想　計身非久器　不興想著念
雖復念道根　未聞不得悟　唯願尊降神
念彼無疑滯　眼如青蓮華　徹覩無有礙
觀察三世苦　塵曀染汙者　尊本所經歷
供奉諸世尊　謙卑下下人　今獲無形髻
於相不著相　不假衆好色　是故衆賢聖
無能見其頂　眉間清淨光　普照無數土
見光除熱惱　如夏遇重蔭　尊一師子吼
降伏諸異道　摧碎邪見林　如明永除暗
說言言不妄　志趣必成辦　說法法眞諦
至道道根源　憶尊昔在此　十二小中劫
展轉共相繼　不斷轉輪種　迫師求高明
採取若干慧　莊嚴體無極　無形不可名
無信立以信　根力不虧損　無畏離彼此
唯願時演說　三界尊無極　正法御一切
非法壞成道　永除吾我想　諸人貪著身
翫習不能離　世苦所纏絡　何由有出期
慧明照世間　拔斷貪愛心　自度復濟彼
人中甚難有　惠施無吾我　已超三界表
一時一意念　平等無男女　衆生懷倒見
不達空無慧　發意著五欲　計有身實用
以是墮五趣　不覩非常證　佛現出世間

滅彼有無想　入禪不著貪　永除世榮飾
觀此無常形　非有非無者　大慈濟衆生
曠大無邊涯　宿願今已果　速起復坐爲
觀此熾然人　流轉不自覺　如何尊靜然
無言無所說　世垢有五難　不覩佛法衆
體信中國生　父母爲五事　光相色無色
不見形質像　將入滅盡定　乃寂無音響
大衆遠方集　迦留乾沓和　聽尊演無猒
廣長舌無爲　有法不思議　化不自覺化
欲令知本末　此亦未曾有　菩薩不退轉
且未獲其法　況復向道門　而欲知本要
尊今觀四輩　志趣若干種　幸爲敷演法
各今蒙得度　衆生染三有　欲求去離縛
常想非常想　悉照向滅盡　魔衆有億千
皆從十方來　得信不起忍　行地不退轉
復有億千衆　意趣隨我等　斯等族姓子
必至堅固地　復有無數人　行地不著有
悉求空無相　進趣向道場　羅漢意自鄙
隨類入其俗　所說苦不淺　終無一切智
亦是菩薩印　印彼成道果　稟受大乘行
本無無若干　尊本初發心　修習四意止
行地無高下　唯道從慧通　正使無央數
恒沙諸劫數　苦行不邪念　如今悉果願
將來諸恒沙　方欲成佛者　不捨彼此願
必至如今覺　如來大慈愍　捨命不爲己
施等無高下　故成六度慧　去來今現在
生滅本無窮　生者生自生　莫知本根源
十行離人身　五行爲法主　思惟滅本源
慈愍演大法　或復於異時　經行坐卧念
斯由得總持　四辯無疆界　菩薩愍一切

不計有常想　念世處非常　安隱永至安
神力四無畏　覺道八等行　如來十八法
尊今已具足　衆生自生念　無獲不可獲
遂自墮深淵　不向解脱門

是時怒害魔王説此偈已遶佛三帀還復本位爾時忉利諸天將諸天衆往至佛所頭面禮足在一面立斯須之頃前白佛言我等於世尊宿有福業遭值聖顏降神閻浮剎内敷演法輪王三千世界復以華香拘物頭芬陀利華須乾提華散如來上爾時諸天復以此偈而讚頌曰

世雄今降歩　王此閻浮庭　旣生八不閑
衆生所居處　求離不染著　内不生思想
無息寂然滅　願具演説法　尊德不思議
功勳不可記　衆相瓔珞身　如月在星明
行盡不造本　端坐於道場　亦自無心識
豈當染世著　已過衆行本　德充滅諸情
音響過於梵　自歸天中天　本造由四魔
魔欲離生死　八等不染汙　自歸無等倫
尊今趣一法　泥洹不起滅　滅意意不生
不見果報證　尊本修二行　止滅不起觀
行盡不見盡　世雄最第一　如來三法本
空無相無願　進趣泥洹道　無利無所染
立願甚堅固　行積無所違　不念無著行
亦不處三有　神足有四業　隨緣住其壽
行過無邊涯　慈仁最第一　旣生處五濁
合會無是非　眞人無染汙　行權入衆生
平等行五根　信慧精進力　不染去倒見
清淨爲第一　尊德過天世　永不著八法
定意不錯亂　是故禮最勝　當尊下降神

震動三千世　覺久寐衆生　離此三世患

爾時忉利諸天説此偈讚佛已遶佛三帀還復本座爾時菩薩内自思惟今此衆會皆悉普集十方世界六通聖智一生補處四等具足皆悉雲集欲得聞法不退轉地今我寧可執無畏法衆行德本瓔珞其身如諸過佛所行法則即於座上入自然無性三昧分别定意觀佛所行菩薩瓔珞有八萬品其德殊持無以爲喻菩薩摩訶薩得此瓔珞法門者便能一意進趣道場未入道跡衆生能令得至彼岸爾時世尊出廣長舌相光明普照三千大千世界告四部衆比丘比丘尼優婆塞優婆夷天龍鬼神諦聽諦聽善思念之吾當與汝演説菩薩無相瓔珞若善男子善女人得此瓔珞莊嚴身者便能進趣無所罣礙

菩薩瓔珞經卷第二

音釋

踔 敕教切超也　憺怕 憺徒覽切怕白各切憺怕恬靜無爲也　滓 壯士切澱也　眴 音舜　踹 時兗切腓腸也　跟 音根足踵也　縵 謨官切　璫 都郎切充耳珠也　駛 音使疾也　憒鬧 憒古對切亂也鬧女教切喧也

菩薩瓔珞經卷第三

姚秦沙門竺佛念譯

法門品第五

爾時世尊告族姓子族姓女吾今當說菩薩瓔珞八萬法門云何八萬於是族姓子或有瓔珞名曰盡信如來得此法門者令地獄衆生受苦惱者使無衆患復有等慈瓔珞菩薩得此瓔珞者令彼受畜生形者永無傷害復有無妄瓔珞菩薩得此瓔珞者使餓鬼之類永無飢渴之想復有清淨瓔珞菩薩得此瓔珞者令迷惑衆生知其道徑復有徹聽瓔珞菩薩得此瓔珞者使無聞衆生悉聞正教復有自悟瓔珞菩薩得此瓔珞者使愚癡衆生心不邪亂復有檢意瓔珞菩薩得此瓔珞者教誨衆生行十善行復有直信瓔珞菩薩得此瓔珞者使邪見衆生安處正見復有弘誓瓔珞菩薩得此瓔珞者不以劫數爲遠復有超越瓔珞菩薩得此瓔珞者使懈怠衆生奉持正律復有無恚瓔珞菩薩得此瓔珞者令恚害衆生修行忍辱復有勇猛瓔珞菩薩得此瓔珞者使慢惰衆生精進不廢復有一意瓔珞菩薩得此瓔珞者使亂意衆生禪定不虧復有熾然瓔珞菩薩得此瓔珞者使愚癡衆生成就智慧復有牢固瓔珞菩薩得此瓔珞者未履道跡者令立道跡復有多聞瓔珞菩薩得此瓔珞者使少智衆生强記不忘復有威儀瓔珞菩薩得此瓔珞者使無慙愧衆生令知慙愧復有惡露瓔珞菩薩得此瓔珞者使著欲衆生令知不淨復有快樂瓔珞菩薩得此瓔珞者使瞋恚衆生永斷無餘復有

普曜瓔珞菩薩得此瓔珞者悉逮慧明永除暗冥復有徧普瓔珞菩薩得此瓔珞者使等分衆生不起狐疑復有形色變化瓔珞菩薩得此瓔珞者覩見無量形色之變皆發無上正眞道意是謂族姓子斯等瓔珞至八萬法門菩薩不可窮盡吾今略說不悉其事若有衆生從劫至劫至百千劫欲盡菩薩瓔珞行者此則不然時有菩薩名曰無形立不退轉即從座起偏露右肩長跪叉手前白佛言甚奇甚特未曾所聞如來變化不可窮盡乃能演說瓔珞妙法諸有菩薩摩訶薩執持諷誦瓔珞名者皆是諸佛之所擁護若有善男子善女人遭遇如來說法瓔珞便爲值遇如來法藏爾時世尊重告四部之衆若有善男子善女人一心一意受持諷誦便得十無礙功德云何爲十得虛空藏威儀深入所聞强記不失辯才觀了諸念如幻如化遊心解脱亦不計常恒離八法不處憒閙聞輒歡悅心無二見解空無相亦不著相復能深入寂滅定意神足無礙得捷疾智知法自生不見起滅是謂善男子善女人便能具足十無礙功德爾時舍利弗即從座起偏露右臂叉手前白佛言唯然世尊諸法無形不可覩見無形之法非是羅漢辟支所及云何世尊言善男子善女人執持諷誦十無礙功德便成道果入泥洹門無礙泥洹豈異法乎泥洹無爲無礙無著如來現在逮等正覺云何以無礙功德而說泥洹若使衆生得十無礙功德便爲已得泥洹若使衆生已得泥洹者則爲泥洹非泥洹也云何世尊言得十無礙功德便是泥

洹佛告舍利弗如汝所問皆佛威神非汝境界云何舍利弗泥洹色耶對曰非耶云何舍利弗泥洹無色耶對曰非耶云何舍利弗泥洹色無色耶對曰非也云何舍利弗泥洹非色非不色耶對曰非也云何舍利弗無礙諸法是常非常有起有滅耶對曰非也世尊佛告舍利弗若使無礙諸法乃至泥洹非色非無色亦非色亦非無色亦無生滅著斷無形不可見云何復言泥洹名乎舍利弗白佛言世尊泥洹無名非眼識境界所能見也佛言如是如是舍利弗如汝所言非眼識境界所能見也云何舍利弗識有形乎對曰隨其形相佛告舍利弗如汝所言隨其形相則有識云何復言非眼識境界耶舍利弗白佛言隨有形相是有爲識隨無形相是無爲識無礙泥洹非有爲相非有爲識非無爲相非無爲識云何舍利弗無礙泥洹非有爲相非有爲識非無爲相非無爲識有爲有識無爲無識泥洹非此非彼更異識乎舍利弗白佛言非也世尊佛告舍利弗泥洹非此非彼亦非異識相則非相云何泥洹別立名耶假使泥洹別立名號隨其形相則有識生若使泥洹不別立名號隨無爲相便有無爲識云何說言泥洹不有爲相不有爲識不無爲相不無爲識亦不異識復非別立名號如今云何稱泥洹乎舍利弗白佛言世尊泥洹泥洹佛言云何泥洹泥洹舍利弗言如泥洹盡佛言云何如泥洹盡舍利弗言如盡無盡佛言善哉善哉舍利弗如汝所言本說無礙泥洹非有爲相非有爲識非無爲相非無爲識亦非異識

相則無相不別立名云何復言無礙泥洹如盡無盡時舍利弗白佛言世尊非我境界說無礙泥洹但無礙泥洹非盡非無盡佛告舍利弗吾今與汝引喻智者以譬喻自解猶如士夫仰射虛空於空求空復向人說吾昔遊空自陷乎淵今得空便射而報讎何其快哉果我所願云何舍利弗斯人志趣爲審然不乎舍利弗白佛言世尊彼射虛空欲報其怨審然不虛云何舍利弗於空射空箭著空耶對曰不著佛言云何於空報怨舍利弗言虛空無相不見有報無報佛言如是如是如汝所言虛空無報佛告舍利弗無礙泥洹亦復如是在有爲相隨有爲識在無爲相隨無爲識不在此相不在彼相亦非有識亦非非識是謂無礙泥洹非有識非無識也時有五百比丘聞此虛空無盡之法即從座起收攝衣鉢涉道而去何以故斯等比丘於空求空欲報空怨計心染著謂空有空正使將來恒沙諸佛立前說法斯等比丘於空染空終不解脫爾時座上凡夫立信學無學人未能盡苦至無爲界時舍利弗承佛威神告四部衆云何諸賢汝等審解此染法乎對曰唯然賢者舍利弗永斷塵勞所作已辦舍利弗言云何盡塵勞耶對曰衆智不雜非造非不造故盡塵勞舍利弗言善哉善哉族姓子塵勞之儔是衆生本於衆生中成無上道於如來福田淨一切智舍利弗言淨亦無淨云何於福田淨一切智對曰未得道果於一切智未淨其跡又問舍利弗菩薩淨一切智凡有幾品舍利弗言菩薩淨一切智不爲世法所拘又問

云何不爲世法所拘舍利弗言諸法無著不懐倒見又問菩薩瓔珞云何成就答曰不失佛道至竟成就不失菩薩瓔珞是謂族姓子斯由本行不失善願又問云何舍利弗菩薩摩訶薩云何憑善知識成就菩薩衆行瓔珞答曰於一切衆生不惜身命是謂菩薩摩訶薩善知識又問用何等智成就衆行瓔珞答曰不斷佛種更不造新又問云何於諸如來承事供養莊嚴佛土答曰不以刧數爲期是謂莊嚴佛土又問云何於如來所賢聖默然不起衆想答曰寧失身命不缺於戒又問云何分別八百根門答曰持心連續不失守意出入息念又問云何具足六堅之法答曰不實之身不實之命易實身命又問云何具足無盡藏答曰已得菩薩無礙瓔珞便能具足七財無盡又問云何於世少欲知足答曰於諸衆智不相違背是謂少欲又問云何遊心閑居不染三有答曰不願求於三界又問云何用智覺三世患答曰盡苦無本不生塵勞又問云何於三痛法無有想念答曰不見苦樂無苦無樂又問云何菩薩受無所受答曰分別五陰色痛想行識又問云何菩薩深入法本答曰捨外六入內不造六塵又問云何以度度也答曰分別諸道不染道果云何菩薩捨慳惠施不起想著答曰於一切衆生心無三礙又問云何菩薩守戒不缺答曰從初發意乃至成佛不捨道心柔順法忍又問云何修忍不起恚怒答曰伏心攝意計空無形又問云何菩薩用心精進不起懈怠答曰分別思惟如救火然又問云何菩薩禪意不虧

遊至十方心意不錯答曰慈等無二不失智慧又問云何慧眼普照無礙答曰一切諸法不見形相又問云何菩薩入慈等定攝取衆生不見有度答曰觀了衆生心意識本云何菩薩愍念悲泣諸不度者答曰不起法想見有高下又問云何菩薩喜心不絶入無量定答曰行本自然不見生滅又問云何菩薩行三三昧至泥洹門答曰不捨如來八道徑路

爾時舍利弗以無數方便與諸會者說微妙法無礙瓔珞時一千二百比丘信心堅固立不退轉復有無數天人皆發無上正眞道意

時有菩薩名無頂相即從座起前白佛言甚奇甚特未曾所聞如賢者舍利弗說智慧界非有非無不見愛憎喜怒諸法之相如我觀見十方世界諸佛世尊敷演道教或說有教漸至無爲或說無教亦至無爲或說身苦令知猒患或除識相知離本際云何菩薩普入諸法一一分別不起增減今聞如來身相之法有爲自爾行不改易無爲無形不可測度今欲聞如來瓔珞之本唯願解說有爲色身有幾瓔珞而自嚴飾無爲色身有幾瓔珞而自嚴飾有爲無色身有幾瓔珞而自嚴飾無爲無色身有幾瓔珞而自嚴飾爾時世尊告無頂相菩薩曰善哉善哉族姓子乃能於如來前爲師子吼今當爲汝一一分別諦聽諦聽善思念之菩薩摩訶薩從初發意乃至成佛恒當具足檢身口意莊嚴六度了色本無不見色本於色莊嚴六瓔珞法逮得如來深藏瓔珞云何爲六於是善男子善女人若眼見色知彼起色衆生有婬怒癡應進便進應

退便退眼非彼色色非即眼念除彼色不起眼想是謂一法清淨瓔珞復次族姓子色性自然識亦自然彼色我識不興塵勞速解彼縛不染我有是謂二法清淨瓔珞復次族姓子諸善根本於色無形分別思惟根本清淨色亦清淨是謂三法清淨瓔珞復次族姓子著色染欲非色有欲色性本無況復婬欲是謂四法清淨瓔珞復次族姓子計色有常非眼境界意識分別便起猶豫計常無常乃至無我色性虛寂永無起滅是謂五法清淨瓔珞復次族姓子色是外入眼識生受有色有爲有色無爲有爲色識便敗道根無爲色識果報成就思惟分別有無相者是謂六法清淨瓔珞復次族姓子自攝色識復有六事云何爲六於是族姓子識想無形流馳萬端前有外塵便生塵勞善則善識惡則惡識惡識無善善識無惡菩薩攝意不起善惡識者是謂一法清淨瓔珞復次族姓子眼識觀空悉無所有便生色想無善惡報不見今生後復受報於中攝意不起顚倒想者是謂二法清淨瓔珞復次族姓子識別無我或時有見根門不淨而計有淨或復有念根門有淨而計不淨於中攝意不起二想者是謂三法清淨瓔珞復次族姓子識見彼恚有善不善善謂常善不善亦爾於中攝意具足忍辱者是謂四法清淨瓔珞復次族姓子識知衆生有趣善者不趣善者有堅住行地不堅住行地於中攝意心不退轉者是謂五法清淨瓔珞復次族姓子識觀前色有道有俗見道不知是道見俗不知是俗於中攝意善分別道俗者

是謂六法清淨瓔珞耳識起想復有六事云何爲六於是族姓子若耳聞聲十八變動或聞風聲樹木山崩或時鳥獸音樂之聲聲有善惡可記不可記於中攝意耳識不錯者是謂一法清淨瓔珞復次族姓子有時衆生便得世俗通徹之聽或百由旬二百由旬復至無數諸佛國土猶如雄猛世尊進趣道場欲成等正覺爾時天地六反震動分別音響悉歸虛空於中攝意不起想著者是謂二法清淨瓔珞復次族姓子耳識聞聲本無所有便生衆想起若干念於中攝意無邪念者是謂三法清淨瓔珞復次族姓子耳通清淨知彼受形有清有濁見濁不起塵勞見清不生道心於中攝意不起彼我者是謂四法清淨瓔珞復次族姓子或時耳識聞他方異刹演說五分法身現處母胎不染塵欲復現出家心不改變在樹王下成等正覺於中攝意分別道俗者是謂五法清淨瓔珞復次族姓子耳識聽察十方國土諸佛世尊轉虛空法輪彈指之頃拔濟無量衆生之類不自稱說吾有所度於中攝意不計化衆生者是謂六法清淨瓔珞佛復告無頂相菩薩曰依彼耳識當修行六法云何爲六於是族姓子行權方便記本所造修習瓔珞不越次叙是謂一法清淨瓔珞復次族姓子倚行無我不計身本是謂二法清淨瓔珞復次族姓子具足六法不毁戒性是謂三法清淨瓔珞復次族姓子耳識玄鑒通達無礙不捨弘誓大慈之心是謂四法清淨瓔珞復次族姓子耳識了知進趣行步斯法善道斯法惡道斯法有爲斯法無

爲於中分別耳識不錯者是謂五法清淨瓔珞復次族姓子耳識分別諸佛世界聽聞殊特深妙之法一一承事諸佛世尊是謂六法清淨瓔珞復有六法當念修行云何爲六如來世尊色身清淨非愛欲身身放衆香普徧十方無量世界一一香氣皆演無量瓔珞法門不倚衆生有衆生想於中成就具足鼻識是謂一法清淨瓔珞復次族姓子如來世尊無量香界以戒德香普周十方恒沙刹土於中攝取無量衆生是謂二法清淨瓔珞復次族姓子復以鼻識察彼香界應從三道斷諸縛著不失鼻識應行之本是謂三法清淨瓔珞復次族姓子因彼鼻通演出無量審諦之教鼻識清淨衆行具足是謂四法清淨瓔珞復次族姓子鼻識有三外入内識齅善惡香分別八道十六聖跡是謂五法清淨瓔珞復次族姓子鼻識齅香一念一意知彼衆生心所念法一一演暢無量法門是謂六法清淨瓔珞佛復告無頂相菩薩曰復當具足六法佛相無相不可護持莊嚴成道以自莊飾云何爲六於是族姓子坐佛樹下修習一相觀見衆生所行不差從兜術天降神母胎雖現俗變不失賢聖如來禁戒德香普徧無量世界是謂一法清淨瓔珞復次族姓子修鼻識相普知十方諸佛世界知所趣生受形不同復以神足而教化之是謂二法清淨瓔珞復次族姓子鼻識分別相相無猒復觀十方無量世界悉見一生補處菩薩香氣徧滿十方世界於中攝意而不分散是謂三法清淨瓔珞復次族姓子初坐佛樹内自思惟今吾成

佛必然不疑以何證驗令天龍鬼神乃至十方諸佛世尊知我今者坐佛樹下即放諸毛孔一一衆香令十方界悉來宿衛擁護菩薩至成作佛是謂四法清淨瓔珞復次族姓子於樹王下已成等覺衆相具足一夜之中成三明慧初夜自念過去恒沙諸佛世尊在此成道先布何法云何教化如是思惟復至中夜古昔諸佛在此成道皆說無量諸度無極我今亦應如諸佛法便入衆香無形定意復從定起復更思惟古昔諸佛雖於此處成佛先度何人云何說法爾時便聞十方世界一切衆香各有斯音度應度者復於彼處一一思惟乃至後夜時如是不退不闕香界是謂五法清淨瓔珞復次族姓子已獲鼻相内自思惟世香無常種生死法以何方便求道德之香便自入定分別慧定五分法身以識往別戒香攝身定香攝意慧香攝亂解慧攝倒見度知攝無明是謂如來五分法香瓔珞其身是謂六法清淨瓔珞佛復告無頂相菩薩曰如來舌相衆相中妙演布言教不漏四過本所造願說法教化口教清淨不失舌識是謂一法清淨瓔珞復次族姓子本修清淨守護三行知彼衆生神識所趣輒便說法不失次緒舌識清淨是謂二法清淨瓔珞復次族姓子雖口說法有教有響言從識發外輒受化復採彼語而爲說法於中自攝舌識清淨是謂三法清淨瓔珞復次族姓子舌有衆相相相不同一一化識說法無窮不失四辯舌識清淨乃至無量恒沙刹土言從語用無不受信是謂四法清淨瓔珞復次族姓子或時

有人聞彼說法或善或不善或說邪見或說正見復能反詰尋究義趣於中具足不失舌識是謂五法清淨瓔珞復次族姓子過去諸佛所說言教有行有智有趣當來諸佛有行有智有趣現在諸佛有行有智有趣云何過去諸佛有行有智有趣於是族姓子過去如來無所著等正覺身滅相滅色滅云何身滅過去如來身不常住色身變易非一非二生生自滅雖後久久滅盡猶有身名不滅此有爲身不入無爲境如來身者五分法性常定不變有佛無佛是謂身滅非五分身滅所謂相滅者有相有色有相無色云何有相有色有相無色眼識境界外六入本是謂有相有色也有相無色者諸有爲法無爲法定法無定法非眼識境界也是謂有相無色也所謂色滅者色有三品有形色無形色增大色云何有形色口所吐教心識造行隨前染著是謂有形色也云何無形色如今說言有善有惡知後有報必然不疑今處現在造過去未來行非今眼識所見是謂無形色云何增大色色有不盡非色有盡有色亦盡無色亦盡是謂增大色如是族姓子復具六法清淨瓔珞爾時無頂相菩薩前白佛言云何舌識言教演出無量本慧定意舌識非識亦非平等一切音響耳識境界外諸色像眼識境界衆香好醜鼻識境界口所言說有聲而無形主知外法而不自知云何舌識受耳識相佛告無頂相菩薩曰云何族姓子聲從耳出爲從外來答曰外識不從內識又問口出言教或大或小由口耳識聞不由口耳識聞答曰或

由口聞或不由口聞又問云何由口聞不由口聞答曰口出音響此則由口聞地水火風山河石壁此不由口聞又問口出音響得稱爲識地水火風何無識乎答曰地水火風非口識也又問云何成就口識答曰四大也又問口非四大今言四大耶答曰有識四大不言無識四大又問云何言有識四大不言無識四大答曰有識四大口識是也無識四大地水火風也又問有識四大豈非地水火風乎對曰然又問無識四大何者是耶答曰地離水則無識水離火則無識火離風則無識風離空則無識空離識則無識是謂四大無識又問有識四大所出音響地耶水耶火耶風耶空耶識耶答曰普聚又問除四大識爲所在答曰識無所倚又問地水火風同聲同響不說識乎答曰識獨無侶故無識也又問識獨得稱識耶答曰識獨非識又問識獨非識云何依地水火風耶有爲耶無爲耶答曰如是又問識離死胎復有處耶答曰有又問何者盡苦本答曰無盡識是也時無頂相菩薩復問大成就識識成就大答曰大成就識又問識所倚耶答曰識大又問地水火風空離地水火風空識爲所在答曰識無所在又問滅盡耶答曰非耶又問非滅耶答曰非也又問識非趣非不趣此法非泥洹乎答曰非也又問識泥洹有異乎答曰不異又問泥洹復有泥洹四大耶答曰無泥洹四大也又問有泥洹識耶答曰有泥洹識又問地水火風識及泥洹識有何差別答曰地水火風識轉泥洹識不轉是謂差別又問地水火風離識

泥洹離識有何差別答曰四大離識不離過去當來現在泥洹離識永離過去當來現在又問離四大識離泥洹識此識未在四大未在泥洹復有異乎答曰非也又問四大離識泥洹離識不異乎答曰不異又問識處泥洹成無爲法識處四大成有爲法不別耶答曰不別又問若使不別云何此有爲識此無爲識有何異答曰有爲識成就四大無爲識不成就四大是故有異爾時無頂相菩薩前白佛言世尊離四大識離泥洹識亦不一亦不二何以故識在四大便有過去當來現在識在泥洹便無過去當來現在也此識彼識復有異耶答曰不異又問何以故說此四大識此泥洹識答曰假號非成諦教時無頂相菩薩内自思惟我今所問四大離識有果報行今以無果報行報我將無我問非耶報我非乎爾時世尊知彼無頂相菩薩心中所念便告無頂相菩薩曰有爲四大識非無爲四大識無爲四大識非有爲四大識云何四大識非此非此非彼乎答曰非耶又問非四大識非此非彼乎答曰非也又問非四大識非泥洹識耶非無識耶答曰識滅識不滅云何識滅答曰非現在云何識不滅答曰現在又問識有滅耶答曰現在又問無爲法復現在耶答曰不也又問有爲法復現在耶答曰不也又問有爲無爲相非現非無現爲何所依答曰依無所依又問善哉識有依耶答曰識無有無依又問云何識有依有界耶答曰有三界身界法界空界是謂三界時無頂相菩薩前白佛言有染汙識無染汙識云何無染汙識而

成染汙識佛告無頂相菩薩曰染汙識動爲無染汙識無染汙識不爲染汙識何以故識性常住亦不變易無生滅著斷以是故動識爲住識住識不爲動識爾時世尊復告無頂相菩薩吾今成佛三界特尊衆相具足四無所畏十八不共法衆德普備今得住識未得動識時無頂相菩薩前白佛言世尊云何住識不得動識佛言所謂動識有爲法界所謂住識無爲法界非無爲識成有爲識以是故動識成住識非住識成動識是時世尊說此語時無頂相菩薩及百千天人皆發無上立住識行無數衆生皆發無上正眞道意時無頂相菩薩即於佛前而作頌曰

衆相具足　成如來身　不著三界　如空無我
已除心垢　神通自在　由逮動識　不逮生識
法界虛空　亦不變易　如來久如　當逮住識
過去如來　數如恒沙　爲得住識　悉動識乎
我今有疑　不達法界　唯願垂愍　令無妄想
衆生志趣　性行不同　聞說妙空　不究根源
虛空無相　行一平等　云何住識　乃謂清淨
如今時至　宜爲演暢　本際通慧　甚奇難有
四輩無畏　咸欲聞知　住識動識　分別其性
過佛常爾　法界平等　當來諸聖　法性亦然
如今衆生　入寂不亂　復從何識　而獲定意
今此定意　永寂無響　爲是住識　爲是動識
願一一說　法界根本　永除疑結　不懷猶豫

爾時世尊復以此偈報無頂相菩薩曰

過去諸如來　神智無有窮　雖身取滅度
住識不變易　動識有二品　有住不住識
設入無爲境　不見二名號　如來無所著

安明山不動　行過無與等　愍度下劣者
國界諸村落　衆祐所經過　非識不由此
爲疑動住識　設從無數劫　難計諸如來
欲筭如來識　動住不轉住　佛慧無邊涯
識周無量法　身相弘誓備　無相不可見
當我初生時　天地霍然明　執心弘誓牢
無形無爲識　二足人中尊　如象離鉤鎖
自然音樂妓　充滿虛空中　無數諸天人
各自修禮敬　各以若干頌　歌歎如來德
以逮等正覺　目視無猒足　轉無上法輪
演說無比法　一切衆生類　宗奉尊聖教
不計去來今　世雄如師子　積功無數劫
不失總持行　四等無所畏　潤益一切人
道果自莊嚴　不計壽吾我　無想應正覺
如虛空無礙　今日得五眼　未住不處住
懷來無顛倒　無住不見識　如來奇特慧
印以無相法　行盡無所缺　無財非世榮
一行意一念　菩薩觀無亂　動識衆識妙
住識非第一　思惟過去佛　及以方當來
如我今現在　不由住識成　如來三達智
無偶亦無伴　行過不可滅　不見識所在

爾時世尊復重告菩薩曰無身身識身無身識此法有六云何爲六若有善男子善女人身入十六受外塵垢身識一一分別乃至淨地是謂一法清淨瓔珞以無身之識以起身識於中分別悉由更樂是謂二法清淨瓔珞吾昔有願修其身相有行百五乃謂身相復有百五乃成身相是謂三法清淨瓔珞過去久遠衆生已滅於彼受身有爲無爲有行無行若好若醜有苦有樂一一識別法界非去

界此法界身識此非法界身識是謂四法清淨瓔珞身識造色復有十事眞身化體亦無端緒知彼身識趣無所趣是謂五法清淨瓔珞了身識本歳日不同本身今身變易不住知本受形今亦變易便能於中不失身識是謂六法清淨瓔珞復次族姓子復有六事云何爲六身行清淨不爲衆惡口亦清淨不説邪業意修清淨不造衆塵是謂一法清淨瓔珞過身已滅有善有惡善身善福分別善識惡身惡業分別惡識一一思惟善惡身識是謂二法清淨瓔珞六身相法離善離惡復能起念不捨身識又時衆生計身清淨有清淨識計身不清淨有不清淨識於中分別清淨身識不淨身識是謂三法清淨瓔珞憶本所造有爲身無爲身過去未來現在身悉能分別不失身識是謂四法清淨瓔珞心所念法非一非二强記不忘知識所起是謂五法清淨瓔珞無形識身復有五事云何爲五有染著身無染著身有形身無形身有識身無識身有俗身有道身有一身有非一身於中悉皆分別是謂六法清淨瓔珞佛告無頂相菩薩復有六事云何爲六無盡法身有盡法身分別有無法識清淨是謂一法清淨瓔珞無爲法性行無增減知法有善知法無善知有生法知有滅法曉了法識不失法性是謂二法清淨瓔珞（諸本皆缺三法）有常住身無常住身法不常住知不常住諸法常住亦知常住思惟諸法住識無住識是謂四法清淨瓔珞諸法寂然諸法色亦復寂然有爲非識知有爲識無爲非識知無爲識思惟不失法界是謂五

法清淨瓔珞法身無數無形不可見非眼界所攝從初發意不起二想分別諸法不失法身是謂六法清淨瓔珞

菩薩瓔珞經卷第三

音釋

捷疾葉切敏疾也　儔除留切侶也　齅許救切以鼻濫氣也　詰契吉切問也

菩薩瓔珞經卷第四

姚秦沙門竺佛念譯

識界品第六

爾時座上有菩薩名曰豪賢乃從東方十六恒沙刹土來詣此界聽受瓔珞妙法即從座起偏露右臂長跪叉手白佛言唯然世尊若見聽者乃敢陳啓世尊告曰善哉善哉族姓子吾當與汝一一分別爾時豪賢菩薩白佛言世尊云何諸持諸識境界如世尊言識從有爲不從無爲又復說言識從無爲不從有爲云何此識彼識名曰識界乎佛告豪賢菩薩曰識非有識從法生識豪賢白佛言云何識非有識從法生識答曰識非常識隨法有識又問云何爲識徧一切識知一切法是謂識非常識又問識有智耶爲無智耶答曰識有智如如識無智如如一切衆生識有智如如無學賢聖識無智如如是謂族姓子有識如如無識如如又問云何有識云何無識云何有識如如云何無識如如答曰悉能分別有識智無識智如如是謂分別識界豪賢菩薩白佛言如來今說定義識義倍生狐疑佛告豪賢諦聽諦聽善思念之或有智識非智識或有法識非法識云何法識非法識從最第一義至辟支佛是謂法識從見地薄地性地無礙地至一生補處是謂法識法識復有五事云何爲五一趣道慧二識宿命三趣分別慧四入空門五觀心本是謂法識成就五事復有五事成就法識云何爲五一修梵行不倚三毒二處胞胎不染生死三行無相空無願法四修神通神足無礙五立覺意一相

無相是謂成就法識清淨佛復告豪賢菩薩法識清淨復有五事云何爲五學識不變思惟學跡無學無跡不見法趣不見有教亦不見無教亦復不見道性非道性有生道意不生道意是謂法識成就五事觀法識定復有五事云何爲五一定滅本垢不見處所二念無量空寂定意三建道本不與道會四心斷念求坐道場五修福田蠲除妄想是謂五事法識清淨無生法識復有五事云何爲五識觀過去不起生滅識觀現在不見生滅識觀未來不見生滅識觀本末不見生滅識觀如性不見生滅識是謂五事法界清淨佛復告豪賢菩薩如來等正覺復當修習法識音響通有十一行云何爲十一法界無著不見識本於中具足神足道行欲得淨修法界識者初意如山如牆壁漸漸乃至思惟身本知身離身復捨身已知心離心復離心已知空離空復捨空已還從一意至百千意未化之意盡能修之復知化法而無所有是謂法識起神足行以無身識修身識行或以身識造無身識行識別身識非身識是謂法識修神足行有無二法分別一切諸法於中成等正覺不見生識成等正覺過去億百千數悉能分別諸陰入持不失衆生本行所趣是謂法識修神足行無化之法不見變易於中造識不可窮盡是謂法識修神足行於是入定分別空界復自計身如彼無異是謂法識修神足行觀諸世界亦不見盡一切世界成界不成界悉能了知是謂法識修神足行夫法界識成五陰形有生有滅不見五陰有生滅者是謂

法識修神足行法界無著不見形相過識非今今識非過不見現在因緣本末是謂法識修神足行一一分別法性所起一切諸法不見窠窟攝意滅想亦不生智是謂法識修神足行諸法不生不見起滅復能思惟生滅之法本性自然一相無相是謂族姓子菩薩所修神足之行佛復告族姓子無著法界復有十事云何爲十如來至眞等正覺出現於世便能具足三世身識想是謂法識修無我行漸化衆生以三滅法亦不見滅亦不見不滅是謂法識修無我行分別句義一一了知復以權慧示現本業是謂法識修無我行如來至眞等正覺分別思惟四無量慧不見斷滅有常之想是謂法識修無我行復以妙慧悉化衆生不捨大慈是謂法識修無我行盡觀衆生有淳淑有不淳淑隨類而化不捨其性是謂法識修無我行如來世尊行權方便盡化衆生不見化者是謂法識修無我行佛慧無量不見成敗有生有滅非如來本誓是謂法識修無我行如來一相不染過去當來現在修無倚行乃逮至眞等正覺是謂法識修無我行如來至眞等正覺以無數億千萬劫以爲一日於一日中化度衆生不可稱極是謂法識修無我行佛復告豪賢菩薩曰過去無數阿僧祇劫自念修行無形法識有佛名曰弘誓無願如來至眞等正覺明行成爲善逝世間解無上士道法御天人師號佛世尊爲說法界無著之行夫法界者一百七事云何爲一百七事不求空行不念有常觀世如夢自滅吾我生識不起分別界相永斷妄見

施心不闕心常一定在衆不亂身識空識無若干想菩薩有數不著名號觀了諸法非一非二衆生起恚便爲方便說除九本身識之行十二因緣四諦聖慧思惟苦本有苦識耶無苦識耶或時有識在眼耳鼻舌身意或時有識離眼耳鼻舌身意或時有識著色不染色或時有識不著色不染識此識微妙非退轉菩薩所能了知或時有識著聲不染識或時有識不著聲不染識亦無音響故名清淨識或時有識著香不染識或時有識不著香不染識一一分別不失法識或時有識著味不染識或時有識不著味不染識亦復分別不失次緒或時有識著身更樂不染識或時有識不著身更樂不染識一一分別不起想著或時有識了知諸法起者滅者有爲法無爲法有定有亂是謂菩薩摩訶薩分別識性亦無所染復次族姓子分別四無量慧慈悲喜護徧滿一切救攝衆生亦無所著或時有族姓子入定三昧修行一法已行一法便獲百千總持法門如響如幻漸漸乃至滅盡定意身行清淨不造惡本心念慈心不施衆惡解知三世除去縛著是謂族姓子菩薩正行有起不起復次有定意法門一切諸法皆來入中有身無身想有念無念意無一無二亦復無識吾昔無數阿僧祇劫初入法律乃應斯行識法有十二造因緣本無明緣行乃至老死不見起滅是謂定意名曰無盡已得定意悉知一切三界所趣或有衆生有常想無常想有苦想無苦想有定想無定想一一分別不起染著佛復告族姓子菩薩摩訶薩當

念修行三十七品道法之要何謂三十七所謂曰意止除婬怒癡永滅三毒復當思惟四意斷法斷去念求不生果報乃獲四神足行已得神足往至十方諸佛世界不自稱説神足如來五根成就法身戒身定身慧身解脱身解脱知見身是謂如來五分法身如來神智不毀法身云何爲五力信力精進力念力定力慧力所謂信力者一向無爲不染三界正使恒沙諸魔變形作佛不能變動此意是謂信力云何精進力所謂精進力曾聞有法法界識者或在一由延至百千由延或在一佛境界或百千佛境界守信立戒不捨弘誓是謂精進力云何爲念力所謂念力者繼念在前無他餘想正使恒沙諸魔官屬欲來毀此念力者徒自勞苦不獲本願是謂成就念力云何定力所謂定力者立根上位菩薩摩訶薩攝意去想不懷狐疑是謂定力亦不可壞云何慧力所謂慧力者無量法界不可思議悉攝諸慧善權法本不毀法界慧性之行是謂慧力衆德具足復當分別七覺意法覺了一切有形無形心識所念從欲界至色界無色界斯可分別是不可分別攝意不亂是謂定意慧性八道平等亦無恐畏入空三昧一行無二不可本末有限無限已離生死不生餘智知起滅法淨不生衆想是謂八道清淨無二復當思念六十二見有常想無常想有道想無道想有今世想無今世想有父母想無父母想有著身想無著身想或時有識分別諸道清淨無瑕一一分別三處愛本五處欲本七處婬行有時有行在閑靜處若在

樹下露地塚間觀出入息有時有長有時有短有時有寒有時有暖諸法生生因緣共會思惟分別意不錯亂所以行者知出入息息長亦知息短亦知亦知前息亦知後息漸漸乃成一禪之行如來聖達禪意不同修行四禪入想知滅如此定意三乘共有又復如來無上定意云何名曰無上定意所謂無上定者心有上中下行人入定無復出入長短息唯分別刹土專心一意觀過去未來現在何者是我所化非我所化復自思惟設我在閑靜處不分別衆生者是非我宜今當往至無數刹土自化化彼乃成我願是謂初定亦不可毁復次行人初入定意内自思惟有苦有樂皆由身本已過此行復當宣傳使彼衆生而悉知之是謂入定成就二行復次心法非有非無無身有身想不得神通遊化十方攝意自檢淨其種姓是謂定意不毁法識有心意識思惟止觀我自無我況有衆生先自知空却觀衆生以神足道心神往化身不往彼復於十方諸佛刹土以此定意濟度無數百千衆生於彼復修十虚空慧云何爲十所説法教摧却魔官進趣道場成無量覺心若虚空無有增減是謂族姓子修虚空慧復次族姓子初化外道異學之類去其邪業使立正見皆使歸趣無復慳嫉是謂修虚空慧又復世尊化衆生類隨其所願皆令具足雖説此法心無所著是謂修虚空慧復以無礙智神通道遊至無量世界布現諸法而化衆生不見衆生亦不見化是謂修虚空慧復有如來智名曰壞空成就法界不毁本性持心如空

不生染汙是謂修虚空慧如來等正覺或以一身遊虚空界或無數身或復示現滅盡泥洹不著一身不起若干想亦復不著滅盡泥洹是謂修虚空慧諸佛世尊有七十二無礙辯才十四舌相報教化衆生智不停滯使衆生類皆成慧明云何七十二無礙辯才於是族姓子如來初修功德相本自發弘誓若我後成無量等正覺所生國土衆生之類不聞無明婬怒癡名令我國土淨如虚空如淨居天少欲知足意趣於道中間無滯亦復不生八無閑處在於豪貴中不自貢高不鄙卑賤於中攝意行布施福求漿與漿求食與食國財妻子盡施與之心施無礙不生亂想復教衆生持戒完具精進一心修六重法若有衆生遭百千苦輒能往度不令墜落失賢聖類

是謂八法修虚空慧如如來等正覺欲轉法輪先入等定自攝身意自知時至吾今宜可與衆生類轉無上法輪遊心六通一一毛孔放諸光明然後乃轉無上法輪不起不滅無所著法一相無相無染汙法所說如空言跡不現不見衆生有增有減是謂九法修虚空慧復次如來從無生法界成等正覺悉觀諸法如幻如化不見成就道果者不失神通慧分別如來十力亦不染著是謂十法修虚空慧爾時世尊告四部衆汝等各各於如來前自說空慧無所著法時有菩薩名曰空行去此東南五十六江河沙諸佛刹土從彼國來來至此土叉手白佛言國土清淨無有法說義說知淨不淨悉如虚空是謂空慧無著之法無我菩薩曰無見非空見亦非空不見見

亦不見無見是謂空慧無著之法法住菩薩曰未立行跡生染汙識不可計劫本無識性是謂虛空無著之法過行菩薩曰於身口意不造衆惡定不起想是謂空行無著之法無行菩薩曰法身無盡不見倚著定心一意是謂空慧無著行也寶藏菩薩曰不見前後法界處所亦復不見罪福惡報是謂空慧無著行也習苦菩薩曰諸佛世尊悉知過去當來現在入自在慧不起妄見是謂空慧無著行也慈意菩薩曰吾我無形專心行道無他異想無倚無著法自然起滅是謂空慧無著行也寶髻菩薩曰四無我行無著無染有身有苦識想亦苦解不起滅是謂空慧無著行也善筭菩薩曰不見諸法有數無數云何諸法有數無數俗是有數道是無數有爲有數無爲無數不見數無數者是謂空慧無著行也盡生菩薩曰諸法無生亦不見生淨無淨想生死已盡永滅不起是謂空慧無著行也梵行菩薩曰習三三昧不念受身念空不離空念無相不離無相念無願不離無願亦復不念受清淨福是謂空慧無著行也光相菩薩曰分別三毒爲暗冥法不見三達爲清淨法是謂空慧無著行也所作菩薩曰不見一相分別無相不見苦不見離苦無苦不苦亦無所作是謂空慧無著行也不受形菩薩曰無四大本亦不見境界所在一向無爲不生三意是謂空慧無著行也無等菩薩曰離世苦樂不著八法見有稱譽不以爲歡設見毀謗不懷憂慼忍心如地是謂空慧無著行也無垢菩薩曰不見內六情造外六塵不見六塵

與六情爲對是謂空慧無著行也重觀菩薩曰外色不起内識識亦不著外色識不知我爲色色不知我爲識聲香味細滑法亦復如是法不知我爲識識不知我爲法一切諸法各不相知是謂空慧無著行也遠離菩薩曰不見五陰有染有著何以故五陰性諸法性常住不變易是謂空慧無著行也賢護菩薩曰諸法總持不見有望無望不見有法可説不可説將護衆生立不退轉是謂空慧無著行也寶來菩薩曰諸法常定無有若干亦不分别佛法菩薩法俗法道法有形法無形法可護持法不可護持法亦無分别是謂空慧無著行也爾時座上無數四部衆聞説此法空慧清淨無著之法倍生狐疑不達究竟世尊即知心中所念應從空慧解緣會未至即

自化身高四百由延出大音聲告十方世界諸如來至眞等正覺現在説法欲聞聽受菩薩瓔珞悉皆雲集欲詣忍世界遣化菩薩無央數衆盡禮十方諸如來至眞等正覺今能仁如來於沙訶刹土演説菩薩瓔珞我等宜可普集彼土如是十方諸如來無所著尋如其像攝持威儀詣沙訶刹土立信菩薩得十住者盡見如來禮拜供養各各以次坐無畏座未立信人在凡夫地來得天眼諸通未具亦不見十方如來何以故凡夫意小恐失梵行或有如來定坐於此身至梵天或有如來變身徧滿一千刹土二千刹土乃至三千大千刹土何以故衆生受化應見形受法應聽聞受法爾時東方過二江河沙刹土有如來號曰本淨即與大衆因偈説此法言

虛空無邊涯　想著生狐疑　本際行已盡
無二無等侶　欲說虛空相　本質無生兆
何得疑空慧　欲於中求無　吾今雖成佛
懷有無所染　垢盡自致尊　不復有起滅
已入平正路　不從陋小意　計我無生心
得道從是滅　吾壽有劫數　所度不可量
斷意永滅寂　豈有度人識　七觀瓔珞身
道華色不變　無形入諸趣　斯謂菩薩行
如來有二業　道本衆德具　權現幻化法
乃應無起滅　天世衆生類　無形無有數
何得有形人　善知無色法　世雄無盡藏
非色欲能盡　況復未得道　欲究平等慧
雖經百千劫　未曾自息意　衆生有懈怠
中住不建意　大乘平等法　聽受何可盡
今粗說空慧　何復疑於空

爾時如來說此偈已忽然不現南方去此十八億江河沙數彼有佛剎名曰嚴淨佛名離垢如來至眞等正覺十號具足現身色相無極巍巍在大衆中復說頌曰

吾本從覺道　聞空平等慧　經於十二劫
乃得此定意　思惟前後來　六度四等行
皆由空慧業　熾然諸法本　發意有階差
弘誓不有異　無著慧觀念　化人無若干
如我所遊國　嚴淨妙瓔珞　須宣殊特慧
國無三惡道　唯演空慧行　不著有無處
我既無心行　云何當說有　如性無形相
法界亦清淨　解了已盡滅　是故無起滅
復過嚴淨剎　十億諸剎土　彼乃有此法
清淨無爲行　說言不有言　不著有想本
故應寂然定　行盡無名號　衆生心所趣

隨類起本識　如我永憺怕　不見有無行
所以無數劫　斷求不著有　欲求不起滅
逮得始成就　今已空無身　現形如所趣
佛慧無邊涯　終不爲所染　自然性清淨
不見有常想　道慧衆德具　故號名離垢
自從成道果　徧遊虛空界　或作天帝釋
大尊梵天王　所以變化形　化彼著有者
盡趣無生慧　清淨至究竟　復作轉輪王
統領無數域　捨而行學道　知之非久長
復入聲聞中　現如不及道　輒便從師受
斷諸想著結　復到淨居天　說行清淨本
使離彼天福　此等不盡苦　無色色衆生
計常不去想　憍慢自放恣　盡令入道門
本無等正覺　所化無有形　要盡死生本
終不捨入寂　況汝今四部　初聞便懈怠
此類自有期　非速能使成

爾時如來說此偈已忽然不現西方去此百億恒沙諸佛刹土刹名水精佛名淨尊如來至真等正覺十號具足彼土衆生奉持一法亦無六度衆行業本復在大衆而說斯頌

八行無高下　亘然歸滅盡　捨身復受身
但益塵勞垢　虛空無二法　無住亦無著
八道平等慧　諸佛所遊處　吾昔自建行
弘誓轉於法　體信歸於無　今得人中尊
諸佛所居刹　善權法各異　在在處處現
現欲化羣有　更樂所縛著　永處於冥室
道從本無誓　然後乃得離　如我國土人
攝心不造惡　至終崇無爲　如是自近道
婬怒癡垢薄　亦不大慇懃　自然入律行
如華隨時敷　道意不移動　苦樂心永斷

往來諸剎土　盡修於空慧　我今旣一行
彼衆亦不異　今聞能仁尊　故現修等慧
大聖皆雲集　豪尊無高下　雖現國土異
所修同一法　今觀五趣人　無明行所蔽
沒溺於生死　轉增勤勞苦　何不自建意
體信空慧道　速可得解脫　如外剎衆生
如來說此偈已忽然不現北方去此三恒沙佛土剎名普照佛名勇辯如來至眞等正覺十號具足復於大衆而作頌曰
如來道一相　本從名色生　勤苦經無數
乃盡塵勞患　如人欲度空　不求巧方便
但憶望空法　無由而果獲　意想之所縛
不計物非常　欲求不死地　此亦未曾得
安住所以離　不住有無境　已得履空慧
自然無染著　道從身本生　然後成正覺
迷惑心意錯　離心外求空　外苦雖有號
不離其識想　法界清淨道　乃應清淨慧
如來所顯現　暢演無比法　一相無染汙
何由復染空　衆生處生死　沒溺不自拔
欲得離衆惱　先當去意識　最勝三達智
已過有礙形　今念非本念　緣衆生有念
諸法不思議　非有亦不無　因聲乃有響
衆生乃有佛　受化衆生等　常自猒患身
道能滅非道　無有非眞法
爾時如來說此偈已忽然不現東北去此九十二億恒沙剎土剎名淨觀佛名法觀如來至眞等正覺十號具足於此大衆而說頌曰
色本無有色　亦非有色想　痛法無起滅
亦非生更樂　意識如野馬　水泡不久停
無身慧自淨　是謂平等空　一觀一意止

清淨尊梵行　吾我著有想　不至有無境
自覺復覺彼　今達虛空慧　衆生不自覺
是以懷猶豫　性有上中下　善惡常有對
捨惡而行善　不得空無慧　能不見善惡
心正無顛倒　爾乃信解空　逮得清淨慧
本從平等意　不見羣萠類　久久乃自達
應於無上道　慧觀除貪著　洗心淨無垢
仁智如空慧　故謂眞人法　慈愍世間類
故演虛無道　不念善惡對　無形無情想
我本從等意　如來受斯法　聞輒達空慧
今化淨觀剎　受命阿僧祇　說法終教化
導引無數人　入此法界本

爾時世尊說此頌已忽然不現東南去此一億佛土剎名極妙佛名微妙如來至眞等正覺十號具足復說頌曰

識本因五陰　因緣共合會　流轉無數劫
自起自然滅　愚惑衆生等　不達生死本
終竟處胞胎　不求離灾患　如人一念頃
純生顛倒見　縛著遂滋甚　況復生道根
計念衆生類　愛樂三毒本　五蓋翳心神
無眼何有觀　如來執大炬　消滅塵欲本
雖復見慧明　猶生不篤信　我觀十方世
發意欲求道　行盡復受生　當更三塗惱
四處非本願　自投于四淵　不離四生門
不成四道果　有時離四法　便生五盛陰
無著增上慢　不盡放逸行　漸至無數法
不覩聖行源　猶人意遊蕩　心不自防慮
如來六通行　非空不果空　水去生死本
乃應平等慧　本自無生死　流轉染著色
遂成法界色　滅有不著有　有道則有識

此識非本無　能不見道識　乃應慧定法
道從識更樂　現身無數變　自知成定慧
乃應衆相變　無住不變易　無疑猶豫想
降伏諸塵勞　乃應平等慧　人行有三礙
由想不捨空　未與衆行本　此業無有成

爾時如來說此偈已忽然不現西南去此十三億佛土剎名廣勝佛名妙跡如來至眞等正覺十號具足在於大衆而說頌曰

覺生是幻法　不在深法要　道尚無名號
況空現言跡　諸外入內入　分別悉無有
無形不可見　乃應清淨慧　計欲不從心
亦復不著空　彼此無染著　逮成最正覺
愚惑未覩明　計從心識起　六法生六塵
由是起疑想　因識受此身　自然成四大
輪轉向五趣　不解空性法　如有一人念
自說染本無　身心俱生礙　豈達有無想
妙觀照三世　示現說諸法　諸佛體妙教
不有亦不無　世苦由無明　平等空無倚
觀了等有無　故謂平等慧　有時識有無
此非如來慧　不染彼此者　心平如響應
八道盡苦源　八解洗心塵　八響悉歸虛
八慧不起生　自離復離彼　中間無有礙
隨識所染著　是謂平等慧　人本在虛空
染識三有道　唐自著塵勞　不入本無際
本從初發意　不減空性慧　由復經無量
後乃獲此定　吾解衆會心　離識欲求空
何不自念識　內空外亦然　如法法無相
慧見亦復然　念定除去亂　是謂平等慧
此身悉歸空　永寂無起滅　如來普弘誓
濟此羣萌類

爾時世尊説此偈已忽然不現西北去此五十四億江河沙數諸佛國土刹名柔順佛名衆相如來至真等正覺十號具足在於衆會而作頌曰

如我觀空行　一意無高下　有無是非心
皆由生死起　欲求佛深藏　究盡諸行本
未曾能究暢　如來神慧通　如有一士夫
從劫復至劫　如是億百千　其數不增減
彼人諸根具　六情不缺減　欲聞如來慧
未便卒果獲　況復初發意　欲至平等慧
但自轉有損　無益於道法　要修大慈悲
權慧自防衛　堅固無畏誓　然後乃降心
設復遊世界　欲供養諸佛　不起所造功
自然應聖行　如來十力聖　降伏諸邪見
忍智無我想　故得人中尊　了法住不住
不見功德行　盡生更不受　是世雄境界
欲成衆相好　不斷諸善本　滅意不起想
是謂平等慧　我觀衆生類　曉空不自知
是故數疲勞　不入永寂處　欲速行道果
衆德莊嚴身　但念斷心本　云何起狐疑

爾時世尊説此偈已忽然不現上方去此無數佛土盡衆生界刹名迴轉佛名音響如來至真等正覺十號具足在彼大衆而説頌曰

虛空無形識　不有彼此岸　不見有衆生
況有遊法界　現在求道者　遊空求於空
不淨已識者　復求外空爲　愍念此等人
意不解聖慧　思惟此慧觀　亦獲無常道
今受三界身　通慧自分別　定識無形想
種斷爲道意　人自思惟識　四大爲窠窟
正使在外空　不異於四大　但今未得慧

未了內外情　此等可慈愍　衆祐不尤責
丈夫無等倫　行過無想定　是謂諸佛法
迷惑自計我　本無起盡法　究竟悉清淨
梵行終竟淨　不生三世念　前說非今說
念念自變易　以此可爲證　何故生狐疑
我既不自稱　權假爲凡夫　思惟此四大
識法爲何從　宣說過去法　無形不可見
雖有未來識　亦未受四大　現在爲二品
今爲一一說　各各莫懷疑　於此平等慧
分別過去識　死者非今形　此識不腐敗
爲稱過去識　設識今現在　四大因緣合
此識恒不變　復稱識現在　且復捨現在
未來未有生　彼識亦非今　何由稱三世
識性恒自住　無去來現在　欲求識根本
窠窟何所在　如來無等智　乃達識本無
空性恬然一　勿復有疑想　欲成等正覺
不染想著行　悉知無識性　故號平等慧

爾時如來說此偈已忽然不現下方去此十一恒沙土刹名無滅佛名普願如來至眞等正覺明行成爲善逝世間解無上士道法御天人師號佛世尊在於彼會而說偈曰

十方諸佛集　平等無有二　盡說於空定
寂然無有行　衆生有常想　謂爲空有限
達本無染汙　是謂悉歸空　不於心縛著
以失本願行　遂生誹謗業　無佛法聖衆
如來戒德身　清淨無瑕疵　已度未度者
三世無觀想　空識自有名　自生自然滅
此生非空生　識滅亦復然　由彼不達本
流馳求識相　假空名爲識　空識豈有異
身相猶無形　生一復一生　但爲愚惑人

起識有若干　衆智成法體　相好自嚴身
身滅智歸空　復可言有識　推尋無三世
無識無四大　乃得遊法界　知有亦不有
諸佛無量智　權現無增減　以此無識形
徧遊諸佛刹　此疑久已有　非汝我亦爾
通慧普悉照　爾乃應佛識

爾時如來說此偈已忽然不現即時在會十一那術諸衆生悉得平等空慧之觀復有無量衆生天龍鬼神聞說此法皆發無上正真道意

菩薩瓔珞經卷第四

音釋

譽（羊茹切稱美也）粗（坐五切畧也）頒（與班同布也）翳（壹計切障也）
腐（奉甫切爛也）

菩薩瓔珞經卷第五

姚秦沙門竺佛念譯

諸佛勸助品第七

爾時世尊自昇無畏座放舌相光明普照三千大千世界及照十方無央數恒沙諸佛國土及十方恒沙地獄畜生餓鬼乃至十方虛空衆生悉見光明爾時世尊放無央數億百千光明彼彼衆生自相謂言從久遠已來未曾見此微妙光明亦非星辰日月天子有此光明甚奇甚特未曾所聞未曾所見爾時十方諸國衆生各生此念將不有佛出現乎世爾時世尊即知十方衆生心中所念現諸光明皆有化佛一一化佛皆有無央數衆前後圍遶而爲說法所謂說法者無形相法無言教法無生無老無病死法有復聞此音諸不覩光見形色者皆聞如來說法音響空慧法慧說無礙著心爾時世尊告諸來會四部衆曰汝等頗見此舌相光明不思議法普至十方無央數恒沙刹土悉照無量衆生之類及諸化佛而說法言汝等衆生爲見不乎時諸神通菩薩大士皆白佛言唯然世尊我等悉見諸在凡夫著欲衆生復自陳說前白佛言世尊我等雖見光明不知此光是何瑞應爾時世尊知彼衆生心中所念欲去狐疑不著妄想便告輭首菩薩摩訶薩曰如來至眞成無上等正覺身黄金色圓光七尺聲如羯毗鳥柔輭無瑕衆相嚴身皆由過去無央數劫積福行善衆德具足不犯口過所說言教無有增減故使如來至眞等正覺今得十四舌相報法一者言聲至誠無欺二者所說聞輒

信解三者口行不失根門四者知時說法無闕五者自樂演布禁戒六者名句次第相應七者大慈加被不捨施心八者覩佛形像不懷疑滯九者得佛神通而自遊戲十者已入法界不捨佛慧十一者獲無量慧無盡之藏十二者佛意無形皆悉得入十三者權慧無礙不見有度十四者住誠諦慧人皆篤信是謂十四舌相之報若有善男子善女人得此十四舌相報者便能放此無量光明照諸十方諸佛刹土皆由曩昔言無欺詐佛復告軟首若有善男子善女人執持諷誦此深法者便獲身相十無猒報云何爲十如來至眞等正覺昇於無畏座先以平等觀攝意寂默内自思惟吾今在衆爲人中雄今坐此座必有所濟復自思惟衆生之類不可思議或在信

地欲退轉者或在初地乃至六地欲退轉者宜且別置不在聖例或復衆生婬怒癡心縛著偏多此亦別之不在聖例或有衆生意崇豪貴不造德本此亦捨置不在聖例或有衆生無明心盛起憍慢行此亦捨置不在聖例或有衆生心解幻法覩見如來此幻非佛此亦捨置不在聖例或有衆生得世俗通覩佛神德與已無異此亦捨置不在聖例或有衆生體性强記不信如來總持之行此亦捨置不在聖例或有衆生施心偏多聞如來施與我何異此亦捨置不在聖例或有衆生純有戒心聞如來戒與我何異此亦捨置不在聖例或有衆生心恒慈忍今世尊忍與我何異此亦捨置不在聖例或有衆生所爲精進世尊精進與我何異此亦捨置不在聖例或有

衆生心樂禪行世尊行禪與我何異此亦捨置不在聖例或有衆生得世辯才世尊說慧與我何異此亦捨置不在聖例或有衆生偏有慈心如來說慈與我何異此亦捨置不在聖例或有衆生悲意不斷如來行悲與我何異此亦捨置不在聖例或有衆生恒懷歡喜如來歡喜與我何異此亦捨置不在聖例或有衆生心恒放捨如來放捨與我何異此亦捨置不在聖例或有衆生心恒念空如來行空與我何異此亦捨置不在聖例或有衆生心不橫貿如來無願與我何異此亦捨置不在聖例或有衆生不生想著如來無想與我何異此亦捨置不在聖例爾時世尊告輭首菩薩衆生所處志趣不同一切十方諸佛世界欲界色界無色界衆生心念各異不同或有欲界衆生娛樂五欲不捨五陰此亦捨置不在聖例或有衆生計色存懷內不著欲此亦捨置不在聖例或有衆生願樂無色此亦捨置不在聖例佛告輭首菩薩曰衆生之類心識不同所行各異所以然者皆由顛倒卒不可悟如我今日觀衆生類知心所趣願求何道至十方界無數刹土一一了知而不錯謬猶如士夫有目之者躬自手執明月神珠審然不惑無他餘想我今亦爾分別衆生神識本行之所趣也或有衆生意一念頃一行二行此亦捨置不在聖例或有衆生一念之中具足衆行行亦無記此亦捨置不在聖例或有衆生有戒無施有施無戒此亦捨置不在聖例或有衆生具足六行不具足六行此亦捨置不在聖例過去恒沙無數如來至眞

等正覺先具三品後乃說法正使將來恒沙諸佛如來欲說法者亦當具此三品妙行云何爲三品妙行一者觀衆生念念不同二者諸佛莊嚴無畏道場非聲聞緣覺能建此場三者本未聞法如來與說悉歸空慧是謂如來三品妙行當說法時悉無缺減爾時輭首菩薩白佛言世尊云何如來三品妙行所建不同爾時世尊報曰如是如是如汝所言今當爲汝一一演說何謂菩薩三品妙行如來至眞初入定意衆相三昧普爲衆生一會說法如此等無央數衆心同一識所念亦同聞說菩義非餘法典此則得入在如來例又復族姓子過去當來今現在佛知彼衆生心中所念先從等覺乃成無上正法然說有法不離想著此亦不應在聖賢例又復如來至眞等正覺先攝十意無亂想行然後乃演深妙法藏使衆生類所聞言教尋得解了云何爲十如來演說法時一向無礙悉觀衆生爲應何法而得度脫復有衆生意有深淺以何方便而得拔濟或復說法一行無二今此衆生爲應此法不耶觀無量空識心所念爲從何法然後得解奮迅三昧行無玷汙一念之頃諸法悉具悉觀法界無始無終行諸佛事亦無罣礙以無量慧普潤一切衆會已定以神足力照彼心意皆識本緣而爲說法乃在聖例復次輭首如來至眞等正覺昇無畏座復當具足十無盡法云何爲十諸佛法藏不可思議佛身無量法亦無量如來至眞等正覺復有無盡無形法海施爲佛事復有無盡非眼識所攝普觀十方有形無形識如來至眞

等正覺善權方便拯濟衆生不捨本願普立一切修十善行復次如來至眞等正覺内常一意外現說法不以一定應寂然法不以說法外現有亂復次如來至眞等正覺當說法時降甘露法雨有情無情有識無識普使周徧皆蒙潤澤復次如來至眞等正覺居家成就色相殊特正使大衆處在高者伏心自卑不自稱說我姓豪貴卑者不說如來本從出我族姓子復次如來至眞等正覺以宿命智識前生無極不可計量難度衆生生在五趣本造此緣今復報緣因緣得悟復次如來至眞等正覺發大弘誓四等之心能使十方有形衆生一日成佛衆相具足如實如願皆成佛道復次如來至眞等正覺建意牢固不捨本心復使無量諸佛世界普共一日盡取滅度如其所念亦不違錯是謂十無盡如來法要昇無畏座具此法要宣暢如來無窮盡法亦非羅漢辟支佛所能宣傳爾時世尊告輭首菩薩曰云何族姓子若有善男子善女人習行空無相願皆立信地修菩薩行其福寧爲多不輭首菩薩白佛言甚多甚多世尊不可稱量無以爲喻世尊佛告輭首不如善男子善女人執持諷誦十無盡藏其福勝彼善男子善女人者上佛復告輭首菩薩云何族姓子若有善男子善女人已在二地具足衆行不懷懈怠有下劣心并復供養如前立信十方恒沙諸佛國土皆如此類其福寧多不乎輭首白佛言甚多甚多不可稱計何以故若有善男子善女人修行諸法從信地至二地如此等類徧滿十方無量世界甚奇甚特

不可爲喻佛復告族姓子故不如此善男子
善女人奉持修行十無盡法其福甚多甚多
不可爲喻佛復告輭首菩薩曰若有善男子
善女人修行諸法成就三地皆使具足成諸
法本并前信地二地十方恒沙諸佛國土皆
如此類其福寧多不乎輭首白佛言甚多甚
多不可稱計何以故若有善男子善女人奉
修諸法從信地至二地三地如此等類徧滿
十方無量世界不可以喻佛復告族姓子故
不如是善男子善女人奉持修行十無盡法
其福甚多甚多不可以喻佛復告輭首菩薩
若有善男子善女人修行諸法成就四地皆
使具足如上信地二地三地其福寧爲多不
輭首白佛言甚多甚多世尊佛言故不如此
善男子善女人執持諷誦十無盡藏其福勝
彼善男子善女人上佛復告輭首菩薩云何
族姓子若善男子善女人具足誠諦不狐疑
法不捨五地如來法印及行信地乃至四地
徧滿十方無量世界其福寧多不乎輭首白
佛言世尊甚多甚多佛言故不如此善男子
善女人奉持修行十無盡法其福甚多不可
以喻佛復告輭首菩薩復捨此已若有善男
子善女人已在六地具足衆行已得越彼空
無相願必然不疑并行信地乃至五地徧滿
十方無量世界云何族姓子其福寧爲多不
輭首白佛言甚多甚多佛言故不如此善男
子善女人執持諷誦十無盡藏其福出彼上
佛復告輭首云何族姓子若有善男子善女
人弘誓堅固在於七地住不退轉具足諸法
而無彼我從信地乃至六地衆德具足諸行

皆備云何族姓子其福寧多不乎輭首白佛言甚多甚多世尊佛言故不如是善男子善女人執持諷誦十無盡藏其福出彼上佛復告輭首菩薩若有善男子善女人已過七地進前成佛吾今已住無彼此想如我自覺必然不疑如此等類徧滿十方供養如前從信地乃至七地其福寧爲多不輭首白佛言甚多甚多世尊佛言故不如是善男子善女人執持諷誦十無盡藏其福出彼上佛復告輭首菩薩若有菩薩摩訶薩已得無生無起無滅法心如虛空不可玷汙唯須權慧詣樹王下如此等類始從信地乃至八地具足衆行成佛不久徧滿三千無量世界云何族姓子其福寧爲多不輭首白佛言甚多甚多世尊何以故是善男子善女人已住佛畔便名爲佛況復十方無量世界從信地乃至八地故不如九地菩薩摩訶薩一念之德佛言若有善男子善女人執持諷誦十無盡藏如我今日成如來至眞等正覺明行成爲善逝世間解無上士道法御天人師猶尚不得十無盡藏若有善男子善女人欲得修習十無盡藏者盡知十方如來同時得道者同時般泥洹者盡滅衆生心識想著者欲在前成佛者欲攝衆生同如佛心者當修習是十無盡藏爾時釋迦文佛在於大衆而說斯頌

吾今雖成佛　由昔勸助報　正法不可移
大道無若干　自念過去世　承事供諸佛
勸助以道法　捨形至無形　復於無數劫
不獲無盡藏　建意無有想　漸至無爲岸
如來等正覺　三達六通慧　勸助衆行具

乃獲無盡藏　本願今得報　故號天中天
斯由勸助福　自致無極尊　江海可竭盡
山谷可崩落　日月有虧盈　法藏不可盡
諸佛權慧道　其力不可思　育養諸衆生
慈愍轉於法　或現在母胎　欲化於父母
復作轉輪王　統領無數土　快哉斯果報
獲此無盡藏　修行得成佛　變化無有窮
昔在無數世　作福建功德　勸助爲第一
無有出是上　金銀七寶具　色相無有比
皆由勸助報　無盡諸法藏　虛空無所有
由造形色相　此法甚深妙　眞諦不可毀

爾時釋迦文如來說此偈已復告善男子善女人若有菩薩摩訶薩從初發意乃至成佛令一切衆生如已不異者當習是十無盡藏

爾時如來至眞等正覺將欲說法轉於法輪便入無盡定意感動十方恒沙諸佛應時面見同時一響各說頌曰

現法離四義　如來無著行　修一得佛道
念進無有怠　三向平等空　號曰無盡藏
不捨十行本　是謂如來藏　佛法不思議
如空無所受　我識不見我　是應無盡藏
佛行非有盡　所演不可量　慈愍一切故
示現無所有　如來諸佛相　成道無差特
隨彼衆生意　知相有高下　我今無有等
猒患衆生苦　以道自攝意　降伏諸外道
一切諸法本　無緣亦不合　道從平等覺
乃逮如來慧　諸佛不思議　法本不思議
緣報不思議　分別不思議　我住經千劫
佛佛自稱歎　未能盡法藏　毫氂有損減
我等已成佛　具足空法身　昔修無盡藏

自致人中尊　欲界多塵勞　斷欲非餘處
於欲能離欲　皆由無盡藏　雖住不處住
亦無形色相　分別諸識著　佛識無形相
如來無色相　爲衆生現相　無著無染汙
如來身亦空　徧滿十方界　如今等正覺
本識不可思　演說無盡義
是時十方諸佛說此偈已八方上下六反震動座上有六百比丘本趣羅漢尋時迴意便逮無盡藏有十三億衆生亦得無盡法藏

如來品第八

爾時輭首菩薩白佛言世尊諸族姓子云何修習無盡法藏佛言若有善男子善女人欲得修無盡法者當修五苦法門云何五苦法門若有衆生見十方界當聞苦慧若識便能隨形而往接度是謂一法復次族姓子若有善男子善女人欲觀無量世界衆生所念空無所有欲得空苦慧者當建此意亦不退轉是謂二法復次族姓子諸比丘比丘尼優婆塞優婆夷皆得平等意行無盡慈未獲者獲未得者得未度者度是謂三法復次族姓子若有善男子善女人居家成就種姓亦爾皆知苦慧心不在樂是謂四法復次族姓子若有善男子善女人如來無量法門無盡法藏衆智自在是謂五法無盡法藏復次族姓子若有善男子善女人欲得具足無盡法藏者復有五事云何爲五諸佛世尊常在等定有時入虛空觀分別衆生有在賢聖法律不在賢聖法律悉能安處各充其願是謂一法復次族姓子若欲生天便當修行諸天戒法有愛欲天無愛欲天或時有天著於更樂不著

更樂能具足二事悉無染著乃應無盡法復次族姓子復當具足四果報行便乘神通遊無量世界云何四果報行諸佛如來恒處寂寞若有諸天龍神乾沓惒阿須倫欲從如來聞眞實者未發問頃如來已知此族姓子當問是義是謂一法四果報行佛復告族姓子若善男子善女人心意寂然不欲聞法如來悉知是可從是不可從斯欲聞法不欲聞法是謂族姓子第二果報復次族姓子若善男子善女人已得如來印便能印可衆生心意是謂第三果報復次族姓子若善男子善女人已聞正法非心所度非念所測皆使平等無有二想是謂第四果報復次族姓子欲得具足四神足行亦當念此四事果報云何四神足於是菩薩摩訶薩從初發意一地二地乃至十地各有神足行行不同或有菩薩已在一地便得身識遊行十方無量世界未得定意知衆生心復有菩薩既在一地得佛色相衆好具足亦復遊觀十方世界禮事供養諸佛世尊雖得身通未能堪任教化衆生淨佛國土復有菩薩摩訶薩已得神通禮事供養諸佛世尊便能說法教化衆生復有菩薩摩訶薩已在初地淨修佛國未能自知第一地事復有菩薩摩訶薩未具弘誓大乘之心於中便生猶豫想著如此等比必隨聲聞緣覺道中復有菩薩摩訶薩修治一地清淨之行復以神通廣遊十方無量世界徧知衆生心中所念然未能度彼衆生安處道檢復有菩薩摩訶薩已在初地得四神足第一神足名曰苦觀菩薩得此神足者恒遊諸佛世界

諸苦衆生得處無爲第二神足名曰音響菩薩得此法者徧遊十方無量世界諸有衆生應從音響而得度者聞菩薩所説無不信解復有神足名曰發意菩薩得此神足者徧遊十方無量世界諸有衆生發意趣道輒能擁護令得成就復有神足名曰感動菩薩得此神足者徧遊十方觀衆生心應從空觀而得度者是謂初地菩薩摩訶薩具足是四神足行二地菩薩復有四事云何爲四有菩薩神足名曰滅種得是神足者徧遊十方無量世界盡知衆生意識所念滅凡夫種入聖諦境復有滅神足得此神足者徧遊十方無量世界盡觀知衆生心中所念有善惡想能滅惡想入於聖諦復有神足名曰除垢得此神足者徧遊十方無量世界觀知衆生心中所念垢欲纏心便能蠲除凡夫識念入於聖諦復有三巧便神足菩薩得此神足者徧遊十方無量世界觀知衆生心識所念能建彼意立三等法是謂菩薩摩訶薩得是四神足法能遊十方無量世界則能具足二地行法佛復告族姓子菩薩摩訶薩在三地中復有四瓔珞神足能變此身成無量形還合爲一云何爲四有本要神足得此神足者徧遊十方無量世界普觀衆生心中所念如我所念而度脱之復有法行然熾神足菩薩得此神足者徧遊十方無量世界盡觀衆生心中所念見有喜怒無喜怒者以然熾法本而教化之復有無形神足得此神足者徧遊十方無量世界觀衆生心中所念以無心識而教化之復有三清淨神足得此神足者徧遊十方無量

世界觀知衆生心中所念説三法行使滅三想云何爲三法行一者空二者識三者我是謂菩薩摩訶薩在三地中具是四神足行佛復告族姓子菩薩摩訶薩住四地中復當具足此四神足云何爲四復有神足名曰無相菩薩得此神足者徧遊十方無量世界從三色天至虚空際普令衆生得無相法復有除貪神足得此神足者徧遊十方無量世界盡觀衆生心中所念以定意法而教化之復有轉法輪神足得此神足者徧遊十方無量世界轉四無畏不死甘露法久飢渴者令得充足復有等慧神足得此神足者徧遊十方無量世界盡觀衆生所念以平等慧而度脱之是謂菩薩摩訶薩住於四地具足四神足行佛復告族姓子菩薩摩訶薩在五地中復有四神足云何爲四有神足名曰無量門菩薩得是無量門者盡觀衆生心中所念以解脱慧而度脱之復有行神足得此神足者徧遊十方無量世界悉了衆生所念即説法本通達法門復有受報神足門得是神足者以現行法報而度脱之是謂菩薩在五住地具足是四神足行佛復告族姓子菩薩在六地中復當具足四神足行云何爲四有神足名曰墮落菩薩得此神足者徧遊十方無量世界盡觀衆生心中所念諸惡果報應淳淑者漸與説法令不墮落復有無根神足得是神足者徧遊十方無量世界盡觀衆生心中所念掘其根本永斷不生復有神足名離垢出要得此神足者徧遊十方無量世界盡觀衆生心中所念令彼衆生得出道要（梵本闕一事）佛復

告族姓子菩薩摩訶薩以在七地名曰不退轉法便當具足四神足法云何爲四有神足名曰衆生身不淨菩薩得此神足者能示現惡露不淨因此教化無數衆生復有神足名曰道德菩薩得此神足者能以正道捨於三道得阿羅漢復有神足名曰覺正菩薩得此神足者能令衆生皆立信地令不退轉是謂菩薩摩訶薩在七地中具神足法佛復告族姓子菩薩摩訶薩復有菩薩在八地中具足四神足廣大無邊非聲聞辟支佛所能及知云何爲四或有神足本未發道心菩薩得此神足者令彼衆生始立信地餘行未就復有神足名曰無生菩薩得此神足者一一觀察諸行無我復有神足名曰貪著菩薩得此神足者貪樂諸佛相好復有盡漏神足菩薩得是神足者能使一意斷諸漏法是謂菩薩摩訶薩在八地中具四神足佛復告族姓子菩薩在九地中便當具足四神足法云何爲四有神足名曰衆海菩薩得此神足者諸有四使趣來向門識垢已盡便得入門心垢未盡不得入門是謂菩薩在九地中具四神足佛告族姓子菩薩在十地中具四神足云何爲四有神足名曰光明菩薩得是神足者遊騰十方無數佛土盡觀衆生心中所念坐樹王下結跏趺坐爾乃具足弘誓之心復有神足名曰無量門菩薩得此神足者分別所趣盡趣一乘復有神足名曰一念盡令十方無量衆生一念成道復有神足名曰莊嚴菩薩得此神足者一日之中盡共莊嚴諸佛刹土同宇同時一時成道是謂十地菩薩摩訶薩具

四神足法

菩薩瓔珞經卷第五

音釋

輭乳兗切 羯居竭切 瑕何加切玷也 謬靡幼切誤也 玷都念切玉病也 掘渠勿切穿也

菩薩瓔珞經卷第六

姚秦沙門竺佛念譯

音響品第九

爾時世尊復欲重宣如來神足無量法義便以一偈徧滿十方無量世界爾時如來即說頌曰

有無從空生　彼聲非我有　聲聲各各異
故說尊法教　佛行不可量　非有亦不無
一音演諸法　由此得成佛

爾時世尊說此偈已便見十方諸佛世尊各稱歎說善哉善哉諸佛清淨衆行齊同十方無央數世雄最勝同一音響演說諸法六度無極一一度中皆有無量諸佛種性無盡之法不可思議云何種性不可思議如十方佛盡同一響以一偈義普使十方無量衆生盡入無盡法門皆同志趣一日一時悉皆成道復以一音徧滿無量恒沙剎土使彼衆生聞此音聲自然識縛永得解脫時有菩薩名曰解釋即從座起執持威儀已捨衆妄曉了諸法衆智自在逮不起法忍偏露右臂長跪叉手前白佛言甚奇甚特今聞如來一音一響一度之中盡說法典具足衆行亦非羅漢辟支佛所能逮及今欲所問云何以音響之中具足如來衆行之法爲彼衆生先得諸法後聞此音乃得覺悟乎爲音聲中出諸法名耶爾時世尊聞解釋菩薩所問即報曰善哉善哉族姓子汝今乃問空無形法非是羅漢辟支所及今當與汝一一分別諦聽諦聽善思念之如來音響如空無形故出生諸法不可思議解釋菩薩白佛言云何世尊如來音響

如空無形云何復言出生諸法佛告解釋菩薩曰如來音響爲有形耶答曰無形又問音響無形響從何出答曰四大因緣有識分別佛復告族姓子如汝所問如來音響如空無形云何以無形法出生諸法響從四大非空法界乎答曰不然佛復告解釋菩薩云何族姓子如來音響本出四大音響滅者復歸何處答曰響無所歸佛復問曰若有異空出響乎答曰非然不從異空而出音響佛言亦非異空亦非此空將非如來於汝有咎解釋菩薩白佛言世尊自稱如來音響如空無形便能出生諸法審知此法由如來響乃出生諸法云何復言於虛空界復出生諸法如人於冥求明甚爲難得今我懷疑甚倍於彼佛復告解釋菩薩曰云何族姓子今此諸法名生

云何而有爲從空耶不從空耶答曰今諸法之法性自本空空性亦空空空自空豈有諸法乎佛言如是如是如汝所言如來諸法如空無形四大音響出於四大如來音響及虛空界豈不異乎答曰不然如我所問如來音響出本四大便出生一切諸法此則不疑云何虛空復言出生諸法乎佛言止止族姓子今發汝問者皆是如來威神云何族姓子如來音響有耶答曰無也云何族姓子如來音響無耶答曰如如佛復問如來音響非有非無當何名此法乎答曰此法當稱曰空佛言空自無形亦非此亦非彼亦無中間云何得稱爲空解釋菩薩白佛言如來廣長舌自說空性非有非無亦無若干如我所觀本無此空況我當復立空名號乎佛言族姓子空非

有非無亦無中間如我今日如來至真等正覺十號具足亦非有非無亦無中間所說諸法亦復如是何以謗如來言稱空名號出於如來爾時世尊欲解諸會心中所疑便告四部衆如來一音便能出生一切諸法說此非虛非不有是但爲衆生生計著想故處迷惑永在四流如來神智不可思議如佛識所念以無量行本悉能識知一切衆生所應果報亦非羅漢辟支佛境界是故如來一音盡能出生一切諸法爾時解釋菩薩復白佛言世尊甚奇甚特衆生境界不可思議或有弘誓趣於大乘或發羅漢辟支佛心或樂空定無相無願復有樂在天人受福如此等類不可思議彼彼衆生彼彼心識所念不同行亦非一云何以一音出生諸法盡能周徧一切衆生爾時世尊告解釋菩薩曰如來神智無形不可覩見有智名曰速疾自在盡能徧知衆生心識有深有淺皆能分別時解釋菩薩復白佛言衆生神識非有非無或計有常或計無常云何以捷疾自在智盡能出生一切智乎佛告解釋菩薩今當與汝引喻智者以喻自解云何族姓子如日天子受四大身十二由延內宮牆壁去外牆壁七由延其間光照倍明無量第二宮牆去第三宮牆復去七由延光明轉減乃至第七各相去七由延光明所照各各不如最第七牆外復有衞護牆相去二由延光明轉復不如在內第一宮牆名曰如意隨珠所作其間熱如無根本火也第二牆名曰隨燄珠所造其熱如黑繩火也第三牆名曰燄光影其熱如燄火也第四牆名

曰勇談珠其熱如灰沸火也第五牆名曰極談陰其熱如銅葉火也第六牆名曰瑠璃其熱如紅蓮華火也第七牆名曰水精其熱如青蓮華火也云何族姓子此日天子一日一夜周徧四域行極速疾其光明照四天下青黄赤白若高若下城郭丘聚姓字名號悉能目見一一分别云何族姓子衆生無量形品不同云何日天子光明悉能照彼盡同一色爲從日光中出無量光照無量形爲從一光照無量形爾時解釋菩薩前白佛言如我所問如來一音出生無量諸法此之音聲出於四大當來過去今現在所出言教我則不疑今日光明性分自爾云何以言教同耶佛告族姓子如來四大所出音響悉各有教盡能出生一切諸法諸佛世尊當説法時亦不念言説是置是心寂然滅不念若干猶日天子一光所照普徧諸域亦不有念我有所照其蒙光者各知所趣是謂解釋菩薩如來捷疾自在之智多有所益徧知十方有形之識化而度之爾時解釋菩薩復白佛言如來所出音響有明無明有暗無暗皆能進趣成於道教日光所照多有所傷樂暗者多何得以此爲喻耶佛告族姓子如人遊空意迷難悟汝今如是未解吾譬吾今所説如來音響出於四大盡能出生一切諸法日光天子光悉能徧照一切有形一者能出生諸法二者能徧照有形有何差别而懷狐疑爾時解釋菩薩深自思惟豁然大悟復重白佛言善哉世尊如來至眞等正覺以無形法以形教授以無言教法以言教授今重所啓唯願如來以時

發遣使無狐疑佛言善哉善哉族姓子如來當以權便而發遣之云何世尊有常神通無常神通自識宿命神通識他宿命神通眼識神通耳識神通此六法義有何差別爾時世尊告解釋菩薩如是如是如汝所問此六神通各各不與今當與汝說菩薩摩訶薩得有常通盡觀萬物生生不絕前生是前生後生是後生若經一劫至百千劫劫起則起劫滅則滅觀見此識亦不腐敗何以故無明根深不可得敗復次無常通者亦復觀見一切衆生有形之類有生者滅者從一劫乃至百千劫劫起則起劫滅則滅知彼受形悉歸磨滅而不常存是謂菩薩摩訶薩有常通無常通各各差別佛復告解釋菩薩曰於是族姓子若菩薩摩訶薩若獲自識通者便能自見一身二身至百千身從劫至劫其中經歷盡能自識我生某國某縣姓字如是種姓如是復自識知初受四大受形若干悉能分別善惡之行是謂自識通也佛復告族姓子菩薩摩訶薩得他人神通智者從此欲色界乃至有想無想天盡能分別一一所趣從一歲至百千萬歲從一劫至百千萬劫其中成敗所經歷處盡能分別悉皆識知是謂菩薩摩訶薩知他人神通佛復告族姓子菩薩摩訶薩得眼識通觀三千大千世界知受形者不受形者悉能見有形從一歲至百千萬歲從一劫至百千萬劫皆悉觀見而不錯亂是謂菩薩摩訶薩具眼神通而無所著佛復告族姓子菩薩摩訶薩得耳識通悉聞十方衆生有苦樂聲者無苦樂聲者聞受善惡報聲者不受

善惡報聲者皆悉聞知而不錯亂是謂菩薩摩訶薩具耳識神通而無所著（諸本闕四法）是謂六法各各差別爾時解釋菩薩白佛言世尊有常通菩薩得此通者盡知有形質者生生不絕無常通者菩薩得此通者盡知有形質者生生而滅如今觀見前生非後生云何稱言生生不絕復次如來以得自識通盡識宿命一身二身至百千身一劫二劫至百千萬劫今身非後身此身異前身今識非後識此識異後識識離此識則同衆生云何世尊言稱自識宿命通又世尊言菩薩摩訶薩得知他人心通者盡知一切衆生心識所知自識心通亦知已心他心知他人心通亦知已心他心此二神通有何差別如世尊言菩薩摩訶薩得眼通者觀見十方從欲界上至有想無想天皆悉觀見有受形不受形者有受善惡報不受善惡報者復言得耳通菩薩悉聞十方有苦樂聲無苦樂聲者聞受善惡報不受善惡報者眼通亦見耳識亦聞此二有何差別唯願世尊重演分別使我等永無狐疑

佛告解釋菩薩曰菩薩摩訶薩得有常通覺了諸法知住法性不變菩薩摩訶薩得無常通覺了諸法皆有變易是謂無常通復次諸法體性自爾有佛無佛亦無生滅是謂有常通復次諸法無常通者悉歸磨滅亦不久存生生不住是謂無常通復次菩薩摩訶薩得有常通便爲具足如來諸法四意止四意斷四神足五根五力七覺意八賢聖道是謂有常通復次諸法當來過去現在善法惡法悉無所有是謂無常通復次菩薩摩訶薩復觀

衆生發三乘道應得羅漢求師覺悟果如所願必然不疑復見衆生發緣覺心獨處曠野如其所果必然不疑復見衆生發菩薩心如其所願必然不疑是謂菩薩摩訶薩有常神通若有善男子善女人初求羅漢辟支佛道及行菩薩道於中退轉在凡夫地不成就者是謂無常神通復次若有菩薩摩訶薩已得自識宿命通自知無數宿命初發道意建立功德承事供養諸佛世尊定獲道果復自憶識未受四大倚空不著色是乃名曰自識宿命或有菩薩得知他人心通彼彼受身彼彼受形然不能知本所從來是謂世俗他心智復有善男子善女人既得神通知他人心智盡能具足内外神通是謂自識神通知他人心智各各有别若有善男子善女人已獲眼通内外清淨盡見三世衆生根源或有菩薩以天眼見一千刹土或有菩薩見二千刹土或有菩薩見三千大千刹土或有菩薩以天眼見一佛國見二國土見三國土於中悉知有退轉者不退轉者是謂菩薩摩訶薩得天眼通悉知諸界而無所有佛復告族姓子若有菩薩摩訶薩已得耳通盡聞十方諸刹音響有善音無善音有好音無好音復有善男子善女人聞一千二千三千刹土或有菩薩聞一佛國土二佛國土三佛國土乃至無數佛國音響爾時佛告解釋菩薩曰於六事法便得具足各有差别爾時解釋菩薩白佛言世尊如來大慈說無量辯一一分别衆生牢固說六神通不可思議非是羅漢辟支佛所能及知如世尊言演說六通無著法行猶懷

狐疑如世尊言有常神通說泥洹法無常神通說有爲法若使善男子善女人得有爲神通便爲身意即滅度乎佛言不然解釋菩薩言一切諸法無生無滅今日如來身識即滅度乎何以復有言教耶世尊告曰非不說有常泥洹亦不說無常神通但我神通知有知無故說之耳爾時世尊復告族姓子若有善男子女人得有常神通者便名爲如來至眞等正覺得無常神通者此人或在聖地或在凡夫地是謂二事各有差別爾時解釋菩薩白佛言世尊如來至眞等正覺已得眼識神通盡能了見過去當來現在三世衆生乃名曰神通復言耳聽過去當來現在無數世聲若言眼見過去色耶過去已滅未來色耶未有形兆眼識現在法界則我不疑唯願世尊使無聞衆生永得開悟爾時世尊告解釋菩薩曰諦聽諦聽善思念之吾當與汝分別其義云何族姓子如有衆生已得天眼徧觀一切有形色相盡能分別亦無疑惑憶過去色忽然在前盡皆了之無有障礙耳識神通亦復如是念亦在前耳無所障悉皆了之解釋菩薩復白佛言如今所聞倍生狐疑云何眼通耳通見過去事聞過去聲如我現在自識宿命便能自知宿命事如我耳識現在知現在事云何得知過去未來佛告解釋菩薩曰或有眼通眼定識或有眼通非眼定識或有耳通耳定識或有耳通非耳定識若菩薩摩訶薩得眼識定通耳識定通便能見此從初受形至今後身若大若小其間分別不失定意通菩薩摩訶薩亦復如是入此定意者觀

一佛境界復壞此界觀無數刹土於中變現成就五陰不成就五陰或現火五陰或現地五陰或現水五陰或現四天下五陰或現寶山五陰或現須彌山五陰或現鐵圍山五陰或現大鐵圍山五陰或現人世城郭村聚五陰遊戲浴池所居處五陰或現諸天所居宮殿五陰或現龍宮五陰或現八部鬼神五陰或現欲界衆生形或現色界作色界衆生形或現無色界作無色形或現小世界作小世界形或現千世界二千世界乃至三千大千世界或見衆生受果報不受果報一時一日一月一歲成劫敗劫清濁好醜善趣惡趣諸佛出世菩薩翼從盡能分别是謂定眼識通定耳識通得諸如來神識感動到十方佛國承事供養諸佛世尊復見諸菩薩興致供養衣被飯食牀褥卧具病瘦醫藥復見佛國清淨者不清淨者復見衆生修梵行者不修梵行者見五趣衆生受行不同所修各異是謂菩薩摩訶薩得定眼識通得定耳識通盡觀過去當來今現在事而無所失復次菩薩摩訶薩得眼識通權現無數衆生境界不可思議便能變化種種珍寶諸有衆生往取珍寶者悉施與之皆令充足或復示現諸佛國土爲行清淨皆已畢故更不造新是謂菩薩摩訶薩得定識眼通得定識耳通盡能具足一切衆行爾時解釋菩薩白佛言世尊得定眼識通得定耳識通是等善男子善女人爲在何地爲供養諸佛幾時佛言是善男子善女人奉持修習定眼識通定耳識通已供養過去恒沙諸佛已得總持不退轉行諸根已具

相好成就父母端正種姓成就復有菩薩雖得供養諸佛世尊從一佛國至一佛國承事禮敬諸佛世尊然未得眼識通耳識通或有菩薩摩訶薩雖得眼通未能具足衆行之本以神足力遊至十方無量世界承事供養諸佛世尊或有菩薩摩訶薩雖得眼通耳通未得定識者不能悉知衆生所念不能淨佛國土教化衆生或有菩薩摩訶薩六通清徹內外無礙不能具足四法門行或有菩薩在一佛刹周旋教化無所染著未能備悉衆生根源或有菩薩自淨其刹無婬怒癡衆生生其國土雖生其國土不盡苦本或有菩薩發弘誓心若我滅後在已刹土生者使我國人無三乘之名此菩薩等不得定眼識通定耳識通復有菩薩發弘誓心我本誓願求無上正眞道使我國人盡同一行國土清淨同一形像如彼所願已得不疑如此等菩薩猶未得定眼識通定耳識通復有菩薩發大弘誓心如我後成佛時諸有衆生在我國者一日成道盡取滅度如此等菩薩摩訶薩猶未得定眼識通定耳識通復有菩薩發弘誓心若我後作佛時使我國土一切衆生同日成佛如此等菩薩便得定眼識通定耳識通爾時解釋菩薩白佛言世尊頗有菩薩摩訶薩發弘誓心若我成佛時一切衆生皆得一時成佛不乎佛言有過去無數阿僧祇劫有佛名號住無住如來至眞等正覺明行成爲善逝世間解無上士道法御天人師號佛世尊國土名法妙人壽三萬歲爾時住無住如來壽十萬歲發弘誓心使已國衆生同日同時盡成

佛道即於彼日盡取滅度爾時解釋菩薩復白佛言頗有如來至眞等正覺發弘誓心若我後作佛時使我十方世界虛空神識盡得佛道不耶佛言不也何以故衆生境界不可思議虛空邊際無有涯底過去滅盡不可稱量將來生者亦無有限佛復告族姓子此賢劫前過去無數阿僧祇劫過此數已復過無數阿僧祇劫有佛名平等如來至眞等正覺明行成爲善逝世間解無上士道法御天人師號佛世尊出現於世人壽千歲國土清淨一日之中現十方無數盡虛空界有形之類盡同一日皆成無上正眞之道即於一日盡取般泥洹爾時解釋菩薩復白佛言平等如來至眞等正覺既成佛已復使一切衆生十方無量世界虛空無邊際衆生盡同一日皆成佛道云何今日復有如來及我等耶一切衆生乎云何復有天道人道畜生餓鬼地獄道乎佛告解釋菩薩曰止止族姓子吾先已說得人身者不說餘道也爾時解釋菩薩復白佛言世尊頗有菩薩摩訶薩發弘誓心一日之中使五趣衆生同已同日成佛不乎答曰無也何以故衆生性行志趣不同豈當以餓鬼畜生地獄形成佛耶此事不然何以故終不以非身得成人中尊權化示現可假適濟佛復告解釋菩薩曰過去無數諸佛過去本發弘誓心令一切衆生有形之類及虛空界悉令成佛盡般泥洹然彼如來至眞等正覺即於其日先化三趣衆生拔其苦本盡復人身得人道已諸根具足六情完具然後一日之中同成佛道衆相具足如我今日如來

至眞等正覺神智自在辯才無礙悉取滅度

爾時解釋菩薩白佛言弘誓菩薩教化衆生其中苦行經無量劫何以故不即於三趣衆生悉令得佛道乎佛言不可得成道云何族姓子此三趣道非三善道云何欲於中得成佛道乎此事不然猶如有人欲求七寶捨七寶積反從空求此人能獲不乎答曰不也世尊佛言如是如是族姓子欲使三趣衆生成佛道者此事不然

因縁品第十

佛告族姓子若有善男子善女人受持諷誦定眼識定耳識者便獲十功德云何爲十於是菩薩摩訶薩以無等心獲虛空像不以言教教化衆生淨佛國土善男子善女人自知無數形識本末知其虛寂悉無所有起無生法忍復次族姓子若有菩薩摩訶薩當坐道場便能具足法界清淨但爲如來一相無形或有菩薩得一法印演說無量如來法教非從師受自然而覺復次族姓子行一法本廣大無底以無相法生諸法本云何無相生有相佛言如外有色有青有白有赤有黑有黃解釋菩薩言如來所說神在虛空非過去當來現在亦無有五陰名云何言青黃赤白黑此因縁法不可思議由衆生自起縁想有行則有識由識生癡則成人身解釋菩薩白佛言如世尊言虛空無形由四大色地水火風而有色今問如來云何名曰地水火風青黃白黑如世尊言如青黃白黑空識在空中何以不說青黃赤白中青黃赤白盡非空耶答曰不然何以故各各自空空性不知有性有

性不知無性猶如菩薩摩訶薩一念之頃知無量恒沙刹土諸佛世界成劫敗劫一一知之了知其中而無他想諸法因緣自生自滅本我因空生生不滅復觀無量阿僧祇刹土觀見諸菩薩受慧莊嚴刹土淨衆生種因彼佛國演布道教阿僧祇諸佛如來盡知所出之處一一分別亦無我想復於諸佛如來至眞等正覺聞深法要奉持承受不捨諸法之本爾時菩薩亦不自見有我無我行菩薩行不見有行是謂因有起於無想於中不自滅想身雖生觀亦不自見無所覺知已無所覺亦無此念起吾我想自校計已便能分別一切諸法無明緣行行緣識識緣名色名色緣更樂乃至生老死亦復如是爾時具行菩薩復作是念一切諸法因緣相生因緣相滅從初發意乃至成佛一一觀了諸法之相緣生則生緣滅則滅無明滅則行滅行滅則識滅識滅則名色滅名色滅則六入滅六入滅則更樂滅更樂滅則愛滅愛滅則受滅受滅則有滅有滅則生滅生滅則老病死憂悲苦惱滅取要言之五盛陰衆行之本無倚不可倚然知起所從來處於彼自省觀諸法界法慧清淨不捨辯才菩薩摩訶薩思惟分別十二因緣云何無明緣行於是善男子善女人由無明本造善惡行盡生十二諸不善本漸漸成五盛形是謂無明緣行爾時過行比丘即從座起偏露右臂右膝著地叉手白佛言如我所學十二因緣甚深之法我今當說無明緣行便生十二行緣識便生十二識緣名色便生十二名色緣便樂便生十二更樂緣六

入便生十二六入緣愛便生十二愛緣受便生十二受緣有便生十二有緣生老病死憂悲苦惱復生十二如我所解十二因緣癡滅則行滅行滅則識滅識滅則名色滅名色滅則更樂滅更樂滅則六入滅六入滅則愛滅愛滅則受滅受滅則有滅有滅則生老病死憂悲苦惱滅佛言比丘不壞法相猶如幻師住於此地現其幻法然彼幻法不損此地地亦不損幻法然此幻師造作此化無有晝夜其有見此幻者悉皆信解菩薩摩訶薩亦復如是以神足力分別十二因緣無佛境界見其刹土本無有世今現有世復以有佛刹土能現無佛刹土以無色刹土現有形色不以一壞二不以二壞一何以故如彼幻法能使一切世界盡如幻術猶如一切世界隨人所

喜盡爲幻法幻有若干非有一法或有幻法名曰無量諸法門菩薩得此幻法者便能現一切諸法皆如幻法已得幻法便得幻智而不忘失已得幻智便得幻行能盡衆苦菩薩摩訶薩已獲幻智幻行便能於中以幻智盡能分別衆行一一思惟不失本際如彼幻法不依内地現於外法亦不依外使諸衆生現有内法菩薩摩訶薩亦復如是不以空性内外分別言我當越一切世界亦不以世界在内外空法何以故虛空性爾不壞法界法界不壞空性菩薩摩訶薩於中得虛空性種種觀一切法界亦不觀法界亦不壞法界不但不見此世界有若干形亦不見衆生善行惡行之報一一分別究尋其事性空自爾無能使爾觀已復觀分別三有於中計校十二因

緣由癡起眼識有三行事云何爲三猶如族姓子眼見外色若善不善盡不分別斯由本識無明行染或復善男子善女人起身口意行三不善法意漸自悟咄我本所造由無明本今乃致十二因緣知從無明不能自改復次善男子善女人由癡致行衆罪根源由罪而生我今當念寂靜定意觀此十二因緣爲由癡耶爲從行乎復自思惟無明憺靜隱匿之法何由能出諸緣著乎非我身口行造無由得生是謂菩薩摩訶薩分別三行而無所有菩薩摩訶薩得空觀定意分別十二因緣緣癡有行便有緣報癡非本源何由而有行乎身口意法三事相因乃生諸法所以如來於無數劫分別思惟十二因緣今得成佛始得信解吾初發意求菩薩道捨身受身分別十二因緣思惟苦本末盡其源今我成如來至眞等正覺乃得暢達十二因緣佛復告過行比丘汝今雖在如來前說十二因緣未能具其源本何以故本無如來至眞等正覺住壽經恒沙劫宣說十二因緣猶不能盡何況汝今欲得盡乎爾時彼比丘在如來前極懷慙愧將我得無失神足乎即從座起頭面禮世尊足便退而去

心品第十一

爾時座上諸欲天人諸色天人龍鬼神乾沓惒阿須倫迦留羅眞陀羅摩休勒聞如來至眞等正覺說此甚深之法皆有渴仰欲得見如來正心定意爾時世尊知衆生心中所念欲令衆會心定三昧爾時世尊即於座上入面現定意令諸菩薩摩訶薩皆悉見之去此

十五江河沙數有佛土名曰如幻佛名等心如來至眞等正覺明行成爲善逝世間解無上士道法御天人師號佛世尊彼國清淨不倚想著無有餓鬼畜生地獄道所行純厚不自計我心不趣小亦無聲聞辟支佛音令一切會皆悉見之爾時世尊從彼定起復入月盛定意令一切衆生盡見金色悉聞十方諸佛說無想行云何爲無想諸法寂然憺怕無形諸法不起忍諸恚怒諸法攝心不起外想諸法定意現已國淨諸法善觀不以劫數爲限諸法樂行永離恩愛諸法現明不生癡想諸法去貪具足施度無極諸法無所犯具足戒度無極諸法不起恚想具足忍度無極諸法精進無有懈怠具足進度無極諸法不與亂意攝心不起常樂於禪具足禪度無極諸法盡除愚惑無他異念具足智度無極復有名四意止菩薩摩訶薩所修行法云何爲四意止若有善男子善女人分別內身意止從頭至足一一分別生不淨觀自觀已身觀他人身自觀已心觀他人心內外諸法悉皆如是菩薩摩訶薩復自觀諸法四意斷四神足五根五力七覺意八賢聖道是謂菩薩摩訶薩無想行佛復告族姓子菩薩摩訶薩自觀身已觀他人身一一分別從頭至足起不淨想是謂菩薩摩訶薩觀內外身悉無所有爾時世尊即說此偈而歎頌曰

不倚心意識　分別諸行本　道存無想念
乃應賢聖諦　佛慧無邊涯　不見有合離
成佛由無想　乃應果實行　佛道本無二
亦復無一想　眞人慈盡普　示現若干法

本我不造我　染有成五陰　聖諦慧無量
進趣自滅意　不有亦不無　生死起染著
滅想自成佛　故號天中天　生值人道難
六根完具難　滅十二緣難　生天受福難
遭遇賢聖難　入定除想難　觀内外身難
面受聖教難
爾時世尊說此偈已座上諸天人民天龍鬼
神八部之衆皆發無上正真道意復有無數
衆生得不起法忍

菩薩瓔珞經卷第六

菩薩瓔珞經卷第七

姚秦沙門竺佛念譯

四聖諦品第十二

爾時佛告文殊師利過去無數阿僧祇劫有佛名大身如來至眞等正覺明行成爲善逝世間解無上士道法御天人師號佛世尊刹名空寂正於此處成無上等正覺與四部衆說微妙法四賢聖諦廣化衆生皆令至無餘泥洹界而取滅度云何四聖諦一爲無量聖諦菩薩得此聖諦者一念之中自滅心垢亦能滅他心垢不見塵垢有盡無盡二名行盡聖諦菩薩得此聖諦者一念之中盡令衆生覺了身口意行若善若惡盡趣道門悉令衆生至無餘泥洹界三名速疾聖諦菩薩得此聖諦者能使一切衆生彈指之頃盡成佛道無限無量不可稱數一日成道復令無數阿僧祇刹土衆生之類各生善心興敬供養諸佛世尊香華繒綵作倡妓樂阿僧祇諸佛刹土化作一寶蓋而用供養出過諸天世人上盡持天上自然飲食衣被牀卧具病瘦醫藥一念之頃悉能成辦四名曰等聖諦菩薩得此聖諦者能使一切衆生盡同一趣無若干相於無餘泥洹界而般泥洹猶如燄幻野馬世界空寂無形不可護持菩薩摩訶薩亦復如是教化衆生淨佛國土亦不見衆生有得度者亦復不見受化者非不有衆生非不無衆生非不有淨衆生非不無淨衆生非不有濁非不無濁非不有受胎非不無受胎非不有非不無有非不有生死非不無生死一一分別悉無所有知十二因緣亦復如是從癡

至十二因緣非有非無猶如野馬世界不可護持無近無遠雖化衆生不見有化菩薩摩訶薩亦復如是觀諸如來至眞等正覺不見有起不見有滅亦不有想亦不無想如來至眞等正覺以無相之法教化衆生淨佛國土雖有佛無有佛想雖有法無有法想雖有比丘僧無有比丘僧想是謂文殊師利菩薩摩訶薩已得無想法者住不退轉而無有礙譬如有人於夢中或爲國王或爲轉輪聖王覺已便憶夢中所作亦不忘失菩薩摩訶薩亦復如是觀諸衆生成如來至眞等正覺亦不見有成相亦不見無成相爾時佛告諸會大衆爾時大身如來說法清淨無形不可見豈異人乎莫造斯觀何以故爾時大身如來今文殊師利是爾時世尊便說此偈

過去無數世　佛號大身尊　於此成正覺
無有邪部行　恒以無相法　分別四聖諦
權現遊世界　現有所諮受　佛道不思議
神力不可極　教化衆生類　盡同爲一相
吾今自成佛　三界第一尊　不爲彼所染
不更生老死

爾時世尊說此偈已有無量衆生皆發無上正眞道意

成道品第十三

爾時有菩薩名無畏曾供養過去無數諸佛已得總持分別三世成敗所趣即從座起偏露右臂叉手長跪白佛言唯然世尊今聞如來至眞等正覺說四賢聖難有之法未曾所聞未曾所見若有善男子善女人受持諷誦四聖諦名者便能與人作良祐福田何以故

世尊此善男子善女人興建弘誓不自爲身
欲於空際濟度衆生皆得至無餘泥洹界而
般泥洹菩薩摩訶薩得此四聖諦者觀了衆
生悉無所有空觀菩薩不自有身亦無衆生
執弘誓之心以空舉空於無數劫積功累德
觀見諸佛出現於世分別諸法無有形貌不
著世利利衰毀譽稱譏苦樂亦知衆生我人
壽命當來過去現在心識一一分別能使成
就爾時無畏菩薩復白佛言云何世尊衆生
之類不可稱記非是羅漢辟支所及過去恒
沙無央數佛頗有發意求菩薩道言我久久
當成無上正眞之道我能盡虛空際知虛空
際衆生根本已能分別虛空衆生復能分別
識有趣無趣如是等衆生盡令一日之中能
使成道有此不乎爾時世尊告無畏菩薩曰

當來過去今現在識非汝境界所能分別今
發汝問者皆佛威神何以故如來至眞等正
覺乃能一一宣暢深法佛言族姓子過去識
如汝所問盡知識流轉天上人中四道乃至
八部識所經歷所趣盡能分別無畏菩薩白
佛言如來至眞等正覺發弘誓心盡能拔濟
過去當來今現在云何一日之中盡得成佛
耶佛言無畏菩薩所問甚大今當爲汝一一
分別知其所趣所問過去識不於過去中使
過去識令得成佛不於現在中使現在識令
得成佛不於未來中使未來識得至成佛何
以故過去識非過去識未來識非未來識現
在識非現在識無畏菩薩當知過去成佛有
三事行云何爲三有初心有生心有衆生心
云何爲初心無畏菩薩當知本無如來至眞

等正覺即於彼而教化之同日同時盡成佛道是謂初心云何生心所謂生心者已受塵垢方當滅心除垢云何爲衆生心如有衆生從劫至劫乃至百千劫復盡無數生死塵勞然此菩薩摩訶薩要當滅彼無數塵勞及濟無數衆生是謂無畏菩薩於過去中成就三事無畏當知如來至眞等正覺於當來世亦當具三法云何爲三如當來心未受現在是亦可進復次無畏未來心已經一日便有塵垢菩薩摩訶薩當滅一日塵垢族姓子當知未來移轉從一劫至百劫乃至無數阿僧祇劫如來至眞等正覺如此身識及與塵勞是謂於未來中當具此三法佛復告族姓子如來至眞等正覺於現在中復當具是三法云何爲三初識現在未染塵勞即令彼識一日滅度若一若二便生塵勞能滅一二及與塵勞然彼乃得成佛佛復告族姓子若於現在從一身至百千身生諸塵勞是謂菩薩摩訶薩於現在中具足三法佛復告無畏菩薩過去初心一日度者即是過去普施如來至眞等正覺過去生心蒙得度者即是無等如來至眞等正覺過去衆生心蒙得濟者即是源本如來至眞等正覺未來初心蒙得度者即是空色如來至眞等正覺未來一二蒙得度者即是空門如來至眞等正覺未來無數身蒙得度者即是定意如來至眞等正覺現在初心得度者即是無身如來至眞等正覺現在一二身得度者即是善星宿如來至眞等正覺現在無數身得度者即是月光如來至眞等正覺云何族姓子汝於九品中何所志

趣爲欲從過去初心耶過去生心耶過去衆生心耶爲欲從未來初心耶未來一二心耶未來無數劫心耶爲欲從現在初心耶現在一二心耶現在無數心耶爾時無畏菩薩前白佛言如我初發心求無上正眞道未能自知爲求何道今聞如來説九品行今始欲發弘誓大心欲度過去初心未受塵垢者佛言止止族姓子汝今已墜墮初心云何欲得於初心成無上等正覺乎此則不然無畏菩薩白佛言世尊今於過去初心已墜落願欲求過去度生心衆生普同等慧成無上等正覺佛言汝今已越此境墜墮下地未能成辦拔濟衆生成無上等正覺爾時無畏菩薩復白佛言云何世尊於過去塵勞衆生發弘誓心得成無上等正覺不乎佛言無也何以故過去無數已滅已盡非今見身盡彼塵勞以是故不得成無上等正覺爾時無畏菩薩白佛言我今於過去三分永無所得在上亦不在下故不得無上至眞等正覺何以故汝本發弘誓心非彼非此故不得成無畏菩薩白佛言云何世尊我今欲捨未來一二捨未來塵勞復可從現在初心得成無上等正覺不乎佛言不也汝本發意心係有在非汝本願無畏菩薩白佛言世尊於未來中捨一心二心復於未來中捨塵勞衆生復於現在捨現在衆生願於現在一心二心衆生使成無上等正覺不乎佛言無也何以故汝本發意心係有在非汝本願無畏菩薩白佛言世尊且捨一心二心復捨未來衆生塵勞復捨現在初心復捨現在一心二心今欲發願於現在塵

勞衆生爲可得不乎佛言不也何以故已過此境時無畏菩薩白佛言世尊今日如來於九品中爲在何地佛言吾捨過去三未來三現在三復可於未來初心成等正覺使未來初心衆生成等正覺不乎佛言無也何以故汝身非未來云何欲得成等正覺度未來衆生此事不然無畏菩薩白佛言世尊我今墜落未來初心復欲發弘誓願於未來一二心成等正覺不乎佛言然果汝所願也何以故汝本無數阿僧祇劫恒發弘誓曠大之心即於此身當昇上方清淨世界於中成佛如今汝號無畏如來至眞等正覺無畏菩薩得受莂已歡喜踊躍即自面見清淨世界所化衆生如已無異何以故皆佛威神令彼悉見爾時無畏菩薩白佛言世尊我今復發弘誓心供養無數恒沙諸佛願欲度未來塵勞衆生於中成等正覺可獲不乎佛言不也汝求道已來心不中際除二在塵勞衆生中成如來至眞等正覺明行成爲善逝世間解無上士道法御天人師號佛世尊

生佛品第十四

爾時座上有菩薩摩訶薩名分別說施昔於無量諸佛世尊造衆德本即從座起前白佛言善哉善哉世尊頗有如來至眞等正覺於過去世未來現在一時一日中知過去三事未來現在三事得成佛不乎答曰無也何以故如來至眞等正覺隨其變化觀見國土應適衆生乃有所成耳猶如菩薩摩訶薩不以國土爲國土不以衆生爲衆生分別法界法智所生如來神智非世俗智世俗智者從欲

色界至有想無想天乃謂世俗智今日如來至眞等正覺已過此智云何出生諸法成如來至眞等正覺乎此事不然何以故如如來如世界如諸法性如不思議如未來如於彼世界劫數如如來劫數如一如不二如諸有如諸法性空如亦不生亦不滅亦無著斷諸佛世尊所出名號於彼劫數無限無量不可稱記不見有長亦不見短亦不見生亦不見滅云何出生諸法無形不可見未來未起無記不見有記如無形法種種異名句身亦爾味身亦爾無各各名身無各各句身無各各味身何以故一切諸法各各虛空亦不有善亦不有惡亦不有福非不有福或有行或無行爾時有菩薩名無盡慧得此性空如如無法即從座起白佛言我今堪任於如來前說有行無行如空性如如法佛言善哉善哉族姓子恣汝所說無盡慧菩薩白佛言若有善男子善女人修習有行無行便能具足一切諸法成等正覺云何有行無行諸法不生不滅無過去當來今現在是謂無行必終諸法分別過去當來今現在是謂菩薩有行無量有名身不見本末無量有句身不見有本末無量有味身不見本末是謂菩薩無行若善男子善女人知三世法有生有滅於中分別悉無所有是謂菩薩有行爾時無盡慧復白佛言未究竟法使令究竟未滅盡法使令滅盡是謂菩薩無行若有菩薩摩訶薩於過去當來今現在不見有量不見無量是謂菩薩有行復次善男子善女人初生道心行無上正眞道不以稱譏苦樂利衰毀譽甘樂其中

是謂菩薩無行如三千大千世界其中衆生一意一心分別三世斷滅之法是謂菩薩有行復次善男子善女人於無量劫中行勤苦行欲得聞受如來言教是謂菩薩無行復次善男子善女人行四等心不以四等以自稱歎是謂菩薩有行不染不汙無過去當來今現在是謂菩薩無行若善男子善女人非義非無義非有成非無成亦不有對亦不無對是謂菩薩有行或以國土清淨無所染自不見國土有所成就是謂菩薩無行若復於諸法不生妄見而無所起以無盡法能自瓔珞是謂菩薩有行亦不有亦不無是謂菩薩無行復次善男子善女人觀一刹土如空無異不以異刹係在一國是謂菩薩有行復自觀見本有三世諸佛菩薩摩訶薩有過去當來今現在是謂菩薩無行復次族姓子若善男子善女人一一分別界非我界世非我世有非我有是謂菩薩有行復次族姓子分別三界行無所行不見作亦不見不作是謂菩薩無行爾時如來問無盡慧菩薩曰汝住何等法而說此乎無行起於有行有行起於無行何由而行從如來而自說有行無行耶無盡慧菩薩復白佛言本從自覺如今始果唯願世尊敷演宣暢佛言善哉善哉善男子如汝所言善思念之今日如來當爲汝敷演其教云何族姓子汝本發意成無上等正覺爲從有行爲從無行答曰不從有行不從無行佛言云何族姓子若不從有行不從無行云何得成等正覺乎答曰有如如無亦如如是故不從有行不從無行佛言汝本何以不發此

問吾先已說有行無行

本末品第十五

爾時世尊將欲示現菩薩之行即入本淨三昧令一切衆生悉見過去未來現在諸法本末復令衆生見諸佛無量世界諸佛世尊有成就者不成就者或從一地乃至十地有現在身行不現在身行令一切衆生一一分別爾時如來無所著等正覺將欲度衆生便笑從面門出大光明乃照無量恒沙刹土從欲界上至有想無想天悉見光明於彼光明演出無量衆生根本云何爲衆生本末於是善男子善女人修行一法無量智慧便能具足淨佛國土教化衆生爾時世尊告諸會等諸無著行云何無著行從初發意乃至成佛五十四法不著空行於是善男子善女人常當思惟不離須臾云何爲五十四一者分別五陰起亦知起滅亦知滅然彼五陰有生無生有聖行無聖行有空觀無空觀若善男子善女人分別五陰何由而生何由而滅色本無生如今有生解色非有非無或有色有或有色無過去當來今現在色亦復如是本無有色不見本色於過去中不見過去色於未來中不見未來色於現在中不見現在色過去色非現在色非未來色未來色非過去色非現在色現在色非過去色非未來色菩薩摩訶薩盡能分別一一悉知復次善男子善女人分別痛法解知痛無所起觀過去痛本無此痛亦知此痛非有過去過去痛非未來現在未來痛非過去現在現在痛非過去未來何以故未來痛本無此痛若善男子善女人

觀現在痛亦非前痛亦非後痛非過去痛非未來痛痛亦不自知痛然後乃知本淨末淨若善男子善女人復當思惟過去五陰想法本無此想過去五陰想不知未來現在想未來想不知過去現在想現在想不知過去未來想想無有想若善男子善女人於未來中分別未來想未來想不自知未來想未來想不知過去現在想未來過去想不知未來過去想過去想不知未來現在想若善男子善女人於現在中分別過去想亦無有過去想分別未來想亦無有未來想分別現在想亦無有現在想於現在過去亦無過去想於現在未來亦無現在未來想於現在想亦無有想若善男子善女人復當於過去分別五陰行何由生復何由滅過去行亦不有行分別過去行非過去行過去行非未來行非現在行未來行非過去行非現在行現在行非過去行非未來行過去未來行非過去未來行過去現在行非過去現在行何以故行本無所有亦不有行若善男子善女人於未來中便當具足於未來行於未來行中不見過去行不見現在行於未來中不見未來過去行不見未來現在行亦不見未來現在行何以故本無有此行若善男子善女人於現在中復當分別過去行亦無過去行亦無未來行亦無現在行於現在行觀現在過去行亦不見現在過去行於現在觀現在未來行亦不見現在未來行觀了諸行悉無所有若善男子善女人於過去中觀過去識亦不見過去識於未來識亦不見未來識於現在識亦不

見現在識於過去識亦不見過去未來識於過去中亦不見過去現在識亦不見識若善男子善女人於未來中不見過去識未來識於未來中不見未來過去識不見未來現在識若善男子善女人於現在識不見過去識不見未來識於現在中不見現在過去識不見現在中未來識是謂善男子善女人分別五陰本末空也

菩薩瓔珞經卷第七

菩薩瓔珞經卷第八

姚秦沙門竺佛念譯

非有識非無識品第十六

爾時形響菩薩白佛言世尊向聞如來至眞等正覺已說衆生根本如我今日欲承如來威神說有識無識唯願世尊聽者果敢當說佛言族姓子樂說便說形響菩薩即於佛前以偈讚佛

世尊大弘誓　知衆生根源　今日已得聽
神尊口言教　本從無數佛　恒求聞此要
今蒙聖尊教　聽說有無教　昔我無數劫
承事諸聖尊　如我今已獲　音響辯第一
相亦不有相　亦不見有無　無塵無諸垢
今號人中尊　人生本無生　況我復有生
以我無生意　欲說小慧本　不敢以愚情
宣暢如來教　自憶昔行本　唯聽不敢疑
生死無有量　受身復受身　至竟懷狐疑
唯聽敷演之

爾時形響菩薩說此偈已前白佛言世尊解第一義不別彼識此識者是謂有識無識不見有行執不見無行執諸法一相悉無悉有是謂菩薩摩訶薩有識無識分別種姓此清淨識此非清淨識我相好成就彼相好不成就悉能觀了而無所有是謂菩薩摩訶薩有識無識分別時節觀見諸佛此劫有佛彼劫無佛不以有佛而懷喜悅正使無佛亦復不慼是謂菩薩有識無識我復觀見衆生之類有權方便者無權方便者於中不起想行是謂菩薩有識無識復觀衆生知其年歲限數或有衆生應從前劫而得度者復有衆生應

從後劫而得度者或有衆生應從現在劫而得度者亦不見此劫有度無度是謂菩薩有識無識爾時有菩薩名衆相具足即從座起前白佛言世尊我亦堪任於如來前說有識無識復以此偈而說頌曰

於恒沙諸佛　造此衆德業　心念等正覺
積行識宿命　不著我人壽　生死無根本
道相無形兆　今遭人中尊　三世平等慧
非識非無識　行盡不造行　乃授弟子決
一識亦無一　覺悟深法要　超越諸佛刹
無量諸佛刹　本從無數世　聞說乃得悟
願於如來前　聽說識無識　分別深妙法
今遭人中尊　盡達泥洹境　唯願聽說之

爾時衆相具足菩薩白佛言世尊如我今日號曰衆相具足相起不知相起相滅不知相滅是謂菩薩摩訶薩有識無識衆相具足菩薩白佛言世尊如我自念昔從識慧如來至眞等正覺聞說此要諸有衆生從初發意乃至成佛不見識想是謂菩薩有識無識若善男子善女人一一分別六衰六入知過去衰非過去衰知未來衰非未來衰知現在衰非現在衰於中不起想著者是謂有識無識種姓生菩薩白佛言世尊今日於如來前聞音響菩薩說有識無識復聞衆相菩薩說有識無識云何世尊所言識云何爲識佛言如空等耶種姓生菩薩復白佛言世尊云何如空等也佛言不生不滅不著斷也種姓生菩薩白佛今問如來識所起乃以空報我耶佛言不然我今說識非有非無故號有識無識種姓生菩薩言識爲有相爲無相乎佛言識

亦非有相非無相也種姓生菩薩白佛言云何識非有相非無相乎佛言本不有相亦非今相故曰本識非今識今識非本識故曰識非有相非無相也爾時種姓生菩薩白佛言若使有相非識無相非識何以故說識識佛言隨識所起識起則起識滅則滅是故非有相非無相也佛復告族姓子云何種姓生菩薩汝今識有乎答曰無也何以故無形無像非今有非過去有非未來有佛言汝已自說識無有識非今非未來非過去汝今言是誰乎答言欲言識耶種姓生耶佛言我不問此識菩薩生但問識爲有爲無答曰識非有非無佛言如是如是族姓子爾時種姓生菩薩白佛言云何世尊如今日如來至眞等正覺爲從識說有說無爲不從識說有說無佛言汝以何等義而問如來種姓生菩薩白佛言向如來問汝今說有識無識乎有當來今現在過去乎無當來今現在過去乎我報曰無也世尊如今世尊言亦無今當來過去識我與如來識何所在佛言我已先說非有識非無識但爲如來至眞等正覺以若干法覺悟衆生云何族姓子若善男子善女人體知此法者便能具足一切諸法爾時有菩薩名曰力盛即從座起復白佛言我亦堪任說有識無識力盛菩薩即於佛前而說頌曰

本從十力尊　聞此有無識　賢聖八等道
演暢無礙慧　音聲各各異　衆生界不同
施慧無等想　稱號爲十力　若我後成佛
分別諸法界　從一行無二　唯願聽說識
道本從我生　由我不生識　計了無思想

非有識無識　積小至大行　乃自致覺悟
生死非可量　神識豈可盡　我今承尊神
少欲自演說　唯願在聖顏　得近諸佛藏
爾時力盛菩薩說此偈已便白佛言云何世尊若有分別如來十力不可沮壞云何如來十力不可沮壞一者如來發意求無上等正覺不可沮壞是謂菩薩有識無識復知和合彼此不見本末是謂菩薩有識無識觀衆生行本了自然乃知無量本所從來是謂菩薩有識無識一切諸法本無有形積由癡故便生此識分別此癡不知所從起滅是謂菩薩有識無識分別衆智有三事行本從有明還墮四顛倒於四顛倒了爲幻化亦不見倒亦不見非倒是謂菩薩有識無識復於四事觀衆生本末具足五行者尋能思惟即成五事若善男子善女人於本無行行無行跡何謂爲五一者念二者轉念三者本四者癡五者無盡是謂菩薩摩訶薩有識無識復有識法不可思議無惑善權非人所測有四事行觀見諸佛刹土有生起滅便能成就不見起滅是謂菩薩有識無識如來至眞等正覺觀過去當來現在亦不見過去當來現在根本若生五趣受五趣衆生形已得分別五趣隨彼所入復能分別受有形根無形根若菩薩摩訶薩已受天根不受龍根雖然欲受龍根便能降諸法雨若善男子善女人得閱叉根離彼閱叉根受阿須倫根復能具足有識無識捨彼阿須倫根受彼乾沓惒根捨彼根已便能具足有識無識眞陀羅摩休勒人與非人亦復如是是謂菩薩摩訶薩通盡法藏不可

思議

無量品第十七

復次善男子善女人菩薩摩訶薩復能盡知諸佛設教有定有量無量云何族姓子菩薩摩訶薩諸佛世尊入此三昧盡知諸佛所設言教有量無量盡能知一切諸佛説口行説身行説意行或復示現遊十方世界度東方無量世界度所度界不失東方諸佛設教度南方無量世界度所度界不失南方諸佛設教度西方無量世界度所度界不失西方諸佛設教度北方無量世界度所度界不失北方諸佛設教東北方無量世界度所度界不失東北方諸佛設教東南方無量世界度所度界不失東南方諸佛設教西南方無量世界度所度界不失西南方諸佛設教西北方無量世界度所度界不失西北方諸佛設教復遊上方無量世界度所度界不失上方諸佛設教復至下方無量世界度所度界不失下方諸佛設教爾時世尊出廣長舌放大光明普照無數十方世界盡令衆會聞如來至眞等正覺説甚深設教度所度界此有十八慧明於是族姓子族姓女便能具足如來設教能使界有非界想能使非界有界想於彼世界説一觀法是謂善男子善女人於十八慧明成就一法復次善男子善女人豫察未來無數世事及知過去現在佛非佛菩薩非菩薩是謂菩薩於十八慧明成就二法復次善男子善女人過去無量無邊無數盡不見盡起不見起是謂菩薩於十八慧明成就三法復次善男子善女人内外分別四非常行

於中自觀身行具足者是謂菩薩於十八慧明成就四法復次善男子善女人佛界無量不可思議便能分別諸佛二事癡愛悉知性空是謂善男子善女人於十八明慧成就五法復次善男子善女人若能一一觀内外空我非彼有彼非我有一一知空寂而無所有是謂善男子善女人於十八明慧成就六法復次族姓子虚空無相不可以與虚空作相於中自分別身如彼空等者是謂善男子善女人於十八明慧成就七法復次善男子善女人若有形無形若有聲無聲於中分別悉無所有是謂善男子善女人於十八明慧成就八法復次善男子善女人知七觀所生四諦聖法總持十八空行是謂善男子善女人於十八明慧成就九法若善男子善女人知無形法性亦在有生亦在無生於中分別悉無所有是謂菩薩於十八明慧成就十法復次善男子善女人觀無量世界知有起有滅猶如幻師觀鏡中像是謂菩薩於十八明慧成就十一法復次善男子善女人復當知七苦根本云何爲七一者知此心不從彼出彼心亦不在此二者彼苦心無我無人此苦心無我無人三者諸佛世界不可思議如來至眞等正覺盡能度彼量四者若善男子善女人内自思惟苦空非我不見有身如鏡照像五者若我受形斷十身法亦不見十身本從我有六者以無畏法不嬈彼受諸有受教者意不移易七者觀行無行本行我行未來行非有非不有非無非不無此號七苦行是謂菩薩於十八明慧成就十二法若有善男子

善女人觀無量空於無量空想不自生念亦不見彼念何以故以無量世界空無相故是謂菩薩於十八明慧成就十三法復次善男子善女人復當觀無量四苦云何爲四苦於閻浮利内觀無量衆生諸苦源本一者生苦知生本末恒念胎厄二者老苦形異色變壯意不存三者病苦一大增則一病增四大增則四病增一大滅則一病滅四大滅則四病滅云何族姓子則病爲起滅爲不起滅爾時菩薩名本滅前白佛言世尊四大本滅非起滅也佛言族姓子云何四大本滅非起滅答曰本無四大今生非本有是故本滅非起滅佛言族姓子云何爲本滅云何爲起滅答曰本無有形本無有生不見苦不見非苦是謂本滅所言起滅者我心現在能令此心潛伏不起是謂起滅佛言云何族姓子過去心現在心過去心非現在心現在心非過去心云何本滅起滅答曰本者無滅起者無滅佛言族姓子本滅起滅何由而生答曰無生故生爾時世尊歎本滅菩薩曰善哉善哉族姓子乃能於如來前快作是言所謂死苦臨欲死時捨身受身中間停住未知所趣當來過去現在當於爾時神便恐怖是謂死苦是謂菩薩於十八明慧成就十四法復次族姓子若男子女人分別無我苦空非身具此四行便能受如來莂云何爲四於是族姓子若善男子善女人計我無我非有色非無色解了無所有者是謂無我若復善男子善女人思惟法界苦無根本説苦非有苦亦不有生滅是謂分別苦無苦如衆生無量想徧滿虚空界

徧知此想本識所生皆盡於空是謂乃名爲空云何爲非身所謂非身我得我分別我無我見無見聞無聞非有見非有聞是謂非身是謂菩薩於十八明慧成就十五法復次族姓子如我如諸佛如與諸佛法如不異不有佛法不有如亦復不異是謂菩薩於十八慧明成就十六法復次族姓子若善男子善女人如來至眞等正覺於本行願知等分衆生三毒多少不見三毒三清淨法是謂菩薩於十八慧明成就十七法復次族姓子若善男子善女人自念過去無數恒沙劫復知現在無數恒沙劫復知當來無數恒沙劫於中一一分別而無所有是謂菩薩於十八慧明成就十八法若善男子善女人分別十八慧明在大衆中無所畏懼猶勇健國王有所典領

有親附者皆承王教無有闕失菩薩摩訶薩亦復如是得聖慧法教以法印所封則能備悉無量慧門云何爲無量慧門諸佛不可思議諸佛刹土不可思議諸法不可思議諸法刹不可思議比丘僧不可思議僧法不可思議僧刹不可思議如此法行復有四事云何爲四一者本從無數經歷劫限恒爲一意而不錯謬若善男子善女人守一行本知有盡無盡知諸佛有盡無盡乃能具足平等道行爾時有菩薩名月光照即從座起白佛言世尊我今堪任說有盡無盡諸法門行云何菩薩摩訶薩於四法本具足五行便能盡知如來根本云何爲四一者在世盡知去就分別道法世法是謂成就一法復以無形色相定意感諸國土於彼國土教化衆生示現無爲

之教是謂善男子善女人成就二法復次善男子善女人於巳身法不自見身能度於無量衆生終不捨衆生法界是謂成就三法復次善男子善女人分别如來三法行本云何爲三法行本一者經行可去知去可來知來可坐知坐繫意明想心不憒亂二者坐禪若欲詣座結跏趺坐便去衆想一意一心不轉其身終竟禪定初不錯亂若復興作施諸善事所造必成無他餘想是謂於三法中成就四法復次善男子善女人於過去當來現在盡知當生未生巳生便能於中作師子吼不失本行之法是謂成就五法復次善男子善女人菩薩摩訶薩當復覺知如來三行如來禪定非世俗禪亦非羅漢辟支佛禪亦非一地二地乃至十地禪何以故餘禪有限如來禪者亦無有限爾時世尊告月光照菩薩曰云何族姓子爲世俗禪爲學禪爲無學禪從一地乃至十地禪月光照菩薩白佛言世尊如我從如來所聞其中諸事諸有欲界衆生若男子女人從初發意乃至成佛初在道地未處菩薩位中便得三禪有過去禪有未來禪有現在禪是善男子善女人雖得此三禪正可自知身中過去身身中未來身身中現在身未能知他身中過去身未能知他身中未來身未能知他身中現在身如此善男子善女人云何知身中過去身於是世尊若坐禪時便自觀身起不淨想便自思惟咄我此身爲磨滅法一意一念唯知不淨未能知其所趣爾時善男子善女人復自思惟我今捨此身巳當更求觀如我今身解知無我然知

外物亦復如是一一分別悉無所有是謂於現在身便能思惟過去未來復次善男子善女人自觀已身外物已捨此心當更求觀我今此身悉皆分別非有非無彼衆生者如我身不便分別外人內過去身咄嗟此身磨滅不久便起不淨想以生不淨想知外人內過去身如已無異若善男子善女人捨此外人內過去身已復當生觀云何此人內過去心爲從何生爲從何滅復自思惟且捨外人內過去心便復思惟外人內未來心咄我此身爲從何來爲從何滅是謂善男子善女人在菩薩位者便能具足三禪之行佛復問月光照菩薩曰云何學地修三禪法月光照白佛言若善男子善女人已在信地名曰學人便欲前進向所趣道即詣六靜處若樹下塚間無事及虛空露地便能結跏趺坐端心思惟自欲具足三禪行法是時善男子善女人內自思惟自觀內過去身本從何生復從何滅復自思惟咄嗟此身本無所生本無所滅善男子善女人即捨此身已復更求觀我今此身爲從何生爲從何滅未來身者亦復然耶便自思惟內未來身爲從何生爲從何滅便自生念此內未來身亦不有生亦不有滅是謂善男子善女人於學地內身具足三禪云何學地觀內身於他身具足三禪是時善男子善女人捨此身已自觀外身內過去身本從何生本從何滅便自思惟咄他內過去身爲從何生爲從何滅復自思惟此內過去身亦不生亦不滅復捨此已復更求觀此內過去身已不復生已不復滅此內未來身爲從

何生爲從何滅便自生念此内未來身亦不生亦不滅是謂善男子善女人於他身内過去未來身具足三禪佛告月光照菩薩曰云何無學地善男子善女人具足三禪月光照白佛言若善男子善女人欲趣漏地斷無漏法便自思惟結跏趺坐内自思惟此内過去身爲從何生爲從何滅復自思惟此内過去身亦不生亦不滅爾時無學善男子善女人捨此觀已復更思惟我今已觀内過去身當復觀我我過去身亦不見滅亦不見生無劫無有亦無生死亦無刹土是謂善男子善女人於無學地具足三禪世尊復問月光照曰云何一地菩薩不盡諸行具足三禪答曰以無身觀不觀身念以無念本不失念行不以聲受音響過初菩薩地三過信地三越一切諸法是謂善男子善女人具足三禪世尊問月光照菩薩曰云何族姓子不見汝一地三禪乎答曰不見有界是故不說佛言無身耶有身耶何以故不說答曰有身佛復問曰身爲法身爲四大身答曰是父母身佛言汝今以父母身云何成就三禪月光照菩薩白佛言如我初求如來至眞等正覺坐樹王下無畏亦無恐懼心便念三界然熾法即自思惟過去諸佛悉般泥洹爲能度幾所衆生過去須陀洹過去斯陀含過去阿那含過去阿羅漢過去辟支佛復自思惟於未來亦復如是是謂一地菩薩具足一禪行如我一地菩薩觀見三界一地行本越次羅漢辟支佛上是謂一地菩薩成就二禪若一地善男子善女人分别内外守身三空演説法教無有差錯

是謂一地中成就三禪佛復問月光照曰汝何不說斯陀含阿那含三禪耶答曰若善男子善女人已在見地便自思惟已身内過去身内未來身亦不有此身亦無佛想亦無法想亦不見身想是謂内過去身具足三禪云何内未來身具足三禪爾時斯陀含復自觀内外捨諸塵勞於三禪地繫念不忘雖自獲證不壞自相猶如法法自相自分别名身句身味身復觀外無量衆生不與佛想成就佛想平等無二悉令清淨不見往來無有近遠是謂斯陀含於内未來身具足三禪復次善男子善女人端坐思惟以得不還道便自分别吾今定在受證之地不壞諸法自然之相審自證明吾已過一已過二已過三不復往來處在生死心意憺然不可移轉是謂善男子善女人於已身觀過去未來亦復如是爾時世尊問月光照菩薩曰阿那含獲過去法耶未獲過去耶答曰阿那含獲過去法未盡過去法何謂獲過去法未盡過去法然阿那含身在過去現在未來是謂獲過去法未盡過去法又復阿那含身在未來法已過去此亦獲過去法未盡過去法復次善男子善女人若阿那含身未過去身未現在法已過去法已現在前是謂阿那含獲過去法未盡過去法世尊復問月光照菩薩曰斯陀含獲過去法盡過去法乎答曰斯陀含雖有過去身不獲過去法不盡過去法云何斯陀含有過去身不獲過去法不盡過去法答曰斯陀含過去身已滅過去法未盡未來法自觀已過去法亦無所有如阿那含無過去身有過去

法是故斯陀舍不爾猶如明鏡觀其面像不
如面面相見是故斯陀舍不如阿那含識如
純鍊金斯陀舍識如未鍊金故有差別佛復
問云何族姓子如汝所言阿那含獲過去法
盡過去法獲未來法盡未來法已成就所未
成就法耶答曰不然雖爲鍊金猶未成器可
有金名未有形像名佛言善哉善哉族姓子
善說此義如阿那含無過去法盡過去法無
未來法盡未來法如今阿羅漢獲過去法盡
過去法耶獲未來法盡未來法耶答曰獲過
去法未盡過去法獲未來法未盡未來法是
故有差別爾時世尊問月光照菩薩曰云何
二地菩薩具足三禪行答曰猶如二地菩薩
發無上至眞等正覺不見內身不見外身繫
念在前便自思惟我今內身有內過去身耶
無內過去身耶有內未來身耶無內未來身
耶捨此觀已復更思惟我今已無內身已無
外身云何於內身求內過去身求內未來身
是謂二地菩薩於已內外身具足三禪爾時
二地菩薩復作是念我今於內外身悉皆分
別當復次觀他內外身法與我有異不乎轉
自前進觀他內外身有過去身耶無過去身
耶有未來身耶無未來身耶是善男子善女
人在二地者於他觀過去身無過去身於他
觀未來身有未來身是謂二地善男子善女
人於他過去身成就三禪世尊復問月光照
菩薩曰云何三地善男子善女人於三地中
成就三禪答曰若三地善男子善女人端坐
思惟於內觀過去身有過去身耶無過去身
耶於內觀未來身有未來身耶無未來身耶

復自思惟我無初地內過去身不過去身亦復無初地內未來身不未來身亦復無初地他內過去身不過去身亦復無初地他內未來身不未來身復觀二地內觀過去身有過去身耶無過去身耶內觀未來身有未來身耶無未來身耶復自思惟我無二地內過去身不過去身亦復無二地內未來身不未來身亦復無二地他內過去身不過去身亦復無二地他內未來身不未來身如我今觀我三地中內過去身無內過去身復自觀內未來身無內未來身自於地中觀他內過去身無他內過去身觀他內未來身無他內未來身況當我有身無身乎是謂善男子善女人於三地中具足三禪爾時世尊復問月光照菩薩曰云何善男子善女人於四地中具足三禪答曰若四地善男子善女人端坐思惟於內觀過去身有過去身耶無過去身耶於內觀未來身有未來身耶無未來身耶復自思惟我無初地二地三地過去身亦無未來身何況當有四地內過去身四地內無過去身四地內有未來身四地內無未來身是謂善男子善女人於四地中成就三禪爾時世尊復問月光照菩薩曰云何五地善男子善女人於五地中具足三禪答曰若五地善男子善女人端坐思惟內觀過去身有過去身耶無過去身耶內觀未來身有未來身耶無未來身耶復自思惟我今已捨一地二地乃至四地於四地中於內觀過去身無過去身於內觀未來身無未來身復捨此已觀他內過去身無過去身觀他內未來身無未來身

況我於五地於內有過去身無過去身於他觀未來身無未來身是謂善男子善女人於五地中具足三禪世尊復問月光照菩薩曰云何六地善男子善女人於六地中具足三禪答曰若六地善男子善女人端坐思惟觀我無身於無我身中觀內有過去身耶無過去身耶於內觀有未來身耶無未來身耶是謂六地善男子善女人於六地中成就三禪六地善男子善女人捨無我身已於他觀內有過去身耶無過去身耶於他觀內有未來身耶無未來身耶復自思惟於他內觀過去身無過去身於他內觀未來身無未來身是謂善男子善女人於六地中成就三禪佛復問月光照菩薩曰七地善男子善女人云何於七地中成就三禪答曰若善男子善女人在閑靜處端坐思惟觀內過去身有過去身耶無過去身耶復觀內未來身有未來身耶無未來身耶善男子善女人復作是念我今已捨一地內過去身無過去身內未來身無未來身乃至六地內過去身無內過去身內未來身無未來身云何當於七地中有內過去身無內過去身有內未來身無內未來身是謂善男子善女人於七地中成就三禪復問月光照曰云何善男子善女人不於七地中觀他內過去身不過去身他內未來身不未來身乎答曰善男子善女人觀他內過去身非有他內過去身觀他內未來身非有他內未來身佛言止止族姓子非汝境界何以故七地菩薩善男子善女人觀他內過去身亦不有他內過去身唯無有他內未來身汝

何以故說善男子善女人於七地中成就他內未來身月光照菩薩復白佛言如我觀他內未來身非有非無是故說成就佛復問月光照菩薩曰云何八地善男子善女人於八地中成就三禪答曰若善男子善女人端坐思惟觀內過去身無內過去身觀內未來身無內未來身觀他內過去身無內過去身觀他內未來身無內未來身或時善男子善女人自觀內過去身時非有非無猶如虛空未能滅內未來身或時觀內未來身時未能滅內過去身或時觀他內過去身時未能滅他內未來身觀他內未來身時未能滅他內過去身是謂善男子善女人於八地中成就三禪佛復問月光照菩薩曰云何九地善男子善女人於九地中成就三禪答曰若善男子善女人端坐思惟觀內有過去身耶無過去身耶自觀內未來身有未來身耶無未來身耶善男子善女人捨此觀已復觀他內過去身有過去身耶無過去身耶觀他內未來身有內未來身耶無內未來身耶捨此觀已復作是思惟我本無內過去身無過去身本無內未來身無未來身何況當有他外過去身無過去身他外未來身無未來身執心牢固不捨本誓是謂善男子善女人於九地中成就三禪復次九地善男子善女人當復修三禪行至坐道場而不違失云何爲三一者觀二者行三者本若成就三禪者便能具足得至道場云何爲觀分別法界知衆根本莊嚴衆相是謂爲觀云何爲行往詣佛樹現身色相諸漏已盡不爲塵垢之所染汙諸佛如來

之所常行四非常法是謂爲行云何爲本菩薩摩訶薩自念我今弘誓已備當使衆生備此弘誓是謂爲本善男子善女人具此三行者便能具足得至道場復次善男子善女人復當具三禪得至道場云何爲三一者空空二者空想三者空識若具此三空者便能具足得至道場云何爲空空所謂空者觀内法空外法空觀一世界二世界乃至無數阿僧祇世界是謂爲空空云何爲空想便入定意盡觀世界亦不生念有空無空有我無我是謂爲空想何謂空識入定意時復作是觀吾今以衆念更無他想念當淨衆生如我無異然此衆生有無量識吾今當以何識化彼衆識吾今當以空識令此世界皆悉如空令彼衆生分別識著是謂善男子善女人於九地中具此三禪復有三法所可修行云何爲三一者分別世界二者分別衆生界三者分別第一義若修此三法者便能進趣道場而無所畏云何分別世界盡能徧觀一切諸界有清淨者不清淨者皆悉了知亦無錯謬隨意選擇修治佛土是謂世界云何衆生界復當徧觀一切衆生常以權便而教化之不捨弘誓曠大之心經歷劫數不以爲難是謂善男子善女人成就衆生界云何成就第一義一一分別衆生義趣悉歸於空無我人壽命亦無一二至一切法亦復如是是謂分別第一義也若善男子善女人成就三法者便能具足進趣道場復有三神足法云何爲三一者神足知過去法二者神足知未來法三者神足知現在法若善男子善女人具此三法者

便能具足得至道場云何神足知過去法於是九地善男子善女人知過去法如虛空想分別過去衆生有欲怒癡染汙心者無欲怒癡不染汙心者一一分別而無所著是謂神足知過去法云何神足知未來法於是九地善男子善女人知未來受形衆生有欲怒癡染汙心者無欲怒癡不染汙心者一一分別而無所著是謂神足知未來法復次九地善男子善女人知現在一切衆生有欲怒癡染汙心者無欲怒癡不染汙心者一一分別而無所著是謂神足知現在法是謂九地成就三法進趣道場復次九地善男子善女人復有三法得至道場云何爲三一者身淨二者口淨三者意淨具此三法得至道場云何身淨身已越過無量德行本行已滅更不造身行身身通達無所罣礙是謂九地菩薩身淨云何爲口淨出無量教未曾虧損甚深妙藏是謂口淨云何爲意淨除去染著不受塵垢是謂意淨爾時月光照菩薩便說斯偈

身淨無瑕穢　內外無所染　德高無等侶

永滅欲怒名　口淨演諸教　不漏諸過失

乃至取滅度　口教無有窮　意淨除貪著

慈愍無增減　受生無量中　覺悟不悟者

九地過法界　非有亦不無　此等善男子

已入如來境　我本無量世　勤學追師侶

由未履此行　況餘墜落者　守行無所著

積一得作佛　行過出三界　人中師子吼

是謂九地善男子善女人成就三法

菩薩瓔珞經卷第八

音釋

沮壞(沮在呂切止也壞古𧷤切毀也)閱(欲雪切)嬈(爾沼切與擾同亂也)潛(昨𥫣切藏也)健(渠建切有力也)繫(胡同切繼也)

菩薩瓔珞經卷第九

姚秦沙門竺佛念譯

無量品第十七之餘

佛言善男子善女人奉持修習三禪行者便獲具足諸善功德遊諸佛國供養承事諸佛世尊爾時世尊在大衆中便說斯偈

過去恒沙佛　皆由三禪法　無相不願法
乃應聖律行　三禪根本法　自致得泥洹
正使無量頌　未能盡其法　若使一士夫
住壽無量劫　於中欲宣說　不盡三禪本
自觀過去識　非意所能宣　未來識亦然
非有非無識　無形不可見　然種生死病
思惟九地法　後乃得覺悟　梵行清淨法
擁護如來教　欲一一分別　未暢如來身
三世無等尊　破有諸欲網　牽連諸縛著
永盡而無餘　觀世諸有變　生生不常停
況欲知識本　現身六巢窟　本我不造有
染有乃生垢　皆由三禪法　乃坐道樹下
若有族姓子　施心欲量計　分別如來身
未必知毫毛　過去諸法界　一一不思議
斯由此三禪　乃得稱名號　若欲計識本
分別非有法　所趣無數變　乃應三禪行
我生既自安　亦能安衆人　然人思想多
我導引使知　我從本等定　行觀覺三禪
非有地識想　超越過去行　生本從我人
流轉趣五道　能盡一生垢　乃謂應三禪
究竟有三法　審鑒本深要　二爲現在慧
道觀是謂三　能盡此議趣　三禪無量行
此亦不可思　究盡三法行　又知恩愛本
漸漸轉入空　既自從師受　後乃成道覺

或現三千世　如人掌觀珠　一一入淨觀
洗浴諸塵勞　若人圖度空　欲以斗斛量
雖可建此心　豈當有此理　心念無邊涯
生生無有息　如水趣于海　不見有增減
況人欲得量　心之本根源　欲尋心所念
豈當有此理　聖人所以降　示現出於世
故欲量度空　令知斛斗量　分別念生生
前後及中間　一一悉能知　斷種生死本
人心非一類　造行若干種　自墜墮本際
遂自陷於淵　過去諸恒沙　諸法悉同等
皆由三禪行　得成無上道　將來諸如來
亦當執此行　安處諸衆生　俱同成道覺
如我今成佛　王此諸世界　亦由三世慧
得成無上道

爾時世尊說此偈已便告善男子善女人過去無數恒沙劫中有佛出現名曰見無如來至眞等正覺明行成爲善逝世間解無上士道法御天人師號佛世尊亦於此處成佛時有國王名曰吉滿於此治化人民熾盛五穀豐熟七寶成就所謂七寶者珠寶輪寶玉女寶馬寶象寶典藏寶典兵寶復有千子多拔勇悍六藝備具爾時吉滿大王年既衰末欲捨王位從彼如來至眞等正覺淨修梵行即授王位與第一太子便詣見無佛所求修梵行追尋彼佛十二年中修此三禪時猶未解一句之義復從彼佛去世已來中間二十大劫無佛後有佛出復詣彼佛修於梵行如是經歷十二億那術諸佛一一諸佛所淨修梵行復從彼來供養無數諸佛久後乃遇光明如來至眞等正覺從彼受三禪慧至今方乃

得之佛告諸來會者爾時吉滿國王者豈異人乎莫造斯觀何以故爾時吉滿國王今我釋迦文佛如來至眞等正覺是從彼已來今乃獲此三禪本行自致成佛坐于道場爾時世尊復説頌曰

念我積本德　經歷無數佛　遭遇諸塵勞
未能自拔濟　其間復供養　恒沙無數佛
妻子國財施　未獲此三法　後遇光明尊
始得此尊慧　其間修淨行　始悟三禪法
憺然無憂畏　無生無染汙　衆相自嚴飾
故號人中尊　由我平等慧　不起衆想著
化此天世人　典領三界尊

爾時世尊説此偈已時座上百千億衆生皆發無上正眞道意復有諸天世人隨所念道各自成就爾時有菩薩名曰淨白佛言夫轉輪聖王典四天下便能具足七寶然後乃名爲轉輪聖王如來至眞等正覺有七法度無極然後乃名爲至眞等正覺今問如來七法爲有形爲無形佛言止止族姓子吾今解汝機辯如族姓子所問如來七法則無有形何以故此法甚深不可窮盡但爲衆生故現有窮盡然此七法無有窮盡爾時淨菩薩白佛言轉輪七寶復有形耶無有形耶佛言亦有形有情亦有形亦無情云何有形有情玉女寶象寶馬寶典藏寶典兵寶是謂有形有情云何有形無情輪寶珠寶是謂有形無情爾時淨菩薩白佛言世尊如轉輪聖王在天之坐意有所念尋念即至爾時有形有情王念便至爲有情而至無情而至佛言此雖有情王念便至非彼知王意至淨菩薩白佛言彼

雖有情何異輪寶珠寶乎佛言云何族姓子輪寶珠寶亦由念至然此二者有音響言教不乎淨菩薩言無有言教佛言如是族姓子雖有情以念故則至不取言教淨菩薩復白佛言云何世尊若轉輪聖王心念便至欲使輪寶珠寶有言教者得不乎佛言得何以故轉輪王威力使然便有言教淨菩薩言轉輪聖王非通非感云何使無情而有言教佛言轉輪聖王得世俗通能使世物如念所應但未能使有情之物令至無情淨菩薩復言云何使有情之物令至無情佛言族姓子今當爲汝一一分别有情之物令至無情無情之物令至有情善思念之今當爲汝說如轉輪聖王觀彼有形有情衆生愛而樂者未能捨離欲使永存終無變易自念已身受王聖位但覩其福不覩磨滅是謂無形之物欲使有情如善男子善女人已成道已恒自思惟我今捨欲不復愛樂欲滅此形無染於識是謂有形而滅於情佛言族姓子如四法界一法界增諸界有損諸界悉增一界有損此由有情而增不由無情而增淨菩薩復白佛言如世尊言我今當說有情至無情無情至有情今如來但說有情至無情不聞如來說無情至有情佛言善哉善哉族姓子今發汝問者皆佛威神我今反問汝汝當一一報我云何族姓子若有善男子善女人初在學地成就學法七無漏觀是時復有凡夫過去當來現在心不乎答曰無也世尊佛言如是如是族姓子是謂無情於有情佛復問淨菩薩云何族姓子如今無學修九清淨道爾時復有七

無漏觀不乎答曰無也世尊佛復言族姓子不退轉菩薩得虛空觀修十六聖行爾時無學修九清淨道不乎答曰不也世尊佛言如是如是族姓子是謂無情於有情佛復問云何族姓子如今八住菩薩得佛形相獲三十二聖諦爾時復有九清淨道不乎答曰無也世尊佛言如是如是族姓子是謂無情於有情佛復問淨菩薩曰云何族姓子九地菩薩爾時復有三十二聖諦不乎答曰無也世尊佛言如是如是族姓子是謂無情於有情佛復問淨菩薩曰云何族姓子如今如來至眞等正覺最後降伏十四諸塵垢爾時復有三禪行不乎答曰無也世尊佛言如是如是族姓子是謂無情於有情佛復告淨菩薩今已爲汝說有情於無情無情於有情便能具足

如來道教上菩薩位進趣道場猶如月光衆星中明普曜一切莫不蒙照菩薩摩訶薩具此有情於無情無情於有情者便能具足如來聖行身黃金色衆德巍巍猶紫磨金山衆智自在爾時淨菩薩白佛言世尊今日如來至眞等正覺有情於無情耶無情於有情耶爾時世尊聞淨菩薩問此義已便放身支節光明普照無量諸佛刹土盡令金色還攝光明便告淨菩薩曰善哉善哉族姓子今以無相之法而問如來此義如來至眞等正覺已過九地故有情於無情至成得佛乃至道場是謂無情於有情何以故皆由衆生有想著故爾時淨菩薩白佛言如世尊所說以衆生故無情於有情如來今日未離耶佛言已離雖處亦不染又問云何世尊如來別情乃使

無情於有情唯有無情於有情耶佛言族姓子如來無復別情更有無情於有情但以第一義故無情於有情淨菩薩復問云何於無情云何於有情佛言族姓子我無辟支佛阿羅漢心然有慈悲喜護是謂無情於有情淨菩薩言如來今日無情於有情頗有無情於無情乎佛言有淨菩薩問曰何者是佛言我今心滅託在無爲是謂無情於無情淨菩薩問曰無爲亦有情無情亦有情名假號耶云何世尊言我今心滅託在無爲佛言族姓子如是如是如汝所言一切諸法皆悉假號是亦有情於無情無情於有情淨菩薩復白佛言如世尊所說諸法亂諸法不定諸法無常云何於假號法中復說無情於有情有情於無情佛言云何族姓子我今當以第一義問汝汝當以一一報我汝今有情耶無情耶答曰有情佛言汝情何所立答曰立於無情佛言汝今有情云何立於無情答曰捨有趣無故立於無情佛言無情旣無爲何所立答曰立無所立佛言汝今用何等法立無所立答曰我今不見有情不見無情故立無所立佛告族姓子汝言一切諸法假號云何於假號法中說有情於無情說無情於有情若當爾者諸法亂諸法不定諸法無常汝今復說亦不有情亦不無情故立無所立爾時淨菩薩默然不報佛言族姓子汝觀何等義默然不報淨菩薩言我觀第一義中無言無說故默然耳佛言如是如是族姓子一切諸法皆悉假號假號法中非眞非有以染汙心故衆生不達各自稱說此是泥洹此是生死以第一

義清淨觀者亦無泥洹亦無生死爾時世尊
便説斯偈
一切諸法界　本無無所有　生死不達觀
謂爲法自爾　經歷三世苦　進求菩薩道
退轉如恒沙　豈有達本無　十力哀現世
愍念羣品等　爲演假號法　令知至道明
解脫無等侶　速疾演法音　無量衆生類
充以法甘露　大道無形像　非有情無情
但生染汙心　不獲三禪本　若欲修習本
清淨七無漏　宣暢九淨地　是應趣道門
初欲趣道場　繫著十四心　得佛乃當滅
然後成道果　十六諸聖諦　菩薩諸法印
授莂甘露慧　因號爲如來　三十二法本
菩薩神通慧　消滅三世患　漸至於泥洹
夫欲求佛道　莊嚴諸刹土　聲徧十方世
修禪乃得獲　無漏三禪行　諸佛深奧藏
爲衆生立誓　爲説無死法　行盡不造行
果亦無果報　道從平等慧　心一無邪念
四信如來寶　六種爲世塵　七覺清淨鬘
八道具乃成　世俗五通道　如鳥遊虛空
繫念存地大　不免生死難　六通大乘道
遊戲虛空間　至竟不退轉　斯安非有餘
慧觀達清淨　悉照暗冥中　無著亦不染
故號爲天尊　道生不自生　因緣乃有道
法法不自知　虛寂何有道　人本處生死
流浪不自覺　精進不懈怠　漸漸應聖諦
心珠素自明　不假外光明　日月有五翳
何能有所照　佛本行清淨　心慧無瑕塵
自濟復濟彼　所至無罣礙　能斷諸希望
蠲除諸縛著　照以諸法光　莫知愚冥暗

泥洹性清淨　不見有往還　深微不可覩
憺然不變易　入禪一定意　感動諸十方
神足道力强　八等不虧損　所以發弘誓
雨淚愍衆生　咸念代受苦　此爲實奇特
人不計無常　貪著三界榮　如風吹落葉
流轉隨所趣　虛空無邊際　道行亦無邊
空報以音響　虛寂無根本　人本出母胎
隨行染五趣　善惡追人形　如影隨其身
若能滅五陰　神識還歸空　不復生老死
是處實快樂　欲知諸佛藏　深奥不可覩
越界超三世　顧眄生死岸　本我爲愚惑
入此然熾鑊　今得離此灾　遊戲清淨淵
我今雖免苦　自離彼不離　獨善非弘誓
何必取滅度　復來還現生　權化處塵勞
曠濟無有涯　不猒劫數期　日度如恒沙
如已無等侶　不計如毫釐　宣暢自功德
不念度者近　未度者爲遠　心識憺然一
至竟無罣礙　色相是身具　容好無雙比
諸根遂純淑　乃知爲大患　利根具足行
覺悟猶復漸　會值癡愚者　此乃甚爲難
菩薩入定意　不念有無想　獨步無所畏
德過諸山嶽　行者有五品　進退中間法
立志如安明　心堅不可動　六度本神慧
神足通往來　法界無三念　故能轉法輪
本積無量善　自致人中聖　道等無三本
心計內外淨　性行有若干　行法無有異
但爲世辯者　分別有差品　過行有累劫
未曾起想念　故遊心無量　虛空無有滯
地爲至誠本　能忍穢不穢　慧心所含容
不見度不度　聖人行甚奇　能忍此衆苦

億劫行功德　乃成一法本　三定空無相
無願行諸法　衆智十力慧　超越無生處
本修音響慧　八聲甚淨妙　分別五陰行
蠲除思想貪　沉湮生死本　不求出要路
三本不捨本　乃出於道要　自識宿命通
法身不思議　壞有成無等　是力不可沮
虛空無量界　非一非二三　隨行本誓願
淨修衆妙道　生死滓濁法　愚士所貪樂
慧觀無染著　永除愚惑法　菩薩樂寂靜
思惟無量法　現在不生滅　非有非不有
自識宿命智　觀本生死根　如人臨江海
爾乃顫慄懼　弘誓度無極　平正道地行
坐卧入深藏　常離穢汙行　地水火風空
神識倚著住　欲求禪窟處　不知神識趣
人亦信復然　因緣共合會　識離四大空

不知各所趣　法海無有涯　受入內外塵
本性自清淨　不識別汙染　大道本無法
觀法內外淨　不念去來今　世智無等雙
曉衆一切音　有量無量法　劫數磨滅法
豈有常存者　能斷衆生厄　永離四魔地
貪嫉本無性　爾乃應淨觀　本坐樹王下
初夜中亦然　一心一意止　定意無有亂
七日體不傾　咸察三世法　滅一無復一
從是乃覺悟　今既得成佛　愍念未度者
與轉無上法　在於鹿野苑　先說四明慧
苦集盡道慧　爲未覺悟者　三說乃成就
一切無量衆　初聞甘露法　皆得無生心
無復有生滅　雖現於此生　神遊無量界
在在轉法輪　處處現變化　於此現作佛
十月處母胎　聖人無塵垢　不恥在五欲

是故精進學　念離有無識　體性行自然
不毀於法界　過者不可量　來者亦無盡
現在復變易　神識爲所在　識爲生死本
流浪無窮已　欲至無爲岸　三禪爲第一
願得無色法　染以無形服　於無自娛樂
不願處三有　念我本牢誓　爲本際衆生
故復隨俗入　不闕弘誓心　菩薩行三本
巨有勝負心　我今乃自達　爲精進中最
如來所現變　無有能思量　或處巖石間
寂默無言說　分別內六根　無我無人想
外法亦當爾　常想非常想　吾從初發意
立行不爲已　今雖得先悟　豈不爲餘者
所以力勤學　恐負本所願　故度未度者
是謂如來誓　佛本初發願　不念劫數難
雖處於塵欲　此苦亦不久　正法本無二
差品有三號　道如日月照　無有高下心
一智及一慧　本從一願成　我今不捨一
故號第一尊　二觀從一法　行念過三苦
本無苦境界　法身自分別　菩薩執權慧
教人無法想　眞人意常淨　不念起無起
恒以大慈心　不念衆生闕　由是自瓔珞
法義具足慧　道本自無我　此出衆生口
不可爲衆生　說本自無我　今當說有行
漸令見道跡　令知無常想　久當自覺悟
在世修聖行　終不失義本　不以文字故
顯現於世人　從諸佛受教　遊戲諸定意
人中神龍步　獲四無所畏　如來别有諦
一一不思議　無倚無所染　故號人中尊
凡人學世典　齊可至無想　不如一句義
不與生死處

爾時世尊說此偈已云何族姓子審解此義有情無情不乎答曰如是世尊實無等倫若有善男子善女人諷誦受持有情於無情無情於有情義者便能具足一切諸法何以故諸佛世尊一切賢聖皆由此義而得成佛自今已後我等善男子善女人皆當擁護是善男子善女人受持諷誦有情於無情無情於有情者何以故如我所觀如來所說過去當來今現在佛皆由此義而得成就我等亦當逮此法義爾時有菩薩名曰無觀即從座起偏露右臂叉手長跪白佛言世尊我等八人於此賢劫中當擁護是善男子善女人受持諷誦是句義者便當獲十功德福云何爲十一者得無形相法二者深入法藏三者辯才第一四者得無量法五者獲捷疾智六者不捨弘誓心七者定意自在八者逆知衆生念九者立無生心十者行本自然若善男子善女人受持諷誦此句義者便當獲十功德若使三千大千刹土滿中善男子善女人皆令成就得菩薩道故不如是善男子善女人受持諷誦此一句義何以故諸善功德皆由是生爾時世尊告淨菩薩云何族姓子令三千大千刹土衆生盡爲釋提桓因其功德福寧爲多不淨菩薩白佛言甚多甚多世尊佛言故不如立信善男子善女人修三禪本其功德福甚多甚多佛言云何族姓子若三千大千刹土衆生盡爲梵天一一梵天神德無量其功德福寧爲多不淨菩薩白佛言甚多甚多世尊佛言故不如一地菩薩摩訶薩修三禪行其功德福不可稱量不可以譬喻爲比

佛復告淨菩薩曰云何族姓子若善男子善女人已在一地得菩薩號徧滿三千大千世界其功德福寧爲多不淨菩薩白佛言甚多甚多世尊佛言故不如二地菩薩摩訶薩修三禪行其功德福不可稱量何以故二地三禪行非一地所能及佛復告淨菩薩曰云何族姓子若二地菩薩皆令成就徧滿三千大千世界其功德福寧爲多不淨菩薩白佛言甚多甚多世尊佛言故不如三地菩薩摩訶薩修三禪行其功德福不可稱量何以故三地菩薩非二地所及佛復告淨菩薩曰云何族姓子若三地菩薩摩訶薩具足三禪徧滿三千大千世界其功德福寧爲多不淨菩薩白佛言甚多甚多世尊佛言故不如四地菩薩摩訶薩修三禪行其功德福不可稱量何以故四地三禪非三地三禪所及佛復告淨菩薩曰云何族姓子四地菩薩摩訶薩具足三禪徧滿三千大千世界其功德福寧爲多不淨菩薩白佛言甚多甚多世尊佛言故不如五地菩薩修三禪行其功德福不可稱量何以故五地三禪非四地三禪所及佛復告淨菩薩曰云何族姓子若五地菩薩摩訶薩具足三禪徧滿三千大千世界其功德福寧爲多不淨菩薩白佛言甚多甚多世尊佛言故不如六地菩薩修三禪行其功德福不可稱量何以故六地三禪非五地三禪所及佛復告淨菩薩曰云何族姓子六地菩薩具足三禪徧滿三千大千世界其功德福寧爲多不淨菩薩白佛言甚多甚多世尊佛言故不如七地菩薩修三禪行其功德福不可稱量

何以故七地三禪非六地三禪所及佛復告淨菩薩曰云何族姓子若七地菩薩具足三禪徧滿三千大千世界其功德福寧爲多不淨菩薩白佛言甚多甚多世尊佛言故不如八地菩薩修三禪行其功德福不可稱量何以故八地三禪非七地三禪所及佛復告淨菩薩曰云何族姓子九地菩薩具足三禪徧滿三千大千世界其功德福寧爲多不淨菩薩白佛言甚多甚多世尊佛言故不如十地菩薩摩訶薩修三禪行其功德福不可稱量何以故十地三禪非九地三禪所及佛復告淨菩薩曰云何族姓子十地菩薩具足三禪徧滿三千大千世界其功德福寧爲多不淨菩薩白佛言甚多甚多世尊佛言故不如一生補處菩薩摩訶薩何以故一生補處三禪非十地三禪所及佛復告淨菩薩曰云何族姓子一生補處菩薩修三禪行徧滿三千大千世界云何族姓子其功德福寧爲多不淨菩薩白佛言甚多甚多世尊佛言故不如如來至眞等正覺須臾之間念三禪得其功德福不可稱量一切諸佛世尊由是三禪而得具足一切諸法爾時世尊便說斯偈

三禪諸佛母　出生一切法　拔濟衆生苦
得爲人中尊　十地菩薩種　所獲禪不同
本慧無若干　息心爲第一　現在十六法
於中自娛樂　不倚三毒本　乃應十句義
超越無量界　不失本觀行　度脫諸衆生
是謂三禪行　諸法如夢幻　非有非不有
盡化一切類　是謂三禪行　雖未在十地
能施作佛事　能現種種變　是謂三禪行

無等十二輪　暢演本無行　受入諸根本
是謂三禪行　生死無有量　不滯三有道
識神自然轉　是謂三禪行　人既知非常
不著世榮寵　眞人斷彼此　是謂三禪行
有情非有情　無情亦復然　道行過三界
是謂三禪行　生死本無兆　因緣有諸法
彼彼不相知　是謂三禪行　慈愍普育養
不著身想本　法性無高下　是謂三禪行
菩薩根本行　唯空無相願　得趣泥洹門
是謂三禪行　道從四等心　弘誓不可動
十慧超衆道　是謂三禪行　具檀度無極
拯濟下劣人　隨所充其念　是謂三禪行
守戒無所犯　如護吉祥瓶　念念不雜想
是謂三禪行　忍辱行之本　受對心不變
無想如虛空　是謂三禪行　無數劫精進
終不懷懈怠　教訓衆生類　是謂三禪行
正受三禪行　一意念不變　感動十方界
是謂三禪行　智慧大海淵　平等無有二
蠲除諸妄想　是謂三禪行　善權無方法
變現無有量　不計有貴賤　是謂三禪行

爾時世尊說此偈已百千億衆生皆發無上心得三禪行

菩薩瓔珞經卷第九

音釋

巢窟（巢鋤交切窟苦骨切）悍（侯旰切有力也）氂（陵之切十毫曰氂）湮（伊真切沒也）顫慄（顫之膳切慄力質切顫慄恐懼也）

菩薩瓔珞經卷第十

姚秦沙門竺佛念譯

隨行品第十八

爾時天龍鬼神阿須倫迦留羅真陀羅摩休勒人及非人及諸菩薩摩訶薩比丘比丘尼優婆塞優婆夷各自生念我等欲觀如來神智變化無量遊諸世界還復故處無覺知者時有梵天名曰尊復尊從他方佛刹來行過三禪無所復畏即從座起偏露右臂叉手長跪而作頌曰

天尊三達智　悉觀三世本　斷惑去狐疑
爲現神智道　如爾性自然　行過超三有
菩薩瓔珞慧　爲總何等行　道樹諸法本
無生心第一　自悟無師授　爲隨何行得
超越下劣地　上慕菩薩道　宣暢四要法
梵行清淨本　天世衆生類　念念各不同
滅想令不起　何由而得成　法界本自空
受決有若干　一行得作佛　復由何等辦
生死十二海　流轉常不停　佛慧無邊際
尋究而度之　道本從一相　斷滅無所生
觀外身塵勞　內法亦復然　來處去此遠
願樂欲聞法　惟尊一一演　永令無塵翳

爾時世尊告尊復尊曰善哉善哉族姓子能於如來前而問斯義今當以偈一一分別

本從無數世　親近善知識　不見本末空
是謂隨行得　思惟無量法　分別本末空
道果不染汙　是謂隨行得　所念不處邪
不離正法本　一相本自寂　是謂隨行得
十力王三千　永度彼此岸　修行本無法
消滅五陰苦　慧明所照處　上徹空無際

善化隨本教　是謂隨行得　空性憺然安
無願相亦然　三定等有伴　是謂隨行得
當其入定時　諸法無所有　捨身染一身
是謂隨行得　諸佛法不異　分別隨其人
過去以滅行　豈復有根兆　人知所修習
守信爲權法　自滅吾我想　是謂隨行得
從久遠以來　衆生染著有　有竟不自知
豈識無想法　但爲大聖人　分別隨其類
導引以正要　是謂隨行得　劫數亦不難
令可如彈指　難悟癡惑人　就善乃爲難
一身復一身　經歷億萬姟　愍以無念想
不度終不捨　行本由自然　利鈍各有品
令蒙大光明　是謂隨行得　我本自造行
令復受其報　行盡無三果　獨立無所倚
人想衆常想　非是聖律教　能捨彼此想
是謂隨行得　計身本自無　況有識神念
愚惑衆生類　初不能捨離　道忍有五行
初念中亦然　思惟不淨觀　是謂隨行得
身淨無瑕垢　終不造邪業　所以口眞誠
由本無欺故　道潤所及處　轉得有所濟
由前有麤澀　豈怨澀不及　弘誓恒平等
不念麤以細　行等無彼此　是謂隨行得
人知起其難　自守無他念　自濟復濟彼
是謂隨行得　如人視五色　自起其識想
痛陰由是茲　不離大災患　識法不可見
緣生若干念　一生復一滅　欲免甚爲難
道慧有五相　分別成敗法　行盡無窠窟
時識竟所在　一形受一形　身身不磨滅
夫欲伐其樹　欲盡勿捨根　識根爲蔓莛
所至無有礙　力士諸仙道　誰能尋其本

唯有三界尊　能攝使不逸　燒以智慧火
莫知暗冥處　無明衆行灾　抑遏善根本
洗以八解水　除垢無塵翳　生死往來苦
今世就後世　咄嗟此苦惱　非聖孰能濟
諸天受福堂　四梵亦復然　行由清淨果
德爲人中上　思惟古昔來　本無三惡趣
本造今自受　何爲復有疑　若使諸世尊
不顯曜道教　便於如來所　可譏說其過
吾亦愍念汝　受生不達本　如此衆生類
不受聖訓教　過佛無有量　汝由不覩聞
將來恒沙佛　豈從得蒙濟　人心霍然悟
不待劫數期　一聞便成佛　不歷諸法界
但念羣品黨　不慇懃於道　所以自墜落
永處五道淵　如鳥飛虛空　憑翅乃得逝
人無止觀定　何由獲空慧　生死無限齊
道力過百行　染以無形服　自致道果成
五陰本無形　爲作形色相　德過諸釋梵
爲說無相法　行人觀外色　內識往分別
彼色非我造　我心自往染　色本非我本
色性竟有無　計我識亦爾　本從何所生
爾乃自覺悟　外色自空寂　內識亦復爾
惔然本無生　人念非常空　自觀身本法
爾乃得至彼　永處無爲岸　本受五陰身
欲脫未能離　受胎是大患　未離有何益
五分法身具　戒定慧解成　熏以道德香
蠲除世臭穢　人能修明慧　億劫不懈怠
衆德自然具　故號無等倫　戾意隨習俗
處尊不爲憍　隨行從高下　令立永處安
或入三塗苦　爲現權慧智　外如代受苦
內心無所染　吾昔無數世　修行菩薩道

以獲盡信忍　行過二住地　爾時諸佛集
普從十方來　爲一下劣人　欲令免無救
諸佛各伸手　障令不至罪　罪力難可蔽
攘手牽入獄　諸佛尋其後　復到地獄中
欲救彼罪人　令離衆苦惱　如來神智力
身放大光明　普曜地獄中　晃若同一色
罪人見光明　無復身痛想　皆悉蒙光明
得離地獄難　唯彼一衆生　諸佛不能救
五逆不順行　乃致是苦惱　吾從是已來
進行不懈怠　不以生死苦　中有變悔心
今既得成佛　號字釋迦文　壞敗五陰身
衆德普備具　受罪無終竟　不識善根源
行盡超衆德　乃應虛空性　恐今亦當有
受罪無救者　非神力所能　制住令不往
空性雖清淨　行滿乃得具　神足五通法
未能離此惱　五陰各有性　所造非一品
忍智度無極　行具乃得成　道生諸法本
滋長無有法　立志如安明　終不可沮壞
譬如有士夫　爲空施畔齊　此由冀可得
欲免罪甚難　七寶諸宮室　象馬國財寶
斯盡如幻化　暫有不常停　轉輪聖王位
統領四天下　是亦磨滅法　無常不久存
如彼修行人　分別色根源　解知本自爾
是謂成色陰　身痛有百八　內外中間法
知痛所出生　是應痛陰法　想如野馬遊
壞有無所有　抑制想不生　是謂應想陰
三行成三法　滅三乃應三　拔斷三毒根
不染三世有　五法已成具　不受識無識
無內外六塵　是謂爲識陰　執四方便道
乘四無礙慧　超四道果證　故應四聚要

生死海無疆 曠大無邊涯 乘六神足道
乃得遊其淵 愍念愚惑種 翫習不捨離
形如芭蕉樹 有皮裹無實 今我樹王下
瓔珞諸道品 功勳超百億 世雄尊第一
今日無等倫 現生於五濁 不爲塵垢染
如蓮華無著 當守護其心 不爲塵勞惑
内以八正覺 瓔珞身心法 外以諸相好
莊嚴諸國土 明慧修二觀 相好自嚴飾
本從四大成 成敗無所有 前念非後念
新新成塵勞 施心於一切 高下無所逆
内具度無極 無倚無所處 守戒常一心
勸彼無所犯 擁護衆道德 不闕戒性行
三地有十法 無形不可見 權詐入生死
示現世逕路 生世衆苦患 憂畏無數變
聖人能往來 不以此爲危 大道本無形

非有無生慧 相相度無極 而自瓔珞身
眼視上下眴 逮覩無有疆 修淨度無極
獲此無礙報 脚跟細平正 修治大聖座
今獲無垢報 具道度無極 蹲如布重金
亦不受塵水 舉足如旋風 機關無觸礙
心華不著塵 内悦色外發 皆由忍辱報
故號度無極 執心如金剛 演布道地法
知過無量世 具足無礙度 口演八種音
悉布諸言教 至誠不染有 是謂不欺度
道由三觀想 能逮平等慧 心不著是非
應於無生度 初發弘誓心 不爲少許人
自然成道覺 是名具空度 神足遊佛土
身心無限礙 一意無移易 神足度無極
本由色墮有 知色非有常 今受此色身
衆好度無極 痛法有内外 非苦非有樂

蠲除內外法　無行度無極　五根有五法
要由十八持　分別除去五　無報度無極
守護身口意　攝令無放逸　淨響普照曜
八道度無極　不倚三覺觀　亦無生起滅
自意不復生　無言度無極　清淨如蓮華
博聞無所染　常訓化衆生　淨教度無極
平等無二想　不懷偏局心　如日照虛空
慧觀度無極　仁智不可量　無生不可見
施心無量慧　道智度無極　觀三千世界
起滅無所有　善覺悟一切　無想度無極
知生本無生　因緣生諸法　成就有無道
平等度無極　總持無礙道　解脫成就慧
分別無我想　空淨度無極　生死有五難
染著世俗塵　遊空無量境　權智度無極
已脫生死縛　遊戲解脫中　清淨無亂想

果報度無極　在世現苦行　執心如金剛
已超三有道　自然度無極　或在虛空界
念法無亂想　如空有所容　無形度無極
快哉無生道　永斷諸塵勞　不見有往來
無行度無極　神足有四事　恒遊十方剎
身心俱虛寂　明慧度無極　本從平等心
一意無所染　心超無量界　微妙度無極
觀了生世苦　一相無所起　道心不可轉
金剛度無極　無學修梵行　超越九次第
行盡不熾然　瓔珞度無極　道從三慧觀
分別定意行　自息心不起　無量度無極
濟拔四要道　越次不受證　自然滅無明
等分度無極　道教實微妙　精進不可踰
平等無二法　衆行度無極　生世衆苦難
常習無上道　不見有無跡　衆想度無極

生死多限礙　不覩智慧光　道力以宣暢
積行度無極　成就九禪法　不染世俗智
一一分別想　戒訓度無極　所以顯現法
愍念一切人　不見度無度　寂意度無極
遊至無量界　承事諸賢聖　受教不忽忘
總持度無極　復能現變化　感動諸佛剎
亦不自貢高　滅意度無極　追念過去世
普修菩薩道　不著内諸漏　觀行度無極
修治諸佛土　清淨無瑕垢　度脫無量人
法界度無極　衆生根無量　身體極清淨
内外不染有　了法度無極　知生不足貪
權現無有方　不生衆想念　無等度無極
身法若干種　亦不生塵垢　莊嚴身體相
功德度無極　從無央數劫　積累修法本
積累不爲已　神通度無極　六情不著有

分別無量慧　得過虛空際　一心度無極
生在人中難　受身無有量　眼不著外色
無念度無極　執意無貪著　生生亦不息
自滅内衆行　空觀度無極　無畏無所著
不見内外法　道意無若干　神智度無極
佛身本自淨　不爲塵垢染　智達過百劫
無心度無極　前心非今心　生生而不絶
一意無所起　大智度無極　億百千衆生
度亦不見度　心念無非邪　娛樂度無極
行盡受苦證　達知三世本　不有小乘意
本末度無極　於苦不念苦　了知四非常
盡生更無身　聖諦度無極　本從無量佛
受決當作佛　亦不自歡慶　等施度無極
心本不思議　德超無有量　分別有無觀
靜寂度無極　五道衆苦源　不生清白法

八等過道行　現身度無極　人體本無法
不見法界相　上智過百行　無畏度無極
一心一念頃　受證無有難　永離諸漏法
大聖度無極　本末永自離　亦不見吾我
神力如虛空　知足度無極　自攝持威儀
不著諸相好　自守無所犯　親近度無極
吾從無數世　供養諸世尊　不毀諸法界
無願度無極　亦不有希望　僥倖於諸法
非有無所生　積行度無極　不念彼此岸
超越生死海　究盡一切根　無盡度無極
十六不思議　亦名十六慧　從苦至無法
無著度無極　生死無有底　或出或隱沒
盡能觀了知　性空度無極　身法三十二
汙染不淨行　一一能分別　無著度無極
眼識有內外　不受外身入　無畏無所動

慈心度無極　如我坐佛樹　莊嚴金剛座
降魔無所畏　大慈度無極　愍念衆生類
度人不見度　曠濟無有疆　自離度無極
過去不復生　不染當來塵　慧心無內外
無疑度無極　內外陰持入　不生諸塵垢
守一不放逸　神足度無極　眼不著外色
舌亦不知味　除去貪著想　無形度無極
分別菩薩心　淨觀無所著　道從平等慧
威儀度無極　自識宿命智　知本所從來
不復興想念　現生度無極　智者在世化
盡苦無有餘　拔斷生死本　苦行度無極
愍過慈母育　慧普無高下　內不自見身
無貪度無極　得遊無量境　無有覺知者
亦不自稱歎　法身度無極　復從諸佛受
空慧無量法　自然盡苦際　不起度無極

道從平等慧　不染三有想　從是獲神足
無我度無極　凡夫縛著四　不離三界患
盡生更不造　通慧度無極　從無央數劫
定意不錯亂　意亦無移易　本際度無極
神智無邊涯　永除貪著有　逮得不起忍
寂滅度無極　道慧觀七品　法界無參差
一相不可見　無形度無極　泥洹無生滅
行跡無所有　能離彼此中　隨行度無極
無明衆行本　流轉十二海　不爲識所染
無著度無極　如爾四聖諦　出生諸道果
滅意由四禪　定意度無極　如來八解脫
無苦亦無樂　能滅現在結　無患度無極
不倚著三界　造立於塵勞　修習神通慧
快樂度無極　無住無往還　亦不壞法性
永滅塵勞疇　無變度無極　如色本無色
色性常自然　了知三世苦　滅意度無極
不受外塵垢　定意無他想　生盡更不造
無愛度無極　現變無央數　終不自爲已
道慧無三礙　本際度無極　入定除三想
不見我人壽　執信無馳騁　衆智度無極
空無相願法　三昧聖道觀　寂然滅一意
懷來度無極　道生無量法　從是得到彼
玄達三世苦　愛樂度無極　知生爲大灾
穿漏諸法界　捨一不染著　衆妙度無極
慈悲四等心　普潤於一切　化導無尊卑
大智度無極　四大因緣形　體性不可轉
欲達解脫門　三向度無極　若劫欲盡燒
不懷恐懼心　自然通道力　無想度無極
亦不自生念　分別若干想　佛慧無有窮
大海度無極　巧訓過衆行　本業無有量

無一不見一　離羣度無極　弘誓具足願
觀身無形相　破壞四魔患　莊嚴度無極
無念諸法本　泥洹寂然淨　諸佛所遊處
深藏度無極　無相不可見　從一乃成佛
去離心本法　一義度無極　究盡諸道果
不有三窠窟　慧照無邊涯　立本度無極
生死諸艱難　無爲憺然安　不生五塵垢
總持度無極　徧遊無量世　教化衆生類
經歷生死苦　斷苦度無極　現處母胞胎
實不染著有　心淨如虛空　本慧度無極
不見有受報　果證諸明慧　分別四道本
修持度無極　本從無量世　法界不思議
平等無二心　廣慧度無極　佛法甚深妙
非二乘所及　超越無量行　無疑度無極
先淨其眼根　淨修心本行　慕及菩薩道
淨意度無極　執意如金剛　清淨無瑕穢
永離有無界　道果度無極　古昔諸世尊
坐此元吉樹　降伏四魔怨　忍力度無極
神識在虛空　初無恚怒心　亦不生塵垢
超越度無極　神力超無量　一切諸世界
亦不著可欲　無垢度無極　夫欲究盡空
內淨外亦然　分別非常想　因緣度無極
光明照諸界　蠲除諸暗昧　不起若干想
斷垢度無極　慧觀有三法　永除欲怒癡
不爲色所染　智行度無極　設從億千劫
立志弘誓心　不見衆生類　淨教度無極
八等大道行　內外無我想　佛界法界淨
無量度無極　人本修其行　拔斷十二緣
除貪不著有　一意度無極　欲修人道行
先護身口意　十善衆行本　應法度無極

我本不造癡　根本爲所在　十慧無量智
本無度無極　法界不思議　成就無畏法
盡生死根本　重擔度無極　如來慈惠等
養育無高下　除去染汙心　無望度無極
發趣大乘意　接度諸有礙　不見生死本
遠離度無極　弘誓執勤苦　遊戲諸定意
常懷反復心　忘報度無極　衆生平等慧
盡知諸根本　不懷塵欲心　權慧度無極
大道甚爲妙　不爲塵欲動　三空捨本意
究竟度無極　於此賢劫中　諸佛興出世
拔苦無三礙　周旋度無極　身放平等光
接度無數衆　知生不染生　善友度無極
欲成無上道　親近善知識　能盡苦本際
無盡度無極　四道無往來　住壽無數劫
究盡道根本　無變度無極　欲究盡生死

勿懷退轉心　勇健不可壞　立志度無極
行施無所愛　亦不興三想　本末悉自空
解慧度無極　道力如虛空　不計五陰身
色本非有色　清淨度無極　無生衆慧本
常想非有眞　不見有教化　智力度無極
過去無數劫　有佛如我號　修平等法本
無形度無極　大辯如來出　消滅愛欲塵
教化衆生類　信根度無極　有佛名無礙
苦行無量劫　攝意不放逸　守戒度無極
次名弘誓佛　教化無高下　意等如虛空
忍辱度無極　有佛名大願　究盡生死根
變化無數身　慇懃度無極　道本自清淨
不見虛空慧　無形不可見　慈悲度無極
更樂八十六　菩薩所修行　無有三毒本
不起度無極　賢聖十六心　悉知無所有

不壞諸法界　無身度無極　一心一念中
不離禪定觀　復從一意起　無想度無極
虛空無邊涯　寂意無染汙　捨一不著一
定意度無極　吾本應此行　寂然無想念
息意處現在　無礙度無極　禪定自滅意
淨觀滅三想　道慧自然淨　除染度無極
佛境不思議　衆生界亦然　法性自然寂
無形度無極　能度生死難　不念三界苦
忍意不起想　憯怕度無極　入三世定意
盡知衆生根　自觀內外身　無願度無極
八部鬼神界　隨彼而教化　爲現神足力
滅跡度無極　善權教衆生　不離本末空
分別四無畏　無我度無極　思惟內外身
分別空無慧　不觀有吾我　法意度無極
生遇賢聖樂　八解無所著　不興衆想念
如幻度無極　正法無男女　意由思想生
染法不可見　惡露度無極　分身無量形
還復合爲一　無能覺知者　身密度無極
如來衆相具　色身遊世間　神足而教化
無倚度無極　凡夫未入學　不觀內外身
聖慧甚深妙　相好度無極　本從神足起
意法無高下　菩薩無形觀　安樂度無極
禪定無念待　息心無所著　遊戲八解池
至誠度無極　人知五苦法　仰修無爲道
六通無漏法　賢聖度無極　神通遊世間
常習賢聖律　不觀內外法　無名度無極
習行無憍慢　不懷顛倒心　不起諸結縛
無穢度無極　若復死屍觀　不念淨不淨
內法無所著　無慢度無極　威儀如法律
舉動不虛妄　衆智自衛護　無對度無極

無身爲道要　不爲塵所染　坐卧心常定
自守度無極　聖人慇念俗　爲兩甘露法
演暢無量慧　受化度無極　博施多恩惠
覺觀除心本　蠲除苦惱患　挌戰度無極
心念無量法　示現無量變　尋憶通慧本
奮迅度無極　內法無所念　恒爲外塵染
以彼無生智　從願度無極　衆定自瓔珞
眼識不起想　彼亦不自有　無移度無極
修習衆智慧　解脫度知見　欲飲不死漿
甘露度無極　淨觀無貪著　慧度空無異
分別四道果　流轉度無極　猶如有士夫
堪忍受塵勞　心慧無塵染　隨願度無極
相相各有報　非有行有法　超越四禪行
生盡度無極　前世由本行　無恚怒於人
自然離八難　超越度無極　常人之所念
合會有別離　非聖弘誓心　分別度無極
以無照本有　徹覩無有外　形累自然滅
無見度無極　往詣虛空界　速疾無所礙
不念中間法　應律度無極　了本無一法
志趣各有別　隨世染其色　解縛度無極
等分三毒本　行盡乃應行　知本非我有
身本度無極　心遊得自在　觀欲如熾然
消滅五道趣　清涼度無極　無願在三有
貪著五欲形　求離八無間　言說度無極
起滅無有定　總持不忽忘　一切智慧足
博聞度無極　受慧有四品　他覺自不知
緣是遠七空　捷疾度無極　佛道難究盡
非心所能測　悉知無道觀　七覺度無極
分別三十七　如來聖道徑　一意不起想
名身度無極　包識遠近法　不念無礙道

十號一一異　無數度無極　講授深要法
心不懷怯弱　不願求無想　智力度無極
入正八等慧　不壞空性行　內自思惟法
逮果度無極　名色若干變　受入塵勞病
不能達本無　善察度無極　十法空無慧
意念縛著想　不念去外入　限齊度無極
愍念世苦人　憂畏無端數　建立權方便
現化度無極　心堅如金剛　非有爲能壞
灌以甘露法　深要度無極　本因虛空慧
解脫無所礙　智明去塵垢　見聞度無極
知奉賢聖律　戒聞慧定心　道意志力强
無閡度無極　知身本無形　煎熬生死法
憺然歸虛寂　解縛度無極　智者隨俗變
終不著更樂　除結斷苦本　尊上度無極
人中世雄師　行過無量世　至誠不懷欺
言應度無極　心念不思議　究盡深法藏
分別如來界　道覺度無極　如來十句義
各各無形相　寂然無音聲　授決度無極
觀身空無形　清淨無所染　增上本無法
行盡度無極　如來授記莂　如如不變易
不見生滅本　本淨度無極　正覺所教授
不捨一切衆　盡令得覆護　無比度無極
爲人作橋梁　究盡一切法　漸漸入深藏
離苦度無極　教化衆生類　不離法境界
進趣於道場　自守度無極　衆生所歸趣
盡向於道門　衆智自在慧　無患度無極
與世作炬明　爲衆生作眼　令知所歸趣
大道度無極　十力所現世　拔斷憂苦人
智慧壞諸有　神慧度無極　樂在閑靜處
修習本所行　能變現衆生　徑路度無極

於無量劫中　守苦不捨苦　具足十法寶
無離度無極　觀定如空等　普能有所照
自觀復觀彼　等性度無極　觀諸佛剎土
衆智自瓔珞　徧遊十方界　寂然度無極
復有無量法　如來所宣暢　消滅非法本
牢固度無極　衆生應受化　聞法便得悟
斯等宿識利　捷疾度無極　一切諸法本
非有亦不無　道從無想生　八法度無極

菩薩瓔珞經卷第十

音釋

澀 色立切不滑也　蔓莚 蔓無販切莚夷然切蔓莚相連屬貌　攘手 攘如陽切攘手猶捋臂也　降魔 降胡江切服也魔眉波切　熬 牛刀切煎也

菩薩瓔珞經卷第十一

姚秦沙門竺佛念譯

隨行品第十八之餘

智慧照無量　如師子無畏　觀見無常法
無生度無極　說法不有說　度人無有度
善權過百劫　無染度無極　不沒亦不盡
照曜一切人　宣暢如來慧　無欲度無極
說法無法想　不見吾我人　大慈度有無
輪轉度無極　衆鳥樂于池　青蓮芙蓉間
禪寂永除想　無事度無極　說法有三事
除其本末空　度此無量界　無倚度無極
念察人根源　觀彼心識意　不離菩薩誓
畢竟度無極　隨時行方便　不以苦經心
永捨增減意　如法度無極　幻術著眼識
不見有出生　耳識聞彼聲　解空度無極
若彼大幻師　現化諸飲食　鼻識而分別
香熏度無極　如化之所造　其義不可思
欲得究盡者　味識度無極　本我造更樂
身想諸法本　攝意自然伏　權現度無極
以清淨音響　周遍十方界　戒德香亦爾
無犯度無極　幻術不眞實　狂惑愚癡等
導引眞實法　眞際度無極　推尋衆生根
非聖無能測　權化大聖人　立教度無極
清淨如蓮華　終不受塵垢　越次衆行表
檢意度無極　行過超三界　無形不可覩
普照三千界　法慇度無極　一意一念頃
具足衆相好　不染於塵勞　空界度無極
若能宣暢法　普潤諸萌類　四諦如爾相
苦盡度無極　佛土普清淨　無有三乘心
自然通道教　定意度無極　人本從空生

法界無增減　不違諸法本　方便度無極
幻化不眞實　行超三界表　超過無量劫
通達度無極　無想衆生等　倚識不解慧
賢聖得往來　微識度無極　自然如爾性
法慧多所益　四大本自無　終始度無極
不見吾我人　壽命衆行本　一相無有相
無形度無極　無數諸佛土　莊嚴佛道場
演出佛光明　法寶度無極　攝意無有亂
求除三毒心　平等無若干　誠信度無極
倚識由五道　不能解縛著　拔濟苦根源
遠離度無極　雖復處胞胎　不爲欲所染
求離婬怒癡　解脫度無極　佛法甚深妙
神力過三界　現形在五濁　忍辱度無極
若復遭苦樂　不生增減心　執意如虛空
無疆度無極　道不從空生　亦不離人心

分身滿虛空　滅盡度無極　不見吾我人
不壞本無相　一行成正覺　觀世度無極
不生亦不滅　無有生死本　從此至彼岸
超越度無極　衆苦本無形　大智由境界
心識不可毀　幻行度無極　幻有二根本
行幻深智幻　能解此幻法　無疑度無極
智幻超三界　行幻亦復然　八正道清淨
道品度無極　世幻非眞實　賢聖不染著
愚者抱常想　通慧度無極　六塵外六入
十二牽連法　名色由更樂　緣想度無極
行從愚惑生　流馳無數念　若當念有形
具足度無極　虛空無邊際　亦不見行迹
得壽生死岸　自然度無極　人壽有長短
今世亦後世　惟道憺然安　憺然度無極
法界各有性　不見受入處　無倚不可染

無壞度無極　佛土無央數　法智不思議
慧海不可量　受入度無極　人智無增減
賢聖行平等　分別空無慧　陰蓋度無極
本從無數世　苦行無有量　不念劫數期
閑靜度無極　念在兜術天　論講無形法
導引無量人　無二度無極　著樂不以歡
處苦亦不憂　見諦成就道　真實度無極
降神閻浮內　轉法於鹿野　盡捨世穢濁
望斷度無極　菩薩行成就　不著六塵勞
學知甚深法　牢固度無極　智術權方便
深入無有礙　分別無量身　在所度無極
勇超無量劫　窮盡生死本　莊嚴佛土淨
微妙度無極　人能信本源　不住於生死
心正無亂想　一相度無極　行施不見施
亦無去來想　觀物如虛空　無猒度無極

觀世非有世　亦無三途苦　自濟復濟彼
大慈度無極　設見衆生類　染著在三有
勸導以正教　大悲度無極　周旋無量界
執信如安明　和顏常一心　歡喜度無極
菩薩初發意　不爲一人故　曠濟無邊涯
放捨度無極　當我初生時　佛土黃金色
莊嚴於道場　神感度無極　不自滅名想
亦不著壽命　空無願無相　根門度無極
本從平等慧　今自致正覺　不捨金剛意
三觀度無極　慇懃於道德　日夜常經行
法說亦義說　進趣度無極　知足道第一
捨意無所貪　三十七道品　無爲度無極
菩薩剎土淨　種姓不雜錯　恒生正真家
豪族度無極　降神處母胎　示現嬰兒相
執心淨無垢　變化度無極　既得出母胎

舉足行七步　足足度七姟　示現度無極
常在金机上　現以香水浴　無量諸佛集
勸進度無極　三十二相具　八十好莊嚴
天地六反動　容顏度無極　諸法無形相
現以色相法　獨步無有侶　最尊度無極
一一思法界　不失本要誓　諸法悉如聾
默然度無極　賢聖八等行　止觀無想行
不捨空無慧　一入度無極　常以妙道法
講授諸法門　勸導一切人　法響度無極
十善衆行本　無著不可染　修一得成一
不退度無極　世人懷慳貪　求處於幽冥
導引無量法　學習度無極　如來無所著
受法不捨離　求離衆生居　獨拔度無極
雖處父王宮　寂靜思惟道　不貪五欲樂
無穢度無極　觀身乾樹皮　亦如久朽灰

自察無識想　出息度無極　一數不離一
止觀本行願　繫意在目前　道智度無極
人處生死久　不計本來空　能捨不與俱
總持度無極　所以獲四辯　法義捷疾智
宣暢無量義　應適度無極　無數大聖集
聞法欲無猒　平等遍大智　等慧度無極
設復於無量　成敗諸劫數　未盡如來藏
遠離度無極　一生百千生　欲究如來德
未有斯等類　廣及度無極　虛空有邊際
須彌可稱量　豈有大導師　無限度無極
從無央數劫　積累諸德本　行盡更不造
流轉度無極　世雄慈蓋普　潤及衆生類
聞法不疑滯　信解度無極　勇猛超衆上
無有下劣心　降伏魔官屬　忍意度無極
吾昔發誓願　不自惜身命　固自獨特出

金剛度無極　若中間有疑　不成最正覺
累劫德無量　人尊度無極　爾乃道玄妙
法藏不可思　超過三有表　純淑度無極
一相不可見　眞如性亦爾　捨本就其末
無礙度無極　不教自然悟　無師一切智
獨善無所憂　無尤度無極　壞六十二見
愛欲諸羅網　閉塞生死門　快樂度無極
息心自滅意　不懷玷汙心　執心如大海
無違度無極　觀身如怨讎　諸孔流不淨
分別内外法　解本度無極　一心一念頃
流馳不可制　至坐樹王下　弘誓度無極
法行如蓮華　常以三道教　雖處不染著
一意度無極　等意如大道　求除小節心
三十三法盡　無垢度無極　人當求出要
分別内外法　思惟不捨離　精進度無極

觀身當觀法　五陰聚散行　如人觀掌珠
眞諦度無極　破碎四魔垢　摧壞憍慢山
慧火焚三毒　捨離度無極　卿等設有疑
各自宣說本　當以智慧光　照曜度無極
足下衆相明　印文炳然現　諸有覩此相
恩澤度無極　鹿膊如金剛　内外朗然現
峙立不傾側　端嚴度無極　皮毛極輭細
紅華不著水　一一衆好具　行足度無極
當我擧足時　入城行分越　福祐無貧富
不擇度無極　分越訖周遍　還詣靜房室
道法自娛樂　思惟度無極　日夜恒經行
觀誰應先度　不違本弘誓　清淨度無極
是以恒自修　不與世事諍　自離復離彼
離趣度無極　四大各有性　高下亦不同
由識神分別　法義度無極　菩薩自觀空

無微不省察 防護諸惡業 慧見度無極
諦觀諸剎土 不興苦樂想 解諸法甚深
善法度無極 可進知其進 亦不懷狐疑
出要無二道 虛寂度無極 悉觀諸行本
受報亦清淨 不求功德業 忘施度無極
過去不復生 未來不可見 現在自然法
願求度無極 泥洹無體性 亦無受入處
觀諸受法報 如本度無極 靜意三昧定
求與亂意別 無常苦無我 體行度無極
如實觀察法 知一不可動 不壞法本心
自在度無極 悉知法無我 生生不見生
轉諸法輪行 曠濟度無極 能滅諸法性
亦不求解脫 誠信遊五道 盡生度無極
如來至容行 心意識亦然 逮得無生心
了達度無極 計吾本所行 住壽恒沙劫
功勞自然著 行迹度無極 生死本所從
如幻無眞實 寂滅不可汙 篋藏度無極
賢聖十二品 悉歸于無爲 無生求不生
行勝度無極 念昔在香林 端坐思惟道
形體不傾側 初禪度無極 又本在師子
曠普講堂所 無想諸天衞 二禪度無極
復於此賢劫 護法大城中 自隱求道教
三禪度無極 如今於此座 廣演無量法
內外無所礙 四禪度無極 行道無玷汙
不與若干念 故今自致尊 離世度無極
如日初放光 令人目所見 吾今演道教
現明度無極 無數阿僧祇 如來不思議
各各布道教 無生度無極 正使億百千
七寶滿世界 不如一意念 一意度無極
不起亦不滅 知本所從來 解了三世觀

梵行度無極　若能崇慧本　次第不越序
修道無二心　玄寂度無極　大慈不思議
曠濟衆生類　師子一雷吼　普聞度無極
諸有衆生類　信樂空無法　順理無所犯
造行度無極　内修六重法　樂靜不處鬧
自識宿命行　知本度無極　令世受胎分
欲滅勤修行　一失命根識　受決度無極
諸法不嬈亂　修行清白法　念生離生本
無本度無極　人遊五道淵　如河奔大海
速駛不復還　歸趣度無極　常念世間苦
念離不與俱　獨逝不懷憂　無雙度無極
如種諸穀子　稻麻諸華果　本子非生苗
變易度無極　人生不學道　臨死有變悔
欲離勿懈怠　學進度無極　若欲拔根本
勿復種其栽　此盡無過是　香熏度無極

觀諸世間法　悉空無所有　當觀是非法
不動度無極　勸助諸福業　一一無所礙
登於十住行　一生度無極　悉觀諸法門
總持無忘失　諸法界相應　斷結度無極
若欲遊虛空　神足無所礙　無人無我想
習行度無極　一一思惟法　輕舉無所礙
以身量度空　神足度無極　如實觀人本
道行無所違　不與二見心　正定度無極
如鏡觀面像　信已無瑕穢　塵勞自然滅
百福度無極　宿願不可盡　積行令乃獲
誠信如日初　擇法度無極　勤念入深要
搜求無量法　謙恭下下意　牢固度無極
菩薩有八法　修行至道場　解慧不著空
無相度無極　若欲倚空慧　知空非眞實
慧本知三礙　空相度無極　有法名戰格

奮迅無畏定 亦不懷怯弱 衆智度無極
因緣各相生 生死是道本 二事不相離
拔苦度無極 一相非本相 亦無衆生相
識神深著有 假號度無極 真道無形質
微妙不思議 道實非有道 震動度無極
觀諸佛土淨 清淨無瑕穢 常以平等道
神通度無極 菩薩常觀察 不著形相法
知生過五道 無名度無極 或有修一法
超越衆行表 最勝自然達 越次度無極
空觀一切人 息心無所念 應一無所汙
齊限度無極 大聖德無量 不爲塵欲染
究盡塵勞源 無底度無極 本無有五道
由塵垢而生 幻化非常想 聖慧度無極
諸法相受入 菩薩所修行 不見衆苦本
無我度無極 亦不在劫數 生死無形兆
當來不常停 速疾度無極 分别四非常
苦空無我身 以慧自莊嚴 修治度無極
如人欲行空 修禪乃果獲 定意不錯亂
志寂度無極 口出無量音 不毀於法性
如月衆星滿 果實度無極 神足不可量
慧海如恒沙 善權攝自在 受入度無極
若欲化衆生 入定觀察心 先以權慧導
漸現度無極 佛經不可數 唯佛能記之
諸法相應相 歡樂度無極 度脱一切衆
不限劫遠近 真道無男女 順一度無極
欲修菩薩道 先淨身口意 無從十惡行
本淨度無極 一意念道教 永離欲界行
中間不起想 滅欲度無極 諸法無名號
著色求功報 色亦非本色 離色度無極
菩薩受記莂 如來所印可 行盡更不造

補處度無極　有數本無數　無數亦復然
起亦不見起　斷結度無極　滅生非有生
無生亦復然　知生非常生　無生度無極
無有本非有　非有亦復然　解有非有者
一向度無極　一亦本非一　無一亦復爾
一亦本無住　無名度無極　假號出本無
權詐非眞實　無著歸滅盡　懷道度無極
人本從積行　觀世如幻化　不以衆多想
絶迹度無極　經歷一切劫　拔擢離劫數
不著諸音響　無聲度無極　如人眼視色
色本非眼候　猶識内分別　無識度無極
聲香味細滑　意法亦復然　本無有此識
自然度無極　無色觀諸法　無痛更樂生
威儀衆行具　造行度無極　本無有此生
貪識樂此生　隨形受生分　斷貪度無極
神識本無形　性本自然息　後受六入苦
斷入度無極　念離五道淵　思惟虛空觀
豎立法大幢　顯曜度無極　無想亦不生
不從師稟受　能從中自悟　越次度無極
諸法如虛空　非思欲之數　悉解衆音響
聞說度無極　其聲淨妙好　所說無滯礙
不起六更樂　妙法度無極　諸法無有量
如來盡超過　道智通三達　正觀度無極
現爲師稟受　不懷高下意　意超三界表
獨步度無極　無行不造行　行本無因緣
緣盡則無行　神德度無極　三痛由苦樂
報應隨其法　無苦無樂痛　痛止度無極
成就七觀行　三處自然滅　陰入不復生
愛止度無極　尋色本從空　以生諸法想
非我本造彼　見止度無極　無行亦無報

端坐無所念　思惟自成道　常住度無極
執意不可動　憺然如虛空　非有非不有
布行度無極　正使後滅度　定意不錯亂
不念有常想　廣行度無極　轉法無法想
況有受法人　解了悉空寂　知時度無極
聲彌滿世界　皆演妙法音　聲本自無生
無聲度無極　慎身守護口　意莫念非邪
與行不相違　無增度無極　思惟諸法界
不壞法轉行　具足九次第　法界度無極
無畏不可盡　無內外遠近　離四諸受入
無量度無極　不壞形色法　亦不與相應
不敗自然相　相應度無極　道行本無一
甚深不可量　隨根源適化　隨智度無極
如有欲解法　現法有境界　便能尋根源
無盡度無極　從億百千劫　教化衆生類
欲令悉成就　方便度無極　隨時現方便
不染著三有　拔斷諸陰蓋　等慧度無極
總持諸法門　不失正行本　不自稱歎已
滿足度無極　生法非有生　盡法非有盡
知生盡本無　音響度無極　譬如人音聲
等正覺所說　悉歸於空無　如實度無極
諸根不錯亂　護念衆相具　清淨歸本無
道慧度無極　人結無量縛　非有所能壞
自然通聖達　化生度無極　如來最正覺
玄鑒過去法　彼彼自然化　深藏度無極
未來有生本　受苦無有量　方便斷未來
本盡度無極　現在無量行　衆生不可量
隨形往因化　淨剎度無極　當說法門品
功德無有盡　不望功福報　道樹度無極
神足行有本　所說法不同　現法有增損

周旋度無極　無量智無礙　所說無虧損
道意甚深固　演暢度無極　佛法無二相
唯在身意淨　法處無倚著　不住度無極
雖得神通道　不習筭術法　行說不具足
非來度無極　如實非有一　亦無若干想
行盡得致一　供養度無極　諸佛世尊等
於法得自在　化身得自在　法法度無極
既知前無數　難計無量劫　教盡復流化
舒遲度無極　當來阿僧祇　無量衆生類
知不唐勤勞　普接度無極　觀察種種類
過去無量佛　亦說眞如法　無倚度無極
實亦非本實　實亦自然生　實亦非常住
身轉度無極　文字通道法　行迹無疑難
不疑三世苦　身本度無極　不計本無法
智從無量生　觀世盡爲惑　教授度無極

從初發意來　恒愍衆生類　不處城國邑
離衆度無極　分別身支節　身相諸穢濁
解知本無形　無著度無極　法性非常住
亦非今後世　離法不獲果　未來度無極
亦不與同處　行迹各差別　盡歸於滅度
齊等度無極　實空不可離　況當無實空
念善力勤學　達妙度無極　一切衆相具
本無爲一形　法從空慧得　自生度無極
念本無怒佛　沒命善覺尊　由是今成佛
立志度無極　受形雖被謗　不爲榮辱屈
故號人中尊　攝意度無極　未受本無慧
道意有移轉　現光於世間　發意度無極
滅度有四品　皆由三毒本　名號人中尊
種類度無極　道亦有三相　眞如法性本
現在獲三報　成就度無極　如來眞實法

非有能護持　分別身空本　懷來度無極
得通不可測　心形俱然住　道練心塵垢
往來度無極　本無有心意　自生自然滅
我本亦自無　空寂度無極　佛不由三世
當來現在道　轉易不常停　速疾度無極
法相常自住　神識自流轉　非刹非有刹
慧靜度無極　身法有六行　非想意所造
若行三十七　須宣度無極　非彼吾所造
爲說非常空　出現諸佛法　世界度無極
神智廣長舌　所說如言教　斯由功德成
心通度無極　惠施知恩義　愼莫有僥倖
唯道自將護　現法度無極　道行深義法
神通解脫禪　以權隨時化　衆德度無極
法身思欲身　此非最眞正　獲彼泥洹性
滅色度無極　隨宜適化前　勿爲塵勞屈

殊勝奇特變　降伏度無極　初無經苦心
造化不可逮　戒身自然具　德意度無極
信意向三寶　下下無自高　達本究盡苦
除疑度無極　分別諸識慧　不著吾我法
自然通聖達　自至度無極　宣暢十二緣
一一而了別　三藥除三愛　攝口度無極
現化諸刹土　演布虛無慧　亦不倚著身
察衆度無極　度人如恒沙　聞法不可量
周遊虛空界　等無度無極　八法無生度
善權照一切　不見諸法相　常法度無極
衆慧無所礙　修習去更樂　神歸於大道
向門度無極　總持有十事　身口意爲本
除十成就十　報應度無極　能與衆生類
示現無上慧　德過衆聖表　斷苦度無極
清淨空無形　不見正覺道　將導入解脫

道趣度無極　設於百劫中　恭奉賢聖人
不如一道本　垂愍度無極　昔吾初受決
先獲無生慧　猶經劫數期　空慧度無極
正覺本發心　成就十號本　既獲如所求
橋梁度無極　聖德過于天　光澤無有邊
玄化度衆生　恩純度無極　雖在俗中教
嚴訓如所誓　廣宣無量寶　隨時度無極
若人不觀世　無常諸變易　壽命積無量
住劫度無極　如我所經歷　現在目所覩
猒患五陰身　淨觀度無極　雖欲求泥洹
除去身想著　念修現在定　無犯度無極
十八本持法　念滅緣入法　不起妄想者
吉藥度無極　受法有三義　自專身口意
斷求不念空　了達度無極　一一分別身
佛法衆亦然　入定觀諸想　無邊度無極
諸佛無盡藏　演出無量定　遍觀一切界
究竟度無極　諸佛常威儀　修戒最第一
出入安詳法　攝心度無極　欲有所感應
要當先入定　了知本末空　平等度無極
佛本所修習　觀身無所貪　自利復利彼
行際度無極　觀察前後法　超越有無境
自在諸想寂　衆教度無極　身法有三事
不犯殺盜婬　專精求法界　本行度無極
口不犯四過　不妄有所說　自護復護彼
等覺度無極　意法有三事　不起衆亂想
得佛所住處　堅固度無極　本從等空來
教化滿世界　斷求不著空　如實度無極
行由三世起　染著愛欲縛　了以眞際法
成願度無極　三達五通智　所往無罣礙
淨刹化衆生　遊識度無極　本無今日有

有亦非本生　緣行致苦樂　緣對度無極
本學不思議　現變無有量　分身還合一
神智度無極　亦不處彼此　亦不住法界
觀身如無身　行業度無極　著生無有量
緣致生老病　內外悉空寂　無人度無極
本由平等慧　不見有往來　解三無三法
等定度無極　三行有三事　覺觀無有覺
進趣泥洹路　遍現度無極　覺觀諸法種
生三十七品　進趣泥洹路　安隱度無極
無學覺觀法　亦不見生滅　坐臥由自在
不起度無極　觀人無所觀　不見諸法主
現行無起滅　無量度無極　人生遇衆苦
經歷無數身　欲滅此衆難　修學度無極
受此四大身　欲滅無有方　智達悉觀察
斷欲度無極　諸法純熟性　淨諸功德業
積此得致佛　三垢度無極　充足衆生願
令各得成就　悉歸於滅盡　禁戒度無極
佛所教化處　要以空性本　說無不見無
歡喜度無極　若有衆生類　欲修吾德行
合聚無量法　衆慧度無極　修五分法身
戒定慧解度　量盡無有量　法本度無極
最初無有生　無佛亦無衆　因緣自造行
自起度無極　當受無量苦　生老衆痛惱
無形受胞胎　勇進度無極　諸佛恒入定
雨淚衆生故　三等六度法　望斷度無極
修習諸善本　覺意入諸定　雖生能離生
識相度無極　功勳過億劫　不著諸更樂
念善修道本　離塵度無極　入定得歡喜
遊心無量空　一一別衆相　成道度無極
欲具深法藏　先修空無相　教誡神足德

嚴淨度無極　如來一切智　知人本末空
爲說四諦法　果實度無極　大聖人中尊
廣訓無有涯　智業成五法　篋藏度無極
五業成五行　五願斷五道　五性五分身
五業度無極　若能修德業　求本本無業
然熾衆道果　廣曜度無極　十慧十樂道
十法悉具足　十住十所從　十妙度無極
三千二百福　一一衆相具　容顏好無比
自淨度無極　慈哀勸一切　務使成道果
累劫無量德　畢竟度無極　興建衆德本
不見吾我人　故號人中尊　無窮度無極
善權所適化　巧便不可量　隨時隱現法
盡生度無極　福報於三界　不別諸眷屬
現佛威儀德　成就度無極　吾今說瓔珞
諸佛之寶印　莊嚴佛土淨　華鬘度無極
有受持此法　獲福二十億　計身心識具
成辦度無極　耳目自聰明　自識本所更
辯智通達利　宿命度無極　恒見十方佛
稟受此總持　聞法輒解悟　法要度無極
所言人信用　終不被誹謗　身體皆得具
戒香度無極

菩薩瓔珞經卷第十一

音釋

瓔珞（瓔於盈切　珞盧各切）胞胎（胞班交切　胎土來切）憺（徒覽切　恬靜也）
腨（市兗切　腓腸也）峙（池爾切　峙立也）抜擢（抜蒲八切挺也　擢直角切出也）
僥倖（僥古堯切　倖胡耿切）

菩薩瓔珞經卷第十二

姚秦沙門竺佛念譯

光明品第十九

爾時世尊告善男子善女人若有菩薩摩訶薩受持諷誦尊復尊大梵天王所問句義不思議法便當得身相不二法門眼入清淨得法界自在菩薩摩訶薩定意正受即於己身諸毛孔間一一毛孔現法界自在接度衆生不可窮盡不壞法界清淨之行若菩薩摩訶薩入此定意者便能具足一切諸法亦能現化諸法如幻能知世界諸法所出從一佛剎至一佛剎乃至無數億百千世一一分別衆生根源復能思惟威儀禮節可坐知坐可卧知卧復於彼劫無數億百千世界分別根義苦義空義無形像義爲說空觀無名字觀内觀外觀非衆生觀淨不淨觀平等無二習大乘行進趣無爲不退轉行爾時世尊欲與諸來會者解釋狐疑即於座上便放身諸支節毛孔光明悉照十方無量世界其中衆生蜎飛蠕動有形之類盡見此光自識宿命根本之法復於光明聞此言教苦義空義無形像義即於彼劫見百劫事知千劫事知億劫事知億百千劫事知無限劫事知阿僧祇劫事知無量劫事知無邊劫事知無數劫事知無際劫事知無稱劫事知不思議劫事知不可平量劫事知無窮盡劫事復知無限無量不可稱計諸佛剎土衆生起盡劫事復見菩薩摩訶薩所行法則威儀禮節專意修習不違本行爾時菩薩見此光明心意開解復自入己身諸毛孔定意復見十方無量衆生億百

千劫所修行本爾時菩薩摩訶薩復從彼三昧起見諸佛光明如前不異爾時有菩薩名曰照明即從座起偏露右臂長跪叉手白佛言世尊向見如來至眞等正覺身諸支節毛孔光明盡照十方無量世界皆使衆生自識宿命無量世事亦使諸菩薩摩訶薩神力自在復能得入身諸支節毛孔定意亦知十方衆生宿命甚奇甚特不可思議唯願世尊敢有所問若見聽者乃得陳說爾時世尊已知彼意便告照明菩薩曰汝所問者皆是如來境界諦聽諦聽善思念之汝所問者豈不爾乎答曰如是世尊如來諸法之藏願具演說永無狐疑佛言族姓子汝向所問如來至眞等正覺明行成爲善逝世間解無上士道法御天人師號佛衆祐世尊今日放身諸支節光明遍照十方無量世界盡令衆生之類自識宿命本所從來一光明德所度無量凡夫學地上至無學皆蒙此光而得濟度如來何不恒放此光濟度無量衆生之類云何照明菩薩汝所問者爲爾不乎答曰如是如是世尊甚奇甚特向欲所問其義如是云何族姓子如來當以此義見報光明示現衆定法門不可以言教有所教化女復當報我云何世尊今此日月照四天下無不蒙光時日月光有時有益有時有損不乎我時答曰無也族姓子佛言汝所問者爲爾不乎答曰如是世尊時汝復當作是問日月光明普有所照常無虧損如來今日放大光明有時有損有時無損耶我復當以此義報汝云何族姓子日月所照能以晝爲夜以夜爲晝不乎汝當報

我不也世尊日月光明不能以晝爲夜以夜爲晝我言族姓子如是如是如來光明能以晝爲夜以夜爲晝是謂各各差别族姓子汝復當以此義問我云何世尊若塵霧五翳蔽日月光無有所照令如來光明亦有塵翳耶我言不也族姓子何以故如來光明内外通徹非有塵霧之所遏絶超過三界爲無上尊云何照明汝復當作是問如來光明無所障礙衆生三毒爲是塵翳不乎若是塵翳者與日月五翳復有何異時我答言善哉善哉族姓子快説斯言吾今與汝一一分别如來光明不可思議超過三界爲無有等法光明者有十藏行云何爲十一者勇猛道場不毁諸法二者諸法無盡得四無畏三者辯才通利離世八法四者六通徹達無所罣礙五者演暢妙法不懷怯弱六者不行放逸永離五蓋七者慈悲喜護普愍一切八者遊諸佛國化導一切九者根門具足不樂下劣十者修無上道不捨法意是謂族姓子如來至真等正覺修此十法乃應如來十光明慧猶如族姓子摩尼珠光神德無量其光明者照一天下照二天下照三天下照四天下其光明照千世界二千世界三千世界照小千世界中千世界復照三千大千世界復有德摩尼神珠照一佛世界二佛世界三佛世界乃至無數三千大千世界其光明德不可稱量無情之光其德如是況如來至真等正覺放大光明普照無量諸佛國土其中衆生有形之類見光明者除三垢淨皆發無上正真道意復次照明菩薩摩訶薩若有善男子善女人篤信

承受信如來慧獲大光明有十事行云何爲十未曾有法如來悉知是謂一事未曾所轉善權方便能現佛法衆所覺知是謂二事於諸外法未得自在各各狐疑起是非心不見言見不縛言縛不解言解不持言持不成言成於諸法中悉得自在如實如爾實無虛妄使諸佛世尊於一切法悉得自在於諸法界無所罣礙是謂三事復次族姓子譬如有人一念之頃淨諸心垢豁然大悟不復經歷劫數之期從一佛國至一佛國教化衆生而無有礙盡超三有不以爲難是謂四事復次照明菩薩摩訶薩或遭劫燒其間曠絕前佛過去後佛未出法性恒住而不變易有弘誓如來至眞等正覺便能澄神寂定虛空不於無餘泥洹而取滅度所以然者由其本要弘誓重故是謂五事復次照明菩薩摩訶薩如來至眞等正覺觀察人心應受化者不受化者如來悉知如實不虛如來悉知從此欲界至有想無想天心識所念若善若醜若苦若樂便能於中教化令度是謂六事復次照明菩薩摩訶薩如來化身不可測度遊於無量諸佛刹上行禪解脫九次第法是謂七事復次照明菩薩摩訶薩若有善男子善女人修五德行懷忍辱心不識彼受亦復無此生若干意我勝彼不如復無此心彼勝我不如或復生心彼與我等我與彼等是謂八事復次照明菩薩摩訶薩若善男子善女人無量諸法不可思議入諸五趣心中所念彈指之頃悉皆知之有愚癡心無愚癡心有愛欲心無愛欲心有瞋恚心無瞋恚心一一分別悉皆知

之是謂九事復次照明菩薩摩訶薩若善男千善女人遊諸十方諸佛世界勸進人民施爲佛事便說五趣受形之惱雖復生天非是常道人身百變生死無量抵突畜生終無解脱貪餮餓鬼受形醜陋地獄受報罪畢乃出唯有泥洹快樂無比指示徑路進趣無爲是謂照明菩薩摩訶薩十事行非是二乘所能及知也

無想品第二十

爾時座上有法造菩薩聞如來至眞等正覺說十光明慧欣然踊躍即從座起偏露右臂右膝著地前白佛言敢有所問尊見聽者乃當陳啓佛告法造菩薩曰族姓二今大衆雲集悉無所畏有所疑難便可問之時法造菩薩白佛言世尊云何有想云何無想云何有行云何無行云何有痛云何無痛佛告法造菩薩善哉善哉族姓子汝所問者皆持佛威神諦聽諦聽善思念之吾當與汝一一分別法造菩薩言願樂欲聞佛言族姓子我今問汝汝當一一報我云何族姓子最正覺者爲有想耶爲無想耶法造菩薩言最正覺者是有想耶非無想耶佛言云何族姓子清淨法身爲有想耶爲無想耶法造菩薩白佛言世尊清淨法身是有想非無想佛言云何族姓子戒身定身慧身解脱身度知見身爲有想耶爲無想耶法造菩薩白佛言世尊戒身定身慧身解脱身度知見身皆是有想非無想耶佛復問云何族姓子四意止四意斷四神足五根五力七覺意八賢聖道空無相願從須陀洹乃至佛爲有想耶爲無想耶法造菩

薩白佛言世尊從一切諸法至佛皆是有想非是無想佛復問云何族姓子從一切諸法乃至等正覺皆是有想非是無想何者是無想耶法造菩薩白佛言本無慧無餘泥洹慧是謂無想佛復問法造菩薩曰云何族姓子汝今已得本無慧無餘泥洹慧乎對曰非也世尊佛言族姓子云何知本無慧無餘泥洹慧是無想非有想耶爾時法造菩薩即以偈報曰

昔從天中天　如來等正覺　聞說本無慧
無餘泥洹道　無生非有生　寂然無想著
憺然不變易　安靜無起滅　今故報如來
本無無有想　無著不可汙　何況有衆念
佛復以偈報法造菩薩曰
如來等正覺　三達無所礙　分別諸法想
猶未盡根源　泥洹寂然定　法性不可壞
想在轉不轉　何爲無想乎　過去恒沙佛
法說義亦然　設本無無想　云何化衆生

爾時法造菩薩白佛言世尊云何是有想云何是無想佛言族姓子求佛是想得佛是無想求清淨法身是想得清淨法身是無想求五分法身是想得五分法身是無想四意止初乃至空無相願從須陀洹乃至佛求者是想得者無想爾時法造菩薩白佛言世尊從清淨法身一切諸法乃至等正覺爲有形乎爲無形耶若使有形我則無疑若使無形求則有想得則無想無形之法不可護持云何不可護持之法有求有得佛言止止族姓子吾今問汝此虛空界有形乎無形耶法造菩薩白佛言世尊此虛空界空如空非有形非

無形佛言族姓子云何空如空非有形非無形法造菩薩白佛言世尊内外法有形無形空如空無餘泥洹道是謂非有形非無形佛復問法造菩薩云何無餘泥洹非有形非無形法造白佛言虚空界者眼識所攝以此觀之非有形非無形佛復問法造眼識空耶非空耶對曰非也世尊佛復問若眼識非空云何以識知空法造菩薩曰以識非空故知空如空非有形非無形佛復問云何族姓子如汝所言以識知無識頗有無識知有識乎法造白佛言本無如來是佛復問云何爲本無如來答不住不變易不壞法界故號爲本無如來佛復問族姓子不壞不住族姓子以果耶對曰非也世尊佛言云何知不住爲本無如來法造白佛言過去無形現在不住當來未至佛言汝今已得此法性乎對曰非也世尊佛言未知三世住不住法云何知有形無形耶法造復白佛言世尊今聞如來至眞等正覺爲在有餘泥洹爲在無餘泥洹佛言我今亦在有餘泥洹亦在無餘泥洹法造菩薩白佛言世尊云何亦在有餘泥洹亦在無餘泥洹佛言如我三十二相成此色身則有餘泥洹觀過去諸佛如恒沙數無形不可見則是無餘泥洹法造復問云何世尊泥洹法界有可記不可記耶佛言族姓子泥洹法界不可記也法造白佛言泥洹無記云何說過去恒沙不可數名曰無餘泥洹佛言止止族姓子如汝所言此法權詐無名號姓所謂泥洹非有非無非有形非無形但爲衆生著空染空著法界染法界不知有形至無形不知無

形至有形故使如來說此義耳法造菩薩白佛言世尊若使空如空亦是有形亦是無形如來今日爲體有形爲體無形假使體無形者今日如來未入無餘泥洹界云何知無餘泥洹界爲無形乎若使如來知無餘泥洹界爲無形者過去諸佛亦當如是何以故世尊言法性常住而不變易過去諸佛如恒沙數不起不滅故號爲本無如來佛告法造菩薩善哉善哉族姓子如汝所言過去諸佛現在當來各無有想過去非當來當來非過去過去非現在現在非過去我所說者其義如是法造菩薩復白佛言過去想無想現在想無想當來想無想爲有異不異乎佛告法造菩薩過去非今今非現在各無有異法造菩薩白佛言云何爲有行云何爲無行佛告法造清淨法身是謂有行離清淨法身是謂無行戒身定身慧身解脱身度知見身是謂有行離則無行三十七品從須陀洹乃至於佛是謂有行離則無行法造白佛言如來至眞等正覺今說有行無行云何爲有行云何爲無行佛言族姓子地大水大火大風大色痛想行識是謂爲行空性法性無形像性是謂無行佛告族姓子如來至眞等正覺亦在有行亦在無行云何在有行云何在無行有佛境界是則有行無佛境界是則無行故謂有行無行法造菩薩復白佛言云何有佛境界則有行無佛境界則無行佛告法造菩薩曰行有三事一者恒在空澤二者在虛空界三者在人衆中大寂泥洹爾時法造菩薩復白佛言云何爲有痛云何爲無痛佛言初欲行檀

是謂爲痛施而無悔是謂無痛習戒不犯是謂爲痛戒心牢固是謂無痛執心如地不捨忍辱是謂爲痛忍能和衆不離彼此是謂無痛奉法慇懃初無變悔是謂爲痛進法如舊不捨道本是謂無痛雖得久定心在無想是謂有痛不壞道本一意不亂是謂無痛化導衆生攝以一道是謂爲痛不見吾我去想著心是謂無痛

無識品第二十一

爾時有菩薩名曰淨觀即從座起偏露右臂右膝著地長跪叉手前白佛言若有善男子善女人受持諷誦此經典者我代其歡喜何以故皆過去諸如來無所著等正覺之所修行當來諸如來亦當習此法而得成就如我今日如來至眞等正覺頒宣此法善權方便化道衆生爾時淨觀菩薩復白佛言若有菩薩摩訶薩宣傳此法布現世人功德有二十行云何爲二十總持瓔珞不壞法界種姓瓔珞居家成就善權瓔珞不減耗諸法化生瓔珞不受胞胎淨教瓔珞無欺諍法法身瓔珞解性清淨受入瓔珞空行成就衆生瓔珞化一切故滅度瓔珞無塵垢故生盡瓔珞本無心識無量瓔珞垢自淨故劫數瓔珞無遠近故知生瓔珞惟本無故道德瓔珞行自滅故大乘瓔珞諸根具足故解脫瓔珞不見衆生故法王瓔珞說法無窮故無猒瓔珞受法不疲故文字瓔珞强記不忘故法界瓔珞行具足故法本瓔珞本無泥洹故法性瓔珞無生滅故弘誓瓔珞道性廣博故眞如瓔珞善本具足故清淨瓔珞離生本無故無礙瓔珞通

達往來故法起瓔珞不著三處故若有比丘比丘尼優婆塞優婆夷受持諷誦法瓔珞者便當具足二十功德總持法門爾時淨觀復白佛言若有善男子善女人遍滿三千大千世界一一衆生起七寶塔不如善男子善女人諷誦此法法瓔珞者其功德福不可稱量可以故諸佛世尊皆由而得成就若有善男子善女人起七寶塔遍三千大千世界不如善男子善女人受持諷誦法瓔珞業其功德福不可稱量爾時世尊告淨觀菩薩善哉善哉族姓子乃能於如來前作師子吼云何族姓子若有善男子善女人受持諷誦此法瓔珞復有恒沙衆生成就五戒其福寧多不乎淨觀菩薩白佛言甚多甚多世尊佛言故不如善男子善女人得法瓔珞無盡之藏其功德福不可稱量百倍千倍萬億巨億萬倍不可以譬喻爲比何以故一恒沙衆生成就五戒皆由法瓔珞而得具足諸道果報佛復告淨觀菩薩云何族姓子若有一恒沙衆生盡得五通皆悉成就加修五戒十善其功德福寧爲多不淨觀菩薩白佛言甚多甚多世尊佛言故不如善男子善女人受持諷誦法瓔珞業其功德福不可稱量何以故一恒沙衆生悉得五通各各成就皆由法瓔珞而得具足諸道果報佛復告淨觀菩薩云何族姓子若有一恒沙衆生行四等心慈悲喜護行第一禪第二第三第四禪念持喜安自守復行四空定一一具足其功德福寧爲多不淨觀菩薩白佛言甚多甚多世尊佛言故不如善男子善女人受持諷誦法瓔珞業其功德福

不可稱量何以故一恒沙衆生行四等心慈悲喜護行第一禪第二第三第四禪念持喜安自守行四空定皆由法瓔珞而得具足諸道果報佛復告淨觀菩薩云何族姓子若有一恒沙衆生盡得須陀洹果斷諸妄想悉皆成就了了通達其功德福寧爲多不淨觀菩薩白佛言甚多甚多世尊佛言故不如善男子善女人受持諷誦法瓔珞業其功德福不可稱量何以故一恒沙衆生悉得須陀洹道一一成就皆由法瓔珞而得具足諸道果報佛復告淨觀菩薩云何族姓子若有一恒沙衆生盡得斯陀含果無復狐疑悉皆成就其功德福寧爲多不淨觀菩薩復白佛言甚多其多世尊佛言故不如善男子善女人受持諷誦法瓔珞業其功德業不可稱量何以故一恒沙衆生悉得斯陀含一一成就而無狐疑皆由法瓔珞而得具足諸道果報佛復告淨觀菩薩云何族姓子若有一恒沙衆生盡得阿那含果無復狐疑悉皆成就其功德福寧爲多不淨觀菩薩復白佛言甚多甚多世尊佛言故不如善男子善女人受持諷誦法瓔珞業其功德業不可稱量何以故一恒沙衆生悉得阿那含一一成就而無狐疑皆由法瓔珞而得具足諸道果報佛復告淨觀菩薩云何族姓子若有一恒沙衆生盡得阿羅漢果無復狐疑悉皆成就其功德福寧爲多不淨觀菩薩復白佛言甚多甚多世尊佛言故不如善男子善女人受持諷誦法瓔珞業其功德業不可稱量何以故一恒沙衆生悉得阿羅漢一一成就而無狐疑皆由法瓔珞

而得具足諸道果報佛復告淨觀菩薩云何族姓子若有一恒沙衆生悉得辟支佛一一成就而無狐疑其功德福寧爲多不淨觀菩薩復白佛言甚多甚多世尊佛言故不如善男子善女人受持諷誦法瓔珞業其功德福不可稱量何以故一恒沙衆生悉得辟支佛一一成就而無狐疑皆由法瓔珞而得具足諸道果報佛復告淨觀菩薩云何族姓子若有一恒沙衆生成一地行發意趣道修十八法三十七品空無相願其功德福寧爲多不淨觀菩薩白佛言甚多甚多世尊佛言故不如善男子善女人受持諷誦法瓔珞業其功德福不可稱量何以故一恒沙衆生悉得成一地行發意趣道修十八法三十七品空無相願一一成就而無狐疑皆由法瓔珞而得具足諸道果報佛復告淨觀菩薩云何族姓子若有一恒沙衆生超一地住第二地修八行法并修十八法三十七品空無相願其功德寧爲多不淨觀菩薩白佛言甚多甚多世尊佛言故不如善男子善女人法瓔珞業其功德福不可稱量何以故一恒沙衆生超一地行住二地修行八法并十八法三十七品空無相願一一成就而無狐疑皆由法瓔珞而得具足諸道果報佛復告淨觀菩薩曰云何族姓子若有一恒沙衆生超一地二地在三地中修五淨法行五觀法修行八法并十八法三十七品空無相願其功德福寧爲多不淨觀菩薩白佛言甚多甚多世尊佛言故不如善男子善女人法瓔珞業其功德福不可稱量何以故一恒沙衆生超一地二地在

三地中修五淨法行五觀法并修八法及十八法三十七品空無相願一一成就而無狐疑皆由法瓔珞而得具足諸道果報佛復告淨觀菩薩曰云何族姓子若有一恒沙衆生從一地二地三地住四地中修四法及七觀行并五淨法行五觀法修行八法并十八法三十七品空無相願其功德福寧爲多不淨觀菩薩白佛言甚多甚多世尊佛言故不如善男子善女人法瓔珞業其功德福不可稱量何以故一恒沙衆生在第四地修行四法及七觀行修五淨法行五觀法修行八法及十八法三十七品空無相願一一成就而無狐疑皆由法瓔珞而得具足諸道果報佛復告淨觀菩薩曰云何族姓子若有一恒沙衆生在五住地修十二法心意不惑堪任教化及修四法行七觀行修五淨法行五觀法修行八法及十八法三十七品空無相願其功德福寧爲多不淨觀菩薩白佛言甚多甚多世尊佛言故不如善男子善女人法瓔珞業其功德福不可稱量何以故一恒沙衆生在五地中修十二行心意不惑堪任教化及修四行修五淨法行五觀行行七觀行行八法及十八法三十七品空無相願一一成就而無狐疑皆由法瓔珞而得具足諸道果報佛復告淨觀菩薩曰云何族姓子一恒沙衆生皆在六地行六度無極布施持戒精進忍辱一心智慧修十二法心意不惑堪任教化及修四法行七觀行修五淨法行五觀法及修八法及十八法三十七品空無相願其功德福寧爲多不淨觀菩薩白佛言甚多甚多世

尊佛言故不如善男子善女人法瓔珞業其功德福不可稱量何以故一恒沙衆生在六地中行六度無極布施持戒忍辱精進一心智慧修十二法堪任教化及修四法行七觀行修五淨法行五觀行及修八法及十八法三十七品空無相願法瓔珞業其功德福不可稱量一一成就而無狐疑皆由法瓔珞而得具足諸道果報佛復告淨觀菩薩曰云何族姓子一恒沙衆生在七地中逮不退轉行十三法畢志堅固當成無上等正覺得四無畏獲四辯才行六度無極布施持戒忍辱精進一心智慧修十二法心意不惑堪任教化及修四法行七觀行修五淨法行五觀行及修八法及十八法三十七品空無相願其功德福寧爲多不淨觀菩薩白佛言甚多甚多世尊佛言故不如善男子善女人法瓔珞業其功德福不可稱量何以故一恒沙衆生在七地中逮不退轉行十三法畢志堅固當成無上等正覺得四無畏獲四辯才行六度無極布施持戒忍辱精進一心智慧修十二法心意不惑堪任教化及修四法行七觀行修五淨法行五觀行及修八法及十八法三十七品空無相願法瓔珞業其功德福不可稱量一一成就而無狐疑皆由法瓔珞而得具足諸道果報佛復告淨觀菩薩曰云何族姓子一恒沙衆生在八地中立童真行成就十二妙法及五慧業行十三法畢志堅固當成無上等正覺得四無畏獲四辯才行六度無極布施持戒忍辱精進一心智慧修十二法心意不惑堪任教化及修四法行七觀行修

五淨法行五觀行及修八法及十八法三十七品空無相願其功德福寧爲多不淨觀菩薩白佛言甚多甚多世尊佛言故不如善男子善女人法瓔珞業其功德福不可稱量何以故一恒沙衆生在八地中立童眞行成就十二妙法心意不惑堪任教化及修四法行七觀行修五淨法行五觀行及修八法及十八法三十七品空無相願法瓔珞業其功德福不可稱量一一成就而無狐疑皆由法瓔珞而得具足諸道果報佛復告淨觀菩薩曰云何族姓子一恒沙衆生在九地中必當堅住得佛無量神德之業盡捨諸法不復修習進當成佛無復退轉其功德福寧爲多不淨觀菩薩白佛言甚多甚多世尊佛言故不如善男子善女人法瓔珞業其功德福不可稱量何以故一恒沙衆生在九地中立童眞行成就十二妙法心意不惑堪任教化如此之比滿十方恒沙及前一地二地乃至九地故不如法瓔珞業其功德福不可稱量一一成就而無狐疑皆由法瓔珞而得具足諸道果報爾時世尊告淨觀菩薩如我今日如來至眞等正覺三界獨尊盡統三千大千世界故號天中之天斯由法瓔珞業而得成就其功德福不可稱量具足深要諸道果報

爾時有菩薩名曰辯通即從座起長跪叉手前白佛言若有善男子善女人心意好樂欲得修習法瓔珞者云何用心當行何法而得成就法瓔珞慧佛言善哉善哉族姓子若有善男子善女人欲得修習法瓔珞者當去妄想不生識著諸念具足得入衆定遊至十方

無量世界從一佛國至一佛國承事供養諸佛世尊何以故皆由無識著想而得具足諸道果報

菩薩瓔珞經卷第十二

音釋

蜎馨緣切小飛也　蠕而兗切蟲動也　抵突抵都禮切抵觸也突陀骨切搪突也　饕他結切貪食也

菩薩瓔珞經卷第十三

姚秦沙門竺佛念譯

受迦葉勸行品第二十二

爾時佛告比丘比丘尼優婆塞優婆夷及諸大衆普來會者及菩薩摩訶薩誰能堪任於如來前說有行無行不可思議衆智之門爾時一切大衆聞如來說有行無行不可思議衆智之門默然不對爾時世尊放舌相光明普照無數無量國土使無量衆生皆見光明其見光者皆發無上正眞道意時東方去此十億江河沙數過是數已有佛土名蓮華淨佛名淨教如來至眞等正覺見釋迦文放大光明普照三千大千佛土即遣菩薩萬二千人來至忍土至世尊所頭面禮足在一面坐南方去此十億江河沙數諸佛國土佛名一道復見光明尋遣菩薩八千大士來至忍界至如來所遶佛三帀在一面坐西方去此七江河沙等諸佛世界有佛土名曰無礙如來至眞等正覺見此光明普有所照即遣二千二百大士盡得神通行過魔界來至忍土至如來所頭面禮足在一面坐北方去此十三億江河沙數有佛土名曰妙億佛名正意如來至眞等正覺復見光明普照三千大千世界尋遣五萬菩薩悉皆神足六通清徹來至忍界至世尊所頭面禮足在一面坐東北角方去此八江河沙數有佛土名曰除垢佛名等行如來至眞等正覺見此光明復遣菩薩七千大士來至忍土至如來所頭面禮足在一面坐東南角去此三億佛土有佛國名曰積寶佛名善積如來至眞等正覺復見光明

尋遣七百正士皆得神通獲無礙慧來至忍界至世尊所頭面禮足在一面坐西南角去此十江河沙數諸佛國土有佛土名曰一相佛名等慧如來至眞等正覺見此光明尋遣千五百大士來至忍界至世尊所頭面禮足在一面坐西北角去此十四億江河沙數諸佛國土有國土名曰清淨佛名衆德如來至眞等正覺見此光已尋遣五千菩薩來至忍界至世尊所頭面禮足在一面坐上方去此過衆香界復過二江河沙世界有佛土名曰普慈佛名弘等如來至眞等正覺見此光明尋遣五千菩薩來至忍界至世尊所頭面禮足在一面坐下方去此三十二億江河沙數有佛土名曰堅固佛名不捨弘誓如來至眞等正覺見釋迦文佛放大光明復遣十千大士從下方來至世尊所頭面禮足在一面坐

是時世尊見衆坐已定便告諸來會者吾今當說有行無行諦聽諦聽善思念之若有善男子善女人從須陀洹乃至阿羅漢未得如來道慧藏者斯等之類不在聖例爾時座上有九萬二千無著阿羅漢從異方世界來詣忍土欲從如來聽法瓔珞有行無行今聞世尊吐如此教若善男子善女人從須陀洹乃至阿羅漢未踐如來道慧藏者斯等之類不在聖例是時九萬二千得道阿羅漢諸漏已盡縛結已解更不受生如實知之爾時摩訶迦葉阿若拘隣舍利弗摩訶目揵連賓頭盧摩訶迦旃延離越須菩提滿願子九萬二千人等即從座起頭面禮如來足遶佛三帀各自長跪前白佛言世尊我等雖得四果六通

清徹猶尚不如凡夫行人所以然者今聞如來説道慧深藏非我等所入境界唯願世尊得聞斯法使久寐衆生永無猶豫爾時世尊默然不對時大迦葉重白佛言我等羅漢雖獲稱爲佛子皆是如來之咎非我等過何以故若使如來誓無三乘者我等豈非成等正覺乎何爲如來不見聽在聖例乎時大迦葉及九萬二千眞人盡脱袈裟哀號悲泣五體投地當爾之時三千大千刹土六變震動諸天龍鬼神阿須倫迦留羅眞陀羅摩休勒乾沓恕人及非人怪未曾有爾時世尊欲解諸人心中狐疑便舒右手持迦葉起各使復坐爾時世尊即説斯偈

本無如來業　道慧藏第一　諸度無量智
漸入如來境　大道無三乘　况有四道果
觀淨如虚空　耆年迦葉是　今我觀斯心
非有亦非無　多現無量變　不捨佛弘誓
從久遠已來　修神足瓔珞　六度曠大法
何有聲聞名　佛界無疆畔　所化亦不同
故使衆生惑　謂爲道若干

爾時座上有無央數衆生聞如來説此偈已悉皆發意信樂欲聞道慧深藏甚深之法皆發無上正眞道意復有無央數衆生正心解脱得盡信之行

有行無行品第二十三

爾時無頂相菩薩即從座起偏露右臂長跪叉手前白佛言我能堪任於如來前説有行無行佛言善哉善哉族姓子若能説者今正是時無頂相菩薩白佛言世尊若有菩薩摩訶薩解了本無是謂有行本無自然空寂無

形是謂無行廣進菩薩曰現彼佛土神足教化是謂有行不見國土化衆生者是謂無行知生菩薩曰泥洹寂靜無起滅者是謂有行不見泥洹及泥洹相是謂無行法寶菩薩曰說道非道是謂有行亦非有道亦非無道是謂無行淨妙菩薩曰清淨法觀是謂有行亦不見清淨法觀是謂無行趣道菩薩曰見佛神力是謂有行亦不見佛亦無神力是謂無行普施菩薩曰現有入定是謂有行亦不見修行亦不見入定是謂無行月光照菩薩曰見佛身相遍滿三千大千世界是謂有行亦不見佛及相好者是謂無行哀世菩薩曰有吾我壽命是謂有行亦不見壽命亦不見吾我是謂無行無畏菩薩曰說法無法想是謂有行亦不見法非無有法是謂無行如是菩薩摩訶薩於有行無行便得具足菩薩瓔珞無量菩薩曰以過佛量而不可限是謂有行亦不見量亦不見非量是謂無行心念菩薩曰以六神通遊諸佛國不自稱譽歎神通道是謂有行不見國土有所接度是謂無行賢護菩薩曰能化一切盡爲佛形是謂有行亦不見化復不見佛是謂無行無邊際菩薩曰佛界無量總持不忘是謂有行本無總持亦無三寶是謂無行常悲菩薩曰諸有衆生發大乘心是謂有行亦無大乘復無有道是謂無行不思議菩薩曰佛不思議正法亦然法不思議受報亦然是謂有行亦不見思議亦不見不思議是謂無行周旋菩薩曰空慧是一非不有慧是謂有行慧亦虛寂亦不有慧亦不無慧是謂無行法造菩薩曰如來爲一

眞際亦爾是謂有行亦不見如來亦不見眞際無一無不一是謂無行善權菩薩曰慧觀分別一切諸法是謂有行亦無慧觀復無諸法是謂無行無與等菩薩曰一相無相是謂有行亦不見相亦不見無相是謂無行如是菩薩摩訶薩於有行無行便能具足菩薩瓔珞功勳菩薩曰亦不見生亦不見不生是謂有行生亦無生復無無生是謂無行覺悟菩薩曰有常無常是謂有行亦不見常亦不見非常是謂無行成就菩薩曰不造身行亦無所著是謂有行亦不見造亦不見不造是謂無行願樂菩薩曰不造口行亦無所著是謂有行亦不見造亦不見不造是謂無行無處所菩薩曰不造意行亦無所著是謂有行亦不見造亦不見不造是謂無行無礙智菩薩曰覺無所覺是謂有行亦不見覺亦復不起有衆生想是謂無行香積菩薩曰解道本無法性不異是謂有行亦不見道復無法性是謂無行轉法輪菩薩曰在樹王下須宣演暢四道果證是謂有行說法無法想亦不見四道是謂無行自觀菩薩曰說色痛想行識空是謂有行亦不見五陰成敗是謂無行衆智菩薩曰其有觀四意止知內外空是謂有行分別意止本無所從來去亦無所至是謂無行多聞菩薩曰熾然諸法乃至三十七品是謂有行亦不見熾然及一切諸法是謂無行法身菩薩曰見一切諸法有動轉者不動轉者是謂有行亦不見動轉非不動轉是謂無行無怒菩薩曰一切法自然法觀亦爾法觀自然一切法亦爾是謂有行本無諸法亦無

法觀是謂無行上首菩薩曰分別佛慧知之虛寂是謂有行觀佛深慧本性自爾亦無名號是謂無行道議菩薩曰了五分法身而無遠離是謂有行一一觀察性自無形亦無起滅是謂無行本祚菩薩曰一切諸法亦無所倚不倚內空亦不倚外空是謂有行了內外空及一切諸法亦不見生亦不見滅悉無所著是謂無行權現菩薩曰周旋往來禮事諸佛亦不見佛土淨及以不淨衆生好惡是謂有行不見己身及諸佛國好惡清濁是謂無行無想著菩薩曰諸法不亂憺然不移不計苦樂是常非常若好若醜是謂有行無量智慧悉歸於空不見亂定苦樂好醜是謂無行大慈菩薩曰不見諸法有趣無趣是謂有行求無有趣亦不見趣是謂無行忍行菩薩曰解空無相願及虛空識界眞如一性是謂有行空無相願亦是空空亦是空無相願復無報應是謂無行寶掌菩薩曰入一定意悉知諸佛威儀所行法則之宜是謂有行雖入禪定求無法想是謂無行喜慶菩薩曰三毒根本自然起滅生不知所以生滅不知所以滅是謂有行觀三毒根本自無形兆求無起滅是謂無行觀進菩薩曰奉聿無所犯亦不見有犯是謂有行本無有律亦無有犯本性自爾是謂無行常喜菩薩曰分別解脫十二法門是謂有行亦不見解脫及諸法寶有起有滅是謂無行宣暢菩薩曰法生苦生本無處所是謂有行知苦本際而不可覩是謂無行修道菩薩曰大道一相泥洹無形不見志求無上之道是謂有行所演道教而無精微法

界自然無能迴轉是謂無行講法菩薩曰所建立道不可思議雖處穢濁如無所處是謂有行了知五淨及五濁性虛而非眞亦無所有是謂無行爾時十方無央數江河沙數諸菩薩等各各自說有行無行已各還復坐時大迦葉便從座起整衣服長跪叉手前白佛言世尊我亦堪任說有行無行若見聽者敢宣所懷佛告迦葉今大衆集渴仰來久若堪說者今正是時爾時大迦葉白佛言世尊若有善男子善女人奉持正律十二頭陀難得之法無所漏失如毫釐許亦不起想生是非心斯乃名曰第一有行時大迦葉復白佛言若善男子善女人一意所念專精不忘能演道教各充志趣乃至成佛不改大誓斯亦名曰第一有行時大迦葉復白佛言若復善男子善女人進學修習禪觀法門於諸通慧無所染著志求道者各令歡喜復能誘導將示道徑隨前人心果其所願求大乘者畢志成就不使墮落中間罣礙若復欲得辟支佛者亦復將護令得無爲斯亦名曰第一有行時大迦葉復白佛言若有善男子善女人欲得修習無行法者一切衆生罪根深固難可拔濟然此罪人與我無緣無由得度然我世尊微設權巧漸伺方便知彼去就爲造因緣得蒙覆蓋是謂無行時大迦葉復白佛言世尊若有善男子善女人本無道心在凡夫地即能指授使發道意至竟成就終不中墮在二地中是謂無行復次世尊若有善男子善女人從無數劫積功累德發大弘誓若我成道在某國生遭遇某聖弟子翼從亦各如是然

彼善男子善女人違本所願中遭賢聖有佛出世即從彼佛而取滅度是謂無行爾時世尊告迦葉言止止着年汝今滓濁褊狹之心所能測度何以故立根得力菩薩摩訶薩猶尚未悉有行無行況汝小節欲得悉乎此則不然還復汝坐如常威儀時大迦葉容顏變常極大慙愧禮佛足下還復本座爾時長老阿若拘隣復從座起前白佛言世尊我今堪任於如來前須宣道教有行無行佛言善哉善哉族姓子今正是時恣汝所陳時阿若拘隣白佛言世尊若有善男子善女人修八正道於八法中不起狐疑是謂有行若復善男子善女人得無量法慧分別八法悉無所有本無一法況有八正無名號之法亦無窠窟斯乃名曰第一最勝無行之法復次世尊若善男子善女人於四禪行一一思惟意不分散繫意在明不失法儀必有所果無有狐疑是謂世尊第一有行若復善男子善女人從初至竟端坐思惟諸無形法不見出生本無端緒名號虛詐非眞非有斯乃名曰無行之法時長老阿若拘隣復白佛言若善男子善女人分別空慧心不染空於空求空生顛倒想是謂有行若於空慧不生染汙不與妄見起若干意本自無本況當有今是謂無行復次世尊若復善男子善女人內思明慧空寂定意持心牢固無增無減是謂有行分別內外六情無主本無六情況今有識識非三世不著三有是謂無行是時長老阿若拘隣說菩薩摩訶薩有行無行已即禮佛足佛言善哉善哉族姓子宣暢如來甚深之法甚奇甚

特實未曾有還復汝坐如常威儀是時尊者舍利弗即從座起齊整法服長跪叉手白佛言世尊抱疑日久欲有所問唯願世尊一一發遣佛告舍利弗言善哉善哉族姓子欲有所問今正是時如來一一當訓汝問時舍利弗白佛言世尊云何爲有行云何爲無行如世尊言現造則有行本無則無行今問如來爲有行生無行乃名無行耶爲有行常有無行常無乃名無行乎若言有行則尊者大迦葉所宣有行亦無錯謬假使無行則無言教云何以無言教之法令有言教耶唯願世尊一一分别佛告舍利弗言云何舍利弗有行體性爲空不乎舍利弗白佛言世尊有行體性空如空佛復問舍利弗云何族姓子無行空性如何舍利弗白佛言世尊無行空性即有行空性是也佛告舍利弗若無行空性即有行空性者今大迦葉何以故但說有行不說有行空亦不說無行亦不說無行空性耶舍利弗白佛言世尊云何有行空性云何無行空性佛告舍利弗言諦聽諦聽善思念之吾當與汝敷演其義對曰如是世尊佛告舍利弗云何族姓子成五陰身四大成就捨本所生如此衆生若外見色於眼識中自起塵勞分别此識不從外來亦不從内出由識分别乃生此患云何族姓子五陰法界爲爾不乎舍利弗言如是如是世尊皆由眼識起此塵勞耳佛復告舍利弗云何族姓子若有目之士思惟眼識分别塵勞本從何來爲從何滅欲求塵勞窠窟爲可得不乎舍利弗白佛言不也世尊眼識無形而不可見佛言如是

如是舍利弗是乃名曰有行空性復次舍利弗若善男子善女人於空離空不染空識息心永滅不興想著默然無言斯乃名曰無行空性也佛復告舍利弗若善男子善女人耳聞外聲鼻齅外香舌知外味身知外更内樂意法體知外行思惟此識亦不從外來亦不從内生由識分別乃起此患云何族姓子五陰法界爲爾不乎舍利弗白佛言如是世尊斯由識法生諸塵勞佛告舍利弗云何族姓子若有目之士思惟法識分別塵勞爲從何來復從何滅欲求塵勞窠窟爲可得不乎舍利弗白佛言不也世尊法識無形而不可見佛言如是舍利弗是乃名曰有行空性佛復告舍利弗若善男子善女人於空離空不染空識滅意永寂不興想著靜然無語亦無道教斯乃名曰無行空性也佛復告舍利弗夫諸法性住不變易法起則起法滅則滅起亦不知所以起滅亦不知所以滅有目之士而觀察之亦不見起亦不見滅故號爲本無如來至眞等正覺明行成爲善逝世間解無上士道法御天人師號佛世尊超過三界爲天人尊若有善男子善女人受持諷誦此深法要有行無行法本者便得具足衆想之慧佛說此有行無行法時有百億那術衆生皆捨本行執牢固誓進趣佛乘不退轉地復有諸天世人無央數衆皆得道忍離凡夫地是時尊者大目揵連復從座起頭面禮足前白佛言我亦堪任暢達演說有行無行不思議法佛言善哉善哉族姓子若樂說者今正是時目連白佛言世尊今聞如來包識衆法以爲

有行無行如我觀省如來正法非我聲聞有行無行也所以然者弟子緣覺諸根淳淑不復闚望平等正覺我於如來則無行也若使如來欲捨慧海去諸衆智求爲弟子緣覺道者如來於我則無行也又世尊言一切諸法皆虛皆寂無生滅著斷審如是者何復限制弟子緣覺不在聖例益使我等九萬二千人悉皆六通倍生狐疑又聞佛言我法曠大亦無邊涯不計吾我有著衆生若當爾者如來今日於清淨法界則有闕也爾時世尊告目連曰善哉善哉族姓子乃能於如來前宣暢此問我今問汝汝當一一報我目連對曰如是世尊云何目連行有報乎目連白佛言世尊行有報也又問目連何者是行報耶目連白佛言隨其緣對善有善報惡有惡報佛復問云何目連善有善報惡有惡報目連白佛言三塗八難栲掠搒笞是謂惡報泥洹永寂無復生滅是謂善報佛復問目連云何族姓子今日本無如來爲獲報不乎目連對曰不也世尊佛問目連云何族姓子如今如來至眞等正覺身黃金色衆相具足爲是何報目連白佛言如來相好形質之報非泥洹報也佛問目連汝體泥洹耶云何知善有善報是泥洹報乎目連白佛言一切諸法皆悉假號非有眞實所謂泥洹泥洹者亦假號耳故說泥洹善有善也爾時世尊告目連曰如來於汝則無行也亦是假號非有眞實汝欲求無上等正覺者於如來所則無行也亦是假號於假號法中欲分別有行無行者此則不然爾時世尊說此假號法有九億衆生發弘誓

意願樂欲逮有行無行菩薩瓔珞復有無量衆生得總持法門復有三億衆生諸漏盡意解得阿羅漢爾時尊者賔頭盧復從座起前白佛言我亦堪任說菩薩瓔珞有行無行令善男子善女人得修行之世尊告曰善哉善哉族姓子若能說者今正是時爾時賔頭盧白佛言世尊若善男子善女人於初禪地分別五陰惡露不淨於中思惟無可貪著是謂有行若入定意觀無所有虛而非眞觀他人身亦復如是斯謂無行復次世尊若善男子善女人現身臭處不淨流出是謂有行深觀本末知之爲空是謂無行復次世尊善男子善女人於二禪地具足四行是謂有行知二禪地盡歸於空是謂無行復次世尊若善男子善女人自能開悟教衆生類去離淨心起不淨想是謂有行解了淨想本無所有是謂無行復次世尊若善男子善女人思惟三禪淨除塵勞不自稱歎有所成辦是謂有行不見塵勞成不成者是謂無行復次世尊若善男子善女人在四禪地思惟五陰繫意不忘是謂有行分别四禪求無苦樂諸縛縛著是謂無行如是善男子善女人菩薩摩訶薩寂觀瓔珞有行無行爾時世尊告賔頭盧說此法已還復本座是時尊者大迦旃延即從座起禮世尊足前白佛言我今堪於如來前說有行無行使衆生類得修行之若善男子善女人於十六聖行不起狐疑者是謂有行思惟縛著本性自淨亦無十六聖行之名是謂無行迦旃延復白佛言若善男子善女人拔斷三毒婬怒癡法察彼衆生心中所念有無

明心無無明心有愛欲心無愛欲心有恚害心無恚害心悉能分别而無錯謬是謂有行若善男子善女人觀知三毒本無所有不見生者不見滅者虛寂無形是謂無行迦旃延子復白佛言若善男子善女人於結使聚皆令畢竟亦不更造興起塵勞是謂有行不於結使見有畢竟不畢竟者亦不興造生塵勞患是謂無行如是善男子善女人菩薩瓔珞有行無行迦旃延子於佛前說此有行無行已起禮佛足還復本座爾時尊者離越即從座起前禮佛足白佛言世尊我亦堪任說菩薩瓔珞有行無行佛告離越堪任說者便可說之離越白佛言世尊若有善男子善女人於無生法越度生死不見有度者是謂有行淪泥洹空寂然無形不有衆生想是謂無行

復次世尊若善男子善女人得賢聖律受諸果證修十二法是謂有行若觀一切法本因緣聚散知盡不生更不受證是謂無行復次善男子善女人諸佛世尊常所說法苦集盡道賢聖寶藏進取泥洹無起滅法是謂有行不見賢聖道品之法及泥洹道是謂無行如是善男子善女人菩薩瓔珞有行無行是時尊者須菩提復從座起前禮佛足白佛言若有善男子善女人從本無行至一切智觀了無形而不可見是謂有行不見本無出生諸法菩薩瓔珞亦復如是不見菩薩瓔珞亦不見非菩薩瓔珞是謂無行爾時世尊問須菩提云何族姓子汝以何等義而作斯言此是菩薩瓔珞此非菩薩瓔珞須菩提白佛言世尊若善男子善女人於究竟法不生斷滅與

計常想是謂菩薩有行瓔珞若善男子善女人於本無法中諸法悉空內空外空不起滅空無所生空道空泥洹空一切諸法皆空如空是謂菩薩無行瓔珞須菩提復白佛言世尊若善男子善女人得空定淨意者於賢聖法律具足一切諸法窠窟從須陀洹斯陀含阿那含阿羅漢辟支佛上至如來至眞等正覺莊嚴具足泥洹之路是謂菩薩摩訶薩有行瓔珞若復善男子善女人修行五十五法虛空正要一一分別心不流馳皆歸於空於空無法中無生滅著斷是謂菩薩摩訶薩無行瓔珞也尊者須菩提說此空性有行無行菩薩瓔珞時有十三億發意菩薩本從等意如來所初發道心自從是來中間懈怠今聞長老須菩提說諸法虛寂無生滅著斷各還本意悉發無上正眞道意進求本誓願欲成就菩薩瓔珞有行無行爾時尊者邠耨文陀尼子即從座起前至佛所頭面禮足長跪叉手白佛言世尊若有善男子善女人思惟分別空行法性不於諸法生吾我心者是謂有行攝意常定心如虛空不著三界是謂無行若復善男子善女人講論諸法無生之心金剛三昧超越八地捨本習緒是謂有行若復善男子善女人得滅意度一意莊嚴瓔珞其身進趣無上正眞道意不以成佛以爲快樂雖在衆生不爲勤勞金剛之心不可沮壞是謂菩薩瓔珞有行無行如此等九萬二千漏盡阿羅漢各各宣暢菩薩瓔珞有行無行也

菩薩瓔珞經卷第十三

音釋

猶豫 豫羊茹切猶豫疑不決也 滓 側氏切澱也 褊 俾免切小也 狹 胡夾切隘也 詶 市流切荅也 拷 苦浩切打也 掠 離灼切笞也 搒 搒薄庚切笞超之 笞 切搒笞捶擊也

菩薩瓔珞經卷第十四

姚秦沙門竺佛念譯

有受品第二十四

是時勇進菩薩白佛言世尊今聞如來說甚深法諸賢聖律所入之門其有聞知了此法者亦不見著亦不見脱於空無法而無所損不見諸法有所從來有所從去若善男子善女人深觀此法無所從來無所從去爾乃明達名爲解脱一切諸法各各别異其所言見悉各離散無有合偶復於諸法不生想念而有所成亦復不念有解脱者所觀諸法亦不有内亦不有外亦無有遠亦無有近得慧菩薩深了本無其知是者去貢高心不生慢墯是爲善男子善女人於諸善法而得解脱便得住於無生滅地其所住者不見有住復於諸法住無所住亦於諸法見無所見是謂善男子善女人正其性行不念非邪其作正見者便於内性觀了色相亦無有色亦不見色而有色也何以故知一切法觀空無形知其本空如色無有色於一切法亦不有受亦不無受是謂善男子善女人於一切法而得解脱是時勇進菩薩説此有受品時有十三億衆生聞此法已皆得不起柔順法忍異口同音各稱斯言今日勇進菩薩大士離於諸著亦使我等成辦此法我等仁者當以此法教授餘人如我無異悉得解脱畢無所著爾時世尊告勇進菩薩曰夫泥洹心亦不在内亦不在外亦復不在兩中間止有受菩薩無生滅處諸菩薩心道等無二亦無若干道心適等無若干者於一切人必有平等無二之心

是謂菩薩故名曰等而無差别是時座中有五百天子聞如來平等之法有受無受諸塵垢盡得法眼淨復有比丘比丘尼優婆塞優婆夷五百餘衆皆得須陀洹道復有無央數天龍鬼神乾沓惒阿須倫迦留羅眞陀羅摩休勒人及非人志趣大乘者皆發無上平等道意

無著品第二十五

是時世尊告四部衆比丘比丘尼優婆塞優婆夷及諸菩薩摩訶薩天龍鬼神八部之衆若有菩薩摩訶薩欲逮一切智欲上菩薩位欲得金剛三昧欲得降伏魔官屬者欲逮一切諸法門總持者欲離此彼處者欲莊嚴佛樹者是善男子善女人當習如來無著之行復次善男子善女人欲得淨佛國土教化衆生從一佛國至一佛國承事禮敬諸佛世尊者當學如來無著之行若有善男子善女人欲得如來奇特之法甚尊重者若有衆生不於三界受色陰形欲離五患不處五道如斯等善男子善女人常當修習如來無著之行佛復告善男子善女人吾般泥洹後正法漸衰多有衆生倚託法服貪小利養詐發道心虧損正法無清淨意如斯等人不信三寶聖賢之行雖在我衆離我甚遠若復善男子善女人修習如來無著之行雖在凡夫未上菩薩位執心牢固不捨道意如斯等人正使處在億百千萬由延之外猶去我近何以故此善男子善女人修習如來無著行故爾時有菩薩名曰明觀即從座起頭面禮足前白佛言世尊云何名爲如來至眞無著之行唯願

世尊一一分別令諸會者各得開解佛告明觀菩薩曰我今問汝汝當報我云何族姓子汝何以故號明觀乎用色耶用痛想行識乎因身耶因名乎用何等故號明觀耶是時明觀菩薩白佛言世尊觀色非色亦非有色色性自空亦不有色我色彼色本無所有色空本空色性自空諸法自然復無自然諸法熾然本無自然觀色無生亦不見生生自無生況當有色但爲衆生癡心所潤不能自悟遂致苦惱墜墮生死流轉五道身死名滅便更受身如來大聖無所染著知所從來離諸縛著衆行根元悉歸於空痛想行識亦復如是觀識非識亦非有識識性自空亦不有識我識彼識本無所有識空本空識性自空諸法自然復無自然諸法熾然本無自然觀識無生亦不見生生自無生況當有識但爲衆生癡心所潤不能自悟遂致苦惱隊墮生死流轉五道身死名滅復更受形如來大聖無所染著知所從來離諸縛著衆行根元悉歸於空無著衆行亦復如是自致無上正真道意何況善男子善女人聞則信解於佛法衆斯乃名曰無著之行是時明觀菩薩復白佛言若使善男子善女人聞如來無著之行便於是中發菩薩心雖有是念亦不供養諸佛世尊斯於如來無著之行而有耗減若復善男子善女人意欲懈怠不復堪樂修無著行能自剋責念無著行一念之頃而不忘失便得發無上至真道意何況篤信而奉行乎若善男子善女人得如來金剛三昧發弘誓心不可沮壞斯皆由如來無著聖行而得成就若

復善男子善女人得三昧王三昧名曰奮迅勇若菩薩摩訶薩得此三昧者便能降伏諸魔官屬此善男子善女人皆由無著聖行而有成辦若復善男子善女人得信空法無量聖行修四意止念念成就分别内外空寂無形斯皆出於如來無著聖賢之行若善男子善女人得四神足心識自由坐卧經行而無罣礙遊至十方無量世界禮事供養諸佛世尊斯亦復是如來無著聖賢之行若善男子善女人及菩薩摩訶薩獲四意斷至十八法三十七品莊嚴佛土成衆相好八種音聲過乎梵天其有衆生聞佛音響得解脱者斯亦復是如來無著聖賢之行若得善男子善女人一一思惟空無相願不復染著與是非想緣此三觀當成無上正眞道意斯亦復是如來無著聖賢之行若有善男子善女人從無數諸佛世尊受菩薩莂當成無上正眞道意畢志牢固終不中退亦不爲衆魔所能沮壞斯亦復是如來無著聖賢之行爾時明觀菩薩説是如來無著聖賢行時有八十四億衆生之類願樂欲求如來無著聖賢之行復有無數之衆求於親近明觀菩薩以爲師宗復有無量衆生各生斯念今日明觀菩薩摩訶薩久如當成無上正眞道意爾時世尊知衆會心各生此念便告明觀菩薩曰汝今以能宣暢如來無著之行如來聖慧不可窮盡却後無數阿僧祇劫上方去此五十江河沙數諸佛刹土佛名無垢如來至眞等正覺純有一乘教化衆生不聞緣覺弟子之名汝當作佛號曰明觀如來至眞等正覺明行成爲善

逝世間解無上士道法御天人師號佛世尊汝當作佛其號如是爾時衆會一切衆生見如來授明觀菩薩決或有衆生有覺知者不覺知者爾時世尊觀察人心各懷狐疑佛知其意便告明觀菩薩曰如來至真等正覺在大衆中授菩薩決有覺知者不覺知者有八因緣云何爲八善男子善女人得如來決當成無上平等正覺一切衆人無能知者是謂如來授衆生決已身自覺餘人不知復次明觀若有善男子善女人在大衆中爲如來所見授決餘人盡見已不覺知是謂如來授衆生決餘人盡見已不覺知復次明觀菩薩摩訶薩若有善男子善女人爲諸佛世尊所見授決汝當成佛其號如是已知授決餘人亦見是謂如來授衆生決已自覺知餘人亦見復次明觀菩薩摩訶薩若有善男子善女人在大衆中爲如來所見授決自不覺知餘人亦不知是謂如來授衆生決自不覺知餘人亦不知佛復告明觀菩薩若有善男子善女人在大衆中受如來決然此受決之人乃在末行不近如來近如來者自謂授我決是謂如來授衆生決遠者覺知近者不覺復次明觀菩薩摩訶薩若有善男子善女人在大衆中爲如來所見授決近如來者便自覺知今日如來而授我決遠如來者復自稱說如來今日授我等決爲此衆生未應受決是謂如來授衆生決近者覺知遠者不覺佛復告明觀菩薩摩訶薩若有善男子善女人爲諸佛世尊所見授決當成佛時其號如是近者不覺遠亦不知是謂如來授衆生決遠近衆生

皆不覺知佛復告明觀菩薩若有善男子善女人在大衆中爲如來所見授決近者亦覺遠者亦知餘人不見是謂如來八因緣法授衆生決近者亦覺遠者亦知餘人不見爾時世尊告四部衆比丘比丘尼優婆塞優婆夷菩薩摩訶薩天龍鬼神乾沓惒阿須倫迦留羅眞陀羅魔休勒人及非人汝等頗見明觀菩薩受記莂乎對曰非也世尊佛復告族姓子若有菩薩摩訶薩受如來決初發道心受莂不同今此明觀菩薩受如來決已自覺知餘人不覺如此等人未獲如來四無所畏發心自誓未廣及衆生亦復未得善權方便是故受決已自覺知餘者不覺佛復告族姓子若有善男子善女人受如來決衆人盡見自不覺知如此等人發意弘普廣及衆生得四無畏發心曠大有善權方便教化衆生是故受決餘者盡覺已不自知佛復告族姓子若有善男子善女人受如來決已身自知餘者亦見如此等人在七住地分別空觀不計衆生有染著想初發道心不生此念我後成佛度爾所衆生不度爾所衆生心如虛空不可沮壞以獲如來四無所畏得空觀三昧善權方便是故受決已身自知餘者亦見佛復告族姓子若有善男子善女人受如來決已身不覺餘者不知如斯等人未在七住不退轉地雖有善權方便信樂三尊供養承事諸佛世尊然未得如來無著之行未能淨佛國土教化衆生是故受決自不覺知餘者不見佛復告族姓子若善男子善女人受如來決遠者得決近者不得如此等人彌勒身是何以

故此善男子善女人諸根具足不捨如來無著之行是故受決遠者自覺近者不知佛復告族姓子若善男子善女人受如來決近者覺知遠者不見亦非衆會所能測度如此等人在菩薩位未能演說賢聖之行令師子膺菩薩是也衆相具足不捨法本於無想法中不壞法性是故受決近者覺知遠者不見亦非衆會所能測度佛復告族姓子若善男子善女人如來授決近者亦知遠者亦見如此等人衆行具足行不思議無量佛事超生死海漸至無爲岸何以故此善男子善女人諸根具足不捨如來無著之行遍遊十方無量世界作不思議顯佛神德令柔順菩薩是也是故近者亦知遠者亦見佛復告族姓子若善男子善女人受如來決近者不知遠者不見如此等人衆行未具未得善權方便雖復去離五欲之中未能備悉如來法藏令等行菩薩是也佛復告族姓子若有菩薩摩訶薩奉持修習八因緣法我今視之如已無異亦爲十方諸佛世尊所見擁護爾時釋提桓因即從座起前至佛所頭面禮足在一面立須臾之頃前至佛所長跪叉手白佛言世尊我名拘翼號天帝釋唯願世尊聽所啓白佛言善哉善哉拘翼有所疑難今正是時釋提桓因白佛言世尊若有善男子善女人與顯如來無著之行具足授決八因緣法我等諸天當護此善男子善女人至竟成就終不中退墮於羅漢辟支佛道爾時釋提桓因即於佛前而歎頌曰

本無無所著　永離諸惡趣　云何如來今

授決有高下　昔從無數劫　功勳不可量
積功累衆德　一切衆相具　如來諸法本
無生滅著斷　尊今已授決　論說高下相
得定不起忍　生滅無所有　諸法如幻化
名號不眞實　知本所從來　願樂無生法
演說三達智　從限至無限　今爲天帝身
縛解諸結盡　願尊見記莂　久如建正覺

爾時世尊以偈報釋提桓因曰

汝今天帝釋　功德衆行至　乃從無數世
積德光明尊　今爲天帝身　經大小劫數
三十六成敗　不捨本要誓　千佛兄弟過
無復賢劫名　中間永曠絕　二十四中劫
後乃有佛出　十力無所畏　清淨德普尊
剎土名普忍　彼佛極長壽　在世壽七劫
教化已周訖　永寂取滅度　遺法在世化
亦復經七劫　漸漸法沒盡　不聞三尊名
中間復適絕　當復經五劫　汝於彼剎土
當紹如來位　我今授汝決　本無如來印
號名無著尊　三界最第一　獨步無等侶
說法無窮盡　當化阿僧祇　無量衆生類

爾時釋提桓因聞如來已見授決頭面禮足遶佛三帀還復故座是時弊魔波旬心自念言今日如來至眞等正覺教化衆生轉無上法輪以善權方便將導一切諸不及者衆菩薩等神通大智皆得授決不退轉地此賢聖等我則不疑今釋提桓因在我部界爲我所使先爲如來所見授決如我今日心離魔行不在榮冀愛欲之中何故如來不授我決爾時世尊知魔波旬心中所念便告目揵連汝能堪任於如來前說諸菩薩摩訶薩受記莂

乎是時目連承佛威神即從座起前白佛言我能堪任說菩薩摩訶薩受決之法佛告目連堪任說者今正是時目連白佛言若有菩薩摩訶薩於諸空法生染著心便自貢高輕慢前學如此等善男子善女人在凡夫地不應稱爲菩薩不應受決得如來號目連復白佛言若有善男子善女人見人受決便生增上心我今豪貴斯人卑賤如此等善男子善女人在凡夫地不應稱爲菩薩不應受決得如來號目連復白佛言若善男子善女人得佛明慧分别三觀空無相願便爲如來所見授決然有衆生見此人受決便生憎嫉心如來何爲先授此決如此等善男子善女人在凡夫地不當稱爲菩薩不應受決得如來號是時目連復白佛言若有善男子善女人得佛神足四無所畏遊諸空界轉於法輪善權方便無所罣礙於演法教皆有所益便爲如來所見授決然有衆生得世俗智辯才第一知古明今三世通達内自思惟而生此念我所包攬無事不貫如來何爲不授我決今乃反更授此人決如此等善男子善女人在凡夫地不應稱爲菩薩不應受決得如來號目連復白佛言若有善男子善女人得無生法忍四等具足遊至十方無量世界本從此佛而發道心更從異佛受其記莂然有衆生内自生念此非我衆非我徒類如來何爲先授此決不授我莂如此等善男子善女人在凡夫地不應稱爲菩薩不應受決得如來號目連復白佛言若有善男子善女人轉無上法輪六通變化無所觸礙權詐巧便攝取衆生

此菩薩摩訶薩便爲如來所見授決復有衆生在三毒等分愛心未盡未能適化承事諸佛內自狐疑而生此念今觀此人如有所辦爲是如來威力所感爲此善男子審有此化於彼此中生猶豫想如此等善男子善女人在凡夫地不應稱爲菩薩不應受決得如來號是時目連復白佛言世尊若有善男子善女人生在龍中發菩薩心衆行具足無所缺漏便爲如來所見授決或有衆生內自思惟我得人身諸根具足明達正法六情完具如來何爲不授我決今乃反更授此龍決如此等善男子善女人在凡夫地不應稱爲菩薩不應受決得如來號是時目連復白佛言若有善男子善女人已得天身發菩薩心斷諸縛著無所戀慕捨已榮位遠離五樂閉塞六情修清淨法離世八法不墮十惡爲如來所見授決然有衆生內自生念今觀此天衆行未足未捨此形復於人身何爲如來而授此決不授我莂如此等善男子善女人在凡夫地不應稱爲菩薩不應受決得如來號是時目連復白佛言或有衆生受地獄形以佛神力往授其決如我昔日爲佛所遣授提婆達兜決然有衆生內自生念受地獄形苦痛無量鑊湯燒煑死而更生刀山劍樹爐炭鐵輪火車熾風銅柱碓臼於中受苦痛毒無量當爾之時何有道心如來今日反更授決得如來號然我等已復人身不授我決如此等善男子善女人在凡夫地不應稱爲菩薩不應受決得如來號是時復白佛言若有善男子善女人生餓鬼中受餓鬼形善見菩薩父像

舍利弗祖善施長者母受形苦惱腹如太山咽如細鍼咽長千丈而有千萬一萬千節雖得漿水化爲膿血眼如深谷如千丈崖然受苦痛不可稱量爲飢火所燒求死不得然佛世尊以大慈悲即遣舍利弗各授其決令發道心然有衆生内自生念餓鬼苦惱無量飢寒苦毒不可稱計然今如來反授彼決不授我決如此等善男子善女人在凡夫地不應稱爲菩薩不應受決得如來號爾時世尊告目連曰善哉善哉族姓子堪任宣暢菩薩受決無礙之行眞佛之子非思欲生爾時弊魔波旬内自生念咄我所行將不謬乎今聞尊者大目揵連所說不爲諸人正爲我耳是時波旬即從座起除去貢高捨憍慢心前至佛所頭面禮足前白佛言世尊我今愚惑久處邪見未識眞道今釋提桓因爲我所統如來今日先授其決我即興意生是非心唯願世尊受我悔過消滅欲本不著榮冀佛告弊魔波旬汝今座上見彌勒菩薩不乎波旬白佛唯然世尊佛告波旬此彌勒菩薩當授汝決得菩薩號

淨智除垢品第二十六

東方去此三十七江河沙數有佛土名曰華嚴佛名一意如來至眞等正覺明行成爲善逝世間解無上士道法御天人師號佛世尊彼佛如來遣一菩薩名曰淨一切地具衆行本定意不亂三昧正受無所罣礙佛所住處皆悉履行不染法界去吾我想即從座起偏露右臂右膝著地長跪叉手前白佛言欲有所問若見聽者敢有所陳佛言善哉善哉族

姓子欲問如來所懷疑者今正是時淨一切地菩薩白佛言世尊云何善男子善女人供養諸佛無諸佛想於諸法本亦復如是雖度衆生無衆生念行菩薩道不失本意具足諸願德行充滿受決心淨不離明慧爾時世尊告淨一切地菩薩曰若有善男子善女人分別思惟大乘行本不可思議深奥之藏先當習學定意正受無亂想行然後乃具六度無極自觀身空觀他人心亦復如是若善男子善女人入等定三昧心不動轉悉能分別一切衆行云何善男子善女人入定三昧於一切法思惟分別無有錯謬於是族姓子若有菩薩摩訶薩立根得力逮不退轉便能入定自觀身本本所從來一一分別悉知起滅來不知所從來去不知所從去此善男子善女人從定意起復入外身定意一一分別衆生之類復見無量諸佛刹土有受形者不受形者或時善男子善女人復更入定觀内外身彼身我身發趣有異身行共同如我所觀趣大乘者不捨衆生求縁覺者亦不求清淨於佛土弟子學者承聲受教離於三有是謂内外觀定身行共同發趣有異佛復告淨一切地曰若有善男子善女人入此等定正受三昧悉使無量世界盡從教化從化得度隨意所樂恣其心意遊於百千三昧於中攝意而不錯亂是謂善男子善女人趣大乘者不捨衆生佛復告淨一切地菩薩若有善男子善女人入一身定便能觀察衆生心本有婬怒癡無婬怒癡隨其本行而度脱之此善男子善女人從一身定起復入衆多身定觀衆生

類有婬怒癡無婬怒癡隨其本行而度脫之爾時世尊復告淨一切地菩薩若有善男子善女人入無形觀三昧遍觀衆生心識所念衆生若干所念不同復有三昧名觀衆生心菩薩摩訶薩得此定意者便能觀察人道衆生心識所念遍知十方無量世界有婬怒癡無婬怒癡隨其本行而度脫之佛復告族姓言復有定意知閱叉心菩薩摩訶薩得此三昧者遍觀閱叉心識所念有婬怒癡無婬怒癡隨其本行而度脫之佛復告淨一切地菩薩曰復有定意知諸龍心菩薩得此定意者便能觀察龍道衆生心識所念遍知十方無量世界有婬怒癡無婬怒癡隨其本行而度脫之佛復告淨一切地曰復有定意知阿須倫心菩薩摩訶薩得此定意者便能觀察阿須倫道衆生心識所念遍觀十方無量世界有婬怒癡無婬怒癡隨其本行而度脫之佛復告族姓子復有定意知諸天心菩薩得此定意者便能觀察天道衆生心識所念遍知十方無量世界有婬怒癡無婬怒癡隨其本行而度脫之佛復告族姓子復有定意知梵天心菩薩摩訶薩得此定意便能觀察淨志天心識所念遍知十方無量世界有婬怒癡無婬怒癡隨其本行而度脫之佛復告族姓子復有定意知欲界衆生心菩薩摩訶薩得此定意便能觀察欲界衆生心識所念遍知十方無量世界有婬怒癡無婬怒癡隨其本行而度脫之佛復告族姓子復有定意知地獄衆生心菩薩摩訶薩得此定意者便能觀察地獄衆生心識所念遍觀十方無量世界

有婬怒癡無婬怒癡隨其本行而度脱之佛復告族姓子復有定意知弗于逮衆生心菩薩摩訶薩得此定意者便能觀察弗于逮衆生心識所念遍知十方無量世界有婬怒癡無婬怒癡隨其本行而度脱之佛復告淨一切地菩薩曰復有定意知閻浮地衆生心菩薩摩訶薩得此定意者便能觀察閻浮地衆生心識所念遍知十方無量世界有婬怒癡無婬怒癡隨其本行而度脱之佛復告淨一切地菩薩曰復有定意知瞿耶尼衆生心菩薩得此定意者便能觀察瞿耶尼衆生心意遍知十方無量世界有婬怒癡無婬怒癡隨其本行而度脱之佛告淨一切地菩薩曰復有定意知鬱單越衆生心中所念菩薩得此定意便能觀察鬱單越衆生心遍知十方無量世界有婬怒癡無婬怒癡隨其本行而度脱之佛復告淨一切地菩薩曰復有定意知一四天下衆生心中所念菩薩得此定意者便能觀察一四天下衆生心中所念遍知十方無量世界有婬怒癡無婬怒癡隨其本行而度脱之佛復告淨一切地菩薩曰復有定意知二四天下衆生心中所念菩薩得此定意者便能觀察二四天下衆生心中所念遍知十方無量世界有婬怒癡無婬怒癡隨其本行而度脱之佛復告淨一切地菩薩曰復有定意知三四天下衆生心中所念菩薩得此定意者便能觀察三四天下衆生心中所念遍知十方無量世界有婬怒癡無婬怒癡隨其本行而度脱之佛復告淨一切地菩薩曰復有定意知四四天下衆生心中所念菩

薩得此定意者便能觀察四四天下衆生心中所念遍知十方無量世界有婬怒癡無婬怒癡隨其本行而度脫之佛復告淨一切地菩薩曰復有定意知五四天下衆生心中所念菩薩得此定意者便能觀察五四天下衆生心中所念遍知十方無量世界有婬怒癡無婬怒癡隨其本行而度脫之佛復告淨一切地菩薩曰復有定意知六四天下衆生心中所念菩薩得此定意者便能觀察六四天下衆生心中所念遍知十方無量世界有婬怒癡無婬怒癡隨其本行而度脫之佛復告淨一切地菩薩曰復有定意知七四天下衆生心中所念菩薩得此定意者便能觀察七四天下衆生心中所念遍知十方無量世界有婬怒癡無婬怒癡隨其本行而度脫之佛

復告淨一切地菩薩曰復有定意知八四天下衆生心中所念菩薩得此定意者便能觀察八四天下衆生心中所念遍知十方無量世界有婬怒癡無婬怒癡隨其本行而度脫之佛復告淨一切地菩薩曰復有定意知九四天下衆生心中所念菩薩得此定意者便能觀察九四天下衆生心中所念遍觀十方無量世界有婬怒癡無婬怒癡隨其本行而度脫之佛復告淨一切地菩薩曰復有定意知十四天下衆生心中所念菩薩得此定意者便能觀察十四天下衆生心中所念遍知十方無量世界有婬怒癡無婬怒癡隨其本行而度脫之佛復告淨一切地菩薩曰復有定意知百四天下衆生心中所念菩薩得此定意便能觀察百四天下衆生心中所念遍

觀十方無量世界有婬怒癡無婬怒癡隨其本行而度脱之佛復告淨一切地菩薩曰復有定意知千四天下衆生心中所念菩薩得此定意者便能觀察千四天下衆生心中所念遍觀十方無量世界有婬怒癡無婬怒癡隨其本行而度脱之佛復告淨一切地菩薩曰復有定意知萬四天下衆生心中所念菩薩得此定意者便能觀察萬四天下衆生心中所念遍觀十方無量世界有婬怒癡無婬怒癡隨其本行而度脱之佛復告淨一切地菩薩曰復有定意知億萬四天下衆生心中所念菩薩得此定意者便能觀察億萬四天下衆生心中所念遍知十方無量世界有婬怒癡無婬怒癡隨其本行而度脱之佛復告淨一切地菩薩曰復有定意知一佛國衆生心中所念菩薩得此定意者便能觀察知一佛境界衆生心中所念遍知十方無量世界有婬怒癡無婬怒癡隨其本行而度脱之佛復告淨一切地菩薩曰復有定意知十佛刹土衆生心中所念菩薩得此定意者便能觀察十佛刹土衆生心中所念遍觀十方無量世界有婬怒癡無婬怒癡隨其本行而度脱之佛復告淨一切地菩薩曰復有定意知百佛刹土衆生心中所念菩薩得此定意者便能觀察百佛刹土衆生心中所念遍觀十方無量世界有婬怒癡無婬怒癡隨其本行而度脱之佛復告淨一切地菩薩曰復有定意知萬佛刹土衆生心中所念菩薩得此定意者便能觀察萬佛刹土衆生心中所念遍觀十方無量世界有婬怒癡無婬怒癡隨其本

行而度脫之佛復告淨一切地菩薩曰復有定意知億佛刹土衆生心中所念菩薩得此定意者便能觀察億佛刹土衆生心中所念遍觀十方無量世界有婬怒癡無婬怒癡隨其本行而度脫之如是菩薩摩訶薩於此定意盡得具足諸三昧王佛復告淨一切地菩薩曰若有善男子善女人奉持修習此法門者便獲如來衆相具足爾時世尊告淨一切地菩薩曰若有善男子善女人得此三昧定意者有善權方便教化衆生復有十事得功德業何爲十一者口氣清淨人多信用二者不失本意不識彼受三者善明筭數知六十四變四者分別空無形相法五者知當來法解脫無緣六者於現在法念成證法七者憶過去行知已無相八者於無相法本無自然九者起滅自然不著三世十者菩薩定意不失次第是謂菩薩摩訶薩入定三昧便能觀察億佛刹土衆生心中所念有婬怒癡無婬怒癡隨其本行而度脫之

菩薩瓔珞經卷第十四

音釋

乾沓惒 梵語也此云香陰沓達合切惒戶戈切　秏 呼到切減也　咽 烏前切嗌也　鍼 職深切與針同　膿 奴冬切腫血也

菩薩瓔珞經卷第十五

姚秦沙門竺佛念譯

無斷品第二十七

佛復告等行菩薩若有善男子善女人從初發意發菩薩心修行五法不懷怯弱云何五法一者勸進前人不捨道心二者分別法界不毀法性三者一意清淨無他異想四者行權方便度未度者五者得三十二業定意不亂是謂等行菩薩摩訶薩從初發意守菩薩心修此五法不捨道意佛復告等行菩薩曰若有善男子善女人初發道心復有五事云何爲五一者分別三世不離空無二者淨已國土育養衆生三者分別眼識不受外入四者神足神通念則在前五者現在衆智而自瓔珞是謂等行菩薩摩訶薩從初發意修此五法而得成就無有疑難進前成佛不懷怯弱佛復告等行菩薩若善男子善女人發菩薩心當行五法而自瓔珞云何爲五於是族姓子若菩薩初發道心入等定意能令十方天下盡爲七寶二者使已國土衆生斷婬怒癡三者已成佛時修三空慧四者莊嚴一相不離慧根五者行六神通不自稱記是謂善男子善女人從初發意行菩薩道行此五法而自瓔珞佛復告等行菩薩若有善男子善女人從初發意行菩薩道復有五法云何爲五一者思惟如來無形相法二者諸佛要誓不違本性三者自識本命知所從來四者不計我人壽命離五苦難五者法本自爾不見起滅是謂善男子善女人修此五法而自瓔珞佛復告等行菩薩若有善男子善女人從

初發意行菩薩道當行五法不可思議云何爲五一者諸佛神德不可思議二者諸佛篋藏不可思議三者行業受報不可思議四者諸佛刹土不可思議五者演布道教不可思議是謂善男子善女人初發道心修此五行不可思議乃至成佛而自瓔珞爾時世尊在於大衆而説此偈

諸佛不思議　宣暢道亦然　思惟衆生本
本末不可觀　執四聖諦炬　照彼無明根
常想無有常　念除結縛病　劫數無有窮
無盡非有盡　但爲衆生惑　欲知本無心
夫欲學在先　聞受深奧法　亦非二乘行
所能思測度　佛本自計誓　斷除五道淵
行盡由等心　故號人中尊　佛慧無邊崖
神智無有量　不以身苦本　永除三世難
諸佛瓔珞法　自覺無師授　心定如虛空
常想樂想緣　吾從無數劫　入定不離空
一意成一道　故號人中尊　復於無數劫
承事諸世尊　盡生逮無著　自致最正覺
諸佛在世化　正法修道樂　能淨諸佛國
不染三有樂

爾時世尊説此偈已復告等行菩薩若有善男子善女人奉持修習五不思議深奧法者十方諸佛悉來擁護不爲衆魔所能得便佛復告等行菩薩若善男子善女人從初發意行菩薩心當行五法不可思議云何爲五一者以已定意遍施衆生盡在佛處而不退轉二者不猗三道而受果證三者無量法海皆現在前四者衆相法門具足智辯五者分身教化得六度慧是謂族姓子從初發意行菩

薩心行此五法不可思議便能具足如來衆行佛復告等行菩薩若有善男子善女人思惟分別五苦法本云何爲五一者分別色源不生識著二者思百八痛無有苦樂三者永斷衆想不興亂意四者解十二因緣本無此行五者識神無形不可究盡是謂等行菩薩若善男子善女人分別思惟五苦法本者親近佛藏不離賢聖衆道之源佛復告等行菩薩若善男子善女人從初發意修菩薩心復有五法不可窮盡云何爲五一者無數功勳不可窮盡二者八十四智不可窮盡三者如來法慧不可窮盡四者諸法要定不可窮盡五者八種音響不可窮盡是謂等行菩薩若善男子善女人從初發意修菩薩心修此五法不可窮盡便能具足如來之法爾時世尊復告等行菩薩若有善男子善女人從初發意修菩薩心修行六度不思議法云何爲六於是善男子善女人不惜身命隨前所索不逆人意於中具足施度無極雖具施度攝持戒人不毀戒性見暴逆者勸令忍辱若人懈怠勸令精進或有衆生著六十二見心意錯亂不識虛無泥洹大道攝彼衆生一意禪定除去亂想不生二見或有衆生永在闇冥懷愚惑心以權方便攝彼衆生令見慧明佛復告等行菩薩若有善男子善女人從初發意修菩薩心於一度中便當具足六度無極云何於一度中便能具足六度無極或有衆生一心持戒不毀戒性於持戒中具足布施不譏彼受常行忍辱若有衆生見毀辱者不與亂想無瞋怒心日夜精勤無懈怠心雖持禁

戒定意不亂於戒性中不毀於禪演布智慧除愚闇心是謂菩薩在戒度無極便能具足六度無極佛復告等行菩薩若有善男子善女人從初發意修菩薩心得忍度無極降伏心意不念貢高於忍度無極復當具足六度之法不捨忍心而行布施雖有所施不起想著於中具足戒性之法若人擊打不起亂想自攝心意具足修習忍度無極具足定意不毀禪法於忍度中具足禪行若復善男子善女人已得忍度分別五陰成敗所起思惟三毒知從癡愛以道慧觀察求無所生是謂善男子善女人於忍度中具足六度之法佛復告等行菩薩若有善男子善女人從初發意修菩薩心於禪定中復當具足六度無極攝取衆生除去亂想云何菩薩於禪定中具足六度於是善男子善女人觀空身相不見起滅定心不亂而行布施不見衆生及以財寶亦不生心令我所施後獲大報莊嚴佛土本無清淨便能具足智度無極佛復告等行菩薩若有善男子善女人從初發意修菩薩心於智度無極具足六度云何善男子善女人於智度無極具足六度於是善男子善女人已能修習智度無極分別無想無他異行一一分別名身句身攝意持戒不毀戒性若人毀辱不懷憂慼是謂於智具足戒性若復善男子善女人於智度無極修行忍辱心如虛空不受穢惡是謂於智度無極得忍辱心佛復告等行菩薩若善男子善女人得智度無極攝意精進去懈慢心分別眼界不可思議見懈怠者勸令精進是謂於智度無極具足

精進佛復告等行菩薩若有善男子善女人得智度無極分別禪定心不分散一意一念經百千劫攝意自伏於三十六度皆悉分別是謂等行菩薩摩訶薩衆行根源爾時世尊與等行菩薩說是語時有無量衆生本發心趣於緣覺今皆迴意發於無上正真之道復有無數諸天世人得盡信之行不離大乘

賢聖集品第二十八

爾時審諦菩薩即從座起白佛言世尊我亦堪任宣暢六度清淨之行佛告審諦菩薩若堪任者於如來前便可說之爾時審諦菩薩白佛言世尊若有善薩摩訶薩修習六度清淨之法兼修八關諸佛禁法此善男子善女人於六度法具足清淨之行淨意菩薩白佛言若有善男子善女人欲禮十方諸佛世尊承受正教修習奉行如此等善男子善女人於六度法清淨具足那羅延菩薩前白佛言若有善男子善女人斷諸結使不生染汙於六度法清淨具足淨法界菩薩白佛言若有善男子善女人解自然法性不毀道門於六度法清淨具足善解幻菩薩白佛言若有善男子善女人分別八法除去榮辱於六度法清淨具足過量菩薩白佛言若有善男子善女人在大衆中轉無上法輪攝身口意無他異念於六度法清淨具足法藏菩薩白佛言解四空定無我人想思惟法界不毀智本是謂六度清淨具足心淨菩薩白佛言若有善男子善女人攝眼根本不興識想耳鼻身口意亦復如是於六度清淨具足師子大將白佛言衆生沉翳求處闇冥布現慧光使知道

趣於六度法清淨具足時有菩薩名曰慧眼問文殊師利云何菩薩摩訶薩攝身口意不毀戒性於六度清淨具足是時文殊師利報慧眼菩薩諸菩薩摩訶薩解空無我施無想報於六度法清淨具足慧眼菩薩又問云何族姓子如來色身衆德具足三十二相八十種好身黃金色猶如金積爲是有想報耶無想報乎文殊師利報慧眼菩薩曰如來色身是有想報如來法身是無想報慧眼菩薩又問施去貪求內心清淨除去想著乃獲大果六度之法非無想報云何乃成法身之報時文殊師利報慧眼菩薩曰云何族姓子如來色身爲有耶爲無乎慧眼菩薩報曰如族姓子所說如來色身是有報非無報如我觀察如來身者亦非有報亦非無報時文殊師利

復問云何如來色身亦非有報亦非無報慧眼答文殊師利曰如來身者衆功德具妙色莊嚴覩無猒足其見形者皆發無上正眞道意是謂色身之報云何如來色身無報於是族姓子如來在世教化終訖潛神無爲終無變易一相無形不可沮壞是謂如來色身無報爾時文殊師利復問慧眼菩薩曰云何族姓子如來形相不可思議以有形而無報以無形而無報慧眼報曰如來身者或有形而無報或無形而無報云何有形而無報如來至眞等正覺在世教化無量衆生皆得果證獲無爲道是謂如來色身有形而無報云何無形而無報於是如來色身在世教化現神足變終訖說法於無餘泥洹界而取般泥洹是謂如來色身無形而無報爾時文殊師利

知諸衆生心中所念各有狐疑未能暢達有報無報復問慧眼菩薩曰云何族姓子如來色身如幻如化云何於幻化法中而有無報一切衆生得法性如道果清淨若眼界所攝云何於衆生道性而得無報又問慧眼如來色身不可思議終訖說法寂然滅度無生老病死已捨色身不復受形一相無相亦不可見權設假號亦無眞實如來者亦無如來亦無佛云何以無爲道是如來色身無報文殊師利又問云何族姓子如來色身無爲報泥洹無爲報是一異乎假使是一者亦無如來云何有無報設有二無者則如來色身非泥洹報爾時慧眼菩薩報文殊師利曰本無如來至眞等正覺四大色身於現法中亦是有報亦是無報滅盡涅槃是曰無報爾時慧眼

菩薩復報文殊師利衆生所行六度無極若人布施亦無施想亦復不見有受施者是謂爲施具足施度無極若復有人戒身具足不毀於戒亦不見有持戒者是謂於戒具足戒度無極慧眼菩薩復語文殊師利若有善男子善女人恒修忍辱有輕慢者不生憍慢亦不自念見有忍辱是謂具足忍度無極若有善男子善女人勤加精進修十六聖行不見有人勤精進者是謂具足進度無極慧眼菩薩復語文殊師利若有善男子善女人攝意入定分別三觀亦不見人立定意者心遊十方無量世界承事供養觀一切法如幻如化是謂具足禪度無極慧眼菩薩復語文殊師利若善男子善女人宣暢如來無量法界眼識清淨不可思議一一分別悉無所有若耳

聞聲知所從來鼻齅彼香知所從來一一分別而無所有若舌甞味知所從來如來心識分別諸法神足無量是謂具足智度無極慧眼菩薩復語文殊師利復有定意名無盡法門菩薩摩訶薩得此無盡法門者超越二乘成菩薩號復有觀察法門菩薩摩訶薩得此法門者觀察法界不住二地復有色像法門菩薩得此法門者成如來法無盡之藏復有不退轉法門菩薩得此法門者持清淨法不見色像復有廣濟法門菩薩得此法門者化彼衆生不自為已復有佛音響法門菩薩得此法門者雨法甘露潤澤一切復有諸佛境界法門菩薩得此法門者現說微妙真如性法復有現教法門菩薩得此法門者莊嚴刹土翼從成就復有無等法門菩薩得此法門者分別如來深奥之義復有法要法門菩薩得此法門者宣暢如來不思議法復有善根法門菩薩得此法門者分別諸根永離五道復有幻化法門菩薩得此法門者分別無盡曠大之法復有攝行法門菩薩得此法門者分別句義無形像法復有稱可法門菩薩得此法門者便能充飽虛想法者復有一意法門菩薩得此法門者善根淳熟得四無畏復有法海法門菩薩得此法門者善業具足不捨道性復有光燄法門菩薩得此法門者普現光燄演法無盡復有神足法門菩薩得此法門者廣遊諸界不染三道復有日月光明法門菩薩得此法門者遍照苦惱拔濟得度復有無生法門菩薩得此法門者方便導化應自然律復有無極之慧法門菩薩得此法

門者超三界患不見有度復有智生法門菩薩得此法門者盡知諸法所歸趣處復有無著法門菩薩得此法門者以智慧光蠲除闇冥復有根源法門菩薩得此法門者分別四法不思議行復有因緣法門菩薩得此法門者分別十二癡行之本復有道慧法門菩薩得此法門者不闕法性如來三等復有忍智法門菩薩得此法門者坐樹王下降伏魔官復有弘誓法門菩薩得此法門者不捨衆生而取滅度復有苦行法門菩薩得此法門者現食麻米諸行具足復有獨步法門菩薩得此法門者自現奇特無與等者復有心淨法門菩薩得此法門者蠲除心垢無所染著復有究竟法門菩薩得此法門者皆使衆生入出要道復有無欲法門菩薩得此法門者除去貪著無染著心復有法處法門菩薩得此法門者愍哀一切不捨本願復有道業法門菩薩得此法門者分別諸根立上人法復有心不轉法門菩薩得此法門者發道心者立不退轉復有法藏法門菩薩得此法門者道慧清淨受慧果證復有化導法門菩薩得此法門者發無生心不見動還復有法瓔珞法門菩薩得此法門者莊嚴國土清淨衆生復有深奧法門菩薩得此法門者深入法藏具七覺意復有無畏法門菩薩得此法門者安處諸法說賢聖行復有除垢法門菩薩得此法門者安處諸法無所染著復有淨行法門菩薩得此法門者分別三向空無相願復有法身法門菩薩得此法門者分別一切無著空行復有法力法門菩薩得此法門者無量

空界獲大智慧復有無礙法門菩薩得此法門者敷演道教無所罣礙復有大慈法門菩薩得此法門者潤及一切不捨妄想復有大悲法門菩薩得此門者拔濟苦難不生塵勞復有喜心法門菩薩得此法門者蠲除一切懷忿怒心復有護心法門菩薩得此法門者分別四諦不二之法復有廣施法門菩薩得此法門者除去三想不計吾我復有神通法門菩薩得此法門者遍遊十方無量世界復有無盡法門菩薩得此法門者分別義趣修三句法復有演暢法門菩薩得此法門者功德具足懷來道故復有清淨法門菩薩得此法門者淨除口過不興十惡復有十力法門菩薩得此法門者執金剛心不可沮壞復有無量善根法門菩薩得此法門者便能具足如來神力復有如來行滅法門菩薩得此法門者不起吾我人壽命復有息意法門菩薩得此法門者永斷生老病死之苦復有增益法門菩薩得此法門者諸善功德日日增長復有歡喜法門菩薩得此法門者充飽一切渴仰道者復有無怒法門菩薩得此法門者除心緣著無顛倒想復有悕望法門菩薩得此法門者成就衆生三法本行復有無念法門菩薩得此法門者盡使衆生無三毒念復有法義法門菩薩得此法門者出生諸法不失次序復有速疾法門菩薩得此法門者分別根源成道而行復有思惟法門菩薩得此法門者分別內外觀諸不淨復有香熏法門菩薩得此法門者當以戒德香普周一切復有善權法門菩薩得此法門者隨形適化

不見度者復有曉了法門菩薩得此法門者分別音響而取度之復有無我法門菩薩得此法門者解知諸法空無所有復有善住法門菩薩得此法門者弘誓堅固心不動轉復有無數身法門菩薩得此法門者一一分別不限衆生復有善入法門菩薩得此法門者盡化衆生進入法律復有法自在法門菩薩得此法門者堪受正法不恥下問復有淨妙法門菩薩得此法門者遊諸佛國不懷怯弱復有無侣法門菩薩得此法門者心自樂寂不嬈一切復有無量功德法門菩薩得此法門者眷屬成就得果實報復有放光明法門菩薩得此法門者遍照一切諸在闇冥復有無欺法門菩薩得此法門者具足口行不犯四過復有勸德法門菩薩得此法門者愍諸

不及與不死法復有依憑法門菩薩得此法門者盡令衆生而有歸趣復有拔濟法門菩薩得此法門者增益功德心淨如空復有無際法門菩薩得此法門者不見有度得成就者復有等行法門菩薩得此法門者分別衆智無有邊際復有平等法門菩薩得此法門者不説諸道有種種乘復有一意法門菩薩得此法門者不見發意有趣道者復有虛空盡法門菩薩得此法門者入諸等定意不分散復有然燈法門菩薩得此法門者廣演一切無窮盡法復有分別法界法門菩薩得此法門者一一分別法界所興復有越境界法門菩薩得此法門者救護一切得至彼岸復有究竟法門菩薩得此法門者不見出生諸法窠窟復有淨觀法門菩薩得此法門者不

識衆生見清淨法復有滿足法門菩薩得此法門者不以劫數以爲現遠復有出要法門菩薩得此法門者行一切智不起法想復有出生法門菩薩得此法門者出一切法深奧之藏復有利根法門菩薩得此法門者聞一趣道立不退轉復有次第法門菩薩得此法門者修習諸法不失本要復有法相法門菩薩得此法門者一一分別諸法相貌復有無形相法門菩薩得此法門者一切諸法而現在前復有劫數法門菩薩得此法門者執勤苦行不離生死復有道行法門菩薩得此法門者思惟五行觀不淨想復有深入法門菩薩得此法門者深入法寶無盡之藏復有化導法門菩薩得此法門者育養一切衆生之類復有來往法門菩薩得此法門者周旋教化心無懈怠復有成就法門菩薩得此法門者道果成熟不捨五趣復有徹照法門菩薩得此法門者一意入定無若干想復有無量法門菩薩得此法門者所行衆法不可思議復有如來神足法門菩薩得此法門者修習現在無量空行復有應響法門菩薩得此法門者具足衆願求除意想復有變化法門菩薩得此法門者分身散形所願自由復有無關滅法門菩薩得此法門者淨除衆生意想所念復有通達來往法門菩薩得此法門者一一毛孔淨衆生界復有無形法門菩薩得此法門者教化無形法界清淨復有無礙法門菩薩得此法門者無量衆生離四非常復有苦音法門菩薩得此法門者令習苦衆生求離縛著復有集音法門菩薩得此法門者

令縛著衆生永離集縛復有盡音法門菩薩得此法門者令有盡衆生至無盡泥洹復有道音法門菩薩得此法門者不與六十二塵勞之心復有威儀法門菩薩得此法門者進止行來不失儀則復有眞性法門菩薩得此法門者分別眷屬不處卑賤復有直視法門菩薩得此法門者分別五陰一向趣道復有天行法門菩薩得此法門者往入天人修清淨本復有人行法門菩薩得此法門者入人道衆生誘進令度復有畜生行法門菩薩得此法門者隨形入化悉歸道門復有餓鬼法門菩薩得此法門者勸令除貪無所悕望復有地獄法門菩薩得此法門者現身入化使發善心爾時慧眼菩薩即於佛前而說頌曰

無著不可汙　不染三界有　德香淨一切
法門無窮盡　八百六度行　世雄所宣暢
分別衆生心　意趣各不同　無量衆德本
權現入世俗　既布善道教　超至無爲岸
今日大慈哀　演法無窮極　過去恒沙佛
演法亦如今　福業修五德　降伏倒見者
色身無身報　諸佛深奧藏　無報非有報
泥洹性自空　衆生自興念　存心報無報
行除分別想　思惟如來業　非生非無生
故應菩薩門　說法非有法　亦無衆生想
樂想去苦想　生滅永已寂　福響自然應
如空無所著　一意成正覺　色報爲所在
統王天世間　眞諦不可盡　入定現非常
終歸滅盡本　道心不在内　亦復不在外
苦想若干念　求道盡根源　思惟百千定
生生未始斷　係意乃折心　亂想何由生

菩薩所行業　法門各不同　欲求無量法
當於衆生求　法法自然生　法慧無窠窟
尋生本無生　何有法源本　積智過百劫
修慧不懈怠　進成八等行　故號人中尊
有報非有報　亦無色身相　瓔珞衆智業
現身教化俗　表裏如紫金　音響極柔輭
所說不唐捐　聞者皆得度　我如螢火光
自照無益彼　佛日照大千　不知闇冥處
豈敢以朝露　增益江海潤　承佛大聖威
故說菩薩門　菩薩放慧光　永除衆生冥
拔愚惑根本　賢聖道在前

菩薩瓔珞經卷第十五

音釋

怯（去劫切懦也）篋（苦協切）積（子智切聚也）窠窟（窠苦禾切窟苦骨切）誘（與久切導也）輭（而兖切柔也）

菩薩瓔珞經卷第十六

姚秦沙門竺佛念譯

三道三乘品第二十九

爾時世尊告舍利弗汝等觀此慧眼菩薩得四辯才衆智自在修心意定在大衆中演暢菩薩諸法深奥此菩薩者久如當成等正覺乎時舍利弗白佛言世尊我等聲聞所見微尠豈能測度大聖法典惟願世尊演布道化使衆會者悉聞其要爾時世尊告舍利弗諦聽諦聽善思念之吾當與汝宣暢正要舍利弗言如是世尊佛告舍利弗西北去此十四江河沙數彼有佛國名衆智自在佛名慧造如來至真等正覺明行成爲善逝世間解無上士道法御天人師號佛世尊彼佛如來初發道心廣大無崖超過衆聖諸受莂者彼佛如來發此弘誓之心若我成佛與生死別不處憒鬧五濁昂沸使我國土清淨無瑕我既成佛翼從成就男女各别無貪欲心復發此願使我國土一切衆生光光相照無有日月星宿光明水精瑠璃硨磲瑪瑙真珠琥珀金銀七寶莊嚴已國使我國土同一水乳亦令我剎有一浴池如四天下鳧鴈鴛鴦盡七寶身悲鳴相和共相娱樂浴池東口所流水處縱廣千由旬浴池南口縱廣千由旬浴池西口縱廣千由旬浴池北口縱廣千由旬當浴池中央有自然七寶高座高下縱廣各千由旬諸十方無量無限無邊際恒沙國土大乘菩薩坐樹王下永除心結降伏魔官成無上道即於其日來至此剎詣我浴池昇七寶座演說大乘不退轉行大乘翼從發弘誓者皆

詣我國使我國土無上大乘菩薩無上大乘辟支佛無上大乘聲聞者佛復告舍利弗今此慧眼菩薩大乘牢固心難沮壞當生彼國成等正覺教化衆生無有窮極彼國人民壽命各等無有中天之者欲知其壽亦如無量佛國但男女衆生不如阿彌陀佛國得道者也是時舍利弗聞佛所説怪未曾有一切衆會皆懷狐疑即從座起偏露右臂右膝著地長跪叉手前白佛言世尊今聞如來演説大乘不退轉行大乘翼從成已國土願樂欲聞云何爲大乘菩薩云何爲大乘辟支佛云何爲大乘聲聞佛告舍利弗菩薩三乘各有三品辟支三乘亦有三品聲聞三乘亦有三品於是舍利弗欲知菩薩三乘者今與汝説有菩薩大乘有菩薩辟支佛乘有菩薩聲聞乘是謂菩薩三乘又舍利弗辟支佛三乘者有辟支佛菩薩大乘有辟支佛菩薩緣覺乘有辟支佛菩薩聲聞乘是謂辟支三乘又舍利弗聲聞三乘者有聲聞大乘有聲聞辟支佛乘有聲聞無著乘是謂聲聞三乘時舍利弗復白佛言世尊云何爲菩薩大乘佛告舍利弗慧眼菩薩所生國土慧造如來境界是也若有菩薩摩訶薩發弘誓心不樂小道如上所願盡得生彼慧造國土時舍利弗復白佛言世尊云何爲菩薩辟支佛乘佛告舍利弗西北去此過十四江河沙已復過十四江河沙數有佛土名爲淨泰佛名無動如來至真等正覺十號具足國土清淨無婬怒癡上下恭順貴修清虛彼土衆生盡修一行普出家學無上正真修平等覺彼佛境界有一浴池

縱廣一佛世界浴池東口百千萬由旬浴池南口百千萬由旬浴池西口百千萬由旬浴池北口百千萬由旬諸有菩薩修大乘辟支佛者盡生彼國異類奇鳥數十百種遊戲池中種種香熏遍布世界生七寶樹華果香潔彼池水中優鉢蓮華鉢頭牟華拘味投華分陀利華皆生於池水中當池中央有七寶高座縱廣高下過衆生界盡諸賢聖所居之處如是舍利弗彼佛國界無有菩薩大乘唯有菩薩辟支佛乘所以者何皆由宿願而得生彼分别三十七道品法共相娛樂演布道教是謂族姓子菩薩辟支佛乘所居之處非菩薩聲聞乘所能逮及爾時世尊與舍利弗便說此偈

如來不思議　諸法各殊特　菩薩大乘慧
刹土亦各異　賢聖辟支乘　普集同一味
相勸現教化　演布無比法　演暢清淨音
平等無二心　由宿本願報　故生彼刹土
處七寶高座　雷吼震三界　所度無有量
自然應法律　不計生死本　不懷憂喜想
不著有無行　不計本末空　今汝舍利弗
欲知辟支乘　國土佛姓號　所說義如是

爾時舍利弗復白佛言世尊如來至眞等正覺以廣長舌神口所說菩薩大乘菩薩緣覺乘今以具知願樂欲聞菩薩聲聞乘所行法則其事云何爾時世尊告舍利弗西北去此度二十四江河沙已復過二十四江河沙數彼有佛土名毛孔光佛名法觀如來至眞等正覺十號具足彼國清淨一切衆生具四空定神足變化超過賢聖彼有浴池如上無異

皆由宿願而得生彼剃除鬚髮著袈裟法服具足六度空無相無願所度衆生不可稱量彼土菩薩聲聞乘者勝我國土一生補處所以然者今此菩薩逮阿惟顏百劫教化盡趣道門各各成就立不退轉故不如彼國菩薩聲聞一日所化濟度衆生百倍千倍巨億萬倍不可以譬喻爲比爾時世尊與舍利弗復說頌曰

清淨如金精　亦如星中月　禁戒威儀具
乃生彼佛國　法觀大賢聖　宿積無量行
分別虛無慧　心正無餘想　說法度衆生
一會恒沙數　盡令具足成　菩薩聲聞乘
吾昔發意錯　苦行不可量　不與彼因緣
王此五濁世　今雖成佛道　神足自在遊
欲願至彼土　無由在其例　諸佛境界異
所願各不同　欲與彼緣者　發願豈在晚

爾時世尊與舍利弗說此偈已時座上百億那術諸天人民皆發弘誓曠大之心願樂欲生法觀如來菩薩聲聞佛土彼佛剎土無有菩薩大乘無有菩薩辟支佛乘唯有菩薩聲聞乘盡生彼國共相娛樂皆由宿願而得生彼爾時舍利弗復白佛言世尊今聞如來說菩薩摩訶薩菩薩大乘菩薩辟支佛乘菩薩聲聞乘一切衆生皆悉奉行信樂承受今請如來說辟支佛菩薩大乘辟支佛辟支佛乘辟支佛聲聞乘願樂欲聞心解狐疑爾時世尊告舍利弗諦聽諦聽善思念之吾當與汝一一分別舍利弗答曰如是世尊佛告舍利弗去此西北四十四江河沙佛土名曰雷吼佛名如意如來至眞等正覺十號具足彼國

殊特七寶成就衆生賢柔辯才通達智慧如海言不妄發說清白事以爲禁戒法法成就不相拒逆彼有浴池如上所說彼浴池中有七寶金剛師子之座高廣上徹衆生之表一切辟支佛菩薩大乘悉生彼國共相敬順不懷貢高本所造緣不違誓願住壽恒沙神足自在爾時世尊與舍利弗而說頌曰

虛空無邊際　清白行各異　心如本無際
緣覺所由刹　緣覺菩薩乘　由昔發意得
光相自嚴飾　不計優劣行　求離諸苦惱
不闕諸法相　乃從無數世　行至得成佛
正法如虛空　四大無所因　聚散須臾間
無生不起滅　人身多憂慮　緣對所縛著
彼土寂然定　脫此衆患惱　若使羣萌類
精進植功德　欲獲不死法　當願生彼國
正使彼佛念　欲來至我土　無緣無起想
終不來此國　所以諸佛國　各各殊特別
由宿所發願　所度各不同　法辯神妙義
義辯決衆疑　應辯如聲報　此四悉具足
若欲立成就　願樂彼佛者　弘誓曠大者
立志不虛詐

爾時世尊與舍利弗說此偈時爾時座上七萬比丘本求小乘斷漏取證盡皆迴意願生彼國爲辟支佛菩薩大乘復有無數諸天人民逮須陀洹果爾時舍利弗白佛言世尊聞如來說菩薩摩訶薩三道三乘又復演說辟支佛道菩薩大乘一切衆會莫不歡然衆德具足善心生焉今欲願聞辟支佛辟支佛乘其義云何亦使衆生心得開悟爾時世尊告舍利弗言去此西北八十四江河沙數復過

此數有佛土名曰清瑠璃佛名身相如來至真等正覺十號具足彼國寬博無衆穢惡刹土平整坦然無礙彼有浴池清涼微妙於池中央有七寶高座高廣嚴飾至衆生際諸有得辟支佛辟支佛乘者盡現彼國周流教化講論妙法殊勝之行諸有發願欲生彼者皆遂本心中間無礙爾時世尊與舍利弗而說頌曰

一向心意識　執意不可動　本願所牽連
乃生彼佛土　積德如恒沙　要拔生死元
本無性常定　泥洹清淨樂　辟支緣覺乘
執心無邊崖　瑠璃刹土妙　身相如摩尼
面如紅蓮華　香熏一切刹　不受餘道果
解脫至要妙　佛界曠無疆　所度不可計
辟支要集處　說法義無窮　解空無有空
志趣不退轉　行過神仙表　故號辟支乘
夫欲崇深妙　如來無著行　咸各齊發願
成佛無有難　衆生上中下　用心各不同
惟當攝一意　道果自然至

爾時世尊與舍利弗說此頌時有七十千比丘皆發弘誓願生彼國復有菩薩行人無央數衆願樂欲見身相如來至真等正覺及彼刹土諸辟支佛爾時世尊知彼衆生心中所念便放頂相光明照彼佛國如掌觀珠晃然大明盡見彼國清淨無瑕大聖賢士爾時世尊還攝光明從頂而入諸菩薩衆欣然大悟即從座起禮世尊足前白佛言今蒙大聖布演道化既蒙光明得見彼土使我等身捨此形命願樂欲生瑠璃佛刹爾時世尊告衆菩薩諸族姓子發意曠大弘誓深固汝等各各

盡生彼國同時成佛功德成就時諸菩薩見授決已起禮佛足還復本座爾時舍利弗白佛言世尊今聞如來說菩薩大乘菩薩辟支佛乘菩薩聲聞乘辟支佛菩薩乘辟支佛辟支佛乘一切眾生諸來會者信心成就各獲道證未聞如來說辟支佛菩薩聲聞乘唯願開解隨時發遣令眾會者咸得聞知爾時世尊告舍利弗西北去此一億七百萬江河沙數彼有佛土名曰興顯佛名廣曜如來至真等正覺十號具足今現在說法度人無量世界淨妙眾德具足志趣皆同不相違背四等平均哀愍一切周旋教化不離本行興顯正法神足變化彼有浴池中七寶莊嚴光光相照視無猒足於浴池中生眾華果香熏苾芬不可稱計當池中央七寶髙座縱廣髙升上至梵天一切大聖盡集彼土宣暢如來六度無極智慧闡施不離本願十六殊勝如來深藏一一達了而現在前彼土眾生無婬怒癡邪見之人彼浴池者一名盡垢二名受證若有菩薩摩訶薩本誓牢固心願清淨得生彼剎諸根清淨六情完具悉詣浴池自恣所欲即於池上諸塵垢盡成辟支佛菩薩聲聞乘得等正覺道眾相莊身觀無猒足斯由宿願成道果證爾時世尊與舍利弗而說頌曰

心爲眾行本　導引度識崖　弘誓自將御
無畏成正覺　忘空不計形　蠲除心想法
三有去形累　自然覺道成　佛本修空慧
不於彼此求　悉滅前後心　從是成道果
今生非後生　假號成其名　人以幻法惑
沒溺於深淵　興顯剎土妙　諸聖盡雲集

廣曜如來尊　在彼而教化　佛心無不定
志堅不可動　行盡獲果實　乃得生彼刹
池如八解味　飲者除衆患　結縛自然解
便獲無上道　辟支聲聞乘　功德不可盡
執意不分散　尋應如來行　光明接化人
演說功德業　心淨如明珠　不爲塵欲染
彼刹實奇特　衆行不思議　有欲願樂者
吾前未有疑　我當扶接汝　威神擁護身
勿生懈怠意　於後悔無益　昔從無數劫
不遇賢聖人　一失人道本　欲求甚爲難

爾時世尊與舍利弗說此偈時座上有七千居士捨憍慢心除去貢高不著榮飾內自尅責我等愚惑染俗來久今聞如來深要正法各從座起前禮佛足即於佛前發弘誓心我等願樂欲生彼國唯願世尊神力將接無令同誓中有罣礙爾時世尊告居士等汝發道心實爲難有我當證汝成等正覺時諸居士聞佛授決即從座起遶佛三帀頭面禮足還復本座爾時舍利弗復白佛言世尊今聞如來至眞等正覺已說菩薩摩訶薩三道三乘之行復說辟支佛菩薩三道三乘之行諸來會者聞此正法皆發無上平等正覺應一相行不失本際施爲佛事不思議法未聞如來說聲聞菩薩三道三乘之行唯願世尊今宜知時當與衆會敷演正要令諸狐疑永無猶豫爾時世尊告舍利弗諦聽諦聽善思念之吾當與汝一一分別舍利弗白佛言如是世尊爾時佛告舍利弗去此西北過百千億江河沙數有佛土名師子口佛名法成就如來至眞等正覺十號具足現在說法大聖所行

無不周遍諸菩薩法皆悉具足土界清淨威儀禮備壽命極長無三惡道戒功德香而自娛樂五分法身以爲禁戒彼有浴池清淨殊特香氣苾芬無不周普彼土虛寂無有石沙穢惡泰然亦無山河石壁彼有浴池深且清涼一切衆聖盡集彼浴共相娛樂池中有龍神德無量三十二頭隨時降雨普潤世界當池中央有七寶高座縱廣一億由旬諸有得聲聞菩薩大乘者詣彼七寶無畏之座演說菩薩三十二殊特之業六度四等無生滅法斯由宿願乃得生彼爾時世尊與舍利弗而說頌曰

聲聞菩薩乘　功勳不思議　光明普所照
不復興名想　刹土極清淨　道慧自娛樂
永離諸欲愛　正法恒顯曜　日夜奉修道
行淨無所染　不見法相本　見有窠窟處
佛藏甚深妙　果實不唐捐　宿願所追逮
乃得生彼刹　彼國盡賢聖　演吐甘露法
蠲除衆穢惡　無生老病死　須宣諸法典
度人無有量　盡趣無爲海　寂然取滅度

爾時世尊與舍利弗說此偈時座上有七億那術衆生聞如來與舍利弗說聲聞菩薩大乘之行此等諸人本求聲聞斷結受證今聞大聖說聲聞大乘菩薩之行各從座起至世尊所頭面禮足白佛我等願樂欲生師子口刹土法成就如來所修清淨行志求無上正眞之道佛言善哉善哉族姓子汝等心意曠大無崖乃能發此聲聞菩薩摩訶衍心必果所願亦無有虛時彼諸人聞佛授決欣然歡喜遶佛三帀頭面禮足還復本座爾時舍利

弗復白佛言今聞如來至真等正覺已說菩薩摩訶薩三道三乘已說辟支佛菩薩三道三乘復說聲聞菩薩乘未聞如來說聲聞菩薩辟支佛乘唯願世尊以時敷演使衆會者永無狐疑爾時世尊告舍利弗汝欲聞聲聞辟支佛菩薩乘者諦聽諦聽吾當演說舍利弗白佛言如是世尊佛告舍利弗西北去此度二百億江河沙數彼有佛土名曰盡度佛名清淨觀如來至真等正覺十號具足佛土清淨總持不忘菩薩所行法不思議化度衆生一向修道諸法熾盛得佛聖行神足變化無所觸礙彼有浴池清淨無穢衆果茂盛香氣芬馥於池水中生種種華優鉢蓮華拘牟頭華波頭牟華分陀利華復有異類奇鳥數十百種在彼池中共相娛樂諸有得道聲聞辟支佛菩薩乘者盡生彼刹於池中央有七寶座縱廣高下如一億刹土上過衆生際諸有發意求聲聞辟支佛菩薩乘盡生彼刹爾時世尊與舍利弗而說頌曰

盡度清淨刹　諸聖盡雲集　共說諸道教

變化無窮極　清淨觀如來　本願之所致

念念無餘想　唯修無上道　捨本除闇冥

現佛光明慧　内外悉清淨　無復三毒患

一切衆生類　聞法輒開悟　菩薩三道乘

無縁得生彼　辟支三道乘　亦復不得生

聲聞辟支乘　乃得生彼刹　汝等舍利弗

觀彼清淨界　所度不可量　非我所能及

爾時世尊與舍利弗說此偈已復有無數百千衆生内心自念我等愚惑沉翳生死不聞如來無畏大法如今聞說彼刹清淨善根具

足我等願樂欲生彼土爾時世尊知彼衆生心中所念便告諸天人曰汝等後生生彼國土清淨之處同日同名盡成無上等正覺道時諸衆生聞佛授決歡喜踊躍不能自勝即從座起頭面禮足遶佛三帀還復本座爾時舍利弗白佛言世尊已聞如來至真等正覺說菩薩摩訶薩三道三乘復說辟支佛菩薩三道三乘復聞聲聞菩薩乘復聞聲聞辟支佛乘一切衆會莫不欣然今請如來說聲聞聲聞菩薩乘令衆會者悉得開解爾時世尊告舍利弗汝欲聞聲聞聲聞菩薩乘者諦聽諦聽善思念之吾當與汝一一分別舍利弗白佛言如是世尊佛告舍利弗去此西北八十四江河沙數有剎土名曰無盡佛名徹聽如來至真等正覺十號具足彼國清淨衆生柔和三世智慧以為道教行菩薩法不失總持一切衆生盡同一意奉修正法共相娛樂無量三昧而現在前行諸佛觀不失本要彼有浴池微妙無比賢聖大慈所遊戲處常轉法輪不退轉行使諸菩薩悉得成就諸有發意中間不退盡得生彼無盡剎土爾時世尊與舍利弗而說頌曰

無盡清淨剎　徹聽如來國　本願所追逮
衆相悉成就　一切諸賢聖　盡集彼剎土
衆德自瓔珞　演說無比教　開化一切人
皆同其至味　入定等三昧　衆行悉具足
本從無數劫　行權不捨願　十力無所畏
故生彼佛剎　世尊普慈蓋　愍哀一切人
念想不離願　自然成正覺　猶如日光明
悉照千萬品　菩薩所行慈　一切普蒙恩

爾時世尊與舍利弗說此偈時有十三億衆生皆發無上心願生彼國爲聲聞聲聞乘上修無上梵行爾時世尊知衆會心中所念便笑口出五色光遶佛三帀還從面門入時舍利弗即從座起整頓衣服長跪叉手前白佛言唯然世尊佛不妄笑願聞其意佛告舍利弗汝見此十三億那術人不後將來世過此賢劫盡同一願當生彼土成等正覺修清淨行

供養舍利品第三十

爾時尊者長老須菩提在大衆中竊生此心今聞如來至眞等正覺說極妙之法無限曠大不可思議非是辟支所及諸法自然無有生滅云何於無生滅法中有三道三乘是時長老須菩提即從座起齊整衣服偏露右肩右膝著地長跪叉手即以此偈而歎頌曰

本無如來法　如空無有形　云何於三道
各有三乘行　一相本無相　亦不見生滅
學道無窮極　息心爲第一　如海無增減
吞流無有猒　虛空正法性　曠大亦復然
佛爲衆聖王　三界無等侶　演布無窮慧
度於未度者　功成不念報　不求尊豪貴
勉濟一切人　獲於無上道　如日照天下
處闇悉蒙明　聖人降神生　莫不得蒙濟
四大本無主　忽然在五道　受入三毒根
遂生有無想　形累在縛著　識想乃滋甚
如沒在深淵　欲濟甚爲難　菩薩大乘學
剎土各不同　設欲取滅度　舍利爲所在
唯願人中尊　敷演令開悟　普爲大世界
分別善惡趣

爾時長老須菩提以此偈問佛已即從座起遶佛三帀還復本位爾時世尊復以此偈報須菩提

佛子須菩提　空慧爲第一　暢達三世法
所說甚玄微　所念不爲已　慇接一切人
常想滅生死　永在無爲處　佛道不思議
攝意乃應律　入定神足力　應感不可量
菩薩大乘迹　現變如恒沙　教化已周訖
寂然滅心意　見成未必成　猶有存亡心
成亦本無成　乃應解脫慧

爾時世尊告須菩提過無數恒沙諸佛所說道教濟度衆生各各不同或有如來至眞等正覺教化衆生淨佛國土從一佛國至一佛國供養承事諸佛世尊接度衆生於無餘泥洹界而般泥洹然後如來乃取滅度或有如來至眞等正覺淨已國土現不思議神足變化入佛定意數演道教三十七品或經一劫至百千劫教化終訖皆使衆生永離衆苦於無餘泥洹界使般泥洹然後如來現般泥洹留身在後普使一切興致供養顯極妓樂而娛樂之神變光明六度無極復令無數衆生悉得無上大道或有如來在世教化修勤苦行荷負衆生爲人重任遊至諸佛一切剎土承受正法修無上大道復於彼剎現神足道於無央數諸佛世界教化周訖現取滅度復現留全身舍利遍滿三千大千世界育養衆生淨佛國土教化既周復使無數衆生於無餘泥洹界而般泥洹然後如來乃取滅度佛復告長老須菩提如來法身衆德具足色身教化不可稱量復留全身舍利接度衆生所

度衆生不可窮盡若有善男子善女人信心牢固恭奉三寶及供養三世諸佛世尊其功德福不可稱量爾時長老須菩提白佛言若有善男子善女人信佛信法信比丘僧除去猶豫不懷邪見供養法身及現在色身及供養全身舍利此三功德何者爲多爾時世尊告長老須菩提云何族姓子若有人得信解脫起七寶塔遍一天下隨時供養種種香華其功德福寧爲多不長老須菩提白佛言世尊甚多甚多佛言故不如信解脫善男子善女人供養舍利繒綵華蓋種種香熏其功德福不可稱量不可以譬喻爲比勝彼供養一天下塔者上何以故起七寶塔隨時禮敬皆因舍利乃得供養佛復告長老須菩提復置此塔若有善男子善女人供養全身舍利滿一天下隨時供養繒綵華蓋種種香熏幷供養一天下七寶塔其功德福寧爲多不長老須菩提白佛言世尊甚多甚多佛言故不如得信解脫善男子善女人供養一色身如來至眞等正覺其功德福不可稱量不可以譬喻爲比何以故此善男子善女人供養一天下七寶塔及一天下全身舍利繒綵華蓋種種香熏皆由如來色身而得供養佛復告須菩提云何族姓子若有善男子善女人得信解脫於二天下起七寶塔幷供養二天下全身舍利幷二色身如來至眞等正覺繒綵華蓋種種香熏云何須菩提其福寧爲多不須菩提白佛言甚多甚多世尊佛言故不如善男子善女人供養法身承事諷誦翫習不懈其福甚多甚多不可以譬喻爲比何以故此

善男子善女人供養二天下七寶塔及二天下全身舍利復供養二色身如來至眞等正覺繒綵華蓋種種香熏皆由法身而得供養佛復告長老須菩提云何族姓子若有善男子善女人於三天下起七寶塔并三天下全身舍利及三色身如來至眞等正覺繒綵華蓋種種香熏如是供養其福寧爲多不須菩提白佛言甚多甚多世尊佛言故不如善男子善女人受持諷誦法身其福甚多甚多何以故三天下七寶塔及三天下全身舍利及三色身如來至眞等正覺皆由法身而得供養佛復告長老須菩提云何族姓子若有善男子善女人於四天下起七寶塔及四天下全身舍利及四色身如來至眞等正覺繒綵華蓋種種香熏如是供養其福寧爲多不須菩提白佛言甚多甚多佛言故不如善男子善女人受持諷誦法身正教其福甚多不可以譬喻爲比何以故供養四天下七寶塔及四天下全身舍利及供養四色身如來至眞等正覺皆由法身而得供養佛復告長老須菩提若有善男子善女人於小千天下起七寶塔及小千天下滿中全身舍利及供養百色身如來至眞等正覺繒綵華蓋種種香熏如是供養云何族姓子其福寧爲多不須菩提白佛言甚多甚多世尊佛言故不如善男子善女人受持諷誦法身正教其福甚多甚多不可以譬喻爲比何以故供養小千天下七寶塔及供養小千天下全身舍利及供養百色身如來至眞等正覺皆由法身而得供養佛復告長老須菩提若有善男子善女人

於中千天下起七寶塔及中千天下滿中全身舍利及供養千色身如來至眞等正覺繒綵華蓋種種香熏作如是供養云何族姓子其福寧爲多不須菩提白佛言甚多甚多世尊佛言故不如善男子善女人受持諷誦法身正教其福甚多甚多不可以譬喻爲比何以故中千天下起七寶塔及供養中千天下全身舍利及供養千色身如來至眞等正覺皆由法身而得供養佛復告長老須菩提云何族姓子若有善男子善女人於大千天下起七寶塔及大千天下全身舍利及供養萬色身如來至眞等正覺繒綵華蓋種種香熏如是供養其功德福寧爲多不須菩提白佛言甚多甚多世尊佛言故不如善男子善女人受持諷誦如來法身正教其功德甚多甚多不可以譬喻爲比何以故大千天下起七寶塔及大千天下全身舍利及供養萬色身如來至眞等正覺皆由法身而得供養佛復告長老須菩提若有善男子善女人於三千大千天下起七寶塔及大千天下滿中全身舍利復供養一億色身如來至眞等正覺繒綵華蓋種種香熏如是供養其福功德寧爲多不須菩提白佛言甚多甚多世尊佛言故不如是善男子善女人受持諷誦法身正教其福功德甚多甚多不可以譬喻爲比何以故三千大千天下起七寶塔及三千大千天下滿中全身舍利復供養一億色身如來至眞等正覺皆由法身而得供養佛復告長老須菩提云何族姓子且置三千大千世界若有善男子善女人從一佛世界至百千佛土

起七寶塔滿中全身舍利復供養億百千色身如來至真等正覺其福功德寧爲多不須菩提白佛言甚多甚多佛言故不如是善男子善女人受持諷誦法身正教其福功德甚多甚多不可以譬喻爲比何以故一佛境界至億百千世界起七寶塔滿中全身舍利復供養億百千色身如來至真等正覺皆由法身而得供養爾時世尊與須菩提而說頌曰

菩薩行善權　隨形而適化　不於空染識
功熏自嚴身　夫欲盡空際　達了本無觀
心往形不滯　正觀自覺悟　衆生法界異
所趣解脫同　超越生死岸　無復有無識
人本染四流　四駛水所漂　四大各還本
及成四果證　若復入正定　分別有無慧
顯曜無盡法　辯才智無礙　安般自攝意
不起衆亂想　衆結顛倒心　鏟以智慧劍
識想本無形　細入無有間　所行不思議
受決乃得悟　諸佛國清淨　現變無有雙
皆由正法身　獲此巍巍尊　本無無三道
亦無成正覺　皆由衆生念　使有優劣心
忍爲諸法藏　行淨無點汙　盡生更不造
斯由法身果　觀諸佛所行　聞法無猒足
化導一切人　盡同正法味　乃於無數劫
究盡生死海　清淨觀三世　了達法身本

爾時世尊說此偈時有無數百千衆生皆發無上正真道意復有五百比丘二百五十優婆塞遠塵離垢得法眼淨時長老須菩提白佛言世尊如來至真等正覺三達無礙神通清淨演說法身甚深微妙欲有所問唯願大聖顧愍開悟爾時世尊告須菩提有所疑難

今正是時如來當爲一一分別時須菩提白佛言世尊如來色身全身舍利此二法性有何差別佛告須菩提善哉斯問如來色身衆德積聚演布道教訓以三業云何爲三一者身行清淨防塞不善二者口言眞誠不說非邪三者意專向道無他異念是謂三業具足清淨得昇道場全身舍利雖復眞體離此三業永無言教正可有威神光明供奉得福故有優劣時長老須菩提復白佛言如世尊所說以有三業各有進退故有差別所謂供養色身及供養全身舍利法性同一法無若干今問如來色身及全身舍利不問如來三業教誡云何世尊以三業報答夫三業者識界所攝識非色身色身非識爾時世尊告須菩提云何族姓子全身舍利光明威德與如來色身有異無乎須菩提白佛言世尊全身舍利亦有威神功德隨人所念各充其願如來色身衆相具足亦有威神功德接化衆生無有窮極所度各異故有差別佛復告須菩提云何族姓子如來現變光相具足遍滿十方無量世界執權方便隨形適化全身舍利復有此功勳不乎須菩提白佛言世尊如本生契經所說頂王如來至眞等正覺十二那術劫在世教化說法周訖即捨其壽於無餘泥洹界而般泥洹留身舍利遍滿世界復經十二那術劫世人供養如佛存在說法教化所度亦等是故世尊如來色身全身舍利各無差別爾時世尊告須菩提頂王如來全身舍利在世教化爲是本識非本識耶須菩提言非也世尊皆是頂王威神所接爾時世尊告

須菩提如是如是如汝所言此頂王者威神全身舍利有是言教是故色身全身舍利法性不同爾時世尊與須菩提便説此偈

過去頂王佛　在世教化久　十二那術劫　説法無增減　周訖取滅度　留身演布教　所度無有量　修一進成佛　舍利識非識　頂王威神故　捨本不著本　憺然入無爲　卿今雖獲空　漏盡無有礙　分别如來界　非汝狹劣局

爾時座上有八萬四千諸天人民聞佛所説皆發無上正眞道意我等後作佛時皆如頂王如來教化不異時須菩提遶佛三帀頭面禮足還復本位

譬喻品第三十一

爾時世尊説法瓔珞講法身福功德無量座中有五千菩薩即從座起頭面禮足遶佛三帀便退而去爾時尊者大目揵連内自思惟此五千正士聞佛所説三身法寶不肯受持各退而去此必有緣事不空爾時目連即從座起偏露右臂長跪叉手白佛言唯然世尊此五千正士修菩薩道已入如來深法之藏行過聲聞辟支佛上今聞世尊説法瓔珞三身深義不肯受持各退而去佛告目連止止族姓子若有善男子善女人聞此義者頭破爲七分沸血從面孔出何以故此惡人等本從無數阿僧祇劫恒喜誹謗毁辱正法爾時復重白佛唯然世尊願説誹謗受罪云何佛告目連此五千正士從過去恒沙佛已來亦修布施持戒忍辱精進一心智慧善權方便還起想著有悔過心於如來所便有退轉方

當經歷勤苦之難千佛過去猶不得度此五千正士最上首者名曰勇智雖修菩薩摩訶薩行欲求成佛終不可得譬如士夫欲於空中造作七寶宮殿五色玄黃雕文刻鏤如此善男子善女人乃能作不目連白佛言不也世尊何以故虛空無像不可造作爾時世尊告目連曰此勇智菩薩光明佛時作師子王吾爲梵志修清淨行時師子王晨朝峙立六處不動奮迅身體便大雷吼走獸伏住飛者墮落然後乃趣曠野山澤案行局界求覓群獸逢一象王殺而食之髀骨哽咽死而復穌時有木雀在師子前求覓蝡蟲取而食之師子張口告木雀曰與吾挽此骨却後若得食當相報恩木雀聞之入口盡力拔骨乃得去之時師子王後日求食大殺羣獸木雀在側少多求恩師子不報佛告目連時師子王以此偈報木雀曰

吾爲師子王　以殺爲家業　噉肉飲其血
以此爲常膳　汝既不自量　脫吾牙齒難
還得出吾口　此恩何可忘

爾時木雀復以此偈報師子曰

我雖是小鳥　誠應不惜死　但王不念恩
自負言誓重　若能小寬弘　少多見惠者
歿命終不恨　不敢有譏論

爾時師子王竟不報恩捨之而去木雀自念吾恩極重反見輕賤今當追後要伺師子便不報恩者終不行世在在處處終不相離時師子王復殺羣獸恣意食之飽便睡眠無所畏懼時彼木雀飛趣師子當立額上盡其力勢啄一眼壞師子驚起左右顧視不見餘獸

唯見木雀獨在樹上時師子王語木雀曰汝今何爲乃壞吾目時彼木雀以偈報師子王曰

重恩不知報　反更生害心　今留汝一目
此恩何可忘　汝雖獸中王　所行無反復
從是各自休　莫復作緣對

佛告目連時師子王豈異人乎莫造斯觀所以然者今此勇智菩薩是時木雀者今汝摩訶目揵連是此正士等自從是來恒行誹謗不信如來三身之要方當經歷地獄之難佛復告目連若有菩薩摩訶薩修淨瓔珞得三身定者神足遊戲無所罣礙爲人重任荷負衆苦譬如空界無所不覆淨妙瓔珞三身法者亦復如是滿足一切衆生所願譬如大海深廣清淨不受穢惡諸不淨者菩薩摩訶薩亦復如是得淨妙瓔珞三身法者不受塵垢縛著顛倒譬如摩尼寶珠光明徹照非日月星辰光明所能過絶菩薩摩訶薩亦復如是獲淨妙瓔珞三身法者不爲五通神仙禁呪神藥所能制持譬如四道受證自信通以慧度五道不爲衆邪所見留住譬如滅盡定人燒盡本行菩薩摩訶薩盡生死根信心牢固不與誹謗譬如士夫得如意珠隨意所念皆現在前菩薩摩訶薩亦復如是得如意正定觀衆生類純淑根者漸漸訓導各至無爲猶如不退轉法不復墮落染著生死菩薩摩訶薩亦復如是雖處生死不懷畏懼言我當復退轉在生死中譬如非男非女之人持示殊妙五樂之中亦不生心染著情欲菩薩摩訶薩亦復如是周旋教化遍入五道知而不著

不起想念拔濟衆生不可稱量爾時世尊與目連而説頌曰

菩薩本意淨　猶如金剛山　執意不可毀
受證如彈指　雖在世教化　不著緣本想
遍學一切法　豎立大法幢　猶如二士夫
執意各有術　相將至戲堂　各欲現其技
須彌四寶山　縱廣甚峻高　三百三十萬
六萬由旬數　一人在山頂　手執甘露瓶
一人在山下　執瓶受甘露　寫者亦不泄
受者不捐棄　彼人各凡夫　未獲通慧道
云何目揵連　此爲極難不　雖難未足奇
三法身甚難　從億千萬劫　欲聞淨瓔珞
分別三身慧　斯法最爲難　卿今莫愁憂
已超衆苦患　得聞三法要　自濟復濟彼
若有族姓子　篤信修習法　現世盡諸漏
神通遊自在　所生國土淨　七寶宮殿成
諸根悉完具　心淨如虛空

爾時世尊與目連説此品時有億那術天人皆發無上正眞道意願所生國土盡同一相無有誹謗三法身者爾時目連起禮佛足遶佛三帀還復本座

菩薩瓔珞經卷第十六

音釋

沸（方味切涌出貌）瑕（胡加切玷也）鳧（防夫切野鶩也）繒綵（繒疾陵切帛也綵倉改切繪繒也）髀（部禮切股骨也）穌（素姑切死而更生也）

菩薩瓔珞經卷第十七

姚秦沙門竺佛念譯

三世法相品第三十二

爾時世尊告輭首菩薩吾昔成佛積功累行自致如來至眞等正覺棄國捐妻不貪榮位宣布一切諸佛法藏隨前適化而度脫之猶如醫王療救衆病隨病輕重然後投藥若有衆生今身現在種過去病菩薩亦知而救護之或復衆生身已過去種未來病菩薩亦知而救護之是時尊者劫賔㲉白佛言世尊云何善男子善女人身處現在種過去病云何身過去種未來病云何身在未來種現在病

爾時世尊告劫賔㲉曰善哉善哉族姓子於如來前而問斯義多有所益何以故過去當來今現在佛所宣法藏施爲佛事不思議法莊嚴佛樹進行成佛爾時世尊與劫賔㲉而說頌曰

清淨聲柔輭　遍聞十方界　具足諸善根
拔苦離衆惡　分別三世行　無入無所生
如來悉觀察　獨善無等侶　初發弘誓心
不爲少許人　意廣如虛空　濟度恒沙數
今在樹王下　衆相自嚴飾　降伏諸外道
奉修正法教　首戴七覺華　身被慚愧服
和顏忍辱心　獨步無有難　無畏如師子
勇銳無有難　色像如月初　諦視無猒足
一切十方世　悉來供奉尊　隨本心所願
盡歸解脫門　本我所發願　不限劫數期
哀愍諸衆生　爲演甘露法　欲求人身難
聞受正法難　生處中國難　遭遇眞人難
豪貴執信難　慳嫉惠施難　縛著受證難

分別三世難

爾時世尊復告劫賔㝹若有善男子善女人分別三世婬怒癡病遠離縛著無復生滅神足自由變化無方如此善男子善女人入三世定意三昧盡知過去未來現在諸佛所行衆善根本悉現在前諸佛世尊八等正道進趣泥洹所以諸佛出現於世觀察衆生究盡根源令知道門如來三達觀三世法無量無限不可思議或有衆生應聞過去法如來便說過去滅盡衆行不起或有衆生應聞現在法如來便說現在正教遠離縛著或有衆生應聞未來法如來便說未來未生不起滅法是時尊者劫賔㝹白佛言世尊云何衆生應聞過去法如來與說過去滅盡衆行不起也云何衆生應聞現在法如來與說現在正教遠離縛著也云何衆生應聞未來法如來與說未來未生不起滅法爾時世尊告長老劫賔㝹諦聽諦聽善思念之劫賔㝹白佛言唯然世尊願樂欲聞佛告長老劫賔㝹若有菩薩摩訶薩觀了三世無量無限不可思議非是辟支羅漢所及何以故如來所行非彼境界若有菩薩摩訶薩身處現在衆行具足應從過去如來受決便聞現在如來說過去法過去滅盡衆行不起心即開悟即得授莂如來正眞等正覺十號具足是謂菩薩摩訶薩身處現在應聞過去法過去滅盡衆行不起佛復告長老劫賔㝹復有菩薩摩訶薩身處現在應聞現在法從現在佛而受記莂如來至眞等正覺十號具足是謂菩薩摩訶薩身處現在受現在莂去離縛著無生滅想復有

菩薩摩訶薩身處現在應聞未來法如來與說未來未生不起滅法是時菩薩心即達悟即得授決如來至眞等正覺十號具足是謂菩薩摩訶薩身處現在說未來法未來未生不起滅法是時長老劫賓㝹白佛言世尊但菩薩摩訶薩分別三世衆行所趣耶爲聲聞辟支亦有此行乎佛告劫賓㝹從信地見地乃至三耶三佛地皆有三世無量無限不可思議衆行所趣便受名號是時長老劫賓㝹白佛言世尊云何從信地見地乃至三耶三佛地皆有三世無限無量不可思議衆行所趣得受名號耶佛告長老劫賓㝹汝欲廣知如來至眞等正覺分別三世衆行所趣今當一一敷演其義從信地見地薄地無婬怒癡地從須陀洹乃至三耶三佛皆悉分別三世所趣云何菩薩摩訶薩從信地見地薄地無婬怒癡地分別三世衆行所趣於是族姓子若善男子善女人以信解脫得根力覺意八直行盡有時成就有時不成就如此等人或在聖地或在凡夫地從不退轉乃至一生補處是謂菩薩摩訶薩永離凡夫受如來決是謂族姓子菩薩摩訶薩從信地薄地無婬怒癡地各各有別是時長老劫賓㝹白佛言世尊云何菩薩摩訶薩從信地乃至無婬怒癡地或在聖地或在凡夫地佛告長老劫賓㝹若有善男子善女人從初發意求無上道身處現在聞過去法便不信樂而捨之去何以故本無信樂故有狐疑中道退還不至究竟爾時弊魔波旬則得其便化作佛形往至菩薩所勸進菩薩言善男子知不乎我前所說

非如今說是汝應聞未來法應得受決今乃聞吾說過去法唐勞其功不成果報汝何不速捨本意更發弘誓然後乃成無上等正覺菩薩聞之心懷猶豫即便退轉在凡夫地是謂菩薩摩訶薩於三世法不獲無上正真等正覺佛復告長老劫賓㝹云何菩薩摩訶薩分別三世衆行所趣牢住聖地而不退轉於是族姓子若有菩薩摩訶薩從信地乃至無婬怒癡地身處現在聞過去法衆行所趣不疑不難無所畏懼心即開解霍然大悟便聞如來授其名號當爲無上正真等正覺爾時弊魔波旬化作佛形來至菩薩所語菩薩言善男子知不乎我前所說是今所說非若能變悔從吾教者便成無上正真等正覺菩薩聞之心遂歡喜將非波旬化作佛像來沮我意乎心如金剛不可壞敗如此善男子善女人離凡夫地恒在聖地是謂菩薩摩訶薩聞過去法心不退轉佛復告長老劫賓㝹如汝所問從須陀洹乃至三耶三佛分別三世衆行所趣或在凡夫地或在聖地於是族姓子若有善男子善女人以現在身聞過去法應從過去而得信解反從波旬說邪徑道善男子爲知不乎過去巳滅衆行無本十方世界空寂無形何不求方便發弘誓心如是行者得佛不久菩薩聞之便懷猶豫我今所行將非如是乎即捨本願退菩薩行方欲修習隨魔言教是謂菩薩摩訶薩於過去法便有退轉佛復告長老劫賓㝹如汝所問菩薩摩訶薩巳得聖地離凡夫地者善思念之於是族姓子猶如有人身處現在聞過去法心不恐

懼無所疑難波旬復來壞敗菩薩言我所說者權詐合數非眞實法汝今捨前本心更發無上至眞等正覺成如來道正爾不久菩薩聞之心自念言吾已受決在無上道今此非佛是弊魔波旬耳便捨之去不與從事是謂菩薩摩訶薩離凡夫地牢住聖地爾時世尊與劫賔㲋而說頌曰

如來等正覺　分別三世空　永離諸縛著
乃應賢聖地　如來授其決　稱國土名號
不爲魔所壞　無能移動心　從億百千劫
定意不錯亂　自然得覺悟　乃應如來慧
入等正眞道　運濟諸苦厄　不戀諸財寶
恒與身命諍

爾時世尊與劫賔㲋說此偈已時座上有七億衆生聞說三世平等正法言教皆發無上正眞道意爾時座上復有無量衆生心猶未悟各有狐疑内自思惟今日如來所說言教演三世法受決成佛各有前後十方諸佛亦當說此三世法不乎爾時世尊知彼衆會心中所念佛便放眉間相光明普照十方無量恒沙刹土一一光明有百千億恒沙刹土一一刹土有百千億蓮華一一蓮華有百千億摩尼珠一一摩尼珠現百千億七寶講堂一一講堂現百千億七寶高座一一高座現百千億如來至眞等正覺一一如來盡說菩薩三世衆行所趣六度無極爾時衆會盡見十方無量世界奇特異變歎未曾有各各白佛言世尊甚奇甚特未曾所見未曾所聞今日如來至眞等正覺放此光明普見諸佛所行法則或見衆生在如來前而受決者或見衆

生聽受法者或見衆生得三十二相八十種好莊嚴身者如是衆會所見不同一切十方諸佛世界興致供養香華繒綵徧滿三千大千世界爾時世尊觀察衆生心中所念復以神足感動十方無量世界請諸如來至眞等正覺演說三世平等正法東方去此八江河沙有佛土名曰思惟佛名無念如來至眞等正覺十號具足一跏趺坐徧滿三千大千世界即於大衆而說頌曰

過去衆行趣　不見生滅本　解脫應受決
乃應賢聖地　法性離諸有　不造三世塵
勇猛超衆行　如華自然敷　如來現教戒
普潤有形類　清淨如明珠　心堅如安明
諸佛功德具　永離諸更樂　防制塵欲愛
自然無所涂　佛法實奇特　二乘所不及
權智現衆變　具五分法身　我亦無師受
不從有爲學　沐浴甘露淵　解脫莊嚴身

南方去此八江河沙有佛土名曰莊嚴佛名嚴淨如來至眞等正覺十號具足一跏趺坐徧滿三千大千世界在大衆中而說頌曰

今日十方佛　普現神足變　各說三世法
究盡如來業　一相本無形　深入無邊崖
以法講授人　如空無所念　法鼓震大千
十善功德具　拯濟下劣人　永離生死海
諸佛所以現　變化不可量　因緣成道果
乃應賢聖地　十方刹土集　各說三世法
自然逮正法　定意現在前　一一諸毛孔
放百千光明　演說諸道教　消滅三毒本

西方去此八江河沙有佛土名淨復淨佛名越淨如來至眞等正覺十號具足一跏趺坐

徧滿三千大千世界在大衆中而說頌曰

衆生性若干　不觀解脫慧　三世法常住
起滅如法性　賢聖入定觀　分別十二緣
七處觀三法　悉歸眞如性　不願樂生天
亦不僥倖法　是爲明三世　常念擇善友
種法明爲慧　最爲第一義　分別有無想
故號人中尊　諸法各有性　所行悉歸空
如人測度空　先當分別身　瞻觀如來顏
諸法自然足　口演八種音　度人無有量

北方去此八江河沙有佛土名曰化成佛名無染如來至眞等正覺十號具足一跏趺坐徧滿三千大千世界在大衆中而說頌曰

四大本無性　自生自然滅　我不造彼緣
物物無所有　無著宣解脫　牽引示甘露
恣人本所願　各令獲果證　吾昔行施度
統領十方界　七覺自然寶　充滿一切人
留教化衆生　不念四無想　求離八不閑
恒與賢聖俱　本從三達智　聞此三世慧
今離三垢塵　受決三世尊　行施未曾悔
傳意離顚倒　諸在邪徑者　示之以正道

東北去此八江河沙有佛土名曰忍慧佛名香盡如來至眞等正覺十號具足一跏趺坐徧滿三千大千世界在大衆中而說頌曰

法性自然生　無形不可覩　習聖禁戒律
無數非有數　住本亦無住　尋究本無形
甚深難測度　乃應在聖地　分別現在法
不染空無相　過去生已盡　得離三世患
身爲衆患器　漏出諸不淨　能捨入正慧
漸至無爲道　意正不染邪　不捨大道心
心淨如鍊金　趣道亦不難　人生在五道

分別内身觀　三世爲何從　令人懐愚惑

東南去此八江河沙有佛土名賢聖普集佛名觀世苦如來至眞等正覺十號具足一跏趺坐徧滿三千大千世界在大衆中而說頌曰

諸佛觀一切　三世空無相　慧斷愛欲本
乃應賢聖地　造立勤苦行　供養恒沙佛
衆智一切具　故號人中雄　信爲甘露法
不生二見心　在衆如師子　所說震十方
生死諸穢濁　根本不可尋　了達三世患
親近如來律　夫欲求佛道　慧實爲第一
焚燒狐疑叢　自然無所念　佛遊無量境
慧光之所照　淨除一切法　分別三世行

西南去此八江河沙有佛土名無量藏佛名忍慧如來至眞等正覺十號具足一跏趺坐徧滿三千大千世界在大衆中而說頌曰

念持諸法本　縁想不可壞　行至自然固
乃應在聖地　諸佛行方便　功勳化衆生
菩薩修弘誓　四等無增減　增上無爲道
清淨無所染　徧布智慧空　消滅三世患
賢聖在世化　令修止觀法　一一分別慧
乃應賢聖道　三世本性空　念想不思議
生滅更互興　入定乃得除　不著三界有
爾乃獲無盡　爲人演威儀　求獲安隱處

西北去此八江河沙有佛土名曰賢善佛名賢柔如來至眞等正覺十號具足一跏趺坐徧滿三千大千世界在大衆中而說頌曰

如來現權慧　統攝十方界　分別三世空
乃應賢聖行　法界不可量　如空無窮盡
得佛定法忍　不與二見心　吾昔得受決

分別內外空　今自致正覺　得離三世苦
如來廣長舌　百福自嚴飾　蠲除思想心
至誠無二業　佛爲衆行本　演暢十二門
自意成道迹　不復由五道　猶如仰射空
勢盡還復墮　宣暢三世法　無量不可窮
上方去此八江河沙有佛土名曰吉祥佛名
行盡如來至眞等正覺一跏趺坐徧滿三千
大千世界在大衆中而說頌曰
過去諸賢聖　須宣正眞典　不染名色法
乃應賢聖律　菩薩本發意　上修如來教
染法無增減　不見解脫人　徹聽無量世
分別衆生根　專一思惟一　成就有無法
無相非有相　不念三世識　觀了無所有
得號人中尊　一切諸法本　因緣合會成
思惟無形法　空寂本無形　十住道地法
心念不退轉　一行成正覺　無復生老死
下方去此八江河沙有佛土名曰極深佛名
寶聚如來至眞等正覺明行成爲善逝世間
解無上士道法御天人師號佛世尊一跏趺
坐徧滿三千大千世界在大衆中而說頌曰
忍智修道果　永離三惡界　自淨復淨彼
乃應賢聖法　爲說無上道　周旋無有方
執權盡諸行　度人無懈怠　遭遇賢聖樂
聞法信受樂　度人斷垢樂　泥洹永寂樂
我行過三界　遠離惡部業　得親善知識
聞法日增益　超越三界表　神足遊虛空
無像如有像　愚者所修習　六度大乘法
忘巳萬物盡　得昇十住地　故愍復來化
爾時長老劫賓㝹聞十方佛三世之法衆行
所趣心開意解霍然大悟即從座起頭面禮

足還復本位有無央數諸天人民龍天鬼神揵沓惒阿須倫伽留羅真陀羅摩休勒人及非人皆發無上正真道意復有無數諸天人民聞佛演說三世法本皆歎佛德深義無量諸佛法身不可沮壞亦非羅漢辟支所及是時諸人悉皆願樂分別身中内外三世進趣道場逮不退轉

清淨品第三十三

爾時長老邠耨文陀尼子白佛言世尊今聞如來至真等正覺說三世法諸天人民八部鬼神皆興供養宿衛菩薩摩訶薩進成佛者當來過去現在諸佛演說三世分別智慧然熾一切諸法所生復以神足道力所化感動三千大千世界修行執心不捨本願清淨國土淨除衆生跡是時長老邠耨文陀尼子復白佛言世尊若有菩薩摩訶薩修習本無一相之法内自思惟分別身想内外清淨不生染著云何菩薩摩訶薩内自思惟分別身想内外清淨於是族姓子若有善男子善女人行六度無極諸佛所行一切諸法悉皆清淨云何諸法一切清淨於是善男子善女人分別三世悉無所有不見成就三乘道者從須陀洹乃至如來至真等正覺皆修三世清淨之行内自觀身分別識想有時清淨有時不清淨云何菩薩摩訶薩有時清淨有時不清淨於是族姓子若善男子善女人分別三向空無相願不見吾我人壽命一切諸法從須陀洹乃至菩薩摩訶薩所說清淨復次邠耨文陀尼子無學無著無所生滅分別空觀三無學法有時清淨有時不清淨云何三無

學法有時清淨有時不清淨於是族姓子於未來中分別一切諸法所修正法一一思惟有覺有觀正受三昧有時清淨有時不清淨邠耨文陀尼子白佛言世尊云何無學無著無所生滅分別空觀三無爲法有時清淨有時不清淨佛告邠耨文陀尼子若有無學學人分別未來一切諸法永除斷滅不興塵勞復以此法廣及衆生是謂有時清淨復次善男子善女人所修行人習意欲斷未來塵勞永不使起是謂有時不清淨如是邠耨文陀尼子於三無學成就一法復次邠耨文陀尼子無學學人分別現在一切諸法有覺有觀正受三昧永使斷滅不生塵勞是謂有時清淨初習行人於現在法分別思惟有覺有觀正受三昧永使斷滅是謂有時不清淨如是邠耨文陀尼子於三無爲法有時不清淨佛復告邠耨文陀尼子或時無學學人於是過去法分別一切諸法所生一一思惟無覺無觀永使斷滅不生塵勞如是成就三無爲法是謂有時清淨若修行人分別思惟現在諸法無覺無觀亦使斷滅不生塵勞是謂善男子有時不清淨三世分別三有爲法亦復如是佛復告邠耨文陀尼子無學學人復當分別三向法性皆悉清淨而無所有云何無學學人於三世中分別三向而無所有於是無學人於未來法分別一切諸法所生有時清淨有時不清淨是謂族姓子於三有爲法成就一法佛復告邠耨文陀尼子所修學人復於未來分別一切法諸法所生皆空皆寂而無所有永使斷滅不興塵勞是謂族姓子有

時清淨有時不清淨佛復告邠耨文陀尼子無學學人於現在法復當分別無願正行有時清淨有時不清淨亦使斷滅不生塵勞是謂於有爲法有時清淨有時不清淨佛復告邠耨文陀尼子所修行人於現在法思惟分別無相正受有時清淨有時不清淨亦使斷滅不生塵勞是謂於三無爲法有時清淨有時不清淨爾時邠耨文陀尼子復白佛言世尊唯此三空三向有時清淨有時不清淨耶頗有諸法有時清淨有時不清淨乎佛告邠耨文陀尼子如是如是族姓子如汝所問一切諸法有時清淨有時不清淨從須陀洹上至如來至眞等正覺有時清淨有時不清淨從四意止四意斷四神足五根五力七覺意八賢聖行有時清淨有時不清淨爾時邠耨文陀尼子白佛言世尊云何有時清淨有時不清淨佛告邠耨文陀尼子汝欲聞從第一義有時清淨有時不清淨耶爲欲聞三世諸法有時清淨有時不清淨乎邠耨文陀尼子白佛言世尊願樂欲聞從第一義有時清淨有時不清淨佛告邠耨文陀尼子一切諸法無數非有數亦不住亦不不住是謂於三世法而得清淨若有善男子善女人亦不見住亦不見不住於住想著生染汙心者是謂不淨菩薩弘誓遍度一切衆生之類雖度衆生不懷望想是謂清淨若復生意興想著者是謂不淨現智慧光除去闇冥是謂爲淨於中便生想著是謂不淨導引衆生永處無爲是謂爲淨見有所度生染汙意是謂不淨一意一向趣無爲道亦使衆生同已所得是謂爲

淨而自稱說我有所度是謂不淨道在人心隨類教化精勤勇猛不懷懈怠是謂爲淨所修勤力心不退轉然有想著欲成無上正眞之道是謂不淨分别諸行空無所有性本自然是謂清淨復自分别不斷望求是謂不淨無數身行皆知爲空不生想念有所成辦是謂清淨自歎功勞染著身法是謂不淨口所演教無有邊崖亦不自念有無之道是謂清淨能捨一切進修威儀欲得成無上正眞之道是謂不淨分布文字總持諸法强記不忘是謂清淨不見文字出生諸法不信空慧成道教者是謂不淨一切諸想皆歸於空是謂清淨本無名號爲作名號復欲於中成無上道是謂不淨痛想行識無著無縛推求境界亦無所有是謂清淨識神無爲非眼界所觀方欲慇懃知其窠窟是謂不淨一切諸法不見受入方欲求覓諸道出生於中不惑成道教者是謂清淨雖生諸法意有進退懷三道心是謂不淨精勤法界習智受證是謂清淨知諸佛法一而不二復無起滅虛寂無形是謂清淨十力所住不遠十地進修明慧化諸境界是謂清淨觀察諸法永離三毒是謂清淨大乘正法超越生死是謂清淨諸法無著自生識想是謂不淨諸法無教爲生六度是謂清淨知轉輪法爲立處所是謂不淨修習諸法盡同一相是謂清淨諸法無生爲說出生起二見心是謂不淨如來達聖轉大法輪空性無形永處泥洹是謂清淨不見諸法不見泥洹有此二心欲成無上正眞之道是謂不淨三世諸法有上中下以次受證無所戀

著是謂清淨於中起想見受證者是謂不淨本無增減悉歸於空是謂清淨設見增減分別諸法是謂不淨諸法無生受無生證是謂清淨設見諸法有所出生爲起識想記其名號是謂不淨不見諸法麤澀柔輭是謂清淨若復分別見有麤澀柔輭者是謂不淨諸法無上不見動轉是謂爲淨設復分別見動轉者是謂不淨諸法求寂不可護持是謂爲淨設復分別受持諸法斯是善法斯非善法是謂不淨一切諸法無有內外解知身法悉歸於空是謂爲淨若復分別內外諸法此是內法此是外法有此二心者是謂不淨一切諸法聾不聞聲是謂清淨若復分別諸法有聾有聲起二見者是謂不淨諸法成就一切道品是謂爲淨見有出要見道果者是謂不淨

百千萬行無有窮盡悉歸虛空而無想念是謂清淨見有漏盡斷結除縛是謂不淨一切諸法皆空無形生者自生滅者自滅亦不見生亦不見滅是謂清淨若復分別見有起滅是謂不淨一切諸法亦無師授自然覺悟成八等行是謂清淨若復見有從師諮受分別高下是謂不淨忍心不起得柔忍心斷諸結使求息不起是謂爲淨若能思惟不計本行有起有滅便有二心分別諸法是謂不淨夫欲求道親善知識是謂爲淨設復思惟意懷懈怠中有退心是謂不淨本末轉法音響教授是謂爲淨設有見轉大法輪音響受教是謂不淨未有諸法十二緣起尋能分別捨而不從是謂清淨見有然熾滅結使者是謂不淨一切諸法甚奇甚特去不可窮來亦不盡

接度衆生得至彼岸是謂爲淨若復見度彼岸者是謂不淨諸法未來思惟求滅是謂清淨見有未來有起滅者是謂不淨現在分別八十四行莊嚴如來威顏容色是謂爲淨見有現在起愛樂心染著容色者是謂不淨諸法無生不見造作自然與律應度無極是謂爲淨若見造作一切諸法應禁戒律與此心者是謂不淨一切諸法無有形像悉歸無爲應無上道是謂爲淨設復見彼形色之變自生念想是謂不淨一切諸法獨而無侶諸法無説不見言教是謂爲淨見有説法有言教者是謂不淨諸法不起不染三世是謂爲淨見三世法有起滅者是謂不淨諸法無倚不著三界是謂爲淨見有依倚著三界者是謂不淨諸法無身唯法爲體是謂爲淨見有法身度知見者是謂不淨當來過去現在諸佛去亦無數來亦無盡所説道教各無參差是謂爲淨若復宣説三世諸佛言教增減者是謂不淨諸法無形亦無色像是謂爲淨復以諸法造色像者是謂不淨諸法不可覩見寂然虚空是謂爲淨若復宣説諸法可見者是謂不淨諸法無量不相違背是謂爲淨見有諸法有量有數者是謂不淨諸法無境亦無剎土教化衆生淨佛國土是謂爲淨若見衆生淨佛國土化衆生者是謂不淨諸法平等泥洹一性是謂爲淨見有受果成就道者是謂不淨諸法出要不念法報是謂爲淨見有出要受法報者是謂不淨諸法盡生永離形色是謂爲淨見有離生受形色者是謂不淨諸法常定初不變易是謂爲淨見有動轉變

易不住者是謂不淨諸法不可覺知亦無有人能尋迹者是謂爲淨見有形迹可尋追求者是謂不淨佛復告邠耨文陀尼子若有菩薩摩訶薩執持修行淨不淨者現世便得無盡慧三昧正受定意便能超越諸佛境界從一佛國至一佛國教化衆生淨佛國土一一分別諸法所趣以四等心普潤一切以漸教授各令得度隨本所願各使充足復以神通宿命智觀審知根本淨其行迹或時菩薩入正受三昧得神通慧諸佛世尊復加威神分別法性自然而生自然而滅生非我生滅非我滅菩薩大士無有是念由我出生有此法生有此法滅菩薩摩訶薩無有是念我今已成菩薩某不成菩薩我成菩薩法某不成法我成究竟某不成究竟我成菩薩幻術某不成術我成菩薩教化某不成教化我成菩薩音響某不成音響我成菩薩神通智某不成神通智我入菩薩境界某不入境界我過衆行本某不過衆行本我修菩薩律某不修菩薩律我淨菩薩剎彼不淨剎如是邠耨文陀尼子菩薩摩訶薩初無此念分別諸法有高有下何以故菩薩得此定意正受三昧者神足自由隨意所念不於諸法有增減心若善男子善女人得此定意者堪任周旋教化衆生淨佛國土從一佛國至一佛國禮事恭敬諸佛世尊復以善權方便與作善知識微說道教至無爲道亦使衆生立信堅固相視如父如母如兄如弟各無異心展轉共相教授隨意所念盡成道果是謂菩薩摩訶薩入此定意便能具足一切諸法爾時世尊與邠耨

文陀尼子而說頌曰

一切諸法本　所歸門不同　各各境界異
所行法亦然　我說清淨道　衆行不可盡
今粗與卿說　淨與不淨行　諸佛不可量
言教亦無盡　今粗說正要　分別諸道果
諸佛義廣大　空慧非有異　彼此具成就
悉歸解脫門　衆智根門淨　諸佛所嘉歎
斷念除衆想　具足衆智說　諸佛所演教
令知恩愛患　忘有不處有　故得人中尊
佛本積宿行　自致無上尊　具足菩薩法
演布大乘業　衆智現在前　盡知衆生源
分別無生滅　究竟無上道

是時世尊復告邠耨文陀尼子若有菩薩摩訶薩便得具足諸度無極分別法界微妙之行智慧增益演布道訓皆使周徧得四無畏衆智自在復得出要度不度者心念諸法皆現在前禪智滿足念識爲食法界爲身總持爲行恒常周旋諸佛國土令諸衆生皆悉具足成就佛道分別諸定行善權方便諸佛所行悉過其量從衆生心所念善惡皆能分別隨類而化從無央數億千萬劫一心入定不毀正法無他異想爾時世尊復與邠耨文陀尼子而說頌曰

吾昔求佛道　未受菩薩莂　經歷億百千
禪定不移動　究竟一切法　不生染著想
從是得作佛　得爲人中尊（譯經人云從此已下少七偈）

一切諸法不可思議衆生境界亦復如是若復善男子善女人入無形三昧徧觀三千大千世界應度衆生亦當覺知無限無量不應度者亦當覺知三世起滅亦當覺知如是邠

羇文陁尼子菩薩摩訶薩得此定意者清淨不清淨行

釋提桓因問品第三十四

爾時釋提桓因白佛言世尊如來至眞等正覺說一切諸法皆使清淨及諸無量恒沙佛土諸佛世界清淨如空皆無所有今復聞說盡當覺知一切諸法云何於諸法之中無形不可見而欲覺知一切諸法乎爾時世尊告釋提桓因善哉善哉拘翼乃能於如來前而問斯義今當與汝一一引譬智者以譬喻自解猶如幻師化作萬物國土城郭宮殿屋室飲食牀臥貧賤富貴名號姓字父母兄弟僕從給使復幻作人左右衛從如此幻師所見化法或經劫數供給所須衣被飲食醫藥牀臥具受者實受施者實施如鄉觀之爲實有不乎是時釋提桓因白佛言無也世尊何以故一切諸法皆空皆寂幻化非眞愚者染著便致顚倒無來無去無著無縛無盡無不盡幻化無形亦不可倚佛告釋提桓因如是如是拘翼菩薩摩訶薩亦復如是得如幻三昧自然定意分別一切諸法所起無緣無著不見成敗化導一切衆生之類不見有度不見無度度無所度化無所化皆空皆寂復無生滅何以故如幻定意正受三昧甚深微妙無有邊崖如幻境界不可思議唯有菩薩摩訶薩偏能觀察乃得達了亦不見生亦不見滅亦復不見當有生者亦復不見有已生者何以故菩薩所入不可思議非是羅漢辟支所知菩薩所度猶如虛空虛空所度無形無像如幻三昧亦復如是亦無東西南北四維上

下拘翼當知今當與汝引喻猶如凡夫本無形色未能分別禪定根本生亦不知生不生亦不知不生亦復不知當生已生未能究竟心所念法亦不見住亦不見不住亦不見盡亦不見不盡何以故心本無形不可倚著亦非三乘所能思議拘翼當知菩薩摩訶薩亦復如是入此如幻三昧一切諸法皆現在前無有邊際亦無境界有亦不見有無亦不見無何以故菩薩境界不可思議所行法則徧滿三千大千世界拘翼當知今當與汝引喻猶如婆竭龍王意欲念雨若在六天便雨甘露若在四天王上能雨七寶難陀優鉢難陀龍王及摩那斯龍王雨六天上便雨衣被服飾香瓔華鬘若雨第四天上自然飲食各令充足云何拘翼此龍所作爲實有不乎爾時釋提桓因白佛言無也世尊何以故但彼諸天功德乃使諸龍王等獻奉供養佛復問釋提桓因云何拘翼七寶宫殿衣被服飾皆龍所降本無所有今復自說諸天福德故使諸龍降雨諸寶諸龍及寶物爲有爲無釋提桓因白佛言世尊義說法說亦不有龍亦無寶物何以故一切萬物皆空皆寂我身及天亦無所有龍所降雨亦無有雨亦不見盡亦不見不盡愚惑之人自生識想佛告釋提桓因如是拘翼菩薩摩訶薩入如幻三昧盡觀一切諸法諸法所生亦不見生亦不見不生見諸法門有盡無盡見幻化法門有盡無盡復見無量無限教化法門復見無量無限諸佛世尊遊步法門復見無量無限諸根羅網見入法門復見無量無限諸佛世界成敗劫燒

心意廣大超越諸佛所行法門如是拘翼當知諸法無生無滅但以衆生自生識著未入定意觀察人心不解空慧而獲無生爾時世尊與天帝釋而說頌曰

出要入道門　分別三世行　展轉由五道
破有不處有　菩薩如實觀　分別慧明道
本我所造行　如今乃剋獲　世界皆如空
彼我無二想　恭敬於諸佛　令獲無頂相
顏貌如優曇　廣長覆面門　不生亦不滅
得爲天人尊　拘翼當念本　衆行不缺漏
勇猛不懈怠　究竟本末空　於坐不起想
不見有峙立　不倚衆行本　故號爲沙門
實無有泥洹　亦無五道趣　菩薩所遊處
權化見有生　從無央數劫　無欲無所貪
初無有悔心　況當有倚著　自從是已來
修善不離本　一行成佛道　得轉無上法
倚託生死中　教化無數人　令知無生法
自然應道教

爾時世尊與釋提桓因說此偈時無數百千諸天人民即於座上得無生忍復有無數諸天龍神皆發無上正眞道意佛復告釋提桓因若有善男子善女人及四部衆比丘比丘尼優婆塞優婆夷受持諷誦此如幻定意無盡法者便能具足無量法藏云何爲無量法藏欲具足如來辯才具足者當學此如幻定意無盡法藏復次拘翼若善男子善女人欲得究竟覺知佛慧者當學此如幻定意無盡三昧復次拘翼若善男子善女人欲得遊至諸佛世界親近佛者當學此如幻定意無盡三昧佛復告釋提桓因若有善男子善女人

欲得轉無上法輪如佛所轉在大衆中而無畏者當學此如幻定意無盡法藏復次拘翼若善男子善女人欲得諸佛百千總持自娛樂者當學此如幻定意無盡法藏佛復告釋提桓因若善男子善女人欲得一切衆生願者淨佛國土神足變化者當學此如幻定意無盡法藏復次拘翼若善男子善女人欲使諸佛世界無量衆生無量性行盡同一趣者當學此如幻定意無盡法藏復次拘翼若善男子善女人欲使無量世界諸佛刹土合爲一者色如黄金當學此如幻定意無盡法藏何以故一切諸佛皆從此生過去諸佛皆從此如幻定意得成無上正眞之道現在十方諸佛世尊亦皆從此如幻定意無盡法藏得成無上正眞之道當來無數恒沙諸佛亦當習此如幻定意無盡法門佛復告釋提桓因我今與汝引譬智者以喻自解猶如猛火光炎赫熾復更益薪大風所吹遂復熾盛燒焚山野無有休息要盡草木火勢乃滅菩薩摩訶薩亦復如是發心起學濟度衆生分別思惟法界所趣乃至無數恒沙刹土復觀虛空衆生根源復自思惟恒沙刹土無數世界衆生心意所念根源一一分別復自計校吾以何智具足彼願一一分別巳法所趣當轉何法云何教化爾時菩薩復自思惟我本發願具足諸善徧化衆生充足我願復自具足威儀禮節轉入三世根本之行自念轉法入不思議如是校計應度不度一切世界或有或無復更周旋諸佛世界無限無量不可思議與共周旋立功德業不斷正法要誓所趣行

大慈悲執弘誓心究盡生死心無缺減何以故一切衆智皆悉具足故復觀衆生心意所念應由何路而得將導恒念衆生如母愛子是故菩薩摩訶薩執此勤苦無量之心復入無量無限三昧觀察世界不捨本誓如是廣大無限之用爾時世尊與釋提桓因復說頌曰

菩薩初發心　弘誓甚廣大　要盡虛空際
所願乃具足　當度衆生時　不見有所度
解知三世本　因緣不久停　心正不動傾
正念應道教　恒求善方便　以次至解脫
心不懷怯弱　晝夜思惟法　一行得成佛
亦不從師受　身本心爲行　道力知清淨
出家在空野　入定身不動　然熾一切法
普照十方界　自修宿命智　乃知衆生根

爾時世尊與釋提桓因說此法時一切衆會莫不欣然皆發無上正真道意

本末行品第三十五

爾時有天子名衆首瓔珞即從座起偏露右臂齊整衣服諸根寂靜從先佛已來常修梵行三處已盡果願已辦右膝著地長跪叉手前白佛言唯然世尊所居方界去此極遠願欲所問若見聽者敢有所啓佛告衆首瓔珞菩薩善哉善哉族姓子爲衆導首發開童蒙豎大法幢演慧光明有所疑問今正是時如來當爲一一分別隨問還報使得開解爾時衆首瓔珞菩薩即白佛言世尊頗有一生補處菩薩更不進修無上正眞之道得成佛不乎頗有一住立根德力菩薩大士乃至八地菩薩大士更不進修無上正眞之道頗有諸

天衆行具足立不退轉諸根具足不復人身得成佛不乎唯然世尊當以方便而發遣之爾時世尊告衆首瓔珞菩薩曰善哉善哉族姓子乃能於如來前作師子吼諦聽諦聽善思念之從初發意乃至成佛菩薩所行諸法不同或有菩薩摩訶薩彈指之頃求菩薩心即成無上正眞之道不經日夜或有菩薩從初發意不捨弘誓乃至六住進求佛道便有退轉而不成就或有菩薩從初發意乃至七住進趣成佛不經八地爾時衆首瓔珞菩薩問云何菩薩摩訶薩彈指之頃發菩薩心即成佛道不經日夜云何菩薩從初發意乃至六地有退轉者而不成就云何菩薩乃至七住進趣成佛不經八地爾時世尊告衆首瓔珞菩薩曰若有菩薩摩訶薩彈指之頃求菩薩道不經日夜而成佛者此善男子善女人諸根具足未曾經歷生死之難或從何會一旦修天來生此間或從無恕佛土來生此間或從無量佛土一聞如來說本末空無生滅道便成無上正眞之道或有菩薩摩訶薩衆行具足得如來明慧法觀復修如來念佛念法念比丘僧念天念安般念死亡念修四意止四意斷四神足五根五力七覺意八賢聖道親善知識於婬怒癡不大慇懃增益善本亦使衆生具足善根雖在六地心生猶豫咄我將非七住菩薩乎或復自念我審然不疑復爲僞化菩薩壞敗此菩薩言汝今已得本末空慧此菩薩聞已歡喜踊躍我今聞神德菩薩所見證明今當得無上正眞之道期則不久便於六住退轉乃墮聲聞辟支佛道佛

復告衆首瓔珞菩薩曰若善男子若善女人已在六地具足菩薩行復自思惟我今審然在八住地當成無上正眞之道亦復不久親近善知識方便爲說八住行法善男子知不乎汝今已在八住地中莫自貢高輕餘菩薩如是善男子當成無上正眞之道亦復不久菩薩聞之歡喜踊躍不能自勝便隨善男子教在閑靜處一心自念如是彼菩薩即在八住行中立不退轉施爲佛事經歷劫數成佛不久佛復告衆首瓔珞菩薩曰若有善男子善女人行菩薩道復爲異菩薩所見勸勉汝今成佛教化衆生亦復不久菩薩自念我無此行云何當成無上正眞之道將非此人使我不成究竟執心牢固便得進前在七住地得不退轉是謂菩薩摩訶薩在六住中有退不退爾時衆首瓔珞菩薩問云何八住菩薩即得成佛不經胞胎有是無耶佛言有之八住菩薩觀一切法如空如幻虛寂無形所行法則亦復如空欲度衆生亦無衆生想往詣十方諸佛世界聽受無量法教一切諸佛本無身相亦當分別内外無形徧問諸佛一切諸法無有猒倦復當教授一切衆生捨是就是深入禪定可坐知坐可卧知卧若化衆生不失時節爲說深法令衆生類盡得度脫如是菩薩摩訶薩具知此行時便得佛三昧教化衆生淨佛國土已淨國土便入菩薩正要已入正要便能出生一切總持法門已具法門則能示現辯才無礙當來過去現在諸佛所演法教皆悉具足變化無方諸法成就各無錯亂能淨一切衆生心垢便得解脫無礙

法慧十方諸佛皆來擁護此善男子善女人成就諸法十力具足悉無所畏菩薩如是分別衆生心識所念一一選擇終不捨之立一切人使獲本末空慧無量無限十方世界安處道教種種方面皆有離别一方世界皆有合會復於十方無量世界如來至真等正覺衆智瓔珞而現在前復於無量剎土一一諸佛名號姓字皆悉分别如一方面無量諸佛世界分别無量諸佛姓字十方境界諸佛姓字亦復如是菩薩摩訶薩復使十方無量世界或舒或縮如十方世界已舒已縮復使無量無限恒沙剎土以智慧力或舒或縮一一名號復於無量無限見如來面復以慧力或舒或縮如是無量無限恒沙諸佛剎土分別諸佛名號皆悉分別如是十方諸佛法界分

別名號然諸佛世尊皆來擁護此菩薩使得成就菩薩摩訶薩得此大乘意入本末空定不失菩薩威儀法則徧能觀察衆生根本復能知諸佛心識所念彼菩薩不當名爲菩薩當名如來何以故解一切法超越衆行於一切法不懷狐疑行等如來得一切如來正法或知一生知百千生知阿僧祇無量佛法受持諷誦成就佛道亦不忘失入一切智不見吾我覺知諸佛法總持强記亦不忘失彼菩薩觀一切法爲現光明以智慧光照愚癡冥智不退轉彼菩薩摩訶薩以善權方便教化衆生無有罣礙彼菩薩已得無量法耳根清淨闡無盡法自然應化信而不從彼菩薩摩訶薩無量無限使衆生身變化非一或見無央數色還合爲一復從無色至無數色使衆

生類莫不信解出廣長舌普覆三千大千世
界復還爲一如是教化無央數衆佛告衆首
瓔珞菩薩若有菩薩摩訶薩十方世界虚空
邊際盡能了知此衆行者便名爲菩薩補如
來處爾時世尊復與衆首菩薩而說頌曰

十方聞法界　示現衆生路　修行諸佛事
人中菩薩尊　在衆成就道　徧知菩薩行
超越一切行　十力無有礙　諸佛常擁護
面見而在前　稱揚其功德　歎法無有上

菩薩瓔珞經卷第十七

音釋

㝹奴侯切　霍許郭切　澀所立切　粗坐五切麤也

菩薩瓔珞經卷第十八

姚秦沙門竺佛念譯

聞法品第三十六

爾時有菩薩名文殊師利即從座起攝持威儀前至佛所長跪叉手白佛言云何世尊名曰聞法得成無上正眞之道聞如空等空無所聞亦無善惡諸法相貌法無形相云何世尊言受持諷誦本末空慧爾時世尊默然不對時文殊師利復更白佛夫聞法者爲有言教乃得聞法爲無言教乃得聞法爾時世尊默然不對文殊師利三白佛言法有生滅法無生滅一切諸佛所轉法輪爲有轉耶爲無轉耶爾時世尊告文殊師利云何族姓子一切諸佛皆轉法輪亦有有轉亦無無轉汝今所問爲問有轉爲問無轉時文殊師利白佛言世尊今所問者亦問有轉亦問無轉佛言族姓子諸佛正法亦不有轉亦不無轉文殊師利復問云何亦不有轉亦不無轉佛言諸法如空故無有轉故無無轉文殊師利又問今日如來爲有轉耶爲無轉耶及此諸菩薩衆爲聞法耶不聞法耶佛言族姓子諸法清淨衆會菩薩亦復清淨以是之故亦不有轉亦不無轉文殊師利又問云何有轉無轉佛告文殊師利衆生無轉本末空慧乃謂爲轉一切衆會我身及汝皆謂無轉本末空慧乃謂爲轉文殊師利又問云何有轉云何無轉佛言有斷無轉無斷有轉生滅無轉無生滅者乃謂有轉文殊師利又問云何有轉無轉佛言有邊際縛著乃謂無轉無邊際縛著是謂有轉文殊師利又問云何有轉無轉佛言

一切世間見然熾法是謂無轉一切世間不見然熾法是謂有轉文殊師利又問云何有轉無轉佛言淨無量福福祐衆生是謂無轉不見淨無量福福祐衆生是謂有轉文殊師利又問云何有轉無轉佛言淨無量衆生根本成一切智是謂無轉不見淨一切無量衆生是謂有轉文殊師利又問云何有轉無轉佛言亦不有轉亦不無轉故謂有轉無轉爾時世尊與文殊師利說有轉無轉時有八千比丘三千比丘尼逮得本末空慧心不退轉復有無數衆生聞此未曾有法皆發無上正眞道意於將來世悉皆成佛同一名號精進勇猛與我無異

淨居天品第三十七

爾時世尊與文殊師利說此聞法轉不轉品時時有淨居天子乃從過去無量諸佛植諸功德承事供養諸佛世尊從一佛國至一佛國通盡法藏辯才無礙行大慈悲得空法性權現生天欲度天故即從座起整頓衣服及諸將從儼然起立時彼天子前至佛所頭面禮佛足白佛言世尊我等諸天宿種功福今得生天五樂自娛左右侍從自然響應遊戲浴池快樂難量爲修何福得生天上我所居宮四十九由延七寶殿堂與世奇妙後有浴池有七寶樹七重圍遶爲修何福乃獲此德爾時世尊告淨居天子曰善哉善哉天子乃能於如來前而問此義今當與汝一一分別善思念之過去恒沙諸佛世尊亦說此義現在未來一切諸佛亦當說此微妙之法云何天子我今問汝汝當一一報我汝所居天前

過去者可記不乎答曰不也世尊過去諸天其號名字不可稱記云何天子汝今此身爲有常爲無常天子報曰如我今身是有常法非無常法佛復告天子設汝今身是有常法過去諸天今爲所在答曰摩滅佛言云何天子過去諸天悉皆摩滅汝今此身焉得長存天子報言過去諸佛皆取滅度今日世尊何由而生佛告天子過去諸佛及我今身爲同不乎天子答曰不也何以故過去諸佛於過去中是過去見云何過去諸佛皆悉滅度天子又問爲有三世爲無三世佛報天子有三世名然三世行異天子又問如來今說有過去佛我則不疑復說十方現在諸佛我亦不疑云何世尊說有未來佛世尊報曰汝今問我所問爲問過去三世爲問現在三世爲問未來三世天子白佛我亦問過去三世見在三世未來三世今日但問三世諸佛云何未來說言佛乎佛告天子未來佛者有二因緣云何爲二或有過去諸佛如來至眞等正覺行大慈悲衆相具足行善權方便入五道中教化衆生不壞法界復現在俗或爲梵天或現釋身隱佛形像是謂菩薩摩訶薩未來成佛或有菩薩受如來慧施行佛事遊至三千大千佛土供養承事諸佛世尊既未成佛衆相未具或作天身或作鬼神不毀法界是謂天子未來成佛有此因緣復次天子過去諸佛世尊復有二因緣云何爲二得師子奮迅三昧在閑靜處心無所著内自思惟十法無量功德云何爲十於是菩薩修諸佛世尊念所念法是謂無盡之行復次天子菩薩摩訶

薩分別如來一切諸法是謂無盡之行復次天子菩薩教化衆生盡趣無上正真之道是謂無盡之行復次天子菩薩分別無量諸佛世界淨佛國土教化衆生不毀智慧如所念法而成就之是謂無盡之行復次天子菩薩如佛世尊所行禁戒修解脱法因此禁戒教化無量衆生盡發無上正真之道是謂無盡之行復次天子菩薩觀過去當來今現在諸佛出要在樹王下降伏魔衆執心如地不可移動是時弊魔波旬作若干變化來恐於佛或人頭獸身或獸頭人身或四眼八眼至百千眼或作猨猴虎狼豹來恐於佛執心如地不爲傾動是謂無盡之行復次天子菩薩於億百千劫强記總持而現在前或於一生至百千生或念一劫至百千劫其中所行或善或惡一一分別悉不忘失是謂無盡之行復次天子菩薩復能分別三世諸行諸善功德盡現在前如彈指頃能使三千大千世界蜎飛蠕動之類盡成無上正真之道或成羅漢辟支之道是謂無盡之行復次天子菩薩摩訶薩復憶過去無數諸佛所度衆生身口意行不壞諸法演布智慧廣及一切是謂無盡之行如是天子菩薩摩訶薩得此師子奮迅定意者則能具足三世諸法復次天子或時菩薩分別十無相法云何分別十無相法於是善男子善女人内自觀身分別諸行諸根純熟或有善行或不善行或時清淨或時不清淨復次天子若善男子善女人外觀他人身一一分別諸根純熟諸根不純熟或時清淨或時不清淨是謂天子一無相行復次天

子若彼行人内自思惟攝意不亂如我所行不違聖典時諸如來至眞等正覺出入經行與身口意相應懷來法寶轉大法輪以無生心教化三世未度衆生於中便獲自然法輪無限無量悉入法律是謂二無相法復次天子若善男子善女人發弘誓心徧滿三千大千世界智慧思惟亦無窮盡音響流利無所障礙分別一切衆生音響或以一音報百千萬音皆演道教普潤一切衆生之類是謂三無相之法復次天子若善男子善女人轉無上法輪廣化衆生皆取滅度不染三世諸天人民魔若魔天所未曾轉而佛獨轉是謂四無相法復次天子若善男子善女人於一生中出家學道剃除鬚髮受持禁戒身既清淨亦使衆人樂其所樂是謂五無相法復次天子若善男子善女人性行合空從空往來無量無限終不自爲教化衆生超卓過空無所觸礙是謂六無相法復次天子若善男子善女人於一切衆生獨步無礙於諸法智演通慧義坐放光明普到十方無量世界或取滅度現無常義或存或亡或示相好或隱相好於中教化無量衆生淨佛國土是謂七無相法復次天子若善男子善女人復有通慧名曰降魔得此定意者降伏四魔愛欲死天魔使菩薩依倚此法而得成就欲爲法王最在前者先當習此降魔定意是謂八無相之法復次天子若善男子善女人徧學諸法深入至要具足善本亦使無量衆生得入此要見菩薩力增長止觀已盡無盡無生滅法雖見相貌本無相貌坐卧思惟菩薩衆行是謂九

無相之法復次天子若善男子善女人具足十善之本云何爲十身三口四意三衆法自在不染著有樂無量無爲復能樂無量百千定意一一定意化無量衆生是謂十無相之法如是天子夫習法者當習無法無行爲行無觀爲觀是謂爲上衆行中妙一切諸佛之所歎譽爲行佛事爲無等侶爾時天子復白佛言云何世尊三世諸佛則無三世如世尊所說過去諸佛還至現在現在諸佛復至未來法界不定云何世尊言有三世乎此義不然何以故過去已滅權還現在現在未動復說未來衆法相違云何言過去諸佛數如恒沙當來諸佛數如恒沙現在諸佛數如恒沙爾時世尊告曰善哉善哉族姓子今汝所問皆承佛威神令汝得問此義諦聽諦聽善思念之吾當與汝一一分別天子受教如是世尊佛告天子過去云何爲過去乎天子白佛新新生滅故曰過去昨色非今色故曰過去昨身非今身故曰過去昨力非今力故曰過去爾時世尊復問天子云何族姓子身想知爲異乎天子白佛言不也世尊佛又問名色更樂爲異乎天子白佛言不也世尊佛又問出要至道爲有異乎對曰無也世尊佛告天子止止族姓子佛藏曠大非汝境界過去過去智有限現在現在智有限未來未來智有限何以故一切諸法法法相生法法相滅本無法者無過去當來今現在亦無今世後世善行惡行亦無賢聖有果證者是謂族姓子云何言有三世法乎爾時天子復白佛言三世名號云何而生何由而滅佛告天子生本

無生滅本無滅一切諸法亦復如是生本無生滅本無滅何以故性自然空故爾時天子復白佛言世尊今日如來爲在生耶爲在不生耶佛告天子如來身者於過去未來現在亦不在生亦不在無生是故無過去未來現在天子白佛言世尊但如來至眞等正覺過去未來現在無生一切諸法盡無生耶佛告天子一切諸法皆悉無生亦不見生亦不見無生天子白佛我人壽命衆生根本至六度無極爲有生耶爲無生乎佛告天子起不見起亦不見不起諸法不可得而自成就故曰無生三世諸佛無欲無汙亦無有生亦不無生故無所起三昧正受亦復如是說無所說故無言教天子白佛言四依四道爲有生耶爲無生乎佛告天子四依四道本無所生況今有生當來亦不生爾時天子白佛言世尊淨地性地薄地本無地無婬怒癡地爲有生耶爲無生乎佛告天子有受有取乃至一切諸法色痛想行識癡愛更樂乃至生老病死從須陀洹乃至無上道亦不有生亦不無生爾時天子白佛言世尊云何有生云何無生佛告天子得如意度無極者是故不見有生不見無生天子白佛云何如意度無極亦不有生亦不無生佛告天子從此岸至彼岸不見衆生有生者有滅者亦不見窠窟處所是故亦不見生亦不見無生天子白佛一切諸法及如來身爲在有生爲在無生佛告天子亦在有生亦在無生亦不見有生亦不見無生是故三耶三佛亦不在有生亦不在無生佛告天子若善男子善女人得此通慧定意

觀了諸法不在有生不在無生如來經法亦復如是不在有生不在無生何以故諸法無著無縛亦無解脫是故降伏四魔佛復告天子若有善男子善女人成就智者則能具足一切諸法復當修於十法云何爲十一者親近善知識求爲朋友二者行大慈悲廣及一切三者滿足前人隨意所念四者淨一切界斷諸結使五者修清淨道爲人重任六者荷負衆苦不譏彼受七者教化愚人訓誨正要八者教誨愚惑令信正道九者與法相應不譏彼受十者一心奉法不與邪部共相參豫是謂族姓子若善男子善女人修持正法得此定意便能具足一切諸法爾時世尊復告天子若有善男子善女人恭敬於師復當修習十無礙法云何爲十無礙法一者遊至十方禮事諸佛是謂族姓子一無礙二者於諸智慧無縛無脫念斷滅法三者於諸苦樂心寂然滅四者在空閑處思惟禪定意不錯亂五者菩薩法本七出要道無有增減六者一切色相本無所有不見來處七者計本無形不有生滅解知無常八者一心入定道本自然不著諸法九者一意一行與法相應不相違背十者亦不在內亦不在外自然起滅如是族姓子若善男子善女人分別思惟十無礙者便能具足一切諸法佛告天子若有善男子善女人一心念頃盡能具足一切諸法當修十法第一義辯云何爲十一者生智盡智無生滅智二者四等平均無吾我想三者喜安自守不失四信四者所言如意不違本願五者道心牢固法法成就所行正見不違

本相六者修六重法觀本無相七者怨讎一等無有是非八者一句信心了本所生九者講授諸法不有法想十者金剛定意不毁如性是謂族姓子若善男子善女人具此十法者便能具足一切諸法佛復告天子善男子善女人修法十施亦無施想便能具足一切諸法云何爲十一者坐樹王下心不移動二者恒樂閑居不處憒亂三者修三向定趣泥洹門四者禪寂定意自滅亂想五者檢意修道永無貪著六者法施財施不生想念七者相好自嚴照曜世界八者勤行方便令無覺者九者顯曜正法示慧光明十者代人受苦不求相報是謂天子若善男子善女人行此十施不起施想則能具足一切諸法何以故此善男子善女人心如金剛不可沮壞菩薩所行諸法如是亦非羅漢辟支所知佛復告天子若善男子善女人修十一清淨法者復能具足一切諸法云何爲十一清淨法一者道當清淨穢濁非道二者道當一意多想非道三者道當知足多欲非道四者道當尊敬憍慢非道五者道當檢意放逸非道六者道當顯曜自隱非道七者道當連屬無行非道八者道當精勤懈怠非道九者道當覺悟愚惑非道十者道當教化矜吝非道十一者道近善友習惡非道是謂天子善男子善女人修此十一法者則能具足一切諸法猶如日光永除闇冥照曜世人各得眼目菩薩亦復如是習此十一法便能具足一切諸法天子當知猶如眞金內外明淨所欲作器皆悉成就菩薩摩訶薩亦復如是內無塵垢外有所

照亦如虛空普覆一切菩薩亦復如是修此十一法亦無想念我有所辦教化衆生斷諸結著復次天子猶如須彌山王四寶所成須彌山王亦無此念我四寶所成跱立四海中央菩薩得四辯才亦復如是不念此辯所說如應何以故本無想念故猶如大地普載萬物樹木華果及諸藥草盡皆生長地亦無此念我能成辦長養諸物菩薩摩訶薩亦復如是我化衆生行大慈悲從一佛國至一佛國擁護一切諸不度者天子當知猶如四大海水出種種寶諸有衆生往採寶者隨意而歸海水亦不念我生諸寶給與衆生菩薩摩訶薩亦復如是救濟苦人給施七寶所謂七寶者七覺意是菩薩亦不作是念我施七覺意寶善根具足莊嚴佛樹衆好自嚴飾何以故本無想念天子當知猶如法界出生諸法大慈大悲六度無極法界亦不作是念我出生諸法大慈大悲六度無極菩薩摩訶薩亦復如是出生諸法教化衆生亦不念言我有所度天子當知猶如入定比丘斷除衆想心不移動入定比丘亦不作是念我今神力入定自在菩薩摩訶薩亦復如是隨所念法悉皆成就所言眞誠不違本要天子當知猶如金剛不可沮壞何以故本性自爾菩薩摩訶薩亦復如是與法性相應不失本際猶如明珠廣有所照明月珠者亦不作念我有所照而令衆生見其光明菩薩摩訶薩亦復如是猶如得仙道人意有所願皆能成辦彼五通人亦不作是念我今所念皆悉成辦菩薩亦復如是猶如工巧之人善解六藝或以刀劒或

以矛稍壞敗大衆彼工巧人亦不作是念我令所作人中最上降伏大衆無有與我等者菩薩摩訶薩亦復如是入無量三昧正受定意感動三千大千世界亦不自稱譽我有此神力感動諸世界莫不周徧猶如轉輪聖王本修十善五戒具足統領王四天下千子勇猛七寶具足諸粟散小王盡來朝賀爾時轉輪聖王亦不作是念我今衆德具足相好嚴身統領四域何以故福自性爾不相違背故菩薩摩訶薩亦復如是修菩薩道敬承佛教恒行教化天人蒙恩所度衆生不可稱量何以故菩薩亦無是念我當濟度無量衆生於無餘泥洹界而般泥洹空性自爾無有衆生能使不爾猶如農夫隨時種作不失時節前子非後子後子非前子各各長大共相受入

然彼穀子不作是念我有所生彼有所損何以故本性自爾無有人使令不爾菩薩摩訶薩亦復如是徧學諸法行菩薩道復以十善功德之本淨衆生根皆趣無爲之道爾時菩薩不作是念我今有所濟度從此至彼何以故本性自爾無有人使令不爾猶如甘雨隨時下降百穀草木隨時滋長然彼雲雨亦不作是念我有潤澤有所長養何以故本無心故菩薩摩訶薩亦復如是法雲一降普潤三千大千世界令衆生類盡得潤澤不捨本願行菩薩道菩薩亦不作是念我今能降法雨普潤三千大千世界使衆生類盡得開解何以故本無心意弘誓之心性自然故如是菩薩摩訶薩入此三昧定意能使衆生至竟清淨非餘清淨能使衆生至竟安隱非餘安隱

能使衆生得到彼岸非餘得到能使衆生獲度無極非餘能度能使衆生至竟歡喜非餘歡喜能使衆生斷結使非餘能斷能使衆生安處良祐福田非餘能安能使衆生受不信施福度一切非餘能受福度一切能使衆生入於賢聖法律非餘能入賢聖法律能使衆生立不退轉非餘能立不退轉地能使衆生得一切智盡徧三千大千刹土非餘能徧三千大千能使衆生爲人作將導非餘能作將導何以故菩薩摩訶薩習此定意無量法行普周一切使得蒙濟爲開法性弘誓法門不可思議無限曠大不爲一人淨菩薩道普及一切難度衆生於中建立應度無極或時菩薩救濟一人故没命代受苦惱或有菩薩爲一人故從劫至劫初不捨離要使得度後乃自滅度或有菩薩欲淨巳界斷諸縛著淨除衆生根本安處清淨正法出要復有菩薩執勤苦行不著天福恒在五道周旋教化或有菩薩得四無畏教化衆生不懷怯弱或有菩薩得四辯才人來詰問理通無礙或有菩薩堪任說法不著榮冀僥倖求利或有菩薩得總持門分别法觀修不淨行或有菩薩得佛定意立一切智不捨妄想或有菩薩得佛出要令一切人出家學道或有菩薩得神通行權巧方便隨形而入或有菩薩得無形觀三昧入虚空界行不思議或有菩薩得滅盡定現取滅度不處泥洹或有菩薩得七觀道外現威儀内實充足或有菩薩得天眼通徧察十方無量諸佛諮受未聞而自娱樂或有菩薩得天耳通徧聞衆聲分别善惡輒往能度

不令墮墜或有菩薩得心意通以神足力往而度之或有菩薩得宿命通自知宿命亦知他人所從來處隨類降伏不墮邊際或有菩薩得漏盡通能斷一切衆生結縛或有菩薩坐樹王下得佛神德威儀法則威儀成就種姓成就父母成就居家成就或有衆生得佛光明住佛所住心進如月初或有衆生住佛慧地能以智劒割斷塵垢如是菩薩摩訶薩七十五法如來深藏不思議行得成作佛終不退轉亦非羅漢辟支所及如是天子菩薩摩訶薩得此衆行定意者能使三千大千世界盡黄金色照煥一切衆生之類悉同無上正真之道如是天子當以此法教化衆生乃應菩薩律復有菩薩修十二法所行無礙進止行來修菩薩道云何爲十二一者降伏魔兵現十力行二者與共功德無生滅想三者能以神力充一切願四者依無著力見佛變化五者如己所種善本功德能施一切無有悋悔六者修第一法過於佛量七者知生爲苦不染三有八者無盡道本而自娱樂九者知聲聞行亦不染著十者知緣覺法捨離不從十一者無礙道法行九次第十二者當化父母眷屬成就是謂天子十二無礙清淨道本菩薩當念修習成其道果天子當知菩薩摩訶薩當習一心定意想知滅有十事知過去未來現在如佛所行而無有異云何想知滅有十事一者觀色形像本無所有亦不染著起形想法菩薩摩訶薩如佛所行而無有異爾時菩薩修相好度無極一一相者如佛所行而無有異菩薩神智變化無方應化衆

生隨緣往度如佛所行而無有異爾時菩薩化無量身色像第一以八種音聲勸導衆生如佛所行而無有異又彼菩薩淨佛國土觀察衆生心意所念威儀禮節不失禁戒如佛所行而無有異爾時菩薩復入定意正受三昧能使衆生分別音響强記不忘如佛所行而無有異又彼菩薩行十明慧無限無量不可窮盡亦使衆生習此法本應適隨時轉無上法輪如佛所行而無有異又彼菩薩得四無畏在大衆中作師子吼不斷賢聖如來正法復以此法教化衆生皆悉成就得無上道逮一切智無所罣礙如佛所行而無有異又彼菩薩口所演教徧布一切入三世行盡諸有漏成無漏行神通智達能化一切如佛所行而無有異又彼菩薩得佛無畏十力具足見佛國土衆生清淨如佛所行而無有異如是天子菩薩摩訶薩行此十事者進成作佛而無有難何以故一切諸法本無所有亦不來時亦不去時諸法無相相亦無所有諸法無聲聲本無形本性自空何以故聲從空出還歸於空衆生染汙從起識想天子當知吾昔求道從無數劫分別本末未能究盡一法定意云何爲一法所謂無念也菩薩得無念定意者觀一切法皆悉無形如是天子吾今成佛由此一行得成無上正眞之道爾時淨居天子前白佛言世尊如今所聞菩薩所行諸法無量難可究竟衆生若干諸根不同云何欲得成無上正眞之道又聞佛言如佛所行而無有異今問如來云何如佛所行而無有異唯願世尊一一分別爾時天子復白佛

言菩薩所行其法各異志意所趣行迹不同
云何世尊如佛所行菩薩不異者何以故不
名爲佛何以故十力不具降伏魔官何以故
不名爲一切智何以故不名爲覺了一切諸
法何以故不名爲徧觀行菩薩道何以故不
坐佛道場須宣緣起何以故不名爲最正覺
何以故不知三世正法諸佛所行何以故不
住壽一劫宣布智慧何以故不依倚諸法修
正受定意何以故不分別法界進無量慧教
誨菩薩以爲眷屬爾時世尊告淨居天子曰
善哉善哉族姓子如汝所問已過諸量今當
與汝說諦聽諦聽善思念之天子今問菩薩
所行與佛無異者一切善男子善女人覺了
諸法無形不可見菩薩弘誓廣及一切當來
過去今現在有形之類展轉相成未獲智慧
清淨空觀設當得智慧者故名爲如來至眞
等正覺倚菩薩慧化度衆生自得復授彼是
謂菩薩道能斷三毒不興十惡盡如來境界
是謂名爲十力已越凡夫立菩薩行迹心不
移動於無上正眞之道是謂名爲菩薩若復
善男子善女人分別法界共相受入是謂名
爲一切智猶如諸法本無相貌以衆生故各
有名號可就知就可捨知捨不離善本修菩
薩道是謂名爲菩薩猶如菩薩分別無一無
二自然出生諸度無極復自覺了亦使衆人
同其法相是謂名爲佛猶如彼菩薩不見二
三諸法所生善察不忘思惟達了法從何起
法從何滅轉法輪者爲是何人聞法是誰能
解知一切諸法者是謂名爲菩薩猶如菩薩
以其慧眼徧觀三千大千世界有愛欲心無

愛欲心有愚癡心無愚癡心有瞋恚心無瞋恚心復能思惟偏斷根本者是故名慧眼復次慧眼菩薩周旋往返遊諸佛境界盡知衆生心心所念應度不度便能入化隨類度之是謂名爲菩薩猶如菩薩以諸光明普有所照徧諸境界亦以無量智慧憶諸佛世尊深與之法是謂名爲菩薩猶如菩薩以智慧光乃能照曜虛空境界如來神智而現在前閑塞罪門開泥洹路復不染著十八本持無著無縛是謂名爲菩薩猶如菩薩以佛威儀而自修習分別如來獨步無侶名色六入更樂受有生死過去三世衆生本末一一悉知爲無等侶猶如菩薩紹繼如來不斷佛種施行佛事生者不知生滅者不知滅本無虛寂具四等心亦復分別本無今有本有今無解了悉空不生若干念是故名爲佛猶如菩薩得神通慧觀衆生劫有近有遠劫遠不以爲慼劫近不以爲喜成劫敗劫亦復如是攝意持心而不亂者是故名爲菩薩佛復告淨居天子若善男子善女人行菩薩道復當思惟一切諸法從初發意乃至成佛不計吾我人壽命自然其行斷諸塵垢此乃名曰修菩薩道復有菩薩發求道者爲一切衆生荷負苦行亦復不見有得道者亦復能度阿僧祇無量衆生有受證者不受證者於中受決無所染著此乃名曰修菩薩道復次天子若善男子善女人分別三空無量深法如實知之云何爲三空一者有覺有觀二者無覺有觀三者無覺無觀是謂三空菩薩所行復次天子復有三空云何爲三一者盡空二者無盡空

三者非盡非無盡空是謂三空菩薩所行佛復告天子復有三空一者生空二者無生空三者非生非無生空是謂三空菩薩所行佛復告天子復有三空云何爲三一者住空二者無住空三者非住非無住空爾時淨居天子白佛言世尊過去當來今現在諸法一切衆生盡有生滅著斷有此三空不乎佛告天子我今與汝說善思念之云何爲住空所謂住空無爲寂靜是也天子當知云何爲無住空汝身及我是也云何爲非住非無住空一切有形三世諸法是也佛復告天子若善男子善女人解此三空者便能盡解一切諸法五盛陰身亦復如是是謂菩薩道佛復告天子諸法無合無散亦不見淨亦不見不淨亦不自念言若我成佛當於某處生國土郡縣父母宗親姓氏名氏亦復不念生一劫中壽命長短復不自念言身黄金色坐華樹下當成無上正眞之道是謂菩薩道已能具足得不退轉行無生心本無一相況有二相爾時菩薩分別諸法悉歸空寂恒自將護不爲弊魔得便趣無所趣轉無所轉如是已入法界無量空慧能自嚴飾衆相之法佛復告天子曰猶如眼色内外無主三事共合乃成眼識痛想行識亦復如是内外成就乃成諸識佛告天子我今與汝引喻智者以喻自解猶如伊羅鉢龍王金福山側於中止住七寶殿堂七寶垣墻七寶樹木梯陛街巷皆七寶成彫文刻鏤衆寶所成時彼伊羅鉢龍王身體絶白如雪珂積金蓋逐後身香瓔珞悉七寶成復以七寶以作食器純紫磨金造作華鬘復

以七寶作鐘鼓樂器七處齊平口齒齊正容貌端嚴視無猒足清淨香潔左右迴轉無所觸礙有此衆德不可稱量然釋提桓因領三十三天天王中尊心有所念如彈指頃欲使金福山側伊羅鉢龍王如屈伸臂頃往至三十三天者左右侍從給使天王尋到無礙爾時天王釋提桓因欲使諸天證其功德即被以七寶莊嚴龍身時天帝釋乘此神龍東西遊觀當於爾時伊羅鉢龍王復以神力化作種種供養承事恭順彼天帝釋龍自化形三十二首一一首上口有七牙一一牙上有七浴池一一池中有七百蓮華一一華上有七百玉女一一玉女復將七百使人作倡妓樂共相娛樂若復天王釋提桓因意欲懈息即詣七寶殿後至一浴池名曰香潔躬入浴池

乘伊羅鉢龍王恣意遊戲爾時天王釋提桓因以入一好浴池乘此龍已衆寶雜廁莊嚴其身作倡妓樂五欲自遊共相娛樂樂不可言爾時伊羅鉢龍王捨本形狀不作龍身以己神力變作三十三天像復入一浴池及彼諸天將諸玉女共相娛樂亦如天帝釋無異左右觀見此變化大身龍身各無有異身與天身同色與天色同共在一浴池無有變異釋身龍身一而無二何以故皆由宿積功德所致設此二人本求無上正眞道者今日成佛亦復不久行從心得心淨道成如彼天宫本不知所從來去亦無所至一切衆行皆空皆寂天子當知汝今此身及彼天宫日月天子悉歸磨滅不可久保是故天子當解法性成敗所趣起滅常分唯有泥洹最安最妙非

刀劍呪術能毀壞敗爾時世尊復告天子菩薩摩訶薩亦復如是獲無礙定意弘誓牢固以菩薩三昧七寶而自瓔珞以七覺意華莊嚴其身善住無礙定意不亂身放光明無不有照擊法鳴鼓聲徹十方竪法高幢顯攝威儀身鈎鏁骨力過天人增益一切諸度無極於自然法律皆悉成就肌肉輭細不受塵垢演慧法輪法王中勝入深法藏以諸菩薩用爲眷屬八解浴池用洗心垢不斷衆人弘誓之本坐道樹下捨一切業不悋國榮用此惠施而成佛道出此聲響今正是時吾不成佛者不起于座要覺所覺乃起于座唯地樹神乃知我心爾時世尊說是語時十方無量恒沙剎土有八十億姟及神通菩薩僉然俱至天地大動十方諸佛各各於其方稱揚其德告四部衆今日菩薩釋迦文者於娑訶剎土當成無上正真之道汝等堪任能至彼者攝持威儀而往親覲是時十方諸神通菩薩承佛聖旨僉然興敬禮佛三帀各持香華詣忍世界興致供養圍遶道樹稱善無量忍心如地衣毛不竪繫意在前不左右顧視慈心遂盛愍傷苦厄我今所以欲成佛者矜愍一切說是語時大地六反震動爾時世尊直前瞻視七日不動諸天龍神八部之衆皆來圍遶擁護菩薩至成作佛令得究竟我亦不捨菩薩所行復次天子菩薩神足行六聖法進前成佛乃應道教吾前成佛由此六行行大慈悲云何爲六一者慈仁哀愍未度二者惠施周滿一切三者廣演聖慧不有進退四者行三空慧淨攝國土五者攝取國土無進退心

六者受佛印信封印衆生是謂六事得成如來至眞等正覺佛復告天子菩薩摩訶薩復有六事念化衆生不懷懈慢充足一切衆生之願云何爲六一者精進斷諸漏結二者苦行不捨道心三者自憶攝身口意四者追師求受正法五者修德爲衆生故六者入定觀察根源是謂菩薩摩訶薩具此六事便應通慧佛復告天子諸佛世尊修此六法得成無上正眞之道廣化衆生轉深法輪入總持門云何爲總持所謂總持者樂法清淨總持菩薩入此總持者能使衆生娛樂法樂之樂佛復告天子復有無邊際總持菩薩得此總持者使無邊際衆生立八解脫佛復告天子復有無斷轉法總持菩薩得此總持者使諸衆生聞法不斷復有覺道了衆生本總持菩薩得此總持者令阿僧祇衆生知本所從來復有行迹無礙總持菩薩得此總持者知自然法無起無滅復有誦法不忘總持菩薩得此總持者獲諸法門不起法想如是天子菩薩總持百千億數非心所念菩薩由此總持便得遊戲百千三昧佛復告天子有四賢聖如來辯才菩薩得此賢聖辯才者向泥洹門而無有礙云何賢聖四辯才於是天子或有菩薩初心入定後心向道行如來智不壞前心入定之意是謂菩薩賢聖辯才復次天子菩薩入定前念後念寂然不動能具相好布現世人純以菩薩左右侍衞是謂菩薩賢聖辯才復次天子或有菩薩現如入定心遊無量諸佛世界採取深妙賢聖法律一切衆生無覺知者是謂菩薩賢聖辯才復次天子復有

菩薩入滅盡三昧無形正定復從定起作無數變一切衆生無覺知者或現一劫至百千劫或現一月或現一日乃至七日或現成佛取般泥洹是謂天子菩薩辯才功德無量爾時世尊告天子曰若有菩薩獨步三界供養諸佛世尊者先當習此賢聖辯才若欲超過聲聞辟支佛者欲供養諸佛世尊者欲盡三世無量佛法者欲得解脱如佛解脱者欲使衆生一時成佛者如是天子此菩薩摩訶薩當習此賢聖辯才受持諷誦爲人解說雖不能多初夜可雖不能初夜一時間可雖不能一時彈指頃可何以故三世諸佛一切諸道皆從此生爲世光明諸困苦者自然安隱若有善男子善女人身生瘡癩膿血流溢彼人聞此賢聖辯才即得除差若善男子若善女人脊曲負天目盲耳聾瘖瘂不言遭值善知識與說四賢聖辯才即蒙解脱無有衆苦如是天子若我曩昔不得四賢聖辯才終不能成賢聖四辯才何以故其功德福難可限量若從一劫至百千劫復從無數恒沙劫中歎譽此法無以爲喻佛復告天子吾今略說其要若有善男子善女人至如來所頭面禮足以此爲首乃至十方無量刹土禮事供養信心不斷種種華香懸繒旛蓋問佛深義增益功德知一切法如幻如化兼化一切說菩薩道一一分別平等大道菩薩衆行種種不同衆生性行亦復如是種種菩薩境界種種菩薩智慧種種菩薩威儀種種菩薩妙行種種菩薩神足種種菩薩出要種種菩薩入不染著境界種種菩薩無惑心自娛樂種種菩薩

法要分別無量法故種種菩薩通慧觀衆生純熟根故種種菩薩道慧不捨本末定故種種菩薩深觀入定意故種種菩薩弘誓不違本願故種種菩薩勇猛成辦諸法故種種菩薩精進不懷懈怠故種種菩薩勤苦不念劫遠近故種種菩薩大慈心平等故種種菩薩大悲愍念一切故種種菩薩喜心未曾起怒故種種菩薩護心放捨一切故種種菩薩不淨觀自觀內諸法故種種菩薩數出入息內自攝意故種種菩薩十二緣起自滅諸法故種種菩薩觀五盛陰念斷諸想故如是天子菩薩摩訶薩觀察諸法不可思議淨一切迹應一切智成一道本歸一泥洹乃應賢聖辯才分別如來所說經戒云何為經所謂經者契經歌授決本末久遠事相應生經方等未

曾有法因緣經譬喻深藏斷結是謂天子菩薩摩訶薩學此法者便能具足佛復告天子若有菩薩欲得具足如來身相者三十二大人之相八十種好八種羯毗音聲圓光七尺欲得如是相者當學賢聖辯才欲得如來法身具足五分法身者當學賢聖辯才欲攝取一切菩薩具足六度無極成一切智具足佛法當學賢聖辯才佛復告天子若有衆生欲不斷諸法不倚四大不違如來深奧妙法欲得如是當學賢聖辯才欲入智慧深淵乘三達智遊戲於百千三昧當學賢聖辯才欲滅本姓名號成如來名號欲離縛著不樂居業欲得如是者當學賢聖辯才如是天子菩薩摩訶薩徧學諸法已成大乘迹具足本願佛國成就衆生清淨於佛法藏無所罣礙解了

諸法如幻如響如芭蕉樹如鏡中像如夢中所見亦如幻化悉無所有如是天子菩薩解了諸法便能禮事諸佛世尊從一佛國至一佛國聽受正法入深妙藏佛復告天子若有善男子善女人欲得轉輪聖王七寶導從領四天下欲作梵天王及釋提桓因欲得如是者當學聖賢戒律爾時世尊說此語時九十八億得阿羅漢皆懷變悔前白佛言我等過重捨本所習今墮邊際惟願世尊垂愍教誨欲得修習賢聖辯才如是再三佛默然可之復有無數衆生聞此法已諸塵垢盡得法眼淨佛告淨居天子此賢劫中七百佛過汝當作佛名曰智積如來至眞等正覺明行成爲善逝世間解無上士道法御天人師號佛世尊

菩薩瓔珞經卷第十八

音釋

止觀（觀古玩切）跱（池爾切）矛稍（矛莫浮切 稍所角切）倡妓（倡尺良切 妓渠記切 倡妓女樂也）廁（初吏切 廁間也）

菩薩瓔珞經卷第十九

姚秦沙門竺佛念譯

十方法界品第三十八

爾時世尊將欲滅度却後九十日當取般泥洹告四部衆吾昔成佛於摩竭國既成佛後在法樂講堂十方恒河沙一切菩薩皆來雲集來至我所各各勸進令我說法爾時有菩薩名優鉢蓮華藏而白佛言世人多愚不識眞法唯願世尊敷演正義令一切衆得蒙解脫復有菩薩名波頭摩藏來至我所前白佛言沉曀生死流轉五道唯願世尊開甘露門久飢虛者得蒙濟度復有菩薩名曰喜藏前白佛言世多有苦惱縛著十二緣不覩大聖顔唯願當濟度復有菩薩名栴檀藏前白佛言五濁鼎沸世不識眞正法慧日既已降唯願除闇冥復有菩薩名金剛藏前白佛言衆生然熾剗恒貪著五欲不識如來性唯願須宣法復有菩薩名曰力藏前白佛言一切世無常生滅各有限尊今既降形何不時說法復有菩薩名無垢藏前白佛言尊今如蓮華不著諸塵垢内外悉平等布現如來法復有菩薩名清淨藏前白佛言天師久不現世人恒在冥尊今既降形唯願時說法復有菩薩名如來藏前白佛言過去諸恒沙如來等正覺出現皆說法尊今何故默復有菩薩名曰輭首前白佛言生世値佛難聞尊經法難得受人身難度脫衆生難復有菩薩名曰慈氏前白佛言一切衆苦患皆由恩愛生世多非法人唯願尊開悟復有菩薩名曰師子前白佛言夫人欲聞法斷除三礙形尊今無上師

願度一切人復有菩薩名曰無量界前白佛言佛力無所畏法界不思議過去當來佛說法於此處復有菩薩名虛空藏前白佛言本無等正覺無染無所汙平等度脱人何故寂然住復有菩薩名曰慧造前白佛言生死甚爲苦如人没在淵尊今大船師唯願時度濟復有菩薩名曰光造前白佛言衆行今已盡已離三界苦慈悲四等心本誓今所在復有菩薩名曰法造前白佛言衆生界難量一切恩愛會三寶久斷絶願尊時說法復有菩薩名曰無著前白佛言智慧光明降照除三毒冥世人五苦患唯尊演正法復有菩薩名曰無畏前白佛言執意如金剛弘誓甚牢固心淨如虛空願救諸厄人復有菩薩名曰護覺前白佛言智人已降形當度無數人願救濟一切使得至彼岸復有菩薩名曰無生前白佛言正法不思議曉達者甚少無數劫積行願莫唐其功復有菩薩名曰神足前白佛言慧眼今已降當度不肖人本無平等慧令離諸苦患復有菩薩名曰雷聲前白佛言衆行本無慧智達一切人明斷諸塵垢尊今正是時復有菩薩名曰雷音前白佛言佛尊過一切智行無數劫自生自然滅無量無過尊復有菩薩名曰常悲前白佛言尊本積苦行經歷生死難佛日今已出莫知愚癡冥復有菩薩名曰幻化前白佛言思惟一切法幻化亦非眞道當以平等願尊時敷演復有菩薩名曰無猒前白佛言三世衆生苦未聞八正道最勝今已降渴仰天師久復有菩薩名曰勇猛前白佛言是以無數世積行不可量威神

覆一切願除一切惱復有菩薩名曰覺知前白佛言佛慧無有量演法無有窮住本亦不住願轉正法輪復有菩薩名曰善行前白佛言無生本無生今日尊已生現形於五濁願度一切人復有菩薩名曰正見前白佛言三界第一尊天人所供養轉法震大千如今寂然默復有菩薩名曰法淨前白佛言設從無數劫欲歎尊功德究盡百福業未盡如毫釐復有菩薩名曰無相前白佛言本無本無相尊今出衆相行盡得作佛何爲入禪定復有菩薩名不思議前白佛言一切衆生類不見生滅苦了本知衆相唯願尊時起復有菩薩名曰導首前白佛言一切諸法空因緣共會合久不轉法輪何爲入正定復有菩薩名曰輪轉前白佛言平等無憎愛慈念一切故尊

今已顧屈何爲復睡眠復有菩薩名無量辯才前白佛言大聖人中尊經歷劫數勸今已成正覺願愍一切人復有菩薩名曰生盡前白佛言一切衆行本盡歸於無常常身非常身尊今計常身復有菩薩名曰本末空前白佛言虛空無邊際衆生難覺悟本無如來現時演勿有疑復有菩薩名曰多悲前白佛言夫欲自利者先度一切人尊從衆生出令違本誓願復有菩薩名曰顯德前白佛言神足無量法六度無增減衆相自嚴身願尊時屈神復有菩薩名曰一意前白佛言十方諸菩薩盡來詣忍土欲得聞正法唯尊時覺悟復有菩薩名曰不虛妄前白佛言世尊大慈愍思惟入正定無量已過量時至可說法復有菩薩名曰喜樂前白佛言知生無量行過

三界表尊今三世尊願度三界人復有菩薩名曰本無前白佛言尊今極神妙道力不思議成佛爲衆生何不轉法輪復有菩薩名摩訶衍前白佛言三乘同一趣未聞正法言尊今當分別令知泥洹要復有菩薩名曰劫數前白佛言人生當歸滅捨一復就一唯願尊降伏不生不復滅復有菩薩名曰受證前白佛言生老病死痛五陰爲禍源十二牽連縛唯尊願拔濟復有菩薩名曰不眴前白佛言我等所居刹去此甚久遠唯願今世尊說法使我聞復有菩薩名曰捷疾智前白佛言尊具七覺意具足四等心當悟諸不悟願尊度脱之復有菩薩名曰常舉手前白佛言大人衆相滿顯揚一切法已得離諸著亦使衆生離復有菩薩名曰法意前白佛言過去諸如來說法無有量尊今既成佛願時轉法輪復有菩薩名曰月盛滿前白佛言世間皆非常一切皆歸空解知無所生尊今人中上復有菩薩名曰無量稱前白佛言身淨不造惡口淨言誠信超越一切上過於諸天人復有菩薩名曰無與等前白佛言如來從如生降神度生死但當時說法何爲懷猶豫復有菩薩名曰遠離前白佛言從無央數劫時時乃有佛如日現華敷何爲不現光復有菩薩名曰威神前白佛言十方無有比獲空無相願法身如安明唯願開甘露復有菩薩名曰道力前白佛言空觀無想念行亦寂然滅從是自致佛天人所恭敬復有菩薩名無所倚前白佛言衆生若干種不識解脱門願尊前將導乃到無畏處復有菩薩名閑淨觀前白佛言

人心如流水念念皆生惡尊當斷其根永滅無萌兆復有菩薩名無盡意前白佛言越度生死海淨修梵志行衆生甚飢虛說法令充足復有菩薩名不違信前白佛言三界都熾然衆生無恃怙尊當慈愍念爲說眞法要復有菩薩名善權現前白佛言通盡一切藏安處無爲境究盡本無行令尊何思慮復有菩薩名曰達本源前白佛言四大聚一處皆由宿識行癡愛共相生願尊示現法復有菩薩名曰山岳前白佛言所以諸佛興濟度三千世使無明衆生永斷三惡道復有菩薩名曰逮覺前白佛言未獲今已獲不種生死本世尊心常定願從禪寂起復有菩薩名曰賢護前白佛言一切諸法本生滅無所起智達三界苦盡斷諸有漏復有菩薩名無與等前白佛言諸佛法不異唯化人爲本本從等意來大慈今所在復有菩薩名曰大天前白佛言衆生宿有限得覩如來形未聞眞諦法唯願時演說復有菩薩名曰行道前白佛言今觀身色相一切衆行具至誠逮正覺何不行佛事復有菩薩名曰離垢前白佛言本尊所發願乃爲阿僧祇令彼顛倒等乃覩於正路復有菩薩名曰無盡前白佛言觀顔如華開容貌無等雙功德過八難何故而寂然復有菩薩名無悕望前白佛言十力哀出世教化天世人從此至彼岸賢聖所行業復有菩薩名曰佛慧前白佛言從此虛空際徧滿十方世皆來欲聽法洗除心垢患復有菩薩名曰人本前白佛言三界悉苦患亦無逃避處唯須神力接爾乃永得安復有菩薩名曰天王前

白佛言身垢三百五恒染汙人心當以智慧光蠲除令無餘復有菩薩名曰無怒前白佛言我從平等慧故來省覲尊欲聽無量法修習本無行復有菩薩名曰無欲前白佛言我憶過去世有佛名能仁勸進令說法如尊無有異復有菩薩名曰入定前白佛言曾聞成佛道三覆轉法輪如今何爲黙不聞一轉聲復有菩薩名曰海相前白佛言今我得通智皆聞於正法愍彼衆生等故勸請如來復有菩薩名曰師子吼前白佛言一相本無相諸法悉空寂衆生所不達尊今當分別復有菩薩名曰大豪前白佛言天尊甚巍巍衆相無有比欲聞瓔珞法開悟一切人復有菩薩名曰樂居前白佛言如華優曇鉢億千劫乃出佛亦過於是今現何自隱復有菩薩名曰趣

道前白佛言法法自相生不染三界有願雨七覺華普潤一切人復有菩薩名曰講法前白佛言衆生無緣想當以法因緣空淨心無垢尊當具分別復有菩薩名曰眼通前白佛言尊本行此願當度不度者今日期已至願說空無慧復有菩薩名曰無頂相前白佛言世間甚可愍顛倒衆生多迷惑於正道願示慧明處復有菩薩名曰得總持前白佛言憶念過去世與尊共弘誓當度恒沙人令至無爲岸復有菩薩名曰無與等前白佛言尊今廣長舌如華覆面形皆由說正法故獲此福報復有菩薩名曰大施前白佛言尊本惠施人不望受其報今得人中尊巍巍乃如是復有菩薩名曰究竟淨前白佛言六度大智慧當徧於世間令愚惑之徒悉趣本無行復有

菩薩名曰無著觀前白佛言四辯無所著應對一切人一一決斷疑皆由宿報緣復有菩薩名曰好喜前白佛言昔緣善知識成就道法門今既得成佛非法云何果復有菩薩名曰甚深智前白佛言與造一切行衆德自瓔珞唯佛能演暢從有至邊際復有菩薩名華鬘子前白佛言功勲累劫積解無眞際法得爲三界尊斯由聞法報復有菩薩名曰色相前白佛言如來丈六身金剛至難壞願以無形法普及諸萌兆復有菩薩名觀外身前白佛言如日光所照普除一切冥今未覩佛光願示威儀相復有菩薩名具足相前白佛言常想無常法係意入禪定離垢過三界度脫一切人復有菩薩名純熟根前白佛言諸佛所行法唯度人爲事已果本所願快哉時說法復有菩薩名曰衆生根前白佛言法界不思議衆生根亦然願以神足力示現於一切復有菩薩名曰通慧前白佛言光相如雪山世人所宗仰今雖覩一寶唯願說二寶復有菩薩此元闕菩薩名前白佛言佛道甚深妙講授一切法當王於三界皆由諸法本復有菩薩名曰極微前白佛言十方諸世尊遣我等來此唯欲聞正法不樂賢聖默復有菩薩名曰色身前白佛言無量諸佛等戒律清淨具自得復授彼充飽一切願復有菩薩名淨音聲前白佛言十慧十無生十法想知滅十地功德具十力願說法復有菩薩名曰常定前白佛言我今最下劣衆智未廣普唯願尊今日示我神足道復有菩薩名曰無底前白佛言本我自發誓要當聞言教尊今不說法我終不

捨去復有菩薩名曰焰光前白佛言佛道甚爲難法起無有盡能淨一切垢乃應入道眞復有菩薩名曰法眼前白佛言無量總持門聲震於天地說法度衆生令得成佛道復有菩薩名曰慈仁前白佛言諸法甚深奥如空無端緒達本無諸道故號人中尊復有菩薩名曰一乘前白佛言生死塵勞垢八難爲垣墻此苦莫能濟唯佛能度脱復有菩薩名曰盛明前白佛言苦哉老病死三界爲大患慧日既降出默然不說法復有菩薩名曰長壽前白佛言世人壽命短更樂所縛著六識所嗜呞唯願尊消滅復有菩薩名曰筭數前白佛言一切衆生類三毒所覆蔽願尊當降神療以法醫藥復有菩薩名合縵掌前白佛言聲震於十方道降甘露雨無盡深法藏非佛誰能宣爾時世尊告諸大衆斯等菩薩百千億數各各勸進與敬道法各各說請慇懃於佛吾當爾時放舌相光明普照三千大千世界還攝光已告衆菩薩吾今所以得廣長舌分别諸法悉無所有復以八聲震動十方無量佛國悉令聞知爾時世尊與諸大衆而說頌曰

一切諸法本　因緣合會生　十方諸刹土
空寂皆無形　道意自然著　功德衆相滿
分别内外法　無形無所有　我聞既成佛
度脱一切人　有大法瓔珞　莊嚴佛土淨
卿等欲得聞　究盡本末空　一一當分别
令至無爲岸　吾昔四弘誓　當度不度者
宣須諸人請　令各有怨心　吾本初發意
亦不限齊人　但緣未及道　故復默然耳

爾時衆會一切菩薩聞佛說偈各各踊躍不能自勝皆稱善哉歎未曾有如來將欲敷演法教度脱衆生爲成法界三世勞苦悉蒙解脱爾時座上未得神通凡夫學人二萬餘衆皆發無上正眞道意各各發願善心生焉欲得聞此大法瓔珞

十智品第三十九

爾時彌勒菩薩白佛言世尊云何菩薩摩訶薩先習何法修何功德得成無上正眞等正覺應大法瓔珞乎佛告彌勒善哉族姓子諦聽諦聽善思念之若有菩薩摩訶薩欲成無上正眞等正覺與大法瓔珞相應者欲斷生死根源者欲興顯如來正法者欲得無量定意如世尊者欲得如爾法性遊戲者如是菩薩摩訶薩當學無量智門云何爲無量智門彌勒善聽如來至眞等正覺有十明智一意一念一時之頃悉知無量衆生境界分別思惟不失法界便成無上至眞等正覺云何爲十明智所謂十明智者菩薩摩訶薩一時之頃能使三千大千世界一切衆生盡生兜術天共修善行各無異心令餘衆生無覺知者復次彌勒菩薩摩訶薩一時之頃能使三千大千世界一切衆生成菩薩道法法成就與諸賢聖共相娛樂有異衆生無覺知者復次彌勒菩薩摩訶薩一時之頃能使三千大千世界其中衆生未立根德力者同時出家修無上梵行剃除鬚髮著三法衣手持應器行十二法時到分越福度一切或時坐禪分別身觀然有衆生無覺知者復次彌勒菩薩摩訶薩一時之頃能使三千大千世界一切衆

生成菩薩道詣樹王下吉祥獻草結跏趺坐
内自思惟今日當成無上至眞必然不疑先
當感動一切世界神通得道賢聖之人來擁
護我令餘衆生無覺知者復次彌勒菩薩摩
訶薩一時之頃能使三千大千世界一切衆
生成菩薩道皆轉法輪四諦如爾法苦集盡
道亦令衆生修而得度隨其所念成三乘果
令餘衆生無覺知者復次彌勒菩薩摩訶薩
一時之頃能使三千大千世界一切衆生諸
根純熟具五分法身衆相具足弘誓成就施
行佛事降伏魔兵然餘衆生無覺知者復次
彌勒菩薩摩訶薩一時之頃能使三千大千
世界一切衆生成菩薩道盡成如來等正覺
入佛意三昧各各分身教化衆生入賢聖法
律令餘衆生無覺知者復次彌勒菩薩摩訶
薩一時之頃能使三千大千世界一切衆生
成菩薩道入如意定意盡令山河石壁瓦石
草木變爲七寶給施貧苦普令充足然後乃
説六度無極令餘衆生無覺知者復次彌勒
菩薩摩訶薩一時之頃能使三千大千世界
一切衆生成菩薩道入金剛定意能化一切
盡黄金色如佛色相而無有異皆令成就成
無上道令諸衆生無覺知者復次彌勒菩薩
摩訶薩一時之頃能使三千大千世界一切
衆生成菩薩道過去當來今現在得佛根力
覺意分別空無相願覺了諸法悉無所有使
一切衆生無覺知者復次彌勒如是菩薩摩
訶薩行十明智至成無上正眞之道必然不
疑爾時彌勒白佛言世尊今聞如來至眞等
正覺所説正法坦然大悟願令衆生逮此智

慧

應時品第四十

爾時法妙菩薩白佛言云何菩薩摩訶薩進修無上正眞之道成最正覺執持威儀應時之行乃能具足大法瓔珞佛告法妙若有菩薩摩訶薩欲得具足成無上至眞等正覺具足如來大法瓔珞當修十慧大法瓔珞便能具足大法瓔珞於是族姓子若有善男子善女人欲聞如來大法瓔珞應時之行者諦聽諦聽善思念之云何爲十所謂十者若菩薩摩訶薩自知時到當成無上至眞等正覺便不失期詣樹王下執弘誓心心如虛空斷除衆想是謂菩薩摩訶薩應時之行復次法妙若復菩薩審自知已今我時到化彼衆生姓氏字氏不越局界要當度脫一切衆生然後乃定是謂菩薩摩訶薩應時之行復次法妙若復菩薩深自知已我今當成無上等正覺復當授菩薩決國土翼從方面所在是謂菩薩摩訶薩應時之行復次法妙若復菩薩審自知已我今已獲衆智自在當使衆生如我無異尋時入彼而教化之普令衆生獲此自在無礙之法是謂菩薩摩訶薩應時之行復次法妙若復菩薩入解脫門施行佛事變化一切形礙之法皆令歸於無盡之藏亦使衆生同己所得是謂菩薩摩訶薩應時之行復次法妙菩薩審自知已我今已獲無形四空定法及四等心慈悲喜護復以此定教化衆生普令一切同己所得是謂菩薩摩訶薩應時之行復次法妙若復菩薩審自知已執持威儀不失禮節可行知行可坐知坐晝夜孜

孜不違道教到時入城不左右顧視福度衆生其慧無量亦使衆生同已所得是謂菩薩摩訶薩應時之行復次法妙若菩薩審自知已觀衆生根本應度不度受彼信施量腹而食還至閑靜坐卧思惟令所受施以支四大得行道德成最正覺復以此法化導一切普令衆生同已所得是謂菩薩摩訶薩應時之行復次法妙若復菩薩審自知已如我今日應賢聖律導化一切無有增減漸漸前進入五道中察彼心意而度脱之若入人道爲說禁戒令彼衆生知犯罪之苦示以正道而度脱之若入天道處彼天宮爲說無常摩滅之法勸勉使修十善之行捨天重位修無上道若入畜生苦痛之中爲說抵突欺詐之法使生善心改更之義若入餓鬼醜陋之中爲說慳貪縛著之心使發善心改往修來若入地獄受罪人中爲說五逆難救之法復令地獄衆生心開意解善心得生畢其罪苦得復人中是謂菩薩摩訶薩應時之行復次法妙若復菩薩審自知已衆行已具衆智自在得不思議當以神足感動一切自試神足而無罣礙從一佛國至一佛國承事諸佛禮敬世尊務修梵行稟受不及亦使衆生同已所得是謂法妙菩薩摩訶薩修此十慧應時之行者得成無上正眞之道成最正覺便能具足大法瓔珞

十不思議品第四十一

爾時道勝子菩薩白佛言世尊云何菩薩摩訶薩入五道中周旋往來教化衆生淨佛國土成無上至眞最正覺乎行不思議大法瓔

珞耶佛告道勝子菩薩曰諦聽諦聽善思念之若有菩薩摩訶薩欲成無上至眞等正覺行不思議大法瓔珞者當修十法云何爲十若有菩薩摩訶薩入五道生死隨類而化一跏趺坐徧滿十方諸佛世界復以音響震動三千大千世界於中教化一切衆生悉發無上正眞道意乃使衆生無覺知者是謂菩薩摩訶薩所行正法應不思議復次道勝子若復菩薩摩訶薩入五道中教化衆生以一句義充足一切諸佛世界有形之類悉得聞知然彼衆生亦不自覺所從聞法皆發無上正眞道意是謂菩薩摩訶薩修於正法不思議行復次道勝子若復菩薩摩訶薩入五道中教化衆生以一光明徧照三千大千剎土其見光者皆發無上正眞道意然不見形皆令一切入解脫門是謂菩薩摩訶薩修於正法不思議行復次道勝子若復菩薩摩訶薩入五道中教化衆生一意一念一時之頃以一法身徧滿三千大千世界皆使衆生普令聞知盡令衆生具足法界然彼衆生不知所從聞皆發無上正眞道意是謂菩薩摩訶薩修於正法應不思議復次道勝子若復菩薩摩訶薩入五道中教化衆生以神足力盡化三千大千世界一切衆生盡作佛形然彼各各相教爲說十二勤苦之行共相濟度不可稱量然彼衆生不自覺知爲誰所度是謂菩薩摩訶薩修於正法應不思議復次道勝子若復菩薩摩訶薩入五道中教化衆生以一智慧分別一切無形之法無所罣礙普使有形之類解此正要而得度脫若彼衆生不自覺

知如我今日爲誰所度是謂菩薩摩訶薩修於正法應不思議復次道勝子若復菩薩摩訶薩入五道中教化衆生一念之中盡能普見一切諸法分別法界行不思議皆使衆生聞此道教同時成道無所障礙然彼衆生不自覺知爲所從聞是謂菩薩摩訶薩修於正法應不思議復次道勝子若復菩薩摩訶薩入五道中教化衆生令彼衆生盡得神通遊戲十方無量世界聞諸十方諸佛說法解知諸法如幻如化然彼衆生不自覺知如我今日爲誰開悟是謂菩薩摩訶薩修於正法應不思議復次道勝子若復菩薩摩訶薩入五道中教化衆生使三世中一切有形成等正覺皆悉成就是謂菩薩摩訶薩修於正法應不思議復次道勝子若復菩薩摩訶薩入五道中教化衆生入深法藏分別妙智超越過去當來現在獨步三界亦無等侶復令衆生與已無異是謂菩薩摩訶薩修於正法應不思議是謂道勝子菩薩立根德力入五道中教化衆生諸法殊勝不可稱量亦非羅漢辟支所知

無我品第四十二

爾時有菩薩名曰心智前白佛言世尊若有菩薩摩訶薩分別身觀解無我想云何成就菩薩道觀爾時世尊告心智菩薩曰若有菩薩欲得成就菩薩道觀者當行十法云何爲十若有菩薩摩訶薩未住菩薩位安處無爲究竟道本成就弘誓自觀無我復化衆生如已無異是謂菩薩摩訶薩無我之行復次心智若復菩薩摩訶薩能化無身現有形身復

化有身現無形身以有我爲無形以無我爲有形於中化導一切衆生是謂菩薩摩訶薩具足一切心智之法復次心智若菩薩摩訶薩欲成如來至眞等正覺成無生心解諸法本不可樂法是謂菩薩摩訶薩無我之心得成如來至眞等正覺復次心智若復菩薩摩訶薩已得空心解我無有亦無生滅復以此法教化一切知無我想有此智慧不自稱揚於諸深法最爲第一是謂菩薩摩訶薩爲修第一無我之行復次心智若菩薩摩訶薩若有善男子善女人分別一切諸法之相亦不見法衆相之本及其一切諸法之本亦復如是衆生起無我想内外諸法及一切智是謂菩薩摩訶薩修無我行復次菩薩摩訶薩若復善男子善女人見劫成敗見劫不成敗不以成爲喜不以敗爲憂於兩中間不起吾我想菩薩摩訶薩逮無我法佛復告心智菩薩若有善男子善女人捨一切身入滅盡三昧分別行本知所從來出要無爲至於大道是謂菩薩摩訶薩無我之行復次心智若有善男子善女人得無我心分別一切十二因緣生者不知所以生滅者不知所以滅於諸法本悉無我想是謂菩薩摩訶薩於諸法本無我之行復次心智若復菩薩摩訶薩分別一切諸法之本亦不見近亦不見遠本無所生亦無所起是謂菩薩無我之行復次心智若有菩薩摩訶薩於不起法忍解知心識悉無所有於中得成無上至眞等正覺亦不見成亦不見不成是謂菩薩摩訶薩無我之行如是心智若善男子善女人欲得具足學無我

之行者必至堅固終成無上正真之道復次心智若有善男子善女人欲具足一切諸法者當學無我之法云何爲無我所謂無我者究竟至成此亦無我分別四大思惟本源此亦無我一切諸佛出世教化此亦無我不見衆生有所度脫坐樹王下降伏魔兵悉無所有是謂菩薩無我之行不見三世總持法本無所著智亦不在内外分别思惟悉無所有是謂菩薩無我之行佛復告心智若復善男子善女人入空定意究竟如來深法之藏亦不在此亦不在彼解知一切悉無所有若復善男子善女人以神足力入定意定顯曜一切無相法觀云何爲無相諸佛世尊所教化度脫一切不以言教是謂無相云何爲無相一切諸佛於衆生本而自遊戲是謂無相坐一樹下得成無上正真之道是謂無相之行如是心智若有菩薩摩訶薩習持此法逮無我法者便成無上正真之道

菩薩瓔珞經卷第十九

音釋

曀　於計切循翳也　劇　奇逆切甚也　釐　呂支切十毫曰釐　恃怙　恃承矢切賴也怙侯古切依也　噆咂　並子合切噆齧也咂入口也

菩薩瓔珞經卷第二十

姚秦沙門竺佛念譯

等乘品第四十三

爾時座中有菩薩名曰淨眼即從座起偏露右臂長跪叉手前白佛言云何世尊菩薩摩訶薩發趣大乘至無礙慧爲修何法滅大乘跡爾時世尊告淨眼菩薩曰善哉善哉族姓子今發汝問者皆佛威神之所致也諦聽諦聽善思念之吾當以偈發遣汝疑是時世尊便說頌曰

不以壞敗色　得趣平等道　觀色道不異
乃能乘大乘　思惟色與道　如爾性亦然
不見壞敗道　智者所修行　道性本無壞
尋究不可盡　最應第一義　乘此至無礙
愚者心顛倒　求道陰持入　染著於三界
不離受生分　諸法無受取　上下及中間
不見有散落　此名趣大乘　若見法非法
在二意不動　亦不生二見　發起亦復然
二爲有爲法　亦名無爲法　除二不見二
乃應無上道　超越凡夫地　未至賢聖道
得趣未成就　亦是世福田　能離世八法
猶華不著水　超越百劫行　爾乃趣大乘
在在修正業　處處現神足　度人不見度
心口意密行　不退生死道　心亦無怯弱
執意如金剛　最應無礙慧　虛空無善惡
法界恒清淨　法亦本無法　豈有染汙者
不見捨邪法　而修無上道　復無下劣人
是爲大乘相　諸法本無相　如空不可持
求相本自空　智者當覺知　夫欲行無礙
善權爲第一　充彼衆生願　將導至道場

善友爲正法　牢固不忘捨　永離陰持入
不習調疑蓋　若使佛出世　及以取滅度
正法恒存在　終以不變易　諸法有正證
善惡不朽敗　眞際性亦然　常住不移動
所修極甚深　魔鬼無所著　諸法亦復然
永離邪見黨　欲求無上道　不著修行法
非有想無想　是應無礙慧　佛慧無所著
諸法無所生　無見起滅道　乃應大乘行
或以頭目施　信心無所捨　不見有受者
望想無所著　諸法本無生　尋究無窠窟
法相亦復然　端緒不可見　若人欲究空
欲知其邊崖　晝夜思憶念　唐勞其功夫
愚惑執吾我　計常不能離　墜墮三塗難
不獲究竟處　眞人賢聖道　三達無罣礙
猶未盡空源　況復斯等類　人皆計是常
無明不自照　滋長生死苦　何由至解脫
財施無所著　欲求無上道　施道二不俱
何況求究竟　禁戒無我行　安處第一法
亦復無此相　念戒慧度行　不修自然得
智除無明根　戒具清淨道　淨如月無垢
身如泡聚沫　亦如電過目　意想如野馬
戒爲清淨道　最勝無等倫　衆聖天中天
息止一切惡　寂定度無極　犯戒及持戒
定亂無若干　分別諸法界　戒爲無漏道
獲忍度無極　堪受諸苦惱　普慈諸衆生
無有高下相　追憶過去法　生滅不久停
稱譏毀譽法　安能得其便　節節解其形
終不生惡念　分別內外事　身心鏗然住
怨讎欲來害　滅此僞肥身　忍之如地載
不計有好惡　忍辱大弘誓　見對無想念

故使諸衆生　見者莫不欣　欲載大乘舟
愼莫懷怯弱　端身正其心　便獲無生忍
本從無數劫　流轉生死中　爲一衆生故
躬被弘誓鎧　諸法無起滅　復無壞敗想
愚人心顚倒　不解過去慧　法界性常住
學者不究竟　當了知本末　生者無所生
衆生不深達　微妙無礙慧　當求巧方便
除去顚倒心　諸佛興出世　不値度所度
亦復不放捨　精進勇力强　分別一切法
如幻野馬光　求實無果報　如空觀無形
衆生不諦念　自興染著想　漸示至道教
令知無爲處　方便念此義　所願者必得
一一思惟觀　無礙智慧成　念持内外行
處處求空性　無倚無所著　生死本末淨
進學樂空閑　獨處無所畏　思惟禪定慧
善趣六神通　在衆猶如野　一心無錯亂
不失威儀法　是謂微妙定　定法有若干
息意無漏行　增上三解脱　是謂微妙定
徧觀一切法　安處心不移　於一復數一
是謂微妙定　道心遂牢固　滅意心永息
接度純熟人　是謂微妙定　恒憶等正覺
如來法身道　猒患諸色想　是謂微妙定
復修六思念　不違次第行　除念無思想
是謂微妙定　四雙八輩人　從生無爲道
無數非有數　是謂微妙定　智者修四禪
不用識空定　了別内外身　是謂微妙定
十方諸佛等　遥見此衆生　不由眼見色
自然成道教　亦復見此人　在在方説法
不生耳聲想　識滅不復著　衆生想無量
一意而悉知　不興二心見　更生若干念

憶念過去劫　恒沙不可數　前心後亦然
勇猛不懈怠　復遊無量刹　示現神足道
心住身自隨　令知變化法　演說甘露道
不失進趣行　從劫至百劫　不盡無礙慧
逮智度無極　分別陰持入　爲人說妙法
不計有吾我　行權方便度　等分婬怒癡
因緣無垢著　令知清淨道　本我自造行
解脫無所畏　緣等合會成　諸法無處所
自觀亦觀佛　觀空法亦然　生死泥洹徑
智者乃覺悟　善解智慧性　令求慧光明
億載塵闇冥　爗然見大明　此智謂大智
佛智不思議　將導衆生類　成此無上智
夫計一切智　無能過是者　修此衆智具
大乘道果成　餘智雖有號　非有真實道
此智衆智上　救濟一切難　若欲求智慧
如求虛空性　無心疾於彼　況復生亂想
虛空無量界　無形不可見　此智亦復然
無量無邊岸　假使一切人　乘此智慧舟
遊戲生死岸　直至泥洹海　若人百千劫
欲歎此功德　智慧大炬明　無能盡其底
無盡不可盡　亦無八無閑　能誦無礙慧
天人中最尊　初不墮惡趣　六情常完具
生天及人中　豪貴衆中上　一切衆生類
皆當成道智　受持此正法　未曾懷恐懼
擁護正法本　安處無爲道　當轉正法輪
布現於世間　於億百千劫　終不墮生死
必成等正覺　斯由無礙慧　勇猛人中上
降伏魔官屬　精進智慧強　總持不忘失
如有一人念　普飲江河水　周行遊四域
不能盡其源　智者權方便　思慮內自念

唯飲四海水　爾乃普周徧　欲成無上道
無礙智慧光　受持念誦諷　受莂亦不久
雖佛未出世　現相三十二　便爲行佛事
廣濟無量人　令我成正覺　三界第一尊
斯由受持此　無礙大慧藏
當其世尊說此法時甚深難量不可思議亦
非羅漢辟支所及爾時座上十千天人皆發
無上正眞道意復有三萬七千菩薩得不起
法忍復有無量比丘有漏心得解脫四十六
姟衆生諸塵垢盡得法眼淨

三界品第四十四

是時有菩薩名淨施王前白佛言世尊如我
從佛所聞正要法甚深若有菩薩摩訶薩受
菩薩記號則受六十二見邪徑之道何以故
六十二見者皆出生菩薩出生菩薩道果道
果者則出生六十二見所以者何菩薩道果
不從欲界不從色界不從無色界得不從有
爲無爲有漏無漏得何以故菩薩名字不可
得亦無處所六十二見邪徑名號亦復如是
本意清淨無形而不可見云何世尊猶如有
人欲得尋究虛空邊際稱量齊限青黃赤白
復與五陰施設名字色痛想行識是生是滅
是有爲是無爲是有漏是無漏是有常法是
無常法是苦是樂云何世尊此士夫於常法
中有慧不乎佛告淨施王菩薩虛空無形而
不可見云何立字與作名號欲於空中求空
此事不然爾時淨施王菩薩白佛言如是世
尊菩薩道果及無礙慧三十七品空無相無
願六十二見悉無所有而不可見亦如虛空
無形不可護持諸法之相非願求可得何以

故本無所有故以超三界越過三世若不爾者佛及菩薩道便生二見以有二見便有二想以有二想便墮邪部以墮邪部便入五趣已入五趣流轉生死誹謗賢聖道言非道亦不言有賢聖法律愚惑之人自相謂言佛異道異生死亦異生死既異豈有泥洹亦復無佛修菩薩道何況當有成無礙慧乎此事不然爾時座上有菩薩名曰究竟問淨施王曰云何族姓子菩薩摩訶薩發趣大乘辯無礙慧得成無上至眞等正覺淨施王菩薩曰若有菩薩從初發意至成無上等正覺者習菩薩行非爲不習亦不捨正法而習邪業亦不見行菩薩道亦不見不行菩薩道是謂菩薩摩訶薩以過行地習無所習究竟菩薩復問淨施王曰云何族姓子菩薩摩訶薩以過行地習無所習而修無上道得菩薩號淨施王報究竟菩薩曰不受取一切諸法之相眼耳鼻口身心以過此界故超諸地習無所習究竟菩薩復問云何族姓子以過行地習無所習乎淨施王菩薩報究竟菩薩曰不徧過諸地習菩薩道何以故一切諸法出生菩薩道教究竟菩薩曰云何族姓子諸法復有境界乎何以故說超過諸地習無所習淨施王菩薩曰諸法如如道性亦如亦不見來時亦不見去時是故菩薩摩訶薩出生道教習無所習究竟菩薩謂淨施王菩薩曰族姓子云何發趣道心淨施王曰如道如究竟菩薩曰云何如道如淨施王曰夫道如者亦不在過去當來今現在是故菩薩摩訶薩於三世中不見道性清淨如亦清淨爾乃發無上至眞等

正覺如過去如如未來如如現在如如自然性空亦不見來亦不見去趣無所趣爾能發無上至眞等正覺習無所習究竟菩薩復問云何發無上至眞等正覺習無所習淨施王菩薩曰失道徑者乃能發趣於道加以大哀令無恐懼雖處三界五無間處不懷其勞等心周徧能發道意習無所習究竟菩薩復問云何族姓子若如無目焉得視瞻吾今倍生狐疑唯願開解今當爲我說之除去猶豫令心得悟如汝所云失道徑者能發趣於無上道加以大哀令無恐懼於平等法亦無增減是病無能療之唯族姓子爲我演說令心重疑而得微輕淨施王菩薩曰善哉善哉族姓子今發汝問者皆佛威神之所感也今文殊師利爲衆上首因可請求令知機變時究竟菩薩謂文殊師利向我狐疑淨施王言云何族姓子能解唯願演說令無餘難時文殊師利報究竟菩薩曰大哀菩薩三界無礙若入深妙其法審諦習無所習亦無所著亦無所疑亦無所難亦無所畏若如是者已爲得哀得住本際而得安身無所歸者得受其歸雖處三界五無間處不捐其勞等心周徧能發道意習無所習究竟菩薩復問云何文殊師利以何爲本若如所言習無所習諸法所生可有異乎可以眼耳鼻舌身意異乎大哀菩薩平等異乎文殊師利言且止且止族姓子其言道者非有道也若不念有吾我壽命衆生之類是者以得大哀等心周徧能發道意習無所習究竟菩薩復問文殊師利夫道性如不恃三界不捨三界云何得發無上至眞

等正覺道乎文殊師利曰心無所恃亦不有緣亦不因四大地水火風亦不倚五陰色痛想行識亦不於六衰與六塵勞不念有德不念無德不著於俗不生道心無罪福念無慧無愚不見有餘不見無餘亦不見戒身定身慧身解脫身解脫知見身不見纏縛生死淼著泥洹清淨不見本無生滅著斷亦不見有常無常苦空無我悉觀諸法寂泊虛空住如是者住無所住已得等哀平等無二習無所習得發無上至眞等正覺雖處三界五無間處不辭其勞究竟菩薩聞是法已倍復踊躍不能自勝唯願文殊師利令我逮此無習之習獲泥洹第一無礙復緣此法而得安隱文殊師利答曰族姓子若住學地習無所習然有希望於諸法者便有所緣欲得安隱此則不然所以者何若無所緣則無安隱豈得從緣得獲泥洹其法寂靜無所從來不緣過去念滅不斷不想現在有計常心不慮未來有對無對是故諸法不住有習亦無所習不見有念亦無所念亦不有安亦無所安亦不貢高無所斷滅一切諸法無聞無聲亦無音響不見有餘不見無餘是則名曰得處安隱而獲泥洹通達諸法無起滅想文殊師利復告究竟菩薩曰若族姓子若念無念不生於念中間無意後無災異設當生念有災異者是則不安從本至竟不脫有患亦無患若當分別不見有災不見無災是乃名曰通達泥洹求處安隱無復往還有習無習應第一義爾時究竟菩薩言云何文殊師利若有士夫作是說言空有住耶空無住耶空有習無習耶

有生無生耶若言是者其義云何文殊師利言云何族姓子若空有住若空無住若空有倚無倚有習無習有生無生有願無願有相無相其念是者云何得至泥洹應於無習時究竟菩薩曰云何族姓子空者亦不有住亦不無住亦不緣二亦不緣一復無中間離此者當復云何得至泥洹第一無習文殊師利答言若空有住亦無所住若空無住本無所住有倚無倚有習無習有生無生有願無願有相無相本無有相非不有相相亦無相無相亦無相一切諸法亦復如是不見有作不見無作非不有作非不無作不見有相無相不見有異無異有求無求不念我有所作我無所作不倚身口意言善惡行是乃應於第一無習所以者何無生死想不著有爲不著無爲不緣三世根本深固不言泥洹永寂無爲是謂族姓子菩薩大士從初發意乃至成佛於其中間不生是者應於無上無習不習時究竟菩薩復問云何文殊師利何謂覺欲菩薩有求無求有生死無生死不念三世有盡無盡有至不至有常無常復於諸法覺禪三昧有增有減作如是者豈有生死不乎文殊師利言云何族姓子生死何所止處答言處無所處又問云何與道合耶答曰生死者則與道合道者則是生死究竟菩薩言云何族姓子日明闇冥共合不乎文殊師利言族姓子明與闇合但汝不見謂爲不合究竟菩薩又問云何族姓子冥止在何所文殊師利言不可見者是謂闇冥處無所處所以者何若日出時月亦俱照豈可復言無益於明乎

共相受入不可離別族姓子且聽如日出時冥爲所在歸東歸西歸南歸北四維上下爲在何所匆生斯觀所以者何闇者常在無所歸趣明亦如是與闇共合當觀此義生死與道合道則是生死文殊師利復語究竟菩薩言近取方喻智者以此自悟須彌山者東黃金色南水精色西瑠璃色北白銀色其有趣者色豈有異乎莫造斯觀所以者何色者是一亦無若干但愚者念謂爲有異是故正士道與生死合生死與道合其知此者一切諸法亦復如是何以故皆悉空故云何生念於諸法中言不合者此事不然時究竟菩薩復問文殊師利未解脫者復與解脫合乎對曰如是又問云何族姓子解脫未解脫合耶答曰未脫者巳脫巳脫者不念有脫不念無脫

無脫者無性無性者無生無生者亦不見來時亦不見去時是謂爲道亦爲泥洹又問云何無求無脫而爲大道文殊師利言於脫不念有脫是爲不脫是爲道不生二見者乃應泥洹究竟菩薩又問其道者與泥洹異乎文殊師利言不也族姓子道一無二道則是泥洹泥洹則是道亦無若干究竟菩薩復問頗復有法出於泥洹耶答曰無也又問誰處泥洹言泥洹耶有法從來此是俗法此是道法此生死法此泥洹法文殊師利言無處所者則是泥洹亦無往者亦無來者無住無滅亦無著斷其知道者亦復如是道等泥洹亦等求之不可見亦無處所是故道等泥洹亦等究竟菩薩又問頗有巧便住無所住而學道耶文殊師利報曰住無所住異於道耶欲從

此法而學道乎究竟菩薩又問何者是道何者非道文殊師利言住無所住者此則爲道何得從住而學道乎此則不然從有爲法至無爲法從淨戒身三昧身智慧身從住學乎此亦不然是故當知不從無住而學道也夫學道者不緣三十七品空無相願戒定慧解脫智見品諸禪三昧身相衆好權現適化布施持戒忍辱精進一心智慧解脫而學於道此法不然何以故道者非學亦無有學不見貢高住無所住作如是者乃應於道不緣三界論慧之相復不見法成無上道作此觀者乃有住處如道性空泥洹亦空是故正士勿生狐疑於泥洹道爾時究竟菩薩復問文殊師利言若善男子善女人欲求無上至眞等正覺當行何法而得至道文殊師利報言族

姓子若善男子善女人從初發意乃至成佛道於其中間不失道心雖處五無間處亦不復畏五陰六衰生老病死世間苦惱魔若魔天無能奈何若善男子善女人欲求道者亦不見法有常無常有爲無爲有漏無漏有脫無脫亦不見法是我所非我所我人壽命善惡所趣悉空悉寂一切法性生死泥洹亦復如是諸世俗法及與度世凡夫佛法學不學法聲聞緣覺普皆一等而無差別解空無相棄捐諸種無生無行於此法等修如此業隨宜分別作如是學乃謂爲道爾時究竟菩薩讚文殊師利言善哉善哉如所說者饒益一切我自思惟不敢有疑於諸法相何以故如諸法者無吾無我亦無壽命分別法觀平等無二如來至眞解脫無礙唯佛能察演布說

耳所以者何如來以盡諸漏愛欲聲色穢患未曾復起貪欲結網人尊皆脱諸生死苦已斷無餘善權方便住無所住處形教化爲人執勞皆爲衆生而演經典使趣無爲泥洹大道所盡已盡無所復盡所度已度無所復度施爲佛事曠濟無量復以聖慧漸度彼岸獨善無伴亦無儔匹應正覺律習無所習心無憒亂專精一意常懷慚愧如聦不及内外清淨如水澄静聖慧道德如海無猒定意三昧遊無量界賢聖默然以自娱樂眞諦受證終無有疑今文殊師利賜有此德難量難測現饒益感動一切爾時文殊師利説此法時有不思議總持法門亦使鄙賤逮此深藏多所七萬二千立行菩薩住不退轉地皆逮得深法之藏復有無量衆生皆發無上正眞道意梵釋四天王天龍鬼神皆興供養散華燒香加敬微意向文殊師利

菩薩瓔珞經卷第二十

音釋

緒（徐吕切端也）泡（匹交切水漚也）沫（莫割切水沫也）鏗（口莖切堅也）胞（匹丙切物易斷也）鎧（苦亥切甲也）